TAV
RVS
ARI
ES
ÆQVINOCTIVM
AVTVMNALE
MARS

Philipp Vandenberg

Der Fluch des Kopernikus

Philipp
Vandenberg

Der Fluch des Kopernikus

Ein Renaissance-
Roman

Gustav Lübbe
Verlag

Vorbemerkung

Im Jahre 1582
wurde der alte Julianische Kalender
durch eine neue, christliche Zeitrechnung ersetzt,
die bis heute Gültigkeit hat.
Grundlage dieses Kalenders,
dem Papst Gregor XIII. seinen Namen gab,
waren Forschungen und Berechnungen
des italienischen Astronomen Luigi Lilio
und des deutschen Jesuiten
Christoph Clavius.
Bei der Kalenderreform kam es zu einer
merkwürdigen Erscheinung:
Auf den 4. Oktober folgte der 15. Oktober 1582.
Zehn Tage wurden also aus dem
Gedächtnis der Menschheit gestrichen.
Dieser Roman beschreibt,
wie es zur Streichung dieser zehn Tage
gekommen sein könnte.
Die Handlung hat also einen wahren Hintergrund,
und das Wechselspiel
zwischen frei erfunden und
historischen Charakteren ist durchaus
beabsichtigt.

Inhalt

KAPITEL I

Verlockung und Sünde

ANNO DOMINI 1554, IM 1484. JAHRE seit der Zerstörung Jerusalems, dem 224. nach Erfindung des Pulvers, dem 110. seit Einführung der Buchdruckerkunst, dem 62. seit der Entdeckung der Neuen Welt und dem 37. nach der Reformation des unseligen Doktors der Theologie aus Wittenberg, in diesem ganz und gar unbedeutsamen Jahre verschied an Lichtmeß der ebenso unbedeutsame Totengräber Adam Friedrich Hamann unerwartet und in Verrichtung seiner Arbeit, die Schaufel umklammernd wie einen kostbaren Besitz.

Als hätte er geahnt, daß ihm vom Schicksal das geschaufelte Grab als eigene Ruhestätte bestimmt war, hatte Hamann aus unerklärlichen Gründen eine schmale, aber ungewöhnlich lange Grube ausgehoben, welche der ursprünglich zugedachten Gerberswitwe in keiner Weise angemessen gewesen wäre. Hamann hingegen verfügte über eine Körpergröße, stattlich wie ein Pferderücken, so daß er zeit seines Lebens die meisten Menschen um mehr als einen Kopf überragte. Dies war um so augenfälliger in Erscheinung getreten, weil Hamann seit jungen Jahren, als ihm ein Aussatz alle Haare raubte, eine rote Kappe trug, welche diesen Makel jedoch eher hervorhob als kaschierte.

Der Schlag, hieß es, habe ihn gerührt; aber die Wäscherinnen am Fluß wußten es wie immer besser und behaupteten, der

»kahle Adam« – so wurde Hamann allgemein genannt – sei an gebrochenem Herzen gestorben, weil er am Tag nach Mariä Empfängnis Auguste, seiner eigenen Frau, die an den Blattern erkrankt und nach wenigen Tagen verschieden war, die Grube hatte schaufeln müssen.

Kaum war Auguste, die fromme Frau, unter der Erde, da hatte der kahle Adam sein Testament geschrieben, weniger wegen der Aufteilung seines bescheidenen Vermögens unter seine beiden Kinder als aufgrund besonderer Umstände, die er im Falle des eigenen Hinscheidens herbeiwünschte. Sein Beruf und die damit verbundenen Grabungen in geweihter Erde hatten ihn in der Überzeugung bestärkt, daß viele Menschen scheintot beigesetzt würden. Hamann hatte Reste dieser armen Seelen gefunden, mit in die Sargdeckel eingekrallten Fingernägeln; andere lagen auf der Seite anstatt auf dem Rücken.

Aus Angst, ihm könnte ein ähnliches Schicksal widerfahren, hatte der kahle Adam testamentarisch verfügt, man möge auf seinem Sarg ein neun Ellen langes Eisenrohr anbringen, damit er, falls er je scheintot begraben würde, sich rufend bemerkbar machen könnte.

Das eigenwillige Begehren des kahlen Adam fand bei der niederen Geistlichkeit von St. Michael, in dessen Kirchhof er zahllose Überreste armer Seelen vergraben hatte, wenig Verständnis und wurde glattweg abgelehnt. Vermutlich hätte so der entseelte Leib des Adam Friedrich Hamann im genannten Jahre die gleiche ausweglose Bestattung erfahren wie Tausende vor ihm, wäre der redliche Wunsch des allzeit frommen Bestatters nicht dem Koadjutor seiner Eminenz auf dem Domberg zu Ohren gekommen, der im Ruf angehender Heiligkeit stand: zum einen, weil er, alljährlich von Aschermittwoch bis Ostersonntag fastete und nur Wasser zu sich nahm wie einst der Herr in der Wüste; zum anderen, weil er den gesamten Pentateuch und alle vier Evangelisten auswendig hersagen konnte, eine Fähigkeit, dank derer er selbst beim Hochamt im Dom auf das Missale verzichtete. Ein Wort aus seinem Mund hatte Gewicht wie ein käuflicher Ablaß auf den Stufen von St. Peter in Rom.

Dieser weise und heilige Mann meinte mit der Ernsthaftigkeit eines Bußpredigers, weder ein Gesetz Gottes noch eines der Kirche schreibe vor, wie die sterblichen Überreste eines Christenmenschen der geweihten Erde zu übergeben seien, nicht senkrecht und nicht waagrecht; ja, nicht einmal eine Kleidervorschrift habe in die christliche Lehre Eingang gefunden. Deshalb könne dem letzten Wunsch Hamanns, der in Glauben und Rechtschaffenheit gelebt und mit seiner Schaufel christliche Nächstenliebe gezeigt habe, auch stattgegeben werden; ja, er und alle christkatholischen Seelen des Abendlandes müßten sich fragen, ob diese Art von Bestattung nicht sogar die angemessenere sei. Denn, so fragte der heilige Mann, welchen Wege finde die Seele im Falle des Scheintodes? Zu Gott könne sie nicht gegangen sein, denn dann wäre der Mensch wirklich tot. Im Körper könne sie jedoch auch nicht verweilen, denn in diesem Fall könne der Körper nicht ganz ohne Leben sein. O welche Seelenpein!

Über diesem theologischen Zwiespalt wurde Adam Friedrich Hamann beerdigt samt einem Rohr, das aus dem Sarg über den Grabhügel herausragte wie der Rauchfang der Fischerhütten am Fluß. Er bot Leberecht und Sophie, den beiden Kindern Hamanns, Gelegenheit, jeden Morgen den steilen Kirchhof aufzusuchen und kniend an dem Rohr zu lauschen oder, den Mund an die enge Röhre gepreßt, heimliche Worte zu flüstern.

Leberecht, der hochaufgeschossene Junge, war gerade 14 Jahre alt und ein getreues Abbild seines Vaters, bis auf das Haar, das ihm in langen Locken auf die Schultern fiel. Sophie, seine um zwei Jahre ältere Schwester, wies weder mit der Mutter noch mit dem Vater irgendeine Ähnlichkeit auf, was der Schönheit des Mädchens jedoch nur dienlich sein konnte.

Nach zwei Wochen beschlossen Leberecht und Sophie, ihre täglichen Besuche auf dem Friedhof von St. Michael einzustellen, nicht ohne zuvor ihrem Vater am Grabe ein letztes Lebewohl gesagt zu haben. Bei der Rückkehr erwartete sie vor dem

Wohnhaus am Kranen ein hochmütiger, eitler Mensch. Er saß, bunt gekleidet wie ein fahrender Handelsmann und mit einer üppigen samtenen Haube auf dem Kopf auf der Holzbank neben dem Eingang und blinzelte in die matte Wintersonne.

Sophie, die Ältere, erkannte ihn sofort und ahnte nichts Gutes. Der eitle Geck war Jakob Heinrich Schlüssel, der Wirt vom Sand, von dem die Mutter erzählt hatte, sie sei mit dem Schurken über fünf Ecken verwandt – mehr hatte sie nie angedeutet.

Besorgt, beinahe ängstlich faßte Sophie ihren Bruder an der Hand, da trat ihnen der Alte in den Weg: »Ich habe es mir nicht ausgesucht; bei allen Heiligen, ich wüßte mir Besseres. Aber der Magistrat hat entschieden. Ich bin euer Vormund.«

Sophie, genannt »Veilchen« wegen ihrer auffallend blassen Haut, ließ Leberechts Hand los und begann an ihrem langen Gewand herumzuzupfen, so als wollte sie ihre Ordentlichkeit demonstrieren; dann blickte sie Schlüssel an und sagte schüchtern: »Bei der heiligen Jungfrau Maria, wenn es denn so gewollt ist!« Und an Leberecht gewandt, der starr stand wie eine Salzsäule in der Wüste: »Sag schon, daß es uns eine Ehre ist. Das ist es doch, oder?«

Leberecht nickte geistesabwesend. Es fiel ihm schwer, mit der Situation fertig zu werden. Vormund? Wozu brauchten sie einen Vormund? Er und Sophie waren alt genug, um sich selbst zu helfen.

Schließlich entgegnete er: »Es ist uns eine Ehre, Herr Vormund.«

Aber wie er das sagte, wie Leberecht dabei die Augen zusammenkniff und die Stimme verstellte, das blieb dem Wirt vom Sand, der die Menschen kannte, nicht verborgen. Schlüssel wischte sich mit dem Ärmel seines Gewandes die Nase, räusperte sich lautstark und spuckte, was nur einem Mann von hohem Ansehen erlaubt war, in weitem Bogen auf die Straße.

»Damit«, meinte er, und es klang etwas verlegen, »ist alles gesagt. Ich erwarte euch am Nachmittag bei mir, um das weitere zu besprechen. Und zieht euch saubere Kleidung an! Verstanden?«

»Ja, Herr Vormund, wir haben verstanden«, antwortete Sophie, um der peinlichen Situation die Schärfe zu nehmen. »Ja, Herr Vormund.«

Der feine Herr Schlüssel erhob sich von der Bank und nahm den Weg zum Rathaus auf der Brücke inmitten des Flusses. Leberecht betrachtete die Ärmel seines Wamses. Gewiß, man sah ihm an, daß schon sein Vater das Gewand getragen hatte. Die Ärmelränder waren zerschlissen, die Nähte spröde und kaum zum Nachbessern geeignet; aber ging er nicht sauber gekleidet, viel sauberer, als es seinem Stand zukam?

Sophie, die ihres Bruders Gedanken lesen konnte, zog Leberecht ins Haus und schob ihn die enge Holztreppe empor in das erste Stockwerk. Zwei Kammern mit je einem Fenster zur Straße und ein verrußter Verschlag, dessen eine Hälfte ein gemauerter Ofen einnahm, waren das Zuhause ihrer Kindheit gewesen. Der Lärm vom Kranen, wo die langen Flußkähne entladen wurden, wo die Marktfrauen schon frühmorgens ihre Waren ausriefen, daß es in den engen Gassen hallte, der ölige Geruch von gebratenem Fisch, der sich mit dem warmen Gestank feilgebotener Eingeweide mischte, der beißende Qualm aus der Schmiede im Erdgeschoß, der das ganze Haus mit einer fahlen Rußschicht überzog, das Kindergeschrei an den Nachmittagen – Erinnerungen an eine unbeschwerte Kindheit: All das sollte nun auf einmal zu Ende sein?

Durch die kleinen Fenster fiel ein zaghafter Sonnenstrahl, gerade ausreichend, den länglichen Tisch und die hölzernen Sitzbänke auf beiden Schmalseiten zu erhellen. Leberecht ließ sich auf seine angestammte Bank fallen, die ihm ans Herz gewachsen war wie ein kostbarer Besitz, schob die angewinkelten Arme auf den Tisch und verbarg seinen Kopf in den Ärmeln seines Gewandes. Er schluchzte. Erst jetzt wurde ihm so richtig bewußt, was der frühe Tod der Eltern für sein künftiges Leben bedeutete. Mehr als die Mutter hatte Leberecht seinen Vater geliebt. Er hatte ihn bewundert und verehrt, weil er auf alle Fragen des Lebens eine Antwort wußte und, obwohl er nie eine Lateinschule besucht hatte, von hervorragender Bildung, ja Gelehrsamkeit gewesen war, die einem Totengräber in keiner Weise zukam.

Adam Friedrich Hamann, der Totengräber vom Michelsberg, hatte sich all sein Wissen selbst angeeignet; er war häufiger Gast in der Bibliothek des Klosters gewesen, häufiger als die hohen Herren Fratres, die sich weiße Stulpen über die schwarzen Kutten ihrer Ärmel zogen, wenn sie die Worte des Herrn oder jene der Weisheit und Wissenschaft studierten und dabei einschliefen. Ein Totengräber, des Lesens und Schreibens kundig und erfahren in den Gesetzen der Geometrie, wie sie Pythagoras und Euklid gelehrt haben, war äußerst ungewöhnlich und suspekt und gab Nahrung für vielerlei Gerüchte und Spekulationen, von denen das niederträchtigste Hamann als abtrünnigen Jesuiten verleumdete, welcher aus Leidenschaft zu einer Frau der heiligen Mutter Kirche den Rücken gekehrt habe.

Der Hauptgrund für diese Verleumdung lag darin begründet, daß Hamann die Evangelien in lateinischer Sprache las, wie das vor Luthers Zeiten jeder fromme Christenmensch tun mußte, wollte er Gottes Wort auf eigene Weise erfahren. Weil er nicht über das Geld verfügt hatte, das erforderlich war, seine Kinder in die Schule zu schicken, und weil er eine natürliche Neigung zu allem, was mit Wissenschaft und Gelehrsamkeit in Zusammenhang stand, an den Tag legte, hatte der Vater seine Kinder gleichsam spielend und ohne Zwang im Lesen und Schreiben, sogar in lateinischer Sprache, und im Christentum unterrichtet.

Daneben – oder richtiger: in der Hauptsache – hatte Lebrecht beim Steinmetz Carvacchi eine Lehre begonnen. Das entsprach seiner Neigung, denn nichts beeindruckte den Jungen mehr als das Säulen- und Skulpturenwerk aus feinkörnigem Sandstein, das dem hohen Dom die kunstvolle Weihe gab. Dreihundert Jahre alt, zeigte das weiche Gestein, das von der Härte des Marmors soweit entfernt war wie die kleine Stadt am Fluß vom päpstlichen Rom, erste Verfallserscheinungen, und Carvacchi stand jener Bauhütte vor, welche mit zwei Dutzend Gesellen und einer wechselnden Zahl von Tagelöhnern die Ausbesserungsarbeiten besorgte.

Carvacchi, den sie wegen seines unaussprechlichen Namens, aber auch, weil es – anatomisch gesehen – den Tatsachen entsprach, »Schwellkopf« nannten, gehörte zu jenen gar nicht seltenen Menschen, denen Verachtung und Bewunderung in gleichem Maße zuteil werden. Der Schwellkopf, von florentinischer Herkunft, obwohl er besser fränkisch sprach als die arroganten Domherren, war ein Genie, wenn es darum ging, die zerstörte Hand einer Statue, eine gelockte Haarsträhne oder den gesplitterten Saum eines steinernen Gewandes zu ersetzen. Mühelos gelang es Carvacchi, die Technik des Originals nachzuempfinden, so daß, obwohl kaum zwei Kunstwerke des Domes aus der Hand desselben Künstlers stammten, seine Renovierungskunst nicht die geringsten Spuren hinterließ. Daneben aber neigte er zum Trinken, zu losen Weibern, verschwenderischer Lebensweise, zum Schuldenmachen und zur Händelsucht. Zänkisch wie die Waschfrauen an der Regnitz ging er keinem Streit aus dem Weg, ja, er fühlte sich von Streitereien magisch angezogen wie der Teufel von der Sünde, vor allem im Umgang mit den Pfaffen, bei denen er in Brot und Arbeit stand.

Bei Leberecht Hamann hinterließ der Mut des Lehrmeisters tiefen Eindruck. Er hatte mit eigenen Augen gesehen, wie der Schwellkopf auf dem Weg zum Domberg vor dem Prediger Dr. Athanasius Semler, der stets purpurfarben gegürtet auftrat, ausspuckte und seines Weges ging. Und das vor einem heiligen Mann, dem die Herren des Magistrats, wenn sie ihm begegneten, unter Kniefall den Ring küßten, während ihre Frauen drei Kreuze über die Schnürbrust schlugen!

Leberecht spürte Sophies Hand auf seinem Haar und er hörte ihre Stimme: »Es wird alles gut werden. Schlüssel ist ein guter Mensch, glaube mir!«

Der Junge wischte sich mit der Hand übers Gesicht. Er nickte, obwohl er gerade davon in keiner Weise überzeugt war.

»Was ist ein Vormund?« fragte Leberecht und sah zu Sophie auf.

Die hob die Schultern, malte mit dem Finger ein Kreuz auf die Tischplatte und erwiderte unsicher: »So eine Art Ersatzvater, der auf uns aufpaßt, dein Lehrgeld bezahlt und über meine Unschuld wacht.«

Leberecht blickte aus dem Fenster und fragte: »Aber warum gerade Schlüssel, der Wirt vom Sand?«

»Der Wirt vom Sand ist ein wohlhabender Mann, er ist rechtschaffen und angesehen, und obwohl er sich mehr Kinder leisten könnte als jeder andere in der Stadt, blieb ihm nur ein einziger Sohn. Wir sollten Schlüssel dankbar sein, hörst du!«

Während sie das sagte, begann Sophie Leibwäsche aus einem Schrank zu nehmen, der in die Innenwand eingelassen und mit einem breiten Holzrahmen verblendet war. Sie stapelte die einzelnen Stücke in einem hohen Weidenkorb, wie ihn die Marktfrauen auf dem Rücken tragen, und mahnte ihren Bruder, indem sie ihm einen Leinensack zuwarf: »Du solltest ebenfalls deine Kleider einsammeln.«

Die dunkle Zukunft, von der Leberecht sich mit einem Mal bedroht sah wie von einem gefährlichen Ungeheuer, ließ sein Gesicht erstarren. Leberecht hatte Angst, eine Angst, die sogar die Trauer über den Verlust des Vaters übertraf. Er fühlte sich alleingelassen, einsam und hilflos wie noch nie in seinem Leben. Wie im Traum suchte er seine Kleidung zusammen, stopfte sie in den Sack und ergriff das Lederband des Holzkästchens, das sein Steinmetzwerkzeug enthielt, seinen ganzen Stolz und einzigen Besitz. Ohne einen letzten Blick auf die glückliche Umgebung seiner Kindheit zu werfen verließ er die finstere Stube, polterte die abgetretene Stiege hinab und trat ins Freie. Sophie folgte verstört mit dem Weidenkorb auf dem Rücken.

Während sie ein Stück flußaufwärts gingen zu der oberen Brücke, die vom ärmlichen und arbeitsamen Viertel über den Fluß zum Sand führte, und während Leberecht, den Blick zu Boden gesenkt wie ein Kanoniker beim Miserere, vor sich hin stapfte, kam Sophie eine Aufmunterung in den Sinn, die ihr Vater oft gebraucht hatte, wenn widrige Umstände es erforderten. Sophie sagte: »Kopf hoch, mein Junge, wo bleibt dein Stolz?«

Da mußte Leberecht lachen, wenngleich seine Augen feucht glänzten wie dunkle Beeren im Morgentau. Ohne diese Aufmunterung hätte Leberecht Mühe gehabt den Mantel abzustreifen, der seine Gedanken einhüllte und ihm die Armseligkeit seiner Existenz vergegenwärtigte. Leberecht rang sich ein Lächeln ab, nickte seiner Schwester zu und warf demonstrativ den Kopf in den Nacken.

So trafen sie lachend und scherzend beim Wirt im Sand ein, einem breitbrüstigen Fachwerkhaus aus rotbemalten Balken und weißem Mauerwerk. Zu beiden Seiten des spitzbogigen Eingangs, dessen zweiflügeliges Tor mit eisernen Rauten beschlagen war wie der Schild eines Kreuzfahrers, reihten sich vergitterte Fenster mit Butzenscheiben.

Drei oder vier steinerne Stufen führten zu einem großen, gewölbten, mit rohen Ziegeln gepflasterten Raum hinauf, von dem links und rechts und an der Stirnseite spitzbogige Türen abgingen. Dazwischen standen an den Wänden lange schwarze Bänke und ausgediente Weinfässer als Tische.

Obwohl es noch hell war, war die Wirtsstube bereits erfüllt von dem lauten Geschrei eines Trinkgelages.

Leberecht hatte noch nie eine Gaststube betreten, erst recht nicht Sophie; aber ein dicklicher Junge, der an einer gedörrten Pferdewurst kaute und die Pelle genüßlich auf den Boden spuckte, erlöste Leberecht und Sophie aus ihrer Verlegenheit.

»Die Hamann-Waisen!« rief er süffisant, wie es einem Jungen seines Alters überhaupt nicht zukam. »Gott schütze uns vor Lumpenpack und Gesindel!«, und dabei schlug er mit der Pferdewurst in der Hand ein flüchtiges Kreuzzeichen.

Leberecht ließ seinen Kleidersack zu Boden fallen, und er holte gerade mit seinem Holzkasten aus, um den unverschämten Fettwanst damit niederzuschlagen, da erschien in der Tür zur Linken die massige Gestalt des alten Schlüssel, und seine gewaltige Stimme schallte durch das Gewölbe: »Christoph! *Silentium! Abitus!** «

Der dickliche Junge senkte den Kopf, drehte sich um und verschwand wie ein dressierter Köter.

Grinsend, aber mit finsteren Brauen baute sich der Wirt vom Sand vor ihnen auf. Er trug ein dunkelrotes vornehmes Wams mit aufgepluderten Ärmeln. Seine Hände hielt er im Rücken, die fetten Beine geschlossen. In kurzen Abständen hob er die Fersen, als wollte er dadurch noch größer erscheinen. Sein Blick verriet nicht die geringste Anteilnahme; er war eher drohend.

»Martha!« rief Schlüssel mit lauter Stimme, und über die seitliche Treppe kam eine schöne rothaarige Frau herabgeschritten. Ihr stolzes Aussehen war ebenso berühmt in der Stadt wie ihre Tugendhaftigkeit und Güte. Zweimal im Jahr an den Festen der Erscheinung des Herrn und der heiligen Martha, speiste sie die Armen und zog so die Dankbarkeit aller auf sich und den Verdacht eine Heilige zu sein wie jene fromme Elisabeth von Thüringen, die während einer Hungersnot täglich 900 Menschen versorgt und nach dem Tod ihres Mannes bei ihrem Oheim, einem leibhaftigen Bischof, Schutz gefunden hatte. Zweifellos verkörperten Jakob Heinrich Schlüssel und seine Frau Martha jene Gegensätze, die so verschieden sind wie Wasser und Feuer, Himmel und Hölle, Gut und Böse. Denn was Martha Schlüssel an Güte verströmte, das strahlte der Wirt vom Sand an Boshaftigkeit aus.

Man konnte nur spekulieren, welche Fügung des Himmels oder der Erde diese beiden Menschen zueinandergeführt hatte; aber vermutlich verbarg sich dahinter jenes Gesetz der physikalischen Wissenschaft, nach welchem Gegensätze die größte Anziehung bewirken, während Eintracht und Harmonie sich abstoßen wie die gleichgerichteten Enden zweier Magnetsteine. Hielten sie Martha für eine schöne Heilige, so nannten sie den Wirt vom Sand einen hochmütigen, eitlen, nichtswür-

* Ruhe! Verschwinde!

digen Schurken, für den seine Wirtschaft nur ein angenehmer Zeitvertreib war. Für gewöhnlich fuhr er im Lande umher und suchte vielerlei Geschäfte, getreu dem Motto, daß nur mit Geld Geld zu verdienen sei. Daher liebte er das Spiel, die Tafelfreuden und das schöne Geschlecht, und die Leute tuschelten, er halte sich die schöne und edle Martha nur, um sich selbst zu schmücken wie mit einem Kleinod. Jedenfalls kühlte er seine Leidenschaften – das war kein Geheimnis – mit einer liederlichen Edeldame namens Ludowika, die auch dem Fürstbischof zur Hand ging – vermutlich aus diesem Grunde.

Schlüssel versuchte vor seiner Frau freundlich zu sein, was jedoch gründlich mißlang, als er sagte: »Das sind sie, die Waisen vom Kranen!«

In seinen Worten lag soviel Überheblichkeit, daß Leberecht am liebsten auf der Stelle kehrtgemacht hätte und fortgelaufen wäre. Jedenfalls wußte er von diesem Augenblick an, daß er hier nicht bleiben würde. Er war jung und kräftig und nicht auf den Kopf gefallen; er brauchte den alten Schlüssel nicht zum Überleben.

Zur Begrüßung faßte die Frau Leberecht und Sophie an den Händen und drückte sie. Leberecht genoß die Wärme, die von Martha ausging.

»Mutter«, meinte die Wirtin, »kann ich euch nicht sein; aber ich will für euch sorgen, als wäre ich euch eine Schwester.«

»Recht so!« drängte der Wirt sich dazwischen. »Oben unter dem Dach ist eine Kammer gerichtet. Martha wird sie euch zeigen.«

Sie stiegen fünf steile Treppen nach oben. Neben dem Taubenschlag, wo auch das Gesinde seine Schlafstellen fand, gab es eine kleine Kammer mit einem knorrigen Bett aus rohem Holz und einem winzigen Fenster zum Domberg hin. Der breite Kamin, der mitten durch das karge Zimmer ging, verbreitete wohlige Wärme.

Leberecht und Sophie sahen sich an. Eine Kammer für sie beide allein! Nicht einmal bei ihren Eltern hatten sie eine eigene Kammer gehabt. Vater, Mutter und beide Kinder hatten in einem Bett geschlafen, einem quadratischen Kasten mit einem Holzdach darüber zum Schutz vor der Kälte, die von oben kam, und vor dem Ungeziefer, das sich nachts von der Decke fallen ließ.

»Es wird schon alles gut werden«, meinte Sophie, nachdem die Wirtin gegangen war.

Leberecht wiegte den Kopf hin und her, als glaubte er Sophies Worten nicht so recht. Dann sagte er zu seiner Schwester: »Ich glaube nicht an die Güte des alten Schlüssel. Es muß doch einen Grund geben, warum er so bereitwillig unser Vormund wurde. Der Wirt vom Sand tut nichts ohne eigenen Nutzen!«

»Aber vielleicht sein Weib. Die Wirtin ist eine herzensgute Frau. Das weiß doch jedes Kind. Danken wir Gott, daß uns der Wirt vom Sand das Waisenhaus erspart hat.«

Leberechts größte Sorge galt der Fortsetzung seiner Lehrzeit. Wie sollte er die zwölf Gulden Lehrgeld aufbringen, die Carvacchi im Jahr verlangte?

Am Abend bei der gemeinsamen Suppe verkündete der Wirt vom Sand in Anwesenheit seiner Frau Martha und des Sohnes Christoph, wie er sich die Zukunft der Ziehkinder vorstellte. Sophie sollte die Stelle einer Hausmagd einnehmen, ohne Lohn, aber gegen freies Essen und ein neues Gewand im Jahr. Für Leberecht wollte Schlüssel zwei Jahre lang das Lehrgeld übernehmen, finanziert aus dem Erlös des Nachlasses des verblichenen Adam Friedrich Hamann, den der Wirt vom Sand, nach Abzug aller Kosten, auf etwa 25 Gulden schätzte.

Während sich Jakob Heinrich Schlüssel auf keine weitere Erklärung einließ, was die Vormundschaft betraf, rührte Martha verlegen in ihrer Suppe. »Ihr werdet euch natürlich die Frage gestellt haben«, platzte sie endlich heraus, »warum gerade der Wirt vom Sand die Vormundschaft für euch übernommen hat ...«

»Jeder Mensch kennt Eure Güte«, fiel Sophie der Wirtin ins Wort.

Die schlug die Augen nieder und fuhr fort: »Gott, der Allmächtige hat uns nur einen Sohn geschenkt. Es war sein Wille, uns für unsere Sünden zu strafen und uns keine weiteren Nachkommen zuteil werden zu lassen. Für jedermann erkennbar schwebte der Makel der Sünde, des einzigen Kindes, über unserem Haus. Wenn wir euch an Kindes Statt aufnehmen, so ist es unser Wunsch, diesen Makel zu tilgen. Ihr gehört von nun an zur Familie.«

Martha schien erleichtert, nachdem sie sich erklärt hatte. Nur der Wirt vom Sand und sein Sohn sahen sich ziemlich ratlos an. Mutters Erklärung war ihnen sichtbar peinlich.

Schließlich fuhr Schlüssel seinem dicken Sohn durchs Haar und verkündete stolz: »Dafür macht uns dieser eine viel Freude. Christoph besucht das Jesuitenkolleg. Er studiert Latein und Mathematik und Euklids Lehre von den Elementen.« Und an seinen Sohn gewandt: »Sag etwas auf lateinisch, damit sie sehen, wie klug du bist! Sag was!«

Verlegen begann Christoph Schlüssel: »*Gallia omnis est divisa in tria partes* ...«

»*Partes tres!*« unterbrach Leberecht. »*Gallia est omnis divisa in partes tres!** So jedenfalls hat es Gaius Julius Caesar niedergeschrieben.«

Der Wirt lachte. »Ein Steinmetzgeselle will einen Schüler des Jesuitenkollegs korrigieren!«

»Warum nicht!« meinte Leberecht vorlaut. »Wenn er das Lateinische besser hersagen kann?«

»Du? Du?« lachte der alte Schlüssel nun noch lauter. »Du willst Latein können? Wer hat dir das beigebracht?«

»Mein Vater«, erwiderte Leberecht knapp, und Sophie nickte stolz.

»Der Totengräber?«

»Ja, der Totengräber!«

Schlüssel schüttelte sich vor Lachen. »Und wer, mit Verlaub, hat ihm das beigebracht, dem Totengräber?«

* Gallien als Ganzes gliedert sich in drei Teile ... (aus Caesars *De Bello Gallico*)

»Die Mönche vom Michelsberg, mit Verlaub.«

Der Wirt hielt verwundert inne. Der dicke Junge blickte erst verwirrt, dann zornig, dann meinte er weinerlich: »Die Mönche vom Michelsberg unterhalten keine Lateinschule!«

»Nein«, antwortete Leberecht, »aber sie haben eine große Bibliothek mit vielen lateinischen Büchern. Ich habe sie selbst gesehen.«

Die Stimme des Jungen wurde heftig: »Es ist nicht erlaubt, daß Ungebildete Bücher lesen!«

Leberecht zog seine Stirn in Falten: »Wer sagt das?«

»Die heilige Mutter Kirche. Sie gestattet nur Bücher zu lesen, die im christlichen Glauben geschrieben sind. Und um zu erkennen, daß ein Buch die christliche Lehre verbreitet, muß man gebildet sein.«

»So wie du.«

»Ja.«

»Aber Gaius Julius Caesar war ein Heide!«

»Ganz recht!«

»Trotzdem hast du seine Schrift gelesen.«

»Ich habe sie in dem Bewußtsein gelesen, daß seine Schriften heidnische Schriften sind. Ein Ungebildeter liest sie ohne Kritik. Das ist schädlich für den Glauben.«

Leberecht zog die Augenbrauen hoch; aber er schwieg. Doch von Stund an hatte er für diesen vollgefressenen Dickwanst nur noch Verachtung übrig, und er wußte, daß es früher oder später zu einer Auseinandersetzung kommen würde.

Am folgenden Morgen, es war der fünfte Fastensonntag, ging Martha Schlüssel mit Christoph, ihrem leiblichen, und Leberecht, ihrem Ziehsohn, zur Messe im Dom. Sophie hatte Küchenarbeiten zu verrichten.

Die hochherzige Entscheidung des Wirtes vom Sand, die Waisen bei sich aufzunehmen, hatte sich in Windeseile herumgesprochen, und der unerwartete Schritt fand große Anerkennung. Martha, die ihre Schönheit ebenso bereitwillig zur Schau trug wie ihren frommen Glauben, hatte zum Schutz vor der Märzkälte einen schwarzen Umhang um die Schultern geschlungen. Darunter trug sie ein grünes wollenes Kleid mit breiten senkrechten Samtstreifen, ein Gewand, das ihr die Bewunderung von Frauen und Männern im gleichen Maße einbrachte.

Vorbei am Georgentor betraten sie den Dom durch die der Stadt zugewandte Gnadenpforte. Die Messe wurde vom Domprobst gelesen. Der Bischof selbst verfolgte das Geschehen eher teilnahmslos von einem roten Thronsessel im schwarz verhangenen Peterschor.

Nach Verkündung des Evangeliums zum fünften Fastensonntag bestieg der Domprediger Athanasius Semler die steinerne Kanzel. Unruhe kam auf, dann starrten die Kirchenbesucher wie gebannt auf die kleine dürre Gestalt über ihren Köpfen. Semler genoß die fromme Erwartung und ließ den Blick unendlich langsam über das Volk der Gläubigen schweifen, als suchte er einen Sünder.

Endlich erhob er seine hohe Stimme und begann leise: »Gott sei euch armen Sündern gnädig, euch elenden Kreaturen der Sünde, euch Werkzeug des Teufels und der bösen Mächte, die ihr« – seine Stimme wurde lauter und lauter – »Schindluder treibt mit den Gaben Gottes tagaus, tagein. Aber Gott der Allmächtige wird euch strafen mit dem ewigen Höllenbrand. Satans Knechte werden euch rösten auf glühenden Eisen und vierteilen mit schartigen Schwertern, und euer Wehgeschrei wird lauter sein als die Posaunen von Jericho und es wird den Donner des Himmels übertönen ...«

Im Dom wurde es totenstill. Die Menschen standen mit gesenkten Köpfen. Martha hatte ihren schwarzen Umhang über den Kopf gezogen und preßte ihn krampfhaft unter dem Kinn zusammen. Leberecht, auf den die geifernden Worte des Predigers wenig Eindruck machten, sah, daß Martha beschämt die Augen niederschlug. Zu seiner Verwunderung trug sogar Christoph ein reumütiges Gesicht zur Schau.

»Die Qual«, fuhr Semler fort und zeigte mit ausgestrecktem Arm in die Menge, »die Qual der Hölle wird unvorstellbar sein, unvorstellbar größer als Kreuz und Trübsal, Pein und Schmerz, mit denen dieses Jammertal überhäuft ist. Aber wie groß und vielfältig diese Qualen auch sein mögen, so sind sie doch geteilt und gemäßigt, und niemals werden alle zusammen und zur selben Zeit denselben Menschen anfallen und peinigen. Wer arm ist, ist deshalb nicht krank am Leib. Wer krank ist, wird deshalb nicht verspottet. Wer betrübt ist, muß deshalb nicht Durst und Hunger leiden. Wer von einem Menschen gehaßt und gequält wird, erleidet deshalb nicht von allen Menschen Verfolgung. Augenpein macht keine Schmerzen in den Händen. Lahmheit verursacht keine Zahnpein. Leidet der Leib, so ist der Geist nicht verstört. Stets bleibt dem Menschen noch etwas übrig, das frei ist von Qual. Und wenn ein Kranker sich zuweilen einbildet, alles tue ihm allenthalben wehe, so ist doch gewiß, daß derselbe Schmerz, der ein einzelnes Glied heimsucht, nicht zugleich in allen Gliedern sein kann. Denn wo er von Hitze gepeinigt wird, da kann er keine Kälte leiden. Wo ihm vor Speisen ekelt, da kann er nicht von Hunger gequält werden. Und das Leid, das einer gestern aushielt, kann er heute nicht mehr fühlen. Ich aber sage euch Sündern vor Gott dem Allerhöchsten: Über euch werden alle Höllenqualen auf einmal kommen, über eure Leiber alle Schmerzen und Peinen im höchsten Grade und zur selben Zeit.

Geht mit euren Gedanken in die Spitäler und Siechenhäuser, die mit Pesthaften und Verwundeten angefüllt sind. Hört, wie das arme Volk ächzt und jammert, greint und schreit. Der eine wegen unerträglicher Schmerzen im Gehirn, jener wegen Pein an den Zähnen, ein anderer vom Schneiden in den Därmen. Arme und Beine sind jenem gebrochen wie dürre Äste, der Kopf zerschlagen ist diesem, dem dritten ist der Leib durchstochen, der kalte Brand hat dem vierten Mund und Nase abgefressen. Wundärzte mit glühenden Eisen brennen hier und schneiden dort mit scharfen Messern in das lebendige Fleisch. Hier sägen sie einem die Hand, dort einem andern den Fuß vom zuckenden Leib. Allenthalben ist Jammer und Elend und kaum einer kann, ohne ohnmächtig zu werden, dem furchtbaren Spektakel zuschauen. Stellt euch in euerem Gehirn alle Torturen vor, die von grausamen Tyrannen jemals erfunden, und entweder aus Rache an ihren Feinden oder aus Haß an Märtyrern und Blutzeugen Christi in teuflischer Tobsucht ausgeübt wurden. Seht nur die Folterbänke, auf welchen sie ausgestreckt wurden wie zuckendes Schlachtvieh, Galgen und Räder, mit denen sie lebendig zergliedert, die Geißeln und Skorpione, mit denen sie zerfleischt wurden bis aufs bloße Gebein und mit Salz bestreut. Riecht ihr den Geruch der glühenden Pfannen, in denen sie zerkocht und gebraten wurden, das siedende Blei, das ihnen in den Mund gegossen, das Pech, mit dem ihre Leiber beschmiert und angezündet wurden? Erdenkt alles, was ihr an Torturen und Pein ersinnen könnt, denkt euch alle Wunden und Krankheiten zusammen und stellt euch vor, ihr müßtet alles auf einmal erleiden! Dann hättet ihr für einen kurzen Augenblick eine Vorstellung von der Hölle, jene Pein, die euch elende Sünder erwartet!«

Unterhalb der Kanzel begann eine Frau laut zu schluchzen, eine andere fiel in Ohnmacht, ein kleines Mädchen erbrach sich in die Hände seiner Mutter. Martha atmete schwer. Leberecht beobachtete, wie sie am ganzen Leib zitterte. Sie wagte nicht, zu dem Prediger aufzublicken.

Der zeigte sich von der Angst und dem Ekel seiner Zuhörer unbeeindruckt und fuhr in seiner Bußpredigt fort. Semler geißelte die Fleischeslust, hervorgerufen durch die Sichtgier der Augen. Semlers Stimme überschlug sich mehrfach, als er auf die »Pforten des Satans« oder das »teuflische Geschlecht« zu sprechen kam, wie er Frauenspersonen mit Vorliebe nannte. Nur sie trügen die Schuld an der Unzucht und Schamlosigkeit allerorten. »*Ejicientur in tenebras exteriores; ibi erit fletus et stridor dentium!*« geiferte der Prediger überschäumend – »Sie werden hinausgeworfen werden in die äußerste Finsternis; dort wird Weinen und Zähneklappern sein.«

Durch den hohen Dom schallten unflätige Laute: »Huren!« – »Hexen!« – »Bräute des Satans!«

Mit einer heftigen Handbewegung, wobei er unwillig die Finger spreizte, gebot Semler zu schweigen. Er duldete, wenn er predigte, keine andere Stimme als die seine. »Wie oft«, fuhr er fort, »habt ihr euch versündigt mit geilen Anblicken des anderen Geschlechts? Wie oft habt ihr euch unreinen Gedanken hingegeben in Betrachtung eurer eigenen Gestalt vor dem Spiegel? O welche Pein werdet ihr in der Hölle erleiden, wo euch nur die abscheulichsten Mißgestalten begegnen, Weiber mit dicken Bäuchen und krummen dünnen Beinen, Weiber mit hängenden Lappen statt Brüsten und ohne ein Haar auf dem Kopf. Dann werdet ihr bereuen, daß ihr zu Lebzeiten Sklaven der nackten Schönheit gewesen seid, der Abbilder der Sünde, die unter dem Deckmantel der Kunst ihr Unwesen treibt!«

Bei diesen Worten hielt der Domprediger inne. Er stand starr wie eine Statue. Sein ausgestreckter Arm zeigte in Richtung der steinernen Pfeilerfiguren, welche rätselhafte Namen trugen wie »Ekklesia«, »Synagoge«, oder »Zukunft« und leichtgewandete Frauenspersonen darstellten mit deutlichen Formen wollüstiger Weiblichkeit. Obwohl der Neubau des Domes nach einem verheerenden Brand eines älteren Bauwerkes gerade erst 300 Jahre zurücklag, wußte niemand um Herkunft und Bedeutung dieser Statuen weiblichen, äußerst weiblichen Geschlechts, mit spitzen Brüsten und einem sündhaften Lächeln im Gesicht.

Das allegorische Abbild der Zukunft erregte Athanasius Semler in besonderem Maße, weil die Weibsperson, die sie versinnbildlichte, eine andere Skulptur im Dom, Abbild der Gottesmutter Maria, an Schönheit und Weiblichkeit in den Schatten stellte. Wie die Statue mit schmaler Hand und spitzem Finger in die Zukunft wies und in gebogener Haltung ihren schlanken Körper zur Geltung brachte, das konnte einen frommen Christenmenschen durchaus in Erregung versetzen und schürte Zweifel, ob dieses Kunstwerk überhaupt je für den Dom geschaffen wurde. Seit Beginn seiner Lehre hatte Leberecht viele Stunden vor der Statue verbracht. Carvacchi hatte ihm im Anblick der Zukunft jene Grundbegriffe der Kunst erklärt, die von den großen italienischen Meistern zum Gesetz erhoben wurden: daß die Harmonie am größten ist, wenn die

Länge des Körpers acht und zwei Drittel Gesichtslängen betrage; daß das Gesicht eines Menschen stets die Fläche seiner Hand einnimmt; Nase und Ohren immer in gleicher Höhe sitzen, sowie den Unterschied zwischen Stand- und Spielbein, Wand- und Gewandfigur. Und weil die »Zukunft« so zart bekleidet war, als verhüllte sie nur ein Nebel im Herbst, hatte Leberecht an der edlen Skulptur die weibliche Anatomie studiert, wie sie eine reife Frau nur selten zur Schau trägt. Seither maß er die Erscheinung jedes weiblichen Wesens an dieser einen Statue.

Natürlich war ihm, dem jungen Steinmetz, sofort aufgefallen, daß Martha, die Wirtin vom Sand, die ihm nun Ziehmutter sein sollte, in ihrem Ebenmaß viel mit der »Zukunft« gemein hatte: das schmale Gesicht und in Zusammenhang damit die schmalen Hände, vor allem aber ihre geschwungene Haltung, hervorgerufen dadurch, daß sie nie auf beiden Beinen zugleich stand, sondern stets Stand- und Spielbein wechselte wie die alten Statuen der Griechen. Um so mehr trafen Leberecht die geißelnden Worte des Dompredigers, der in der »Zukunft« die Stein gewordene Sünde erblickte.

Semler hatte kaum geendet, da warfen sich Frauen auf die Knie, alte Männer stießen ihre Köpfe gegen die Pfeiler der Kirche, um sich Schmerz zuzufügen. Vom Georgenchor hallte der Ruf »*peccavi* – ich habe gesündigt!« und im selben Augenblick brach ein hundertfaches Klagegeschrei aus, wie es die armen Seelen im Fegefeuer nicht trefflicher verrichten konnten.

Bei Leberecht rief das entwürdigende Schauspiel nur Abscheu hervor. Er wußte aus Erzählungen seines Lehrmeisters Carvacchi, daß andernorts die Zeit der Finsternis längst vorbei war, daß die Reformation des Mönchs aus Wittenberg eine neue Zeit eingeläutet, neuen Gedanken Raum gegeben hatte. Nur hier, am Zusammenfluß von Main und Regnitz, schien die Zeit stehengeblieben zu sein, wurden neue Gedanken als Sünde gegeißelt. Dabei stand die Reformation vor den Toren, und der Fürstbischof verlor nach und nach die Hälfte seiner Besitzungen.

Semlers Bußpredigt blieb nicht ohne Wirkung. Schweigend gingen Martha und die beiden Jungen nach Hause. Obwohl es bis Ostern nicht mehr als zwei Wochen hin waren, hatte sich der Winter noch immer nicht verabschiedet. Der Atem der Kirchgänger hinterließ dicke Dunstwolken in der kalten Luft.

Auf den Steintreppen hinab zum Sand steckten Frauen die Köpfe zusammen, und als Martha mit den Jungen die Menschenansammlung passierte, rief eine der Frauen mit gellender Stimme: »Gott sei mit uns, der Hamann-Sohn, der Hamann-Sohn!«

Die Frauen stoben auseinander wie eine Schar Hühner, in die der Fuchs gefahren ist. Nur zwei würdige Matronen blieben zurück.

»Was ist geschehen?« fragte Martha Schlüssel, an eine der beiden gewandt.

Die zeigte ein verlegenes Gesicht und betrachtete abwechselnd die Fragestellerin und den jungen Hamann. Endlich faßte sich die eine ein Herz und antwortete mit einer Kopfbewegung auf Leberecht: »Sein Vater, der Totengräber vom Michelsberg, ist der Leinweberin Hussmann erschienen.«

Martha legte ihren Arm um Leberecht, als wollte sie ihn schützen. Der sah seine Ziehmutter mit unsicherem Blick an. Er brachte kein Wort hervor.

»Die Leinweberin redet Unsinn«, entgegnete Martha. »Die Alte sieht Gespenster.«

»Das mag schon sein!« ereiferte sich die andere, »aber fest steht, daß die Leinweberin den kahlen Adam auf dem Kirchhof vom Michelsberg begegnet ist, als sie das Grab des Leinwebers besuchte. Sie hat Hamann genau erkannt, er trug eine rote Kappe und hielt die Schaufel in der Hand, und als sie auf ihn zutrat, verschwand er, als hätte ihn der Erdboden verschluckt.«

Als Leberecht das hörte, riß er sich von Martha los, rannte die steinerne Treppe abwärts zum Sand, hastete wie von Furien gejagt die Straße entlang zur Oberen Brücke, überquerte den Fluß und schlug keuchend den Weg zum Kranen ein. Vor dem Haus seiner Kindheit angelangt, schob er den Riegel beiseite, der die Türen neben der Schmiede versperrte. Er nahm zwei, drei Stufen der Holzstiege auf einmal und gelangte atemlos zu der niedrigen Eingangstür, hinter der sich die meisten Erinnerungen seiner Kindheit verbargen.

Vaters Schaufel, das wußte er, lehnte hinter der Tür. Mit ihr hatte er Hunderten die letzte Ruhestätte geschaufelt. Und wenn er sich recht entsann, so lag die rote Kappe noch immer in dem schwarzen Kasten hinter dem Tisch.

Der Raum war durchwühlt. Bei den Gebeinen des heiligen Otto: Räuber hatten die ärmliche Behausung heimgesucht! Schubladen lagen auf dem Boden, die Türen des ärmlichen Kastens standen offen, die Bänke waren umgestoßen, nicht einmal den gemauerten Herd hatten die Einbrecher verschont und unter dem Aschenrost nach versteckten Schätzen gesucht. Als ob Adam Friedrich Hamann ein reicher Mann gewesen wäre!

Weder die Schaufel noch die rote Kappe waren an ihrem Platz. Welchen Reim sollte er sich darauf machen?

Während Leberecht seinen Gedanken nachhing, fiel sein Blick auf die eine der beiden Holzbänke, seine Lieblingsbank, die umgekehrt auf dem Boden lag, und als er daran ging, sie aufzurichten, erkannte er auf der Rückseite der Sitzfläche eine in das Holz geritzte Inschrift:

FILIO MEO L. ✱ TERTIA ARCA.

Für einen, der Gaius Julius Caesar lesen konnte, war die Übersetzung der lateinischen Inschrift ebenso einfach wie rätselhaft: »Meinem Sohn L. – der dritte Kasten.« Adam Friedrich Hamann, der seinen Sohn im Lateinischen unterrichtet hatte, hatte derlei Rätselsprüche geschätzt, aber wie so oft wußte der Junge auch diesmal nichts damit anzufangen.

Noch am selben Tag suchte Leberecht das Grab seines Vaters auf dem Kirchhof am Michelsberg auf, aus dem das Eisenrohr ragte. Er verrichtete ein stummes Gebet und gewiß hätte er die Angelegenheit mit der angeblichen Erscheinung, als eine der vielen Bosheiten abgetan, die in einer kleinen Stadt zum täglichen Umgang gehörten, hätte ihn Sophie nicht bei der Rückkehr mit der Nachricht überrascht, Ortlieb, der Fuhrknecht des Wirtes vom Sand, sei am Abend zuvor in der Teuerstadt dem kahlen Adam begegnet!

»Glaubst du etwa an dieses Geschwätz?« erkundigte sich Leberecht bei seiner Schwester, nachdem er sich von dem Schock erholt hatte.

Sophie antwortete nicht. Sie hatte feuchte Augen. Auch Leberecht kämpfte jetzt mit den Tränen. Aber nicht etwa aus Furcht vor den Erscheinungen, sondern aus Wut. Die Gier der Menschen nach wundersamen Erscheinungen war grenzenlos. Während andernorts, nicht einmal weit vor den Toren der Stadt, mit der Lehre Martin Luthers eine neue Zeit Einzug hielt, in der Bußpredigten, Ablässe und Folter im Namen Jesu Christi der Vergangenheit angehörten, hielt hier der Fürstbischof seine segnende Hand über die finstere Endzeit, welche seiner Ansicht nach angebrochen war. Zwar hatte sich die Weissagung der Propheten, das Jüngste Gericht würde eineinhalb Jahrtausende *»post passionem«**, also im Jahre des Herrn 1533, eintreffen, nicht erfüllt, aber im Glauben der weisen Frömmler konnte der Fehler – und als solcher wurde das Ausbleiben des Weltuntergangs seitdem bezeichnet – keinesfalls bei den Propheten liegen, sondern nur bei den Jüngern Euklids, die sich, Gott sei's geklagt, bei ihren Berechnungen heidnischer arabischer Schriftzeichen bedienten.

Das furchtbare Jahr, für das die Weisen das Ende prophezeit hatten, an dem die Berge Feuer speien, die Flüsse über die Ufer treten und die Toten aus ihren Gräbern auferstehen sollten, lag nun 21 Jahre zurück; aber das Verhalten der Menschen von damals war noch allgegenwärtig, und nirgends konnte die heilige Inquisition mit soviel Zuspruch, so vielen Spitzeln und Zeugen rechnen wie hier.

Von seinem Vater, der sich in der Abtei Michelsberg eine Menge Wissen angelesen hatte, hatte Leberecht denkwürdige Dinge erfahren. Zum Beispiel, wie ehrsame Bürger, einfache Häcker oder steinreiche Brauer, sich von der Unreinheit ihrer

* nach der Passion (dem Leiden und Sterben Christi)

Seele säuberten oder das ewige Heil zu erkaufen suchten. Seither wurde sein frommer Glaube, der einem Jüngling in dieser Zeit an diesem Ort bereits in die Wiege gelegt worden war, von immer heftigeren Zweifeln geplagt. Jedenfalls glaubte Leberecht nicht daran, daß das Geißeln der eigenen Glieder, der Kauf von Gebeten und das unaufhörliche Sündenbekenntnis der rechte Weg sei, um ins Paradies zu gelangen.

Fieberkrank von den selbstauferlegten Martern und Torturen begegneten viele der heiligen Jungfrau Maria; ja, sogar Otto, der heilige Bischof, und Kaiserin Kunigunde, von der jeder wußte, daß sie im Dom neben Heinrich, dem Kaiser, begraben lag, trieben bisweilen ihr Unwesen. Das wurde von durchaus ehrsamen Bürgern behauptet, denen die armen Seelen in irdischer Gestalt an verschiedenen Orten leibhaftig begegnet sein sollten.

»Die Leute sagen, unser Vater sei ein Hexer gewesen, einer, der mit dem Teufel im Bunde stand!«

Die Worte Sophies holten Leberecht in die Gegenwart zurück. »Vater ein Hexer, mein Gott!« Leberecht schüttelte den Kopf. »Vater war kein Hexer. Dafür war er viel zu klug.«

Sophie lachte bitter. »Der Satan macht vor den Klugen nicht halt. Denk nur an Nikolaus von Kues. Hat Vater nicht seinen Scharfsinn gerühmt, wenn er von seinen Büchern erzählte? Und doch predigte der Cusaner die *docta ignorantia*, die belehrte Unwissenheit, als höchstes Ziel. Nein, der Fehler, den unser Vater beging, war ein ganz anderer. Er paßte nicht in das Bild vom frommen Christenmenschen. Ein Totengräber, der das Lateinische besser hersagen kann als der Fürstbischof und der seine Kinder die heidnischen Schriftsteller der Antike lehrt, gerät allzu leicht in Verdacht, ein Ketzer zu sein.«

»Vielleicht ...« Leberecht wurde nachdenklich. »Vielleicht sind die Erscheinungen unseres Vaters gar keine Erscheinungen, sondern ein von der Kurie der Domstiftskanoniker erdachtes Theater.«

»So darfst du nicht denken!« entrüstete sich Sophie. »Welchen Grund sollte die Geistlichkeit haben, so etwas zu tun?«

Schweigend stiegen beide die steilen Treppen hinauf zu ihrer Kammer.

»Warum sollten die so etwas tun?« nahm Sophie ihre Frage wieder auf und ließ sich auf dem Bettkasten nieder.

Leberecht lehnte sich unschlüssig an den wärmenden Kamin, schließlich tat er drei Schritte zu der winzigen Dachluke, die mit Stoffetzen abgedichtet war. Ihn fröstelte. Aber mehr als die Kälte machte ihm der Gedanke zu schaffen, welche Intrige gegen ihren toten Vater gesponnen würde.

»Da kann ich dir gleich mehrere Gründe nennen«, begann Leberecht, ohne seine Schwester anzusehen. »Vater wußte zuviel über die dunklen Machenschaften der Domstiftskanoniker; vor allem aber hielt er sich mit seinem Wissen nicht hinterm Berg. Außerdem stand er bei den Mönchen der Klosterimmunität Michelsberg in Sold, ja, er genoß – wie ich aus eigener Anschauung weiß – bei den Mönchen sogar hohe Achtung, war also gleichsam einer der ihren. Wie jeder weiß, sind aber die Mönche vom Michelsberg und die Domstiftskanoniker verfeindet wie Hund und Katze. Es hätte mich doch gewundert, wenn der Domprediger Athanasius Semler das eiserne Rohr auf dem Grab unseres Vaters nicht als einen Gedanken des Teufels verdammt hätte. Er wettert doch gegen alles, was nicht wortwörtlich in der Bibel steht.«

Sophie fühlte plötzlich, wie ihr das Blut in den Kopf schoß und wie sich ein heißes Feuer ihres ganzen Körpers bemächtigte. Es war, als nehme der Teufel persönlich von ihr Besitz, als lähmte eine unbekannte Macht ihre Gedanken. Ängstlich sah sie zu ihrem Bruder auf: »In welcher Sünde leben wir, daß Gott uns das antut?«

Leberecht lachte: »Jetzt läßt du dich auch schon anstecken von dem dummen Gerede! Vielleicht beruhigt es dich, wenn ich dir sage, daß unsere Wohnung durchwühlt worden ist. Nach Reichtümern hat man dabei wohl nicht gesucht. Aber eigenartigerweise sind Vaters Schaufel und seine rote Kappe verschwunden.«

»Und? Was willst du damit sagen?«

»Nichts. Nur soviel: Vielleicht hat sich irgend jemand aus irgendeinem Grund mit dem Andenken des Totengräbers vom Michelsberg einen üblen Scherz erlaubt.«

»An eine Erscheinung glaubst du also nicht?«

»Nein!« antwortete Leberecht mit klarer Stimme. »Ich habe heute Vaters Grab besucht. Es ist unversehrt. Oder hältst du es für möglich, daß seine arme Seele durch das Eisenrohr entwichen ist?«

Leberecht und Sophie hatten erwartet, daß der Wirt vom Sand, seine Frau Martha oder der Sohn des Hauses sie auf die denkwürdigen Vorfälle ansprechen würden. Doch es schien, als ginge ihnen die Familie, ja sogar das Personal aus dem Wege. Den ganzen Tag fand sich niemand, der mit ihnen über die rätselhaften Erscheinungen gesprochen hätte.

Als endlich im Wirtshaus Ruhe einkehrte und die Lichter gelöscht waren, legten sich Leberecht und Sophie zu Bett. Die Nacht war ungewöhnlich kalt für die Jahreszeit. Vom Fluß her stiegen feuchte Nebelschwaden auf, klamme Nachtluft drang durch Fenster- und Mauerritzen. Die beiden hatten ihre Kleider anbehalten und lagen zum Schutz vor der Kälte eng aneinandergekuschelt. Eine aus Flicken und Fetzen zusammengenähte Decke hielt die Kälte, die von der schrägen Decke herunterdrang, kaum ab.

War es die Kälte, oder hinderten ihn die trüben Gedanken am Schlaf? Irgendwann löste sich Leberecht aus der Umarmung seiner Schwester und schlich aus der Kammer. Er wußte selbst nicht, was ihn dazu veranlaßte, mitten in der Nacht das Innere des Hauses zu erkunden. Ihn drängte Neugier. Vorsichtig und bemüht, das Knarren der Holztreppe zu vermeiden, tastete sich Leberecht vom Dach, wo das Gesinde seine Kammern hatte, in das darunter liegende Stockwerk.

Matter Lichtschein drang durch ein kleines verhangenes Fenster, eine winzige Luke, die von einer Kammer her dem Treppenhaus Licht spendete. Vier Türen führten auf dem quadratischen Treppenabsatz in vier verschiedene Räume. Es war still. Nur aus dem erleuchteten Fenster drang leises Wimmern, dann ein unerklärliches Stöhnen.

Leberecht erkannte Marthas Stimme. Er mußte sich nicht einmal besonders strecken, um einen Blick in die Kammer zu erhaschen. Ein schmaler Spalt in der Mitte des Vorhangs ermöglichte die Sicht auf das, was im Innern vor sich ging.

Martha kniete mit dem Rücken zu der Luke auf dem Boden. Sie trug einen langen rauhen Rock, in der Taille gegürtet; ihr Oberkörper war entblößt, und die offenen Haare fielen wie rote Flammen auf ihren Rücken. Während sie sich tief verneigte – vermutlich vor einem Kreuz, welches Leberecht nicht sehen konnte –, murmelte sie eine fromme Litanei. Ihre Worte waren nicht zu verstehen. Kaum hatte sie geendet, da schleuderte Martha einen beinahe armdicken Stock mit kurzen Lederriemen rückwärts über den Kopf, daß die Riemen, welche mit künstlichen Knoten versehen waren, auf ihren nackten Rücken klatschten wie die Peitsche eines Fuhrknechts auf die Hinterbacken seines Pferdes. Dabei bäumte Martha sich auf und gab einen dünnen Laut von sich wie eine getretene Katze.

Heilige Jungfrau! Leberecht erschrak zu Tode. Es dauerte eine Weile, bis der heimliche Beobachter begriff, daß Martha sich diesen Schmerz mit voller Absicht zufügte. Aber als er die ganze Tragweite dieses Vorganges begriffen hatte und als Martha dieses grausame Spiel mit der Geißel ein zweites und drittes Mal wiederholte, da fühlte Leberecht auf einmal, daß es ihm Lust bereitete. Er ergötzte sich an den Peitschenhieben, an dem Klatschen der Riemen auf ihrer Haut, an ihrem leisen Stöhnen und an der Röte, welche das Folterinstrument auf ihrem Rücken verursachte.

Noch nie hatte sich Leberecht von einer Frau so angezogen gefühlt wie von Martha bei diesem heimlichen Schauspiel. Nicht in seinen schmutzigsten Träumen, in denen meist strenge Mönche und levitierende Nonnen eine Rolle spielten, hatte er soviel Wollust empfunden wie durch diesen schmalen Spalt im Vorhang. So mußte König David im Anblick von Bathseba empfunden haben, Assuerus im Anblick von Ester und Samson, als er Dalila begegnete.

Um sich im Zaume zu halten, biß sich Leberecht auf den gekrümmten Daumen, er hielt die Luft an, solange er konnte, aber die selbst gesuchte Kasteiung zeigte keine Wirkung, und sein Drang und der Wunsch, Martha möge immer nur fortfahren mit dieser Selbstzüchtigung, wurde nur noch stärker. O welche Lust wäre es gewesen, selbst die Geißel zu schwingen gegen den weißen Körper der schönen Frau! Welch eine Verlockung ...

Was Frauen betraf, so kannte Leberecht nur den Körper Sophies, bis in alle Einzelheiten. Er kannte ihn so, wie Sophie ihm seit Kindertagen begegnet war: züchtig, rein und ohne Verlockung und Leidenschaft. Leberecht hatte nie verstanden, wenn der Domprediger von der Kanzel das weibliche Geschlecht als teuflisch und alle Frauen als Pforten des Satans bezeichnete. Nun aber begriff er auf einmal, was Athanasius Semler meinte. Der Leib eines Weibes war durchaus geeignet, einen Mann um den Verstand zu bringen, ihm alle Gedanken an das Edle im Menschen zu rauben, ihn zum Frauenschänder, Verführer, Ehebrecher und Lüstling zu machen, zu einem Werkzeug der Willkür und der Genußsucht.

Im Anblick der geißelnden, klagenden Frau hätte Leberecht alles gegeben, damit das berauschende Schauspiel weiter ging bis zum Jüngsten Tag. Nur mit Mühe unterdrückte er ein Stöhnen, und versuchte, seine Gedanken zu sammeln, doch nur wilde Phantasien kamen ihm in den Sinn. Er war bereit abzuschwören der heiligen Jungfrau und allen heiligen Weibern – Appolonia, Irmhild, Barbara, Katharina, Agnes, Hedwig, Roswitha, Hildegunde, Elisabeth, Thekla, Ermelindis und Martha. Nur dieser Martha nicht.

Leberecht wußte nicht, wie lange er gaffend vor der Fensterluke verbracht hatte; doch als Martha nach einem kraftvollen »Amen« und drei Kreuzzeichen über Stirn und Brüste ihre Zeremonie beendete, da erschrak er wie ein Kind, das aus dem Schlaf gerissen wird. Martha indessen erhob sich und verschwand aus seinem Blickwinkel. Auf dem Boden blieb ein Häuflein Erbsen zurück, auf denen die Frau gekniet hatte, um ihren Gliedern noch größeren Schmerz zuzufügen. Dann verlosch das Licht.

Enttäuscht und befriedigt zugleich schlich Leberecht die Treppen hinauf zum Dachgeschoß. Er fror. Sophie schien seine Abwesenheit nicht bemerkt zu haben. Sie erwachte nicht einmal, als der Bruder zu ihr ins Bett stieg und sich zitternd an sie schmiegte. Sophie ließ es auch geschehen, als Leberecht mit den Händen ihren Leib abtastete. Das hatte er schon oft und in aller Unschuld getan, und seine Schwester hatte ihn gewähren lassen. Aber diesmal war alles anders.

Am nächsten Morgen war Leberecht bemüht, seiner Ziehmutter aus dem Wege zu gehen. Das Morgenmahl – Brotbrocken in Milch getaucht – wurde ohnehin nie gemeinsam eingenommen. Vielmehr suchte jeder eine Ecke zur ungestörten Nahrungsaufnahme.

Zur Winterszeit begann die Arbeit der Steinmetze erst spät am Morgen, zum einen wegen der Kälte, welche die Finger lähmte, zum anderen aber auch wegen des fehlenden Tageslichts. Leberecht machte einen leicht verstörten Eindruck, als er Carvacchi an jenem Morgen vor die Augen trat.

Der Dombaumeister war ihm ein zweiter Vater und Vorbild in vieler Hinsicht, und gewiß hätte dieser die flammende Unruhe im Gesicht seines Lehrjungen bemerkt und sich nach der Ursache erkundigt, wäre er nicht an diesem Tage selbst verwirrt gewesen wie der Apostel Thomas im Angesicht des Herrn.

Carvacchi stieß unverständliche Schimpflaute aus in einem Kauderwelsch aus Deutsch, Lateinisch und Italienisch. Das entsprach seiner Art und verhieß nichts Gutes. »Diese jämmerlichen Kreaturen, diese Pfaffenlecker, diese Kirchbankfurzer!« geiferte er schließlich, umringt von einer Handvoll Lehrlingen und Gesellen, die sich ratlos ansahen, wem wohl das Donnerwetter gelte.

»Kommt mit!« bellte Carvacchi und wies mit einer Kopfbewegung hinüber zum Dom.

Sie betraten den Dom über die Stufen der nördlich gelegenen Veitstüre. Carvacchi stampfte zornig voran und durchquerte das Kirchenschiff in Richtung der Adamspforte. Hinter dem vierten Pfeiler, der das Gewölbe trug, machte er halt. Auf dem Boden lagen Teile einer Statue verstreut.

Erschrocken blickte Leberecht nach oben: Der Sockel, der die Skulptur der »Zukunft« getragen hatte, war leer.

Wie aus weiter Ferne hörte Leberecht die Stimme des Predigers Athanasius Semler, der die »Zukunft« als sündhaft verurteilt hatte; er sah das schmale Gesicht der Statue und jenes von Martha, seiner Ziehmutter, die soviel mit dieser Statue gemein hatte, und durch seinen Kopf schoß der absurde Gedanke, daß dies die Strafe für seine nächtliche Sünde sei. Er hatte die »Zukunft« geliebt wie die Jungfrau Maria – soweit man eine Statue überhaupt lieben kann –; jedenfalls hatte Leberecht in der Anmut des aus Stein geschaffenen Körpers jene himmlische Schönheit entdeckt, welche fromme Menschen anbetungswürdig nennen.

Eines Tages war er Carvacchi aufgefallen, wie er in Gedanken versunken am Pfeiler emporblickte und die von unbekannter Menschenhand geformten Reize entzückt in sich aufsog. Seit jenem Tag behandelte der Meister Leberecht wie seinen Sohn, weil er wußte, daß der Junge ebenso fühlte wie er. Auf Carvacchis Frage, was er im Anblick der steinernen Statue empfinde, hatte Leberecht nur hilflos herumgestottert, bis der Meister selbst die Antwort gab: den Drang, diese Frau leibhaftig zu besitzen. Genau das hatte Leberecht angesichts des Kunstwerks gefühlt. Und Carvacchi hatte hinzugefügt, von nun an werde er nur noch nach dem Abbild der »Zukunft« unter den Frauen suchen, und er werde alle Frauen an dieser Statue messen, weil sie für ihn das Urbild des Weiblichen darstelle. Damals hatte er die Worte seines Lehrmeisters nicht richtig verstanden, aber seit der vergangenen Nacht war ihm klar, daß Carvacchi recht hatte.

»Was glaubt ihr wohl«, begann Carvacchi nach endlosem Schweigen vor den Trümmern am Boden, »wer ist der Tugendhaftere unter den Menschen – der, welcher die Statue geschaffen hat oder jener, der für ihren Sturz verantwortlich ist?«

Keiner von den Lehrlingen und Gesellen wagte den Meister anzusehen oder gar zu erwidern. Denn jeder wußte, das Carvacchi seine Fragen immer selbst beantwortete, ja, es hätte ihn irritiert, wenn ein anderer diese Aufgabe übernommen hätte. Und so begann er weit ausholend:

»Der Name dessen, der die ›Zukunft‹ geschaffen hat, ist uns nicht bekannt, da das Werk in einer Zeit entstand, in der jede Art von künstlerischem Schaffen nur zur höheren Ehre Gottes geschah. Ein Künstler war nur ein Sandkorn auf dem weiten Feld der Frömmigkeit. Aber jener Mann, unter dessen Händen die ›Zukunft‹ entstand, formte das Kunstwerk mit der Reinheit seiner Gedanken. Er bejahte das Leben und schuf eine Allegorie auf das Kommende, in Gestalt einer schönen, in die Ferne weisenden Frau, einer Göttin, wie sie Phidias nicht anmutiger hätte schaffen können im Anblick seiner Geliebten Phryne. Dreihundert Jahre schmückte die Statue diesen Dom; dann kam dieser menschenverachtende Prediger Athanasius Semler, der für sich in Anspruch nimmt, fromm und rechtschaffener zu sein als unser Herr Jesus und reiner als die Jungfrau Maria. Dabei hat er einen so verdorbenen Charakter, daß er sogar im Anblick einer Statue aus Stein auf schlechte Gedanken kommt. Einer wie er, der seine Leidenschaft nie stillen durfte, trägt nur Sünden im Kopf. Sogar am Sandstein reibt sich seine Phantasie. Sein Geist ist vom Teufel umnachtet. Er fühlt sich als Großinquisitor und das ist sein Werk! Pfui Teufel!«

Teufel, Teufel! hallte es durch den leeren Dom, und es schien, als verstärkte die Kälte das mehrfache Echo. Carvacchi hielt noch einen Augenblick inne, dann ging er in der Richtung davon, aus der sie gekommen waren.

Wortlos begannen die Steinmetze die Steinbrocken in ihre Lederschürzen aufzusammeln. Leberecht griff nach der rechten Hand, die in die Ferne gewiesen hatte. Das Bruchstück reichte von der Handwurzel bis zum gestreckten Zeigefinger und war unversehrt geblieben. Handrücken und Zeigefinger bildeten eine gerade Linie, während der Daumen auf der Innenseite des angewinkelten Mittelfingers zu liegen kam. Es war die Hand eines vornehmen Fräuleins; jedenfalls stellte er sich so die Hand einer Dame vor.

Bei dem Sturz aus großer Höhe war die »Zukunft« in viele kleine Teile zersprungen. An eine Restaurierung war nicht zu denken. Einen Tag und eine Nacht lagerten die Steinbrocken vor der Holzhütte, in der Carvacchi seiner Arbeit nachging. Dann beauftragte der Meister Leberecht, neben der Hütte ein Loch zu graben, soweit es der gefrorene Boden erlaubte, und die Bruchstücke darin zu versenken.

Leberecht kam dem Auftrag nach, obwohl er ihm ziemlich seltsam vorkam, aber er hätte nie gewagt, Carvacchi zu widersprechen. Vor allem hatte er so die Möglichkeit, die faszinierende Hand der »Zukunft« für sich zu behalten, und niemand bemerkte es.

Seit jener Nacht, als Leberecht seine Ziehmutter heimlich beobachtet hatte, verlangte irgend etwas in ihm nach noch mehr von dieser sündigen Nacktheit. Der Drang, Martha bei ihren Kasteiungen zuzusehen, trieb ihn jede Nacht um dieselbe Stunde aus dem Bett. Er mußte fürchten, von Sophie oder irgend jemand anderem bei seinen nächtlichen Streifzügen entdeckt zu werden, doch der unheimliche Trieb war stärker. Für zufällige Begegnungen im Treppenhaus hatte Leberecht sich allerlei fadenscheinige Erklärungen zurechtgelegt, die von Verrichtung der Notdurft reichten – was unwahrscheinlich genug war angesichts eines Nachtgeschirrs, das in jeder Kammer bereitstand – bis zum quälenden Durst – was kaum glaubhafter erscheinen durfte, da es in jeder Kammer eine Kanne Wasser gab.

Die zweite Nacht endete für Leberecht insofern enttäuschend, als er zwar das Fenster zum Treppenhaus erleuchtet fand, doch diesmal ließ der grobe Vorhang nicht den kleinsten

Spalt frei, durch den seine lüsternen Augen hätten spähen können. Was blieb ihm also anderes übrig, als das vereitelte Abenteuer der Augen seinen Ohren zu überlassen und zu lauschen, wie Martha sich dem frommen Schmerz hingab.

Schon beim erstenmal hatte Leberecht sich gefragt, welchen Grund Martha für ihre Torturen haben könnte. Sie galt als fromm und edelmütig, kümmerte sich um die Armen, und die Großmut ihres Gemahls gegenüber den Klöstern der Stadt sei – so erzählten die Leute – weniger ein Akt der Frömmigkeit Jakob Heinrich Schlüssels als seiner Frau Martha.

Hatte er zuerst noch den Verdacht gehegt, Martha könnte die Geißel aus purer Lust gebrauchen – die Gesellen der Dombauhütte redeten manchmal von derlei unverständlichen Praktiken –, so mußte Leberecht dieses Mal alle derartigen Gedanken verdrängen. Das Wehklagen, das durch das Fenster drang, war ohne Frage Ausdruck von Schmerz. Vor allem versäumte es Martha nicht, zwischen den einzelnen Peitschenschlägen inbrünstige Gebete zu flüstern, deren Wortlaut er jedoch nicht verstand, von einem einzigen Mal abgesehen, als ihre Stimme eindringlicher als je zuvor den Satz sprach: »*Jesu Domine nostrum.* Erlöse mich vom Laster des Fleisches ...«

O nein, Herr Jesus, erlöse sie in keinem Fall vom Laster des Fleisches! wollte Leberecht rufen, denn dieses Laster war es doch, das ihm die allerhöchste Lust bereitete, auch wenn es diesmal seinen Augen verborgen geblieben war.

Tags darauf, als er Martha außer Haus wußte, schlich sich Leberecht in einem unbemerkten Augenblick in die Kammer seiner Ziehmutter. Er zerrte an dem hinderlichen Vorhang und dadurch entstand an jener Stelle, wo er an der Wand befestigt war, ein kleiner, kaum wahrnehmbarer Riß, gerade groß genug, daß der Vorhang nicht mehr senkrecht, sondern verdreht herabhing und auf diese Weise immer einen kleinen Spalt freiließ, der für den Jungen das Fenster zum Himmel darstellte.

War er in der folgenden Nacht zufrieden, so hatte er nicht weniger Ursache es auch in der nächsten Nacht und in den darauffolgenden zu sein. Ohne ein einziges Mal gestört zu werden, gelang es ihm, Marthas sündigen Leib zu erkunden. Am vierten Tag sah Leberecht ihre Brüste, Brüste, wie er sie noch nie in dieser Pracht gesehen hatte, und dreizehn Tage später – Ostern war schon vorbei – ließ Martha ihren in der Taille gebundenen Rock zu Boden gleiten und zeigte ihm ihre Scham, daß dem heimlichen Beobachter das Blut in Kopf und Glieder schoß wie ein Feuerstrahl.

An diesem Tag stolperte Leberecht mehrere Male über seine eigenen Füße. Das war nicht ohne Gefahr auf dem Gerüst über der Adamspforte des Domes, wo Meister Carvacchi daranging, einen gesprungenen Stein aus dem Zahnband zu heben, welches das Bauwerk in luftiger Höhe umgab. Ein andermal glitt ihm ein schweres Hebeeisen aus der Hand und krachte unter ohrenbetäubendem Lärm zu Boden. Als er schließlich noch die Leiter am Gerüst falsch anlegte, nämlich mit dem breiten Ende nach oben, da schrie ihn Carvacchi an – zum erstenmal übrigens, seit er bei ihm in die Lehre ging: »Du gottverlassener Taugenichts! Wo bist du nur mit deinen Gedanken?« Und er holte aus und klatschte ihm seine breite Rechte ins Gesicht, daß es staubte.

Die Ohrfeige tat nicht weh; im Gegenteil, Leberecht fühlte, er hatte sie verdient. Doch war sie wenig geeignet, ihn aus seinen Gedanken zu reißen. Zu sehr hingen ihm seine nächtlichen Erlebnisse vor Augen.

Das schlimmste an dieser erregenden Situation war, daß er mit niemandem darüber sprechen konnte. Nicht mit Sophie, der er bisher alle Sorgen anvertraut hatte, aber auch mit Carvacchi nicht, den Leberecht wie seinen Vater verehrte, und schon gar nicht mit Martha, seiner Ziehmutter, deren Körper er des Nachts wie den einer griechischen Göttin anbetete.

Indes wurde seine schamlose Verehrung so sehr zur Gewohnheit – um nicht das Wort Sucht zu gebrauchen –, daß Leberecht begann, die Rolle eines heimlichen Liebhabers zu spielen, der seiner Angebeteten deutliche Zeichen der Zuneigung entgegenbringt. Im täglichen familiären Umgang suchte er, mehr als es schicklich war, ihre Berührung, und wenn es darum ging, ihr einen Weg oder eine Arbeit abzunehmen, dann zeigte Leberecht eifriges Entgegenkommen, und Martha dankte dieses mit einem sanften warmen Blick oder einer zärtlichen Berührung. Doch hatte sie gewiß, sagte sich Leberecht, eine Menagerie von Verehrern, in der er nur der jüngste und wohl am wenigsten ernst zu nehmen war.

Natürlich blieb den anderen das Verhalten der beiden nicht verborgen. Dem Wirt vom Sand war es gleichgültig. Ihn kümmerte mehr der Umsatz seiner Schenke, der Erlös aus den Wäldern um Burg Lesau und der Gewinn aus den sächsischen Silberminen, an denen er seit kurzem beteiligt war. Im übrigen besuchte er zur Befriedigung niederer Bedürfnisse die Edeldame Ludowika. Christoph, sein Sohn, hingegen zeigte deutliche Anzeichen von Eifersucht, die das ohnehin gespannte Verhältnis der beiden Knaben noch mehr belastete.

Der Wirtssohn war ein griesgrämiger, verdrossener und aus unerklärten Gründen verbitterter Jüngling, dessen Blick sich trotz oder gerade wegen seiner Erziehung bei den Jesuiten immer mehr verengte und dessen Gemüt dem eines Greises näher stand als dem eines jungen Mannes. Sein größtes Interesse galt neben dem Lateinischen, das er eher schlecht als recht lernte, vor allem den Zahlen, deren Quadratur und Multiplikation mit sich selbst er unaufgefordert herunterbetete wie die vier Evangelien. Beides geschah jedoch keineswegs aus Liebe zur Wissenschaft, sondern aus dem Wunsch, sich über die Ungebildeten zu erheben.

Sophie, ein Mädchen von frommer Denkungsart, wäre nie auf den Gedanken gekommen, ihr jüngerer Bruder könnte in der schönen Wirtsfrau etwas anderes sehen als seine Ziehmutter. Sie betrachtete Leberechts Zuneigung als selbstverständlich; insgeheim freute sie sich sogar, weil der Bruder den Tod der Eltern überwunden zu haben schien.

An Philipp und Jakobus desselben Jahres – der Frühling war mit lauen Winden eingezogen, und am Fluß blühten die gelben Sumpfdotterblumen – ereilte Sophie ein furchtbares Unglück, an dem auch Leberecht Schuld trug, in der Hauptsache jedoch dieser gottverdammte Jesuitenschüler Christoph Schlüssel, und dieses Unglück sollte ihr Leben verändern.

Leberecht und Christoph waren heftig aneinandergeraten, weil der Jesuit – wie er ihn nur noch nannte, seit er sich das Haar wie zu einer Tonsur geschoren hatte – dummes Zeug wiederkäute, das er selbst nicht verstand. Der Sonnenschein, so predigte er vom Geländer im Treppenhaus, sei die größte Freude für den Körper, die Klarheit der mathematischen Wahrheit aber die größte Freude für den Geist. Und das sei der Grund, warum die Wissenschaft von der Geometrie allen anderen Forschungen und Erkenntnissen vorzuziehen sei.

Darauf nannte Leberecht den Jesuiten einen blinden Bauernschädel, der noch nie ein burgundisches Kunstwerk betrachtet habe. So gab ein Wort das andere, und bald lagen sich beide in den Haaren und rangen wie Straßenköter und prügelten sich, daß das Blut spritzte.

Angelockt von dem lauten Geschrei, warf Sophie sich zwischen die beiden, um dem Kampf Einhalt zu gebieten. Leberecht rief, sie solle sich aus der Auseinandersetzung heraushalten, er schlage den Tölpel tot. Aber Christoph, dem anderen an Stärke ebenbürtig, packte das zarte Mädchen und schleuderte es mit beiden Armen beiseite. Leberecht behauptete später, der Jesuit habe Sophie gezielt in Richtung der Treppe geschleudert. Jedenfalls verlor Sophie das Gleichgewicht, stürzte kopfüber die steile Treppe hinab, überschlug sich mehrmals, wobei sie einen hellen spitzen Schrei ausstieß wie die jungen Schweine beim Abstechen, und blieb mit unter den Röcken angewinkelten Beinen, beide Arme ausgestreckt wie unser Herr Jesus am Kreuze, auf dem Pflaster der Eingangshalle liegen.

Leberecht hatte die Szene mit weit aufgerissenen Augen verfolgt und jede einzelne Bewegung der Schwester bei ihrem Sturz beobachtet. Jetzt stand er wie angewurzelt, unfähig, Sophie zu Hilfe zu eilen, die dalag, als wäre sie tot.

KAPITEL II

Inquisition und Leidenschaft

OBWOHL DER WUNDARZT SIE BEREITS aufgegeben hatte, konnte Sophie zur Verwunderung aller im folgenden Jahr zum erstenmal wieder ihre Beine gebrauchen. Sie hatte den Sturz über die Treppe wie durch ein Wunder überlebt und war nach zweitägiger Ohnmacht erwacht. Doch mehr als ein halbes Jahr hatte es gedauert, bis sieben verschiedene Brüche geheilt waren und Sophie die Kraft hatte, sich aus eigenem Antrieb fortzubewegen.

Dies ging nicht ohne Schwierigkeiten vonstatten, weil bei Sophie, ausgelöst durch den verheerenden Sturz, der kaum äußere Verletzungen erkennen ließ, während der Genesung eine seltsame Erscheinung zutage trat, von der Andreas Vesalius, Leibarzt des Kaisers Karl, in seinem Werk *De humani corporis fabrica* behauptet, sie treffe nur einen unter fünf Millionen Menschen, eine Krankheit – so man sie überhaupt so nennen will – ohne Namen. Andries van Wesel, so sein richtiger Name, der während seiner Zeit als Wundarzt in Padua die Leiche eines Gehenkten entführte, um sein Skelett zu präparieren – was jedoch nicht zur Unterhaltung anderer geschah, wie in Italien üblich, sondern zur Erkenntnis der Anatomie –, dieser flämische Arzt behauptete mit großen lateinischen Worten, im menschlichen Gehirn stehe eine eigene Drüse bereit, um das Wachstum zu steuern. Ein Sturz oder eine äußere Verletzung könne durchaus die Ursache dafür sein, daß ein mit normalen Proportionen geborener Mensch sich mit einem Male zum Zwerg oder – in der anderen Richtung – zum Riesen verwandle.

So kam es, daß Sophie, allen Gebeten zur kleinwüchsigen Jungfrau Maria zum Trotz, auf einmal wieder zu wachsen begann, obwohl sie die Jugend, der das gemeinhin vorbehalten bleibt, längst hinter sich gelassen hatte, daß sie sich dehnte und streckte und in der Breite und Höhe zunahm, eine bösartige Laune der Natur. Aus dem zarten Mädchen Sophie, das einmal den Namen »Veilchen« trug und das zu Leberecht aufgeschaut hatte, wuchs ein Riesenfrauenzimmer, größer als der größte Mann in der Stadt und bestaunt wie das Grabmal von Kaiser Heinrich und seiner Frau Kunigunde im Dom.

Selbst Leberecht, dem seine Schwester lieb war wie das eigene Leben, erschrak vor dem unerklärlichen Auswuchs. Anders als vor dem Treppensturz zeigte er sich nur ungern in ihrer Begleitung, und er war sogar froh, als Martha Sophie eine eigene Kammer zuwies, im Hinterhaus bei den Knechten mit einem eigens für sie gezimmerten Kasten als Liegestatt. Ohne zu murren, erledigte sie dort Arbeiten, die ihr früher ein Greuel waren, und sie lebte zurückgezogen wie eine Nonne.

Nur den sonntäglichen Kirchgang, der Leberecht seit jener Bußpredigt des Athanasius Semler zuwider war, erledigten sie noch gemeinsam. Er kam ein um das andere Mal einem Spießrutenlaufen gleich. Hinter ihrem Rücken wurde getuschelt, Kinder verhöhnten sie, und Leberecht verteilte Ohrfeigen, wenn sie das Riesenfrauenzimmer als Weltwunder oder Braut des Leibhaftigen verspotteten und Bocksprünge machten, um ihren Schmährufen Nachdruck zu verleihen.

Im Hause verrichtete Sophie die Arbeit eines Knechts und einer Magd zugleich; sie tat es ohne Murren und scheute sich nicht vor niedrigsten Tätigkeiten. Dazu gehörte das Ratzenvertreiben aus Kammern und Kellern; Ratzen, die sich bis zur Größe einer Katze auswuchsen und diese mit tödlichen Bissen bekämpften. Verursacht durch die Nähe des Flusses, gab es Tausende dieser Nager in den Häusern im Sand, und Sophie hatte den Auftrag, möglichst viele bei lebendigem Leibe zu fangen, an einem Bein festzubinden und sie auf diese Weise durch eine Pfanne mit einem Gemisch aus Fischtran und flüssiger Wagenschmiere zu ziehen, bis ihr Fell eher der Haut eines Fisches als der eines Nagetieres glich. Freigelassen rannten sich so behandelte Ratzen zu Tode, so unerträglich war ihnen der Geruch ihres Fells. Doch geschah dies nicht ohne einen willkommenen Nebeneffekt, denn alle Löcher und Gänge, durch die ein getrantes Tier gelaufen war, wurden für lange Zeit von allen anderen Ratzen gemieden.

Der schlimmste von allen niederen Diensten, die Sophie zu verrichten hatte, war die Pflege der Gicht des alten Schlüssel, die dem Wirt vom Sand von der Wunderheilerin Nüßlein empfohlen und unter dem Siegel der Verschwiegenheit für einen Goldgulden verkauft worden war. Ein Heilbrief, den Leberecht mit eigenen Augen gesehen hatte, enthielt neben der genauen Anweisung auch einen Fluch gegen jene, die das Geheimnis ohne Erlaubnis weitergaben. Und mochte das Mittel noch so fragwürdig erscheinen, so brachte es dem Wirt vom Sand zwar keine Erlösung, aber doch Linderung seiner Schmerzen. Angewidert holte Sophie einmal pro Woche eine junge Taube aus dem Schlag unter dem Dach, rieb dieselbe heftig am zuvor gereinigten Hinterleib des Kranken, und zwar so, daß der After der Taube genau auf den von Schlüssel zu passen kam. Während die Taube in starke gichterische Bewegungen verfiel, ließ Sophie erst ab, wenn der Vogel kein Zeichen von Leben mehr von sich gab. Dazu murmelte sie die Worte: »Geist der Taube, Geist der Taube. Nimm hinweg die Schmerzenspein!«

Weder Schlüssels Ehefrau Martha noch eine der Mägde erklärte sich bereit, diese obskure Prozedur freiwillig auszuführen. Dadurch geriet Jakob Heinrich Schlüssel in eine gewisse Abhängigkeit von Sophie, und es kümmerte ihn nicht, wenn die Leute spotteten, der Wirt vom Sand halte sich eine

Satansbraut unter seinem Dach oder sogar ein Zwitterwesen, Mann und Frau zugleich in Gestalt eines riesigen Dämons. Selbst als der Domprediger Athanasius Semler von der Kanzel wetterte, man müsse die Braut Satans – so nannte er Sophie, ohne mit ihr ein Wort gewechselt zu haben – exorzieren, hielt der einflußreiche Schlüssel seine Hand über das großgewachsene Mädchen und beschimpfte Semler in aller Öffentlichkeit als Volksverhetzer.

Von diesem Ereignis wurde die fromme Stadt in zwei Lager gespalten, wobei das eine nicht frommer war als das andere; denn im Grunde waren die einen so käuflich und korrupt, hinterhältig und böse und der Magie zugetan wie die anderen. Wunder sind der Frommen liebste Kinder, und es gab auch in dieser Stadt keinen Christenmenschen, der dem Unerklärlichen nicht insgeheim verfallen war wie Herodes Antipas der tanzenden Salome.

Sophies Wachstum jedenfalls trug in hohem Maße dazu bei, die verteufelten Gerüchte um ihren toten Vater zu schüren, und als schließlich eine Nonne vom nahen Frauenkloster verkündete, im Kreuzgang sei ihr der Leibhaftige in Gestalt eines kahlköpfigen Mannes mit einer Schaufel in der Hand begegnet, da wurden die ersten Rufe nach der heiligen Inquisition laut.

Seit Verkündung der Bulle *Summis desiderantis affectibus* durch Innozenz VIII. vor über siebzig Jahren wetteiferte die Stadt um den zweifelhaften Ruf, die erste zu sein im Hexenbrand; jedenfalls versuchte sie den sächsischen Fürstentümern, dem Herzogtum Westfalen, Würzburg und Eichstätt, den Rang abzulaufen. Der Dominikaner Bartolomeo, der die Stelle des Inquisitors einnahm, hatte eines Tages die Stadt heimgesucht, ein Schreiben der Kurie vorgewiesen und sich in einem Nebengebäude der alten Hofhaltung niedergelassen. Bartolomeo, der seine gefürchteten Prozesse mit einem dreifachen Kreuzzeichen auf alle erreichbaren Körperteile begann und dazu die Worte flüsterte: »Ich bekenne und glaube, daß die heilige römische Kirche die wahre Gemeinschaft der Gläubigen ist, ohne die es kein Seelenheil gibt«, war Kläger und Richter zugleich, und aus demselben Grunde waren seine Nachforschungen gefürchtet. Diese bezogen sich auf weise Männer ebenso wie auf weise Frauen, und sie machten auch nicht vor den gedruckten Büchern des seligen Albrecht Pfister halt und jenen des Johann Sensenschmid, welche jenseits des Flusses weitgerühmte Druckwerkstätten unterhielten und neben Missalen und Bibeln angeblich auch Schriften druckten wie das Buch *Belial*, was, wie Paulus sagt, ein heimlicher Name des Teufels sei.

So wie Jakob Heinrich Schlüssel die Geweihe des von ihm erlegten Wildes an den Wänden seiner Wirtsstube ausstellte, hatte der Inquisitor Bartolomeo, wohl zur Abschreckung, neben dem Eingang zum Gebäude der Inqisition eine hölzerne Tafel angebracht, auf der er mit Rötel die Blutspur seines Wirkens festhielt. Wenngleich die meisten des Lesens unkundig waren, so genügte der regelmäßige Vortrag durch Schriftkundige zur Furchteinflößung und Ansporn zum frommen Glauben im Sinne der heiligen Mutter Kirche. Wer lesen konnte, las:

VERZEICHNIS DER HEXEN-LEUT
SO MIT DEM SCHWERT GERICHTET UND VERBRANNT

Im ersten Brand fünf Personen
Die schielende Anne
Die Hübschlerin vom Kranen
Die alte Bürstenbinderin
Zwei reisende Männer der Magie Satans

Im zweiten Brand zwei Personen
Der Schiffsmeister Gabriel, dem Glauben abgeschworen
Die Vogtin des Hw. Herrn Domprobst

Im dritten Brand vier Personen
Der Vogt des Hw. Herrn Domprobst
Ein besessener Knabe von sechs Jahren
Das Apothekermägdelein

Der Kolber, ein gar reicher Mann, welcher behauptet, die Hostie sei eine Nahrung, die man in den Mund steckt und beim Arsch wieder herauskommt

Im vierten Brand vier Personen
Zwei unbekannte hübsche Weiber, welche das Jesulein verkauften
Ein Edelknabe von Burg Lesau
Die Metzgerin Roth, welche sich zuvor selbst erdolcht
Franziskus Baumgartner, Vicarius im Domstift, nachdem er einen Alumnus geschwängert und gesagt, daß er ihn mehr liebe als Gott, den Herrn

Im fünften Brand drei Personen
Eine Wäscherin von St. Stephan
Der Spitalmeister, nachdem er schon ein halb Jahr begraben
Der Chor-Herr Krautwurst, welcher heimlich und zur gleichen Zeit zwei Frauen hatte, von denen eine Luthern anhing

Im sechsten Brand vier Personen
Die schöne Nonne Beatrix
Die alte Nonne Laetitia
Die dicke Nonne Etelfrieda
Die Nonne Genoveva – welche allesamt vom Teufel besessen und mit ihm verkehrt

Schon Wochen vorher lamentierten die Weiber vom siebten Brand auf dem großen Platz vor dem Dom, ohne zu wissen, wen aus ihren Reihen es treffen würde. Als der Herbst die Trauerweiden am Fluß, deren Äste das träge fließende Wasser berührten, gelb färbte und der auf Mariä Namen festgesetzte Termin immer näher rückte, da wurden erste Gerüchte laut, es seien deren drei Delinquenten, von denen zwei bereits der Tod ereilt hätte.

Leberecht, der die Neuigkeit von seinem Lehrherrn Carvacchi erfuhr, ahnte wie dieser nichts Gutes und hastete, so schnell er konnte, zum Friedhof auf dem Michelsberg, wo sich seine Befürchtungen bewahrheiteten: Das Grab seines Vaters Adam war geöffnet, der Sarg an einen geheimen Ort gebracht worden.

Am Tag vor der Verhandlung errichtete man auf dem Domplatz ein langgestrecktes Balkengerüst wie die Holzstege im Fluß, an denen die Kähne vertäut wurden. Weil der Platz schräg abfiel, maßen die Balken an der Seite zur Hofhaltung hin nur einen Fuß, am Ende des fünf Wagen langen Holzsteges erreichten sie die Höhe zweier ausgewachsener Männer. An dieser für alle gut sichtbaren Stelle standen ein Richtblock und ein senkrechter Balken mit Ketten. Am Fuße der Richtstätte hatten die Schergen der Inquisition einen Scheiterhaufen aus knorrigen Holzkloben geschichtet. Die ganze Nacht vor dem Prozeß brannte vor der Tribüne ein Feuer. Zwei Männer in langen schwarzen Gewändern mit spitzen Kapuzen auf dem Kopf hielten Wache.

Obwohl es nicht verboten war, wagte sich in dieser Nacht kein Mensch auf den Domplatz. Als sei der Platz vom Teufel in Besitz genommen, machten alle um ihn einen großen Bogen. Von hilfloser Wut getrieben, suchte Leberecht zwischen Abend und Morgen zweimal den Weg über die Stufen, zum Domberg, hielt sich dann aber rechts und ging jeweils den schmalen Steig zum Michelsberg, wo er von einer Terrasse unterhalb des Friedhofs Sicht auf den Domplatz hatte, auf dem das Wachfeuer loderte. Er wußte selbst nicht, was er dort suchte und warum er stundenlang auf den gespenstisch beleuchteten Platz starrte. Zurückgekehrt und ohne Aussicht auf Schlaf und weil er in seiner Kammer kaum Luft zum Atmen fand, stahl er sich ein zweites Mal davon, nahm denselben Weg und ließ sich auf einem Mauervorsprung nieder.

Leberecht fröstelte. Die vier Türme des Domes vor dem nächtlichen Himmel, die ihm sonst wie Finger erschienen, welche zum Himmel wiesen, zeigten mit einem Mal das Aussehen von gefährlichen spitzen Dolchen. Er ließ seinen Blick über die Dächer der schlafenden Stadt schweifen. Sie lag in einen löchrigen Nebelschleier gehüllt und wirkte kalt und abweisend wie Marmor. Denn so wie die Häuser in dieser Stadt nach allen Seiten mit schiefen Fenstern und Schießscharten versehen waren, so waren auch ihre Bewohner. Mißtrauen blickte aus ihren Augen, und die Sucht nach Verleumdung machte ihre Klatschmäuler zu feuerspeienden Rachen.

Der kommende Tag, das wußte Leberecht, würde der schwärzeste Tag in seinem Leben sein. Noch nie hatte der Inquisitor Bartolomeo ein Verfahren eingestellt. Und wenn er nicht davor zurückschreckte, einen lebenden Menschen beim geringsten Verdacht zu verurteilen, warum sollte er bei einem Toten seine Haltung ändern? Und er, Leberecht, selbst würde in dieser Stadt zeit seines Lebens als Sohn eines Hexers gebrandmarkt sein. Er würde ein Feuermal auf der Stirn tragen, und man würde ihm begegnen wie einem Aussätzigen im Leprosenspital.

Über solch trüben Gedanken graute der Morgen über der Inselstadt. Zaghaft erwachte das Leben. Aus dem Schornstein des Bäckers beim Markt stiegen Rauchwolken. Von der Straße am Fluß hallten die Rufe der Fuhrleute herauf. Am Kranen begann das geschäftige Treiben der Schiffsleute, die ihre Frachtkähne beluden – ein Tag, dazu angetan, Gott den Herrn zu lobpreisen. Doch auf dem Domplatz zeigte zur selben Zeit die Wirklichkeit ihre häßliche Fratze.

Von allen Seiten strömten die rechtschaffenen Bewohner herbei, die Frömmler, Neugierigen, Sensationslüsternen, die Faulenzer und Langweiler, für die das Inquisitionsgericht nichts weiter bedeutete als Zeitvertreib. »Brennt sie!« – »Köpft sie!« – »Werft sie in das Feuer!« hallte es über den weiten Platz.

Die ersten Zuschauer, die so früh gekommen waren, um sich einen Platz in der ersten Reihe zu sichern, steigerten sich in einen Rausch. Sie interessierten sich nicht für den Prozeß, sondern für das Urteil, das ohnehin feststand: »Brennt sie!«

Leberecht verließ seinen Platz unterhalb der Abtei und näherte sich dem Domplatz von der Rückseite, damit er nach Möglichkeit niemandem über den Weg lief. Er wollte Zeuge sein, wenn der Inquisitor seinen toten Vater schuldig sprach, wollte das Gesicht des Mannes sehen, der für sich in Anspruch nahm, im Namen des Allerhöchsten über Gut und Böse, Leben und Tod zu entscheiden.

Vor dem Eingang zur Inquisition, einem alleinstehenden Gebäude hinter der Hofhaltung und von den Gemächern des alten Fürstbischofs gut einsehbar, drängten sich die Menschen. Ein Diener der Inquisition in langer Kutte verwehrte ihnen den Zugang. Erst als die Domuhr sieben dumpfe Schläge tat, ließ er das sensationsgierige Volk ein.

Unbeachtet von den Gaffern gelang es Leberecht, sich in den gespenstisch finsteren Saal zu drängen, wo er auf der hintersten Holzbank Platz fand. An der Stirnseite des weiß gekalkten Raumes stand, erhöht auf einem Podium, ein langer Tisch, dahinter drei Stühle mit hohen Lehnen. In der Mitte des Tisches zwei brennende Kerzen und ein Kruzifix, davor ein schwarzes Buch mit der Aufschrift *Malleus Maleficarum* – der »Hexenhammer«, das Gesetzbuch aller Inquisitoren.

Aufgeregtes Geschrei verkündete die Ankunft der ersten Delinquentin, der Wunderheilerin Afra Nüßlein. Die Menschen im Saal – es mochten zweihundert sein – sprangen auf, reckten die Hälse, um einen Blick auf das geschundene Frauenzimmer zu erhaschen. Man wußte, daß man der Frau, um sie für ihre Aussage vor der hohen Inquisition gefügig zu machen, die Instrumente der peinlichen Befragung gezeigt hatte. Nicht wenige fanden unter diesen Folterwerkzeugen den Tod.

»Brennt sie! Brennt sie!« geiferte eine Alte, die ihr Gesicht unter einem gefalteten Kopftuch verbarg. Andere stimmten ein. Zwei Schergen stießen die Angeklagte vor sich her. Afra Nüßlein trug ein grobes Büßergewand, in der Taille mit einem Strick gegürtet. Ihre dunklen Haare waren kurzgeschoren, die Augen trugen tiefe dunkle Ränder. Sie machte einen gebrochenen Eindruck.

Mit gesenktem Kopf blieb Afra, eingerahmt von den Schergen, vor dem Richtertisch stehen. Da öffnete sich eine schmale Tür an der Stirnseite, und heraus trat der Inquisitor Bartolomeo, gefolgt von zwei Dominikanermönchen in roten Kutten. Von draußen hörte man das gellende Läuten der Sterbeglocke. Im Saal herrschte Grabesstille.

Da erhob Bartolomeo die Stimme: »*Laudetur Jesus Christus!*«*

Die sensationsgierigen Zuhörer schlugen drei flüchtige Kreuzzeichen.

Teilnahmslos wie ein Beichtvater bei der Absolution begann der Inquisitor die Anklageschrift herunterzuleiern: »Afra Nüßlein, Wunderheilerin und Hebamme von eigenen Gnaden, wird von der heiligen Inquisition, vertreten durch den Inquisitor Frater Bartolomeo und zwei Beisitzer seines Ordens, der verschiedenen Angelegenheiten gegen die heilige Mutter Kirche beschuldigt, welche allesamt zugegeben und unter dem Zeichen des Kreuzes abgeschworen, als da sind in der Hauptsache die Hilfe bei der Geburt der Leinweberin Hussmann durch das Steckseil im Stehen anstatt durch den Gebährstuhl, wie überkommen seit Generationen in allen katholischen Landen, dem Laster der Hexerei gefrönt zu haben durch das Abbeten von wundersamen Erscheinungen wie Sonne und Nebel, nicht Gott, den Allerhöchsten, sondern Luzifer angebetet, Kranke gesund und Gesunde krank gemacht zu haben, Heilbriefe gegen Gold verkauft und mit dem Erlös der Sünde der Hoffahrt gehuldigt und die Empfängnis der Weiber durch Fischblasen und giftige Salben verhindert zu haben, so daß es zur reinen Lust geschah.«

Der Inquisitor blickte auf. Das Publikum im Saal hatte der Anklage des Dominikaners mit offenen Mündern gelauscht. Nun waren alle Blicke auf die Angeklagte gerichtet, die den Kopf hängen ließ, und auch als Frater Bartolomeo höhnte, ob sie sich und ihre verwerflichen Taten in den einzelnen Ankla-

* Gelobt sei Jesus Christus!

gepunkten wiedererkenne, wagte Afra nicht aufzublicken und sie sagte leise: »Ja, Herr Inquisitor.«

Murmeln und Tuscheln im Publikum.

Dann zog der Inquisitor das dicke Buch zu sich heran und begann in rascher Folge Fragen abzulesen, daß die Angeklagte kaum Zeit fand zu antworten.

Wie oft der Teufel zu ihr gekommen sei?

»Viele Male.«

Wie sie ihn erkannt und ob er gesessen oder gestanden habe?

Schweigen.

Ob er mit ihr Unzucht getrieben und wie sie ihn empfunden habe?

»Nein!«

Ob er still oder laut geredet habe?

»Still.«

Ob sie anderen den Teufel ausgetrieben habe und wie oft er ausgefahren sei?

»Nie!«

Ob sie auf dem Friedhof ein Kind ausgegraben, gesotten oder gebraten und heimlich verzehrt habe?

»Nein!«

Wieviel Wetter sie gemacht und wer ihr dabei geholfen habe?

Schweigen.

Welche Namen sie unserem lieben Herrn, der heiligen Jungfrau Maria und den anderen Heiligen gegeben habe?

»Keine anderen als jeder Christenmensch.«

Ob sie der heiligen Hostie Unehre angetan und diese mit sündiger Hand aus dem Mund genommen habe?

»Ja. Einmal, aber ...«

Wie viele an Menschen und Vieh sie mit ihren Salben, Pulvern und Kräutern umgebracht habe?

Schweigen.

Ob sie schreiben oder lesen könne und ob sie sich dem Teufel verschrieben habe?

»Nein.«

Seit wann sie all ihre Übeltaten und Laster, die gegen die heilige Mutter Kirche gerichtet seien, kenne?

Die Angeklagte fand keine Antwort. Sie schlug die Hände vors Gesicht und schluchzte laut.

Ein alter Mann mit blinden Augen und einem Stock in beiden Händen rief: »Brennt sie! Brennt sie, daß der Teufel aus ihr fahre.«

Frater Bartolomeo mahnte zur Ruhe und an Afra gewandt fragte er: »Bekennst du dich schuldig?«

Die Angeklagte wurde von Weinkrämpfen geschüttelt. Sie war nicht in der Lage zu antworten.

»Bekennst du dich schuldig, Afra Nüßlein?« wiederholte der Inquisitor mit drohendem Ton in der Stimme.

Die verstörte Frau holte Luft und antwortete leise: »Ja. In Gottes Namen.«

In die unheimliche Stille tönte ein gellender Schrei. Afra zitterte am ganzen Körper, als der Inquisitor plötzlich aufstand und seinen Stuhl zurückschob. Die beiden anderen Mönche folgten ihm. Mit eisernem Gesicht und kantigen Bewegungen bekreuzigte sich Frater Bartolomeo. Dabei sprach er die Worte: »Im Namen des Vaters, des Sohnes und des Heiligen Geistes, zündet an!«

»Zündet an!« – »Brennt sie!« schallte es durch den Saal.

Afra Nüßlein verlor die Besinnung. Die Schergen fingen sie auf, noch bevor sie zu Boden stürzen konnte. Mit einem Eimer schüttete eine alte Frau der Verurteilten Wasser ins Gesicht. So kam Afra wieder zu sich.

Leberecht, der die Verhandlung mit Schrecken verfolgt hatte, sah das Gesicht der verurteilten Delinquentin, als sie hinausgeführt wurde: Ihr Blick zeigte nun keinerlei Angst mehr, eher wilde Entschlossenheit. Dabei wußte Afra Nüßlein, was ihr bevorstand.

Kaum hatte die Hexe, gestützt von den Schergen, den Saal verlassen, da trugen andere einen kotigen Sarg herein. Verwesungsgestank machte sich breit. Einen Augenblick glaubte

Leberecht, das Herz müsse ihm stillstehen. Er rang nach Luft. Für ihn gab es keinen Zweifel: Das war die exhumierte Leiche seines Vaters.

Auch unter den Zuschauern, von denen der größte Teil mit der Hexe den Saal verlassen hatte, breitete sich Unbehagen aus. Ein paar Frauen stürzten aus dem Raum, nachdem die Träger den Sarg vor den Tisch des Inquisitors abgestellt hatten. Für Bartolomeo schien es jedoch die selbstverständlichste Sache der Welt; denn er begann mit der gleichen Zeremonie wie bei der verurteilten Afra Nüßlein und mit der gleichen Teilnahmslosigkeit: »Adam Friedrich Hamann, zu Lebzeiten Totengräber der Abtei Michelsberg und als solcher verstorben an Lichtmeß im Jahre des Heils 1554 wird von der heiligen Inquisition, vertreten durch Frater Bartolomeo und zwei Beisitzer seines Ordens, postum der Ketzerei angeklagt und beschuldigt, mit dem Teufel im Bunde zu stehen bis zum heutigen Tage und dreimal leibhaftig erschienen zu sein. Wenn«, der Inquisitor erhob sich und hielt über den Tisch hinweg das Kruzifix über den Sarg, »wenn du dem widersprichst, so tue es sogleich oder schweige für immer!«

In den hinteren Reihen sprangen die Zuschauer auf, so daß Leberecht die Sicht auf das Geschehen verwehrt war. Es hatte den Anschein, als erwarteten sie, daß aus dem Innern des Sarges, wo das Loch im Sargdeckel noch von Adams Letztem Willen zeugte, die dumpfe Stimme des kahlen Adam dem Inquisitor antwortete. Aber Frater Bartolomeo verharrte vergebens in seiner beschwörenden Haltung. Schließlich stellte er das Kreuz an seinen Platz zurück und sprach mit eindringlicher Stimme: »Im Namen des Vaters, des Sohnes und des Heiligen Geistes wird der gestorbene Leib des Adam Friedrich Hamann zum Brand verurteilt, damit sich seine Gebeine, in die der Teufel gefahren, in Luft verflüchtigen, wie es einer armen Seele zukommt und nicht wider die Natur den Lebenden begegnen. Zündet an!«

Die Zuhörer johlten, drängten sich näher an den Sarg heran, einige Weiber traten mit den Füßen dagegen, bis die schwarzgekleideten Schergen mit ihren spitzen Kapuzen herantraten, den Sarg auf ihre Schultern nahmen und sich schweigend den Weg nach draußen bahnten.

Für den Prozeß der dritten Person, einer Nonne, die im Kollegiatsstift St. Jakob mit den Mönchen Unzucht getrieben und sich aus Scham über ihre Fleischeslust aus dem Fenster gestürzt haben sollte, schien sich kaum noch jemand zu interessieren, obwohl, wie es hieß, sie dreimal gestorben und unter Ausrufung satanischer Flüche wieder zum Leben erwacht sein sollte.

Leberecht kauerte in der hintersten Ecke des Saales. Er glaubte zu ersticken. Von draußen drang ein Schrei aus tausend Kehlen in den Saal. Der Scharfrichter hatte sein Werk vollendet, die Wunderheilerin Afra Nüßlein enthauptet. Nun wartete der Scheiterhaufen auf ihren leblosen Leib.

Den Holzkasten, der von den Schergen hereingetragen wurde, nahm Leberecht überhaupt nicht wahr. Sein Blick ging ins Leere. So entging ihm auch der dritte Prozeß, obwohl er unmittelbar vor seinen Augen ablief. Leberecht hatte Angst, den Saal zu verlassen. Er fürchtete erkannt zu werden; vor allem aber schreckte er vor dem Anblick zurück, der sich ihm dort draußen bieten würde. Sollte er zusehen, wie sie seinen toten Vater auf dem Scheiterhaufen verbrannten?

In seiner Verzweiflung wollte Leberecht seinen Schmerz, seine Wut herausschreien. Aber es gibt Situationen im Leben, da versagen Tränen und Stimme, da spielen die Organe verrückt und verkehren ihre Wirkung ins Gegenteil. Während Leberecht also keine einzige Träne hervorbrachte, begann er auf einmal zu lachen, heimlich zuerst, indem er beide Hände vor den Mund preßte, doch dann wurde er von Lachkrämpfen geschüttelt, daß sich die verbliebenen Zuhörer umdrehten und zischelten und den Jungen zur Ruhe mahnten.

Wer weiß, welch unvorhersehbares Ende Leberechts Gefühlsausbruch gefunden hätte, hätte er nicht plötzlich eine Hand auf seiner Schulter gespürt. Als er aufblickte, erkannte er Martha, seine Ziehmutter. Martha sah ihn mit traurigen Augen an, ihr Blick verriet Mitleid, aber auch Hilflosigkeit. Was konnte sie in diesem Augenblick für ihn tun? Allein, ihre sanfte Berührung holte den Jungen in die Wirklichkeit zurück.

Schließlich streckte Martha ihm ihre Rechte entgegen, und Leberecht griff danach wie ein Ertrinkender nach dem rettenden Balken. Willenlos ließ er es geschehen, als Martha ihn an sich zog, ihn mit beiden Armen umfing und an sich drückte. In einem Gefühl wohliger Geborgenheit vergrub er sein Gesicht auf ihrer Schulter und versuchte behutsam, seinen Atem mit dem ihren in Einklang zu bringen.

Nicht weit entfernt stand nahe dem Eingang Marthas Sohn Christoph und beobachtete die Szene mit versteinerter Miene. Das Inquisitionsgericht schien ihn nicht weiter zu interessieren; jedenfalls schenkte er der Verhandlung nicht die geringste Aufmerksamkeit. Er konnte sich nicht erinnern, daß seine Mutter ihn jemals so lange und mit solcher Heftigkeit umarmt hatte, und je mehr Zeit diese Umarmung in Anspruch nahm, desto mehr wuchs Christophs Zorn auf seine Mutter. Daß er seinen Ziehbruder haßte, war kein Geheimnis. Warum tat seine Mutter ihm das an? Vor allen Leuten!

Als Martha die Umklammerung löste und ihr Blick sich zum Eingang wandte, da war Christoph verschwunden. Sie kümmerte sich nicht weiter darum, weil sie glaubte, ihr Sohn habe das Weite gesucht, um Zeuge der Verbrennungen auf dem Scheiterhaufen zu werden; vor allem aber lag ihr in diesem Augenblick Leberechts Zustand mehr am Herzen. Sie wußte, sie durfte den Jungen jetzt nicht allein lassen.

Frater Bartolomeo hatte kaum sein drittes Urteil gesprochen, das, wie nicht anders zu erwarten, mit einem Schuldspruch und der Aufforderung »Zündet an!« endete, da drängten die sensationsgierigen Gaffer bereits ins Freie. Der Platz vor dem Dom war in beißenden Qualm gehüllt. Statt in den Himmel zu steigen, quollen die weißen Rauchwolken zu Boden, daß die Zuschauer husteten und nach Luft schnappten. Es schien, als verweigerte der Herr die Annahme des Opfers, so wie er einst das Opfer Kains ausgeschlagen hatte.

Für Leberecht, der von Martha aus dem Saal der Inquisition geführt wurde, war diese Naturerscheinung eine unerwartete Gnade, denn auf diese Weise mußte er nicht mit eigenen Augen ansehen, wie der Sarg mit seinem toten Vater in den Flammen loderte. Der penetrante Gestank, der in der Luft lag, war schwer genug zu ertragen. Leberecht hielt sich mit der einen Hand die Nase zu, die andere preßte er vor den Mund; er wagte nicht aufzublicken. So führte ihn Martha über den Domplatz.

Auf dem Platz war das Husten und Rotzen der Gaffer zu hören, die Mühe hatten, sich in den dichten Rauchschwaden zu orientieren. Alte Frauen stießen Klagelaute aus. Kinder weinten, und Nonnen, die in großer Zahl aus den umliegenden Klöstern gekommen waren, beteten laute Litaneien und Beschwörungen gegen den Satan.

Wie ein Geist erschien aus dem beißenden Qualm der rot gekleidete Inquisitor. Er schwang einen Weihwasserwedel in Richtung des Feuers und rief dabei fromme Sprüche: »*Erubescat homo esse superbus, propter quem humilis factus est deus.*« Was soviel bedeutet wie: »Es schäme sich der verächtliche Mensch, hoffärtig zu sein, indem der große Gott sich für ihn so tief gedemütigt hat.« Oder: »*Aufer a me spiritum superbiae, et da mihi thesaurum tuae humilitatis.*« Das heißt in unserer Sprache: »Nimm von mir den Geist der Hoffart, und lasse mir den Schatz deiner Demut angedeihen.«

Als sie die vordere Domterrasse, auf der sich der Georgenchor erhob, erreicht hatten, zog Martha Leberecht die breite Steintreppe hinab, die zur Stadt führte. Sie hatten bisher kein einziges Wort gewechselt, und es wäre wohl auch ohne Nutzen gewesen. Nun aber, als sie sich den ersten Häusern im Sand näherten und die Luft das freie Atmen ermöglichte, drückte die schöne Frau den großen Jungen noch fester an sich, und im Gehen und ohne Leberecht anzusehen sagte sie etwas, was dieser zunächst nicht verstand. »Wehe der Zeit! Wehe den Menschen!«

»Was meint Ihr?« fragte Leberecht zurück.

Martha blieb stehen: »Es kann nicht im Sinn des Allerhöchsten sein, was die heilige Inquisition anzettelt.«

Leberecht war erstaunt. Er blickte seiner Ziehmutter ins Gesicht und sah Tränen in ihren Augen. »Wollt Ihr damit sagen«, erkundigte er sich vorsichtig, »daß Ihr das Urteil des Inquisitors anzweifelt?«

Martha gab keine Antwort, und während sie in Richtung auf das Wirtshaus im Sand weitergingen, ergänzte der Junge: »Verzeiht mir die Frage. Ihr müßt nicht antworten. Kein Mensch in dieser Stadt würde die Frage mit ja beantworten, weil er sich damit selbst dem Gericht auslieferte ...«

So gingen sie eine Weile stumm nebeneinander her, als Martha völlig unvermittelt sagte: »Ja. Ja, ich glaube, daß Frater Bartolomeo im Unrecht ist. Ein paar hysterische Weiber, die behaupten, sie seien deinem Vater begegnet – das sind keine Beweise. Es ist ein großes Unrecht.«

Leberecht traute seinen Ohren nicht. Marthas Worte waren geeignet, sie selbst auf den Scheiterhaufen zu bringen. Wenn sie ihm gegenüber so offen redete, war dies ein außerordentlicher Vertrauensbeweis, mehr noch, sie lieferte sich ihm mit ihrem Bekenntnis aus. Und das kam für Leberecht so überraschend, daß er ungestüm ihre Hand ergriff, sie an seinen Mund führte und ebenso unbeholfen wie leidenschaftlich küßte. Schnell und mit einer heftigen Bewegung entzog Martha dem Jungen ihre Hand; denn sie mußten befürchten, beobachtet zu werden, und eine Szene wie diese war geeignet, üble Gerüchte in Gang zu setzen.

»Verzeiht!« sagte Leberecht im Gehen. »Es überkam mich einfach, obwohl es in unserer Situation alles andere als schicklich ist. Aber nehmt es als Zeichen meiner Dankbarkeit.«

Martha lächelte. Sie lächelte mit jenem Ausdruck von Überlegenheit, die ihr in dieser Situation zweifellos zukam.

Leberecht störte das nicht; er empfand im Gegenteil Stolz, daß er in aller Öffentlichkeit so gehandelt hatte, und er fügte hinzu: »Jetzt weiß ich, ich kann Euch vertrauen!«

»In der Tat, das kannst du«, wiederholte Martha und sah

Leberecht lange an. Der hielt ihrem festen Blick nicht stand und schaute verlegen zu Boden.

»Mein Vater war ein guter Mensch«, sagte er, ohne aufzublicken. »Sein einziges Verbrechen bestand darin, daß er zu gescheit war für seinen Stand, daß er zuviel wußte und daß er seine Bildung auch kundtat. Andernorts, in Ansbach, Nürnberg oder Bayreuth, hätten sie einen Totengräber, der in der Sprache und Philosophie der Griechen und Römer zu Hause ist, bewundert, hier haben sie ihn verbrannt. Wäre Hamann wirklich vom Teufel besessen gewesen, so wäre ich es auch. Dann müßte Bartolomeo mich auch auf dem Scheiterhaufen verbrennen.«

»Pssst! Schweig! Mit solchen Worten ist nicht zu spaßen. Du weißt, wie süchtig die Menschen nach dem Bösen sind. Sie sehen und hören in allem und jedem ein Werk des Teufels. Als den Bischof in seiner Residenz der Schlag streifte, erzählten die Waschweiber am Fluß, seine Eminenz sei durch eine Erscheinung erschreckt worden, über die er jedoch mit niemandem sprechen könne. Als der Mälzer Bernhard starb und sich das eine Auge des Toten nicht schließen wollte, da wurde erzählt, er sei mit dem Teufel im Bunde und habe allen Grund, nur ein Auge im Tode zu schließen, weil er mit dem anderen die Treulosigkeit seiner Frau Gunda beobachten müsse. Und der Dompropst behauptet, er habe gesehen, daß die Augenlider der Madonna am Altar des Veit Stoß an einem gewissen Tag gezittert hätten wie Pappelblätter im Wind. Und das sei gerade an jenem Tag gewesen, an welchem Luther die Nonne Katharina heiratete. Niemand außer dem Dompropst hat diese Erscheinung gesehen ...«

»... und trotzdem wurde er nicht von der Inquisition verbrannt.«

Martha nickte.

»Nein«, fuhr Leberecht fort, »ich glaube nicht, daß die Erscheinungen meines Vaters etwas Übernatürliches an sich hatten. Es war ein übler Schabernack – oder mit voller Absicht inszeniert. Und ich werde ihn rächen!«

»Schscht«, machte Martha. »Du weißt nicht, was du sagst.«

Er wandte den Blick ab und sagte nichts mehr.

Als sie im Wirtshaus am Sand angelangt waren, fragte sie: »Du mußt heute nicht zur Arbeit?«

»Ich kann nicht«, erwiderte der Junge. »Mir zittern die Hände, daß ich nicht einmal einen Schlegel halten könnte geschweige denn ein Stemmeisen. Carvacchi wird das verstehen.«

»Du magst Meister Carvacchi?«

Leberecht nickte: »Ich mag ihn sehr. Er ist für mich beinahe wie ein Vater.« Kaum hatte er das ausgesprochen, da wurde ihm bewußt, wie unpassend die Bemerkung im Beisein der Ziehmutter war.

»Du brauchst dir keine Gedanken zu machen«, entgegnete Martha, der die Verlegenheit ihres Ziehsohnes nicht verborgen blieb, »ich verstehe dich besser, als du vielleicht glaubst.«

In der Wirtsstube, die um diese Zeit leer war wie eine Kirche zum Engel des Herrn, schenkte Martha dem Jungen Weingeist ein und sich einen dazu, als Christoph unerwartet in den düsteren Raum trat. In provozierender Haltung setzte er sich auf die Bank, von der drei Seiten der Wirtsstube mit hölzerner Gemütlichkeit eingerahmt wurden, kaute nervös auf einem Lindenstöckchen und spuckte die Rinde in kurzen Abständen auf den steinernen Boden. Dabei blickte er abwechselnd seine Mutter und Leberecht an, bis er umständlich und mit einem verlegenen Lächeln in den Mundwinkeln zu reden begann:

»*Ecce sto responsum exspectans.** Warum in aller Welt muß ich mein Dach mit der Brut eines Mannes teilen, den die heilige Inquisition als Hexer verbrannt hat? Warum?« Dabei lief der Kopf des dicken Jungen dunkelrot an, und auf seiner Stirn erschien eine blaßblaue Ader wie ein Kainsmal.

Leberecht hatte keine freundlichere Bemerkung erwartet, deshalb blieb er gelassen. Martha hingegen sprang auf, machte

* Hier stehe ich und warte auf Antwort.

ein paar wütende Schritte auf den Jungen zu und drohte, ihm ins Gesicht zu schlagen.

Doch Leberecht kam ihr zuvor und hielt ihren Arm fest. »Seid besonnen, versündigt Euch nicht! Euer Sohn spricht die Wahrheit. Adam Friedrich Hamann wurde von der heiligen Inquisition postum verurteilt, und ich bekenne freimütig, sein leibhaftiger Sohn zu sein, Leberecht Hamann. Als Euer Gemahl meine Schwester und mich als Ziehkinder aufnahm, konnte er nicht wissen, daß unser gestorbener Vater auf dem Scheiterhaufen enden würde.«

Leberechts Worte erstaunten Martha. Verwirrt hingegen zeigte sich Christoph, der eine andere Reaktion erwartet hatte. Er wußte nicht, welches Spiel Leberecht spielte, ihm wurde nur klar, daß ihm dieser Kerl in beinahe jeder Hinsicht überlegen war. Kaum hatte er sich von dem Schreck erholt, da begann er mit neuen Bösartigkeiten.

»Ich habe von den Leuten, die um den Scheiterhaufen herumstanden, gehört, daß der Teufel schon lange, bevor der Körper verbrannt ist, die Flucht ergreift. Er flieht, sobald das Blut kocht. Ist aber ein vom Teufel Besessener schon tot, wenn er auf den Scheiterhaufen kommt, so sitzt er in den ausgetrockneten Adern, bis diese zu Asche zerfallen und sich im Rauch des Scheiterhaufens verflüchtigen. Sagen die Leute auf dem Domplatz.«

Bis zu diesem Augenblick hatte Leberecht die Fassung bewahrt. Doch nun hielt es ihn nicht mehr. Er sprang auf, kippte den halbvollen Becher Weingeist in sich hinein und verließ die Wirtsstube, wobei er die mit Eisenbändern bewehrte Tür hinter sich zuschlug.

Im Freien holte Leberecht tief Luft. Zwischen den alten Häusern im Sand hing der beißende Geruch des Scheiterhaufens. Der Junge begann zu rennen, zuerst flußabwärts in nördlicher Richtung, dann besann er sich, Gott weiß warum, anders und hastete in entgegengesetzter Richtung zurück. Es dämmerte bereits, und die Gaffer vom Domplatz zerstreuten sich über die ganze Stadt, die einen unter andächtigem Gemurmel, andere indem sie unflätige Verwünschungen ausstießen und schießlich die »Greiner«, lamentierende alte Männer. Dazwischen hallte immer wieder der Ruf: »Brennt sie, brennt sie!«

Die Rufe schmerzten in seinen Ohren wie glühende Nägel. Leberecht preßte die Hände gegen die Ohren, und in dieser Haltung überquerte er die Obere Brücke. Da trat ihm plötzlich jemand in den Weg. Als der Junge aufblickte, erkannte er Carvacchi.

Wie immer um diese Zeit hatte Carvacchi getrunken, und wie immer in diesem Zustand verbreitete er Fröhlichkeit. Er schlug Leberecht auf die Schulter und rief einen Spottreim: »Alte Weiber und Pfaffen, des Teufels beste Laffen.« Dann zog er Leberecht mit sich fort in Richtung der Inselstadt. Der ließ es geschehen.

Wie Schatten schwebten »Greiner« in der Dämmerung an ihnen vorbei, sie jaulten und flennten, und Carvacchi sah eine willkommene Gelegenheit, ihr Geheul nachzuahmen. Vor dem Eingang zum »Krug«, an einer Gasse, die zum Markt führte, hielt er inne und raunte Leberecht zu: »Ich weiß, was dir fehlt. Komm!«

Die abgelegene Kaschemme war für ihr rauchiges Bier berühmt, aber auch für die Badefrauen und Hübschlerinnen, die hier ein und aus gingen. Im Innern ging es eng zu wie in einem Heringsfaß. Es roch nach aufgekochtem Gemüse, und die Kienspäne an den Wänden verbreiteten beißenden Qualm und flackerndes Licht. In der hinteren Ecke zupfte ein Lautenspieler an den verstimmten Saiten seines Instrumentes.

Ihre Ankunft schien außer dem Wirt, der eine schwarze Kappe mit Quaste auf dem Kopf trug, niemanden zu interessieren. Wie selbstverständlich und ohne ihre Unterhaltung zu unterbrechen, rückten die Männer an einem langen Holztisch näher zusammen, um den Ankömmlingen Platz zu bieten, und der Wirt stellte, kaum hatten sie sich niedergelassen, zwei hohe Krüge auf den Tisch.

»Morgen ist ein anderer Tag!« meinte Carvacchi und hob seinen Krug. Auch Leberecht griff zu. Er nahm einen kräftigen

Schluck von dem schwarzen Bier und sah, wie sein Meister den Krug in einem Zug bis zur Hälfte leerte. »Ein Steinmetz muß trinken, trinken, trinken! Merk dir das mein Junge. Sonst zerstört der Staub deine Lungen. In diesem Sinne!« Er hob den Krug erneut.

Leberecht wußte, daß Carvacchi ungeheuere Mengen vertragen konnte und daß das schwarze Bier seine Gedanken beflügelte wie eine Ode des Horaz. An einem anderen Tag hätte Leberecht vielleicht an seinem Krug genippt und ihn dann stehenlassen, aber an diesem Tag sah er allen Grund, es seinem Meister gleichzutun. Und so trank er Schluck um Schluck von dem schwarzen Bier, und noch ehe er seinen Krug bis zur Hälfte geleert hatte, spürte er eine seltsame Wirkung. Ihm schien es, als würde das Bier nicht in seinen Magen rinnen und dort zur weiteren Verwendung durch die Organe haltmachen, nein, es rann – jedenfalls hatte es den Anschein – direkt in seine Waden und machte sie schwer wie Blei. Sein Verstand blieb dennoch klar und hell, und er verstand jedes Wort, als Carvacchi – wie stets in drei Sprachen – zu dozieren begann.

»Der Mensch«, meinte er und nickte mit dem Kopf, »ist der König aller Bestien: *re delle bestie* – verstehst du! Er ist grausamer als der Wolf, blutgieriger als der Löwe, sogar erbarmungsloser als ein raubgieriger Adler, denn keines dieser Tiere vergreift sich an der eigenen Art. Nur der Mensch – *bestia bestiarum* – tötet seinen Mitmenschen. Und er hält das sogar für rechtmäßig! Entweder geschieht das im Namen des Gesetzes oder im Namen der heiligen Mutter Kirche. Pfui Teufel!«

Leberecht blickte sich ängstlich um, ob jemand Zeuge ihres Gesprächs sei. Carvacchi bemerkte es, legte dem Jungen die Hand auf den Arm und sagte lachend: »Keine Bange! Wer hier verkehrt, hat nichts mit den Kirchenbankfurzern gemein, den Adamiten und Apokalyptikern, die sich beim Wirt im Sand einfinden. Hier kann jeder seine Meinung sagen, sogar ein Protestant.«

Leberecht mußte lachen. Er hatte schon gemerkt, daß die Gäste beim Wirt im Sand allerhand Unsinn redeten und lauthals von ihrer Stimme Gebrauch machten; aber wenn einer versehentlich auf den Glauben zu sprechen kam, dann schien es ihm, als verstummten sie wie Mönche im Refektorium. So war es in diesen Zeiten: Jeder mißtraute dem anderen, obwohl, nach der Lehre des Heils, doch jeder der Bruder des anderen sein sollte.

Carvacchi las die Gedanken seines Lehrlings. Er leerte den Krug und ließ ihn auf die Tischplatte krachen wie den hölzernen Schlegel, mit dem er seine Eisen in den Sandstein trieb, und dabei grölte er: »Zum Teufel mit dem Glauben! Es gibt keinen wahren Glauben. Nur Aberglauben. Verstehst du das, mein Junge?«

»Ja, Meister«, erklärte Leberecht. Er wußte um die Unmöglichkeit, Carvacchi zu widersprechen, wenn dieser getrunken hatte. Er wußte aber auch, daß sein Meister selbst dann noch seine Gedanken beherrschte, wenn seine Zunge lahmte. Carvacchi behauptete sogar, die besten Gedanken lägen auf dem Grund eines Bierkruges verborgen.

»Es ist nämlich so«, holte Carvacchi umständlich aus, »Glaube und Aberglaube sind eigentlich zwei gegenteilige Dinge. Aber dank der heiligen Mutter Kirche, der Domprediger und Eminenzen, Pröpste und Kardinäle und des Heiligen Offiziums ist es gelungen, Glauben und Aberglauben zu vereinigen wie zwei Hälften einer Muschel, und nur wenige verstehen heute noch zu unterscheiden, was Glaube ist und was Aberglaube. Ratzenfänger wie dieser Athanasius Semler nutzen die Willfährigkeit ihrer Schäflein; sie malen Höllenqualen an die Wand wie ein Menetekel. Folglich leben die Menschen in ständiger Angst: Hinter jedem Kreuzweg verbergen sich Gespenster. Aus dem Ruf einer Unke hören sie das Wehklagen einer armen Seele. Hase und Elster jagen ihnen Furcht ein, ebenso ein quergelegter Besenstiel. Jeder Komet bringt Unglück, ebenso jede schwarze Katze. Ein fauler Stock, der im Dunkel der Nacht aus der Ferne leuchtet, ein Fläumchen im Moos, das aus gärenden Dünsten entsteht, ein tanzendes Glühwürmchen oder eine ungewöhnliche Gestalt, die ihnen, matt vom Mondlicht erhellt, entgegentritt, bringt sie mit der Vernunft in Widerspruch und gibt ihnen Veranlassung zu Seelenpein und bereitwilliger Buße. Nein, diese heilige Mutter Kirche lebt schon lange nicht mehr vom Glauben ihrer Kinder, sie lebt nur noch von der Angst. Und aus dieser Angst heraus verbrennen sie Menschen bei lebendigem Leib – und«, fügte er leise hinzu, »manchmal sogar Tote.«

War es Carvacchis Stimme oder das schwarze Bier, die Rede des Meisters tat Leberecht wohl. Allein die Erklärung des Abscheulichen nimmt diesem den Stachel. Ermuntert durch das Vorbild seines Lehrmeisters griff Leberecht zum Krug und trank von dem bitteren Bier mehr, als er je in seinem Leben getrunken hatte. Die lauten, fröhlichen Menschen um ihn herum ließen ihn bald seine mißliche Lage vergessen. Von der Treppe, die dem Eingang gegenüber und geradewegs in Leberechts Blickfeld lag, kam gemessenen Schrittes ein Mädchen herab; das heißt, daß es sich um ein junges Mädchen handelte, merkte Leberecht erst, als es in der Schankstube angelangt war, denn es trug die frivole Kleidung eines Junkers. Frivol erschien seine Kleidung deshalb, weil sie in dieser Art nur Männer zu tragen pflegten: enge Beinkleider, das linke rot, das rechte grün, darüber ein enggefaltetes Wams mit weiten Ärmeln, das nicht einmal die Knie bedeckte.

Die Trinker in der Wirtsstube, unter ihnen entgegen aller Sitte auch ein paar wohlgekleidete Frauen, klatschten in die Hände und riefen begeistert: »Ein Lied, Friederike, sing uns ein Lied!«

Friederike, die ihr dunkles Haar unter einer samtenen Junkerkappe verbarg, trat an den Lautenspieler heran, flüsterte ihm etwas ins Ohr, und dieser begann eine von rhythmischen Schlägen begleitete Melodie. Dazu sang Friederike mit einer feinen, knabenhaften Stimme:

»Der Ehrgeiz hat dem Luzifer
Durchlöchert das Gewissen,
So daß an Gott meineidig er

Das Band der Treu' zerrissen.
Indem er sich an Gaben reich
Dem Allerhöchsten schätzend gleich
Der Demut nicht beflissen.

Der Hochmut macht gewissenlos
Oft die das Urteil sprechen,
So daß sie, wenn die Schenkung groß,
Das Recht meineidig brechen
Und also in dem fremden Gut
So auch ein Heid nicht leicht sich tut
Wie Raben diebisch zechen.

Der Ehrgeiz unbarmherzig macht,
Pflegt niemand zu verschonen,
So daß man trachtet Tag und Nacht
Oft auch nach fremden Kronen.
Und lassen solche Wüterich
Im Frieden niemand neben sich
Unangefochten wohnen.

Wo allzuviel erworben Gut
Sich häuft bei einem Christen,
Wird bald des Glaubens Wankelmut
Den Schaben gleich einnisten.
Durch welches angezweifelt dann
Auch ein zuvor gerechter Mann
Bald wird zum Atheisten.«

Kaum hatte das Mädchen geendet, da klatschten die Zuhörer begeistert Beifall. Sie riefen Friederikes Namen und streckten die Arme nach ihr aus. Das Mädchen trug ein schelmisches Lächeln zur Schau, aber seine Augen wirkten bedrückt. Ein bärtiger Mann mit roten Augen zog Friederike neben sich auf die Bank und ermunterte sie, aus seinem Krug zu trinken. Lebe-recht konnte den Blick nicht von ihr wenden. Obwohl das

Mädchen kaum älter war als er, schien es das schwarze Bier besser zu vertragen.

Ein Mann mit kurzgeschorenen Haaren und blassem Gesicht, der bisher am entgegengesetzten Ende des Tisches gesessen und Leberecht mit wachem Blick beobachtet hatte, trat, während Carvacchi und die übrigen Gäste nur Augen für das schöne Mädchen hatten, an ihn heran und setzte sich. Er trug ein schwarzes Faltenwams mit kleinem runden Kragen, das wie sein Träger gewiß schon bessere Zeiten gesehen hatte und ihm ein Alter verlieh, das er noch lange nicht erreicht haben würde.

»Du bist doch der junge Hamann?« fragte er, ohne ihm ins Gesicht zu sehen.

»Leberecht, gewiß.«

Der Fremde sah noch immer geradeaus. »Obwohl es sich gehörte, dir meinen Namen zu nennen, will ich diesen verschweigen. Betrachte mich deshalb nicht als Feind.«

»Warum sollte ich Euch als Feind ansehen?« erwiderte der Junge. »Ich bin viel zu unbedeutend, als daß ich irgend jemandes Feind sein könnte.« So sagte er, aber vor seinen Augen stieg der Schatten des Inquisitors auf, und hinter den Kienspänen an den Wänden loderte der große Scheiterhaufen.

»Ich kann verstehen, wenn du heute mit niemandem reden willst«, meinte der schwarzgekleidete Mann und sah ihn zum erstenmal von der Seite an.

Leberecht, gestärkt von der Wirkung des schwarzen Bieres, schüttelte den Kopf und erwiderte den Blick. Der Fremde hatte eine dunkle Zahnlücke. Er mochte dreißig Jahre alt sein, ein Künstler oder Scholar auf Wanderschaft, wie sie nicht selten in dieser Stadt auftauchten und bald darauf wieder verschwanden.

»Nein, nein«, beteuerte Leberecht heftig, »ich bin gerade heute froh unter Leuten zu sein und mit ihnen zu plaudern. Allein würde ich heute verrückt werden.«

Als er das sagte, kam ihm seine Schwester Sophie in den Sinn, mit der er den ganzen Tag nicht geredet hatte, und er schämte sich.

Da begann der schwarzgekleidete Mann rätselhaft, aber deutlich auf die Geschehnisse des heutigen Tages gemünzt zu sprechen: »Ein Tor ist, wer sich einbildet, daß Strafprediger und Inquisitoren die Wahrheit des christlichen Glaubens bestätigen. Bedarf ein starkes Licht des schwachen Lichtes? Das Jüngste Gericht des Vorurteils eines Inquisitors? O Mensch, wer bist du, daß du richten willst mit Gott?«

»Paulus an die Römer«, bemerkte Leberecht trocken.

»Gelehrt, gelehrt«, erwiderte der Fremde und ohne zu fragen, woher er seine Kenntnis nehme. Das kränkte Leberecht ein wenig, denn er war stolz auf die Bildung, die er von seinem Vater erfahren hatte.

»Ich weiß nicht, worauf Ihr hinauswollt mit Eurer Rede. Seid Ihr ein Protestant oder ein Spion des Kurfürsten?«

»Bei der Heiligen Jungfrau Maria, nein!« Der schwarzgekleidete Mann hielt die Hand vor den Mund zum Zeichen, daß er vorsichtig sein solle mit seinen Worten. Dann fuhr er fort: »Ich will dich nur trösten an einem Tage wie diesem und dir sagen, daß der kahle Adam kein Ketzer war, ein Hexer schon gar nicht. Er war nur gescheit, viel zu klug für einen Mann seines Standes, und er hielt sich mit seiner Klugheit nie hinter dem Berg. Man weiß ja: Klug zu reden ist schwer, klug zu schweigen noch mehr.«

»Ihr kanntet meinen Vater? Gewiß, Ihr müßt ihn gekannt haben. Wie könntet Ihr sonst so von ihm reden? Wer seid Ihr, Fremder?«

Der schwarzgekleidete Mann schmunzelte vor sich hin. »*Nomina sunt odiosa*, sagt Cicero, Namen sind verpönt. Also wollen wir uns daran halten.«

Leberecht nahm, während er heimlich das schöne Mädchen am Tisch gegenüber beobachtete, einen tiefen Schluck und entgegnete: »Gott im Himmel, Ihr redet beinahe wie mein Vater Adam!«

»Hier reden alle so wie dein Vater«, wiegelte der Fremde ab. »Das ist der Grund, warum wir hier sind und du vermutlich auch. Allesamt Verfechter fremden Geistes, Schüler des Aristoteles, Alchimisten und Sterndeuter, Büchermenschen und Künstler, die in der Kunst ihren Gott sehen und vielleicht sogar ein paar aufmüpfige Protestanten und reiche Atheisten.«

Jetzt begriff Leberecht die Anspielung in dem Lied, das Friederike gesungen hatte. Leberecht, der den Blick immer noch auf sie geheftet hielt, mühte sich vergeblich, ein Lächeln zu erhaschen, während eine Traube Männer um sie herum, unter ihnen Carvacchi, mit Schmeicheleien auf sie einredeten.

»Ich bin ein Schüler meines Meisters Carvacchi«, versuchte Leberecht seine Anwesenheit zu erklären. Diese Anwesenheit bekam nun, da er wußte, in welch illustre Gesellschaft er geraten war, ein ganz anderes Gewicht. Wenn er die Gesichter der Zecher betrachtete, so war er, von seinem Lehrherrn abgesehen, noch keinem begegnet. Das Publikum, welches beim Wirt im Sand verkehrte, war ein anderes, derber und weit weniger redselig, dafür um so streitsüchtiger.

»Nicht leicht, mit ihm auszukommen«, meinte der Schwarzgekleidete im Hinblick auf Carvacchi. »Aber er ist viel in der Welt herumgekommen und hat sich seine eigene Religion gebildet. Er glaubt nur an das Schöne und Gute; alles andere, meint er, kommt vom Teufel.«

»Wie recht er hat«, rutschte es Leberecht heraus; aber nach den Äußerungen des Mannes mußte er nichts befürchten. Immerhin kannte der Fremde seinen Meister sehr genau. »Die Zerstörung der Statue im Dom hat ihn krank gemacht«, meinte Leberecht. »Der Anblick der Trümmer, die auf dem Boden herumlagen, bereitete ihm Pein, und er hat mir befohlen, die Bruchstücke zu bestatten, als handelte es sich um die Gebeine eines Menschen. Das ist nicht leicht zu verstehen für einen frommen Christen.«

Der Unbekannte zeigte sich über Leberechts Äußerung verwundert: »Den frommen Christen nehme ich dir nicht ganz ab, und ich kann's dir nicht einmal verdenken.«

Leberecht starrte auf die hölzerne Tischplatte und sagte leise: »Ja, seit heute ist alles anders. Erst seit heute verstehe ich meinen Meister Carvacchi recht, der versucht, in der Schönheit die göttliche Natur zu entdecken. Dort oben auf dem Domberg ist Gott weiter von den Menschen entfernt als in dieser Wirtsstube.«

Seine Augen füllten sich mit Tränen, und plötzlich wurde er von einer ungewissen Angst befallen. Hatte er dem Fremden zu sehr vertraut? Vielleicht war er einer von den unzähligen Spitzeln der Inquisition, die im Alltag der Menschen herumschnüffelten und, in der Hoffnung auf Gottes Lohn, ihre kritischen Worte an den Dominikaner Bartolomeo verrieten.

Von dieser Furcht getrieben, erhob sich Leberecht und trat zu Carvacchi hinüber. Nachdem der Fremde soviel über seinen Lehrmeister wußte, mußte dieser ihn doch kennen! Doch als Leberecht sich umdrehte, um mit dem Finger auf den schwarzgekleideten Mann zu zeigen, da war der Platz, wo er gesessen hatte, leer.

Als hätte Carvacchi seine Absicht erraten, lachte der Meister breit und rief: »Du mußt dich vor dem nicht fürchten, was immer du mit ihm geredet hast. Er wird froh sein, wenn du seine Anwesenheit geheim hältst.«

»Wer ist dieser Mann?« fragte Leberecht verwundert, aber deutlich erleichtert.

Carvacchi hielt die Hand vor den Mund. Dabei sollte diese Geste eher zur Belustigung beitragen als dazu, daß er nicht gehört wurde, denn die anderen kannten den Fremden, wie ihr wissendes Schmunzeln verriet, anscheinend sehr wohl.

»Der Mann heißt Luitger«, antwortete der Meister verschmitzt. »Das heißt, so nennt er sich jetzt. Geboren wurde er als Jakob Bazko in der Nähe von Krakau. Heute lebt er als Benediktiner in der Abtei Michelsberg. Er ist einer der klügsten Köpfe des ganzen Klosters, und manchmal werden ihm die Mauern seiner Abtei einfach zu eng.«

Frater Luitger! Leberecht fiel es wie Schuppen von den Augen. Sein Vater hatte den Namen seines heimlichen Lehrmeisters häufig erwähnt. Wie oft hatte er sich voll Bewunderung über den hochgebildeten Mönch ausgelassen, dem die Philosophie als Zuflucht vor der Borniertheit der bigotten

Pfaffen diente. Tagelang, manchmal auch Wochen, hatte Leberechts Vater über Luitgers Reden nachgedacht, sie mit ihm, seinem Sohn, erörtert, so daß die Bildung, die er, Leberecht, von seinem Vater erfahren hatte, eigentlich von diesem Mann herstammte.

»Bei allen Heiligen!« entfuhr es Leberecht. »Jetzt, wo Ihr es sagt! Ich hätte ihn an seiner Rede erkennen müssen. Es klang wie aus dem Munde meines Vaters.«

Carvacchi nahm seine Hand von dem Mädchen. Von einem Augenblick auf den anderen wurde er ernst: »Junge, du kannst glauben, daß Luitger am heutigen Tag nicht weniger gelitten hat als du.«

»Aber er ist ein Mönch und hat die Abkehr vom weltlichen Leben geschworen! Außerdem klang seine Rede nicht gerade so, als wäre er ein blinder Freund der heiligen Mutter Kirche!«

Da fand Carvacchi wieder zu seinem breiten Lachen zurück und er prustete heraus: »Merk dir eines: die größten Ketzer und Feinde der Kirche sitzen in Klöstern und Domkapiteln, also in ihren eigenen Reihen. Der Orden der Templer, die sich Armut, Keuschheit und den Kampf gegen Ungläubige auf ihre weißen Mäntel geschrieben hatten, wurden von Papst Clemens verboten und von den Johannitern aufgefressen, die genau die gleichen Ziele verfolgten. Luther lebte, bevor er die Kirche in zwei verfeindete Parteien spaltete, als Augustinermönch, und Kopernikus, von dem man hört, er habe Zweifel am Alten Testament gehegt und behauptet, die Erde sei ein unbedeutender Stern und drehe sich mit vielen anderen um die Sonne, war Doktor des Kirchenrechts und Domkapitular zu Frauenburg. Die Mauern, mit denen die Pfaffen ihre Pfründe umgeben, dienen nicht dem Schutz vor der Außenwelt, sondern dem Schutz der Menschen vor den Pfaffen!«

Da lachten alle, die es hörten, laut, und einige riefen Friederike zu, sie möge noch eine Strophe singen. Der Lautenspieler gab den Ton an und das schöne Mädchen sang aus dem Stegreif:

»Das Menschenrecht verspotten sie
Wie Nero ganz verkehret,
Und sie verwerfen auch sogar,
Was die Natur uns lehret.
Weil weder Gott noch sein Gebot
Von dieser heilvergessnen Rott'
Pflichtmäßig wird geehret.«

Leberecht, der jetzt dicht neben dem Mädchen saß, hatte bei ihrem Vortrag alle Regungen ihres schönen Antlitzes beobachtet, ihre bebenden Nasenflügel, die kecken Fältchen am äußeren Augenrand und ihre schwellenden Schläfen, welche pochten wie das Fell eines Tamburins.

Als sie geendet hatte, klatschten die Männer und steckten Friederike kleine Münzen in das Wams. Die bedankte sich artig, und ehe sie sich versahen, hatte das Mädchen den Schankraum geschwind durch die Eingangstür verlassen.

Leberecht, immer noch aufgewühlt durch die Ereignisse des Tages, fühlte sich von der Gestalt angezogen wie von einer überirdischen Erscheinung. War sie ein Engel oder das menschgewordene Abbild einer der Domfiguren? Hatte ihr Körper nicht Ähnlichkeit mit der steinernen Eva an der Adamspforte? Die Nase, der kleine spitze Mund, war das stumme Lächeln nicht das gleiche? Wahrhaftig, dachte Leberecht, wenn es ein Geschöpf des Himmels gab, dann mußte es Friederike sein.

Ohne ein Wort erhob er sich und verließ den »Krug«. Es war kurz vor Mitternacht und so still in den Gassen, daß ein Pferd aus tausend Schritten Entfernung gehört werden konnte. Von dem Mädchen keine Spur. Eine innere Stimme wies ihm den Weg rechter Hand zur Oberen Brücke durch die Färbergasse, wo es vom Fluß herauf stank wie aus dem Schlund eines Drachens, weil hier das Bächlein, das in einer Rinne inmitten der Straße verlief und den anfallenden Unrat samt der Notdurft der Bewohner aufnahm, in die Regnitz mündete.

Ohne das dunkle Bier, von dem er zwei Krüge in seinen Bauch geleert hatte, hätte Leberecht es nie gewagt, sich an die

Fersen eines so schönen Mädchens zu heften, eines Mädchens, das er gar nicht kannte und von dem er nicht einmal wußte, ob es nicht von vornehmer Abstammung oder eines jener Edelfräulein war, die ihre letzten Tage, bevor sie in ein Kloster eintreten, den Schleier nehmen und auf Lebenszeit der Sünde abschwören, als Tage – oder besser: Nächte – des Lasters verbringen und sich von wildfremden Männern entjungfern lassen, bevor ihnen jede Möglichkeit genommen ist. Leberecht wußte nicht, was er tat; er spürte nur den seltsamen Drang wie die Anziehung eines Magnetsteins, und er folgte dieser Anziehung, ohne zu wissen, warum.

Was er wußte, sprach freilich nicht gerade für eine vornehme Herkunft des Mädchens. Alle kannten Friederike beim Namen, sie hatten ihr Geldmünzen zugesteckt, und ihre Lieder waren frivol wie die Rufe eines Messerschleifers, der die Weiber mit anzüglichen Versen aus ihren Küchen lockt. Warum hatte er Carvacchi nicht danach gefragt? Er schüttelte den Gedanken ab.

Am Graben angekommen, wo linker Hand die Fässer und Ballen der Händler vor den Häusern standen und in der stockfinsteren Nacht für den ohne Laterne Heimkehrenden ein nicht unbeträchtliches Hindernis darstellten, vernahm Leberecht ein Geräusch. Einen Steinwurf entfernt erkannte er den Schatten eines Junkers, und die innere Stimme, die ihn bis hierher geführt hatte, sagte ihm, daß es Friederike sei. Er erkannte sie an ihren kurzen heftigen Schritten, mit denen sie von Hauseingang zu Hauseingang sprang, um nicht gesehen zu werden. Denn ein Mädchen, das ohne Begleitung eines Mannes zu dieser nächtlichen Stunde angetroffen wurde, hatte nicht nur seinen Ruf für alle Zeiten verloren. Es war auch in Gefahr.

Nachdem Friederike die Brücke überquert hatte, wandte sie sich nach links in Richtung Kranen. Der Weg schien ihm vertraut; sie verlangsamte ihre Schritte und drehte sich einmal sogar um, als hätte sie bemerkt, daß ihr jemand folgte. Dann verschwand sie hinter der alten niedrigen Markthalle, die sich träge schlafend wie ein Straßenköter in die Nacht duckte.

Leberecht kannte das Labyrinth von Straßen und Sackgassen in dieser Gegend wie seine Westentasche; deshalb bereitete es ihm keine Schwierigkeiten, sich näher an die Fersen des Mädchens zu heften. Wenn Friederike die Tochter eines der zahlreichen Händler am Fluß war, dachte der heimliche Jäger, warum hatte er sie dann noch nie gesehen? Die Stadt war nicht so groß, daß ein so schönes Mädchen solange verborgen blieb.

Seine Frage fand schnell eine Antwort, als der Schatten, den er verfolgte, hurtig vom Ufer des Flusses auf einen der Frachtkähne sprang, die hinter der Markthalle vertäut waren. Es hatte seit drei Monden nicht geregnet, und wegen des niedrigen Wasserstandes lag ein halbes Dutzend Schiffe seit geraumer Zeit fest. Der Kahn, in dem Friederike verschwand, war älter als alle anderen, er ächzte und gab in unregelmäßigen Abständen schnarrende Laute von sich wie die Frösche im Frühling.

Zuerst faßte Leberecht den Gedanken, auf das Schiff hinüberzuspringen, doch dann erschien ihm das Unternehmen zu gewagt. Wußte er, wer oder was ihn dort erwartete? Die Nacht war ruhig. Nur flußabwärts in der Ferne kläfften zwei Hunde. Die kühle Luft vom Fluß herauf mischte sich mit dem Brandgeruch vom anderen Ufer und rief Leberecht in die Wirklichkeit zurück. Da drehte er sich um und suchte den Weg zurück nach Hause.

Am Morgen des folgenden Tages – Leberecht fühlte sich hundeelend – wurde er von Martha wachgerüttelt. Vom Bier benommen und mit einem Summen im Kopf wie das Tosen eines Bienenschwarms, versuchte der Junge sich zu orientieren. Er wußte nicht mehr, wie er ins Bett gekommen war, aber er sah die vertraute Kammer um sich herum, und auf einmal drangen ihm Marthas Worte ins Bewußtsein:

»Sophie ist verschwunden! Weißt du, wo Sophie ist?«

Er hatte seine Schwester seit dem Abend vor dem Inquisitionstribunal nicht mehr gesehen. Jetzt machte er sich Vorwürfe. »Verschwunden? Was heißt verschwunden?« stammelte er.

Martha erklärte, Sophie sei gestern am frühen Morgen zum letztenmal gesehen worden; seither sei sie wie vom Erdboden verschluckt. Ihr Bett sei unberührt geblieben, ihre Habseligkeiten im Kasten ebenso.

Leberecht sprang auf. Mein Gott! Warum hatte er am gestrigen Tage nicht ihre Nähe gesucht? Warum hatte er nicht mit ihr geredet? Er wußte doch, daß sie niemanden hatte, mit dem sie reden konnte!

Zum Fluß! war seine erste Reaktion. In glücklicheren Tagen, als Kind, hatte er Sophie oft beobachtet, wenn sie auf der Brücke stand, die vom Rathaus im Fluß zum anderen Ufer führte, und den Wirbeln und Strudeln nachschaute, die sich hier wie von Wassergeistern gerührt bildeten, um sich einen Steinwurf entfernt wieder zu verflüchtigen. Auf seine Fragen hatte Sophie ihm erklärt, sie halte Zwiesprache mit den Nymphen, die hier bisweilen aus dem Fluß tauchten. Leberecht hatte ihre Worte als schwärmerische Verrücktheit eines kleinen Mädchens abgetan, nun kamen sie ihm mit einem Mal in Erinnerung.

Die Fahndung nach Sophie dauerte den ganzen Tag. Mit langen Stangen bewaffnet suchten Männer die Ufer ab, sie stakten mit einem Kahn durch das Wasser – vergeblich. An der Stelle, wo Sophie oft nach den Wassergeistern geschaut hatte, stand Leberecht den ganzen Tag und rührte sich nicht von der Stelle. Er hatte seine Schwester geliebt, aber seit sie das Aussehen einer Riesin angenommen hatte, war er ihr immer mehr aus dem Wege gegangen. Jetzt machte er sich Vorwürfe.

Er bedauerte Sophie, sich selbst bemitleidete Leberecht nicht, obwohl er doch allen Grund gehabt hätte. Er glaubte an die Unvermeidlichkeit des Schicksals, wie sie schon die alten Griechen predigten, ja, selbst die Allmacht der Sterne, die Karls IX. Leibarzt Nostradamus verkündete, schien ihm nicht abwegig. Das tröstete ihn.

In den Anblick der Strömung des Flusses versunken, aus dem das Bild der Schwester auftauchte, als sie noch ein kleines Mädchen war, hörte Leberecht eine Stimme. Er kannte den feinen, knabenhaften Klang. »Es tut mir so leid«, sagte die Stimme.

Leberecht drehte sich um. Vor ihm stand Friederike. Er erkannte sie sofort, obwohl sich ihr Aussehen gegenüber dem Abend zuvor gänzlich verändert hatte. Am augenfälligsten waren ihre vollen dunklen Haare, die sie nun in der Mitte gescheitelt und im Nacken zu einem großen Knoten gewunden trug. Ein derbes langes Gewand mit einem glatten grünen Überwurf ließ nichts mehr von der zierlichen Figur ahnen, die Friederike am Abend zuvor zur Schau gestellt hatte.

»Es tut mir so leid«, wiederholte sie und dabei neigte sie den Kopf zur Seite.

Mit Worten konnte Leberecht seine Empfindungen in diesem Augenblick nicht ausdrücken, aber er war sicher, daß ihre Teilnahme ernst gemeint war.

»Woher weißt du ...?« stammelte er verlegen und zugleich glücklich, daß sie ihn ansprach.

»Alle Leute reden von dem großen Unglück, und als ich dich hier stehen sah, da fiel mir sofort dein Name ein. Carvacchi hat ihn mir gestern genannt. Er erzählte, was deinem Vater widerfahren ist.« Dabei machte sie ein verstohlenes Kreuzzeichen.

Von der Brücke konnte man den Frachtkahn sehen, in dem Friederike in der vergangenen Nacht verschwunden war. Er machte mit dem Kopf eine Bewegung in der Richtung und sagte, um das Thema zu wechseln: »Du lebst auf dem Kahn dort drüben.«

Friederike lächelte: »Carvacchi ist ein Tratschweib. Er kann nichts für sich behalten.«

»Ich weiß es nicht von Carvacchi.«

»Sondern?«

Der Junge überlegte, ob er mit der Wahrheit herausrücken sollte, aber da er sich nun schon einmal verplappert hatte, erwiderte er auf die Frage: »Heute nacht, als du den ›Krug‹ verließt, bin ich dir durch die Stadt gefolgt. Mir fehlte der Mut, dich anzusprechen.«

Da lachte das schöne Mädchen, daß man seine blendend weißen Zähne sehen konnte: »Ich muß lachen. Du bist der erste schüchterne Mann, dem ich begegne.« Dann blickte sie zur Seite, ob niemand sie beobachtete, und nahm seine Hand: »Du gefällst mir, Leberecht. Wenn du willst, können wir Freunde sein.«

Heilige Jungfrau Maria, durchfuhr es den Jungen, da kommt so ein bildschönes Mädchen, lächelt und sagt, wir können Freunde sein! Leberecht wollte nicht ihr Freund sein, sondern ihr Geliebter! Er wollte sie umarmen und küssen, aber, bei allen Heiligen, nicht ihr Freund sein wie Carvacchi oder all die anderen, die ihr im »Krug«, wenn sie sang, zu Füßen lagen.

Leberecht war der Situation nicht gewachsen, zog seine Hand zurück und blickte verlegen zu Boden. »Du ... hast viele Freunde, nicht wahr?«

»Ja, viele Freunde, überall stromabwärts, in Würzburg, Frankfurt, Mainz, Koblenz, Köln, sogar in den Niederlanden, wo immer unser alter Kahn anlegt.«

Die Bedenkenlosigkeit, mit der Friederike redete, machte Leberecht wütend. Ihm schien es, als machte sie sich lustig über ihn. Spürte sie denn nicht, daß seine Gefühle für sie viel mehr waren als freundschaftlich?

Natürlich hätte er ihr in dieser Situation seine Liebe gestehen müssen; aber Leberecht fürchtete sich, eine Abfuhr zu erhalten. Er wollte nicht wie ein dummer Junge vor ihr stehen, wollte nicht ausgelacht oder gar bemitleidet werden. Nein, Schmerz konnte er ertragen, nur kein Mitleid. Das verletzte seinen Stolz, und diesen Stolz, die einzige Zierde der Armut, hatte er von seinem Vater geerbt.

»Und wann geht die Reise weiter?« erkundigte sich Leberecht mit betonter Gleichgültigkeit.

Friederike blickte zum Himmel: »Mein Vater wartet auf Regen. Seit drei Monden ist kein Tropfen vom Himmel gefallen. Der Fluß ist so niedrig, er läßt uns nicht fort. Würde ich selbst nicht zum Leben beitragen, wären wir längst verhungert.«

»Wie viele Leute leben auf dem Schiff?«

»Nur mein Vater und ich. Meine Mutter starb bei meiner Geburt. Da heißt es manchmal ganz schön zupacken.«

Leberecht musterte das zierliche Frauenzimmer; er konnte sich nicht so recht vorstellen, wie das schöne Mädchen spröde Taue festzurrte, das derbe Leinen des Segels ausbesserte oder die Planken des Frachtkahns schrubbte.

Inzwischen fanden sich auf der Brücke immer mehr Gaffer ein, welche die Suche im Fluß mit gierigen Augen verfolgten. Es sei vielleicht besser, wenn man sie nicht zusammen sehe, meinte Friederike und machte sich mit einem flüchtigen Winken davon.

Vom Fluß herauf drangen im selben Augenblick Rufe: »Hierher, hierher!« Zwei Männer in einem Kahn, der mit einem Seil am äußersten Brückenpfeiler vertäut war, stakten mit langen Haken im Wasser und winkten Hilfe herbei. Schließlich kam ihnen ein zweiter Kahn mit drei Mann Besatzung zu Hilfe.

Unter den Anfeuerungsrufen der Gaffer hievten die fünf Männer einen schweren Körper vom Grund des Flusses; doch als sie ihn endlich an der Wasseroberfläche hatten, da verbreitete sich Entsetzen: An den Haken hing der aufgequollene Kadaver einer Kuh, die schon ein ganzes Jahr im Wasser gelegen haben mußte.

Einige Frauen schrien vor Entsetzen auf und preßten die Köpfe ihrer Kinder an sich, damit ihnen der Anblick erspart bliebe, als der Kuhkadaver unter der eigenen und der Last des Wassers, das er aufgesogen hatte, bei dem Versuch, ihn in eines der Boote zu ziehen, in der Mitte auseinanderbrach, daß die Innereien herausquollen und im Fluß versanken.

Leberecht floh vor diesem Anblick, und die nächsten zwei Tage verweigerte er jede Nahrung. Die Tage verbrachte er auf dem Gerüst über der Adamspforte des Domes. Mit Hilfe eines Stemmeisens, eines wuchtigen Holzschlegels und eines langen Brecheisens versuchte er das Zierband der Zahn- und Bogensteine aus dem Mauerwerk zu lösen. Der feuchte Winter des vergangenen Jahres und die späten Fröste hatten den porösen Sandstein an jenen Stellen gesprengt, wo die einzelnen Steine des Simses aneinanderstießen, und die nachfolgende Trockenheit hatte alles nur noch verschlimmert.

»Sandstein«, meinte Carvacchi, als er in luftiger Höhe nach dem Rechten sah, »ist kein Baumaterial für die Ewigkeit, und fränkischer Sandstein schon gar nicht. Ich glaube nicht, daß dieser Dom fünf Jahrhunderte überdauert, es sei denn, man ersetzt jeden Stein durch einen neuen.«

Leberecht ließ sich bei seiner Arbeit nicht unterbrechen und trieb, während der Meister redete, sein Stemmeisen in das Mauerwerk. Die beiden hatten seit einigen Tagen kaum ein Wort gewechselt, was ungewöhnlich war, zumindest was Leberecht betraf; denn er suchte immer das Gespräch mit seinem Lehrmeister. Und natürlich blieb diesem die Schweigsamkeit seines Lehrlings nicht verborgen.

Carvacchi sah seinem Schüler an, wie er litt. Er selbst wußte nur zu gut von der Macht des Schlegels, mit dem man seine Sehnsüchte, aber auch seine Leiden und Ängste in Marmor, Kalk und Sandstein treiben konnte. Also ließ er ihn gewähren. Aber als der bei Einbruch der Dämmerung vom Gerüst stieg, erwartete er ihn am Fuße der Leiter und fragte: »Wie kann ich dir nur helfen, mein Junge? Ich glaube, jedes Wort des Trostes ist ein Wort zuviel. Trost finden mußt du bei dir selbst. Du mußt vergessen. Unser Schicksal wird nicht von unserem Erleben bestimmt, sondern von unserem Empfinden.«

Leberecht sah dem Meister ins Gesicht. Er schätzte die Klugheit dieses Mannes. Auch wenn er manche seiner Eigenarten nicht billigen konnte, Lebenserfahrung konnte er ihm nicht absprechen.

»Du mußt unter Leute, du darfst dich nicht auf deinem Gerüst da oben verstecken. Du bist jung, das Leben liegt vor dir. Also nimm dein Schicksal in beide Hände!«

»Ihr habt ja recht, Meister!« erwiderte Leberecht nach einer Weile des Überlegens. »Es war nur alles etwas viel.«

Carvacchi nickte zustimmend. »Wer weiß, ob es nicht sogar gut war, daß Sophie ihrem Leben selbst ein Ende gesetzt hat. Wenn sie es getan hat, dann hat sie es aus eigenem Entschluß getan, dann *wollte* sie so nicht mehr leben, einsam, verhöhnt und begafft.«

»Vielleicht ist sie einfach nur fortgelaufen, weil sie das alles nicht mehr ertragen konnte.«

»Daran glaubst du? Eine monströse Unnatur wie Sophie fällt doch als Fremde noch mehr auf als hier in dieser Stadt, wo jeder ihr Schicksal kennt. Das heißt, all die Dinge, mit denen sie hier nicht fertig geworden ist, wären in der Fremde noch viel schlimmer. Mach dir keine falschen Hoffnungen!«

Das war kein Trost; aber trösten wollte Carvacchi auch gar nicht. Der kramte in seiner Tasche, zog eine Münze hervor, gab sie Leberecht in die Hand und sagte: »Was du jetzt brauchst, ist eine Frau, die dich auf andere Gedanken bringt. Du kennst das Haus am rechten Flußarm, wo der Weg nach St. Gangolf abzweigt? Dort warten viele Hübschlerinnen. Sage, Meister Carvacchi schickt dich und frage nach Amanda. Dort wirst du Augen machen!«

Leberecht betrachtete verlegen das Geldstück in seiner Hand, musterte seinen Meister, ob der sich nicht etwa über ihn lustig machte, und meinte mit beinahe noch größerer Verlegenheit: »Es ist wegen Friederike. Ich habe sie wiedergesehen. Sie ist mir zugetan – glaube ich jedenfalls. Was meint Ihr?«

Da hüstelte Carvacchi, als wüßte er keine Antwort auf die Frage. Er antwortete auch nicht, sondern faßte Leberecht am Arm und zog ihn mit sich fort durch die enge Gasse, die zu beiden Seiten von mannshohen Mauern gesäumt wird und zum Michelsberg führt.

Halbwegs zwischen Dom und Michelsberg bewohnte der Meister ein winziges Haus zur Miete. Das Haus hatte nur ein Stockwerk und schmale Luken als Fenster, aber rechter Hand des Eingangs befand sich ein kleiner Anbau mit einem tief heruntergezogenen Vordach. In diesem Gebäudeteil hatte sich Carvacchi eine Art Werkstatt eingerichtet, in der er, zum Unmut der Nachbarn und Pfaffen, auch an Sonntagen und heiligen Feiertagen einer rätselhaften Tätigkeit nachging, die denselben

Lärm verursachte wie die Domhütte, und niemand, nicht einmal seine Gesellen und Lehrlinge, hatte je einen Blick hineingeworfen.

»Du mußt wissen«, sagte Carvacchi, als sie das Haus betraten, dessen niedrige Decke mit den Händen zu greifen war, »Friederike ist kein gewöhnliches Mädchen. Ich meine, sie ist so schön, daß sie nie einem Mann allein gehören kann – wenn du verstehst, was ich meine.«

Leberecht verstand nicht, worauf sein Meister hinauswollte, vor allem wollte er nicht begreifen, warum ihn Carvacchi, nur um ihm das zu eröffnen, hierher gebracht hatte, und er verfolgte interessiert, wie dieser ein Wandkästchen öffnete, in dem Kerzen und Lampenöl aufbewahrt wurden, und eine Laterne und einen Schlüssel hervorkramte.

»Du wirst es gleich verstehen«, brummelte er und bedeutete ihm zu folgen.

Die Werkstatt war mit einem schweren alten Tor gesichert, und das eisenbeschlagene Schloß aus gefächerten Ornamenten legte den Verdacht nahe, daß hier einmal ein Schmied seine Arbeit verrichtet hatte. Carvacchi öffnete das Tor, leuchtete mit der Laterne in das Innere und schob den zögernden Jungen hinein.

Leberechts Staunen war so groß, daß er keinen Ton hervorbrachte: Im Halbdunkel der Werkstätte stand ein halbes Dutzend weißer, nackter Statuen aus Stein, aufgereiht in einem Halbkreis, als erwarteten sie das Urteil des Paris. Ihre Haltung war so frivol wie er sie noch nie an einer Figur aus Stein gesehen hatte, ja, selbst die »Zukunft«, die ihm lange Zeit als Inbegriff weiblicher Schönheit und Verführung erschienen war, hätte gegenüber diesen Grazien, welche die Arme erhoben, um ihre Brüste zu zeigen und die Beine abwinkelten, damit die Rundungen ihrer Hüften noch besser zur Geltung kamen, zurückstehen müssen.

Jede einzelne Statue trug die ausgeprägte Anatomie einer Frau, jedoch die kindlichen Gesichtszüge eines jungen Mädchens zur Schau wie Eva am Adamsportal oder – Friederike.

»Friederike!« rief Leberecht. Bei der heiligen Jungfrau, alle Steinstatuen stellten ein und dieselbe Person dar: Friederike. Das war nicht die Arbeit eines Künstlers, der sein Vorbild in Bewunderung ewiger Schönheit zu Stein werden läßt, das war vielmehr die Arbeit eines Besessenen, der von seinem Modell nicht genug bekommen kann. Friederike war nicht sein Modell, sie war seine Geliebte.

Mochte er seinen Lehrmeister in diesem Augenblick verfluchen, mochte er ihn hassen und verwünschen – eines mußte er Carvacchi bescheinigen: Eindringlicher und überzeugender hätte er ihm seine Situation nicht veranschaulichen können. Resigniert sah er Carvacchi an und sagte: »Ich verstehe.«

Carvacchi grinste verlegen: »Wenn es dir ein Trost ist, Leberecht, auch ich bin nicht der einzige. Wie ich dir schon sagte, ein schönes Mädchen gehört nie einem allein.«

Da suchte der Junge in seiner Tasche nach der Münze. Er legte sie heimlich auf den Tisch, rief dem Meister einen Gruß zu und verschwand durch das schwere Tor ins Freie.

In seine Trauer mischte sich nun Enttäuschung und in die Enttäuschung Wut. Das Leben in seiner Heimatstadt erschien ihm abstoßend, widerwärtig, unerträglich. Die stumpfsinnige Beschäftigung auf dem Domgerüst widerte ihn an. Leberecht trachtete danach, mehr zu lernen, mehr zu können, mehr zu wissen, und all dem waren in dieser Stadt Grenzen gesetzt. Hinzu kam, er hatte keinen einzigen Freund, mit dem er reden, den er um Rat angehen konnte. Selbst Carvacchi, dem er sich bisher vorbehaltlos anvertraut hatte, erschien ihm nicht mehr vertrauenswert. Er konnte ihn verstehen, gewiß; jeder Mann wollte ein so schönes Mädchen wie Friederike besitzen. Aber hatte Carvacchi denn noch nie in den Spiegel geschaut, wo ihm das Antlitz eines alternden Mannes entgegenblickte? Friederike hingegen war eher noch ein Kind. Wie konnte er ihm das antun?

An den langen Herbstabenden, die nach Kirchweih endlos wurden, zog er sich in dem lauten Wirtshaus im Sand in seine Kammer neben den Tauben unter dem Dach zurück und studierte in den Büchern, die ihm sein Vater hinterlassen hatte. Er lernte Latein anhand der Schriften Ciceros, Caesars und Ovids, das praktische Rechnen aus einem vierzig Jahre alten Folianten mit dem Titel *Rechnung auf der Linien* aus der Feder des Rechenmeisters Adam Riese aus Staffelstein, und Astronomie nach der Schrift *Commentariolus*, in welcher der Domkapitular Nikolaus Kopernikus wundersame Behauptungen aufstellte wie jene, nach der sich nicht die Sonne, wie täglich am Himmel zu sehen, um die Erde drehe, sondern die Erde um die Sonne und daß sie keineswegs, wie in der Bibel zu lesen, der Mittelpunkt des Universums sei, sondern ein Himmelskörper wie viele andere.

Gedanken wie dieser waren ebenso geeignet, ihm nächtens den Schlaf zu rauben, wie die heimlichen Erkundungen des schamlosen Leibes seiner Ziehmutter Martha, denen er nach wie vor nachging so oft sich die Möglichkeit bot. An Friederike, die mit dem Schiff über Nacht verschwunden war, dachte er kaum noch. So vernarbten allmählich die Wunden, die ihm das Schicksal zugefügt hatte. Bis zu jenem Abend um Lichtmeß des folgenden Jahres, als es im Hause Schlüssel zu einer lautstarken Auseinandersetzung kam, die Leberechts Leben auf unerwartete Weise verändern sollte.

Ludowika, die liederliche Edeldame, bei der auch der Wirt vom Sand Zerstreuung suchte, hatte sich in die Schenke ihres Freiers gewagt und vor allen Leuten mit Schmuck und kostbaren Kleidern geprahlt, welche ihr der Wirt vom Sand für ihre Dienste geschenkt habe. Martha, der das Verhältnis nicht unbekannt und in gewisser Weise gleichgültig war, solange es im verborgenen blieb, wies die Dame aus dem Haus. Ludowika gehorchte nicht; vielmehr rief sie den alten Schlüssel zu Hilfe und bat ihn um ein Machtwort seiner Frau gegenüber. Darüber kam es zu einer lauten Auseinandersetzung, an der jedermann im Hause teilhaben konnte.

Als Leberecht hinzukam, stand Jakob Heinrich Schlüssel inmitten der Schenke zwischen Martha auf der einen und Ludowika auf der anderen Seite des düsteren Raumes.

Martha beschimpfte Ludowika als Hure, die sofort das Haus verlassen müsse. Ludowika ihrerseits bezichtigte Martha der Frömmelei und Bigotterie und als unfähig, ihre ehelichen Pflichten zu erfüllen.

Das brachte Martha so in Rage, daß sie aufsprang und mit gespreizten Fingern auf Ludowika losging, um ihr die Augen auszukratzen. Dabei schrie sie mit zornig funkelndem Blick, wie Leberecht ihn noch nie bei seiner Ziehmutter gesehen hatte, und einem Tonfall in der Stimme, den er an ihr nicht kannte: »Elende Ausgeburt der Hölle, Teufelsdirne, abscheuliche Hexe, ich bringe dich um dein Augenlicht, dann wirst du den dummen Mannsbildern keine schönen Augen mehr machen!«

Der alte Schlüssel trat dazwischen und hielt Martha mit ausgebreiteten Armen vor der Untat zurück. Ludowika nahm das zum Anlaß, hinter dem breiten Rücken ihres Liebhabers unflätige Worte zurückzuschreien: »Was geht's den Teufel an, wem ich mein weiches Fellchen hinhalte, solange die Männer dafür zahlen, und der deine, Wirtin, zahlt am besten!« Dabei hob sie ihre Röcke bis über die bestrumpften Waden und rief: »Alles von deinem Geld, Wirtin, alles Geschenke der Dankbarkeit!«

Und da der alte Schlüssel keine Anstalten machte, die Hure zum Schweigen zu bringen oder aus dem Haus zu weisen, wandte Martha sich nun gegen den eigenen Mann: »Du erbärmlicher Feigling. Hast du nicht den Mut, diese elende Dirne aus dem Haus zu weisen? Ist dir diese Metze wirklich mehr wert als die Mutter deines einzigen Sohnes?«

»Des einzigen Sohnes?« höhnte Ludowika. »Jakob weiß doch nicht einmal mit Sicherheit zu sagen, ob er überhaupt Christophs Vater ist.«

Marthas Stimme wurde mit einem Male leise: »Heinrich, du hast gehört, was diese Hure gesagt hat. Mann, was hast du dazu zu sagen?« Es klang wie ein Ultimatum.

Jakob Heinrich Schlüssel wand sich mit gequältem Gesicht, als setze ihm die Gicht wieder einmal besonders zu, stammelte unverständliche Worte und versuchte die Streithennen zu beschwichtigen. Der dicke Christoph, der die Auseinandersetzung in der Ecke neben dem Ofen verfolgt hatte, verdrückte sich klammheimlich durch die Hintertür.

Es schien, als hätte sich der Streit gelegt, da begann Ludowika aufs neue: »Du glaubst, Jakob habe dir in seiner Güte fremde Kinder gekauft. Aber das ist ein Irrtum. Er hat die Hamann-Waisen nicht aus frommer Gesinnung aufgenommen, sondern aus purem Profit.«

»Was soll das heißen?« rief Martha erregt und wandte sich an ihren Mann: »Was hat das zu bedeuten?«

Leberecht, dem die Auseinandersetzung schon nahe genug ging, war, als träfe ihn ein Blitzschlag. Durch seinen Kopf schossen tausend Gedanken, aber keiner kam auch nur in die Nähe einer Erklärung. Gewiß, nicht nur ihn, die ganze Stadt, hatte es seltsam angemutet, daß sich ausgerechnet der Wirt vom Sand, dem alles andere als eine fromme Gesinnung nachgesagt wurde, als Ziehvater angeboten und die Vormundschaft übernommen hatte.

Ludowikas Andeutungen wollte Leberecht nicht so im Raume stehen lassen. Er trat vor die Hure hin und sagte mit fester Stimme: »Du hast die Frage der Wirtin nicht beantwortet. Was soll das heißen, der Herr Schlüssel habe die Vormundschaft aus Profit übernommen?«

Da wurde der Wirt vom Sand, der nicht so leicht zu erschüttern war, böse. Der Hure schenkte er einen verächtlichen Blick und wies sie mit einer heftigen Bewegung des Kopfes aus der Schenke. Ludowika gehorchte wie eine getretene Hündin; aber bevor sie die Tür mit einem lauten Schlag ins Schloß fallen ließ, geiferte sie, an Schlüssel gewandt: »Schlappschwanz!«

Auch Leberechts Frage war unbeantwortet geblieben, und Schlüssel sah sich zu einer Erklärung genötigt. So erfuhr der erstaunte Ziehsohn an diesem Abend um Lichtmeß von seinem Vormund, daß er das Haus des Krämers im Sand Nr. 9, unmittelbar neben dem des Wirtes gelegen, vom Großonkel seiner Mutter, Werinher Spielhahn, geerbt habe, nachdem der eigentliche Erbe, seine Mutter Auguste, gestorben sei.

Martha, deren Zorn sich bereits gelegt hatte, brauste erneut auf: »Dann hast du die Mündel nur aus Gewinnsucht aufgenommen? Und ich dachte, du hättest im frommen Glauben gehandelt und dir einen ewigen Ablaß erkauft. Aber ich muß einsehen, ich habe mich getäuscht.«

»Schweig, Weib!« herrschte Schlüssel seine Frau an. Und Leberecht zugewandt erklärte er: »Du kannst mir glauben, mein Sohn, ich hätte dir die ganze Angelegenheit am Tage deiner Mündigkeit eröffnet, lange ist's eh nicht hin.«

Leberecht nickte. In fünf Monaten würde er achtzehn Jahre und sein eigener Herr sein, Besitzer eines respektablen Hauses im Sand, das der alte Schlüssel jedoch inzwischen zur Herberge umgebaut hatte.

»Den Kaufpreis«, meinte Schlüssel, der Leberechts Gedanken zu erraten schien, »erhältst du, sobald du mündig bist.«

Martha lachte bitter: »Und diesen Kaufpreis hast du selbst bestimmt.«

»Ja«, erwiderte Schlüssel. Und dabei schien er nicht einmal ein schlechtes Gewissen zu haben. »Siebenhundert Goldgulden sind ein anständiger Preis!«

»Und wenn Leberecht nicht verkaufen wollte?«

Schlüssel zögerte: »Warum sollte er das Haus nicht verkaufen? Oder hat der Junge vor, eine Krämerei aufzumachen?«

Leberecht, der die ganze Tragweite des Geschehens noch immer nicht begriffen hatte, schüttelte den Kopf.

»Also siehst du, Weib. Leberecht ist ein Künstler, kein Krämer. Er wird eines Tages sein Glück in der Ferne suchen. Wozu braucht er ein großes Haus wie dieses? Er wird sein Geld von mir erhalten und kann hinausziehen in die Welt, und eines Tages wird er zurückkehren als ein großer Mann und mir, seinem Vormund, danken für meine Weitsicht.«

Dem unverhofften Erben erschien Schlüssels Verhalten weit weniger verwerflich als seiner Ehefrau Martha. Die nahm das Vorgefallene zum Anlaß, ihrem ungeliebten Mann von nun an noch mehr aus dem Weg zu gehen. Ihr ohnehin gespanntes Verhältnis beruhte von Stund an nur noch auf dem gemeinsamen Dach über dem Kopf. Im übrigen ging jeder seinen eigenen Belangen nach, Jakob Heinrich seinen einträglichen Geschäften, Martha ihren frommen Werken; jedenfalls hatte es nach außen hin den Anschein.

Am nachhaltigsten wirkte sich das Ereignis jedoch auf Christoph Schlüssel aus. Die Tatsache, daß sein Vater das Bett mit einer Hure teilte und seine Mutter davon wußte, versetzte den frommen Sinn des Jungen in Aufregung. Er schloß sich einen ganzen Tag und eine ganze Nacht in seiner Kammer ein und entwischte am folgenden Tag zu den Jesuiten. Die Eltern ließ er wissen, er wolle sein Leben dem jesuitischen Wahlspruch *Omnia ad maiorem Dei gloriam** weihen und für sie beten. Tags darauf legte er das Gelübde ab. Weder Vater noch Mutter wollte er jemals wiedersehen.

Leberecht befand sich in einem Zwiespalt der Gefühle. Es war ihm natürlich klargeworden, daß der Vormund ihn schamlos betrogen und ausgenutzt hatte. Trotzdem empfand er gegen Schlüssel jetzt weniger Haß als früher, hatte dieser ihm doch ein Ziel gezeigt, welches ihm, Leberecht, erstrebenswert erschien. Darüber hinaus und zur Bestätigung seiner Pläne versprach Schlüssel seinem Mündel bis zum Erreichen seiner Volljährigkeit allmonatlich einen Goldgulden zur persönlichen Verwendung.

Nun, da Martha ihren Sohn an die Jesuiten verloren hatte, wurde ihr Verhältnis zu Leberecht noch inniger, als es ohnehin gewesen war, und er begann sich nächtens in eine Zukunft hineinzuträumen, in der sein hochmütiger Ziehvater, wenn überhaupt, nur noch eine sehr untergeordnete Rolle spielte. In der Stille seiner Kammer, die zu solchen Träumereien vortrefflich eignete, wälzte er sich auf seinem Bett, den strahlend schönen Leib der Ziehmutter vor Augen wie eine goldene Monstranz.

Natürlich war Leberecht sich der Sündhaftigkeit seiner Gedanken bewußt, und zu Beginn seiner nächtlichen Streifzüge vor Marthas Fenster zum Treppenhaus hatte ihn noch das

*Alles zur höheren Ehre Gottes

schlechte Gewissen geplagt. Inzwischen freilich waren alle Bedenken verflogen; er war in seinem jungen Leben größeren Sünden begegnet als dieser wider das Fleisch, welche, wie er ernsthaft glaubte, der Erlösung im Himmel gleichkam. Martha ließ auch nicht nach, sich nächtens zu geißeln, doch hatte Leberecht den Eindruck, daß sie ihr Werk seit geraumer Zeit noch raffinierter vollendete, so als wollte sie die Augen des heimlichen Zuschauers in besonderem Maße verwöhnen.

In einer der klaren lauen Mondnächte, die der Frühling schickt, genau einen Tag vor Verkündigung des Herrn, suchte Leberecht wieder einmal den Weg vor Marthas Kammer. Mit lüsternem Blick verfolgte er den Vorgang, wie die schöne Frau sich auszog. Aber dieser Ausdruck war Blasphemie angesichts der sündigen Zeremonie, mit der Martha ihr Werk zelebrierte.

Anders als bisher, trat sie diesmal jedoch so nah an das kleine Fenster heran, daß Leberecht unwillkürlich zurückschreckte. Doch die Nähe ihrer Brüste, von denen er nun jede Einzelheit erkennen konnte, hielt ihn fest. Er hing wie gebannt an der Luke und gaffte.

Wie in Trance bemerkte er, wie Martha die Tür öffnete, ihm nackt und ohne Hemmung entgegentrat, die Hände nach ihm ausstreckte und ihn so in ihre Kammer zog. Das ging so lautlos und selbstverständlich vonstatten, daß der Junge glaubte, er träume. Erst als Martha ihn auf ihr Bett drückte und begann, ihn von seinen Kleidern zu befreien und als sie sagte: »Dummer Junge, glaubst du, ich hätte deine Nachstellungen nicht bemerkt?«, da wurde er sich der Wirklichkeit bewußt.

Aber es ist eine schwere Sünde! Wir dürfen das nicht tun! Laßt uns ein Gebet sprechen wider die Versuchung! All das wollte Leberecht entgegnen. Doch eines erschien ihm so dumm wie das andere, und das andere so unsinnig wie das eine. So brachte er kein einziges Wort hervor und ließ es geschehen.

Sein Kopf glühte vor Erregung, und Leberecht glaubte den Verstand zu verlieren. Gott im Himmel, er hätte nie gedacht, daß es im Vergleich zu seinen Gaffereien am Fenster noch eine Steigerung gab. Während Martha am Bund seiner Beinkleider herumnestelte, fiel ihr langes offenes Haar auf seine nackte Brust, und Leberecht glaubte jedes Haar einzeln zu spüren. Er fühlte tausend Stiche über den Körper verteilt wie ein Nagelbrett, aber er genoß jeden einzelnen.

Als Martha ihm die Hosen herabzog, da schnellte sein Glied in die Luft wie ein Fahnenmast. Leberecht hatte es noch nie in dieser Größe gesehen. Er schämte sich und wollte es mit den Händen verdecken, doch Martha kam ihm zuvor. Triumphierend nahm sie es zwischen beide Hände, und mit einem überlegenen Lächeln sagte sie: »Ich habe dir oft genug zur Verfügung gestanden, heute bist du für mich da!« Und dabei drückte sie ihn. Er hätte schreien können.

War das seine Ziehmutter Martha? Jene Martha, die mit niedergeschlagenen Augen den Bußpredigten des Dompredigers lauschte, die den Armen Gutes tat, sich geißelte zur Vergebung der Sünden und welcher der Ruf vorausging, dem Zustand der Heiligkeit näher zu sein als jede andere Frau der Stadt? Leberecht verstand die Welt nicht mehr. Er wollte sie auch gar nicht verstehen, solange dieses Gefühl der Wollust anhielt.

»Dummer Junge«, wiederholte Martha, während sie seinen Fahnenmast liebkoste und an sich drückte. »Meine Sehnsucht nach dir ist ebenso alt wie die deine nach mir. Ich habe deine begehrlichen Blicke bemerkt, du die meinen offenbar nicht, dummer Junge. Ich begehre dich! Ich will dich mit Haut und Haaren! Und du?«

»Ja, ja, ja«, flüsterte Leberecht, bemüht, nicht zu schreien. »Ich will dich auch.«

Martha machte einen gekonnten Sprung über ihn, daß sie mit gespreizten Beinen wie ein Reiter auf ihm kniete. Gefühlvoll begann sie seine ausgewachsene Männlichkeit an ihrem Schamhaar zu reiben. »Warum tust du nichts? Bin ich dir nicht aufregend genug?«

Da winselte der Junge: »O Martha, Martha, du bist die aufregendste Frau der Welt. Du bist schön wie die Eva am Dom und begehrenswert wie eine griechische Göttin. Es ist die Aufregung, versteh doch.«

»Du bist ein Maulheld«, lachte Martha, und fragend fügte sie hinzu: »Du hast es noch nie mit einer Frau getan?«

Leberecht schüttelte den Kopf. Er schämte sich, weil er achtzehn Jahre und in einem Alter war, in dem er längst von einer älteren Hübschlerin in die Freuden der Liebe hätte eingeweiht werden müssen. Alle trüben Gedanken verschwanden jedoch in dem Augenblick, als Martha seine Hände nahm und gegen ihre breiten Brüste preßte. Wie warm, weich und schmiegsam sie waren, wie sie bebten und unter seinen Händen nachgaben.

Und während er noch in Verzückung schwelgte über die süßeste Last, die seine Hände je getragen hatten, während er, dem jede Art von Gebet schon lange fremd war, ein frommes *Te Deum* oder *Alleluja* hätte anstimmen können vor lauter Jubel, spürte er, wie sein Glied sich ohne eigenes Zutun einen Weg bahnte, heiß und glühend, und wie sein Körper sich verkrampfte und wölbte wie ein Brückenbogen.

Martha ließ einen kleinen Schrei des Glückes vernehmen, sie krallte sich in seinen langen Haaren fest. Ihr Körper begann auf dem seinen zu tanzen. Leberecht sah nicht mehr, was um ihn vorging, er hielt die Augen verschlossen. Die lustvollen Schauder, die seinen Körper verzehrten, raubten ihm die Sinne. Er fühlte ihren Mund auf dem seinen und ihre Zunge unter der seinen, und er ließ sich forttragen von einem gewaltigen Orkan. So mußte die ewige Glückseligkeit sein, welche er nur aus Predigten kannte.

Als er wieder zu sich kam, thronte Martha über ihm, lächelnd wie eine Sphinx. Ihre heftigen Auf- und Abbewegungen waren verebbt wie Wogen am Ufer des Meeres. Leberecht sah, daß Tränen über ihre Wangen liefen. Sie bemerkte seinen fragenden Blick und erklärte: »Du darfst mich nicht mißverstehen. Es ist zu lange her, seit ich einen Mann so wie dich geliebt habe. Es kommt mir beinahe vor, als wäre es das erste Mal.«

In seiner Hilflosigkeit griff Leberecht nach Marthas Hand und überdeckte sie mit Küssen. »Mein Gott«, stammelte er atemlos, »was ist nur geschehen?«

Da mußte Martha lachen: »Was geschehen ist, fragst du? Fragst du das wirklich? Zwei Menschen, die sich lieben, haben sich ihre Liebe gegeben. Begreifst du das? Ich liebe dich!«

Leberecht legte seine Hand auf ihren Mund. »Nicht so laut! Du vergißt dich!« Er hatte noch nie aus dem Mund einer Frau »Ich liebe dich!« gehört. Erst jetzt, in diesem Augenblick, wurde er sich bewußt, was geschehen war. Er wagte nicht daran zu denken, was morgen sein würde, an die Zeit danach noch viel weniger. »Es ist eine unnatürliche Liebe«, murmelte er kleinlaut, »es ist wider die Natur und wird den Inquisitor auf den Plan rufen.«

»Du liebst mich nicht?« Martha wurde heftig.

»Doch!« entgegnete Leberecht. »Ich liebe dich mehr als die Madonna; aber es ist wider die Natur! Gott wird uns nie verzeihen.« Er hatte kaum ausgeredet, da kam ihm die Absurdität der Situation zu Bewußtsein: Martha, die Fromme, schien keinerlei Bedenken zu haben wegen ihrer Sündhaftigkeit, während er, der Freigeist, von Zweifeln geplagt und von seinen Bedenken hin und her geworfen wurde wie ein reuiger Sünder.

Martha ließ ihren Körper auf den Leberechts gleiten. Ihre Augen waren jetzt ganz nah über den seinen. »Kann«, sagte sie schließlich, und dabei blitzten ihre Augen wie Edelsteine, »ein Gott der Liebe die Liebe zweier Menschen verbieten?«

Leberecht schwieg. Er umfing Martha mit beiden Händen, und die fügte hinzu: »Im übrigen hat die Liebe eigene Gesetze. Ich kann nicht sagen, ich liebe dich nicht, obwohl ich dich liebe. Du kannst Vater und Mutter verleugnen und deinen besten Freund, aber es ist unmöglich, die Liebe zu verleugnen. Leugnest du?«

»O nein!« erwiderte Leberecht lachend. Er mußte sich vorsehen, daß die Zuckungen seines Körpers Martha nicht abwarfen. »Wenn Liebe so etwas ist wie Glück und Erfüllung, dann bin ich heute, am Tag vor Erscheinung des Herrn, der Liebe begegnet.«

Sie lachten beide über ihre pathetischen Worte, dann blieben sie, ein jeder im Glücksgefühl der Nähe des anderen, wortlos liegen, bis sie ein lautes Geräusch im Haus aufschrecken ließ.

»Wenn uns der Alte ertappt, schlägt er uns beide tot!« flüsterte Leberecht.

»Hab keine Angst! Es ist fünfzehn Jahre her, seit Heinrich diese Kammer zuletzt betreten hat. Warum sollte er es ausgerechnet heute tun.« Und erklärend fügte sie hinzu: »Ich war mit sechzehn bereits eine Wittfrau, wenn du verstehst, was ich meine.«

Er nickte, obwohl er erst allmählich begriff, was Martha sagen wollte. Dann aber begann er zu rechnen und er fand heraus, daß Martha, vorausgesetzt Christoph befand sich im selben Alter wie er, vierunddreißig Jahre alt sein mußte. Gelobt sei der Name des Herrn, dachte Leberecht, sie ist eine alte Frau, aber ihr Körper ist der einer Jungfrau, und ich liebe sie, ich begehre sie, und für sie würde ich das ewige Leben im Paradies eintauschen. Zwar war er selbst noch nicht einmal achtzehn, aber was machte das für einen Unterschied, wenn sie sich in den Armen lagen?

»Du hast Bedenken wegen meines Alters?«

Leberecht erschrak. Martha schien seine intimsten Gedanken zu erraten. Darum antwortete er hastig: »Ich weiß nicht, wovon du redest; ich meine, das spielt überhaupt keine Rolle. Ebenso könntest du mich als Grünschnabel bezeichnen, der deiner Liebe nicht würdig ist. Außerdem verstehst du es, einen jungen Mann zu fordern, daß ihm Hören und Sehen vergeht und er sich wünschte, die Frau in seinem Bett wäre ein paar Jahre älter und ruhiger.«

»Ich war dir also zu wild?«

»Ach, Martha. Ich wünschte, es bliebe für immer so zwischen uns beiden.«

Noch während er redete, hatte Martha das Öllämpchen, das auf einem Hocker neben dem Bett warmen Lichtschein verbreitete, mit bloßen Fingern gelöscht. »Still!«

Jetzt hörte auch Leberecht Schritte im Treppenhaus. Durch die Fenster fiel genug Mondlicht, daß er auf Zehenspitzen bis zur Tür schlich und lauschte. Er wagte nicht zu atmen. Denn auf der anderen Seite der Tür konnte er deutlich den Atem eines Unbekannten hören. Endlose Minuten vergingen ohne daß etwas geschah. Dann entfernten sich Schritte über die Treppe zum oberen Stockwerk.

Als Leberecht nach dieser Liebesnacht am frühen Morgen in seine Kammer schlich, gurrten bereits die Tauben, und die Vögel zwitscherten von den Dächern. Die Nacht mit Martha, seiner Ziehmutter, hatte ein Feuer in ihm entzündet. Er ging wie auf Wolken, und in seinem Innern rumorte es. Das Gefühl, eine Frau wie Martha zu besitzen, machte ihn schwindlig, und insofern glich sein Gang eher dem glückseligen Taumeln eines Fauns. Die Vergangenheit schien so weit, die furchtbaren Erlebnisse wie ausgelöscht und aus der Erinnerung getilgt. Leberecht hätte nie geglaubt, daß er die schrecklichen Szenen der Inquisition und der grauenhaften Suche nach Sophie, die ihm tagtäglich lebhaft vor Augen standen und die ihn quälten wie ein furchtbarer Schmerz, daß er all das so schnell vergessen konnte. Diese eine Nacht mit Martha war geeignet, alle Wunden zu heilen, die das Schicksal in seine Seele gerissen hatte.

Im Überschwang der Gefühle blieb Leberecht nicht verborgen, daß der unheimliche Besucher der vergangenen Nacht seine Kammer heimgesucht und seine Bücher durchwühlt hatte. Aber nachdem nichts von seinem kargen Besitztum fehlte und sogar die Münzen in seinem Kasten unberührt geblieben waren, maß Leberecht dem Ereignis keine Bedeutung bei, und er wandte sich schöneren Gedanken zu.

KAPITEL III

Die Bücher und der Tod

Es gibt Menschen, welche über Dezennien ihres Lebens keine Rechenschaft zu geben imstande sind, weil sie nicht mehr wissen von dieser Zeit, als daß sie gegessen, getrunken, ihre Arbeit verrichtet und hinter dem Krug mit Nachbarn und Standesgenossen üble Nachrede gehalten haben. Auf Leberecht Hamann, den Steinmetz vom Dom, trifft dies nicht zu, zum einen, weil er bereits als Jüngling mehr vom Schicksal erfahren hatte, als einem Beichtvater in der Karwoche zu Ohren kommt, zum anderen aber auch, weil er sein Leben mit wachen Augen verfolgte und Begebenheiten von Wichtigkeit einem selbstgehefteten Tagebuch aus gerissenem und vergilbtem Papier anvertraute, das er vom Buchdrucker jenseits des Flusses geschenkt bekam.

Hatte Leberecht bisher nur Ereignisse festgehalten, die ihm der Erinnerung wert erschienen, so schrieb er seit der Nacht, als er in Marthas Armen lag, auch seine Gedanken nieder, seine Pläne und Träume, ja, er baute bisweilen Luftschlösser auf die vom blauen Nebel umhüllten Berge der Zukunft.

Lange Zeit mußte vergehen, bis er, bestrahlt von der Sonne des Glücks, den Mut aufbrachte, die alte Wirkungsstätte seines Vaters Adam auf dem Michelsberg aufzusuchen. Adam Friedrich Hamanns Grab hatte einem anderen Platz gemacht, kein Kreuz und keine Tafel erinnerte an sein irdisches Dasein.

Leberecht mußte die Augen vor der Sonne schließen, als er aus dem Schatten der hohen Mauer trat, welche vom Kirchhof in die Höhe strebte und den Garten der Abtei stützte, den zu betreten gewöhnlichen Christenmenschen verwehrt war. Im selben Augenblick vernahm er, wie einst Saulus, seinen Namen vom Himmel, und als Leberecht mit über die Augen gehaltener Hand in die Höhe spähte, erkannte er, jedenfalls im zweiten Hinsehen, Luitger, den schwarzen Mann aus dem »Krug«, der sich über die steinerne Balustrade beugte und ihm freundlich zuwinkte. Erfreut winkte Leberecht zurück, und der Mönch machte Zeichen, er möge sich zu dem eisernen Tor begeben, von dem schmale, steile Stufen zur oberen Terrasse führten, wo sich der Garten des Klosters befand.

Es war am Tag nach Kreuzauffindung, und der Sommer breitete den ersten heißen Tag über das Land. Die Mauersteine, zwischen denen hier und da eine Eidechse verschwand, flirrten vor Hitze. Dabei herrschte Totenstille. Als Luitger das Tor von innen öffnete, zerriß, ausgelöst von den eingetrockneten Türangeln, ein jaulendes Geräusch wie der Schrei einer getretenen Katze den Frieden des Kirchhofs.

»Ich wußte wirklich nicht, wer Ihr seid«, sagte Leberecht. Luitger trug eine schwarze Ordenstracht. »Ihr wart der Lehrmeister meines Vaters, und ich habe viel von Eurem Wissen gehört.«

Der Mönch lächelte verschmitzt: »Dank sei dem Herrn, daß du mich nicht erkannt hast. Außer Carvacchi weiß keiner im ›Krug‹, wer ich eigentlich bin, und ich erwarte, daß du das Geheimnis für dich bewahrst.«

»Ich verspreche es, bei allen Heiligen!«

Luitger ging auf der steilen Steintreppe voraus bis zu einem Absatz, von dem rechterhand eine Tür in die Stützmauer führte, während die Stiege zur Linken weiter nach oben zum Garten der Abtei ging.

Kräuter und Blumen in allen Farben verbreiteten einen

betäubenden Duft wie Weihrauch beim Inzensieren*. In der Mitte der quadratischen Anlage plätscherte ein Brunnen, und um ihn herum reihte sich sternförmig Beet an Beet mit Pflanzen, die Leberecht noch nie im Leben gesehen hatte. Luitger, der die verwunderten Blicke des Jünglings bemerkte, zeigte mit der Rechten über das blühende Paradies und sagte in einer Mischung aus lateinischen und deutschen Worten: »*Anima Christiana hortus est* – deine Seele soll ein ebenso liebreicher Blumengarten sein, geziert mit christlichen Tugenden und mit holdseligen Blumen ausgeschmückt, ein Garten, in dem der himmlische Bräutigam *pascitur inter lilia*** – du verstehst, was ich sage?«

»Aber gewiß«, bekräftigte Leberecht. »Mein Vater Adam hat beinahe alles, was er von Euch an Bildung erfahren hat, an mich weitergegeben. Noch bevor ich bei Carvacchi in die Lehre ging, lehrte mich mein Vater die *Consecutio temporum*†; er kaufte Bücher von seinem kargen Geld, die bis heute mein größter Reichtum sind.«

Da umarmte ihn der schwarze Mönch und rief voll Begeisterung: »Du bist fürwahr der Sohn des kahlen Adam, du sprichst wie er, und ich wünschte, du dächtest auch wie er!«

Leberecht nickte, als wollte er sagen: Ja, ganz bestimmt. Aber er kam nicht dazu, denn Luitger fuhr in seiner Rede fort: »Wenn ich wünschte, du mögest die Gedanken deines Vaters haben, so ist es vor allem dieser: Du kannst Gott lieben, aber die Kirche hassen; denn unsere heilige Mutter Kirche ist heute von der Heiligkeit soweit entfernt wie Rom vom Paradies. Sie verbrennt Menschen im Namen des Herrn, von Büchern ganz zu schweigen. Die Päpste leben wie die Schweine, sie regieren wie orientalische Potentaten und hören nicht auf die Eingebung des Allerhöchsten, sondern sie gehorchen nur noch ihren niederen Trieben. Sie erkennen ihr Seelenheil im Anhäufen

* Beweihräuchern des Altars
** unter Lilien weidet
† Zeitenfolge (der Grammatik)

von Gold und Geld; Wollust und Triebe sind ihre einzige Erlösung.«

Leberecht machte ein erstauntes Gesicht. »So spricht ein Mönch?«

Luitger musterte den Besucher, so als wäre er unsicher, ob er ihm diese Gedanken anvertrauen könne, doch Leberechts offener Blick beseitigte seine Zweifel, und er erwiderte: »So spricht ein Mönch, dem die Lehre des Heils näher steht als die Lehre der Kirche!«

Leberecht erkannte in jedem Wort die Stimme seines Vaters wieder, und dabei kam ihm der Gedanke, ob er Frater Luitger nicht bitten sollte, ihn zu unterrichten, so wie er seinen Vater unterrichtet hatte. Sobald der alte Schlüssel seine Erbschaft ausbezahlt hätte, würde er über genug Geld verfügen, um einen Lehrer zu bezahlen. Aber noch ehe er seine Überlegungen zu Ende bringen und sich ein Herz fassen konnte, den Mönch darauf anzusprechen, unterbrach dieser seine Gedanken.

»Sieh nur diese Blumen. Jede einzelne von ihnen ist eine Lobpreisung des Schöpfers. Jede einzelne verbreitet mit ihrem Duft und dem Leuchten ihrer Farbe mehr Gotteslob als das gesamte Domkapitel. Nenne nur drei von ihnen bewundernd beim Namen, dann wird dein Ablaß im Himmel größer sein als der, den sie an den Türen der Gotteshäuser für Geld verkaufen.«

»Ich muß gestehen«, bekannte Leberecht beschämt, »ich kenne nur die allerwenigsten Blumen Eures Gartens beim Namen und werde meinen Ablaß wohl weiter an der Kirchentür kaufen müssen, wenn ich in das Himmelreich eingehen will.«

Da lachte der Mönch, er faßte Leberecht am Arm und schob ihn durch die engen Wege zwischen den Blumenbeeten und erklärte die bunte Welt zu ihren Füßen: »Das ist das rote Felsennägelein, es verkörpert den felsenbeständigen Glauben. Das Vergißmeinnicht, ein achtloses Blümlein, versinnbildlicht die Hoffnung. Um Barmherzigkeit flehen die roten Rosen, während Schwertlilien die Furcht Gottes wachrufen. Das Talblümlein verweist auf die Verachtung der Welt, Perpetuel und Anemone hingegen stehen für zwei bedeutsame Tugenden:

Beständigkeit und aufrechte Treue. Die Bisamblume zeigt den exemplarischen Wandel auf, die Kardinalsblume die Mäßigkeit. Hyazinthen sind Ausdruck menschlicher Fröhlichkeit, Lilien von weißer Farbe künden von Reinheit, Violen von Untertänigkeit, Rittersporn von Beständigkeit zum Guten. Narzissen zeigen ihre Schamhaftigkeit, Tagundnachtblümlein rufen zum täglichen und nächtlichen Gebet, und die tiefwurzelnde Königskrone mahnt zur Beharrlichkeit in der Andacht. Du siehst, es bedarf weder des Weihrauchs noch goldener Gewänder, um den Schöpfer zu preisen.«

Die Erklärungen Luitgers machten Leberecht staunen. Er spürte, daß sich hier hinter den Mauern aus Stein eine andere Welt auftat. Um in den rückwärtigen Teil des Gartens zu gelangen mußten sie mehrere Bogen eines Spaliers durchschreiten, von denen Kletterpflanzen ihre dünnen Arme hängen ließen.

Bevor sie den letzten Bogen durchschritten, der im Schatten der Abtei lag, hielt Luitger inne. Leberecht verzog die Nase. Der hundertfache Duft, der auf der Vorderseite des Gartens ihre Sinne betört hatte, machte hier von einem Schritt auf den anderen fauligem Gestank Platz. Hinter dem Bogen tat sich ein weiterer Garten auf, von den Ausmaßen nicht geringer als der vordere; doch der Geruch, den jener verströmte, war abweisend. Disteln, Dornen und bedrohlich aussehende Pflanzen wechselten sich ab mit Pflanzen und Blumen von erlesener Schönheit.

Leberecht sah den Mönch fragend an, und mit der Ernsthaftigkeit eines Predigers hob Luitger den Finger und sprach: »Dies ist der Garten des Bösen; denn wo Licht ist, ist auch Schatten, wo Lilien wachsen, gedeien auch Disteln. Unkraut schlägt seine Wurzeln in gepflegten Beeten. Sieh hier die Saublumen der Unlauterkeit, die Brennessel der unreinen Liebe, die Distel der Sünde, den Dornstrauch des Lasters. Nimm den Löwenzahn, der seinen Mantel wechselt wie der Teufel, oder den Himmelsschlüssel, der unter frommem Namen eine giftige Wurzel verbirgt. Wie das Böse selbst so treten auch die Pflanzen des Bösen in verschiedener Kleidung auf. Disteln und Dornen machen aus ihrer schlechten Gesinnung kein Hehl, Tollkirschen und Herbstzeitlosen, welche kleine Kinder töten und einen erwachsenen Mann lähmen, treten dem Menschen mit den betörenden dunklen Augen einer Frau oder im zarten blaßblauen Gewand eines Mädchens entgegen. Ebenso ist es mit dem Bösen. Nicht immer sieht das Böse böse aus, oft verbirgt es sich unter dem Mantel des Schönen und Guten, und nichts schützt den Teufel besser als eine schwarze Soutane.«

Diese Worte hinterließen bei Leberecht tiefen Eindruck. Und während sie den Weg zurück zur Sonne suchten, sagte Leberecht voll Bewunderung: »Eure Erklärungen, Frater Luitger, sind geeignet, eine Blumenwiese in ein anderes Licht zu rücken. Erzählt mir mehr von den Pflanzen und ihrer Bedeutung!«

Der schwarze Mönch schmunzelte im Gehen vor sich hin und schob die Hände in die Ärmel seiner Ordenstracht. An der Stelle angelangt, wo sich Schatten und Sonne auf den Blumenbeeten begegneten, blieb Luitger stehen und meinte bescheiden: »Auch mir ist vieles verborgen, was das Leben der Pflanzen betrifft. Ich habe die Natur nicht studiert, was ich als Fehler betrachte; denn inzwischen bin ich zu der Erkenntnis gelangt, daß die Lehre von der Natur jene der Geometrie an Bedeutung übertrifft. Die Natur ist Gottes Schöpfung, die Geometrie ist Menschenwerk und nicht selten sehr verwirrend. Als Gott den Menschen schuf nach seinem Ebenbild, da ließ er die Geometrie zum Glück beiseite ...«

»Gott sei's gedankt«, feixte Leberecht, »wenn ich an die Statuen im Dom denke! Oder hätte ich das nicht sagen dürfen?«

»Ich verehre den Künstler, der sie geschaffen hat; denn sie sind ein Spiegelbild Gottes, und nur Dummköpfe und kranke Geister fordern ihre Zerstörung.« Und während er den Blick über das leuchtende Meer der Blumen schweifen ließ, sagte Luitger zufrieden: »Du mußt blind sein, um zu lieben; aber sehend, um zu glauben.«

Als sie an der Stelle des Gartens angelangt waren, wo die steile Treppe vom Kirchhof nach unten führte, und Leberecht sich anschickte, sich zu verabschieden, da trat ein anderer

Mönch von hinten an sie heran. Er hieß Frater Andreas, war klein, aber von enormer Leibesfülle und stand dem Skriptorium und der Bibliothek vor. Was ihn aus allen anderen Mönchen hervorhob, war, daß der Inhaber dieses Amtes jeweils gewählt wurde und als der Klügste des gesamten Konvents galt. Woher er die beträchtliche Leibesfülle hatte, bedeutete allen ein Rätsel wie die Zahl 666 in der Geheimen Offenbarung des Johannes. Denn Andreas aß nicht mehr als alle anderen Mönche, was während der schweigsamen Mahlzeiten im Refektorium leicht beobachtet werden konnte; im Gegenteil, er hatte sogar dem dunklen Bier abgeschworen, das den Mitbrüdern über das vierzigtägige Fasten half, und trank in dieser Zeit Wasser.

Von diesen bemerkenswerten Eigenheiten sollte Leberecht erst später erfahren, doch etwas anderes fiel jedem Fremden unmittelbar ins Auge; denn Andreas trat, sobald einer das Wort ergriff, vor den Sprecher hin und verfolgte die Bewegung seiner Lippen.

»Frater Andreas ist taubstumm«, klärte Luitger seinen Gast darum alsgleich auf; »deshalb macht er auch immer ein ernstes Gesicht. Nur die Älteren unter uns können sich erinnern, daß er einmal gelacht hat. Aber das war, bevor Gott ihm diese harte Prüfung auferlegte. Man fand ihn eines Morgens bewußtlos in der Bibliothek. Seither fehlen ihm zwei seiner Sinne.«

»Wie gerne würde ich einen Blick in die Bibliothek werfen«, sagte Leberecht, und seine Augen leuchteten. »Oder ist es verboten, daß ein Fremder diesen Raum betritt?«

»Aber nein«, entgegnete Luitger. »Dein Vater Adam hat Tage und Nächte dort verbracht, und niemand nahm daran Anstoß. Bücher sind nicht für Mönche geschrieben, sondern für alle Menschen – so sie sie verstehen. Aber du mußt deine Frage an Frater Andreas richten.«

Da trat Leberecht vor den ernst blickenden Mönch, der beinahe zwei Köpfe kleiner war als er und wiederholte seine Frage. Frater Andreas las die Frage von seinen Lippen ab, nickte Zustimmung, drehte sich um und ging voraus. Leberecht und Luitger folgten.

Zwischen None und Vesper ist eine Abtei der einsamste Ort der Welt, ein Hort der Stille und Heiligkeit; jedenfalls erscheint es dem Fremdling so, der einen solchen Ort zum erstenmal betritt. Und selbst einem Zweifler wie Leberecht kam in diesem Augenblick der Spruch unseres Herrn in den Sinn: »Kommet alle zu mir, die ihr mühselig und beladen seid!«

Frater Andreas durchquerte den Eingang, von dem Flügeltüren zu beiden Seiten linker Hand zu den Zellen der Mönche führten, während sich auf der rechten Seite das Refektorium zum gemeinsamen Essen und das Dormitorium befanden, ein Saal mit fünf Dutzend lebensgroßen Holzkästen voll Stroh, der den Mönchen als Schlafsaal diente.

Hinter dem Eingang vom Garten her tat sich ein begrünter Innenhof auf, in dem keine einzige Blume blühte, und Leberecht erfuhr, daß dahinter Absicht stecke. Blumen seien geeignet, die frommen Brüder von der inneren Einkehr abzulenken, die ihnen zwischen Prim und Komplet auferlegt sei; zum Ergehen in den dafür vorgesehenen Stunden sei der Blumengarten außerhalb des Gebäudes vorgesehen.

Der hintere Trakt, in dem Bibliothek, Skriptorium, Archiv und Sakristei untergebracht waren, duckte sich in seiner ganzen Breite an die Außenwand der Kirche, deren Türme weit sichtbar in den Himmel ragten. Als Frater Andreas das Tor vom Innenhof öffnete, strömte den Besuchern jener eigentümliche Geruch von Weihrauch, Wachs und schimmeligen Ledereinbänden entgegen, der allen Abteien und Klöstern gemein ist und die Sinne für ungewöhnliche Erwartungen schärft.

Über ein Treppenhaus mit hohem Kreuzrippengewölbe gelangten sie in das Obergeschoß, das sich in Skriptorium zur Linken und Bibliothek zur Rechten teilte. Die hohe Tür öffnete sich wie von Geisterhand, nachdem Frater Andreas eine geschmiedete Klinke in Kopfhöhe niedergedrückt hatte und gab den Blick frei in einen Feengarten voller Geheimnisse.

Noch nie im Leben hatte Leberecht so viele Bücher gesehen. Es mochten hundertmal tausend sein, vom Boden bis zur Decke aufgestellt in wuchtigen, schwarzen Regalen aus Holz, die nach oben hin in Spitzbögen ausliefen, welche in ihrer Reihenfolge hintereinander den Eindruck eines Kirchenschiffs vermittelten. Zu den oberen Etagen, in denen in der Hauptsache kleinformatige Druckwerke untergebracht waren, gelangte man nur über schmale Leitern aus Holz, die im Abstand von zwanzig Schritten wie Spinnenfäden von der Decke hingen. Die unteren Fächer wurden von Folianten mit glänzenden Beschlägen eingenommen, deren Buchdeckel bisweilen die Dicke einer Hand hatten und ein Gewicht, daß zwei Mönche erforderlich waren, um sie zu einem der Lesepulte zu befördern. Davon nahm ein gutes Dutzend, hintereinander aufgereiht wie Futterkrippen, die Mitte des Raumes ein.

Am letzten Lesepult, das von zwei schmalen nebeneinanderliegenden Spitzbogenfenstern beleuchtet wurde, saß hinter einem großformatigen Buch ein alter Mönch mit weißem Bart und ließ sich durch die Eintretenden in keiner Weise stören. Er blickte nicht einmal auf und schien entrückt in seinen Gedanken. Leberecht bemerkte, daß der Alte einen Lesestein benützte, ein neumodisches Gerät, von dem er schon gehört hatte, an dessen Wirkung er jedoch zweifelte wie an den Wundern des heiligen Ignatius von Loyola, dem man nachsagte, er könne im Angesicht Gottes fünf Handbreit über dem Boden schweben.

Luitger, der das Staunen in Leberechts Augen erkannte, trat zu Frater Andreas und erklärte ihm, der junge Besucher sei kein anderer als der Sohn des kahlen Adam, welcher der Abtei und insbesondere der Bibliothek in besonderem Maße verbunden gewesen sei. Da hellte sich das Antlitz des kleinen Mönches auf, er zog aus den Brustfalten seiner Kutte den Scherben einer Schiefertafel, kritzelte mit einem Griffel ein paar Worte darauf und hielt sie Leberecht hin. Leberecht las: »*Requiescat in pace!*«* Auch Luitger brachte der Schiefertafel Interesse entgegen und er erklärte: »Frater Andreas gebraucht seit seiner Taubheit nur noch die lateinische Sprache; er versteht deutsch, aber alles, was er zu sagen hat, sagt er in Kirchenlatein. Weiß

* Er möge ruhen in Frieden!

Gott, was in ihm vorgeht.« Bei diesen Worten hatte er sich so zur Seite gedreht, daß Frater Andreas seinen Mund nicht sehen konnte.

»Ihr erwähntet jene Bücher, welche die Welt der Blumen und Kräuter zum Inhalt haben«, sagte Leberecht. »Ich bitte Euch, zeigt sie mir!«

Luitger trat vor das dritte der hohen Regale und machte eine Handbewegung nach oben. »Du bist jung, aber dennoch wird dein Leben nicht ausreichen, alle Bücher der Botanik zu lesen.«

Leberecht trat an die Wand aus Leder und Pergament heran, die sich vor ihm erhob wie ein Turm. Er nahm eines der Bücher heraus und stellte es auf das Lesepult. Sein Titel lautete: *Garten der Gesundheit zu Latein Hortus Sanitatis. Daraus die natürlichen Meister gezogen, was dem Menschen zu seiner Gesundheit dienlich ist, alles mit höchstem Fleiß durchlesen, korrigiert und gebessert vom Drucker Hermann Gülferich zu Frankfurt.*

»Eines unser neueren Werke«, bemerkte Luitger.

Ein anderes zeichnete sich durch bunte Abbildungen aus, die von Hand und nach der Natur koloriert und in ihrer Natürlichkeit von den Blumen im Garten kaum zu unterscheiden waren. Es trug den Titel: *De Historia stirpium commentarii insignes**, und darin beschrieb der Autor Leonhard Fuchs, markgräflicher Leibarzt zu Ansbach, späterer Professor in Tübingen und als Gelehrter von Kaiser Karl in den Adelsstand erhoben, die Heilwirkung der Pflanzen so trefflich, daß kein Arzt oder Apotheker ohne das Werk auskam.

Luitger unterdrückte ein Schmunzeln: »Eigentlich dürfte dieses Buch gar nicht hier stehen. Es trägt keine Druckerlaubnis des Heiligen Offiziums, denn der Autor ist Anhänger der Reformation.« Und mit einem Augenzwinkern fügte er hinzu: »Die christliche Botanik, also jene, deren Lehre im Einklang mit der heiligen Mutter Kirche steht, findest du in diesem Werk!« Dabei schob er Leberecht ein Buch zu, dessen Titel-

* Beachtenswerte Kommentare über die Geschichte der Pflanzen.

seite eine gespaltene Nuß zierte, während bunte Kräuter den Titel säumten: *Herbarum imagines vivae - der Kräuter lebliche Konterfeie.* »Dieses Buch trägt die Druckerlaubnis von Kaiser und Kirche. Du kannst es also ohne Bedenken lesen.«

Während sie redeten, war Frater Andreas mit einem Male verschwunden. Es schien, als hätte er sich in Luft aufgelöst. Leberecht erschrak, als er die Abwesenheit des Bibliothekars bemerkte, aber Luitger beruhigte ihn und erklärte, Frater Andreas lebe sein eigenes Leben, das mit dem seiner Umwelt kaum in Beziehung stehe, so daß es schwer sei, sein Verhalten abzuschätzen. Vermutlich habe er sich in das gegenüber liegende Skriptorium begeben.

Leberecht konnte sich gar nicht satt sehen an den kostbaren Büchern über Pflanzen und Blumen. Er fand Bücher über die Alchimie wunderwirkender Kräuter ebenso wie Schriften über das geheime Leben der Pflanzen oder ihre Symbolik im Alten und Neuen Testament, und er begriff, warum sein Vater Adam ganze Nächte hier verbracht hatte.

»Mein Vater erzählte, daß in diesen Regalen viele verbotene Bücher aufbewahrt würden. Mich hat schon immer interessiert, welchen Grund es gibt, Bücher zu verbieten. Oder lästern sie Gott?«

»Schlimmer«, erwiderte Luitger, »sie lästern den Papst und die Kirche. Das endlose Konzil in Trient soll eine Liste von Büchern vorbereiten, die von gläubigen Christen nicht gelesen werden dürfen; mehr noch, auch Druck und Besitz dieser Bücher sollen verboten und mit Exkommunizierung belegt werden.«

»Gibt es viele solcher Bücher?« erkundigte Leberecht sich neugierig.

»Mindestens ebenso viele, wie der Kurie genehm sind.«

»Das heißt, aus dieser Bibliothek würde die Hälfte aller Bücher verschwinden?«

»Nach dem Willen des Papstes, ja.« Der Mönch schmunzelte vielsagend. Dann meinte er: »Ich vertraue dir, und deshalb will ich dir ein Geheimnis anvertrauen.«

Mit großen Augen beobachtete Leberecht, wie Luitger an eines der Regale herantrat, einen verborgenen Riegel beiseite schob und die Bücherwand in ihrer ganzen Höhe um ihre eigene Achse drehte, bis sie mit lautem Ächzen einrastete. Leberecht wußte selbst nicht, was er bei dem Schauspiel erwartet hatte, aber irgendwie war er enttäuscht, weil sich vor ihm dieselbe Bücherwand auftat wie zuvor.

Frater Luitger schüttelte den Kopf: »Das sind nicht dieselben Bücher!«

Da begriff Leberecht, daß der Büchervorrat dieses Klosters doppelt so groß sein mußte, als es den Anschein hatte, und daß sich hinter jeder einzelnen Wand mit Büchern, die den Segen der Kirche hatten, eine Rückwand auftat mit derselben Anzahl Bücher, welche der Zensur verborgen bleiben sollten.

»Wir sind nicht die einzige Abtei, die über ein geheimes Arsenal verfügt«, erklärte Luitger. »In vielen Klöstern gibt es geheime Kammern mit Büchern, die einer Zensur nicht standhalten und die nach dem Willen der Kirche verbrannt würden. Vielleicht kommt einmal die Zeit, in der die Menschen uns noch danken werden wegen unseres Ungehorsams.«

Leberecht griff nach einem der Bücher und las: »*Von der babylonischen Gefangenschaft der Kirche von Martin Luther Wittenberg, begnadet mit kurfürstlicher zu Sachsen Freiheit.*« Er stellte es an seinen Platz zurück und nahm ein weiteres zur Hand: Gerolamo Fracastoro, *Syphilis sive de morbo gallico**. »Was hat es mit diesem Buch für eine Bewandtnis?« erkundigte sich Leberecht.

»Fracastoro ist ein Arzt aus Verona, der sich im Stile Vergils mit der gallischen Krankheit beschäftigt, von der behauptet wird, Christoph Columbus habe sie aus der Neuen Welt eingeschleppt. Er beschreibt in diesem Buch Symptome und Heilung der gefährlichen Seuche.«

»Was ist verwerflich an diesem Unterfangen? Warum soll dieses Buch verbrannt werden?«

* Syphilis oder die Gallische Krankheit.

»Der Zorn der Inquisition richtet sich weniger gegen das Buch als gegen seinen Autor. Fracastoro behauptete in anderen Schriften, die meisten Wunder seien auf natürliche Weise zu erklären. Außerdem wetterte er gegen die These, daß alle Versteinerungen, die auf der Erde gefunden werden, Relikte der Sintflut sind, mit anderen Worten, daß die Sintflut bis auf die höchsten Berge Deutschlands und Frankreichs reichte.«

»Unsinn. Wohin sollte sich das viele Wasser verlaufen haben?«

»Gewiß. Aber bis heute ist dies die Lehrmeinung der heiligen Mutter Kirche. Wer ihr widerspricht, läuft Gefahr, auf dem Scheiterhaufen zu enden.«

»Und Fracastoro?«

»Der Tod kam dem Inquisitor zuvor.«

»Und was«, fragte Leberecht, »verbirgt sich in diesem kleinformatigen Buch unter all den großen Folianten?«

Luitger zog es heraus, schlug es auf und legte das Buch vor Leberecht auf das Lesepult. »Die kleinsten Bücher haben meist den brisantesten Inhalt.«

»Ihr scherzt, Frater Luitger!«

»Davon bin ich weit entfernt. Ein großes Buch zu drucken ist ein aufwendiges und teueres Unterfangen und kaum geeignet heimlich zu geschehen – von der Aufbewahrung ganz zu schweigen. Ein kleines Buch, eines mit Zündpulver zwischen den Deckeln, kann hingegen ohne Aufsehen gedruckt und aufbewahrt werden. Ein freier Geist greift daher nie zu großen Folianten.«

»Und um ein Buch mit Zündpulver handelt es sich hier bei diesem Exemplar?« Leberecht las den Titel: *Christianae religionis Institutio von Johann Calvin A. D. 1536.* »›Unterricht in der christlichen Religion‹? Was ist schändlich an diesem Traktat, und wer ist dieser Calvin?«

»Ein kluger Mann, Rechtsverdreher von Beruf. Er hat Luthers Schriften studiert und es sich nun zur Aufgabe gemacht, einen eigenen Protestantismus zu propagieren. In Frankreich und der Schweiz laufen ihm die Menschen in Scharen hinterher.«

»Aber was versteht so ein Rechtsgelehrter denn von Theologie?«

»Seine theologische Bildung hat er sich im Selbststudium erworben. Man mag zu seiner Lehre stehen, wie man will, er ist gewiß einer der besten Kenner der Heiligen Schrift.«

Leberecht betrachtete das kleine Buch. Der gegen Kirche und Religion zu Felde ziehende Geist, der in all diesen Büchern herrschte, bestätigte nur seine kritische Haltung, und ihm kamen Carvacchis Worte in den Sinn, der meinte, er, Leberecht, müsse hinaus in die Welt, wo es andere Menschen und andere Lehren gebe. Und während er in dem ketzerischen Büchlein blätterte, stellte er Luitger die Frage: »Dieser Calvin, sagt Ihr, wurde im Selbststudium zum Theologen?«

»So ist zu hören.«

Leberecht schwieg lange; dann gab er seinem Herzen einen Stoß und sagte: »Frater Luitger, hier stehen so viele Bücher ungenutzt, die darauf warten, ihre Lehre weiterzugeben. Ich weiß, ich habe keine Schulbildung, wie sie die Jesuiten vermitteln, aber mein Vater hat mich Schreiben und Lesen gelehrt, Geometrie und Latein. Ich lese den ›Gallischen Krieg‹ und Ciceros ›Reden‹ schneller als der Sohn des alten Schlüssel, der das Kolleg besucht hat. Ich bitte Euch, laßt mich hier in der Bibliothek Eurer Abtei die alten Philosophen studieren, Aristoteles und Platon, und Geometrie und Astronomie, und wenn Ihr mir bisweilen mit Antworten auf meine Fragen behilflich wäret, so würde ich Euch fürstlich entlohnen.«

»Junger Freund«, versuchte Luitger Leberechts Begeisterung zu dämpfen, »Wissenschaft ist keine Frage des Geldes, und das hier ist kein Kolleg, sondern die Bibliothek eines Klosters, und sie dient zum Studium und zur Erbauung der Mönche in dieser Abtei!«

»Verzeiht!« warf Leberecht ein. »Ich bin bereit, Eurem Orden beizutreten, wenn das die Voraussetzung sein soll, hier zu studieren.« Er hatte das kaum ausgesprochen, da erschrak er über seine eigenen Worte.

Luitger sah Leberecht streng und schweigsam an, er sah das

Funkeln in seinen Augen und die Glut auf seinen Wangen, und er gewann den Eindruck, daß es dem Jüngling ernst war. Und gerade deshalb fiel die Antwort des Fraters anders aus, als Leberecht es erwartet hatte.

»Mein Sohn«, sagte Luitger ohne jedes klerikale Pathos, »du hast den Beruf des Steinmetzen erlernt, und dein Meister lobt allseits dein Können, du bist ein freier Geist mit freien Gedanken; dieses, aber auch jedes andere Kloster wäre der am wenigsten geeignete Ort, den Ansprüchen deines Lebens zu genügen. Es genügt, wenn unsereins tagtäglich von Zweifeln geplagt wird und, den Blick in die Freiheit gewandt, den Schritt bereut. Im Geiste stehe ich dir näher, der du die göttliche Schönheit der Domfiguren preist, als meinem Abt, der den menschlichen Körper als Gefäß der Fäulnis, als Dunggrube und Misthaufen bezeichnet. Vergiß den Gedanken! Du würdest hier nicht glücklich werden.«

»Aber mein Vater Adam, er hat seine Bildung hier erfahren. Warum wollt ihr mir es nicht gestatten?«

Luitger stellte das Buch Calvins zurück an seinen Platz und gab der Bücherwand einen Stoß, daß diese, einen Halbkreis beschreibend, sich um die eigene Achse drehte und mit lautem Krachen einrastete. Luitger schenkte dem faszinierenden Vorgang keine weitere Beachtung; er kannte ihn wie das täglich wiederkehrenden Stundengebet, welches nicht minder eintönig ablief.

»Dein Drang zur Wissenschaft«, sagte er, »ist wirklich unbezähmbar. Ich glaube, es wäre verkehrt, ihm nicht nachzugeben. Deshalb werde ich Frater Andreas bitten, dir diesen Wunsch zu erfüllen. Es ist ein ungewöhnlicher Wunsch, aber ich kann mir nicht vorstellen, daß er ihn ablehnt. Was mich betrifft, so bin ich gerne bereit, dich einmal pro Woche in allen Zweigen der Lehre zu unterrichten. Allerdings müßte das nach Komplet geschehen, wenn sich der Tag der Mönche dem Ende zuneigt. Die übrige Zeit bist du mit den Büchern allein gelassen und kannst dich dem Studium widmen.«

So erfüllte sich Leberechts Traum, wie sein Vater Adam Kenntnisse zu erlangen, die sogar einem Jesuitenschüler verborgen blieben. Nach vier Jahren hatte Leberecht seine Lehrzeit beendet und von Carvacchi einen Gesellenbrief erhalten, der ihm hohe Könnerschaft und beste Aussichten als Steinmetz bescheinigte. Er stand von nun an bei der Dombauhütte im Lohn, aber mindestens ebensoviel Zeit verbrachte der wißbegierige Jüngling in der Bibliothek des Klosters. Ganze Nächte vergingen auf diese Weise, und dieser Eifer erntete bei den Mönchen große Bewunderung.

Das Verhältnis mit seiner Ziehmutter Martha, von dem Leberecht anfangs befürchtet hatte, es könnte von seiten der Geliebten abkühlen, erwies sich als dauerhaft; ja, die Leidenschaft, mit der sie sich beim ersten Mal begegnet waren, nahm an Stärke noch zu. Sein Herz schlug, wie es schien, im Einklang mit dem ihren, und ihre Leiber bereiteten einander ständig neue Lust.

Weil Jakob Heinrich Schlüssel, der Wirt vom Sand, seit der Auseinandersetzung mit der Hure Ludowika nur noch wenige Nächte zu Hause verbrachte und Christoph, der Sohn, sich ganz zu den Jesuiten zurückgezogen hatte, war ihrer Liebe Tür und Tor geöffnet, und niemand – so glaubten sie jedenfalls – bemerkte ihr verbotenes Tun. Leberecht verfügte nach Auszahlung des unverhofften Erbes über ein beträchtliches Vermögen, von dem er jedoch nicht einen einzigen Gulden ausgab; denn als Geselle der Dombauhütte hatte er ein gesundes Auskommen.

So wäre das Glück beinahe vollkommen gewesen, hätte der Teufel nicht zwischen Allerseelen und Leonhardi eine versprengte Schar Flegler – wie sich die Geißler und Kreuzbrüder nun nannten – in die Stadt geschickt, zwei Dutzend vermummte Gestalten mit spitzen Hüten auf dem Kopf und aneinandergekettet wie Schwerverbrecher. Voraus schritten zwei Paukenschläger mit schwarzen Tüchern über dem Kopf und Sehlöchern für die Augen. Ihre dumpfen Schläge hallten über den Marktplatz, wo sie in einer Seitengasse ihr Lager aufgeschlagen hatten, und lockten Gaffer in großer Zahl an, eine willkommene Abwechslung im Einerlei des Alltags.

Offiziell waren die Geißelbrüder seit dem Konzil von Konstanz verboten, und in den protestantischen Gebieten des Landes durften sie sich schon lange nicht mehr sehen lassen. Aber in einer Stadt, welcher der Ruf besonderer Frömmigkeit vorausging, wagten sie sich noch ans Tageslicht, zumal sie nicht wie eine fromme Brüderschaft auftraten, sondern eher wie Gaukler mit dem Vorsatz, die Bewohner der Stadt auf erbauliche Weise zu unterhalten. Die Flegler lebten ohne festen Wohnsitz und vom Betteln oder freiwilligen Gaben aus den Taschen der Reichen, die das schlechte Gewissen plagte, oder reuiger Sünder, die mit ihren Gaben das Heil des Himmels zu erkaufen trachteten.

Die Nacht verbrachten die Flegler, die nach ihren gellenden Schreien, welche sie zur Erbauung des Publikums ausstießen, auch »Bußgeller« genannt wurden, unter zwei morschen Leiterwagen, mit denen sie ohne Zugtiere durch die Lande zogen, auf dem bloßen Pflaster der Straße. Auf diesen Wagen führten sie neben Requisiten für ihre Schauspiele auch vier Frauen, sieben Kinder und eine nicht zu ermittelnde Schar Hunde mit, allesamt in verwahrlostem Zustand und geeignet, einem das Herz zu zerreißen.

Bei Sonnenaufgang zogen die Kinder am nächsten Morgen, nur mit einem Lendentuch bekleidet, über den Markt. Sie schwangen Peitschen und geißelten unter gellenden Rufen ihre kleinen nackten Rücken und streckten die Händchen nach Eßbarem aus. Zwei kleine Mädchen mit krausen dunklen Haaren bluteten am ganzen Körper, und ihr Erscheinungsbild erntete soviel Mitleid, daß sie mit Brot und Früchten überhäuft wurden.

Unter Glockengeläut zogen anschließend Männer und Kinder, versehen mit Peitschen, Geißeln, Morgensternen und anderen garstigen Folterwerkzeugen hinauf zum Domplatz, während die Frauen mit ledernen Peitschen und Ochsenziemern bewehrt den Weg zur Oberpfarrkirche suchten, die Unserer Lieben Frau geweiht war.

Ein Vorläufer der Männertruppe, die, wie am Vortag, mit langen Kutten und spitzen Hauben kostümiert war, rief die Bürger auf, den Geißlern zu folgen, und kündigte die Geißelung Christi an, für jedermann sichtbar, der fähig sei das Schauspiel zu ertragen. Bis zur Oberen Brücke war der Zug bereits auf eine halbe Meile angewachsen. Handwerker legten ihr Werkzeug beiseite, Weiber verließen ihre Häuser, und Kinder tanzten ausgelassen hinterdrein, und als der Zug den Domplatz erreichte, mochten es wohl tausend Menschen sein, die sich mit gierigen Augen im Kreis um die kleine Truppe scharten.

Als das Glockengeläute verstummt war, trat ein langer, hagerer Mann, gekleidet wie ein Mönch, ohne jedoch die Kutte eines bestimmten Ordens zu tragen, in das Rund und kündigte an, einen Brief Christi zu verlesen, den ein Engel vom Himmel heruntergebracht und in Jerusalem abgelegt habe und dessen Echtheit durch Papst Clemens bezeugt und vom Heiligen Offizium zu Rom geprüft sei.

Ehrfürchtiges Murmeln. Viele bekreuzigten sich. Ein paar Frauen fielen auf die Knie und falteten die Hände.

Der hagere Mensch zog ein gefaltetes Pergament aus seiner Kutte und öffnete es mit theatralischen Bewegungen wie ein Marktschreier, der Wunderkräutlein anpreist. Im Zuschauerrund wurde es totenstill. Die Paukenschläger begleiteten den Vorgang des Briefentfaltens mit einem dumpfen Trommelwirbel, dann begann der hagere Mann in der Kutte mit hoher singender Stimme, den Brief zu verlesen.

Aus dem Singsang verstand keiner auch nur ein Wort, denn das Pergament war in einer Art lateinischer Sprache gehalten – oder einer, die man dafür halten konnte, so man des Lateinischen nicht kundig war. Dennoch löste der Vortrag große Verzückung und die Ohnmacht einer Reihe von Frauen aus, die in der ersten Reihe standen und das Handschreiben Jesu Christi vor Augen hatten wie die Leibwäsche ihres Mannes. Und einige Männer riefen erregt, der Flegler möge ihnen das Gotteswort in ihre Sprache übersetzen.

Da begann der hagere Mann mit verstellter Stimme: »›O ihr

mitleidenswürdigen Menschen! Woher kommt es, daß die Mehrheit der Menschen so sorglos und dumm für die Seele und so wenig des Heils beflissen leben, kalt und faul im göttlichen Dienst die Jahre in allerlei Sünden verschwenden? Wie kommt es, daß sie ihre Sünden beichten, aber wenig Besserung verspürt wird? Wie kommt es, daß christliche Tugend und Heiligkeit so rar und dünn gesät sind, die Laster aber ausgebreitet über die ganze Welt? Glaubt ihr mitleidenswürdigen Menschen etwa nicht, daß diesem zeitlichen ein zukünftiges ewiges Leben auf uns wartet? Oder fehlt es euch an Lust und Gefallen an der himmlischen Glückseligkeit?

O Mensch, gedenke der letzten Dinge, so wirst du in Ewigkeit nicht sündigen. Du müßtest dann entweder närrisch und unsinnig oder verzweifelt sein oder gar keinen Glauben haben an die Ewigkeit. Dieser Gedanke hat viele Märtyrer angetrieben, schreckliche Torturen, welche die Tyrannei hat ersinnen können, mit Geduld, Lust und Freuden zu ertragen. Dieser Gedanke ist es, der einem heiligen Hieronymus scharfe Kieselsteine in die Hand gab, um sich die bloße Brust zu zerfleischen, dem heiligen Guilielmo zeitlebens einen eisernen Panzer an den Leib schmiedete und den heiligen Simeon auf einer hohen Säule ausgesetzt hat, die er bei Hitze und Kälte, Regen und Schnee, Tag und Nacht hat ertragen. Dieser Gedanke an die Ewigkeit hat die heiligen Diener Gottes bewogen, lieber Hab und Gut und tausend Leben zu verlieren, als eine Sünde zu begehen. Hört meine Worte und folget ihnen nach. *In aeternum.** Amen.‹«

»Amen«, wiederholten die Zuschauer wie mit einer Stimme.

Leberecht hatte den Menschenauflauf von seinem Gerüst über dem Ostchor des Domes verfolgt. Menschenansammlungen an sich waren ihm seit dem Inquisitionsprozeß zuwider, insbesondere jedoch auf diesem Platz. Als die Flegler jedoch damit begannen, einen aus ihren Reihen zu entkleiden, zu fesseln und an ein dreibeiniges Holzgestell zu binden, das sie mitgebracht hatten, da legte er Hammer und Meißel beiseite und

* In Ewigkeit.

stieg von seinem Gerüst herab, um das Schauspiel aus nächster Nähe zu verfolgen.

Der Gefesselte inmitten des Menschenrunds vermittelte schon von weitem einen beklagenswerten Eindruck, denn sein ausgemergelter Körper war mit Wunden übersät. Leberecht drängte sich ungeniert in eine der vorderen Reihen, die in der Hauptsache von Frauen eingenommen wurden, und jetzt erkannte er, daß die Wunden des Mannes von Schmutz und Eiter starrten. Als zwei der Flegler dieser armen Kreatur eine Dornenkrone auf den Kopf preßten und sofort zwei Rinnsale dunklen Blutes über Augen und Wangen liefen, da stöhnten die Gafferinnen auf, als empfänden sie den Schmerz am eigenen Leib.

Dann traten fünf geißelschwingende Männer heran. Sie hatten sich ihrer Oberkleider entledigt und trugen breite Lederriemen um Bauch und Oberarme. Auch diese Männer hatten Wunden am ganzen Körper, vereiterte Verletzungen mit verdreckten Blutkrusten, von denen ein pestilenzialischer Gestank ausging. Einem der Gaffer wurde es übel, noch bevor sie ihr grausames Werk begonnen hatten.

Zunächst traktierten sich die Folterknechte gegenseitig, indem sie die Peitschen waagerecht schleuderten, daß sich die ledernen Riemen mit lautem Knall um ihre Körper wickelten. Als genug Blut geflossen und der Gestank unerträglich geworden war, wandten sich alle auf einmal gegen den Christusdarsteller in der Mitte und peitschten ihn, bis er gellende Schreie ausstieß. Mit einem Mal sackte er leblos zusammen, und weder Leberecht noch ein anderer Augenzeuge konnte erkennen, ob seine Ohnmacht echt oder gespielt war.

Erst jetzt ließen die Geißler von ihrem Opfer ab. Einer übergoß ihn mit einem Eimer Wasser, worauf der bedauernswerte Mensch die Augen wieder aufschlug und von seinen Fesseln befreit wurde. In der Pose eines Gladiators mit angewinkelten Armen nahm er den Beifall der Zuschauer entgegen, während die Kinder mit Tonkrügen durch die Reihen drängten, Almosen sammelten und als Dank mit dünnen Stimmchen riefen: »*Memento mori* – bedenket, daß ihr sterblich seid!«

Angewidert von der Falschheit des Glaubens und der Sensationsgier seiner Mitbürger zog sich Leberecht zurück. Schauspiele wie dieses, gegen die andernorts sogar die Inquisition einschritt, waren ihm ein Greuel. Es war nicht religiöse Erbauung, welche die Massen anlockte, sondern die Gier nach Blut, und dieses Verhalten machte ihn krank.

Die ganze Stadt wurde in diesen Tagen von einem religiösen Taumel erfaßt. Die Flegler wiederholten ihre Geißelschauspiele auf verschiedenen Plätzen der Stadt, und weil es immer mehr wurden, die der grausamen Vorführung beiwohnten, darf angenommen werden, daß viele sich nicht satt sehen konnten an dem Blut und sich mehrmals einfanden.

Was hingegen in der Kirche zu Unserer Lieben Frau hinter verschlossenen Türen vor sich ging, wußten nur jene Frauen, die daran teilhatten, und das gab Raum zu unsäglichen Gerüchten. Dennoch oder gerade deshalb zogen in den folgenden Tagen dreimal fünfhundert Frauen mit den Frauen der Geißler in die von Nonnen bewachte Kirche, um erst nach drei Stunden bei Dämmerung wieder zu erscheinen. Manche mußten gestützt werden, andere trugen Verletzungen im Gesicht und von dritten war zu hören, sie hätten Verletzungen am Unterleib davongetragen. Allen gemein war jedoch ihr Schweigen und der Hinweis, sie hätten bei der Heiligen Jungfrau gelobt, mit niemandem darüber zu reden. Um der Erlösung willen verweigerten sie sich sogar ihren Männern für die Dauer eines Mondes.

Auch Leberecht machte mit Martha diese Erfahrung, aber weder glühende Worte der Leidenschaft noch die Drohung, sein Glück auf andere Weise zu suchen, änderten ihr sprödes Verhalten. Die Zunft der Flußfischer, ein Häuflein kraftstrotzender Gesellen, das schon mehrfach durch eisernen Zusammenhalt von sich reden machte, faßte daher den Entschluß, das Fleglervolk und seine geldgierige Brut aus der Stadt zu vertreiben, weil sie sonst alle im ganzen Land zum Gespött würden.

Doch am folgenden Tag durchkreuzte das Schicksal den wohlgemeinten Plan mit gnadenloser Härte. Während eines weiteren Geißelschauspiels am Platz vor dem Kranen fiel plötzlich einer der Folterknechte um und blieb regungslos auf dem Pflaster liegen. Die übrigen vier und der gegeißelte Heiland, der sich selbst von seinen Fesseln befreite, konnten dem staunenden Publikum nur mit Mühe vermitteln, daß die Szene nicht zu ihrem Schauspiel gehörte. Denn der Geißler war tot.

Tot? Wie die Flamme auf einem Stoppelfeld breitete sich die Nachricht aus, zaghaft zuerst, dann aber in rasender Eile. Ein Wundarzt von der anderen Seite des Flusses wurde herbeigerufen, und als er eintraf, kniete ein zweiter Geißler neben dem Toten, preßte die Hände vor den Bauch und wand sich vor Schmerzen. Angeekelt von Blut und schmutzigen Wunden band sich der Wundarzt ein Tuch vor den Mund, um den Toten in Augenschein zu nehmen.

Er hatte gerade damit begonnen, als einer der Gaffer zaghaft und eher fragend ausrief: »Die Pest ...?«

Einen Augenblick schien es, als seien die Umstehenden erstarrt. Einen Augenblick war es still wie in der Krypta des Domes. Die Menschen starrten auf den Arzt, der die schwarzen Beulen des Toten mit spitzen Fingern berührte.

»Der Schwarze Tod! Heiliger Rochus hilf!« rief eine Frau und schlug die Hände über dem Kopf zusammen, und mit einem Mal stoben die Gaffer, die soeben gar nicht genug bekommen konnten von dem grausigen Schauspiel, auseinander und suchten das Weite.

»Der Schwarze Tod!« hallte es durch die verwinkelten Gassen. »Schließt die Tore! Verrammelt die Fenster! Der Schwarze Tod geht um!«

Wie von Furien gejagt hetzten die Menschen nach Hause, stießen einander um wie wildgewordene Tiere. Vom Dom tönte das dumpfe Geläute der Großen Glocke, die Totenglöcklein der Klöster auf den umliegenden Anhöhen antworteten hektisch und schrill. Hunde jaulten auf den Straßen, weil sie nicht in die Häuser gelassen wurden, aus Angst, die Tiere könnten die Seuche einschleppen.

»Der Schwarze Tod! Heiliger Rochus hilf!« Seit hundert Jahren war die Stadt von der menschenmordenden Pestilenz verschont geblieben. Sogar im Jahre des großen Kometen, als der Feuerschweif am Himmel das Ende der Welt verhieß und Menschen übel rochen wie verendete Tiere, sogar damals war das Land von der Seuche verschont geblieben, dank inbrünstiger vierzigtägiger Gebete und Fasten und Gelöbnisse für Antonius den Einsiedler, die Märtyrer Sebastian und Rochus und alle vierzehn Nothelfer.

Nun aber verfluchten die Menschen die fremden Eindringlinge, welche die Schwarze Pest eingeschleppt hatten, und sie entzündeten Feuer vor den Türen der Häuser, deren beißender Qualm aus Bibernelle, Wacholder und Baldrian den Pestdunst abwehren sollte wie der Weihrauch den Atem des Satans.

Hinter dem Markt, wo die Flegler ihr Lager errichtet hatten, rotteten sich, als die Dämmerung hereinbrach, Männer zusammen. Mit Gabeln, Stöcken und Flegeln bewaffnet trieben sie die Geißler, denen nicht einmal Zeit blieb, ihre Habe zu retten, unter lautem Geschrei aus der Stadt. Ihre Wagen und Kleider wurden angezündet, und das Haus, in dem sie ihre Notdurft verrichtet hatten, zugemauert.

Als die Dämmerung hereinbrach, lag die Stadt in eine riesige Wolke aus weißem Qualm gehüllt, unter der hundert Pestfeuer brannten wie die Augen einer vielköpfigen Hydra. Weinen und Klagen machte sich breit, wenn Männer ihren Frauen, Eltern ihren Kindern den Zutritt zu ihren Häusern versagten aus Angst, sie könnten die Pest hereintragen.

Am Fluß entlang preschten zwei vierspännige Pferdewagen durch die Nacht nach Westen, schwerbeladen unter plusternden Planen. Unter den Planen des ersten hielt sich Seine Eminenz, der Fürstbischof, verborgen, der sein Heil nicht im Gebet, sondern in der Flucht nach Würzburg suchte. Auf dem zweiten Wagen führte er neben Mundvorrat für sechs Monate seinen Hermelinmantel, ein goldenes Ciborium und einen Finger aus dem Reliquiar Heinrichs II. mit sich, der schon Fürstbischof Georg vor Unheil bewahrt hatte und von dem die Sterndeuter verkündeten, daß der, welcher ihn bei sich trage, vom Tod verschont bleibe, solange er es nur wünsche.

Leberecht wurde vom Ausbruch der Pest im Kloster der Benediktiner auf dem Michelsberg überrascht, wo er sich in der Bibliothek dem Studium von Ciceros Schrift über die Seherkunst hingab. Just an der Stelle, an der Cicero ein Stück aus dem platonischen *Kriton* anführt, in dem Sokrates dem Kriton von seinem Traum berichtet, eine schöne Frau in weißem Gewande sei ihm erschienen und habe mit blumigen Worten verkündet, er werde in drei Tagen sterben, da stürmte der stumme Frater Andreas in das verschwiegene Reich des Wissens und ließ, wie er es noch nie getan hatte, die Tür ins Schloß fallen, als wollte er auf sich aufmerksam machen.

Als Leberecht aufsah, erblickte er den kleinwüchsigen Mönch, der mit den Armen wilde Bewegungen vollführte und immer wieder zur Tür zeigte, er solle sich entfernen. Leberecht begriff nicht, was er meinte, und bedeutete ihm, er möge auf seiner Schiefertafel niederschreiben, was geschehen sei.

Die Aufregung stand dem Frater ins Gesicht geschrieben, als er die Tafel aus seiner Kutte nestelte und mit fahrigen Bewegungen sechs Buchstaben daraufkritzelte: PESTIS.

Das Läuten der Glocken, der weiße Qualm unten in der Stadt – jetzt begriff Leberecht den Ernst der Lage. Er schickte sich an, zur Pforte des Klosters zu laufen, um den Weg nach Hause einzuschlagen, da trat ihm im Treppenhaus Frater Luitger entgegen. Der blasse Mann wirkte noch blasser, als er ohnehin aussah; die Angst stand ihm ins Gesicht geschrieben.

»Wo willst du hin?« schrie er Leberecht an.

Der versuchte sich eilends an dem Mönch vorbeizudrängen. »Ich muß nach Hause«, erwiderte er, ohne Luitger anzusehen.

»Zu spät, zu spät! Alle Türen sind vernagelt.«

»Aber ich muß hier raus!«

Frater Luitger faßte Leberecht an den Armen. »So begreife doch endlich! Unsere Stadt wird von der Pest heimgesucht. Nicht nur die Tore der Abtei, die Türen *aller* Häuser sind vernagelt. Selbst wenn du von hier fortkämest, du würdest nirgends Eingang finden. Niemand öffnet jemandem von der Straße freiwillig das Tor. Es ist bei Strafe verboten.«

Leberecht starrte fassungslos auf die steinernen Stufen. Er konnte Martha in dieser Situation nicht allein lassen. Er mußte zurück. »Ihr könnt Euch, während die Pestfeuer lodern, doch nicht einfach hinter den Mauern des Klosters verschanzen?« rief Leberecht erregt. »Ist das die christliche Nächstenliebe, die unser Herr Jesus gepredigt hat?«

Frater Luitger ließ den Jüngling los und führte ihn auf der Treppe nach oben. »Das ist keine Frage der christlichen Nächstenliebe, mein Sohn. Jeder einzelne von uns, der sich auf die Straße wagte, würde von den Kreuzbrüdern ergriffen und ins Gutleutehaus vor die Stadt gebracht, wo die Kranken untergebracht sind, denen der Schwarze Tod sein Kainsmal bereits auf den Leib gesetzt hat. Und was das bedeutet, muß ich dir wohl nicht erklären. Im Seuchenspital lebt keiner länger als drei Tage.«

Kreuzbrüder? Leberecht hatte noch nie von dieser Gemeinschaft gehört, und auf seine Frage erfuhr er, daß sich in der Kreuzbruderschaft Männer zusammengeschlossen hatten, die nach einem Gelöbnis – etwa, weil sie eine tödliche Krankheit überstanden, eine wundersame Rettung erlangt oder auch den ersehnten Stammhalter bekommen hatten – versprachen, sollte je eine Seuche wie Pest oder Aussatz die Stadt heimsuchen, so würden sie zum Dank den Seuchendienst übernehmen, Kranke versehen und Tote verbrennen. In Zeiten, wo sie nicht zum Einsatz kam, galt diese Bruderschaft als höchst angesehen, durften ihr von jedem Berufsstand doch nur zwei Mitglieder angehören, also zwei Ärzte, zwei Pfarrer, zwei Totengräber, zwei Apotheker.

Also fügte sich Leberecht in die Unvermeindlichkeit des Schicksals, und so bezog er für die nächsten vier Monate eine Kammer im Zellentrakt der Benediktinermönche. Erschien ihm zunächst allein der Gedanke, sein Leben in Gemeinschaft mit den Mönchen verbringen zu müssen, unerträglich, so wurde ihm bald klar, daß es in der ganzen Stadt keinen Ort gab, an dem er, geschützt auf einem abseits gelegenen Hügel und umgeben von einer hohen Mauer, so sicher war vor dem Schwarzen Tod wie in dieser Abtei.

Seine Kammer mit Tisch, Stuhl und Betschemel entsprach den Zellen der Mönche, doch war sie zusätzlich ausgestattet mit einem Bettkasten, in welchem Leberecht schlief; denn ein schöner Jüngling im Schlafsaal schien den frommen Männern nicht geheuer und Anreiz zu sündhaften Gedanken. Im übrigen aber fügte er sich in das klösterliche Leben und lebte den Tageslauf der Benediktiner, der vor Sonnenaufgang mit Gebet und Kontemplation begann und auf ebensolche Weise endete, wenn die Sonne längst untergegangen war. Dazwischen lag ein Leben fernab jenem außerhalb der Mauern, eine eigene Welt und durchaus geeignet, Geist und Gemüt auf ein Leben nach dem Tod auszurichten – jedenfalls gewann er nach den ersten Tagen in klösterlicher Abgeschiedenheit den Eindruck.

Wäre da nicht die Sehnsucht nach Martha, seiner Ziehmutter, gewesen, die ihn vor allem des Nachts, wenn er in ihren Armen zu liegen gewohnt war, heimsuchte, wären da nicht die quälenden Gedanken an ihren warmen, weichen Leib gewesen und die Sorge um ihre Gesundheit, Leberecht hätte sich zufrieden in sein Schicksal gefügt und der Abtei und ihren Bewohnern Hochachtung und Bewunderung entgegengebracht, ohne je einen kritischen Gedanken zu verschwenden.

So aber wuchs, angefacht vom Feuer sinnlicher Leidenschaft, seine Unzufriedenheit mit den bestehenden Verhältnissen von Woche zu Woche. Er beobachtete, ja verfolgte die Fratres und ihre verschiedenen Tätigkeiten mit wachen Augen und offenen Ohren, ohne sich jedoch als heimlicher Beobachter zu verraten, und machte, kaum waren vier Wochen gemeinsamen Lebens vorüber, eine erstaunliche Entdeckung: Die Welt hinter den Mauern der Abtei, die dem Fremdling den Eindruck vom Reich Gottes auf Erden vermittelte, unterschied sich nicht im geringsten von der Welt außerhalb ihrer Mauern – sah man von der materiellen Sorglosigkeit einmal ab. Im übrigen lebten hier Gut und Böse, Klugheit und Dummheit, Aufopferung und Niedertracht, Frömmigkeit und Hoffart, Askese und Ausschweifung nebeneinander wie im gewöhnlichen Leben.

Und was die Frömmigkeit im Glauben betraf, so hatte Leberecht den Eindruck gewonnen, daß sie weniger eine Angelegenheit des Herzens war als pure Gewohnheit. Es gab zwischen den Fratres erbitterte Feindschaften ebenso wie heimliche Liebschaften, und Denuzianten wechselten mit Speichelleckern, Jasager mit Rebellen.

Diese Erkenntnis bedurfte einer gewissen Zeit der Verdauung und bewirkte bei Leberecht ein wahres Fieber nach Wissen und Erkenntnis. Denn wenn er zu einer wichtigen Einsicht gelangt war, dann war es jene, daß nichts auf dieser Welt so war, wie es den Anschein hatte. In der Bibliothek lagerten die Früchte vom Baum der Erkenntnis, mundgerecht und nach Sorten geordnet wie Heilslehre, Philosophie, Jurisprudenz, Geographie, Botanik, Alchimie, Astronomie und Geometrie und warteten darauf geerntet zu werden.

Leberecht zog es vor, die Stunden, welche die Mönche in der düsteren Kirche zum fünffachen Gebet verbrachten, zum Studium zu nutzen. Dann war er allein in der Bibliothek mit dem Wissen der Menschheit, und die Begegnung mit Abgründen und Offenbarungen der Wissenschaft ließ ihn die Welt um sich und seine Situation vergessen. Was diese seine Situation betraf, so wußte Leberecht nur wenig, was draußen geschah. Die Feuer, welche tagein, tagaus in den Straßen der Stadt loderten und deren Flammen den Himmel nachts in einen schaurigen Schein tauchten, verhießen nichts Gutes.

Die Kapuzenmänner der Kreuzbruderschaft, die einmal am Tag mit Räuchergefäßen, welche beißenden Qualm verbreiteten, am Kloster vorbeizogen und Kalk vor den Türen ausschütteten, damit jede Spur eines Flüchtenden sichtbar wurde, hatten sich zum Schweigen verpflichtet, zum einen, um die Menschen nicht noch mehr zu verängstigen, zum anderen, weil sie fürchteten, der blaue Dunst, hinter dem man den Erreger der Pest vermutete, könnte durch offene Münder Eingang finden. Frater Andreas, der unfreiwillige Meister der Mimik, behauptete jedoch, er habe sich mittels Zeichen vom Fenster mit einem der Kreuzbrüder verständigt und auf diese Weise in Erfahrung gebracht, daß der Schwarze Tod bereits fünfhundert Menschen dahingerafft habe, Gott sei ihren armen Seelen gnädig!

In der Tat hielt die Pest zwischen den sieben Hügeln der Stadt reiche Ernte. Wie viele Opfer zu beklagen waren, konnte niemand sagen, denn wo in den vernagelten Häusern Wasser- und Nahrungsvorräte zur Neige gingen, da gesellten sich zum Schwarzen Tod auch noch der Tod durch Durst und Hunger, und in ihrer Verzweiflung machten viele bei ihrer Nahrungssuche nicht einmal vor Hunden und Katzen halt.

Obwohl es bei Strafe untersagt war, die Häuser zu verlassen, gab es des Nachts einen geheimen Kurierdienst. Kinder, junge Männer und Außenseiter, denen das Leben ohnehin eine Last war, huschten vermummt durch die unbeleuchteten Gassen und verrichteten gegen hohe Entlohnung Botendienste oder tauschten Nachrichten aus und in höchster Not sogar Nahrung, obwohl jeder wußte, daß er sich damit den Schwarzen Tod ins Haus holen konnte. In Ausübung der verbotenen Dienste starben einige schon nach wenigen Tagen, andere errangen während derselben Zeit mehr Reichtum, als sie ohne die Seuche in ihrem ganzen Leben hätten erwerben können. Nach Ablauf von drei Monaten, als viele Überlebende sich bereits an die Pest gewöhnt oder Mittel und Wege gefunden hatten, sie zu bekämpfen, da brach hinter zugemauerten Toren und vernagelten Fenstern eine neue Krankheit aus, die Krankheit der Neugierde, die für viele so unerträglich war wie Hunger und Durst.

Wohlgemerkt, nicht von der Ungewißheit über das Schicksal der nächsten Familienangehörigen, der Väter, Mütter, Eltern und Kinder ist hier die Rede, sondern vom Schicksal jener, die mit dem eigenen in keiner Weise verbunden und nur von Stand oder aus anderen Gründen von Interesse waren.

Selbst bei oberflächlicher Betrachtung hinterließ die Pest eine deutliche Spur, weil jedes Haus, das einen Toten zu beklagen hatte, mit einem Kreuz aus weißem Kalk versehen wurde, ohne den Namen des Opfers zu nennen. Die Türen der Häuser, in denen niemand überlebt hatte, wurden mit einem schrägen Streifen versehen oder jenen geheimnisvollen drei Buchstaben, die auch viele Grabsteine zierten, deren Bedeutung jedoch die wenigsten kannten: R.I.P. – *Requiescant in Pace* – mögen sie in Frieden ruhen!

Natürlich tauschten sich die nächtlichen Boten untereinander aus, und sie erreichten auf diese Weise einen Wissensstand, welcher dem der Inquisition zur Ehre gereicht hätte. Was die Inquisition betraf, so verlor sie bereits am dritten Tag nach Ausbruch der Seuche den obersten Hüter in dieser Stadt, den Dominikaner Bartolomeo. Die wahren Umstände, unter denen er der Pest zum Opfer fiel, werden wohl nie geklärt werden, weil, wie bei Gerüchten üblich, die Einzelheiten sich vervielfachten, je mehr Münder davon berichteten.

Von Frater Bartolomeo wurde nächtens erzählt – natürlich gegen klingende Münze – der Inquisitor habe, als er vom Ausbruch der Seuche erfuhr, gerufen: »Das ist die Strafe des Herrn. Wegen eurer Sünden hat Er euch die Geißel Seines Zornes gesandt!« Er habe frohlockt und vom Fenster seines Hauses hinter der Alten Hofhaltung verkündet, wer die Gesetze Gottes und der Kirche achte, müsse weder Tod noch Teufel fürchten. Zwei Tage später habe man seinen von schwarzen Beulen übersäten Leichnam vor der Tür gefunden. Im Innern des Hauses habe sich Sarah aufgehalten, eine stadtbekannte Hure. Und als man den Leichnam des Inquisitors auf den Karren lud, um ihn zur Brandstätte vor den Toren der Stadt zu transportieren, da seien alle Glieder des Fraters leblos heruntergehangen, nur eines nicht, jenes, welches nur einem Mann zu eigen ist. Jenes ragte in den Himmel wie Moses' Stab, und als die sterblichen Überreste des Inquisitors den Flammen übergeben wurden, da habe das Glied gebrannt und gestunken wie eine Pechfackel. So wurde es von den Botengängern erzählt.

Erzählt wurde auch, daß der Statue der Elisabeth im Dom über Nacht die Nase abgefault sei, als hätte die Pestilenz sie heimgesucht, und daß Hunderte riesiger Ratzen das Gotteshaus heimsuchten und das Grabmal von Kaiser Heinrich und seiner Gemahlin Kunigunde umlagerten, aus dem ein unerklärlicher süßlicher Geruch strömte.

Der Färber Reutinger und seine kränkelnde Frau hätten, so wurde ebenfalls berichtet, an vierzehn aufeinanderfolgenden Tagen täglich eines ihrer vierzehn Kinder verloren, und am fünfzehnten Tage sei der Färber selbst seinen Kindern in den Tod gefolgt. Marga, seine Frau hingegen, der nach jeder Geburt der Tod ins Gesicht geschrieben stand, habe alle überlebt, weil sie sich täglich ein Elexier auf die Brust träufelte, das sie von Afra Nüßlein, der Wunderheilerin, erhalten habe, die nach dem Willen der Inquisition auf dem Scheiterhaufen geendet war. Auch die Ursache der Pestilenz glaubten die nächtlichen Botengänger zu kennen. Die Flegler, so wurde berichtet, seien bewußt in die Stadt eingedrungen, um ihren Bewohnern den Tod zu bringen. Sie seien von den lutherischen Markgrafen von Kulmbach-Bayreuth, den Todfeinden des Fürstbischofs, geschickt, die ihm bereits große Landesteile geraubt und mehr als einmal mit der totalen Vernichtung gedroht hätten. Der Anschlag trug die teuflische Handschrift des Markgrafen Alcibiades, Sohn des Markgrafen Kasimir, der zwar im Jahr zuvor den Tod gefunden habe, dessen Spuren wie die Ruine der fürstbischöflichen Burg vor den Toren der Stadt jedoch noch vielerorts gesehen werden könnten.

Hatte der Winter die weitere Verbreitung der Seuche verhindert und hie und da die Menschen aus ihren Häusern gelockt, so nahm das Sterben an den lauen Frühlingstagen wieder zu. Niemand, auch die Pestärzte nicht, die in lange Mäntel gehüllt und mit Vogelmasken vor dem Gesicht durch die Straßen zogen, vermochte zu sagen, wie lange diese Geißel Gottes noch anhalten würde. Darüber hinaus verbreitete sich das Gerücht, daß Äcker und Bäume ebenso von der Seuche befallen und auf Jahre unbrauchbar seien und die zu erwartende Hungersnot werde alle Not in den Schatten stellen, die das Land seit Menschengedenken heimgesucht habe.

Von derlei trüben Gedanken blieb Leberecht in der Abtei auf dem Michelsberg verschont, denn von den Begierden des

Fleisches einmal abgesehen, litt er keine Entbehrungen, und die Mauern des Klosters, die schon vielen weltlichen Feinden getrotzt hatten, erwiesen sich auch diesmal als unüberwindliches Bollwerk. Jedenfalls bis zu jenem verhängnisvollen fünften Sonntag nach Dreikönige.

An dem genannten Tage las Frater Melchior, der für die wirtschaftlichen Belange des Klosters verantwortlich war, zur Morgensuppe – in Milch getauchte Brotbrocken – das Tagesthema Matthäus 13: »*Venit inimicus ejus et superseminavit zizania*«; was soviel bedeutet wie: »Da kam der Feind und säte Unkraut.«

Die Mönche löffelten lautlos an dem hufeisenförmigen Tisch, der das ganze Refektorium ausfüllte. Ein jeder hatte ein weißes Tuch mit einem Zipfel in den Hals seiner Kutte gesteckt und die übrigen drei Ecken vor sich ausgebreitet, damit der Ornat von Flecken verschont blieb. Leberecht, dem die Ehre zuteil wurde, am Leben der Mönche teilzuhaben, saß am linken unteren Ende des Tisches und verfuhr ebenso.

»Wie der allmächtige Schöpfer die Welt durch seine Allmacht geschaffen«, begann Frater Melchior seine *Argumentum* genannte Lesung, »da wollte er, daß sie in lateinischer Sprache *mundus* – ›rein‹ – genannt würde. Doch der fromme Christenmensch dürfte sich wundern, weil dieser Welt doch eher der Name ›unrein‹ zukäme. Warum sollte die Welt rein geheißen werden, wo sie doch voller Unreinheiten steckt? Warum rein, da sie doch voller Mängel? Warum rein, da sie doch voller Unlauterkeiten, Sünden und Laster, daß der heilige Johannes Evangelist selber sagt: *Mundus totus in maligno positus est* – die ganze Welt steckt voller Schalk und Bosheit? Warum rein, da sie doch voller Disteln und Dornen, Nattern und Schlangen, Sturm und Ungewitter, Krieg und Pestilenz?«

»Pestilenz«, wiederholte Melchior und blickte mit angstvollen Augen in Richtung des Abtes, der an der schmalen Stirnseite des Tisches saß. Und noch einmal wiederholte er, wobei er nach Luft rang: »Pestilenz!« Dann sackte er auf seinem Stuhl zusammen. Sein Kopf schlug vornüber in die Schüssel, daß die Morgensuppe auf den Refektoriumstisch spritzte.

Die Mönche waren fassungslos. Keiner wagte dem Konfrater Hilfe zu leisten. Die weiße Lache, die sich inmitten des Tisches gebildet hatte, suchte, der Schwerkraft gehorchend, einen Weg zum gegenüberliegenden Tischrand, wo sich seit sieben Jahren der angestammte Platz von Frater Nikodemus befand. Frater Nikodemus sah das Unheil auf sich zukommen, sprang auf, und mit gerafftter Kutte und dem Ruf »Pestilenz!« verließ er überhastet und ohne die übliche Verneigung vor Abt Lucius oder dem Kruzifix, welches über ihm hing – den wahren Empfänger dieser Ehrenbezeugung kannte niemand – das Refektorium.

Die atemlose Stille, ausgelöst von dem unerwarteten Ereignis, wandelte sich bald in eine Art Bienengesumm, wie es in verschlossenen Körben zu vernehmen ist, doch handelte es sich hier um das erregte Flüstern der Mönche, welche untereinander rätselten, ob der plötzliche Tod des Konfraters Melchior tatsächlich der Pestseuche angelastet werden könne oder ob er eine andere Ursache habe. Soweit aus den Annalen des Klosters bekannt, hatte die meisten Mönche der Tod im Bett ereilt, vier während der abendlichen Komplet in der Kirche und je zwei beim ungewohnten heißen Bad, das einmal im Jahr reihum stattfand, sowie beim allzu heftigen Urinieren; aber noch nie hatte ein Benediktiner vom Michelsberg den Tod während der Morgensuppe im Refektorium gefunden.

Frater Friedemann, dem in der Abtei die Rolle des Arztes, Apothekers und Botanikers zukam und der sich mit seinem langen roten Bart deutlich von seinen Mitbrüdern unterschied, erhob sich nach einem unmißverständlichen Wink des Abtes und schickte sich an, den entseelten Konfrater aus seiner mißlichen Lage zu befreien, welche sogar einem gewöhnlichen Christenmenschen im Tode unangemessen war, einem Bruder geistlichen Standes im besonderen.

Doch als Friedemann Melchiors Kopf mit beiden Händen ergriff, um den Entseelten auf seinem Stuhl aufzurichten, da wurde der Hals des Toten sichtbar und damit eine dunkle Beule so groß und so schwarz wie eine Pflaume aus dem Klostergarten, und die Mönche riefen einer nach dem anderen

»Pestilenz! Pestilenz!«, und sie verließen das Refektorium, allen voran Abt Lucius.

Auch Leberecht floh vor dem Toten in seine Kammer und verharrte dort in Angst bis zum folgenden Tag. Im Innenhof der Abtei wurde ein Scheiterhaufen entzündet und die Leiche entgegen der Gepflogenheit, sie in der Ordensgruft beizusetzen, verbrannt. Erst nachdem dies geschehen war, wagten sich allmählich alle Fratres aus ihren Zellen, um sich gemeinsam wieder dem Leben nach der Ordensregel zu widmen.

Doch der Teufel hatte Mißtrauen und Zwietracht in die Abtei getragen. Gleichsam über Nacht verwandelte sich der Hort des Friedens und der Beschaulichkeit in eine Stätte der Untugend. Aus Angst vor der Seuche belauerte ein jeder jeden, vermied aber gleichzeitig jede Nähe zum anderen. Frater Friedemann verabreichte zur Vorbeugung gegen die Seuche ein geheimnisvolles Elixier aus gestoßenen Edelsteinen und Quecksilber; doch kamen nur jene Mönche in den Genuß, die dem Mitbruder mehr Zuneigung entgegenbrachten, als es unter Männern schicklich war. Daraus entwickelten sich intime Freund- aber auch Feindschaften, die ganz offen zur Schau getragen wurden und dazu beitrugen, die ohnehin gespannte Lage innerhalb des Klosters zu verschärfen.

Der Hang zum eigenen Geschlecht, der in allen Klöstern unterschwellig vorhanden war, nahm im Angesicht der drohenden Seuche, die jeden Tag aufs neue ausbrechen konnte, groteske Formen an. Während der gemeinsamen Ordensgebete zwischen Prima und Komplet warfen sich die Fratres glühende Blicke zu, ja, sie scheuten nicht einmal davor zurück, mit den Worten des Herrn auf den Lippen obszöne Gesten zu vollführen, um den einen oder anderen zu gefallen, und ihre *virga** durch Astlöcher ihrer Zellentüren zu stecken und ihren heiligen Samen zu verspritzen (wobei sich bei näherem Hinsehen die meisten Astlöcher als *lignum perforatum*** entpuppten).

* Rute, hier: Penis

** Bohrloch

Leberecht blieb von derlei Frivolitäten nicht verschont. Es gelang ihm nur unter Androhung körperlicher Gewalt, sich dem Balzen der schwarzen Mönche zu widersetzen. Um der allgemeinen Endzeitstimmung zu entgehen – manche Fratres lebten mit wilder Entschlossenheit in den Tag, als wäre es ihr letzter –, zog Leberecht sich in die Bibliothek zurück, um Früchte vom Baum der Erkenntnis zu ernten, wie er es bisher getan. Dort blieb er ganze Tage allein; doch kam ihm der Umstand sehr entgegen.

In den zahllosen Büchern der Weisheit suchte Leberecht eine Antwort auf die Frage, warum Mönche zu Bestien werden, obwohl sie doch Gott dem Herrn näher sind als andere Menschen. Dazu wühlte er sich durch Stöße von Schriften und Büchern. In den frommen Traktaten über Märtyrer und Heilige wurde er nicht fündig, da sie nur den Weg in die entgegengesetzte Richtung erklärten. In der Heiligen Schrift kam diese Möglichkeit überhaupt nicht vor. Also warf Leberecht sich den alten Philosophen in die Arme, um von ihnen eine Erklärung zu finden.

Aber selbst Aristoteles, der auf alle Fragen diesseits und jenseits unseres Horizonts eine Antwort wußte, hielt sich bedeckt über das Schlechte im Menschen und widmete der Untersuchung des menschlichen Geschmacksorgans mehr Raum als dem Problem des reinen Geistes. Es schien sogar, als wäre er an der Beantwortung dieser Frage verzweifelt, weil er an anderer Stelle behauptet, das ganze irdische Leben sei eine Krankheit, eine Art Von-Sinnen-Sein. Das Beste sei es, überhaupt nicht geboren zu werden. Wenn einen nun aber schon einmal das Mißgeschick ereilt habe, geboren worden zu sein, so solle man den Versuch unternehmen, möglichst schnell zu sterben.

Bücher wie jene des Aristoteles, die der Lehre der heiligen Mutter Kirche entgegenstanden, wurden natürlich in den heimlichen Schränken der Bibliothek aufbewahrt, und gerade diese Bücher erregten nun Leberechts besonderes Interesse.

Unter den verbotenen Büchern der Alchimie stieß Leberecht auf die geheimnisumwitterten Schriften des Benediktiners Basilius Valentinus, der vor über hundert Jahren die Weisheit des Glaubens mit jener der heidnischen Medizin vermengte. Er fand auch jene des Raimundus Lullus, allen voran die Bücher *Ars magna Lulli*, *Testamentum* und *Experimenta*. Lullus verfaßte fünfhundert Schriften, in denen sich Philosophie, Theologie und Alchimie vermengen. Er behauptete, den Stein der Weisen gefunden, sich selbst verjüngt und sein Leben auf diese Weise verlängert zu haben, womit er dem Allerhöchsten ins Handwerk pfuschte und vom Papst in Acht und Bann gelegt wurde. Mit den Mitteln der Logik beanspruchte er alle Erscheinungsformen in ein umfassendes System zu zwängen. Doch die Antwort auf die Frage, mit welchen Säften das Böse in die Seele der Mönche gelangt sei, vermochte auch der gelehrte Katalane nicht zu geben.

Leberecht forschte weiter und stieß auf *Das Buch Gebers von der Verborgenheit der Alchimie*, Anno Domini 1530 in Straßburg erschienen, und mit einem Einband aus braunem Leder versehen, wie es einem Bibelwerk zukam. Geber, arabischer Abstammung und als Abu Musa Dschafar al-Sofi in Tarsus geboren, in Medina in allen Weisheiten unterrichtet, galt als Begründer der geheimen Wissenschaften, der Alchimie und Astrologie und der Mischung aus beiden.

Das Studium der Schrift dauerte Tage, und auch dann hatte Leberecht nur einen Bruchteil des darin enthaltenen Wissens verarbeitet. So wußte er nun, daß alle Metalle zusammengesetzte oder vielmehr in ihrer Substanz verwandte Stoffe seien, in der Hauptsache aus Quecksilber und Schwefel, und man könne jedem Metall hinzufügen, was ihm fehle, oder fortnehmen, was im Überfluß vorhanden sei, und erhalte auf diese Weise ein anderes. Diese Entdeckung faszinierte Leberecht beinahe so sehr wie die Frage nach dem Bösen im Menschen, das sich wie Schwefel in die guten Seelen der Menschen mischte, und er stellte sich insgeheim die Frage, ob nicht eines der verbotenen Bücher ein *Aurum potabile* aufführe, ein »Trinkgold« wie jenes, dem die Alchimisten den ewigen Jungbrunnen, ja sogar erlösende Kraft zuschrieben.

So reifte Leberecht in kurzer Zeit zum Adepten, dem auch das unheimliche Werk *Physica et mystica* nicht verborgen blieb, von dem Uneingeweihte behaupteten, sein Autor Demokritos – wie er wirklich hieß, wußte niemand zu sagen – habe den Schlüssel des Lebens gefunden und verfüge über göttliche Allmacht. Manche von diesen Schriften verstand er nur zum Teil, aber nicht weil er dumm oder ungebildet gewesen wäre, sondern deshalb, weil viele Urheber ihre eigenen Werke nicht verdaut, aber dennoch gedruckt hatten. Dagegen gab es kein Gesetz.

Seine letzte Hoffnung galt daher der Hermetik, einer vergessenen Wissenschaft, von der es einst zwanzigtausend verschiedene Bücher gegeben haben soll, welche mystische Weisheit aus alter Zeit durch die hermetische Kette überlieferten – darunter die geheime Kraft der Edelsteine, Talismane und Amulette; die Wirkung der Säfte im Körper; geheime Gesetze der Sternkunde und Geometrie für das Leben der Menschen; sowie den Schlüssel zu verschiedenen vergessenen Schriften und Sprachen, welche weitere Rätsel der Menschheit lösten.

Auch wenn Leberecht nur ein halbes Hundert hermetischer Schriften entdeckte, so war dies allein schon deshalb ein unglaublicher Umstand, weil dergleichen Bücher allerorten von der Inquisition verteufelt und als letztes Bollwerk der Heiden verurteilt wurden. Die Auffindung eines solchen Werkes genügte, Buch und Leser auf dem Scheiterhaufen zu verbrennen und beider Asche in den nächsten Fluß zu streuen.

Was die hermetischen Schriften so verfolgenswert machte für die Inquisition, waren die Dialoge, aus denen sich die meisten Bücher zusammensetzen, Gespräche zwischen Hermes Trismegistos – so der griechische Name des ägyptischen Totengottes – und seinem Sohn oder Schüler Asklepios, heidnischen Göttern also, die, so ihre Reden klug und lehrreich waren, geeignet schienen, Zweifel am frommen Christenglauben zu schüren.

In diesen Schriften begegnete Leberecht zum erstenmal der Sternenkunde, die nach dem Willen der einen *Astronomia*, nach Meinung der anderen aber *Astrologia* genannt wird, was im einen Fall »Lehre von der Gesetzmäßigkeit des Sternenhimmels« im anderen Fall »Lehre aus dem Lauf der Gestirne« bedeutet und deren Unterschied keiner zu ergründen vermochte.

Diese verbotenen Früchte am Baum der Erkenntnis erschienen ihm schließlich verlockender als seine vergeblichen Versuche, das Böse in einer Mönchsseele zu erforschen, so daß Leberecht mit Feuereifer in die Abgründe der Wissenschaft eintauchte, welche von den Frömmlern als Werk des Teufels, von den Pilgern zwischen Philosophie und Geometrie jedoch als Krönung des menschlichen Geistes bezeichnet wurden. Was bedeutete schon die Wissenschaft von den Kräutern und Salben oder die Lehre vom Körperbau im Vergleich zu jener Lehre, welche die Erschaffung der Erde und ihr Ende am Jüngsten Tag sowie den Lauf der Gestirne, die unser Schicksal beeinflussen, zum Ziel hat?

Zum Lehrmeister Leberechts in seinen Mauern aus Büchern und Pergamenten wurde jener Doktor der Theologie, Philosophie und Jurisprudenz aus Kues an der Mosel, der den Namen Krebs trug, sich später jedoch als Stiftsdekan, Propst, Kardinal und *Legatus Urbis* des Papstes adelte, indem er den Namen »von Kues« annahm. Von diesem hatte Leberecht bereits seinen Vater reden hören, doch eher als Verteidiger des Glaubens, doch nun stellte er fest, daß die klugen Bücher, die jener Nikolaus Cusanus geschrieben hatte, einem Christenmenschen die Haare zu Berge stehen ließen, so er ihren Inhalt verstand. Doch zum Glück begriffen nur wenige seine philosophischen Traktate, und obwohl oder weil sie in lateinischer Sprache geschrieben waren, blieb ihr Inhalt sogar dem Papst, vor allem aber den Mitgliedern des Heiligen Offiziums verborgen, die seine Brisanz nicht erkannten, etwa, was die Behauptung des Cusaners betraf, die Welt verhalte sich zu Gott wie die Reihe der aus 1 entwickelten Zahlen zu dieser. Die Welt, so der gebildete Doktor der Philosophie, sei die in Vielheit entfaltete Einheit Gottes, Gott aber das unvergleichbare Eingefaltetsein und deshalb das allem anderen nicht entgegensetzbare Nicht-Andere, welches das Andersartige zusammenhält.

Darüber ließ sich nächtelang nachdenken, und zum erstenmal zweifelte Leberecht an seinem Verstand, denn er hatte noch jedes Buch aus der Bibliothek nach seinem Inhalt begriffen. Auch andere Schriften aus der Feder des Mannes von der Mosel machten ihn keineswegs irre, nicht einmal jenes Büchlein mit dem vielzitierten Titel *De docta Ignorantia* – was soviel bedeutet wie »Über die belehrte Unwissenheit« –, das sich als etwas gänzlich Unerwartetes erwies. Darin ging Nikolaus nämlich im Rahmen des allgemeinen Problems der Erkenntnis der Astronomie und den Erklärungen des Weltalls nach und warf die erregende Frage auf, ob es nicht so sei, daß die Erde sich um sich selbst drehe und vielleicht auch nicht der Mittelpunkt des Weltalls sei, sondern nur eine Art Randerscheinung. Allmächtiger Vater, so schrieb vor beinahe hundert Jahren ein Generalvikar des Papstes, des Stellvertreters Gottes auf Erden! Der päpstliche Gelehrte zeigte keine Scheu, Astronomen, Physiker und Geographen öffentlich zu ermuntern, die Erschaffung der Welt neu zu erforschen, und zwar nach den Regeln der Mathematik und Physik anstelle der althergebrachten alttestamentarischen Dogmatik!

Siebenundzwanzig Tage und nicht selten sogar auch die Nächte hatte Leberecht mutterseelenallein in der Bibliothek zugebracht, geschützt vor allen Anfechtungen der Welt. Entgegen den Befürchtungen der Mönche hatte der Schwarze Tod seine Hand kein zweites Mal ausgestreckt, was von Abt Lucius als Zeichen des Himmels gedeutet wurde. Frater Melchior sei gewiß vom Zorn des Allerhöchsten ereilt worden, auch wenn niemand seine heimliche Sünde kenne.

In Wahrheit gingen sich die Fratres seit Melchiors Tod aus dem Weg wie Hund und Katz. Zu den über den Tag verteilten Gebeten trafen sich in der düsteren Kirche kaum mehr als vier Mönche, und diese nahmen nicht wie üblich im Chorgestühl Platz, das mit seinen schrankartigen Sitzen die Andacht förderte, sondern ein jeder kniete abseits in einer anderen Ecke und verschwand einzeln nach verrichteter Frömmigkeit.

Gemieden wurde auch das Refektorium, wo Frater Melchior den Tod gefunden hatte, trotz dreier Räuchergänge mit dem Thuriferium durch Frater Friedemann im Abstand von drei Tagen. Statt dessen stellten der Frater Koch und sein jugendlicher Novize die tägliche Nahrung vor den Zellentüren ab. Im Vergleich zu den Privathäusern der Stadt litten die Mönche des Klosters keinen Hunger. Die Abtei verfügte in ihren Speichern und Kellern über Vorräte für mehrere Jahre.

Von einem geregelten Klosterleben konnte jetzt keine Rede mehr sein. Wer wo seine Zeit verbrachte, wußte niemand zu sagen. Oft vergingen Tage, bis Leberecht einem Menschen begegnete, und auch dann konnte man kaum von einer Begegnung sprechen, weil die Mönche wie unheimliche Schatten durch die Gänge schwebten und lautlos hinter einer der zahllosen Türen verschwanden.

Irgendwann zwischen Pauli Bekehrung und dem Fest Mariä Reinigung – das exakte Gefühl für den Kalender hatte Leberecht längst verloren –, an einem dieser endlosen Tage betrat unerwartet ein Mönch die Bibliothek. Es war Frater Emmeram, der weißbärtige Alte mit dem Sehstein, dem er am Tag seiner Ankunft begegnet, mit dem er jedoch noch nie ins Gespräch gekommen war.

Leberecht räusperte sich. Er mußte befürchten, daß der kurzsichtige Alte ihn nicht wahrnahm, und das wollte er vermeiden.

»*Laudetur*«, murmelte Frater Emmeram, als er Leberecht erblickte. Unter den Brüdern war es üblich, den nachfolgenden Teil des Grußes, nämlich »Jesus Christus«, zu verschlukken; man wußte ohnehin, wer gemeint war.

»*In aeternum*«, erwiderte Leberecht ebenso selbstverständlich.

Erst jetzt schien Emmeram den Jüngling zu erkennen, denn er sagte erstaunt: »Ach, du bist es, Fremder!«

Verlegen hob Leberecht die Schultern und lächelte. »Ihr seid seit vier Wochen der erste, der sich hierher verirrt. Ich habe die ganze Zeit hier verbracht und die aufregendsten Bücher studiert.«

Der alte Emmeram faßte seinen weißen Bart mit beiden Händen und streifte ihn über die schwarze Kutte. Dazu lächelte er, als bereite ihm diese Handlung ein körperliches Vergnügen. »Da hast du zweifellos das bessere Los gezogen, mein Sohn. Du bist ein kluger Kopf. Frater Luitger hat erzählt, daß du die alten Sprachen und die Geometrie ebensogut beherrscht wie dein Vater Adam. Er war sehr beliebt.« Dabei bekreuzigte sich der Alte.

»Wo ist Frater Luitger?« erkundigte sich Leberecht. »Ich habe ihn seit Wochen nicht mehr gesehen.«

»Weiß Gott«, erwiderte Emmeram. »Du bist nicht der erste der diese Frage stellt.«

»Ist er ...?«

»Das glaube ich nicht«, fiel ihm der Alte ins Wort. »Schon am Tage nach Melchiors Tod blieb seine Essenschüssel unberührt. Aber eines der Fenster nach Norden stand offen, obwohl es erst kurz zuvor vernagelt worden war.«

»Er hat sich selbst den Tod gegeben?«

»Luitger? Ausgerechnet er? Das ist schwer vorstellbar, junger Freund! Frater Luitger ist nicht der Mann, der sich an seinem Leben versündigt. Für ihn hat das irdische Leben eine viel zu große Bedeutung. Nein, Luitger führte schon immer zwei Leben, eines im Kloster, wobei er uns durchaus vorbildhaft begegnete, und eines außerhalb. Aber das muß ich dir ja nicht weiter erklären.«

»Wie? Ihr wißt?«

Da lachte der Alte, das heißt, diesmal gebrauchte Frater Emmeram nicht nur seine Lippen, er lächelte auch mit den Augen, und dabei nahm sein uraltes, faltiges Gesicht mit einem Mal etwas Jungenhaftes an. »Ich bin doppelt so alt wie Luitger und daher auch doppelt so weise. Darin unterscheiden wir uns. Verstehe mich recht, Luitger zählt zu jenen Konfratres, denen ich Zuneigung entgegenbringe. Er ist viel klüger als die meisten anderen, und sein Glaube ist keine Heuchelei. Aber das schließt ja nicht aus, daß es noch Klügere gibt als ihn.«

Das sagte der alte schlohweiße Frater ohne Tadel in der

Stimme, beinahe nebenbei und er entfernte sich, um in einer linker Hand gelegenen Buchwand mit Hilfe seines Sehsteins nach einem jener Folianten zu forschen, die unter der Rubrik *Herbarium*, also Kräuterabteilung, archiviert waren. Leberecht folgte dem Alten und fragte, ob er ihm bei der Suche nach einem bestimmten Werk behilflich sein könne, er habe inzwischen eine gewisse Ortskenntnis erlangt.

»Genau wie dein Vater Adam!« lachte Frater Emmeram. »Er hatte mehr Bücher im Kopf als unser stummer Frater Andreas, der seit Jahren hier den Bibliotheksdienst versieht!« Und dabei ging er ganz nahe an die Buchrücken heran und drehte seinen Sehstein nach allen Seiten, als wollte er dem Ding geheimnisvolle Kräfte entlocken. Immerhin verbesserte das rätselhafte Gerät, das er einem fahrenden Scholaren aus Hessen für den Gegenwert seiner Erbschaft mütterlicherseits – ein Häusleranwesen zwanzig Meilen mainabwärts – abgekauft hatte, die Schwäche seines Augenlichtes derart, daß Emmeram wieder lesen und schreiben konnte, was ihm schon völlig abhanden gekommen war. Der alte Frater wurde bald fündig und zog, ohne Leberechts Hilfe in Anspruch genommen zu haben, eine zerfledderte Handschrift aus dem Fach, welche den Titel *Materia medica* trug, eine Abschrift der Mönche aus dem Skriptorium.

Leberecht sah Emmeram fragend an.

Der hob den Finger wie ein Schulmeister und sagte mit ernstem Gesicht: »Wenn es ein Kraut gibt, das dieser furchtbaren Seuche gewachsen ist, dann ist es hier aufgeführt. Es gibt kein besseres Lehrbuch über die heilende Wirkung der Pflanzen als jenes des Dioskurides. Dioskurides lebte vor eineinhalbtausend Jahren, wenige Jahre *post passionem*, in Kilikien, aber seine Arzneimittellehre ist bis heute unübertroffen. Man erzählt sich, er habe mit seinen Mixturen nicht nur Kranke geheilt, sondern sogar Tote erweckt – Scheintote natürlich, denn Dioskurides war kein Scharlatan.«

»Das bringt mich auf die Frage, warum Ihr nicht schon früher nach dem Buch geforscht habt?«

Frater Emmeram machte eine wegwerfende Handbewegung: »In Zeiten der Not und Seuchen glauben die Menschen eher irgendwelchem Brimborium als den Erfahrungen der Wissenschaft. Das ist in einem Kloster nicht anders. Gegen den Aberglauben ist kein Kraut gewachsen.«

»Was habt Ihr vor?«

»Ich habe mir Gedanken gemacht, wie ich meine Konfratres aus ihren Löchern holen könnte. Sie hausen nun schon seit Monaten wie Ratzen in den entlegendsten Winkeln dieser Abtei. Ein jeder meidet den anderen. Die Mitbrüder mit frommen Worten hervorzulocken ist fehlgeschlagen, also, habe ich mir überlegt, werde ich sie überlisten.«

»Mit einem Zaubertrank?«

»Mach dich nicht lustig über die Weisheit eines alten Mannes!«

»Verzeiht, so war es nicht gemeint!«

»Ich werde eine Mixtur brauen, welche Dioskurides gegen die Seuche der Pestilenz erfunden hat, eines jener feurigen, scharfen, die Sinne umnebelnden Mittel, die sofort Wirkung zeigen. Ob es wirklich die Seuche bekämpft, ist dabei gar nicht so wichtig. Wichtiger ist das gute Beispiel und der Glaube an seine Heilkraft. Traut sich erst einmal einer aus seinem Versteck, so werden die anderen von alleine folgen.«

»Ihr seid wirklich recht klug, Frater Emmeram!«

»Das ist nur die Erfahrung eines langen Lebens.« Bei diesen Worten begann er eine Rezeptur auf einen Fetzen Pergament zu kritzeln.

»Ich kann Euch die Arbeit abnehmen!« erbot sich Leberecht.

»Wenn du das für mich tun willst?«

»Ei gewiß.« Leberecht nahm am Lesepult neben dem Mönch Platz und begann die Ingredienzien der Mixtur zu notieren.

Der Alte sah ihm bei der Arbeit zu, und eher beiläufig meinte er: »An der Dombauhütte bist du beschäftigt, hörte ich?«

»Als Steinmetz, ja. Carvacchi war mein Lehrmeister, genaugenommen ist er es noch heute. Sein Ruf ist im ganzen Land bekannt.«

»Als Trinker, Schuldner und Weiberheld!«

Leberecht lachte: »Das auch. Aber er ist ein Genie im Umgang mit Gestein und den großen Italienern ebenbürtig. Er verkauft, wenn Ihr mich fragt, sein Können unter Wert, und ich habe mich schon oft gefragt, warum er sich hier an der Dombauhütte als Flickschuster betätigt, wo er das Zeug hat, mit eigener Hand große Bau- und Kunstwerke zu schaffen.«

Emmeram legte die Hand auf Leberechts Arm: »Mein Sohn, die gleiche Frage könnte ich *dir* stellen. In dir steckt das Zeug zu einem Gelehrten. Du hast dir aus eigenem Antrieb eine Bildung angeeignet, die ungewöhnlich ist für einen Jüngling. Und damit stellt sich auch für dich die Frage, ob du nicht Perlen vor die Säue wirfst, wenn du brüchige Sandsteine durch neue ersetzt, und ob dein Talent nicht zu Größerem berufen ist.«

Leberecht erschrak. Der Mönch sprach da einen Gedanken aus, der ihm noch nie in den Sinn gekommen war.

»Aber ich liebe die Kunst, und mein Bestreben gilt ihrer Erhaltung!«

»Dieses Anliegen will ich dir gar nicht streitig machen. Aber hast du dir schon einmal überlegt, daß wir in einer Zeit großer Veränderungen leben?« Der Frater erhob sich, ging zum Fenster und blickte nach draußen, wo sich milchigweißer Dunst über die Stadt senkte, dann fuhr er fort: »Ich weiß, alles verändert sich ständig, das wußten schon die alten Griechen, aber nun ist die Menschheit zum erstenmal an einem Endpunkt angelangt.«

»An einem Endpunkt? Ich kann Euch nicht folgen, ehrwürdiger Vater!«

»Nun, bis vor hundert Jahren hat sich die Menschheit in ihren Bauwerken mitgeteilt. Es gab keine andere Möglichkeit, sollte das menschliche Denken auf Dauer bewahrt werden. Die Pyramiden der alten Ägypter waren nicht nur Grabmäler für ihre Könige, in erster Linie wollten diese Menschen sich und ihre Kultur mitteilen, ihr Wissen um Philosophie und Religion, Geometrie und Astronomie. Das war, noch bevor sie überhaupt schreiben konnten. Nichts anderes hatten die alten Griechen mit ihren klassischen Tempeln im Sinn und unsere Vorfahren mit ihren himmelstürmenden Kathedralen.«

Leberecht staunte. »Ihr habt recht, Frater Emmeram. So habe ich die Baukunst noch gar nicht betrachtet. Ihr seid ein weiser Mann.«

Der bärtige Mönch drehte sich um und hob abwehrend beide Hände. »Was ich dir jetzt erkläre«, meinte er, »wird dir vielleicht nicht gefallen; ich sage es trotzdem, weil es gerade für dich von großer Bedeutung ist: Bis vor hundert Jahren waren Kirchen und Kathedralen, Burgen, Tempel und andere Baudenkmäler die Bibliotheken der Menschheit. Sie pflanzten in deutlichen Zeichen, bisweilen in geheimen Andeutungen, das Wissen fort; mehr noch, sie gaben den Zeitgeist und den jeweiligen Seelenzustand des Menschen wieder. Betrachte die düsteren Dome des Mittelalters! Sind sie nicht angsteinflößend, undurchschaubar, trotz ihrer einfachen Architektur! Spürt man nicht allenthalben die höhere Macht, die auf den Menschen einwirkt – ob von Seiten des Papstes oder des Kaisers? Oder unterziehe den welschen Stil einer Betrachtung: Von den Römern übernahmen wir die Rundung des Bogens, wir bauten Jahrhunderte lang Türen, Tore und Portale, Fenster, Nischen und Bögen zum Himmel hin mit einer Rundung wie das Firmament. Aber mit einem Mal veränderte die Alte Welt ihr Gesicht. Die Frömmigkeit wurde von oben reglementiert, wie es seit den alten Ägyptern nicht mehr geschehen war. Das Papsttum gewann einen übermächtigen Einfluß, und diese Macht manifestierte sich in den höchsten Bauwerken, die Menschenhand je geschaffen, höher als die Pyramiden. Die Kirchenschiffe wuchsen so hoch, daß man die Decke nicht mehr erkennen konnte. Der Jahrhunderte alte Rundbogen mußte dem Spitzbogen weichen, einer geckenhaften Erscheinung wider die Schwerkraft, welche von den Kreuzfahrern aus dem Orient eingeschleppt wurde wie eine abscheuliche Seuche.«

»Und warum glaubt Ihr, Bruder Emmeram, haben die Baudenkmäler ihre Bedeutung verloren?«

»Das fragst du noch? Ausgerechnet du?« Der alte, weißbärtige Mann drehte sich wie ein Gaukler mit erhobenen Händen um die eigene Achse. »Die Kunst des Johannes Gensfleisch, genannt Gutenberg, die Buchdruckerkunst, hat der Baukunst den Rang abgelaufen. Sieh dich um. Was sich hier auf engem Raum bis zur Decke stapelt, ist mehr Wissen, als alle Kathedralen des Landes vermitteln können, hat mehr Macht als alle Heere des Kaisers, ist beliebig oft reproduzierbar und kann an jeden gewünschten Ort transportiert werden.«

Leberecht erschrak bei dem Gedanken. Er versuchte Emmerams Aussage weiterzudenken. Doch der Alte kam ihm zuvor, indem er sagte: »Und die Folge davon ist, daß die Menschen keine Dome mehr bauen werden, sondern Bibliotheken, und es würde mich nicht wundern, wenn die Menschen eines Tages nicht mehr in die Kirchen gehen würden, um ihre Andacht zu verrichten, sondern in große Bibliotheken, wo ihnen Gottes Wort nicht mehr von der Kanzel vorgetragen wird, sondern wo jeder selbst das liest, wonach er gerade Lust hat. Ob wir dabei glücklicher werden? Ich weiß es nicht.«

Emmerams Worte machten Leberecht nachdenklich. Schnell notierte er die restlichen Zutaten der Wunderdroge und reichte das Pergament dem Mönch. »Ihr meint, der Mensch kann zwischen Wänden aus Büchern kein Glück finden?«

Der alte Mann hielt seinen Sehstein in die Höhe und blinzelte hindurch wie durch ein Schlüsselloch, das geradewegs zum Himmel wies. »*Mir* darfst du diese Frage nicht stellen. *Du* hast die letzten Wochen hier verbracht! Warst du glücklich in dieser Zeit?« Er setzte das Okular ab und sah dem Jüngling ins Gesicht.

Leberecht wagte kaum zu antworten, weil er wußte, daß Emmeram seine Erwiderung nicht gefallen würde. »Auch wenn ich mich Euch zum Feind mache«, entgegnete er schließlich, »aber dieser Raum übt seit geraumer Zeit eine magnetische Anziehungskraft auf mich aus. Der Drang, mich hier aufzuhalten, ist größer als das Verlangen, im Dom oder einer anderen Kirche meine Andacht zu verrichten. Ja, dieser Raum strahlt mehr verborgene Heiligkeit aus als eine Kathedrale. Ich hoffe, Ihr denkt nicht schlecht über mich, weil ich das gesagt habe. Aber diese Bibliothek ist mir in den letzten Monaten zur zweiten Heimat geworden, und ich fürchte den Tag, an dem ich sie verlassen muß.«

Während Leberecht das sagte, musterte ihn der bärtige Mönch mit zusammengekniffenen Augen. Und nach einer langen Pause, während er seinen Sehstein zwischen Daumen und Zeigefinger drehte, erwiderte er mit einem listigen Lächeln: »Du sprichst von Heimat, mein Sohn, dabei kennst du sie doch gar nicht! Heimat ist das, was man besser als alles andere kennt. Aber diese Bibliothek ist niemandes Heimat – deine nicht, nicht die meine, ja nicht einmal die von Frater Andreas, der hier beinahe sein ganzes Leben zugebracht hat. Kein Mensch kann je in seinem Leben alle Bücher lesen, die hier aufgestellt sind. Dazu bräuchtest du vielleicht hundert Leben und ein hundertmal größeres Gehirn. Dann wärst du allwissend.«

»Gott bewahre! Kein Mensch kann je allwissend sein. Das sagte schon Sokrates. Aber es liegt in der Natur des Menschen, daß er sich mit gewissen Dingen mehr, mit anderen weniger beschäftigt. Und so habe ich mein Interesse in erster Linie den alten Philosophen, der Alchimie und der Sternenkunde zugewandt.«

»Lauter heidnischen Wissenschaften ...«

Leberecht hob die Schultern. »Sind sie deshalb von geringerer Bedeutung?«

»Nein, gewiß nicht. Ich bin sogar geneigt zu sagen: im Gegenteil. Die Sternenkunde ist älter als die Pyramiden, also heidnischen Ursprungs. Trotzdem kommt ihr heute allerhöchste Bedeutung zu.« Er nahm seinen Sehstein zu Hilfe und blickte nach oben, wo in luftiger Höhe und nur über Leitern erreichbar, die obersten Buchreihen gestapelt waren. »Es wird vielleicht einmal die Zeit kommen, in der die obersten Bücher zuunterst und die unteren Bücher ganz oben aufbewahrt werden ...«

Dem verständnislosen Blick des Jünglings konnte Emmeram entnehmen, daß er ihm nicht folgen konnte. »Sollte dir am Ende niemand das System erklärt haben, nach dem alle Bücher dieser Bibliothek eingeordnet sind?«

»Mit Verlaub, nach ihrem Inhalt. Ich fand alle Bücher über die Pflanzen an einem Ort und ebenso alle Bücher über die Geometrie und die Geschichte. Der Gedanke, die Schriften des Doktors Luther unter den Büchern der Alchimie zu suchen, wäre mir überhaupt nicht gekommen.«

»Du bist ein Schelm, mein Sohn. Natürlich findest du alle Bücher derselben Lehre am selben Platz. Darüber hinaus aber ist jede Bibliothek eine eigene Welt, und in jeder Welt gibt es ein eigenes System, nach dem diese Welt funktioniert.«

Emmerams Worte versetzten Leberecht in Erstaunen. Er hatte geglaubt, die Bibliothek der Schwarzen Mönche genau zu kennen, zumindest den Standort der Bücher für jedes Wissensgebiet; doch daß diese Ordnung einem bestimmten System unterlag, das war ihm bislang noch nicht aufgefallen.

»Sieh her«, begann Emmeram, »die Grundlage unseres Seins ist die Schöpfung, sie ist gleichsam das Fundament der menschlichen Existenz. Und wo ist von der Schöpfung die Rede? Im Alten Testament! Also findest du alle Ausgaben des Alten Testaments und alle Werke darüber wie das Fundament eines Bauwerks zu allerunterst. Daraufgesetzt sind das Neue Testament und die Werke der Religion und Theologie.« Emmeram drehte sich mit einer ausholenden Armbewegung um die eigene Achse: »Darüber steht die Philosophie mit allen ihren Unterabteilungen. Auf der Philosophie fußt die Geschichte. Auf der Geschichte die Geographie. Auf der Geographie breiten sich Pflanzenkunde, Alchimie und Heilkunde aus. Sie werden von Geometrie, Mathematik und Baukunst abgelöst. Und darüber, dicht unter dem Deckengewölbe, sind die Bücher der Himmelskunde angesiedelt, der Astrologie und Astronomie. Und hinter all dem verbirgt sich eine zweite, verbotene Welt. Aber das ist dir ja bekannt.«

Mit den Augen wanderte Leberecht über die Bücherwände.

Er hatte sich oft gewundert, wenn in der Ordnung der Bücher ein Wissensgebiet auf einmal abbrach, um an anderer Stelle weiterzulaufen. Jetzt war ihm die Sache klar: Er dachte, die verschiedenen Zweige der Wissenschaft wären nebeneinander, also senkrecht geordnet, in Wahrheit verliefen sie in waagerechter Ordnung, in Schichten, wie die Steine eines Bauwerks. »Ich verstehe«, sagte er.

Da begann der bärtige Alte zu lachen.

»Warum lacht Ihr, Frater Emmeram?« Es ist ziemlich lange her, seit ich jemanden so lachen hörte.«

»Mag sein, mein Sohn. Aber ist es nicht komisch, daß dein Vater Adam mit demselben Problem zu kämpfen hatte. Er war schlau wie ein Schüler des Aristoteles, aber die Ordnung der Bibliothek wollte er nicht begreifen. Statt dessen begann er im Kopf die einzelnen Arcae zu numerieren, die Bücherregale links am Eingang beginnend, und kam auf die Zahl 52, so viele Wochen wie das Jahr hat.«

Leberecht hielt inne. »Wie nennt Ihr die hohen Kästen, in denen die Bücher aufbewahrt werden?«

»Arcae«, erwiderte der Frater. »*Arca* ist ein seltenes lateinisches Wort und bedeutet ›Kasten, Lade‹, aber auch ›Sarg‹ und ›Gefängnis‹. In Bibliotheken bedeutet es soviel wie ›Bücherregal‹.«

Der alte Mann verstand nicht, warum der Jüngling mit einem Mal so blaß geworden war. In Leberechts Kopf rumorte es. Er hatte noch immer nicht die Inschrift vergessen, die sein Vater unter der Holzbank im Haus am Kranen als Nachricht für ihn hinterlassen hatte: FILIO MEO L. ✳ TERTIA ARCA. Leberecht hatte sie in sein Tagebuch notiert, im Abstand von Jahren nach ihrer Bedeutung geforscht – immer vergeblich. Das größte Problem hatte ihm dabei das Wort *arca* bereitet. Zuerst hatte er es mit »Sarg« übersetzt, naheliegend bei einem Totengräber. Doch wo lag der Sinn? Dann hatte er vermutet, sein Vater Adam könnte ihm in einem Schrank oder einer Schublade Geld oder Gold hinterlassen haben, das ihm bei den Grabarbeiten auf dem Kirchhof in die Hände gefallen sei. Schließlich mußte er eingestehen, daß seine arme Familie weder drei Schränke noch eine Truhe mit drei Laden im Besitz hatte, und er hatte die Suche nach der Bedeutung der zwei Zeilen aufgegeben. Die Tatsache, daß sich sein Vater Adam mit Vorliebe an einem Ort aufhielt, an welchem dem Wort *arca* eine ganz besondere Bedeutung zukam, stellte die rätselhafte Inschrift in ein neues Licht.

Er wußte nicht, was er tun sollte. Sollte er Frater Emmeram einweihen, ihn fragen, was sich hinter der Inschrift verbergen könnte, welche Bücher gerade dieses Regal aufnahm oder ob es in dieser Abtei noch andere Arcae gebe, welche diese Bezeichnung tragen?

Während er noch mit diesem Problem kämpfte, nahm Leberecht aus der Ferne Glockengeläut wahr, nicht jenes jämmerliche, dünne Läuten der Totenglocken, das nach Ausbruch der Seuche von morgens bis abends zu hören gewesen und seit geraumer Zeit ganz eingeschlafen war, sondern das große Geläute des Domes und der umliegenden Kirchen. Es schallte verheißungsvoll und wie ein vielstimmiger Choral von der Stadt herauf. Aber erst, als die Glocken der Abtei in den Choral einstimmten, als lautes Geschrei durch die Gänge des Klosters hallte und Frater Emmeram trotz seinen hohen Alters und der Gicht in allen Knochen auf die Knie fiel und sich bekreuzigte, da begriff auch Leberecht, was geschehen war: Die Pest hatte sich zurückgezogen.

Leberecht half dem alten Mann auf die Beine, und sie umarmten sich übermütig wie Kinder. Frater Emmeram standen Tränen in den Augen, er brachte kein Wort hervor. Auch Leberecht fand keine Worte, die der Situation angemessen gewesen wären. Schließlich drückte er dem Mönch die Hand, drehte sich um und suchte den Weg über die steinerne Treppe nach unten, wo er den Hof durchquerte, an den sich die Abteikirche lehnte, und in das Innere des Wohntraktes stürmte, wo er auf eine Gruppe von Schwarzen Mönchen stieß. Die Fratres machten einen verwahrlosten Eindruck, und sie verbreiteten einen Gestank wie in einem Ziegenstall, und obwohl sie ihn mit freundlichen Rufen willkommen hießen, suchte Leberecht das Weite.

Sein Ziel war der gegenüber der Kirche gelegene Eingang der Abtei; doch der war noch immer mit Querbalken verschlossen. Leberecht wollte nach draußen. Deshalb machte er kehrt und rannte zurück zu der kleinen Pforte, von der ein Weg in den Garten führte. Herr Jesus, sie stand angelweit offen, um der reinen Luft, die den Seuchendunst verloren hatte, Einlaß zu gewähren. Nachdem er den Garten durchquert hatte, stieg er die schmalen steinernen Stufen hinab, die von der großen Terrasse der Abtei in die Stadt führten. Das eiserne Tor war verschlossen, und Leberecht schwang sich auf die Mauer und sprang von dort auf die Straße. Er war frei.

Frei fühlte er sich nach monatelangem Gefangensein innerhalb der Klostermauern, und er begann zu laufen. Marthas Bild vor seinen Augen beschleunigte seine Schritte. Seit Monaten hatte er keine Frau mehr gesehen. Aber wenn er ehrlich war, so hatte er sich zuletzt sogar daran gewöhnt. Die Angst vor der Pest und der Eifer des Studiums hatten alle anderen Gefühle verdrängt.

Ob Martha die Seuche überlebt hatte? Leberecht fühlte, wie das Blut in seinen Schläfen pulsierte. Er spürte die Nähe ihres Körpers. Martha war der einzige Mensch, den er hatte, und er liebte sie, mit aller Zärtlichkeit und Leidenschaft. Martha!

Auf den Straßen bot sich ein erschreckendes Bild. Überall türmte sich Unrat, den die Menschen in ihrer Hilflosigkeit aus den Fenstern geworfen hatten. Fäkalienhaufen unter den Fenstern stanken zum Himmel. Hier und da loderten Feuer, um Kleidung und Gegenstände, mit denen die Opfer der Pest in Berührung gekommen waren, zu verbrennen. Ein Mann mit einem hohen zweirädrigen Wagen sammelte tote Haustiere ein, die zuhauf herumlagen. Vermummte Frauen hasteten mit Eimern und Krügen zu den Wasserstellen oder schrubbten, die langen Röcke in der Taille hochgebunden, den Seuchengestank aus den Häusern.

Es gab kaum ein Gebäude, an dem nicht ein oder zwei Kreuze vom Schwarzen Tod kündeten. Menschen, die sich begegneten, fanden kaum ein Wort füreinander. Zu tief saßen Angst und Mißtrauen in den Seelen der Überlebenden. Vom Domplatz hallte laute Musik. Ein Tamburin schlug den Rhythmus. Buntgekleidete Tänzer in engen roten Hosen und mit gezipfelten schwarz-gelben Kappen auf dem Kopf vollführten zur Musik dummdreiste Sprünge, ungeschickt wie kleine Kinder, um die Leute aus den Häusern zu locken und zum Lachen zu bringen. Doch das Interesse blieb gering. Die Holzgerüste am Dom waren eingestürzt, Stützbalken und Trittbretter entwendet, als Brennmaterial für die Totenfeuer. Wo die Gassen so eng waren, daß sich die Bewohner der oberen Stockwerke beinahe die Hände reichen konnten, wurde Wäsche wie früher über die Straße gespannt.

Obwohl der Himmel schon das milde Licht des Frühlings zeigte, herrschte in den Herzen der Menschen frostig kalter Winter, eine Ansammlung abscheulicher Gefühle, vermengt aus Trauer, Ekel, Mißtrauen und Angst. Ja, die Angst ging um in dieser Stadt wie nie zuvor: Angst, die Seuche könnte wieder auferstehen aus einem versteckten Winkel; Angst, von Ratzen gefressen zu werden, die in Scharen durch die Gassen preschten wie wildernde Hunde; Angst vor der dunklen Zukunft.

Die Gesichter, denen Leberecht auf dem Weg zum Sand begegnete, waren, soweit er sie erkennen konnte, feindselig und fremd. Jeder Gruß blieb unbeantwortet, bis auf die Worte eines Krüppels ohne Beine, der, auf hölzerne Handgriffe gestützt, seine in Stoffetzen gehüllten Oberschenkelstümpfe über das Pflaster schleifte und dem Jüngling zurief: »Der Teufel hat sie geschickt, der Teufel hat sie geholt, zum Teufel mit der Pestilenz!« Dabei lachte er mit einer tiefen gurgelnden Stimme, ohne auf seinem Weg innezuhalten, und sein Gelächter hallte schauerlich durch die Gassen.

Je näher Leberecht seinem Ziel kam, desto verlassener erschienen die Häuser, desto einsamer die Straßen. Hier brannten keine Feuer. Türen standen offen, die Häuser schienen geplündert. Ein herrenloser Ziegenbock irrte laut schreiend durch die Straße – das einzige Lebenszeichen in dieser sonst so lebhaften Gegend.

Jetzt, im Angesicht der verlassenen Häuser, wurde Leberecht erst richtig klar, daß er mit seinem Exil im Kloster der Benediktiner das große Los gezogen hatte. Leid und Not, welche die Pest in diese Stadt getragen hatte, waren ihm weitgehend verborgen geblieben.

»Jesus Christus«, sagte er halblaut, als er vor dem Wirtshaus im Sand angekommen war, ein schlichtes Gebet um Marthas Leben, an das er kaum noch zu glauben wagte.

»Jesus Christus«, wiederholte Leberecht, als er die schwarze eiserne Klinke der Eingangstür herunterdrückte. Das Haus war verschlossen.

Was sollte er davon halten? Er wußte es nicht. Er schlug mit der flachen Hand gegen den Türflügel und rief: »Aufmachen! Kann mich jemand hören? So öffnet mir!«

Tränen nahmen ihm die Sicht. Er hielt den Unterarm seiner Rechten vor die Augen und lehnte sich gegen die Tür, unfähig einen klaren Gedanken zu fassen. Er zuckte zusammen: Im ersten Stockwerk wurde ein Fenster geöffnet. Leberecht trat zwei Schritte zurück und blickte nach oben. Im Fenster stand der alte Schlüssel.

Schlüssel war genauso überrascht wie Leberecht und rief, als er ihn erkannte: »Heilige Jungfrau! Der Leberecht!« Er schlug das Fenster zu und kam, so schnell es seine Gicht erlaubte, die Treppe herab, um die Tür zu öffnen.

»Leberecht!« wiederholte er schweratmend und zog ihn – der Jüngling wußte nicht, wie ihm geschah – in seine Arme. »Ich dachte, du bist ...«

»Tot?« Leberecht feixte: »Unkraut verdirbt nicht. Mich hat die Pestilenz bei den Benediktinern auf dem Michelsberg überrascht. Ich konnte nicht mehr zurück; aber es war keine schlechte Zeit für mich.«

Schlüssel betrachtete seinen Ziehsohn vom Scheitel bis zur Sohle, ob er's denn auch wirklich sei, und dabei schüttelte er den Kopf und lächelte. Es schien wirklich, als freute ihn seine unerwartete Rückkehr. Schließlich meinte er: »Christoph, der dein Ziehbruder ist, ist ...«

»Das tut mir leid«, erwiderte Leberecht knapp und vorlaut und obwohl es gewiß nicht der Wahrheit entsprach.

Aber Schlüssel unterbrach ihn und rief mit seiner lauten mißtönenden Stimme: »Nein, nicht was du denkst! Christoph ist zwei Tage vor Ausbruch der Pestilenz mit zwei Jesuiten nach Rom aufgebrochen.«

»Nach Rom? Was in aller Welt will Euer Sohn in Rom?«

Schlüssel hob die Schultern: »Er ließ mir ausrichten, er wolle studieren. Theologie oder Zahlenlehre oder beides – ich weiß es nicht.«

»Theologie oder Zahlenlehre«, wiederholte Leberecht nachdenklich.

»Ja. Er ist ein schlauer Kopf. Sagen die Jesuiten.«

Leberecht schwieg. Viel mehr als das Schicksal dieses widerwärtigen Kerls interessierte ihn, wie es Martha ergangen war. Warum verlor er kein Wort über seine Frau? War Martha ihm so gleichgültig?

Obwohl es die selbstverständlichste Sache gewesen wäre, wagte Leberecht nicht, sich nach ihrem Schicksal zu erkundigen. Unruhig trat er von einem Fuß auf den anderen. Was Schlüssel sonst noch über seinen Sohn zu berichten wußte, nahm er nur aus der Entfernung wahr. Fast schien es, als quäle ihn der alte Schlüssel absichtlich, indem er sich über Martha ausschwieg.

Leberecht hätte dem Ziehvater an die Gurgel fahren können, weil er zeigte, wie wenig ihm seine Ehefrau bedeutete. Wußte er etwa von ihrem Verhältnis? Wußte er, daß Martha sein Liebstes, sein ein und alles war? Daß er sein linkes Auge für sie gegeben hätte? Daß er ihr unersättlicher Geliebter war?

Während Leberecht versuchte, Aufschluß aus der Mimik des Alten zu gewinnen, drang vom Treppenaufgang ein Geräusch an sein Ohr, ein knarrendes Bodenbrett, das wie eine Peitsche in die ungewohnte Stille des Hauses schlug.

Leberecht war es, als legte sich eine eiserne Klammer um seine Brust. Er blickte nach oben und erkannte auf dem obersten Treppenabsatz Martha.

Wie gerne wäre er ihr entgegengelaufen, hätte sie in seine Arme gerissen, sie geherzt und geküßt; aber Leberecht mußte ein unwürdiges Schauspiel abgeben, einen Fuß zurückgestellt eine tiefe Verbeugung machen, ihr entgegengehen und sagen: »Ich bin erfreut, Euch gesund wiederzusehen!«

Martha spielte ihre Rolle mit derselben Gelassenheit. Sie hatte, soweit er das in dem düsteren Treppenhaus erkennen konnte, nichts von ihrer Schönheit verloren. Und selbst wenn sie sich auf irgendeine Weise verändert hätte, Leberecht hätte es nicht bemerkt. Ihr rotes Haar war länger geworden, und sie trug es offen wie die Madonna am Altar des Veit Stoß. Obwohl sie sich nur einen einfachen derben Kittel übergezogen hatte, der vom Hals bis zu den Zehen geknöpft war wie der Talar eines Prälaten, sah sie verführerisch aus wie die Statue der »Zukunft«, liebens- und begehrenswert.

Was Leberecht auffiel und ihm ein Rätsel aufgab: Martha blickte ernst, und das Lächeln, das er in ihren Augen gewöhnt war, hatte einer unerklärlichen Leere Platz gemacht. Dieser Umstand änderte sich auch nicht, als die Geliebte ihm entgegentrat und ihre Hand ausstreckte.

Die kurze Berührung der beiden unter den Augen des alten Schlüssel verlief gehemmt. Aber als Leberecht Marthas Hand spürte, da riß ihn jener Rausch mit sich fort, den er von ihren heimlichen Zusammenkünften gewohnt war. Er drückte ihre schmale Hand mit aller Kraft, als wollte er, daß sie, unbemerkt von ihrem Mann, einen leisen Schrei ausstieß. Aber Martha blieb besonnen, zog beherrscht ihre Hand zurück und fragte ebenso gelassen: »Wo hast du all die Monate gesteckt? Ich habe mir große Sorgen gemacht.«

Da erzählte Leberecht die merkwürdige Geschichte seines Überlebens, und er erfuhr, daß Martha die ganze Zeit allein in dem großen Haus im Sand zugebracht hatte, weil der alte Schlüssel, nach eigenem Bekunden, auf einer Reise zu den sächsischen Silberminen von der Nachricht überrascht worden und bei einem Schiffseigner in Dresden untergekommen sei. Martha, die, bei Licht besehen, unnatürlich bleich war, daß man die feinen Äderchen unter ihrer weißen Haut pulsieren sah – obwohl das in Leberechts Augen überhaupt kein Makel war –, erzählte, daß sie in der Angst gelebt habe, den Verstand zu verlieren. Aber nicht aus Furcht vor der Pest, sondern aus Grauen vor der Einsamkeit. Die einzigen Gesprächspartner seien über Wochen ihre Katzen gewesen, und als beide im Abstand von vier Tagen nicht mehr wiederkamen, habe sie mit den Ratzen geredet, welche nachts Löcher in Boden und Decke ihrer Kammer nagten. Das Zucken um ihre Mundwinkel verriet, daß Martha noch immer nicht darüber hinweg war.

Wenn es nach Leberecht gegangen wäre, dann hätte er seine Ziehmutter in die Arme genommen und getröstet, aber das durfte er nicht. Die Situation erforderte vielmehr eine gewisse Gleichgültigkeit, wie Schlüssel sie an den Tag legte. Ihn berührte in der Hauptsache der Verlust der Hälfte seines Personals, und er kündigte an, sich gleich morgen um neue Arbeitskräfte zu bemühen.

Not hatte Martha nicht gelitten. Die Vorräte von Küche und Keller hätten auch für die doppelte Zeit gereicht. Es gab noch reichlich Mehl, Hirse, Getreide, Schmalz und gepökeltes Fleisch, ebenso Honig, Öl und Bier; einzig das Brennholz war knapp geworden, aber dieses zu beschaffen, meinte Schlüssel, würde die geringsten Schwierigkeiten bereiten.

Es fiel auf, daß Schlüssel seiner Frau mit ausgesuchter Höflichkeit entgegentrat. Leberecht schien es daher ratsam, sich nach kurzer Zeit auf seine Kammer zurückzuziehen. Er ließ jedoch die Tür einen Spalt offen, damit ihm nichts entging, was unten vor sich ging.

Kurz nach dem Angelus, der zum erstenmal seit vielen Monaten wieder von den Kirchenglocken verkündet wurde und das rechte Zeitgefühl vermittelte, hörte er, wie Martha in ihre Kammer ging und ihre Tür verschloß. Im Halbschlaf dämmerte Leberecht vor sich hin, in der Hoffnung, die Geliebte würde ihm ein geheimes Zeichen geben. Doch es geschah nichts.

Gegen Mitternacht erhob er sich und schlich hinab zu Marthas Kammer. In ihrem Zimmer brannte ein Licht, doch das Fenster zum Treppenhaus, das ihm einst die größten Seligkeiten bereitet hatte, gewährte dieses Mal keinen Einblick.

Zaghaft, beinahe ängstlich, aber doch angetrieben von unbezähmbarer Lust, pochte Leberecht leise an die Tür.

»Martha!« rief er halblaut gegen die Tür. »Ich bin es, Leberecht!«

Die Zeit dehnte sich endlos. Endlich näherten sich leise Schritte. Die Tür wurde geöffnet. Aber nur einen Spalt, und in diesem Spalt erschien Marthas Silhouette.

»Gehe hinauf in deine Kammer«, flüsterte Martha, und sie fügte hinzu: »mein Junge.« Und nach einer weiteren Pause: »Morgen will ich dir alles erklären.«

Martha schickte sich an, die Tür zu schließen. Aber Leberecht verwehrte ihr Ansinnen und stemmte sich gegen die Tür. Da gab Martha nach und ließ ihn ein.

Jetzt erkannte er, daß sie weinte. Marthas Augen waren rotgerändert. Tränen hatten auf ihren Wangen deutliche Spuren hinterlassen.

»Mein Herz, was ist mit dir?« fragte Leberecht leise und trat auf sie zu, um sie in seine Arme zu nehmen.

Martha wich zurück. Sie kreuzte die Arme über ihrem Gewand, als wollte sie ihm den Anblick ihres Körpers verweigern; denn ihre Brüste hoben und senkten sich in höchster Erregung. »Mir ist«, zischte sie, den Blick zu Boden gerichtet, »als hätte ich dem Teufel meine Seele verkauft, als hätte ich mit meinem eigenen Blut den Vertrag unterschrieben. Heilige Mutter Maria, bitte für mich.«

Leberecht sah seine Ziehmutter und Geliebte mit verständnislosen Augen an. Ihm schien es, als fiele er in einen bösen Traum; als stürme ein unbekannter Dämon mit tausend Qualen auf ihn ein; als stürze die Welt, die ihm trotz aller Wirrungen so lebenswert erschien, in sich zusammen wie ein morsches Gebäude. Vergeblich versuchte Leberecht einen Blick zu erhaschen, ihr in die Augen zu sehen; aber Martha hielt den Kopf zur Seite und errichtete so eine unsichtbare Barriere, eisig und unüberwindlich.

Als Leberecht endlich, nach langem Schweigen auf beiden Seiten, seine Sprache wiedergefunden hatte, stammelte er hilflos: »Es ist, weil du zu lange allein warst. Einsamkeit macht krank. Du wirst wieder zu dir finden. Sei unbesorgt. Dann wird alles wieder sein wie vor der Pest.«

»Schweig!« rief Martha mit zorniger Miene. »Unser Herr Jesus wird es nicht zulassen, daß wir noch einmal gegen sein heiliges Gebot verstoßen und uns dem Laster des Ehebruchs hingeben. Nie mehr!«

»Aber wir lieben uns! Und was mich betrifft, so würde ich mein Leben geben für deine Liebe!« Leberecht machte einen Schritt auf Martha zu.

Die aber hielt ihm abwehrend eine Hand entgegen. »Bleib mir vom Leib! Was du Liebe nennst, ist das abscheulichste und sträflichste Laster vor Gott und der Welt, die Triebhaftigkeit. Sie wird vom Teufel in die Herzen der Menschen gesät und macht vor nichts halt, nicht vor dem Töten und nicht vor dem Ehebruch.«

»Ehebruch!« Leberecht lachte verbittert. »Dein Mann hat lange vorher die Ehe gebrochen und dich wie eine Hausmagd behandelt. Statt dich zu lieben und zu achten, wie es das Sakrament vorschreibt, hat er die Bischofshure mit kostbaren Gewändern behängt. Hast du das vergessen? Nach dem Gesetz müßte Schlüssel zur Strafe und als abschreckendes Beispiel an drei Sonntagen nacheinander vor der Domtür stehen, mit brennender Kerze, entblößten Armen und in Eisen geschlagen. Außerdem sollten ihm alle Ämter und Ehrenkleider auf Lebenszeit versagt bleiben. Und da hast du Gewissensbisse!«

Martha schüttelte wild den Kopf und zeigte mit dem Finger auf Leberecht. »Wir haben gesündigt vor Gott und den Menschen, und du mußt ebenso Buße tun, wie ich zu büßen bereit bin!«

»Ich?« rief Leberecht. »Ich soll Buße tun, weil ich dich

liebe? Das kann nicht der Wille des Allerhöchsten sein!«

»So steht es in der Bibel!«

»In der Bibel steht auch, daß die Liebe die größte Gabe des Menschen ist.«

Ohne auf Leberecht zu hören, kniete sich Martha auf den kantigen Bettschemel neben ihrem Bett, in dem sie so viele Nächte leidenschaftlicher Liebe verbracht hatten, und begann ein Gebet zu murmeln. Leberecht faltete die Hände. Er erkannte seine Ohnmacht, spürte, wie sich ein unüberbrückbarer Abgrund zwischen ihnen auftat. Und obwohl er sich noch immer zu ihr hingezogen fühlte, wagte er nicht, sich ihr zu nähern. Ihr unverständliches Gebet klang gleichförmig und inbrünstig, beinahe drohend, und endete laut mit der Floskel »... von dem Übel des Fleisches erlöse uns, o Herr!« Danach vergrub Martha ihr Gesicht in den Händen.

Was, um Himmels willen, war nur geschehen? Hatten Angst und Einsamkeit Marthas Sinne verwirrt? War sie erneut einem Bußprediger begegnet? In der Totenstille, die mit einem Mal in Marthas Kammer herrschte, machte sich peinigende Trauer breit. Leberecht fühlte ein schartiges Messer in seinem Leib. Kaum wagte er zu atmen. Bitten und Tadel schienen in dieser Situation sinnlos. Martha hatte, aus welchen Gründen auch immer, eine Entscheidung getroffen, und ihm blieb nichts anderes, als sich diesem Entschluß zu fügen.

Ihm war, als hätte die Zukunft vor ihm einen dunklen Vorhang heruntergelassen. Er wollte gehen. Als wäre es ein Abschied für immer, sah Leberecht Martha von der Seite an. Ein fremder, harter Schatten lag über ihrem blassen Gesicht. Ihre Augen waren zu Boden gerichtet, der Mund zusammengepreßt und nur noch zum Schweigen gewillt.

Leberecht wandte sich um und schlich davon wie ein reuiger Sünder. Er wagte nicht, irgend etwas zu sagen. In seinem Kopf tönte noch immer der Satz: »... von dem Übel des Fleisches erlöse uns, o Herr! Von dem Übel erlöse uns, o Herr!«

Da weinte er bittere Tränen.

Kapitel IV

Freunde und Feinde

Binnen der folgenden Tage und Wochen durchlebte Leberecht eine Höllenfahrt der Selbsterkenntnis. Er begriff, daß er dem Leben, aufgrund bequemer Umstände und weil es sich einfach so ergeben hatte, mehr abverlangen wollte, als ihm zukam. Martha war nun einmal eine verheiratete Frau, von reichem Stand und obendrein seine Ziehmutter, und er, Sohn des Totengräbers Hamann mit dem Makel des Hexers behaftet, ein Steinmetzgeselle, gerade halb so alt wie die Angebetete, ein rücksichtsloser Verführer und Einbrecher in eine fremde Ehe, der durch sein ungewöhnliches Betragen den Namen einer ehrbaren frommen Frau geschändet hatte.

Oder war es umgekehrt? Hatte Martha, ein zwischen Lüsten und Begierden, Frömmelei und Selbstkasteiung schwankendes Weib, ihn, den unschuldigen Jüngling, dem in Liebesdingen jede Erfahrung fehlte, verführt und mißbraucht?

Die Antwort auf diese Fragen wechselten beinahe jeden Tag und schwankten zwischen reuiger Bußfertigkeit und der Überzeugung, daß ihn, Leberecht, keine Schuld traf. Es gab Tage, da glaubte er den Irrgang seiner Gefühle überwunden zu haben; doch dann, am folgenden, wenn er – was sich nicht vermeiden ließ – Martha begegnete, fühlte er sich als der liederlichste Mensch römischen Glaubens nördlich der Alpen.

Leberecht war nun volljährig und Sprecher der Gesellenbewegung der Steinmetze, und niemandem, auch nicht seinem Vormund Schlüssel, Rechenschaft schuldig, was sein künftiges Leben betraf. Damit er Martha aus dem Wege ging und um Groll und Bitterkeit aus seiner Seele zu verdrängen, entschloß er sich, das Wirtshaus im Sand zu verlassen und sich um eine eigene Behausung zu kümmern.

Drei Straßen weiter in der Färbergasse vermietete die Witwe Auerswald, eine gütige alte Frau, deren Mann, wie es hieß, sich totgesoffen hatte, nachdem alle sieben Töchter, die sie zur Welt gebracht hatte, im Kindbett gestorben waren, ihm ein Zimmer. Für zwei Gulden übernahm die Witwe, der außer dem Haus nichts von ihrem früheren Wohlstand geblieben war, auch die Wäsche und Verköstigung ihres Mieters.

Die Gesellenbewegung der Steinmetze, welche Leberecht zum Vorsteher gewählt hatte, weil er des Lesens und Schreibens kundig und von größerer Bildung war als die meisten Ratsherren der Stadt, genoß höchstes Ansehen, und ihr Einfluß war größer als der aller anderen Zünfte. Der Grund dafür lag in den einheitlichen Interessen ihrer Mitglieder. Anders als die Lederhandwerker, die sich in Loh- und Weißgerber, Schuhmacher, Sattler und Riemenschneider, Beutler, Nestler und Taschenmacher aufteilten, oder gar die Schmiede, bei denen sich Grob-, Klein-, Huf-, Messer- und Nagelschmiede, Schwertfeger, Harnischmacher und Haubenschmiede, Spengler, Keßler, Nadler, Gürtler, Kannen-, Pfannen-, Kupfer-, Silber- und Goldschmiede unterschieden, vertraten die Steinmetze nur eine einzige Handwerkergruppe. Vor allem aber galten Steinmetze überall, Gott weiß warum, als klug und beredt, und ihre Laufbriefe, Schelt- und Brandschreiben, in denen geizige oder ausbeuterische Bauherren angeschwärzt wurden, waren gefürchtet. Wandernde Gesellen trugen diese Briefe von Ort zu Ort, so daß es sich schnell herumsprach, wo es im Lande die schlechtesten, aber auch die besten Arbeitsplätze gab. Es hieß, Steinmetze seien unversöhnliche, harte Köpfe, aber auch Verfechter der Gerechtigkeit, sowohl was ihre eigenen Rechte betraf als auch bei der Durchsetzung der Anliegen kleiner Leute.

Weil der Fürstbischof sich nach seiner Rückkehr aus dem Seuchenexil weigerte, der Dombauhütte neue Gerüste zur Verfügung zu stellen, und weil er forderte, die alten, soweit überhaupt noch vorhanden, zu reparieren, kam es zum Streit unter den Steinmetzgesellen. Zum sichtbaren Ausdruck ihres Protestes weigerten sich die Steinmetze, an der Fronleichnamsprozession, wo sie nach alter Tradition die Reihen der Handwerker anführten, teilzunehmen – eine Provokation von protestantischem Ausmaß!

Am folgenden Tag, einem Montag, wurde Leberecht vom Fürstbischof in die Residenz der Alten Hofhaltung bestellt. Die Witwe Auerswald hatte sein bestes Wams gereinigt und ihn ermahnt, bei der Begrüßung Seiner Eminenz Kniefall und Ringkuß nicht zu vergessen.

Leberecht betrat die Hofhaltung durch einen dem Dom zugewandten Seiteneingang, wo er von einer jungen Nonne in Empfang genommen wurde, deren gefälteltes schwarzes Gewand, vor allem aber das dreispitzige weiße Häubchen, eher der neuesten Mode gleichsah als einer Nonnentracht. Dieses reizende Frauenzimmer blieb indes stumm wie ein Fisch, verhielt sich auch ebenso kalt und geleitete den Besucher mit Gesten über eine steinerne Treppe in das erste Stockwerk. Durch einen langen Korridor mit vielen schmalen Fenstern zur Rechten und einem halben Dutzend Türen zur linken Seite gelangte Leberecht in einen langgestreckten Vorraum mit hochformatigen Darstellungen ehemaliger Fürstbischöfe und einer endlosen Reihe rotbezogener Stühle darunter.

Wie auf geheimen Befehl wurde die zweiflügelige Tür am Ende des Raumes geöffnet, und der Domprediger Athanasius Semler trat ihm entgegen. In dem großen Portal erschien er noch kleiner, als er ohnehin war. Sein Versuch eines Lächelns mißlang, und er hielt Leberecht die Rechte zum Kuß entgegen.

Leberecht ergriff widerwillig die dargereichte Hand und rang sich die Andeutung eines Kusses ab. Wie die Nonne so verlor auch Semler kein Wort, sondern er komplimentierte den Besucher in den Audienzraum, der, kaum möbliert, allein durch seine Größe geeignet war, einem Fremden Angst einzuflößen. Das aufwendigste Möbelstück war ein acht Ellen breiter Schreibtisch, ähnlich den Refektoriumstischen der Benediktiner. Dahinter thronte auf einem hohen Stuhl mit senkrechter Lehne, die von zwei Löwenköpfen geziert wurde, der Fürstbischof. Er trug eine rote Samtkappe auf dem Kopf und einen Umhang aus demselben Material. Seine Hände steckten in langen purpurfarbenen Handschuhen mit einem goldenen Kreuz auf dem Handrücken.

»*Laudetur Jesus Christus*«, sagte Leberecht verlegen.

»In Ewigkeit, in Ewigkeit«, antwortete der Bischof, während Semler seinen schwarzen Talar lüpfte und abseits auf einem der an der Wand aufgereihen Stühle Platz nahm.

»Du wirst dich vielleicht wundern, warum wir dich kommen ließen«, begann der Bischof bedächtig und gab ihm ein Zeichen, Platz zu nehmen.

Leberecht schüttelte den Kopf: »Eminenz! Die Steinmetze an der Dombauhütte sind aufgebracht und durch nichts zu beschwichtigen. Ihr könnt nicht verlangen, daß sie ihre anstrengende Arbeit unter Lebensgefahr verrichten. Die Gerüste sind alt, morsch und baufällig oder zum großen Teil gestohlen. Sie mußten während der Pest als Brennmaterial für die Totenfeuer herhalten. Wie können wir unser Werk verrichten, wenn wir mehr um unsere Sicherheit besorgt sind als um unsere Arbeit!«

An den Domprediger gewandt, fragte der Bischof: »Stimmt das, Semler? Warum wird den Steinmetzen kein Bauholz für ihre Gerüste zur Verfügung gestellt?«

Semler erhob sich und kam dienernd auf den Bischof zu: »Holz ist teuer wie nie zuvor, Eminenz. Die Pestilenz hat die Holzpreise verdreifacht, und die Steinmetze fordern soviel Holz für ihre Gerüste, daß es genügte, eine neue Kirche zu errichten ...«

»Mit Verlaub, Herr Domprediger«, unterbrach Leberecht den kleinwüchsigen Pfaffen, »das von uns angeforderte Gerüstholz ist nicht mehr, als uns früher zur Verfügung stand!«

»Bewilligt!« rief der Fürstbischof und trat hinter seinem Schreibtisch hervor. »Ich möchte, daß die Steinmetze zufrieden sind.«

Leberecht nickte freundlich und schickte sich an zu gehen, da begann der Fürstbischof von neuem: »Wir wollten uns aber mit dir nicht über Baugerüste unterhalten ...«

Leberecht sah den Bischof verwundert an.

»Nun, dein Vater Adam wurde nach einem ordentlichen Prozeß der heiligen Inquisition auf dem Scheiterhaufen verbrannt ...«

»Vier Monate nach seinem Tod«, rief Leberecht aufgeregt, »weil ein paar alte Weiber und ein Fuhrknecht, die nicht richtig im Kopf sind, Gespenster gesehen haben! Gott sei seiner armen Seele gnädig!«

Der Domprediger, der bereits wieder auf seinem Stuhl Platz genommen hatte, sprang auf und machte ein paar Schritte auf Leberecht zu; aber der Fürstbischof gab ihm ein Zeichen, sich zu entfernen.

»Ich verstehe deine Erregung sehr wohl«, fuhr der Bischof fort, »und es liegt mir fern, deine ketzerischen Worte auf die Waagschale zu legen, doch sollst du wissen, daß die heilige Mutter Kirche jedes ihrer Schäflein mit Argwohn verfolgt.«

Mit Argwohn? Leberecht stutzte. Hatte unser Herr Jesus, als er auf Erden wandelte und die Kirche gründete, nicht die Liebe gepredigt?

»Ich verstehe Euch nicht«, erwiderte Leberecht, nun eher schüchtern. »Was wollt Ihr damit sagen, Eminenz?«

Die freundliche Miene des Bischofs verwandelte sich mit einem Mal zu einem hämischen Grinsen. »Wie ich schon sagte, verfolgen wir alle Schäflein mit Argwohn, vor allem wenn sie sich mit Ketzern, Umstürzlern und Propheten abgeben.«

»Mein Vater Adam war ein gottesfürchtiger Mann, der die Gesetze Gottes und der Menschen achtete!«

»Aber seine Seele!« rief der Fürstbischof mit einem dämonischen Lächeln im Gesicht. »Aber seine Seele fand keine Ruhe, seine arme Seele!«

Leberecht wollte toben, er wollte schreien, seinen Vater verteidigen, wollte fragen: Wer sagt das? Welchen Beweis könnt Ihr dafür anführen? Aber er behielt sich in der Gewalt, und scheinbar ruhig stellte er die Frage: »Und warum erklärt Ihr *mir* das, Eminenz?«

Der Fürstbischof nahm wieder an seinem Schreibtisch Platz und legte die gefalteten Hände vor sich auf den Tisch. »Wir wollen nicht«, antwortete er, und dabei schlug er einen leiseren Ton an, »daß du denselben Weg gehst wie dein Vater.«

Worauf, in aller Welt, wollte der Fürstbischof hinaus? Einen Augenblick lang argwöhnte Leberecht, man habe ihn in eine Falle gelockt und er werde dieses düstere Gebäude nicht mehr lebend verlassen. Angst überkam ihn. Aber dann sagte er sich, daß der Fürstbischof seine Zeit vergeudete, wenn er einen Todgeweihten in derartige Diskussionen verwickelte. Nein, zwar fiel es schwer, im Umgang mit der heiligen Mutter Kirche die Gesetze der Logik zu beachten, aber wenn er logisch dachte, dann wollte der Fürstbischof etwas von *ihm* ...

Leberecht mußte gar nicht lange warten, und der fromme Mann rückte mit der Sprache heraus: »Dein Vater Adam hat viel Zeit bei den Benediktinern auf dem Michelsberg verbracht und einen Bildungsstand erworben, der, was die modernen Wissenschaften betrifft, seinesgleichen suchte.«

»Das ist wohl wahr. Und er hat mir viel von seinem Wissen vererbt. Ich lernte lesen und schreiben und war schon in einem Alter des Lateinischen mächtig, in welchem andere noch zu jung waren für die Lateinschule der Jesuiten.«

»Und nun tust du es deinem Vater gleich und widmest dich bei den Mönchen den geheimen Wissenschaften?«

»Geheime Wissenschaften? Verzeiht, Eminenz, aber die Wissenschaften, die von den Benediktinern auf dem Michelsberg gepflegt werden, sind nicht geheimer als Caesars ›Gallischer Krieg‹ oder die ›Metamorphosen‹ des Ovid oder die Rechenkünste des Adam Riese aus Staffelstein. Gewiß, es sind keine frommen Schriften, aber welche Wissenschaft ist schon fromm?«

»Eben!« fiel der Bischof dem Jüngling ins Wort. »Welche Wissenschaft ist schon fromm? Alles Wissen kommt vom Teufel, daher wird es von der Kirche verachtet. Die Kirche ist eineinhalb Jahrtausende ohne Wissenschaft ausgekommen, sie ist aus sich heraus gewachsen und hat Märtyrer und Heilige hervorgebracht – ohne Sternenkunde und Geometrie oder die Lehren der griechischen Philosophen.«

Leberecht wollte antworten, daß jede Kirche, deren Chor nach Osten gerichtet ist, der Sternenkunde bedurfte, daß jeder Turm einer Kathedrale ohne die Geometrie längst eingestürzt wäre, ganz zu schweigen von den Lehren der großen Philosophen, deren Weisheit sich sogar der Herr Jesus bediente, als er auf Erden wandelte. Aber Leberecht schwieg.

Der Fürstbischof lehnte sich über den Tisch und kam dabei ganz nahe an Leberecht heran. »Uns ist zu Ohren gekommen, daß du die Zeit der Pestilenz bei den Benediktinern verbracht und diese zum Studium in ihrer Bibliothek genutzt hast.«

»Nicht freiwillig«, lachte Leberecht, »jedenfalls zunächst nicht. Ich wurde von der Seuche überrascht, als ich mich zufällig in der Abtei aufhielt, um Kräuter und Pflanzen zu studieren, die im Garten des Klosters gedeihen.«

»Teufelskraut«, wetterte der Fürstbischof, »alles Hexenkräuter und Teufelskraut. Vielleicht haben sie dich verhext!«

»Bei den Gebeinen des heiligen Benedictus, nein, es sind fromme Mönche, die Gott dem Herrn dienen in Arbeit und Gebet.«

»Ha«, entrüstete sich der Fürstbischof, »Männer, die sich fünfmal am Tag zum gemeinsamen Gebet treffen, sind keine Heiligen. Im Gegenteil, sie reden nur lateinisch, damit kein Außenstehender ihre geheimen Flüche versteht, und lästern Gott. Glaube mir, in den Klöstern hausen Sünde und Verderben.«

Der Domprediger, der die Anklage des Bischofs mit atemloser Spannung verfolgte, nickte stumm und verdrehte die Augen gen Himmel. Leberecht rang nach Luft. Die beklemmende Atmosphäre in dem düsteren Raum schnürte ihm den Hals zu.

»Nur in einem Kloster«, fuhr der Fürstbischof mit seinen Schmähungen fort, »konnte die Saat der Reformation gelegt werden. Was war denn dieser Doktor Martin Luther? Ein Augustiner. Warum sind alle Klöster von hohen Mauern umgeben? Damit niemand sieht, was dahinter vorgeht. Die Benediktiner auf dem Michelsberg genießen Klosterimmunität. Sie haben, wenn überhaupt, ihre eigenen Gesetze, und weder ein weltlicher Richter noch die Inquisition kann ihr schändliches Treiben ahnden, obwohl sie Nonnen vergewaltigen, Kinder verführen oder sich an ihrem eigenen Geschlecht vergehen. *Sodomia ratione sexus*,* du weißt, was ich meine. Sprich, was hast du gesehen?«

Leberecht war die Situation nicht geheuer. Er wußte nicht recht, welche Absicht der Bischof mit seiner Frage verfolgte. Stellte er sich schützend vor die Mönche vom Michelsberg, dann mußte er damit rechnen, als ihr Parteigänger verfolgt zu werden; andererseits konnte er das Kloster aber auch nicht als einen Hort des Bösen verteufeln. Was, um Himmels willen, sollte er tun, um den Fürstbischof nicht vor den Kopf zu stoßen?

»Ich habe nicht mehr vom klösterlichen Leben gesehen, als ein frommer Christ erwartet«, log Leberecht. »Ich war stummer Zeuge ihrer Litaneien und habe mich an ihren Mählern beteiligt. Ich habe in einer winzigen Zelle geschlafen und bin im übrigen meinen Studien nachgegangen, und obwohl die Bibliothek allen Mönchen der Abtei offensteht, bin ich dort in all der Zeit nur dreien begegnet. Auf diese Weise konnte ich in Kürze mehr lesen als ein gelehrter Studiosus im Kolleg.«

»Und welchen Büchern galt dein besonderes Interesse?«

»*Allen* Büchern, Eminenz. Ein Tor, der nur bestimmte Bücher studiert! Doch in der Hauptsache fand ich theologische Werke, welche die Mystik der Heiligen, das Bußsakrament, Askese und Bibelauslegung zum Thema haben.«

Der Fürstbischof verzog sein Gesicht zu einer Grimasse,

* Homosexualität

welche Abscheu ausdrücken sollte. »Mir ist zu Ohren gekommen, daß die Benediktiner auch über Ketzerbücher wie *Wider das Papsttum zu Rom vom Teufel gestiftet* von Martin Luther oder die ›Prophezeiungen‹ des Michel de Notredame verfügen. Was kannst du darüber berichten?«

Verunsichert von den bohrenden Fragen, überlegte Leberecht, wie er den Kopf aus der Schlinge ziehen konnte. Was wußte der Fragesteller über die Bibliothek der Benediktiner? Und vor allem: Was wollte er in Erfahrung bringen?

»Ich habe«, erklärte Leberecht, »während meines Studiums keine ketzerischen Schriften gefunden, kenne also weder das eine noch das andere der von Euch genannten Bücher. Damit will ich aber nicht mit Sicherheit behaupten, daß es sie nicht gibt. In der Bibliothek gibt es hundertmal tausend Bücher, und kein Mensch kann in einem ganzen Leben auch nur annähernd alle Schriften studieren, die dort aufgestellt sind.«

Aber auch mit dieser Antwort gab sich der Fürstbischof nicht zufrieden. Er klopfte mit den Fingern auf die Tischplatte und murmelte etwas, das wie ein Fluch klang. »Und die Sternenkunde«, zischte er plötzlich, als gebrauchte er ein sündiges Wort, »hast du die Sternenkunde ebenfalls studiert?«

»Astronomie und Astrologie? Aber gewiß, Eminenz!« Leberecht atmete auf, denn in dieser Frage konnte er nichts Hinterhältiges erblicken. Begeistert begann er zu berichten: Von jenem Griechen Thales, der als allwissend verehrt wurde, weil er die Sonnenfinsternis des Jahres 585 vor Geburt unseres Herrn vorhergesagt habe. In Wahrheit sei Thales keineswegs allwissend, sondern nur ein guter Mathematiker gewesen. Oder von den Pythagoräern, welche als erste der Erde eine Kugelgestalt zuschrieben, deren Beweis erst jetzt Christoph Columbus gelang. Außerdem von jenem Aristarchos von Samos, der schon vor 1800 Jahren Größe und Entfernung von Sonne und Mond berechnet habe, was freilich von niemandem auf seinen Wahrheitsgehalt zu überprüfen sei. Auch die »Alphonsinischen Tafeln« erwähnte er, welche Alphons von Kastilien vor dreihundert Jahren bei jüdischen Gelehrten in Auftrag gegeben hatte, um Sonne und Mond und die fünf Planeten in ihren Bewegungen zueinander zu beschreiben. Und den frommen Nikolaus von Kues, der auf dem Konzil von Basel nach Studien der neuen Lehre von den Gestirnen die Forderung erhob, den alten Kalender des Römers Julius Caesar neu zu berechnen, ohne daß er die erwünschte Zustimmung fand.

Der Fürstbischof drehte sich zur Seite und richtete an den Domprediger die Frage: »Und alle diese Werke stehen in Einklang mit der Lehre der heiligen Mutter Kirche?«

Semler blickte demutsvoll zum Himmel, als wollte er die Antwort dem Allerhöchsten überlassen; dann erwiderte er dienernd: »Mein Verstand reicht nicht aus, den Lauf der Gestirne zu begreifen, Eminenz. Ich halte mich an das 1. Buch Mose, wo geschrieben steht: ›Gott bildete ein festes Gewölbe und schied zwischen den Wassern oberhalb und unterhalb des Gewölbes, und es geschah so. Und Gott nannte das feste Gewölbe Himmel.‹«

»Und du, mein Sohn, wie ist deine Meinung zur Schöpfungsgeschichte des Alten Testaments?«

Der Fürstbischof musterte Leberecht eindringlich. Jetzt nur keine falsche Antwort, dachte Leberecht. *Ein* falsches Wort und dein Schicksal ist besiegelt! Doch in der Aufregung fiel ihm keine treffende Erwiderung ein. Dabei wurde die Pause immer länger. Aber auf einmal – er war nicht in der Lage einen klaren Gedanken zu fassen – hörte Leberecht, wie er eine Äußerung tat, die er in einem der zahllosen religiösen Erbauungsbücher in der Bibliothek der Abtei gelesen hatte; er sagte: »Eminenz, die Heilige Schrift ist über jeden Zweifel erhaben. Sie steht über allen anderen Lehren und Wissenschaften.«

Der Fürstbischof blickte erstaunt, Semler ebenso. Leberecht nickte lächelnd und schlug die Augen nieder. Nun wußte er, wie man Klerikern begegnete.

Auf der anderen Seite hatte der Fürstbischof den Eindruck gewonnen, daß er dem Steinmetzgesellen von der Dombauhütte nur schwer beikommen konnte. Er vermittelte nicht gerade den Eindruck eines Ketzers – entweder, weil er wirklich keiner war und den Umtrieben seines Vaters längst abgeschworen hatte; vielleicht war der selbsternannte Studiosus mit den kräftigen Händen aber auch so wortgewandt und raffiniert, daß er seine wahre Einstellung hinter klugen Antworten versteckte.

So wurde Leberecht mit der ernsthaften Mahnung entlassen, die Lehre der Kirche nie mit den fragwürdigen Mitteln der Wissenschaft anzuzweifeln, die Umtriebe der Benediktiner auf dem Michelsberg im Auge zu behalten und jedes verdächtige Buch, das nicht die Imprimatur des Heiligen Offiziums trage, der Kurie der Domstiftskanoniker zu melden.

Leberecht versprach's und entfernte sich – nicht ohne der jugendlichen Nonne, die den Türdienst verrichtete, einen bewundernden Blick zugeworfen zu haben.

Vom Domplatz drangen Flüche und Geschrei, als Leberecht den alten Hof durchquerte, um durch das große Tor ins Freie zu treten. War es sein gepflegtes Wams oder seine gelehrte Erscheinung, was ihm dabei zum Verhängnis wurde? Vor der Residenz des Fürstbischofs hatte sich eine Hundertschaft wilder Gesellen eingefunden, bewaffnet mit Sensen, Dreschflegeln und langen Holzstangen, barfuß und in Lumpen gehüllt. Die, welche keine Waffen trugen, ballten die Fäuste und richteten sie gegen den Eingang der Residenz und riefen: »Blutsauger! Aufgeblasenes Schwein! Halsabschneider!« und noch andere Schimpfwörter. Von hinten flogen Schweinsblasen, die mit Blut gefüllt waren, gegen das Tor.

Leberechts herrschaftliches Aussehen war dazu angetan, ihn für einen Parteigänger, Sekretär oder Lakaien des Fürstbischofs zu halten, und dies hatte zur Folge, daß sich drei der finsteren Gesellen auf den Heraustretenden stürzten und auf ihn losprügelten. Leberecht rief vergebens: »Was wollt Ihr? Was habe ich Euch getan?«

»Frag deinen Bischof!« kam die Antwort. »Du kannst es ihm ja zurückzahlen!«

Von einem Schlag über dem linken Auge herrührend, benetzte ein Blutrinnsal Leberechts Gesicht und befleckte das kostbare Wams, das er von seinem Vater geerbt hatte. Leberecht hielt die Arme schützend vors Gesicht, und er war nahe daran, die Besinnung zu verlieren, als er, wie auf göttliche Eingebung, mit letzter Kraftanstrengung rief: »Hört auf, ich bin Leberecht, der Steinmetz! Ich habe Euch nichts getan!«

Da wurde es plötzlich still, und der Anführer der wilden Männer bahnte sich einen Weg zu dem blutenden Opfer und forderte in barschem Ton: »Zeig deine Hände!«

Leberecht streckte dem Anführer seine breiten, schwieligen Hände entgegen, die wahrhaft nicht zu seiner übrigen Erscheinung paßten.

Der Anführer betrachtete sie mißtrauisch, dann verglich er sie mit den seinen, die jenen nicht unähnlich waren, weil sie ebensoviel harte Arbeit geleistet hatten, und er brüllte, daß seine Stimme über den Domplatz hallte: »Schwachköpfe! Ihr Esel vergreift Euch an einem von uns, nur weil er aus der falschen Tür kommt. Gesindel, gottverdammtes!«

Mit dem Ärmel wischte der Anführer, der seinen Namen, Ludowig, nannte, Leberecht das Blut aus dem Gesicht. »Du mußt ihre Erregung verstehen«, bemerkte er nun mit leiserer Stimme, »aber ihr Haß auf den Fürstbischof ist grenzenlos. Und in deinem vornehmen Gewand siehst du aus wie einer von denen da.« Und dabei machte er mit seinem zottigen Kopf eine Bewegung in Richtung der fürstbischöflichen Hofhaltung.

»Es trifft eben immer die Falschen«, meinte Leberecht mit bitterem Humor. Sein Kopf schmerzte.

»Wasser!« brüllte Ludowig, nun wieder mit der ihm eigenen Lautstärke. »Vielleicht holt einer von euch Lumpenpack Wasser und Lumpen, um den Steinmetz zu verbinden! Ihr hättet ihn beinahe totgeschlagen.«

»Ein Esser weniger!« knurrte einer aus der Menge.

Ludowigs breiter Schädel nahm Zornesröte an. »Wer war das?« rief er wütend.

»Ich!« kam die freche Antwort. »Weil's wahr ist.«

Da trat Ludowig auf den Mann zu und schlug ihm mit der Faust in den Magen, daß der andere in sich zusammensank wie ein halb gefüllter Mehlsack.

Leberecht wollte beschwichtigend eingreifen, erklären, daß es mit seiner Verletzung nicht so schlimm sei; aber Ludowig stieß ihn beiseite. »Wir sind zwar alle Bauern aus der Umgebung von Würgau, unser Leben ist ein harter Kampf, aber deshalb haben wir alle Anstand und Ehre im Leib. Wir sind Bauern, aber kein Lumpenpack, verstehst du?«

»Ehrlich gesagt, nein!« erwiderte Leberecht. Er hatte sich, obwohl schon zwanzig Jahre alt, noch nie weiter als einen Tagesmarsch von seiner Heimatstadt entfernt, und er kannte die Probleme nicht, welche die Bauern des Umlandes bedrückten. Von den wenigen Landleuten, denen er in der Vergangenheit begegnet war, wußte er, daß sie fromm und gottesfürchtig waren und sich auch nicht an den Bauernaufständen vor über dreißig Jahren beteiligt hatten, durch die das Elend nur noch größer geworden war.

Damals hatten die Bauern die »Zwölf Artikel« des Kürschnergesellen Lotzer, das meistgedruckte Pamphlet jener Tage, an allen Bäumen und Toren angenagelt, und mit den Worten des Evangeliums die Revolution des Bauernstandes gefordert, als da wären: Aufhebung der Leibeigenschaft, Lohndienste statt Fron, Zinsleistung entsprechend dem Ertrag und freie Wahl des Pfarrers, dem der Zehnt zustand. Genützt hatte die Revolte der Bauern nichts; denn von der Zerstörung zahlreicher Burgen und Klöster abgesehen, kamen hundertmal tausend Menschen um, ohne daß eine Änderung der Verhältnisse eingetreten wäre. Im Gegenteil, sogar der Reformator Martin Luther, der den Bauern anfangs gewogen schien, trat ihnen nach Verbreitung ihrer »Zwölf Artikel« abweisend gegenüber, weil er das Evangelium nicht für irdische Zwecke mißbraucht sehen wollte; was wiederum zur Folge hatte, daß viele Landleute sich enttäuscht von der neuen Lehre abwandten.

»Ich will dir gerne erklären, warum die Leute so aufgebracht sind«, sagte Ludowig und trat auf Leberecht zu. Jemand hatte ihm den abgerissenen, in Wasser getauchten Ärmel eines Kittels gereicht, und der Anführer machte sich daran, das Blut aus dem Gesicht des unschuldigen Opfers zu wischen. »Es genügt nicht, daß wir den fetten, faulen Säcken, den Landesherren, mit unserem Zehnt, der in guten wie in schlechten Zeiten fällig wird – also auch im vergangenen Jahr, wo uns die Pestilenz an der Aussaat hinderte –, das Leben versüßen. Wo Kirche, Klöster und Stifte die Grundherren sind, verfahren sie nicht besser als die weltlichen. Ihre Schroffheiten machen noch mehr böses Blut, weil sie im Namen des Allerhöchsten die Hand aufhalten und unsereins verachten, als wären wir Ungeziefer. Dabei steht schon in der Schrift, wir, die Armen, seien die Seligen und unser sei das Himmelreich! Vielleicht meinen die Kirchenfürsten deshalb, sie müßten uns aushungern, damit wir so schnell wie möglich in den Genuß des Paradieses kommen.«

Nachdem Ludowig die Wunde versorgt und den blutigen Fetzen um Leberechts Stirn geschlungen hatte, meinte dieser fragend: »Steht nicht schon im 3. Buch Mose geschrieben, daß jeder Obrigkeit der Zehnt vom Saatertrag zusteht?«

»Natürlich«, erwiderte der Anführer. »Keinem Bauern würde es einfallen, der Obrigkeit den Kornzehnten zu verweigern. Bliebe es dabei, hätte jeder Landmann sein Auskommen. So aber zahlen wir außerdem noch den kleinen Zehnten, den Fleisch- oder Blutzehnten und manchmal sogar mehrere Male, wenn eine Gemarkung in mehrere Zehntherren aufgeteilt ist.«

»Kleiner Zehnt, Blutzehnt? Ich habe nie davon gehört!«

»Ihr Städter habt keine Vorstellung, was auf einen Bauersmann zukommt. Der kleine Zehnt entfällt auf jede Frucht und jede Traube, alle Gärten und Wiesen und alles, was im Hafen gekocht wird, jede Linse, Erbse, Rübe und auf jedes Kraut. Hat dir dein Weib etwas Nahrhaftes gekocht, dann sitzt stets ein unsichtbarer Fresser mit am Tisch, beim einen ist's der Fürstbischof, beim anderen ein fetter Pfaff', beim dritten ein gestrenger Mann von Adel.«

»Und warum seid ihr hierher gekommen?«

»Um gegen den Blutzehnt zu protestieren! Bisher konnte

nicht der klügste Schriftgelehrte in der Bibel eine Stelle finden, die der Obrigkeit jede zehnte Imme aus einem Bienenstock und jede zehnte Wabe aus dem Rahmen zugesteht.«

»Du willst damit sagen, daß ihr auch die Bienen mit dem Bischof teilen müßt?«

Ludowig nickte stumm. Ohnmächtige Wut stand in seinem Gesicht geschrieben. »Tritt zur Seite!« forderte der Anführer und schob Leberecht vom Eingangstor weg. Dann pfiff er durch die Finger, und aus den Reihen der Bauern traten vier Männer mit einem alten, morschen Faß. Sie stemmten es vor dem Eingang in die Höhe und auf einen Zuruf ließen sie es auf das Pflaster des Domplatzes fallen.

Das Faß zerbrach, und aus seinem Bauch quollen Kuhfladen und Fäkalien, welche die Bauern aus einer Jauchegrube geschaufelt hatten. Es stank bestialisch. Aber damit war der Protest noch nicht zu Ende. Mit einem zweiten Faß verfuhren vier weitere Männer ebenso. Doch in diesem Faß hatten sie gräßliches Ungeziefer gesammelt: Schaben, Engerlinge, Käfer, Bremsen und Schmeißfliegen, denen die Flügel ausgerissen waren. Das Ungeziefer wimmelte auf den stinkenden Fäkalien herum. Und Ludowig rief, daß es über den Platz hallte: »Der Zehnt für den Fürstbischof! Der Zehnt für den Fürstbischof!« Die Bauern grölten und stoben nach allen Seiten auseinander. Und auch Leberecht zog es vor, in einer Seitengasse hinter dem Dom zu verschwinden.

Zur höheren Ehre Gottes, aber auch weil sie für ihn die Mutterstelle einzunehmen bereit war, pflegte die Witwe Auerswald ihren Mieter und Kostgänger in wenigen Tagen gesund. Leberecht hatte noch nie so viel Fürsorge genossen wie im Haus in der Färbergasse. Mit sich und seinen Gedanken allein, ging ihm das unerwartete Ende der Beziehung zu Martha nicht aus dem Kopf. Er wußte, er würde so schnell nicht darüber hinwegkommen, vielleicht sogar nie. Denn obwohl sie ihn ohne Rücksicht auf seine Gefühle beiseite geschoben und ihre Zuneigung den heuchlerischen Pfaffen und Bußpredigern geopfert hatte, liebte er Martha noch immer, und er war peinlich bemüht, ihr aus dem Wege zu gehen. Denn jede Begegnung hätte die alten Wunden wieder aufgerissen, noch bevor sie vernarbt waren.

In nicht geringerem Maße beschäftigte ihn allerdings die merkwürdige Vorladung beim Fürstbischof, deren Grund Leberecht auch nach langen Überlegungen nicht recht zu deuten wußte. Seine Lage erschien nicht ungefährlich, denn auf geheimnisvolle Weise war er zwischen die Fronten von Welt- und Ordensklerus geraten, die, was jeder wußte, wie Hund und Katz verfeindet waren und sich gegenseitig der Lasterhaftigkeit bezichtigten; doch das war noch die harmloseste Anschuldigung. Da Fürstbischöfe keineswegs geistlichen Standes sein mußten, sah der gemeine Klerus keinen Grund, sich mit Zölibat und Askese zu kasteien. In der geheimen Bibliothek der Benediktiner hatte Leberecht die Abschriften von Visitationsberichten gefunden, in denen die Prüfer den ungebührlichen Lebenswandel der Priester, die Häufigkeit des Konkubinats und ihre habsüchtige Amtsausübung beklagten. Wie diese Abschriften in die Abtei gelangt waren und welchen Zweck die Mönche damit verfolgten, darüber hatte er sich keine Gedanken gemacht. In den Büchern waren nicht nur die Vergehen der Geistlichkeit wie Fastenübertretungen, Unzucht, Freudenhausbesuche, Entjungferung und Blutschande festgehalten, sondern auch die ausgesetzten Strafen. Bordellbesuche eines Pfaffen wurden mit der niedrigsten, das Begräbnis eines Exkommunizierten hingegen mit der höchsten Strafe belegt.

Die weltlichen Kleriker ihrerseits wetterten in aller Grobheit gegen das Mönchtum und schimpften, daß zur wahren Frömmigkeit weder Ordenstracht noch ein Gelübde notwendig seien. Weder Augustinus, über jeden Zweifel der Heiligkeit erhaben, noch der Apostel Paulus oder der liebe Herr Jesus hätten je eine Kutte getragen. Die Ausfälle des Jakob Wimpfeling, Domprediger in Speyer und Poesieprofessor in Heidelberg und trotz aller Kritik an den Mißständen der Kirche einer ihrer Getreuesten, beschäftigten sogar die römische Kurie, ohne daß der Papst tadelnd eingriff.

Darüber hinaus trat die Feindseligkeit zwischen den einzelnen Orden und Klöstern deutlicher zutage, als es Kirche und Klöstern recht sein konnte. Am heftigsten entbrannte der Streit zwischen Dominikanern und Franziskanern über die Lehre der unbefleckten Empfängnis der Gottesmutter, und die Mönche befehdeten sich gegenseitig mit Schmähschriften übelster Art. Unter dem Eindruck ihres Meisters Thomas, der die Befruchtung Marias durch den Heiligen Geist geleugnet hatte, verfolgten die Dominikaner diese These mit allem Nachdruck. Die Franziskaner dagegen wußten die Masse des Volkes hinter sich und deren Abscheu vor dem Ketzergericht der Dominikaner, wenn sie die unbefleckte Empfängnis von allen Kanzeln predigten und jeden, der sie leugnete, eine stinkende Hundsblume im Rosenkranz der Gottesmutter nannten.

Leberecht zermarterte sich also den Kopf, woran dem Fürstbischof gelegen sein könnte. Vor allem schien es einen geheimnisvollen Zusammenhang zwischen der Verurteilung seines Vaters durch die Inquisition und der Bibliothek der Benediktiner zu geben. Auch der verschlüsselten Botschaft seines Vaters, die er eigentlich nur durch Zufall entdeckt hatte und deren Sinn ihm noch immer verborgen blieb, kam in diesem Zusammenhang unerwartete Bedeutung zu. Warum quälte ihn sein Vater noch nach seinem Tode mit derartigen Rätseln? Was wollte er damit bezwecken? Es war das erste Mal, daß Leberecht seinen Vater verfluchte.

Kaum genesen, suchte er zu später Stunde den »Krug« auf, um dunkles Bier zu trinken und für kurze Zeit auf andere Gedanken zu kommen. In der hintersten Ecke drängte sich gut ein Dutzend Gesellen der Dombauhütte um einen viel zu kleinen Tisch. Sie ließen ihren Vorsteher hochleben und feierten ihn als Helden, weil er beim Fürstbischof die Lieferung neuer Holzgerüste durchgesetzt habe, und dabei kreiste ein gefüllter, ellenhoher Krug in der Runde.

Leberecht kam gar nicht dazu zu erklären, daß es nicht der geringsten Anstrengung bedurft habe, um den Bischof von der Notwendigkeit neuer Gerüste zu überzeugen – vielleicht hätte er sie ohnehin genehmigt –, da legte ihm jemand die Hand auf die Schulter. Als er sich umblickte, erkannte er Frater Luitger, schwarz gekleidet, aber nicht als Mönch, sondern wie stets an diesem Ort als fahrender Scholar.

»Bei allen Heiligen!« rief Leberecht erfreut. »Wo habt Ihr nur so lange gesteckt? Auf dem Michelsberg haben sie geglaubt, Ihr wäret unbemerkt in den Himmel aufgefahren!« Dabei zwinkerte er mit den Augen.

Luitger lachte übermütig. »Einer wie ich geht nie den direkten Weg ins Himmelreich. Auf ihn wartet zuerst das Fegefeuer.«

Während sie auf dem Ende der Bank zusammenrückten, erklärte der Frater, er habe es eines Tages unter den Mönchen nicht mehr ausgehalten, nicht wegen der Einschränkungen, welche die Pest dem ohnehin kargen Klosterleben aufgezwungen habe, sondern weil er nach Monaten tagtäglichen Gleichklangs die Gesichter seiner Konfratres nicht mehr habe ertragen können. Selbst unser Herr Jesus, meinte er mit durchaus ernstem Gesicht, habe sich nach einer gewissen Zeit von seinen Jüngern entfernt. Seinen Unterschlupf während dieser Zeit wollte Luitger nicht nennen.

Während der Krug weiter kreiste und die Gesellen zotige Lieder sangen, die geeignet waren, einem Benediktiner die Schamröte ins Gesicht zu treiben, versuchte Leberecht seinem Lehrer zu erklären, daß der Fürstbischof alle Anstrengungen unternommen habe, um zu erfahren, welche Schriften in der Bibliothek auf dem Michelsberg aufbewahrt würden. Frater Luitger schien nicht einmal verwundert. »Und? Was hast du ihm erzählt?«

»Gewiß nicht mehr, als er ohnehin schon wußte«, erwiderte Leberecht.

»Gut so. Ich habe nichts anderes von dir erwartet.«

»Aber warum habt Ihr mich nicht vor dem Fürstbischof gewarnt, dann wäre ich auf das Gespräch vorbereitet gewesen.«

»Ich hatte keine Ahnung«, beteuerte Luitger, »daß Seine Eminenz von deinem unfreiwilligen Exil auf dem Michelsberg wußte.« Und dabei nickte er heftig, als wollte er sagen: Das mußt du mir glauben.

Dabei ging Leberecht durch den Kopf, daß Luitger der einzige war, der von seiner Anwesenheit in der Abtei gewußt und sie noch während der Seuche verlassen hatte. Aber daß Luitger ein Zuträger des Fürstbischofs sein sollte, das konnte er sich beim besten Willen nicht vorstellen.

»Der Fürstbischof ahnt wohl«, erklärte Leberecht, »daß in der Bibliothek auch verbotene Bücher aufbewahrt werden. Ich hatte sogar den Eindruck, daß es ihm auf ein ganz bestimmtes Buch ankommt.«

»Herr Jesus!« rief Luitger und klatschte in die Hände. »Was soll er bei uns schon suchen? Vielleicht die Lehre des Johannes Duns Scotus oder den *Almagest* des Claudius Ptolemäus? Das sind zwar kostbare und seltene Bücher, und sie stehen gewiß nicht im Einklang mit der christlichen Lehre; aber ist das ein Grund, eine solche Affäre daraus zu machen? Mein Sohn, für deinen klugen Kopf hast du zuviel Phantasie! Du solltest Dichter werden, so einer wie Hans Sachs aus Nürnberg oder Rabelais aus Frankreich oder der Florentiner Dante Alighieri, dem die Größten seiner Zeit zu Füßen lagen, weil er mit Zahlen wie mit Worten gleichermaßen zu spielen verstand.«

Leberecht war nicht zum Scherzen zumute. Er war besessen von der Idee, sein Vater Adam könnte ihm eine geheime Botschaft hinterlassen haben, deren Bedeutung über seinen eigenen Lebensraum weit hinausreichte, so weit, daß sich sogar der Fürstbischof dafür interessierte. Das Mysterium, mit dem Adam diese Überlieferung umgab, entsprach durchaus seiner Eigenheit. Adam stellte Bedingungen an sein Wissen und seine Intelligenz, Leberecht sollte sich seiner würdig erweisen. Ja, genauso mußte es sein.

»Frater«, sagte Leberecht nach längerem Schweigen und einem tiefen Schluck dunklen Bieres aus dem Krug, der noch immer die Runde machte, »in der Abtei wird erzählt, Frater Andreas, der Bibliothekar, habe die Sprache verloren, nachdem er ein bestimmtes Buch gelesen habe. Was wißt Ihr darüber?«

»Nichts, absolut nichts!« erregte sich Luitger und nahm ihm den großen Steinkrug aus der Hand. »Es ist eine der vielen Legenden, die in einer Abtei herumgeistern. Von Frater Humbert wird erzählt, er trage die Last eines krummen Buckels, seit ihm ein Teufel vom Dach der Klosterkirche auf die Schultern gesprungen sei. Und der hinkende Bruder Erasmus hat angeblich sein gesundes Bein dem Teufel verpfändet für eine einzige Nacht mit einer Novizin der Dominikanerinnen. Aber du kannst Frater Andreas ja selbst fragen. Nur wird er dir ebensowenig antworten wie mir!«

»Ihr habt ihn gefragt?«

Luitger nickte verlegen. »Frater Andreas hat uns gegenüber, die wir mit den Gaben der Sprache und des Hörens gesegnet sind, einen unschätzbaren Vorteil. Wenn er nicht will, versteht er unsere Fragen nicht. Deshalb muß er nur antworten, wenn er will. Ein glücklicher Mensch, dieser Frater!«

Die Spottgesänge der Gesellen wurden immer lauter. Im Rhythmus schlugen sie mit den Fäusten auf den Tisch, sie johlten und brüllten, und Leberecht, in dessen Kopf es noch immer rumorte, zog es vor, sich zu verabschieden.

Auf dem Heimweg durch die Straße der Gerber stank es, als hätten tausend Teufel ihre Notdurft verrichtet. Obwohl seit der Pest schon zwei Monate vergangen waren, begegnete man noch allerorten ihren Spuren. Verkohlte Tierkadaver lagen herum, umgeben von Ratzenschwärmen. Vor den Türen Lumpen und Brennholz, in dem herrenlose Hunde wühlten. Die steinernen Rinnen, die zum Fluß führten, um Fäkalien und Abfälle wegzuschwemmen, waren, weil es während der Seuche an Wasser mangelte, zum größten Teil verstopft, so daß sie überquollen. Findige Bürger banden sich daher Holzklötze unter die Sohlen, um das kostbare Schuhwerk vor den Kothaufen zu schützen.

Es war spät, aber die Stadt lebte. Der Sommer hielt Einzug und alle, welche die Seuche überlebt hatten, sangen und tanzten, aßen und tranken und liebten, mehr als sie es je zuvor getan hatten. Vor Ausbruch der Pest konnte man um diese Zeit kaum einer Menschenseele begegnen, jetzt lärmten Alte und Junge durch die Straßen, und in vielen Häusern wurde getrunken und das wiedergewonnene Leben gefeiert.

Auf der Oberen Brücke, mit der sich für Leberecht zwiespältige Erinnerungen verbanden, trat von hinten ein Mann an ihn heran, der ihm schon geraume Zeit gefolgt war.

»Keine Furcht! Ich bin's, Carvacchi!«

Leberecht dreht sich erstaunt um. Der Meister hatte sich seit einer Woche nicht mehr auf den Gerüsten sehen lassen; er hatte ein altes Leiden vorgetäuscht, aber in Wahrheit, tuschelten die Gesellen untereinander, sei er wieder einmal dem Suff verfallen, eine Eigenheit, die ihn wenige Tage später meist zu besonderen Leistungen am Stein befähigte.

»Ich dachte, Ihr liegt an Eurer Gicht darnieder!« meinte Leberecht erstaunt.

»Gicht?« lachte Carvacchi. »Dieser warme Sommer ist geeignet, einem Kranken das letzte Zipperlein aus den Gliedern zu treiben. Nein, es ist keine Krankheit!«

»Ich verstehe«, erwiderte Leberecht und legte die Hand vor den Mund zum Zeichen, daß er nicht darüber reden wolle.

»Nichts verstehst du!« fuhr ihn Carvacchi an. »Hör zu!« Dabei blickte er sich nach allen Seiten um, ob niemand sie belauschte. Dann hielt er seine Hand seitlich vor den Mund und brummelte: »Ich muß fort, so schnell wie möglich. Ich brauche Geld. Du bist der einzige, dem ich vertraue. Kannst du mir helfen? Es soll dein Schaden nicht sein!«

Leberecht verstand nicht, warum sein Meister so geheimnisvoll tat, ihm bei Nacht auf die Brücke folgte und ihn just hier um Geld anredete. Carvacchi war als Spieler bekannt. Das Tric-Trac-Spiel und die Würfel waren sein Verhängnis. Das wußte Leberecht seit seinem ersten Lehrjahr, auch wenn sie nie darüber geredet hatten. Und das war wohl auch der Grund, warum der Meister sich noch nie von ihm Geld geborgt hatte.

»Es soll dein Schaden nicht sein!« wiederholte Carvacchi.

»Ach was!« antwortete Leberecht. »Natürlich helfe ich Euch!«

Carvacchi war sichtlich beunruhigt und faßte Leberecht an beiden Armen. »Aber ich benötige eine ziemlich große Summe.«

»Wieviel?«

»Hundert Gulden – wenn das möglich wäre.«

»Hundert Gulden?«

»Fünfzig. Mir hilft jede Summe weiter, hörst du?«

Leberecht musterte Carvacchi, soweit das die Dunkelheit zuließ. Er machte durchaus keinen betrunkenen Eindruck, wie es zunächst den Anschein hatte. Sein Blick schien eher flehentlich, und Leberecht konnte dem Meister diesen Wunsch kaum abschlagen. Carvacchi war immer gut zu ihm gewesen, hatte ihn stets als seinen Lieblingsschüler betrachtet und ihm mehr beigebracht, als es für einen Zunftmeister not tat. Sein Erbe war beim Magistrat der Stadt verwahrt. Warum sollte er dem Mann, dem er so viel verdankte, nicht behilflich sein?

»Ich schwöre bei allen Heiligen und der Heiligen Jungfrau, du erhältst dein Geld mit Zins und Zinseszins zurück. Du sollst es nicht bereuen! Gewiß nicht!« Carvacchi spuckte in weitem Bogen in den dunklen Fluß, wie um seinen Worten Nachdruck zu verleihen.

»Und was wollt Ihr mit dem Geld anfangen?«

»Fort! Ich gehe zurück nach Florenz.«

»Florenz?« rief Leberecht so laut, daß der Meister ihn zum Leisesprechen ermahnte.

»Die Inquisition ist hinter mir her. Sie wollen mir den Prozeß machen, wegen Blasphemie und Gotteslästerung.«

»Euch, der Ihr den Dom des Kaisers in seine alte Schönheit zurückversetzt, zur Ehre Gottes? Daß ich nicht lache.«

»Erkläre das diesen Eiferern von der Inquisition. Seit Frater Kajetan aus Regensburg die Stelle Bartholomeos eingenommen hat, ist die Heuchelei im Namen Gottes noch viel schlimmer geworden. Hol sie der Teufel!« Carvacchi lehnte sich über die Brüstung der Brücke und blickte ins Wasser. Aus der Ferne hörte man das Rauschen des Wehrs, einen Steinwurf oberhalb des Rathauses gelegen. »Ich bin«, begann Carvacchi von neuem, »vor der Seuche nach Weismain geflohen, wo ich den Pfarrer Johann Kuna kannte, einen Mann *bonae famae**, aber ohne Brevier und trinkfest. Als ich nach dem Ende der Pestilenz zurückkehrte, war der Schuppen, der mir als Werkstatt diente, aufgebrochen ...«

»Ich ahne, was passiert ist ...«

»... und die Skulpturen, die für mich die Schönheit des Weiblichen an sich verkörperten, waren von ihren Sockeln gestoßen und in Stücke geschlagen. Mein Gott, wenn es überhaupt einen Gott gibt, wie konnte er das zulassen?« Carvacchis Stimme bebte.

»Und? Wer war es?«

»Wer wohl? Dieselben Männer, die deinen toten Vater auf dem Scheiterhaufen verbrannt haben; dieselben Männer, von denen die Statue im Dom umgestürzt wurde; dieselben Männer, die ihre Frauen und Kinder schlagen und an der Domtür Ablaßbriefe kaufen und ihre Taten ungeschehen machen. Die Köpfe dieser Frömmler sind gefüllt mit niedrigen Instinkten. Sie sehen in jeder Nacktheit etwas Böses; sogar bloßer Stein verwirrt ihre Sinne. Das Leben wäre wahrlich zu schön, wenn es wie dieser muntere Fluß ungebremst zwischen den Ufern von Kunst und Wissenschaft dahinzöge. Aber du weißt nur zu genau, wie weit dieser erhabene Wunsch von der Wirklichkeit entfernt ist und was ein Mann erdulden muß, dem der Himmel ein künstlerisches Talent schenkte.«

»Wie recht Ihr habt, Meister. Dies ist wahrhaft nicht die Zeit und der Ort, wo die Musen gedeihen. Blasphemie! Daß ich nicht lache!«

»Einer der Dompfaffen, mit dem ich gut Freund bin, will gehört haben, daß dem neuen Inquisitor die Ähnlichkeit meiner Statuen mit der Eva im Dom ins Auge stach. Das nannte er Blasphemie!«

Blasphemie? Leberecht stutzte. Die Ähnlichkeit war nicht zu leugnen; aber was hatte das mit Verhöhnung von Heiligen zu

* von gutem Ruf

tun? »Es fällt schwer«, meinte Leberecht, »noch an das zu glauben, was die heilige Mutter Kirche lehrt und tut.«

Carvacchi schwieg. Er war gewiß kein Ungläubiger, aber aus seiner Ablehnung von Klerus und Kirche hatte er nie einen Hehl gemacht. Pfaffen und Mönche fanden bei ihm nur Anerkennung, wenn sie entweder gescheit oder trinkfest waren, am besten beides. Und da die meisten Phidias für einen Heiligen und Bier für eine Fastenspeise hielten, gab es nur wenige, mit denen er auskam. In Wahrheit predigte Carvacchi die freien Künste und die klassische Denkweise, wie er sie im Florenz der Medici gelernt hatte, und das zog zwangsläufig Spannungen nach sich.

»Das bedeutet«, nahm Leberecht seine Rede wieder auf, »daß Frater Kajetan persönlich in Eure Werkstatt eingebrochen ist!«

»So scheint es, mein Junge, so scheint es.« Der Meister starrte in den Fluß, wo der Mond weiße Schlangenlinien auf das Wasser zeichnete. Plötzlich sagte er: »Warum kommst du eigentlich nicht mit?«

»Nach Florenz?« Leberecht erschrak. Mit einem Mal schossen hundert Gedanken durch seinen Kopf: Florenz!

»Du kannst mir vertrauen!« setzte Carvacchi nach.

Leberecht biß sich auf die Lippen.

»Glaube mir«, flüsterte der Meister, »das ist eine andere Welt, sogar eine andere Zeit! Früher oder später *mußt* du nach Florenz. Ein Kerl wie du, mit deinen Fähigkeiten!«

Nachdenklich blickten beide in das dunkle Wasser unter ihnen. Nach einer langen Pause meinte Leberecht: »Nicht jetzt, Meister. Ich brauche noch eine gewisse Zeit, um in dieser Stadt Dinge zu erledigen, die der Klärung bedürfen. Sie sind vielleicht wichtiger für mein Leben als all meine Bewunderung für Euer Land und seine Künstler.«

»Du machst mich neugierig. Sprich nicht in Rätseln!«

Leberecht lachte leise: »In bösen Zeiten muß der Kluge schweigen, sagt der Prophet. Erspart mir weitere Erklärungen. Und was Euer Ansinnen betrifft, Meister, Ihr sollt das Geld haben, hundert Gulden, zu Treu und Glauben. Mit Treue meine ich die Haltung, die Ihr mir gegenüber stets an den Tag gelegt habt, mit Glauben aber das Vertrauen darauf, eines Tages, wenn es Euch besser geht, die Summe wieder zurückzuerhalten.«

Carvacchi riß Leberecht in seine Arme und küßte ihn wie einen Sohn. »Du sollst es nicht bereuen, Leberecht!«

»Ich werde beim Magistrat hundert Gulden auf mein Erbe abheben. Morgen um die gleiche Zeit an dieser Stelle?«

»Einverstanden. Lebewohl!« Und damit verschwand Carvacchi in Richtung der Inselstadt, von wo er gekommen war.

Die folgenden Tage verbrachte Leberecht in der Furcht, die Inquisition könnte dem Meister eine Falle gestellt und nur nach einem Vorwand gesucht haben, um Carvacchi auf der Flucht zu ermorden. Carvacchi hatte ihm anvertraut, daß er aus eben diesen Gründen nicht den direkten Weg in Richtung Süden nehmen, sondern sich zunächst im Fichtelgebirge, Frankenwald und Vogtland aufhalten wollte, wo sich Hochburgen böhmischer Ketzerei befanden und schon vor hundert Jahren das Waldensertum zahlreiche Anhänger gehabt hatte. Dort konnte er sich sicher fühlen, und dort wollte er die Gelegenheit abwarten, um mit einem Handelsgespann über Regensburg und Salzburg nach Venedig zu reisen.

Carvacchis Verschwinden verursachte in der Stadt große Bestürzung und spaltete die Bewohner in zwei Lager. Die Mehrheit, welche den Meister obendrein als genialen Künstler schätzte, bezichtigte, als der Frevel an seinen Statuen bekannt wurde, die Inquisition finsterer Machenschaften, während eine Minderheit einflußreicher Frömmler Carvacchi ein Opfer seiner eigenen ketzerischen Umtriebe nannte und ihm keine Träne nachweinte.

Anders Leberecht. Er hätte nie geglaubt, daß ihn der Verlust des Meisters so stark berühren würde. Carvacchi war es, der ihm nach dem Tod seines Vaters, von wunderbaren und geheimnisvollen Dingen erzählt hatte und einer Welt, die von dem engstirnigen Denken und Treiben um den Domberg so weit entfernt lag wie der Zauber des Mondes von der Trübsal der Erde. Er hatte in ihm eine weithin unbekannte, ja verbotene Tugend geweckt, die Neugierde, und diese Neugierde hatte ihn dazu verleitet, Wissen zu erobern und die Beute in seinem Kopf zu bewahren. Was du in deinem Kopf herumträgst, pflegte Carvacchi zu sagen, kann dir niemand nehmen.

Zu den zahlreichen Gerüchten, welche das Verschwinden des Meisters der Dombauhütte umgaben, gehörte jenes, Carvacchi habe, bevor er sich in Luft auflöste, alle Schulden bis zum letzten Kreuzer getilgt. Von Oswald Pirckheimer, dem Safranschauer am Kranen, hieß es gar, Carvacchi habe ihm Schuldgeld in Höhe von hundert Gulden zurückgelassen. Das machte Leberecht stutzig. Hatte ihm der Meister einen Bären aufgebunden? Hatte er die Verfolgung durch die Inquisition nur vorgetäuscht, um an sein Geld zu kommen? Er kannte Carvacchis Schwächen nur zu genau: Geld, Weiber und Alkohol; er wußte, daß der Meister mit allen dreien nicht umgehen konnte.

Um endlich Gewißheit zu erhalten, suchte Leberecht den Pirckheimer auf. Es war kurz vor Sonnenuntergang an einem schwülen Augusttag, und vor dem Haus nahe dem Kranen, wo Pirckheimer Branntwein, Hopfen, Honig, Tabak und Kanarienvögel, in der Hauptsache aber Gewürze verkaufte, herrschte reger Verkehr. Pirckheimer, dessen Frau Mechthild bei der Geburt des letzten Kindes gestorben war, galt als einer der reichsten Männer der Stadt, und ihm ging der Ruf voraus, er habe einen linken Fuß, aber keinen rechten, denn statt des rechten sei ihm ein Zinsfuß gewachsen. Das einträgliche Amt des Safranschauers, der Reinheit und Güte der auf dem Fluß angelieferten Gewürze prüfte, bekleidete er seit beinahe zwei Jahrzehnten, aber noch länger verlieh er Geld.

Sein Geld hatte Pirckheimer mit ebensoviel Stolz und Standesdünkel ausgestattet, daß er sich über die Stadtordnung, ja sogar über Reichsgesetze hinwegsetzte, welche seit mehr als einem halben Jahrhundert dem gemeinen Mann allzu kostbare Kleidung verwehrten. Um die Jahrhundertwende hatte der

Reichstag zu Augsburg stolzen Städtern, so sie nicht von Adel oder Doktores waren, bei drei Gulden Strafe verboten, Gold-, Samt-, Scharlach- und Seidengewänder zu tragen oder ihre Mäntel mit Zobel und Hermelin zu füttern. Pirckheimer machte sich einen Spaß daraus, ein samtenes rotes Wams und darunter einen Kittel aus weißer Seide zu tragen, und nie hatte jemand vernommen, daß er deshalb auch nur einen Gulden Strafe gezahlt hätte.

So verwunderte es nicht, daß der stolze Pirckheimer sich weigerte, Leberecht darüber Auskunft zu geben, wie hoch die Schuld gewesen sei, die Carvacchi auf einen Schlag beglichen habe. Der Safranschauer wies ihn mit barschen Worten aus dem Kontor; er habe, rief er Leberecht hinterher, keine Zeit, um sich mit Spitzeln abzugeben.

Als Leberecht ins Freie trat, schlüpfte ein Mädchen hinter ihm durch die Tür, und als er stehenblieb und sich umwandte, blickte er im Schein der Hauslaternen in die schönsten blauen Augen, die er je gesehen hatte.

Sie heiße Magdalene, sagte das Mädchen, und sei die jüngste Tochter dieses Scheusals. Dabei lachte sie, als nähme sie das alles nicht so ernst, und sie beeilte sich hinzuzufügen, daß Pirckheimer sich nur Fremden gegenüber so abweisend verhalte.

Magdalene ging mit Leberecht im Schutz der Dämmerung ein Stück Wegs in Richtung der Oberen Brücke; sie plauderte munter drauflos und gab ihm zu erkennen, daß sie an ihm Gefallen fand.

Ob er ihren Vater um Geld gebeten habe, wollte sie wissen.

Leberecht verneinte und erzählte von seinen Bedenken, was Carvacchi betraf, und daß es für ihn wichtig sei, die Wahrheit zu kennen.

Da blieb das schöne Mädchen stehen. Sie müsse zurück, sagte Magdalene, aber wenn es ihm recht sei, wolle sie sich erkundigen und ihm morgen um dieselbe Zeit alle Fragen beantworten, in dem Gäßchen hinter der Kranenhalle, das von ihrem Elternhaus nicht einsehbar sei.

Und ob es ihm recht war! Verstohlen drückte Leberecht die Hand Magdalenes, und sie verschwand.

Über den Hügeln der Stadt hingen schwarze Gewitterwolken, als Leberecht am Abend des folgenden Tages dem Gäßchen zustrebte, das keinen Namen trug, aber Drückebergergäßchen genannt wurde, weil es Schuldnern die Möglichkeit bot, sich auf dem Weg ins Rathaus ungesehen an Pirckheimers Haus vorbeizumogeln.

Er mußte nicht lange warten, als ein Stubenmädchen ihm eine Nachricht überbrachte: Carvacchi habe nicht hundert sondern nur zehn Gulden Schulden gehabt und diese nebst drei Gulden Zins zurückgezahlt. Im übrigen solle er Magdalene möglichst schnell vergessen. Ihr Vater habe sie beobachtet und ihr jeden Umgang mit ihm verboten.

Aus den tiefhängenden schwarzen Wolken klatschten dicke Tropfen wie Frösche auf das Pflaster. Es roch nach trockenem Staub. Und in kurzen Abständen erhellten Blitze, begleitet von krachendem Donner, das Weichbild der Stadt, daß die Domtürme und die der Abtei auf dem Michelsberg wie spitze Dolche in den Himmel stießen.

Leberecht suchte unter dem breiten Vordach der Kranenhalle, das zum Fluß hin zeigte, Schutz vor dem Regen. Drückende Hitze trieb ihm den Schweiß aus allen Poren. Was Frauen betraf, dachte er, war er nicht gerade vom Glück verfolgt. Magdalene, das Mädchen mit den wunderschönen Augen, wäre vielleicht geeignet gewesen, ihn Martha vergessen zu machen.

Wind kam auf und trieb Regenschauer vor sich her. Die Frachtkähne ächzten und zerrten an ihren Tauen. Der Fluß, der sich sonst träge dahinwälzte, klatschte heftig gegen die Ufermauer, und wie auf einen gemeinsamen Befehl öffneten sich alle Wolken gleichzeitig und überschütteten die Stadt mit Wogen von Wasser, das vielerorts keinen Ablauf fand, die Straßen überschwemmte und in die Häuser eindrang.

Für einen Augenblick, in dem ein Blitz die Umgebung in taghelles Licht tauchte, glaubte Leberecht in einer Schiffsluke ein

Gesicht zu erkennen. Neugierig starrte er in die Dunkelheit. Ein nachfolgender Blitz schaffte Gewißheit: Hinter der Luke verbarg sich eine Frau, die ihn zu beobachten schien.

Es bedurfte noch einer Reihe von Blitzschlägen und eines freundlichen Winkens, bis Leberecht erkannte: Das war Friederike! Mein Gott, Friederike!

Kaum hatte das Unwetter etwas nachgelassen, da sprang Leberecht hinüber auf den alten Flußkahn und rüttelte an der Tür der kleinen Kajüte, doch die war verschlossen.

»So öffne doch!« rief Leberecht nach vorne zur Luke hin, und als Friederike nicht reagierte, stieg er über aufgerollte Taue, Säcke und Kisten hinweg zum vorderen Teil der Kajüte.

»Warum öffnest du nicht?« fragte Leberecht, inzwischen völlig durchnäßt.

Die winzige Luke gewährte nur soviel Einblick, daß gerade der Kopf des Mädchens zu erkennen war. Zuerst streckte Friederike ihre Hand durch die Luke. Leberecht nahm sie und streichelte sie zärtlich. Als ihr Gesicht zum Vorschein kam, erkannte er, daß Friederike weinte.

»Warum machst du nicht auf?« wiederholte Leberecht seine Frage.

Schluchzend antwortete das Mädchen: »Ich kann nicht, ich bin eingesperrt.«

»Eingesperrt? Wer hat dich eingesperrt?«

Friederike rang nach Luft. »Das ist eine lange Geschichte.«

»Wo ist dein Vater?«

»Tot«, erwiderte Friederike und schlug die Augen nieder.

»Großer Gott, was ist geschehen?« Ohne eine Antwort abzuwarten, kletterte Leberecht zurück zum Eingang der Kajüte, einer niedrigen Tür aus Holzbrettern, durch die der Wind pfiff. Das Schloß war mit rostigen Eisennägeln befestigt und wackelte, daß es keine Schwierigkeit bereitete, es aus seiner Befestigung zu lösen. Leberecht riß die Brettertür auf und schloß Friederike in seine Arme.

»Wer hat dich hier eingesperrt?« keuchte Leberecht und klopfte die Nässe aus seinen Kleidern.

Nachdem Friederike Leberechts lange Haare mit einem Leinentuch trockengerieben hatte, setzte sie sich auf den langen Kasten an der Kajütenwand, der nachts als Schlafstätte diente. Leberecht nahm auf dem einzigen Stuhl Platz. Dann begann sie stockend zu erzählen:

»Als wir hörten, daß, kaum hatten wir diese Anlegestelle verlassen, die Pestilenz ausgebrochen war, dankte ich Gott, dem Herrn, daß er uns in Seiner Güte verschont hatte. Wir hatten flußabwärts gute Fracht, was eher selten ist in dieser Zeit, löschten einen Teil in Köln und fuhren weiter stromabwärts nach Rotterdam, wo Vater einen Kontrakt mit dem Pfefferkontor hielt. Dreihundert Sack Gewürze für den Pirckheimer, vierzig Fässer Branntwein und noch einmal so viele mit Dörrfisch bedeuteten gute Fracht. Doch am Tag vor dem Ablegen in Rotterdam, die Ladung war verstaut, rief ich Vater zum Essen in die Kajüte. Als er nicht kam, ging ich nach draußen. Ich fand ihn im Bug, er saß an den Ankerkasten gelehnt, als ruhte er sich aus von der Arbeit. Er war tot. Das Herz.«

Friederike schluchzte.

Leberecht trat auf sie zu und preßte ihren Kopf gegen seine Brust. Die Trauer des Mädchens ging ihm so nahe, daß er selbst seinen Tränen freien Lauf ließ.

»Du mußt deinen Vater sehr geliebt haben«, sagte er hilflos.

»Ja«, erwiderte Friederike, »er war mir Vater und Mutter zugleich.« Und nach einer Weile des Schweigens: »Er bekam ein Seemannsgrab, wie er es sich immer gewünscht hat.« Und dann setzte sie ihre Erzählung fort: »Da stand ich nun, mutterseelenallein in Rotterdam, das Schiff voll beladen. Was sollte ich tun? Da kam Endres, ein Binnenschiffer ohne Heuer und erbot sich, den Kahn heil flußaufwärts zu bringen. Wir wurden uns schnell handelseinig und legten ab.« Friederike verbarg ihr Gesicht in den Händen.

»Wir hatten die deutschen Lande noch nicht erreicht, da wurde mir klar, warum Endres ohne Heuer geblieben war. Er soff, vergriff sich an der Ladung und war bisweilen so betrunken, daß er das Ruder nicht mehr halten konnte und ich in höchster Not eingreifen mußte, um nicht ein anderes Schiff zu rammen. In solchen Situationen prügelte er auf mich ein und drohte von Bord zu springen. Ich würde dann schon sehen, wie ich mit dem Schiff zurechtkäme. Schließlich verkündete er, ich sei nun seine Frau, er tat mir Gewalt an und sperrte mich ein, sobald wir anlegten. Er selbst soff sich durch alle Kneipen.«

Friederike öffnete ihre Bluse. Im Schein der Laterne, die von der niederen Decke hing, erkannte Leberecht dunkelrote Flecken an Hals und Brustansatz.

»Warum jagst du den Kerl nicht fort?« fragte Leberecht.

»Ich kann nicht. Er behauptet, er sei mein Mann, wir hätten auf dem Fluß geheiratet. Ich muß froh sein, wenn er *mich* nicht fortjagt! Er behauptet, er sei nun der Eigner des Kahns und ich sei seine Frau. So wolle es das Schifferrecht.«

Leberecht schüttelte den Kopf.

Er hatte sich das Wiedersehen mit dem Mädchen anders vorgestellt. Mit Freude hätte er ihr alle Männerbekanntschaften verziehen, jetzt, nachdem Carvacchi verschwunden war. Wie sollte er ihr helfen? Was für ein übermütiges, fröhliches Mädchen Friederike einst gewesen war! Und nun? Todtraurig, gedemütigt, hilflos.

Er war so in seine Gedanken versunken, daß Leberecht gar nicht wahrnahm, wie Friederike hinter ihn trat, ihre Arme um ihn legte, seine langen Haare beiseite schob und ihn auf den Nacken küßte. Er genoß die Wärme ihrer weichen Lippen.

»Er ist nicht mehr da«, sagte Leberecht unvermittelt. »Carvacchi ist vor der Inquisition nach Italien geflohen.«

Die Nachricht schien das Mädchen nicht zu berühren, denn es fuhr fort mit seinen Liebkosungen. »Hm«, sagte es.

»Sie haben die Statuen in seinem Haus zerschlagen. Der Inquisitor meinte, sie glichen aufs Haar der Eva im Dom, ihre Nacktheit empfand er als Gotteslästerung.« Leberecht drehte sich um und sah Friederike ins Gesicht.

»Er hat nur seine Skulpturen geliebt, nicht mich«, sagte sie traurig. »Er war ein Mann, der die Kunst über alles stellte, sogar über seine Gefühle. Ich glaube, er war gar nicht in der Lage, eine Frau zu lieben. Er konnte nur das lieben, was er selbst geschaffen hatte. Das allerdings betete er an.«

Leberecht dachte nach. Wie recht sie hatte. Das war die andere Seite Carvacchis, seines Lehrmeisters.

Der Regen hatte nachgelassen, aber der Fluß rauschte ungestümer, als Leberecht es je gehört hatte. Der alte Kahn ächzte in allen Fugen, und das Ruder gab quietschende Laute von sich wie eine getretene Katze.

»Er schlägt mich tot, wenn er dich hier entdeckt«, sagte das Mädchen ängstlich.

Leberecht richtete sich auf: »Sieh meine Hände. Ich drehe ihm den Hals um! Wenn ich nur wüßte, wie ich dir helfen kann.«

Friederike brach in Tränen aus: »Aber er ist mein Mann!«

Leberecht blickte durch die Luke. Der Platz um den Kranen war menschenleer. Am anderen Ufer bellten ein paar Hunde. »Du liebst ihn?« fragte Leberecht.

Das Mädchen gab keine Antwort. Es saß schluchzend da, starrte auf die verwaschenen Planken und wagte nicht aufzublicken.

»Ach, so ist das«, meinte Leberecht. Mit einem Mal war ihm selbst zum Heulen zumute. Wenn Friederike diesen Wüstling nicht loswerden wollte, dann war ihr nicht zu helfen. Was sind Frauen doch für merkwürdige Geschöpfe Gottes, dachte er. Männer liegen ihnen reihenweise zu Füßen, sie beten sie an, sind bereit, ihnen die Sterne vom Himmel zu holen – und dann nehmen sie den, der sie verprügelt. Wie sagten die Römer: *Amare et sapere vix deo conceditur.**

Leberecht blickte zur Seite, als er sich verabschiedete; er wollte nicht, daß sie seine Tränen sah.

»Wie lange wirst du noch hier sein?« fragte er, schon in der Tür.

»Ich weiß es nicht. Bisher haben wir noch keine Fracht.« Und dann sagte sie leise: »Komm wieder, bitte!«

* Lieben und vernünftig sein ist nicht einmal einem Gott möglich.

KAPITEL V

Erpressung und Verzweiflung

Nach der Arbeit begab Leberecht sich an einem Sonnabend im August von der Dombauhütte nach Hause, um den Staub von seinem Körper zu spülen. Die Witwe Auerswald, die sich rührend um ihn kümmerte und ihn wie ihren eigenen Sohn behandelte – manchmal war ihm das Bemuttern beinahe zuviel –, hatte ihrem Mieter im Erdgeschoß neben der Küche eine Art Badestube mit einem Holzzuber eingerichtet, und sie ließ es sich nicht nehmen, das Badewasser, kalt natürlich, zweimal in der Woche zu wechseln, obwohl das mit hohem Aufwand verbunden war; denn jeder Holzscheffel Wasser mußte vom Brunnen im Sand, hundert Schritte entfernt, herbeigeschafft werden.

Vom Staub gereinigt und erfrischt, machte Leberecht sich auf den Weg zum Kloster der Benediktiner, nicht ohne die Ermahnung seiner treusorgenden Vermieterin, es abends nicht wieder zu spät werden zu lassen. Natürlich bedeuteten seine Studien nach der anstrengenden Arbeit des Tages für Leberecht eine große Belastung, und gar manches Mal war er nach der Rückkehr aus der Abtei ermattet auf sein Bett gefallen und, ohne sich seiner Kleider zu entledigen, eingeschlafen; aber in dieser Zeit hätte er eher seinen Beruf als Steinmetz aufgegeben als sein Studium.

Die Aufregungen der letzten Wochen hatten Leberecht mehr, als ihm lieb war, davon abgehalten, in der Bibliothek der Abtei nach dem Vermächtnis seines Vaters zu forschen. Seit er an gewisse Zusammenhänge glaubte – für seinen Vater Adam war das geheimnisvolle Versteckspiel typisch – quälte ihn *imprimis** die Frage, warum er diesen seltsamen Weg zur Übermittlung einer Botschaft gewählt hatte – schließlich barg er das Risiko, daß er den Hinweis ganz übersah –, *secundo*** beschäftigte ihn, was der Inhalt dieser Botschaft sein könnte. Zu den Mönchen am Michelsberg hatte Leberecht inzwischen ein beinahe freundschaftliches Verhältnis entwickelt. Die Fratres betrachteten den klugen Steinmetzgesellen als einen der ihren, ja, insgeheim hoffte Abt Lucius sogar, Leberecht könnte sich doch noch entschließen, der *Ordo Sancti Benedicti*† beizutreten. Luitger unterrichtete Leberecht nach wie vor in den alten Sprachen und den Philosophen der Antike, während er in Frater Emmeram einen exzellenten Lehrmeister der Naturwissenschaften, der Geometrie und Sternenkunde fand.

Aber weder Luitger, mit dem er ganze Nächte im »Krug« durchzechte und über Gott und die Welt diskutierte, noch dem greisen Emmeram, der die Abtei nach eigenem Bekunden seit einem Menschenalter nicht mehr verlassen hatte, wagte Leberecht sich anzuvertrauen. Er hatte während der Zeit der Pest erlebt, wie vermeintliche Heilige, die das Zeichen des Kreuzes trugen, sich mit einem Mal in Teufel verwandelten. Darüber täuschten auch Friede und Frömmigkeit nicht hinweg, die einem jetzt wieder auf allen Gängen, in allen Sälen der Abtei begegneten.

Natürlich hatte Leberecht den Mönchen seine Vorladung beim Fürstbischof und dessen bohrende Fragen verschwiegen. Andererseits betrat er nicht mehr wie früher die Abtei durch die Pforte des Haupteingangs, sondern wählte vom Fluß her

* an erster Stelle, erstens
** zweitens
† dem Benediktinerorden

die beschwerlichen Stufen zum Kräutergarten, um von dort, für niemanden sichtbar, durch die Hintertür in das Kloster und über den Innenhof zur Bibliothek zu gelangen; denn er fühlte sich beobachtet.

Die Suche nach dem brisanten Buch glich einer abenteuerlichen Reise. Sie führte durch Raum und Zeit, von der Erde bis zum Firmament und von Adam und Eva bis in jene Zeit, die noch bevorstand, die Zukunft. Wo aber sollte er ansetzen? Die *tertia arca*, an der seinem Vater, aus welchen Gründen auch immer, gelegen war, umfaßte vom Boden bis unter das Deckengewölbe etwa 500 Bücher, wobei die Ordnung jener der übrigen Arcae glich, indem die einzelnen Zweige der Wissenschaft und Lehre nicht senkrecht, also nebeneinander, geordnet waren, sondern schichtweise, also übereinander. Und in dieser Ordnung spielte nicht die Zeit des Erscheinens der Bücher oder ihre Wichtigkeit eine Rolle, sondern deren Format, so daß die größeren Werke zuunterst, die kleineren aber darüber gestapelt wurden.

Für Leberecht gab es keine Frage, daß sein Vater Adam nicht nur die offene Vorderseite der Bibliothek kannte, er wußte gewiß auch von der verborgenen Rückseite der Regale. Vor allem die Geheimtuerei, mit der er die Übermittlung seiner Botschaft umgab, ließ darauf schließen, daß seine Nachricht nicht im öffentlichen Teil, sondern auf der Rückseite zu finden sei. Aber auch die Rückseite umfaßte etwa fünfhundert Bücher, eher noch mehr, weil hier die kleinformatigen, Platz sparenden Bücher in der Überzahl waren.

Also drehte Leberecht die Rückseite der dritten Arca nach außen und betrachtete zum wiederholten Male das vor ihm aufgetürmte geheime Wissen in Leder und Pergament. Er beschränkte sich zunächst auf die Beobachtung, ob ein gewisses System, eine bestimmte Ordnung, die von dem offiziellen System der Aufbewahrung abwich, zu erkennen war. Dazu drehte er auch die links und rechts gelegenen Regale um ihre eigene Achse, damit er einen Vergleich hatte.

Aber je länger Leberecht sich in die wuchtigen, knorrigen,

geschnürten, beschrifteten, manchmal auch unscheinbaren, glatten Buchrücken vertiefte, ein System oder eine Besonderheit konnte er nicht entdecken, außer jener, daß jede Arca ihre eigenen Besonderheiten aufwies. Auch Bücher, die sich auf irgendeine Art, sei es durch Farbe und Form ihres Einbandes oder durch querliegende Stellung oder Rücklage, auszeichneten, erwiesen sich bei näherer Betrachtung als harmlos; jedenfalls waren sie nicht geeignet, eine geheime Botschaft zu vermitteln.

Zunächst war Leberecht bei seinen Überlegungen davon ausgegangen, bestimmte Themen und Wissenschaftszweige von seinen Nachforschungen auszuklammern, erschien es doch naheliegend, daß Pflanzenkunde und Geographie, Geometrie und Philosophie kaum weltbewegende Geheimnisse verbargen. Alle Pflanzen, Gifte und Pharmaka waren in bedeutenden Werken aufgelistet. Seit Christoph Columbus nach Westen und Vasco da Gama nach Osten gesegelt und beide in Indien gelandet waren, gab es keine weißen Flecken mehr auf dem Erdball. Die Gesetze der Geometrie hatten sich seit beinahe zweitausend Jahren nicht mehr verändert, ja, es galt als sicher wie das Amen in der Kirche, daß zwei Parallelen sich in Ewigkeit niemals berühren und auch Raum und Zeit unveränderliche Größen bleiben würden. Und was die Philosophie betraf, so hatte sie ohnehin mit Aristoteles ihren Höhepunkt erreicht. Denn wer wollte eine noch größere Lebensweisheit von sich geben als jene: »Man muß das Unmögliche, das wahrscheinlich ist, dem Möglichen vorziehen, das unglaubhaft ist.«

Allein dieser Satz, den Leberecht mit Bruder Emmeram während der Pestzeit eine ganze Nacht diskutiert und erörtert hatte, bestärkte Leberecht in seinem beinahe aussichtslos erscheinenden Vorhaben. Dabei kam ihm mehr und mehr ins Bewußtsein, daß sein Vater mit der von ihm gewählten Idee nicht irgendeine sinnlose Teufelei verbunden hatte. Das hätte auch nicht seinem Charakter entsprochen. Nein, der raffinierte kahle Adam wollte ihn dazu zwingen, sich durch das gesamte dritte Regal durchzuarbeiten. Tat er es nicht, so fand

Adam ihn wohl nicht für würdig, an seinem Vermächtnis Anteil zu haben.

Also begann Leberecht zuunterst in der geheimen Theologie und Heilslehre, wo sich Gottlose und Abtrünnige, Ketzer und Exkommunizierte über das Himmelreich und die verschlungenen Wege dorthin sowie über das Ende alles Irdischen ausließen. Vieles blieb ihm rätselhaft, wie die seltsamen Werke des Franken Pamphilus Gengenbach, der als Anhänger der Reformation nach Basel auswanderte und dort possenhafte Werke über den Weltuntergang herausgab, Bücher, wie jenes mit dem Titel »Der Nollhart«, in dem die heilige Brigitte, die Sibylle von Cumae, Papst und Kaiser, Türken und Franzosen sich über die Ankunft des Antichristen ausließen. Oder das »Traktat über den Methodius«, in dem der Augsburger Pfarrer Wolfgang Autinger sein Wehe über die verkommene Gegenwart aussprach und das nahe Strafgericht ankündigte, ohne ein Datum zu nennen, und die Weltherrschaft durch einen großen Fürsten.

Bücher wie diese gab es viele, aber es schien, als begegnete er diesen in der *tertia arca* besonders häufig. Nach zwei Wochen nächtlichen Studiums hatte Leberecht gerade zwei Werke gelesen, zwei nicht einmal dicke Bücher, von denen es mehr gab als dünne. Deshalb machte er eine einfache Rechnung auf: Widmete er jedem der fünfhundert geheimen Bücher zwei Wochen, dem einen vielleicht mehr, dem anderen weniger, dann forderte dieses Studium tausend Wochen oder neunzehn Jahre. Leberecht war verzweifelt; er war so entmutigt und mit seinen Gedanken am Ende, daß er an seinem Lesepult, den Kopf auf den Einband eines großen Buches gelegt, einschlief.

Im Traum erschienen ihm all die weisen Männer, deren Namen zwischen den Buchdeckeln gedruckt waren. Sie trugen lange, schwarze Talare und ebensolche Barette und stritten sich um einen Platz auf der Bücherleiter, um nach unten oder nach oben zu klettern, als sei ihnen der Platz, an dem sie aufgestellt waren, zuwider. Dabei riefen sie laut ihre Namen, um ihrer Person und der in ihrem Buch vertretenen Lehre Nachdruck zu verleihen. Außer Luther erkannte Leberecht keinen von Angesicht; aber die meisten schrien so laut, und ihr Aussehen war so verwegen, daß es nicht schwer fiel, sie auseinanderzuhalten.

Er sei Matthias Flacius, rief ein kleiner untersetzter Mann mit dünnem schwarzen Schnurrbart und wallendem grauen Backenhaar. Er schwenkte einen *Catalogus testium veritatis** herum und verkündete, er sei als Schüler Luthers und Kirchenhistoriker bedeutsamer als alle anderen vor ihm.

Wozu brauchen wir Kirchenhistoriker, rief ein anderer, ebenso klein und unbedeutsam aussehend, jedoch mit einem schütteren Haarkranz um den kahlen Kopf. Wichtiger als das, was war, sei die Gesundheit des einzelnen. Er schwenkte einen Folianten mit roten Titelbuchstaben »Über die Medizin« und verkündete, er sei als Theophrast Bombast zu Hohenheim geboren, aber bekannt geworden als Paracelsus und habe neben dieser noch zweihundert weitere Schriften zum Wohle des Lebens verfaßt.

Papperlapapp! ließ sich ein Mann mit hoher Fistelstimme von der obersten Sprosse vernehmen. Papperlapapp! Sein Name sei Heinrich Cornelius, besser bekannt als Agrippa von Nettesheim, und sein Werk trage zu Recht den Titel *De incertitudine et vanitate scientiarum***, weil alle Wissenschaften von sich behaupteten, die wichtigste zu sein, während doch nur allen zusammen, in Verbindung der einen mit den anderen, wahre Bedeutung zukomme. Papperlapapp! fuhr Agrippa dazwischen, sobald ein anderer wagte, ihn zu unterbrechen. Zwischen Himmel und Erde gebe es genügend Dinge, die es rechtfertigten, eine alles umfassende Geheimwissenschaft zu betreiben. Kein Mensch vor ihm habe bisher die Lehre verbreitet, daß Gleiches zu Gleichem strebt und daß Eigenschaften, die einem Ding anhaften, auf den Menschen übertragbar sind wie zum Beispiel seine eigene helle Stimme, die er den Nachtigallenzungen verdanke, welche er an einem Band am

* Katalog der Zeugen der Wahrheit

** Von der Ungewißheit und Erfolglosigkeit der Wissenschaften

Halse trage. Auch bedürfe er kaum des Schlafes, weil in seinem Wams eine lebende Fledermaus verborgen sei, die zu Zeiten, wenn andere ruhen, umherschwirre und niemals müde werde. Wer es also drauf anlege, ein hohes Alter zu erreichen, der sollte ein langlebiges Tier bei sich aufnehmen, mit einer Schildkröte oder einem Elefanten unter einem Dache leben, dann sei ihm ein biblisches Alter sicher. Da jede Art von Wirkung geistige Ursachen habe, übten Einbildung, Wille und Glauben eine geheimnisvolle Macht aus. So könne ein Achat in der Tasche durchaus die Beredsamkeit fördern, ein Jaspis die Geburt, während ein Smaragd die Wollust der Gedanken zügle – man müsse nur mit gleicher Inbrunst daran glauben wie an die unbefleckte Empfängnis der Gottesmutter.

Das sei wohl wahr, rief ein schwarzer Benediktiner mit leuchtender Tonsur dazwischen. Er sei Johannes Zeller, genannt Trithemius, und Abt aus dem Rheinischen, später des Schottenklosters zu Würzburg, und in allen Werken der Wissenschaft erfahren, zudem der Theologie. Er kenne wahrhaft viele geistvolle Männer, was er – *nota bene** – in seinem Werk *De viris illustribus Germaniae*** bekanntgemacht habe, aber Agrippa von Nettesheim sei gewiß der gebildetste von allen; doch habe er ihm empfohlen, seine Bücher geheimzuhalten und seine Lehre nur wenigen anzuvertrauen, denn einem Ochsen gebe man nur Heu und nicht Zucker, wie einem Singvogel. Was den Gehalt seiner eigenen Werke betreffe, so sei er über jeden Zweifel erhaben, hielten doch die Großen seiner Zeit um seinen Rat an. So habe er – trotz mönchischen Schamgefühls – den Markgrafen von Brandenburg über die Umstände aufgeklärt, unter denen honorige Männer von Hexen ihrer Manneskraft beraubt werden, und dem Kaiser habe er ein ganzes Bündel theologischer Fragen beantwortet und, weil er gar so traurig war über den Tod seiner Frau, diese erscheinen lassen wie jenen Engel vor dem leeren Grab des Herrn.

* wohlgemerkt
** Berühmte Männer Deutschlands

Aber von den Gestirnen, schallte es aus höchster Höhe, wo sich das Ende der Leiter im Gewölbe verlor, von den Gestirnen verstehe er nichts! Sonst wäre es ihm nicht möglich, solchen Blödsinn zu verbreiten, daß der Gang der Jahrtausende abhängig sei von der Herrschaft sich ablösender Planetengottheiten. Lächerlich sei es, die biblische Geschichte in diesem gestirnbeherrschten Ablauf der Menschheitsgeschichte unterzubringen. Er heiße Nikolaus Koppernigk, Kopernikus genannt, sei Doktor des Kirchenrechts und der Medizin dazu und Domherr zu Frauenburg, wenn's recht sei. Er habe zahlreiche Bücher über den Lauf der Gestirne geschrieben, die allesamt davon ausgehen, daß nicht die Erde, wie in der Bibel beschrieben, Mittelpunkt des Weltalls ist, sondern die Sonne. Sein umfangreichstes Werk *De revolutionibus orbium coelestium** sei erst im Jahr seines Todes erschienen; den Druck seines bedeutendsten Werkes habe er zu seinem Leidwesen nicht mehr erlebt. Und während er redete, ließ er von seinem Platz aus höchster Höhe eine getrocknete Blume fallen, ein zweistengeliges Maiglöckchen mit fünf Blüten auf jeder Seite, und er rief: »Leberecht!«

»Leberecht!«

Aus weiter Ferne vernahm Leberecht seinen Namen. Als er die Augen aufschlug, stand Frater Emmeram vor ihm und rüttelte ihn an der Schulter. »Du mußt eingeschlafen sein, Leberecht! Die Komplet ist vorüber. Es ist gleich Mitternacht.«

Leberecht wischte sich den Schlaf aus den Augen. Ihm fiel es schwer, sich zu orientieren. Ihn fröstelte. Der weißbärtige Frater bemerkte es und schlurfte zur Stirnseite des Saales, um die geöffneten Fenster zu schließen.

Zurückgekehrt fragte er: »Welches von den Büchern hat dich so erschöpft, daß du darüber eingeschlafen bist?« Leberecht wußte es nicht mehr, in seinen Träumen hatte er zuviel erlebt, als daß er sich an den Titel erinnern konnte. Als er es aufschlug, erschrak er: »*Nicolaus Copernicus*«, stand auf der Titelseite, »*De revolutionibus orbium coelestium.*«

*Vom Umlauf der Himmelskörper

»Sieh da!« sagte Frater Emmeram mit blinzelnden Augen.

»Was meint Ihr?«

»Na hier! Das Maiglöckchen!« Er zeigte auf ein gepreßtes Blümchen zwischen den Seiten. »Das Maiglöckchen war die Lieblingsblume des Kopernikus.«

»Aber das ist doch nicht möglich ...«

»Warum nicht? Es gibt, bei Gott, größere Rätsel auf dieser Erde als jenes getrocknete Blümchen.«

»Ja, gewiß«, entgegnete Leberecht. Er wollte sich dem alten Frater anvertrauen; aber bevor er es tat, wurde ihm klar, daß er dem Mönch dann die ganze Wahrheit sagen mußte, also ließ er es und meinte entschuldigend: »Es hat mich nur erstaunt, gerade in diesem Buch, das ein so ernstes Thema zum Inhalt hat, ein getrocknetes Blümchen zu finden.« Frater Emmeram strich mit beiden Händen über seinen Bart und lächelte weise. »*Ubi flores, ibi ingenium.*«* Während er das schwere Buch zuklappte und an seinen Standort zurücktrug, fragte Leberecht eher gleichgültig: »Wie viele Bücher habt Ihr in Eurem langen Leben schon gelesen, Frater?«

»Wie viele? Das ist eine ungewöhnliche Frage. Schließlich kommt es nicht darauf an, wie viele Bücher jemand gelesen hat, sondern welche Bücher und welchen Inhaltes.«

»Gewiß, da habt Ihr wohl recht«, bekräftigte Leberecht die Antwort des Alten. »Es ging mir nur so durch den Kopf, ob es möglich sei, alle Bücher einer Arca vom Boden bis unter das Gewölbe zu lesen.«

Den Alten belustigte die Frage. »Warum sollte das nicht möglich sein?« Er drehte, kaum hatte Leberecht das Buch an seinen Platz zurückgestellt, das Regal um die eigene Achse, damit kein Unbefugter sah, was er nicht sehen sollte. »Es ist ja nicht notwendig, alle Bücher von der ersten bis zur letzten Seite zu lesen. Du mußt nur ihren Inhalt kennen!«

Leberecht nickte und fuhr fort: »Frater Luitger, mit dem ich über dieses Thema sprach, meinte, ein freier Geist greife selten

* Wo Blumen sind, da ist ein scharfer Verstand.

zu großen Folianten, die kleinen Bücher hätten den brisanteren Inhalt.«

»Das ist nicht gelogen, mein Sohn. Es verhält sich wie mit kostbarem Schmuck, der auch nicht in großen Truhen aufbewahrt wird, die jedem ins Auge stechen, sondern in kleinen Kassetten. Die kleinen Aldinen hingegen kannst du überall verstecken und unter dem Wams mit dir herumtragen.«

»Aldinen? Welches Geheimnis verbirgt sich hinter dieser Bezeichnung?«

»Kein Geheimnis, ach was! Aldinen werden die kleinsten unter den Büchern genannt, nach dem Venezianer Aldus Manutius, der vor sechzig Jahren die Pergament- und Papierbogen nicht *einmal* faltete wie beim Folianten, nicht *zweimal* wie beim Quartformat, sondern *viermal*. So entstanden das Oktavformat und Bücher so klein, daß du sie getrost in deiner Tasche verschwinden lassen oder unter deinem Strohsack aufbewahren kannst.«

»Und welche Geheimnisse verbreitete Manutius zwischen den Buchdeckeln seiner Aldinen?«

»Nicht eines!« rief Frater Emmeram lachend. Er ging zur fünften Arca und zog mit sicherem Griff ein kleines Büchlein hervor in altgriechischer Sprache: *Galeomyamachia*, der »Katzenmäusekrieg« des byzantinischen Dichters Theodoros Prodromos. »Aldus druckte mit Vorliebe griechische Dichter. Das kleine Format wählte er nur deshalb, um eine größere Verbreitung seiner Bücher zu erreichen. Erst nach seinem Tode entdeckten die Jünger Gutenbergs, daß auf diese Weise Geheimnisse ohne Aufsehen von Ort zu Ort, von einem Land ins andere transportiert werden konnten.«

Der Frater löschte das Licht, und Leberecht nahm sich vor, sich als nächstes den Aldinen der dritten Arca zu widmen.

Am nächsten Tag – es war Sonntag – wurde Leberecht von dem unerklärlichen Drang getrieben, die Messe im Dom zu besuchen. Das entsprach seinem üblichen Verhalten in keiner Weise; um der Wahrheit die Ehre zu geben, Leberecht mied, seit die Inquisition seinen Vater als Hexer gebrandmarkt hatte, den sonntäglichen Kirchgang und alle klerikalen Zeremonien. Allein das Aufbrausen einer Orgel vermochte ihn in Panik zu versetzen wie ein Unwetter, das ihn im Wald überraschte, und der Anblick der Prozession an Fronleichnam, bei der nicht der Glaube sondern die Eitelkeit zu Markte getragen wurde, trieb ihm Schauer über den Rücken.

Nein, im Dom galt sein Interesse nicht der frommen Einkehr, sondern einer einzigen Person, die er hier anzutreffen hoffte: Martha. So sehr er auch versucht hatte, sich das Weib aus dem Kopf zu schlagen, so sehr er sich die Hoffnungslosigkeit ihrer Beziehung vor Augen führte, er konnte Martha nicht vergessen. Von Frater Friedemann aus der Abtei, erfahren in der Welt der Kräuter wie in der des männlichen Triebes, hatte er ein Elixier *contra concupiscentiam*, wider die Begehrlichkeit, erhalten, ohne jedoch das Objekt seiner Begierde beim Namen zu nennen; aber als nach sieben Wochen tröpfelnder Bitternis aus einem bauchigen Glas das Verlangen nicht nachließ, sah Friedemann sich am Ende seiner Kunst. Er hatte ihm ein Bußkleid aus Roßhaar verordnet für die Nacht und für den Tag getrocknete Nesseln um die unehrbaren Körperteile, darüber das Beinkleid gezogen. Das aber wollte Leberecht nicht.

Tatsächlich entdeckte er Martha abseits hinter dem dritten Pfeiler, wo sie, den Kopf in ein langes Tuch gehüllt, sein Kommen nicht bemerkte und demütig den Worten des Dompredigers lauschte, welcher über das Wort des Kirchenvaters Tertullian predigte, daß es das beste sei für den Christenmenschen, kein Weib zu berühren, und er lobte das Kamel als Muster der Enthaltsamkeit, weil es nur einmal im Jahr, und das Elefantenweib, das nur alle drei Jahre dem Drang der Fleischeslust nachgebe.

Doch dieses Mal erntete der Prediger nur Hohn und Spott. Von den Schranken des Georgenchores hallten Pfiffe, und gut zwei Dutzend Kirchenbesucher verließen den Dom unter lauten Zwischenrufen wie »Heuchler!« oder »Schmierendarsteller!«

»Sage er's doch dem Fürstbischof!« rief eine wohlgenährte Matrone direkt unter der Kanzel, die während der Pestilenz ihren Mann und den Glauben an die heilige Mutter Kirche verloren hatte: die Leinweberin Hussmann.

Auch das zuchtvolle Leben Kaiser Heinrichs und seiner tugendhaft sittenreinen Gemahlin Kunigunde, das der Domprediger lobend erwähnte, vermochte die aufgebrachten Zuhörer nicht zu beruhigen, weil der Grund für die Josefehe des letzten sächsischen Kaiserpaares hinreichend bekannt war. Heinrich und Kunigunde, das Traumpaar nach dem Willen der Kirche, schlief nicht aus Gründen bußfertiger Keuschheit in getrennten Betten, sondern allein deshalb, weil sie sich nicht leiden konnten. Daß sie dafür heilig gesprochen wurden, stimmte selbst die frommsten Bürger der Stadt nachdenklich. Nur Semler glaubte noch immer nicht daran, und so verließ einer nach dem anderen den Dom.

Martha stand starr wie eine Statue, und Leberecht trat so nahe hinter sie, daß er die Wärme ihres Körpers spürte. Sie tat, als bemerkte sie nicht, was hinter ihr vorging, dabei wußte sie genau, daß nur *er* es sein konnte, der sich ihr auf diese Weise näherte.

Leberecht hatte erwartet, Martha würde die Kirche überstürzt verlassen, zumindest würde sie sofort einen anderen, besser einzusehenden Platz aufsuchen, aber nichts dergleichen geschah. Martha hielt still, als empfände sie dieselbe Lust wie er. Und während Athanasius Semler die Tage strikter Enthaltsamkeit unter Eheleuten predigte, als da sind die Sonn- und Feiertage, alle Mittwoche und Freitage, die Buß- und Bittage, die Oster- und Pfingstoktav sowie die vierzigtägige Fasten- und die Adventszeit, fühlte Leberecht, wie seine Rute unter der Wärme von Marthas Körper wuchs und wuchs, wie sie sich in ihr langes Gewand hineinbohrte, und er empfand unstillbares Verlangen. Martha atmete schwer. Ihr geschnürter Busen hob und senkte sich mit großer Heftigkeit, aber sie hielt still.

»Martha!« stöhnte Leberecht leise.

»Kein Wort!«

»Du mußt verzeihen, es ist einfach über mich gekommen.«

»Kein Wort!« wiederholte sie.

Leberecht blickte verstohlen um sich, ob sein schandhaftes Begehren beobachtet würde; aber in dem Tumult, der im Dom herrschte, fiel das gottlose Treiben nicht weiter auf. Er mußte an sich halten, daß er Martha nicht von hinten nahm, wie er es viele Male getan hatte in doppelter Sündhaftigkeit, als Ehebrecher und nicht *facies ad faciem**, wie es die Kirche dem koitierenden Gläubigen vorschrieb.

Da plötzlich griff Martha mit der Linken nach ihm, sie schnappte mit der Hand nach seiner rüden Rute und quetschte sie wie eine Kartoffel. Leberecht wollte schreien, so schmerzte ihr Griff, aber um sich nicht zu verraten und weil er Martha den Triumph nicht gönnen wollte, biß er die Zähne zusammen.

Es war keine Frage, daß Martha ihm weh tun, sich an ihm rächen wollte; seine Erregung zu steigern lag gewiß nicht in ihrer Absicht. Sein hilfloser Versuch, sich durch eine Drehung aus der Umklammerung zu befreien, mißlang kläglich, und Leberecht verzog sein Gesicht zu einer Grimasse. Erst als Semler die Predigt mit einem lauten »Amen!« beendete, ließ Martha von ihm ab und wandte sich der Meßfeier zu, als wäre nichts geschehen.

Leberecht hätte ihr den Hals umdrehen können; er haßte sie, wie man nur einen Menschen hassen kann, den man liebt.

Martha bemerkte, daß Leberecht sich anschickte, den Dom zu verlassen und raunte ihm zu: »Warte hinter der Dombauhütte auf mich!«

Als Leberecht durch die Gnadenpforte ins Freie trat, fühlte er sich benommen. Das lag zum einen an der Sommerhitze, die ihm entgegenschlug und die die Ernte auf den Feldern zu vernichten drohte; andererseits hatte ihn Marthas Aufforderung in solche Unruhe versetzt, daß er den Weg um den Georgenchor herum eher taumelnd als aufrecht gehend zurücklegte.

Hatte Martha ihre Meinung geändert? Nichts anderes

* von Angesicht zu Angesicht

konnte dies doch bedeuten! Hatte die Leidenschaft über die Frömmelei gesiegt? Die Unzucht über die Treue? Nichts wünschte er sehnlicher in diesem Augenblick. Wie gut, daß er den Abschiedsbrief, der für Martha nicht sehr freundlich ausgefallen war, nicht abgeschickt hatte.

Seit vielen Monaten hatte er keinem Weibe beigewohnt, hatte keine Lust verspürt, noch weniger Mut, weil Martha die erste und einzige Frau war in seinem Leben, seine Meisterin, die ihn, wie einst Diotima den weisen Sokrates, die Liebe gelehrt hatte.

Daß sie ihn nach der Pest fortgeschickt hatte wie einen dummen Jungen, daß sie ihn gedemütigt hatte, war vergessen angesichts der Verlockungen, die vor seinen Augen aufstiegen wie Bilder aus dem Gelobten Land. Er versuchte Ruhe zu bewahren, wie es einem Kirchgänger zur Vormittagsstunde zukam, dabei war ihm danach zumute, bergabwärts drei, vier Steinstufen auf einmal zu nehmen und mit einem Satz über die Mauer zu springen, von der die Dombauhütte umgeben war, und er fragte sich, wie er all die vorangegangenen Tage ohne sie gelebt hatte.

Als Martha sich nach dem Ende der Messe näherte, lief er ihr von weitem entgegen, um sie zu umarmen. Doch die Absicht mißlang, denn Martha empfing ihn mit einer Ohrfeige. Leberecht wußte nicht, wie ihm geschah.

»Für dein Benehmen im Dom!« sagte sie nüchtern und stieß ihn beiseite.

Hinter einem Haufen aufgetürmter Sandsteine, wo sie sich früher oft zu heimlichen Spaziergängen getroffen hatten, blieb sie stehen.

Leberecht sah sie fragend an.

Martha holte tief Luft, dann begann sie leise: »Gott straft unsere Sündhaftigkeit mit aller Härte. Es gibt einen Zeugen für unsere frevlerische Verbindung. Er droht uns zu verraten.«

»Unmöglich!«

»Glaubst *du!*«

»Wer ist dieses Schwein?«

»Du kennst ihn nur zu gut!«

»Ortlieb, der Fuhrknecht?«

Martha nickte. Sie blickte vor sich auf das Pflaster und schwieg. Sie schwieg minuntenlang, und die Stille nahm allmählich etwas Bedrohliches an.

»Du weißt, was das bedeutet?« meinte sie endlich mit vorwurfsvoll hoher Stimme.

»Du warst deinem Gemahl ebenso untreu wie er dir.«

»Und doch besteht ein großer Unterschied. Du weißt es. Nach der Halsgerichtsordnung kann es für eine wie mich den Tod bedeuten; wenn ich Glück habe, die Verbannung. Nimmt sich aber die Inquisition meiner an, dann ende ich mit Sicherheit auf dem Scheiterhaufen, zusammen mit Kindsmörderinnen und Sodomisten.«

»Man muß ihn zum Schweigen bringen«, erwiderte Leberecht. »Und dieser Kerl wird schweigen, verlaß dich drauf!«

Es gibt Tage, da scheint sich die ganze Welt gegen einen verschworen zu haben. Ein solcher war dieser Sonntag im August, an dem die Sonne gnadenlos vom Himmel brannte und die Menschen in die Kühle ihrer Häuser flohen.

Leberecht befand sich in großer Sorge um Martha; denn wenngleich sie ihm nach wie vor abweisend begegnete, war er sich seiner Sache ziemlich sicher, daß ihre unterdrückte Leidenschaft in absehbarer Zeit wieder ausbrechen würde. Gefühle kann man zurückdrängen, nicht auslöschen.

Wie aber wollte er diesen niederträchtigen Fuhrknecht zum Schweigen bringen? Mit Geld allein, das schien klar, war Ortlieb nicht beizukommen. Denn selbst wenn sie sein Schweigen teuer erkauften, ein schäbiger Erpresser wie er würde immer neue Forderungen stellen.

Von dunklen Gedanken gequält, kehrte Leberecht zurück in das Haus in der Färbergasse, wo ihn die Witwe Auerswald mit der ihr eigenen Geschäftigkeit empfing und zu einer Unterredung in die gute Stube bat, die nur an hohen Feiertagen und zu besonderen Anlässen Gebrauch fand.

Ein achteckiger Tisch aus Nadelholz war umgeben von vier geschwungenen Scherenstühlen. An der Wand neben der Tür stand ein dunkler eintüriger Kasten, gekrönt mit einer Zinne im welschen Stil und gegenüber eine gedeckte Sitzbank mit Kissen aus Utrechter Samt. Die Butzenscheiben der Fenster zur Gasse hin ließen selbst an einem sonnigen Tag wie diesem nur trübes Licht in die Stube.

Auf ihr Geheiß nahm Leberecht zwischen den Samtkissen Platz und wartete gespannt, welche Neuigkeiten ihm die Witwe zu verkünden hatte.

»Das Haus«, begann sie weit ausholend, »ist groß, und seit dem Tode meines seligen Mannes stehen viele Räume ungenutzt ...«

»Ihr wollt nicht etwa Euer Haus verkaufen?«

»O nein. Aber ich habe mich entschlossen, eine zweite Person bei mir aufzunehmen, der es ebenso an Häuslichkeit mangelte wie dir. Es ist meine Base Magdalene.«

Die Witwe Auerswald öffnete die Tür, und herein trat mit einem Lächeln und linkischer Höflichkeit Magdalene, die Tochter des Safranschauers Pirckheimer, der Leberecht auf so seltsame Weise begegnet war. Sie trug ihre langen Haare in einem Netz verborgen und ein teures Sonntagskleid mit Puffärmeln.

»Eure Base?« fragte Leberecht erstaunt.

Magdalene lachte, vor allem aber lachten ihre wunderschönen blauen Augen. »Meines Vaters älterer Bruder war der Vater der Witwe Auerswald.«

»Ganz recht!« beteuerte die Witwe. »Magdalenes Mutter starb bei ihrer Geburt, und das Mädchen hatte keinen leichten Stand bei ihrem Vater, dem reichen Pirckheimer. Er wollte unbedingt, daß seine jüngste Tochter den Schleier nimmt; aber Magdalene ist nicht für ein Leben hinter Klostermauern geboren. Der Pirckheimer kennt nur seine Geschäfte, er hat sich nie um Magdalene gekümmert. Ins Kloster wollte er sie nur deshalb abschieben, damit er seine Ruhe und kein schlechtes Gewissen hat. Er ist ein Mensch von hartem Charakter.«

»Ich habe ihn erlebt«, bekräftigte Leberecht.

»Du kennst ihn?« tat die Witwe verwundert.

»Ihn und seine schöne Tochter. Ich wußte nur nicht, daß Ihr mit dem Pirckheimer verwandt seid.«

Magdalene, die viel gelöster schien als damals, als er ihr am Kranen begegnet war, erwiderte: »In einer kleinen Stadt wie dieser sind alle irgendwie verwandt.« Und im selben Atemzug fuhr sie fort: »Du verzeihst mir die abschlägige Nachricht von neulich? Mein Vater ist ein Tyrann.«

»Ein Ungeheuer!« bekräftigte die Witwe.

»Ja, er kennt keine Gnade, wenn es um die Durchsetzung seines Willens geht. Er wollte mich im Kloster sehen, deshalb überwachte er jeden meiner Schritte. Ich dachte immer wieder, ich könnte seinen Nachstellungen entfliehen, aber es blieb ihm nicht einmal verborgen, wenn ich einem Mann auf der anderen Seite des Flusses zuwinkte. Da begegnete ich der Witwe Auerswald und schüttete ihr mein Herz aus. Ihr gelang es schließlich, meinen Vater zu überzeugen, daß ich nie ein Gelübde ablegen würde und daß ich eher der Häuslichkeit bedürfte als einer strengen Erziehung.«

Leberecht nickte verständnisvoll. Die unverhoffte Nähe des schönen Mädchens verwirrte ihn beinahe ebenso wie das verhängnisvolle Zusammentreffen mit Martha und rief bei ihm ein unbestimmbares Schamgefühl hervor. Wenn er Magdalenes leuchtendblaue Augen betrachtete, dann wurde Leberecht nach kurzer Zeit verlegen, ohne den Grund für seine Verlegenheit zu kennen. Dann wußte er nicht, wohin er seine Augen wenden sollte, und er errötete wie ein junger Studiosus der Jesuiten.

Der Witwe Auerswald blieb das verschämte Verhalten ihres Untermieters nicht verborgen. Deshalb zog sie es vor, sich mit dem Hinweis auf ihre Küchenarbeit zu entfernen. Und so saßen sich Leberecht und Magdalene eine Weile schweigend gegenüber, bis das Mädchen zu reden begann.

»Ich hoffe, du zürnst mir nicht«, sagte sie und schlug die Augen nieder.

»Warum sollte ich dir zürnen?«

»Nun, wie das alles so gekommen ist.«

»Das ist wohl die Unvermeidbarkeit des Schicksals«, erwiderte Leberecht altklug, »die Philosophen der Antike nannten das *Ananke.*«

Magdalene kicherte. »Aha. Aber um der Wahrheit die Ehre zu geben – und wir wollen doch ehrlich sein, nicht wahr –, ich habe dem Schicksal etwas nachgeholfen.«

Leberecht sah das Mädchen erstaunt an.

»Als ich dich zum erstenmal sah, damals, da gefielst du mir ausnehmend gut; aber ich wußte, daß mir mein Vater jeden Umgang mit dir verbieten würde. Da griff ich zu einem Zaubermittel: Ich legte in jeden meiner Schuhe ein Sträußchen Rauchkraut und trat sie, im wahrsten Sinne des Wortes, mit Füßen. Es heißt, Rauchkraut sei gegen die Melancholie und führe einer Frau den rechten Mann zu.«

»Du meinst, es ist gar nicht Zufall, daß wir uns hier begegnen?« Magdalene steckte die gefalteten Hände zwischen ihre Knie und lächelte verlegen. Leberecht trat vor sie hin und meinte streng: »Das ist nicht wahr! Willst du Scherze mit mir treiben?«

»Nein, gewiß nicht!« entgegnete Magdalene, »auch wenn ich bisweilen, wenn mir das Herz schwer ist, scherze, statt zu weinen. Es ist wahr, seit ich dich sah, habe ich zu Gott und allen Heiligen gebetet, sie mögen sich meiner erbarmen, sie mögen mir diesen Mann schenken, dem ich am Kranen begegnet bin. Ich habe dich und dein Leben erkundet und nach einem Vorwand gesucht, dir nahe zu sein. Leberecht, ich liebe dich, ich liebe dich mehr als alles auf der Welt. Ich flehe dich an, weise mich und meine ehrliche Liebe nicht ab!« Dabei glitt sie auf die Knie und umfaßte Leberechts Beine.

Der stand da wie vom Donner gerührt, wußte nicht, wie ihm geschah und verfiel in ein unbeteiligtes Schweigen. Er wagte nicht einmal Magdalenes Haar zu berühren.

»Und du weißt mir nichts darauf zu sagen?« meinte das Mädchen, ohne aufzusehen, enttäuscht und traurig.

Für Leberecht kam das alles zu unerwartet, zu plötzlich; er empfand Magdalenes Liebesschwur eher als Schwärmerei denn als ernsthaftes Geständnis. Dennoch fühlte er sich geschmeichelt. Noch nie hatte sich eine Frau ihm auf diese Weise erklärt.

»Weißt du«, antwortete er, während er sie aufhob, »es gibt Situationen, da ist jedes Wort geeignet, mehr zu zerstören als zu erklären.«

Magdalene ordnete ihr Haarnetz und nahm auf dem Kastensofa Platz. Ihr Gesicht war ernst, und sie versuchte Leberechts Worte zu verstehen.

Wie sie so dasaß, zerbrechlich und enttäuscht, weil sie sich seine Reaktion ganz anders vorgestellt hatte, spontan, wild, auf jeden Fall aber freudig erregt, da tat sie ihm auf einmal leid. Gewiß, Magdalene war ein Mädchen zum Liebhaben, sie hatte die Anmut einer Blume und die Unbekümmertheit eines Kindes, vor allem war ihr Alter dem seinen nahe, und doch fehlte ihr die Leidenschaft, jene Sinnlichkeit, die ihn bei Martha so anzog.

»Wo ist nur der Zauber des Rauchkrauts geblieben?« klagte Magdalene weinerlich.

Leberecht rückte einen Stuhl neben sie und begann: »Du begegnest mir mit soviel Ehrlichkeit, Magdalene, deshalb will auch ich ehrlich zu dir sein. Du bist ein wunderschönes Mädchen, und der Mann, der dich einmal zur Frau bekommt, kann sich überaus glücklich schätzen ...«

»Und du? Könntest du dich ebenfalls glücklich schätzen?«

Leberecht schwieg.

»Ich verstehe«, sagte Magdalene. »Du liebst mich nicht!«

»Nein, du verstehst nichts! Ich will dir alles erklären.«

»Du mußt mir nichts erklären. Du bist ein freier Mann, kannst tun und lassen, was du willst. Nur solltest du die Finger von verheirateten Frauen lassen; denn eine Ehebrecherin hat ihr Leben verspielt. Und geheim bleibt so etwas nie!«

Leberecht blickte irritiert. Er wußte nicht, was in Magdalenes Seele vor sich ging. Mein Gott, wie sie redete, konnte man meinen, sie wisse von seiner innigen Beziehung zu Martha.

»Mach mir doch nichts vor!« Wut funkelte in den schönen Augen des Mädchens. »Du liebst eine Ehebrecherin, die so alt ist, daß sie deine Mutter sein könnte. Offenbar brauchst du das und bist auch nicht bereit, von ihr zu lassen. Dann geh doch zu ihr!«

»Wie kannst du so respektlos von einer ehrbaren Frau reden! Martha könnte zwar meine Mutter sein, aber sie ist nicht alt, sie ist über die Maßen schön und begehrenswert.«

»Du mußt sie wirklich sehr lieben, wenn du ihre Ehre verteidigst. Sie ist eine Ehebrecherin!«

»Sie ist eine Heilige; sie hilft den Armen und lebt in Frömmigkeit.«

»Wird schon seinen Grund haben, warum sie die Werke der Frömmigkeit verrichtet. Sie tut Buße.«

Leberecht sprang auf. »Woher weißt du überhaupt von Martha Schlüssel?«

Magdalene gab keine Antwort. Sie begann zu schluchzen wie ein kleines Kind. Schließlich warf sie sich Leberecht zu Füßen und flehte mit tränenerstickter Stimme: »Du mußt diese Frau vergessen! Beim Leben der Heiligen Jungfrau, du bist dabei, dein eigenes Leben und das dieser Frau zu zerstören. Du mußt fliehen bis an das andere Ende der Welt, wo keiner deinen Namen und dein Schicksal kennt, und wenn du willst, werde ich dich begleiten.«

Leberecht fand keine Worte. Er fühlte sich von dem schönen Mädchen ertappt, ihm in gewisser Weise sogar ausgeliefert wie dem Erpresser Ortlieb, nur daß Magdalene ihn wirklich liebte. Woher aber wußte sie von seinem Verhältnis?

Ihm fehlte der Mut, Magdalene zur Rede zu stellen. Gewiß hätte sie seine Frage auch nicht wahrheitsgemäß beantwortet; so weit ging die Ehrlichkeit wohl nicht. Deshalb befreite er sich aus ihrer Umklammerung und suchte ziellos das Weite.

Mit zwanzig Gulden im Säckel machte Leberecht sich tags darauf auf die Suche nach dem Fuhrknecht Ortlieb. Wie erwartet fand er ihn in der Teuerstadt, wo der alte Schlüssel Stall und

Scheune für seine Pferde und Transportwagen unterhielt. Ortlieb war mit dem Striegeln eines Gauls beschäftigt und trällerte ein ordinäres Kutscherlied, als Leberecht unerwartet an ihn herantrat.

»Oh, der feine Herr Steinmetz von der Dombauhütte«, sagte Ortlieb mit einem hinterhältigen Grinsen in seinem roten Gesicht.

Leberecht reagierte nicht, er packte den stinkenden Fuhrknecht am Ärmel, zog ihn aus dem Verschlag hervor und drückte ihn auf einen herumliegenden Strohballen nieder. »Machen wir keine langen Worte. Du weißt, worum es geht.«

»Ich habe keine Ahnung«, heuchelte Ortlieb mit unverschämtem Lächeln, »wovon der feine Herr Steinmetz redet.«

Leberecht versetzte dem Fuhrknecht einen Stoß vor die Brust, daß dieser provozierend aufschrie und rief: »Willst du, daß wir uns prügeln? Dann nur zu!«

Obwohl klein von Statur, hatte der tägliche Umgang mit Pferden dem Fuhrknecht ungeahnte Kräfte verliehen, und Leberecht zweifelte, ob er seiner Ausdauer und Zähigkeit gewachsen war. »Vielleicht«, meinte er einlenkend, »können wir unser Problem aber auch gütlich regeln.«

»Ei gewiß. Worum geht's?«

»Es geht um die Frau deines Herrn!«

»Ach ja, Martha Schlüssel, welch ein geiles Frauenzimmer!«

»Es steht dir nicht zu, so über deine Herrin zu reden.«

»So, es steht mir nicht zu? Und dir, Steinmetz, steht es dir zu, so über Martha Schlüssel zu reden?« Ortliebs Augen funkelten wild und entschlossen. »Sie ist eine Ehebrecherin!«

»Woher willst du das wissen?«

Ortlieb zeigte mit dem Finger in sein Gesicht: »Ich habe es mit eigenen Augen gesehen – und nicht nur einmal.«

»So wie du meinen toten Vater Adam gesehen haben willst?«

»Ich weiß nicht, wovon du redest, Steinmetz. Aber die Kammer der Frau meines Herrn hat ein Fenster zur Treppe, und einer, dem Gott Augen zum Sehen gegeben hat, der erkennt durch das Fenster gar wundersame Dinge, zum Beispiel eine Herrin, die mit ihrem Ziehsohn kopuliert wie eine wilde Amazone, oder …«

»Schweig, elender Spitzel! Wem hast du dein Wissen bisher anvertraut?«

»Niemandem!« tat Ortlieb entrüstet. »Bin ich des Teufels? Was meine Augen gesehen haben, ist mein Kapital! So wie damals, als ich deinen toten Vater sah. Damals habe ich geredet, aber ich kann auch schweigen.«

Der hämische Ton in den Antworten des Fuhrknechts trieb Leberecht beinahe zur Raserei. Er mußte an sich halten, um dem Kerl nicht an die Gurgel zu fahren. Obwohl sich alles in ihm dagegen sträubte, griff Leberecht in die Tasche, zog den Beutel hervor und warf ihn vor dem Fuhrknecht auf das Stroh: »Reicht das, um dein Schweigen zu erkaufen?«

Ortlieb griff nach dem Beutel und zählte zwanzig Goldgulden vor sich auf das Stroh. »Oh, der feine Herr Steinmetz ist großzügig. Du kannst dich auf mich verlassen. Ich kann schweigen wie ein Grab.« Blitzschnell ließ er das Geld in seiner Tasche verschwinden.

Insgeheim bereute Leberecht bereits, daß er dem Fuhrknecht soviel Geld in den Rachen geworfen hatte. Zwanzig Gulden waren sehr viel Geld für einen Fuhrknecht.

»Also kein Wort mehr über das, was du gesehen hast!« rief Leberecht schon im Gehen.

Ortlieb hob die Hand zum Schwur: »Kein Wort. Du kannst dich auf mich verlassen, Steinmetz. Ich würde sagen, bis Lichtmeß! Dann solltest du mit derselben Summe wiederkommen und mich erneut an mein Schweigen erinnern.«

Seit sich das Schicksal für sie so unerwartet gewendet hatte, fand Martha keine Ruhe mehr. Sie begegnete allem und jedem mit Mißtrauen, vor allem das Personal hatte unter ihrer Strenge zu leiden, und Knechte und Mägde des Wirtshauses im Sand, die ihrer Herrin aufgrund ihrer Güte besonders zugetan waren, wunderten sich über ihre Wandlung. Martha befand sich in jenem Zustand innerer Erregtheit, die oft über Nacht den Charakter eines Menschen verändert.

Zeichnete sich die Wirtin bisher durch Großmut und Warmherzigkeit aus, so erschien sie im Umgang mit den Menschen ihrer Umgebung plötzlich kalt, abweisend und nachtragend, und viele fragten sich, ob der Leibhaftige in Martha Schlüssel gefahren sei.

Wie nicht anders zu erwarten, schlug sich diese Veränderung auch in ihrem Äußeren nieder, doch konnte man nicht behaupten, daß dies zu ihrem Nachteil geschehen wäre: Ihre feinen, weichen Gesichtszüge machten einer gewissen Härte Platz, zudem trug sie ihr Haar nunmehr streng gescheitelt, nach hinten gestrafft und in einem breiten Knoten gebunden. All das verlieh ihr eine Herbheit, die sie eher noch schöner machte.

War es die Wandlung Marthas oder einfach der Umstand, daß Ludowika, die Bischofshure, die Stadt von einem Tag auf den anderen verlassen mußte, jedenfalls schien sich Jakob Heinrich Schlüssel, der Wirt vom Sand, mit einem Mal wieder für seine Gemahlin zu interessieren.

Dies geschah so unerwartet und unter so ungewöhnlichen Umständen, nämlich am frühen Morgen bei der Gesichtswäsche über dem Holztrog, daß Martha einen Schrei ausstieß, weil sie annahm, ihr Gemahl trachte ihr nach dem Leben. Martha konnte sich nicht erinnern, wann Schlüssel sich ihr zuletzt in ehelicher Absicht genähert hatte, so daß sie seine linkischen Berührungen eher als Belästigung denn als Zärtlichkeit empfand und schreiend in ihre Kammer lief.

Schlüssel folgte ihr mit schwerem Atem, und es gelang ihm sie zu fassen, noch ehe sie die Tür ihrer Kammer verriegeln konnte.

»Du bist mein Weib!« keuchte Schlüssel in deutlicher Erregung. »Es ist deine Pflicht, deinem Mann zu willen zu sein!«

»Und deine Pflicht, Herr?« rief Martha und versuchte sich aus der Umklammerung zu lösen. »Ist es nicht die Pflicht eines rechtschaffenen Mannes, seine Frau zu ehren und sie nicht durch den Umgang mit einer Hure zu entehren? Wo ist sie denn, deine Bischofshure? Hat sie dich verlassen?«

»Schweig! Das geht dich nichts an! Du bist mein Weib und hast mir zu willen zu sein. Ich fordere mein Recht, so wahr ich Jakob Heinrich Schlüssel heiße und mit dir vermählt bin!«

»Vermählt?« Martha lachte hämisch. »Unsere Vermählung beschränkte sich auf die Feier beim Dompfaff. Schon am Tag danach gingst du deine eigenen Wege. Seither hast du mehr Zeit im Bett mit Ludowika zugebracht als in deinem eigenen Haus. Denkst du, ich weiß nicht, warum sie verschwunden ist? Die ganze Stadt tuschelt, ihre in Essig getränkten Fischblasen hätten nichts genutzt und sie sei schwanger geworden, vom Bischof, von dir oder von einem anderen Nichtsnutz; jedenfalls sah man sie mit dickem Bauch wie eine Kröte, und eines Tages hatte sie wieder ihre Figur von früher. Jetzt ist die Inquisition hinter ihr her. Es heißt, sie sei bei einer Engelmacherin gewesen.«

Schlüssel ließ von seiner Frau ab und setzte sich auf ihr Bett. Marthas Worte schienen ihn getroffen zu haben. Er vergrub sein Gesicht in den Händen, während Martha fortfuhr sich anzukleiden.

»Und wenn dem so wäre?« Schlüssel sah seine Frau an, ohne daß sie seinen Blick erwiderte.

»Dann wartet der Scheiterhaufen auf sie«, entgegnete Martha, »und ich fürchte, dann wird ihr auch der Fürstbischof nicht helfen können.«

Martha wunderte sich über sich selbst, über ihren Mut, in ihrer Situation so zu reden. Aber es war wohl der Mut der Verzweiflung, und in ihrer Seele hatte sich soviel Verachtung angesammelt, daß sie gar nicht anders konnte. Und so fuhr sie fort: »Dein Geld, Herr, hat dich verdorben. Du glaubst alles kaufen zu können: Zufriedenheit, Liebe, Glück; in Wahrheit betäubst du nur deine Gefühle und wirst von Tag zu Tag unglücklicher. Reichtum, sagte der Augustiner Luther, als er noch fromm in einer Zelle lebte, ist die allerkleinste Gabe, die Gott einem Menschen geben kann. Darum gibt er den Reichtum gemeinhin den groben Eseln, denen er sonst nichts gönnt.«

Schlüssel schäumte vor Wut und schleuderte seiner Frau die Worte ins Gesicht: »Lebst du nicht geradeso wie eine Hure von meinem Reichtum, und lebst du nicht gut? Ich habe dich nicht vor den Altar des Pfaffen gezwungen! Du kamst aus freien Stücken.«

Da aber wurde Martha laut, und sie schrie Schlüssel ins Gesicht: »Du weißt genau, daß wir, wie's unter rechtschaffenen Bürgern Brauch ist, von unseren Eltern verlobt wurden. Ich war damals zwölf und hatte keine andere Wahl, als mich ihrem Wunsch zu beugen. Hätte mir Gott in frühen Jahren nicht einen Sohn geschenkt, ich wäre schon nach einem Jahr fortgelaufen.«

»Es ist *mein* Sohn, er ist das Ergebnis *meiner* Erziehung!«

»Das ist er in der Tat. Im Jünglingsalter lief er fort von zu Hause und ging ins Kloster ...« Martha hielt inne, erschrocken über ihr eigenen Worte.

»... wo er seinem Vater alle Ehre macht. Die letzte Nachricht aus Italien sagt, er habe irgendwo an der Universität eine hohe Laufbahn eingeschlagen. Das bringt zwar weniger als das Wirtshaus im Sand, aber immerhin genießt sein Vater dadurch hohes Ansehen.«

Wie sie ihren Gemahl so reden hörte, überkam Martha eine hilflose Wut. Bei der Heiligen Jungfrau, sie fürchtete die Beherrschung zu verlieren und in diesem Zustand eine Dummheit zu begehen, die sie später bereute. Martha war verwirrt, sie wußte nur eines: Mit diesem Mann wollte sie nicht mehr unter einem Dach leben.

Die Witwe Auerswald tat aufgeregt, als Leberecht am Nachmittag aus der Vorstadt zurückkehrte. Ein hoher Herr vom Domkapitel mit schwarzem Talar und roter Schärpe habe nach ihm gefragt und die Bitte ausgesprochen, er, Leberecht, möge sich noch vor Sonnenuntergang zu dem kleinen Friedhof begeben, der zum Nebenstift St. Jakob gehört, nicht weit von der alten Hofhaltung entfernt. Mehr habe er nicht gesagt.

Leberecht ahnte nichts Gutes und wollte die seltsame Einladung zunächst ausschlagen, aber dann war seine Neugierde doch größer, und zur gewünschten Zeit nahm er die steilen Treppen hinauf zum Domberg, um sich hinter der Hofhaltung den schmalen Weg hinab nach St. Jakob zu begeben.

Die Kirche, eine romanische Basilika, gehörte zum gleichnamigen Kollegiatsstift, und genoß wie die Abtei Michelsberg Immunität, freilich unter der schützenden Hand des Fürstbischofs. Als Leberecht den kleinen Kirchhof betrat, der den Zugang zur Basilika säumte, fiel ihm schon von weitem ein neu errichteter Grabstein aus leuchtendem Sandstein ins Auge. Auffallend daran war, daß der Stein im Gegensatz zu den üblichen Grabmalen keinen Namen trug, sondern unter der Inschrift *Requiescat in Pace* nur die eingehauenen Buchstaben A. F. H. Welcher Sünder mochte hier im Frieden mit der Kirche, doch ohne Namen und Stand, seine letzte Heimstatt gefunden haben?

»›Zum Gedenken an den rechtschaffenen Adam Friedrich Hamann, welcher im Jahre des Heils 1554 verschied‹«, sagte da eine Stimme neben ihm, als lese sie die Inschrift von dem Grabstein ab. »Möge seine Asche in Frieden ruhen!«

Leberecht gefror das Blut in den Adern. In ratlose Gedanken versunken, hatte er gar nicht wahrgenommen, daß sich ein vornehm gekleideter Herr in schwarzer Gelehrtentracht von der Seite genähert hatte und neben ihm stehengeblieben war.

»Das entspricht doch deinem Wunsch, nicht wahr?« sagte der Fremde und nahm sein schwarzes Barett vom Kopf.

Leberecht sah auf und rief erstaunt: »Ihr seid es, hochwürdigster Herr Fürstbischof. Ich hätte Euch beinahe nicht erkannt!«

»Muß auch nicht sein, daß unsere Begegnung bekannt wird.« Und mit einem Blick auf den Grabstein fuhr er fort: »Ich wollte dir diesen Gefallen erweisen; denn ich weiß, wieviel dir daran liegt, daß dein Vater Adam ein würdiges Grabmal erhält.«

»Aber Eminenz, Ihr wißt doch, mein Vater wurde von der Inquisition …«

»Das ist Sache der Inquisition!« unterbrach ihn der andere, »und dies ist Sache des Fürstbischofs.«

»Ihr seid überaus gut zu mir, Eminenz; aber, wenn ich mir die Bemerkung erlauben darf, es geht mir weniger um ein auffälliges Grabmal für meinen Vater als um seine Rehabilitierung. Mein Vater war kein Hexer. Er war ein Sonderling, aber ich lege meine Hand für ihn ins Feuer, daß er nach seinem Tode niemandem als Geist erschienen ist.«

»Ich weiß«, erwiderte der Bischof kühl.

»Was sagt Ihr? Ihr wißt es?«

Der Fürstbischof nickte. »Ich glaube nicht an derlei Erscheinungen, solange ich sie nicht mit eigenen Augen gesehen habe.«

»Beide Zeugen sind fragwürdige, niederträchtige Menschen, glaubt mir!«

»Ich glaube dir ja, mein Sohn.«

»Aber dann könntet Ihr doch für meinen toten Vater Adam Zeugnis geben. Dann könnte mein Vater doch rehabilitiert werden.«

Der Fürstbischof schüttelte lächelnd den Kopf: »Mein Sohn, dein Vater wurde von der heiligen Inquisition als Hexer verurteilt. Das bedeutet nach den Gesetzen der heiligen Mutter Kirche: Dein Vater Adam *war* ein Hexer. Die Inquisition irrt nicht. Sie hat sich noch nie geirrt und wird sich auch niemals irren, denn sie spricht jedes Urteil im Namen Gottes des Allerhöchsten.«

Amen! wollte Leberecht herausschreien, aber er schwieg. Er erstickte fast vor Wut. Er spürte die gelbe Galle in sich hochsteigen, und gleichzeitig wuchs sein Widerwille gegen die heuchlerischen Pfaffen und alles, was sie umgab. Er haßte ihre geröteten, stets frisch gewaschenen Gesichter, diese sorgfältig und mit Hingabe einstudierten Bewegungen, ihren levitierenden Gang, als schwebten sie ständig über dieser Erde, diese in Szene gesetzte Heiligkeit, und Leberecht nahm sich vor, wenn sich ihm jemals die Möglichkeit böte, einem dieser elenden Pfaffen das Handwerk zu legen, dann würde er es tun.

Als könnte er seine Gedanken lesen, sah der Fürstbischof den aufgebrachten Steinmetz an und sagte: »Ich verstehe deinen Zorn, aber er ist sinnlos wie ein Türken-Ablaß. Wie es das Gute gibt, wird es immer das Böse geben, und solange es Gutes und Böses gibt, wird es auch die Gesetze der Kirche geben. Es nützt nichts, sich dagegen aufzulehnen, dir nicht und keinem anderen.«

Leberecht nickte hilflos, und der Fürstbischof versuchte sich einschmeichelnd: »Ich hatte geglaubt, dir damit eine Freude zu bereiten, auch wenn das Grabmal keinen Namen trägt. Ich bin damit ein nicht unerhebliches Risiko eingegangen.«

Das Risiko, dachte Leberecht, hält sich, weiß Gott, in Grenzen. Selbst hierin beweist sich die Heuchelei eines Kirchenoberen, daß er nicht offen zu dem steht, was er glaubt und denkt – anonym wie dieser Grabstein.

»So danke ich Euch denn auch, Eminenz«, entgegnete er gereizt, und mit zynischem Unterton wiederholte er: »Habt vielen Dank vom Sohn des Hexers!«

»Hör zu!« fuhr der Fürstbischof, mühsam nach Worten ringend, fort und schob Leberecht vor sich her in Richtung der Kirche. »Ich habe das alles nicht ganz uneigennützig veranlaßt. Ich habe getan, was in meiner Macht lag; nun wünsche ich, daß du dich mir erkenntlich zeigst, mein Sohn.«

»Ich, Leberecht Hamann, soll mich Seiner Eminenz, dem Fürstbischof, erkenntlich zeigen?« Leberecht lachte laut und verschluckte sich dabei, und der Fürstbischof drängte ihn in eine Nische an der Außenmauer, zum Schutz vor neugierigen Augen und Ohren.

»Über das, was ich dir jetzt sage«, begann der Bischof beschwörend, »wirst du schweigen wie ein Grab. Du wirst es für dich behalten, solange du lebst und dir die Zunge abbeißen, bevor du auch nur eine Andeutung herausläßt.«

Zwischen den Grabsteinen des kleinen Kirchhofes hallte das letzte Vogelgezwitscher des Tages. Leberecht blickte nach allen Seiten; er wollte einfach nicht glauben, wie ihm geschah:

daß der Fürstbischof allein gekommen war; daß es keinen Zeugen dieser seltsamen Zusammenkunft geben sollte; und daß der Fürstbischof ausgerechnet ihn bei einer wichtigen, geheimen Sache ins Vertrauen ziehen sollte.

Nichts drückt so schwer wie ein Geheimnis, dachte Leberecht, aber wer verrät, er verwahre ein Geheimnis, der hat sich schon zur Hälfte selbst verraten. Der Gedanke huschte ihm durch den Kopf, ob die Geheimtuerei des Bischofs vielleicht im Zusammenhang mit der Hure Ludowika stünde – doch dann kam alles ganz anders.

»Du kennst Kopernikus?« begann der Fürstbischof unvermittelt, den Blick an Leberecht vorbei in die Dämmerung gerichtet.

»Den Doktor aus dem Ermland?« fragte Leberecht verdutzt. »Es ist, wenn ich nicht irre, zwanzig Jahre her, seit er starb. Erst jüngst hatte ich eines seiner Werke in Händen, doch fand ich bisher nicht die Zeit, darin zu lesen.«

Der Fürstbischof packte Leberecht bei den Armen und schüttelte ihn. »Und erinnerst du dich an den Titel des Werkes?«

»Ja, natürlich«, antwortete Leberecht ruhig. »*De revolutionibus orbium coelestium.* Ich stieß darauf in der Bibliothek der Benediktiner auf dem Michelsberg. Welche Bewandtnis hat es mit diesem Buch?«

»Keine Fragen!« murmelte der Fürstbischof halblaut und drohend. »Gibt es noch andere Bücher des Kopernikus in dieser Bibliothek?«

Verwirrt, weil er das heimliche Spiel nicht durchschaute, stammelte Leberecht, er glaube schon; die Büchersammlung der benediktinischen Abtei verfüge beinahe über jedes Buch, das irgendwo in Europa gedruckt worden sei. Andererseits habe er noch nicht nach weiteren Büchern dieses Autors geforscht, obwohl die von ihm verbreitete Lehre von den Sternen überaus interessant sei, behaupte er doch, nicht die Erde, sondern die Sonne bilde den Mittelpunkt des Weltalls, und damit stehe er im Widerspruch zur Heiligen Schrift.

»Man erzählt sich«, sagte der Bischof, und man konnte erkennen, daß ihm seine Rede nicht leicht fiel, »daß die Mönche auf dem Michelsberg neben den mit Erlaubnis der Kurie verlegten Büchern auch über solche verfügen, welche heimlich und gegen den Willen der Kirche gedruckt und verbreitet wurden, und allein deshalb gewährten sie keinem Außenstehenden Einblick.«

»Verbotene Bücher?« heuchelte Leberecht Erstaunen, und er sagte zu sich: Jetzt nur kein falsches Wort! »Ehrwürdiger Herr! Das Kloster ist ein Hort des Glaubens, und die Mönche sind Diener Gottes.«

Da verlor der Fürstbischof für einen Augenblick die Beherrschung, und er fauchte: »In allen Klöstern wohnt der Teufel. Die meisten Mönche sind nichts anderes als Ketzer in der Kutte frommer Männer. Du darfst keinem trauen, hörst du? Keinem!«

In seiner Hilflosigkeit und um den aufgebrachten Bischof zu beruhigen, nickte Leberecht zustimmend.

Das ermutigte diesen, seine Rede fortzusetzen: »Jener Nikolaus Kopernikus war ein äußerst kluger Kopf, Doktor des Kirchenrechts und der Medizin, und ein frommer Christenmensch, aber der Astronomie galt seine heimliche Liebe. Dennoch war er schlau genug, sein Hauptwerk erst nach seinem Tode zur Veröffentlichung freizugeben; so vermied er jeden Konflikt mit der heiligen Inquisition. Zum Glück ist das von dir erwähnte Werk so neuartig und ungewöhnlich, daß es kaum einer je gelesen hat. Deshalb bereitet es der heiligen Mutter Kirche auch keine Sorgen, und es wird gewiß irgendwann ungelesen vermodern, ohne daß sich jemand daran stört.«

Und was ist mit der Wahrheit, dachte Leberecht. Daran schien keiner in der Kirche wirkliches Interesse zu haben.

»Aber Kopernikus«, fuhr der Fürstbischof fort, »hat eine zweite, weit gefährlichere Schrift verfaßt, mit dem Titel *De astro minante.*«

»›Vom drohenden Gestirn‹?«

»So ist es. Ein kleines Buch mit zweiundzwanzig Kapiteln wie die Geheime Offenbarung des Johannes und von ebenso brisantem Inhalt. Kopernikus wußte um die Bedeutung dieser Schrift und hat sie nur wenigen gezeigt. Einer von ihnen war der Vorsteher der Abtei Bursfelde, der eine Abschrift davon herstellte. Und der gab sie nach dem Tode des Verfassers in einer Auflage von genau einhundertundeins Exemplaren in Druck, *ein* Buch für jede Abtei der Bursfelder Union, einer ketzerischen Reformbewegung der Benediktiner, zu der auch dieses Kloster gehört.«

»Ich verstehe«, entgegnete Leberecht.

»Nichts verstehst du!« fuhr ihn der Fürstbischof an. »Nichts! Inzwischen ist es der Kurie gelungen, hundert Exemplare ausfindig zu machen und zu vernichten – alle bis auf eines.«

Leberecht fiel es wie Schuppen von den Augen. »Und dieses Buch vermutet Ihr in der Abtei auf dem Michelsberg!«

Der Fürstbischof hob abwehrend beide Hände: »Nicht ich, mein Sohn, sondern das Heilige Offizium in Rom ist hinter dem Buch des Kopernikus her. Die Herren Kardinäle wollen es um jeden Preis.«

Leberecht rang nach Luft, er fühlte ein Schwindelgefühl im Kopf, ihm war, als begänne der Boden unter seinen Füßen zu wanken, aber gleichzeitig und zum erstenmal in seinem Leben spürte Leberecht ein Gefühl der Macht. Bei der Heiligen Dreifaltigkeit, die römische Kurie ersuchte ihn, Leberecht Hamann, um Hilfe!

Doch dies war nicht das einzige, das ihm im Schutze der Kirchenmauer durch den Kopf ging. Eine innere Stimme sagte ihm, daß die apokryphe Botschaft seines Vaters Adam jetzt plötzlich einen Sinn erhielt: FILIO MEO L. ✶ TERTIA ARCA. Die Inschrift stand vor seinen Augen, als sähe er sie zum erstenmal. Und es war vor allem ein Zeichen darin, dem er bislang keine Bedeutung zugemessen hatte: Was konnte dieser Stern in der Mitte anders sein als ein Hinweis auf das drohende Gestirn?

So mußte es sein: Sein Vater kannte das Buch. Es schien, als hätte er sich lange damit beschäftigt und nachgedacht, wie er das brisante Wissen weitergeben könnte. Vielleicht erschien er ihm als zu jung oder zu dumm, um ihn mit dem Inhalt vertraut zu machen, oder der kahle Adam wollte ihn nur für den Fall an seinem Wissen teilhaben lassen, daß er sich durch alle Bücher der dritten Arca durchgelesen hatte oder auf andere Weise darauf gestoßen wurde. Hätte er geahnt, daß ausgerechnet der Fürstbischof seinen Sohn auf die richtige Fährte setzen würde, so wäre ihm diese Ironie gewiß nicht entgangen. Auch Leberecht mußte lachen.

»Du lachst?« knurrte der Fürstbischof ungehalten. »Mir scheint, du nimmst die Aufgabe nicht ernst?«

Er stieß Leberecht beiseite und ging, die Hände auf dem Rücken verschränkt, unruhig vor der Mauernische auf und ab.

»Und wenn mein Preis dafür wäre«, sagte Leberecht lauernd, »diesen namenlosen Stein mit einer Inschrift zu versehen, wie Ihr sie vorgetragen habe?«

Der Fürstbischof wandte sich schroff um und baute sich vor Leberecht auf:

»Du darfst nicht glauben, du hättest mich oder die Kurie oder gar die heilige Mutter Kirche in der Hand und könntest das Buch gleichsam meistbietend verhökern. In diesem Fall oder wenn es dir angebracht scheinen sollte, uns hinzuhalten, dann gäbe es eine Reihe Zeugen, die vor der heiligen Inquisition den Ehebruch der schönen Wirtin Martha Schlüssel testierten.«

Leberecht erstarrte. Der Triumph, der ihn eben noch erfüllt hatte, fiel in sich zusammen wie morsches Gebälk; er fühlte nur noch Ohnmacht und dumpfe Wut.

»Hochwürdiger Herr«, sagte Leberecht, »wißt Ihr, wie viele Bücher die Benediktiner in ihrer Bibliothek hüten?« Seine Stimme überschlug sich; er stockte und begann zu zittern. »Es mögen hundertmal tausend Bücher sein, und die Ordnung, in der sie aufgestellt sind, gleicht eher dem Chaos vor der Schöpfung. Ich weiß nicht, wie lange es dauern kann, bevor ich fündig werde. Gebt mir Zeit, und ich werde tun, was in *meiner* Macht steht.«

»Die Zeit sollst du haben«, kam es zurück. Leberecht erkannte den Fürstbischof nur noch als einen dunklen Schattenriß, er glaubte Hohn aus seiner Stimme herauszuhören. Und diese Stimme sagte leise, aber in bestimmendem Tonfall: »Dreißig Tage und keinen Tag mehr!«

Anstatt zu antworten, lehnte sich Leberecht mit dem Rücken an die Kirchenmauer und blinzelte ratlos in den wolkenlosen Himmel, wo der Abendstern erschien wie ein Unheil verkündender Komet. Ihm wurde von einem Augenblick auf den anderen bewußt, daß er, vor allem aber Martha – ob er das Buch des Kopernikus finden würde oder nicht – dem Fürstbischof und den Schergen der Inquisition ausgeliefert sein würde, und daß es nur *einen* Ausweg gab in dieser Situation: die Flucht.

»Nun gut«, sagte Leberecht, »dreißig Tage sollten mir reichen.«

KAPITEL VI

FLUCH UND VERGESSEN

HÖCHST ÜBERRASCHT WAR LEBERECHT, als er am nächsten Morgen die Bibliothek der Benediktiner aufsuchte und dort einem Mann begegnete, den er, obwohl er ihm in gewisser Weise ans Herz gewachsen war, lange nicht gesehen hatte: Frater Luitger.

Für Luitger kam die Begegnung ebenso unerwartet. Er wühlte in einem Stoß aufgeschlagener Karten, Bücher und Handschriften, als wäre er einem Problem größeren Ausmaßes auf der Spur wie der verschollenen Bundeslade, auf deren Verbleib immer wieder in obskuren Werken seltsame Hinweise auftauchten.

»Ihr macht Euch rar in letzter Zeit, Frater Luitger«, meinte Leberecht freundlich. »Habe ich Euch durch irgendein Wort oder mein Verhalten gekränkt oder beleidigt? Laßt es mich wissen, damit ich Abbitte leiste!«

Luitger hob beschwichtigend die Hand, ohne sich bei seiner Arbeit stören zu lassen, und entgegnete: »Ganz und gar nicht, mein Freund. *Ich* muß dich um Entschuldigung bitten, daß ich mich in letzter Zeit so wenig um dich gekümmert habe! Dahinter verbirgt sich keine Absicht. Abt Lucius hat mich mit einer besonderen Aufgabe betraut, die größere Vorbereitung erfordert und mir die Möglichkeit nimmt, mit dir weitere Studien zu betreiben. Aber wie ich hörte, hast du in Frater

Emmeram Ersatz gefunden. Er ist ohnehin der Klügste von uns allen.«

»Ihr seid gekränkt, stimmt's?« Leberecht trat an das Kartenpult heran, um zu erkunden, welchem Landflecken Luitgers Interesse galt.

»Bei der Heiligen Jungfrau, nein, warum sollte ich gekränkt sein? Wir sind doch alte Freunde!«

»Aber was ist dann der Grund für Eure Verschwiegenheit und Zurückhaltung?«

Die Karten auf dem Pult zeigten das Gebiet des Fürstbischofs von Salzburg, auf einem breitformatigen, vielfach gefalteten Bogen war die Republik Venedig zu erkennen, und ein hochformatiges Blatt beschrieb, von Ranken umrahmt, das Königreich Neapel.

»Man könnte meinen, Ihr wollt eine weite Reise machen!«

Luitger wandte sich Leberecht zu und erwiderte: »Was ich dir jetzt sage, bleibt unter uns; denn eine weite Reise wird um so gefährlicher, je mehr Mitwisser sie hat. Die Kongregation meines Ordens schickt mich in geheimer Mission nach Montecassino in Kampanien, wo der heilige Benedikt vor tausend Jahren ein Kloster gründete.«

»Darum die vielen Karten! Und der geheime Zweck? Laßt mich raten! Wenn es gar so geheim ist, kann es nur um wertvolle Gütern gehen. Einen Goldtransport?«

»Nicht Gold, aber etwas ebenso Kostbares! Mehr will ich nicht verraten.«

Leberecht schlug sich mit der flachen Hand auf die Stirn. »Wenn ein Mönch wie Ihr von einem Kloster zum anderen reist und sein Gepäck ist kostbar wie Gold und doch ist es keines, so kann es sich nur um eine Reliquie handeln!«

Der Frater staunte: »Woher weißt du?«

»Frater Emmeram hat mir von der Trübsal berichtet, die ihn befiel, als Frater Melchior, Gott hab' ihn selig, das goldene Döschen öffnete, das in die Altarplatte Eurer Klosterkirche eingelassen war und ein Barthaar des heiligen Benedikt von Nursien enthalten sollte, aber nichts darin fand außer Fliegendreck, obwohl dieses Reliquiar nachweislich aus dem Besitz des heiligen Kaisers Heinrich stammte.«

»Wenn du so gut unterrichtet bist, brauche ich aus meiner Mission kein Geheimnis zu machen. Es ist, wie du vermutest. Ich reise nach Italien, um einen Reliquientausch vorzunehmen ...«

»Ein Tauschhandel?«

»Wenn du willst, könnte man es so nennen. Doch ist es besser, zwei Klöster tauschen untereinander ihre Reliquien, als daß sie auf einen Reliquienhändler angewiesen sind, wie sie zu Hunderten durch Europa ziehen und gewisse Körperteile, vermischt mit Rinderknochen oder den getrockneten Eingeweiden von Schweinen, meistbietend veräußern.«

Leberecht lachte, er schüttelte sich vor Lachen, daß er sich verschluckte, und meinte hustend: »Euer Glaube an die Bedeutung von Reliquien hält sich, wie mir scheint, in Grenzen!«

Luitger legte den Finger auf seine Lippen und mahnte zur Zurückhaltung: »Wenn Relikte von Heiligen bei gewissen Menschen fromme Gefühle wecken, so ist dagegen wenig einzuwenden. Für bedenklich halte ich nur die Sucht, mit der mancherorts der Reliquienkult betrieben wird, so daß geschäftstüchtige Händler noch heute Tropfen vom Schweiß verkaufen, den unser Herr Jesus auf den Ölberg vergossen haben soll, oder Krumen vom letzten Abendmahl und Knochensplitter der Rippe Adams, aus welcher der Schöpfer Eva erschuf.« Er winkte Leberecht näher zu sich heran und fuhr in leisem Tonfall fort: »Unsere Abtei befindet sich in einer mißlichen Lage, denn die Weihe unserer Kirche ist nach den Gesetzen der Kirche ungültig, weil im Altar kein Partikel der sterblichen Hülle des Schutzpatrons eingelassen ist. Gott sei Dank haben nur der Abt, meine Wenigkeit und Frater Emmeram davon erfahren – und Frater Melchior, aber der ist tot. Und nun weißt du es, mein Freund.«

Die Aufzählung klang seltsam in Leberechts Ohren, doch seine Neugierde war größer. »Und nun sollt Ihr in Italien eine Reliquie des heiligen Benedikt besorgen.«

»Er liegt in der Abtei Montecassino begraben, und uns wurde die linke kleine Zehe zugesichert.«

»Beachtlich.« Leberecht konnte den Spott in seiner Stimme nur mit Mühe verbergen. »Und mit welcher Gegenleistung könnt Ihr aufwarten?«

Luitger wurde verlegen, er wühlte wie wild in den Karten, die vor ihm lagen, als suchte er dort nach einer Antwort. Aber plötzlich hielt er inne und sprach: »Du kennst das Gnadenbild der Madonna mit dem Kind auf dem linken Seitenaltar, das Werk eines unbekannten Meisters aus dem vorvorigen Jahrhundert? Im Sockel dieser Statue ist, von Edelsteinen eingerahmt, eine Reliquie zu sehen.«

»Ein Stückchen Schrumpelhaut. Ich sah es mit Grausen.«

»Bei dieser Reliquie soll es sich um ein Stückchen der Vorhaut unseres Herrn handeln, an der er nach altem Ritus am achten Tag seines Erdenlebens beschnitten wurde ...«

»*O sanctum praeputium!*« entfuhr es Leberecht, und er fügte mit hochrotem Kopf hinzu: »Verzeiht die dumme Bemerkung, aber es fällt mir schwer, dabei ernst zu bleiben. Immerhin gibt es ein gutes Dutzend Kirchen und Klöster, die sich rühmen, die allerheiligste Vorhaut in ihrem Besitz zu haben. Nach Hildesheim, Brügge, Antwerpen und Metz pilgern Tausende schwangerer Frauen, weil sie sich vom Anblick des kupierten göttlichen Zipfelchens eine kräftigende Wirkung versprechen. Nur, wer hat das einzig wahre und echte Zipfelchen des Herrn, wo doch schon die heilige Katharina von Siena, ob ihrer Heiligkeit über jeden Zweifel erhaben, das Praeputium des lieben Jesuleins als unsichtbaren Ring am Finger trug?«

Der schwarze Frater nickte zustimmend. »Ich kann dich nicht einmal tadeln wegen deiner Worte. Denn davon abgesehen, daß das Praeputium unseres Heilands von abnormer Länge hätte sein müssen, wäre auch nur die Hälfte aller gezeigten Reliquien echt, so stellt jedes einzelne Exemplar ein großes theologisches Problem dar, und das ist der Grund, warum Abt Lucius bereit ist, sich von dem Stück zu trennen.«

»Ein theologisches Problem?«

»Nun«, meinte Luitger mit ernstem Gesicht, »nach der Glaubenslehre unserer Kirche ist unser Herr Jesus mit Leib und Seele in den Himmel aufgefahren ...«

»Ich verstehe«, unterbrach Leberecht, »das bringt einen frommen Christen in arge Verlegenheit. Denn glaubt man der Lehre der heiligen Mutter Kirche, dann hätte natürlich auch die Vorhaut unseres Herrn Jesus in den Himmel aufgenommen werden müssen, getrennt oder in mehreren Teilen; jedenfalls dürfte kein einziges Praeputium auf Erden zurückgeblieben sein. Andererseits aber versündigt sich jeder am Glauben, der die Echtheit dieser Zipfelchen in Zweifel zieht.«

Luitger hob mahnend den Finger: »So darfst du denken, aber nicht reden.«

»Verzeiht«, sagte Leberecht. »Ich hatte nicht die Absicht, Euch zu kränken.«

»Von Kränken kann keine Rede sein«, erwiderte der Frater. »Ich will dich nur warnen, daß du dir, so du diese Worte öffentlich gebrauchst, den Vorwurf der Ketzerei einhandelst – und was das bedeutet, brauche ich dir nicht zu sagen.«

»O nein, nein, nein«, rief Leberecht aufgebracht. »Aber Ihr seid ein Freund; mit Euch kann ich doch so reden, wie ich denke.«

Der Frater streckte ihm die Hand entgegen und lächelte.

Während Luitger sich weiter mit seinen Karten beschäftigte und auf einem gerollten, breiten Papierstreifen die Reiseroute und wichtige Anmerkungen festhielt, machte Leberecht sich an der dritten Arca zu schaffen, drehte, wie er es oft in den letzten Wochen getan hatte, das Regal um seine eigene Achse und forschte vor der verbotenen Rückwand nach jenem Buch, das für den Fürstbischof so große Bedeutung hatte.

War es schwierig genug, ein bestimmtes Buch in dieser Bibliothek zu suchen, so glich die Suche im verbotenen Teil der Arcae der Suche nach der Nadel im Heuhaufen, weil keines dieser Bücher auf dem Rücken beschriftet und somit kenntlich war, was Inhalt und Urheber betraf. Die einzigen Anhaltspunkte, die Leberecht hatte, waren das kleine Format des gesuchten Buches und sein astronomischer Inhalt, der es in einer der oberen Reihen unter dem Gewölbe ansiedelte. Also legte Leberecht die Leiter an und kletterte nach oben, vorbei an Geographie und Geometrie bis zu den Büchern, welche die Gestirne zum Inhalt hatten.

Von unten erscholl, gleichsam aus irdischen Gefilden, Luitgers Stimme: »Was suchst du über den Wolken, Freund?«

»Ach, nichts weiter«, tat Leberecht verharmlosend, »ein nachgelassenes Werk des Nikolaus Kopernikus, Doktor des Kirchenrechts und der Medizin und Sterndeuter von eigenen Gnaden.«

»Diesen Kopernikus findest du auf der anderen Seite der Arca«, rief Luitger nach oben. »Sein Werk trägt den vollen Titel *De revolutionibus orbium coelestium libri VI.* Sehr interessant übrigens und obwohl es ein heliozentrisches Weltbild verkündet, das sich gegen die Lehre der Kirche richtet, von dieser *nicht* verboten. Aber das liegt vermutlich daran, daß nur wenige den Erklärungen des Herrn Kopernikus überhaupt zu folgen imstande sind.«

»Dieses Buch meine ich nicht«, rief Leberecht von der Leiter. »Ich suche ein anderes Buch des Meisters. Es heißt *De astro minante* und ist, wie ich hörte, von der Kurie nicht wohl gelitten.«

Leberecht fuhr in seiner Suche fort und lauschte auf eine Antwort von Luitger, aber es blieb still – unheimlich still, so daß Leberecht nach einer Weile nach unten blickte. Er erschrak. Frater Luitger saß starr auf seinem Stuhl, den Blick nach oben gerichtet, als hätte Gott der Herr soeben das Jüngste Gericht angekündigt.

»Was ist mit Euch?« fragte Leberecht ängstlich.

»Wie lautet der Titel des Buches?«

»De astro minante.«

»Woher weißt du von der Existenz dieses Werkes?«

»Mein Vater Adam hat mir eine Botschaft hinterlassen«, antwortete Leberecht, der es für besser hielt, die Zusammenkunft mit dem Fürstbischof nicht zu erwähnen. »Er meinte, es sei ein bedeutungsvolles Buch und ich müßte seinen Inhalt unbedingt kennen.«

Der schwarze Frater, sonst eher ruhig und gelassen und durch nichts aus der Fassung zu bringen, fuchtelte in der Luft herum und rief aufgeregt: »Dieses Buch solltest du schleunigst vergessen. Es bringt nur Unglück.«

»Unglück?« Leberecht lachte keck. »Bücher bringen kein Unglück. Unglück bringen nur die Taten, die den Büchern folgen.«

Da richtete Luitger die Augen zum Himmel, so als hätte sein junger Freund etwas Unsinniges gesagt, und er entgegnete: »Denk an deinen Vater Adam; ihn hat dieses Buch in den Tod getrieben!«

Leberecht, der die bisherige Unterhaltung von der obersten Sprosse der Leiter geführt hatte, glitt, behende wie ein Baumtier die senkrechten Holme umfassend, in die Tiefe. In seinem Gehirn wuchs ein furchtbarer Gedanke, und eine grauenvolle Empfindung bemächtigte sich seines Körpers, ein Gefühl, als trete er in ein modriges, ekelerregendes Kellerloch. Er fröstelte. Und weil Luitger keine Anstalten machte, seine Andeutung zu erklären, fragte Leberecht: »Wovon redet Ihr?«

»Wovon ich rede? Von diesem Unheil bringenden Buch, das besser nie geschrieben worden wäre.«

»Was meint Ihr damit, Frater, das Buch habe meinem Vater den Tod gebracht? Daß es tödlich sein kann, ein Buch zu schreiben, ist hinreichend bekannt; aber seit wann werden Leser mit dem Tode bestraft?«

Frater Luitger erhob sich, faßte Leberecht am Ärmel und zog ihn mit sich fort, als fürchtete er, sie könnten belauscht werden. Auf dem Weg zum rückwärtigen Teil der Bibliothek, wo breite Mauernischen zu den Fenstern führten, erklärte er: »Ich kann nicht beweisen, daß der Tod deines Vaters in direktem Zusammenhang mit der Auffindung dieses Buches steht; aber daß du jetzt danach fragst, bestätigt meine Ahnung, daß es nicht anders gewesen sein kann.«

»Und das laßt Ihr mich erst jetzt und eher zufällig wissen?«

»Mein Freund, ich sagte doch, mir fehlt der Beweis; und

deshalb wollte ich dich nicht beunruhigen – geschweige denn, dich selbst in diese Sache hineinziehen. Dein Vater Adam, Gott sei seiner armen Seele gnädig, starb kurz nach einem Zusammentreffen mit dem Inquisitor Bartolomeo. Nach meinen Beobachtungen segneten in jüngerer Zeit auffallend viele Christenmenschen das Zeitliche, die ein Gespräch mit dem Inquisitor gehabt hatten. Ich selbst wurde von Frater Bartolomeo einmal als Zeuge geladen – ein Fall übrigens, der nicht zur Zufriedenheit des Inquisitors ausging –, und damals bot er mir während der Unterredung Wein aus einem Zinnkrug an, höchst ungewöhnlich bei einem Verhör.«

»Ihr meint, Frater Bartolomeo habe seinen Opfern Gift verabreicht? Warum hätte er das tun sollen, wo ihm doch die Möglichkeit offenstand, einen Sünder zum Tod auf dem Scheiterhaufen zu verurteilen?«

»Für den Fall, daß die Anklage auf tönernen Füßen stand, erscheint das eine einfache Möglichkeit, sich unliebsamer Kritiker zu entledigen, die der Inquisition gefährlich werden können. Dein Vater Adam, scheint mir, war so ein Fall. Er war klug und belesen und tat seine Meinung kund ohne Rücksicht auf die Lehrmeinung der Kirche.«

Die beiden standen sich lange und schweigend in der Fensternische gegenüber, in der Leberecht schon Stunden zugebracht und über den Inhalt gelesener Bücher nachgedacht hatte. Das Fenster mit den runden Butzenscheiben, die den Blick nach draußen auf groteske Weise verzerrten, erschien ihm wie ein Symbol, als schwer durchschaubare Grenze zwischen Theorie und Wirklichkeit. Die Theorie, die in den Büchern der Bibliothek gelehrt wurde, erschien klar und eindeutig; aber hinter den Scheiben spiegelte sich die verzerrte Wirklichkeit, und diese Wirklichkeit hatte mit dem Inhalt der Bücher oft nichts gemein. Ein Blick aus dem Fenster genügte, um Gutes zum Bösen, Heilige in Teufel und scheinbare Dummköpfe in Philosophen zu verwandeln – und umgekehrt.

Schließlich stellte Leberecht die Frage: »Aber was hat das alles mit dem verbotenen Buch des Kopernikus zu tun?«

»Das Buch ist nicht verboten!« entgegnete Luitger aufgebracht. »Es hat überhaupt nie existiert, verstehst du?«

»Nein. Das müßt Ihr mir erklären, Frater Luitger!«

Der Frater schien sehr aufgeregt, er ging schnellen Schrittes zur dritten Arca, raffte seine schwarze Kutte bis über die Knie und stieg hastig, immer zwei Sprossen auf einmal nehmend, die Leiter empor bis unter das Gewölbe, wo er dem obersten Fach ein kleines Buch entnahm; dann stieg er ebenso hastig herab.

Am Fuße der Leiter erwartete ihn Leberecht. »Ist dies das Buch, das nie existiert hat?« erkundigte sich Leberecht nicht gerade ernsthaft.

Luitger nickte. »Dieses Buch des Kopernikus enthält so viele teuflische Gedanken, daß die Kurie in Rom seine Existenz einfach leugnet. Ein Buch mit dem Titel *De astro minante* aus der Feder des Nikolaus Kopernikus hat es nach ihrer Aussage nie gegeben. Aus diesem Grund wurden alle gedruckten Exemplare des Buches aufgespürt und vernichtet. Bis auf eines.« Luitger sah Leberecht an, als hätte er soeben dem Teufel seine Seele verschrieben. »Das hier.«

Leberecht nahm das Buch in die Hand. Es war ein unscheinbarer Band, doch als er ihn gegen das Licht hielt, sah er in dem Ledereinband einen einzigen geprägten Stern.

Der Stern! Das Zeichen, das ihm sein Vater hinterlassen hatte. Jetzt war er am Ziel.

Leberecht schlug das Buch auf; sein Blick fiel auf den lateinischen Text. »*Aristotelis divini universum nec Iulii Caesaris calendarium protegere nos non possunt ab astro minante ...*«* Er war viel zu aufgeregt, als daß er in der Lage gewesen wäre, weiterzulesen. »Aber Kopernikus war ein frommer Mann der Kirche«, stammelte er, »und die Inquisition hat sich nie mit ihm befaßt!«

»Warum sollte sie auch? Wo es dieses Buch überhaupt nicht gibt?«

* Das Universum des erhabenen Aristoteles und der Kalender des Julius Caesar können uns nicht schützen vor dem drohenden Stern ...

»Ich verstehe«, antwortete Leberecht, »aber was ist nun das Verwerfliche an seiner These? Daß die Erde keine Scheibe ist, zwischen der Hölle unten und dem Himmel oben, sondern eine Kugel? Das kann man schon bei den Philosophen der alten Griechen nachlesen – so man ihre Sprache versteht. Und daß die Erde sich um die Sonne dreht, das mag man glauben oder nicht, aber das hat er bereits in seiner Denkschrift *Commentariolus* behauptet, und keiner hat ihm widersprochen.«

Luitger antwortete: »Kopernikus behauptet in der Tat, daß die Erde sich, entgegen kirchlicher Lehre, um die Sonne dreht, die der Mittelpunkt des Alls sei. Papst Clemens ließ sich selbst darüber unterrichten, weil jene Denkschrift auch Überlegungen zu einer Kalenderreform enthielt.«

»Das klingt nicht nach einem Ketzer.«

»Doktor Kopernikus war ein vorsichtiger Mann. Was ihn dazu gebracht hat, die ungeheuerlichen Erkenntnisse in seiner letzten Schrift – dem Buch, das es nicht gibt – überhaupt niederzulegen, weiß keiner. War es Rache, daß man ihn nicht ernst nehmen wollte? War es der Zwang, der im System liegt, wenn es einmal existiert? Denn, was das Schlimmste ist, er behauptet es nicht nur, er beweist es mit mathematischer Genauigkeit.«

»Was, Frater, was beweist Kopernikus?«

»Daß die Bahnen der Planeten nicht einen vollkommenen Kreis beschreiben, der vollkommenen Schöpfung Gottes entsprechend, sondern anderen Gesetzen gehorchen, die sich aus sich selbst erklären. Und – der Titel des Buches, *De astro minante*, verrät es – daß ein Himmelskörper, größer als die Erde, unaufhaltsam aus den Tiefen des Alls auf die Erde zustürzt. Er bewegt sich mit unvorstellbarer Geschwindigkeit und wird Anno Domini 1582, am 8. Oktober, die Erde aus ihrer Bahn reißen und sie in die Sonne stürzen.

Die Schlußfolgerung, die Kopernikus daraus ableitet – und man kann sie nicht von der Hand weisen –, ist, daß das Jüngste Gericht nicht stattfindet, jedenfalls nicht so, wie es die Heilige Schrift verkündet. Es wird keinen neuen Himmel und keine neue Erde geben. Das Jüngste Gericht ist, nach Kopernikus, eine unvorstellbare Naturkatastrophe, die kein Mensch überleben wird.«

Leberecht schwieg. Das Buch in seinen Händen wurde plötzlich so schwer, daß er es zuschlug und auf dem Lesepult ablegte. Er wußte nicht, was er sagen, was er denken sollte, er hatte Angst. »Und mein Vater Adam kannte den Inhalt ebenso wie Ihr?« fragte Leberecht.

Luitger nickte stumm.

Mit einem Mal war sich Leberecht bewußt, in welch gefährlicher Situation er sich befand und daß sich hinter der Drohung des Fürstbischofs ein viel ernsterer Hintergrund verbarg, als er bisher angenommen hatte. Und er stellte sich die Frage, ob nicht der Vorgänger des Fürstbischofs an seinen Vater mit derselben Forderung herangetreten war, das Buch *De astro minante* ausfindig zu machen und ihm zu überbringen.

»Ich weiß nicht«, begann Frater Luitger aufs neue, »ob du die ganze Tragweite begreifst, die zwischen diese beiden Buchdeckel gepreßt ist. Das Konzil von Trient, das soeben nach achtzehnjähriger Dauer beendet wurde, erwähnt dieses Buch im *Index librorum prohibitorum** mit keinem Wort. Aber hinter verschlossenen Türen hielt es ein Häuflein Bischöfe und Kardinäle jahrelang in Atem. Ein Dutzend, so viele wie die Apostel des Herrn, traf schließlich, mit Zustimmung der anderen Unwissenden, die dogmatische Entscheidung, nach der jede Auslegung der Schrift, die der Auslegung der Kirchenväter, der Psalmen und der Prediger Salomo und Josua zuwiderläuft, verboten ist.«

»Also ist Kopernikus doch ein Ketzer!«

»Mitnichten! Denn es läßt sich beweisen, daß sein allseits bekanntes Werk über die Planetenbahnen fehlerhaft ist, so daß sich daraus kaum genauere Voraussagen gewinnen lassen. Nur jenes andere Buch könnte die Lehre der Kirche erschüttern. Könnte, sage ich, weil doch dieses Buch gar nicht existiert oder weil nur ein paar wenige von seinem Inhalt wissen. Nur sie

*Verzeichnis verbotener Bücher

könnten Kopernikus der Häresie anklagen. Doch werden sie sich hüten, das zu tun. Ich glaube, diesen Verrat würde keiner überleben.«

Leberecht hatte Mühe, seine Gedanken zu ordnen. Es bereitete ihm Schwierigkeiten, dem Frater zu folgen, denn jede seiner Erklärungen warf neue Fragen auf. Zum Beispiel diese, die er umgehend stellte: »Warum habt Ihr das Kopernikus-Buch dem Fürstbischof bisher nicht ausgehändigt? Dann hättet Ihr ein für alle Male Eure Ruhe.«

Luitger schüttelte den Kopf: »Dieses Buch ist für uns ein Faustpfand, daß wir an diesem Ort bleiben können. Den Fürstbischöfen ist die Abtei auf dem Michelsberg schon lange ein Dorn im Auge. Sie wären uns lieber heute als morgen los und finden immer neue Begründungen, uns auszuweisen, obwohl unsere Abtei Klosterimmunität genießt. Solange sich dieses Buch in unserem Besitz befindet, wird kein Fürstbischof es wagen, uns aus seinem Land zu weisen. Er müßte befürchten, daß wir den Fluch des Kopernikus verbreiten.«

Leberecht trat ans Fenster und blickte durch die trüben Scheiben, die alles bis zur Unkenntlichkeit verzerrten. Wie sollte er Luitger klarmachen, daß er dieses Buch brauchte, da sein Leben davon abhing, ob er es dem Fürstbischof überbrachte oder nicht. »Es ist ein Wunder«, wandte er sich an den Frater, »daß dieses Buch bisher nicht entwendet wurde und immer noch an dem Ort steht, der ihm zugedacht ist.«

»Wo ist ein Buch wohl sicherer versteckt als unter anderen Büchern?« lachte der schwarze Mönch, und seine Zahnlücke wurde sichtbar. »Aber natürlich haben wir auch daran gedacht. Deshalb ließ der Abt das Werk schon vor vielen Jahren im Skriptorium kopieren. Zwanzig Brüder schrieben das Werk von hinten nach vorne ab, jeder jeweils eine Seite, so wie das bei geheimen Schriften üblich ist, damit keiner den Inhalt verstehen konnte, und noch heute werden die einzelnen Seiten getrennt voneinander im Skriptorium aufbewahrt und es wäre nicht einfach, sie zu einem Ganzen zusammenzufügen.«

Nach diesen Worten ergriff Luitger das Buch des Kopernikus und schickte sich an, auf die Leiter zu steigen, um das Werk an die Stelle zurückzustellen, von der er es entnommen hatte.

Da sprang Leberecht hinzu, hielt den Frater an seiner schwarzen Kutte fest und rief aufgeregt und mit sich überschlagender Stimme: »Überlaßt mir das Buch, ich bitte Euch um Christi willen. Ich muß es haben!«

Verärgert befreite sich Luitger aus der Umklammerung und während er weiter nach oben stieg, knurrte er: »Laß' gut sein, mein Sohn! Am vernünftigsten wäre es, wenn du die ganze Angelegenheit vergäßest.« Der Frater ließ sich nicht beirren und stellte das Buch zurück; dann stieg er die Leiter herab.

In Leberechts Augen blitzte ohnmächtige Wut. Er ballte die Fäuste, als wollte er auf den Bruder losgehen und machte einen verwirrten Eindruck. »Ich sagte Euch doch, ich *muß* das Buch haben. Bitte!«

Auf dieses merkwürdige Verhalten konnte Luitger sich keinen Reim machen. Er musterte seinen Schüler befremdet, schließlich legte er ihm die rechte Hand auf die Schulter und versuchte ihn zu beschwichtigen: »Ich kann mir vorstellen, wie sehr dich das alles belastet, und vielleicht wäre es besser gewesen zu schweigen, aber jetzt ist es gesagt, und du mußt damit leben.«

»Ich *muß* das Buch haben, hört Ihr, ich *muß!*« Leberechts Stimme klang verzweifelt, und er begann, stockend zuerst, dann aber immer schneller, als wollte er hastig eine Beichte loswerden, von seinen Begegnungen mit dem Fürstbischof zu erzählen, von dem Versuch, ihn über die Abtei der Benediktiner auszuforschen, und seiner bedrohlichen Erpressung. Die Drohung des Fürstbischofs und nicht der Inhalt des Kopernikus-Buches sei es, die ihn so verzweifelt erscheinen ließe.

Luitger hörte wie versteinert zu. Obwohl er dem Fürstbischof manche Hinterlist zutraute, überraschte ihn der Weg, den dieser gewählt hatte, um an sein Ziel zu gelangen. Er wandte sich ab, um seine Gedanken zu sammeln; den Blick zu Boden gerichtet, ging er zwischen den Lesepulten auf und ab. Plötzlich hielt er inne und blickte auf.

»Über eines solltest du dir klar sein, mein Sohn: Es würde deinen Tod bedeuten, wolltest du den Willen des Fürstbischofs erfüllen. Sobald er das Buch in seinen Besitz gebracht hätte, würde er dich beseitigen. Denn du wärst ein viel zu gefährlicher Mitwisser, nicht minder gefährlich als dein Vater Adam. Versuchtest du aber Seiner Eminenz vom Domberg klarzumachen, daß das gesuchte Buch nicht aufzufinden ist, dann wärst du erst recht das Ziel seiner Angriffe, einerseits Mitwisser, andererseits jederzeit in der Lage, *ihn* zu erpressen.«

»Das bedeutet«, erwiderte Leberecht, »ich habe die Wahl zwischen Skylla und Charybdis, Erhängen oder Ertrinken.«

So entstand eine beklemmende Pause, lang wie das Schweigen des Dompredigers vor dem erlösenden »Amen«. Und wie eine Erlösung schien es Leberecht auch, als der Frater zu reden begann: »Für dich gibt es nur einen einzigen Ausweg. Du mußt fort von hier, weit fort, wohin der Arm des Fürstbischofs nicht reicht, und zwar so schnell wie möglich.«

Leberecht sah Luitger an. Er ahnte, daß sie in diesem Augenblick beide das gleiche dachten, und sagte: »Ich könnte Euch auf der Reise nach Montecassino als Begleiter von Nutzen sein. Was meint Ihr, Frater Luitger?«

Der zögerte nicht lange. »Sich dem Tode auszuliefern ist wider die Natur des Menschen. Du *mußt* fliehen, wenn du überleben willst. Es muß nur heimlich geschehen, ohne Wissen der anderen. Abt Lucius hat sicher nichts dagegen, dir eine Novizenkutte zu überlassen, wenn er dafür die Reliquien in Sicherheit weiß.«

Leberecht fiel dem Frater in die Arme. Luitger erschien ihm auf einmal wie ein Engel, den der Herr in höchster Not vom Himmel sandte: »Italien«, schwärmte er, »Italien, das Land der Künste! Wie oft hat mir mein Meister Carvacchi von Italien vorgeschwärmt und behauptet, dort gebe es eine andere Welt, eine andere Zeit! Was hält mich schon in dieser Stadt, deren Namen mir nicht mehr über die Lippen kommt, seit mein Vater Adam in ihren Mauern verbrannt wurde und wo mich früher oder später das gleiche Schicksal erwarten würde?«

Die finstere Miene Frater Luitgers erhellte sich zusehens. Leberecht konnte ihm bei seiner Mission in der Tat von großem Nutzen sein. Vier Augen erkannten mehr Häscher als zwei, und der junge Steinmetz war zudem ein kräftiger Mann, der sich zu wehren wußte, wenn es hart auf hart kam. Jetzt galt es nur noch, Abt Lucius von der Notwendigkeit zu überzeugen. Der kannte Leberecht seit den Zeiten der Pestilenz und schätzte seine Bildung. Daher würde er gewiß keinen Grund sehen, sein Begehren abzulehnen.

»Wir werden Abt Lucius den wahren Grund deiner Flucht verschweigen«, sagte Luitger, »je weniger Mitwisser wir haben, desto besser. Vor allem möchte ich dem Abt keine Gelegenheit geben, sich die Sache lange zu überlegen.«

Dem pflichtete Leberecht bei, und so beschlossen die beiden, sich schon am folgenden Abend um dieselbe Zeit wieder an diesem Ort zu treffen, um die Einzelheiten der Reise zu besprechen.

Auf dem Nachhauseweg durch die dunklen Gassen kam Leberecht die Stadt plötzlich fremd vor, so als wäre sie schon lange nicht mehr seine Heimat. Während er den Domplatz überquerte, schlug die Turmuhr acht. Dort, wo linkerhand die Steinstufen hinab zum Sand führten, hielt er inne. Martha kam ihm in den Sinn. Er hatte bisher bei all seinen Überlegungen *ihr* Schicksal, das aufs innigste mit dem seinen verknüpft war, außer acht gelassen. Jetzt schämte er sich dafür.

Leberecht ließ sich auf der Mauer nieder, die den Domplatz zur Stadt hin einrahmte, und dachte nach. Seit Martha ihn geohrfeigt hatte, hatte seine Leidenschaft zu ihr abgenommen – jedenfalls empfand er das so –, aber die Liebe zu ihr war eher gewachsen. Nein, er konnte, er durfte Martha nicht im Stich lassen. Trug er nicht die Hauptschuld an ihrer mißlichen Lage? Wußte Martha überhaupt, wie es um sie stand? Wußte sie, daß sie dem Fürstbischof als Ehebrecherin bekannt war? Er *mußte* es ihr sagen, er mußte einen letzten Versuch unternehmen, sie dazu zu bewegen, mit ihm zu fliehen.

Auch auf die Gefahr, mit seinem Ziehvater Jakob Heinrich Schlüssel zusammenzustoßen, lenkte Leberecht seine Schritte die Steinstufen abwärts zum Sand. Es war Abend, und Leberecht wußte Martha um diese Zeit in ihrer Kammer. Er wählte nicht den Haupteingang, an dem noch reger Verkehr herrschte, sondern begab sich durch die schmale Feuergasse, die in der Höhe von zwei Schwibbögen überspannt wurde, zum hinteren Eingang. So gelangte er über das Treppenhaus zu Marthas Kammer.

Es brannte Licht, und Leberecht klopfte. Nichts. Er versuchte es ein zweites Mal und rief verhalten: »Ich bin's, Leberecht! Ich muß mit dir reden!«

Da wurde die Tür vorsichtig geöffnet. Als Martha ihn sah, zog sie ihn in die Kammer und fiel ihm um den Hals. Sie schluchzte. Ihr Körper wurde von Weinkrämpfen geschüttelt, und Leberecht mußte an sich halten, daß er nicht selbst losheulte.

»Laß uns fliehen, weit fort von hier«, flehte sie. »Laß uns an einen Ort gehen, wo die Ehrlichkeit regiert, wo die Priester Seelsorger und keine Spione, die Bischöfe Hirten und keine Scharfrichter sind. Ich will mit dir gehen, wohin du willst!« Dabei krallte Martha sich an ihn, als fürchtete sie, ihn zu verlieren.

Leberecht verstand die Welt nicht mehr. Hatte sie ihn nicht gerade erst abgewiesen und ihn wissen lassen, ihr Verhältnis sei eine schwere Verfehlung? Hatte sie nicht ihre eigene Sündhaftigkeit beklagt und ihn zur Buße ermahnt? Welche Ursache gab es für diesen plötzlichen Sinneswandel?

Während beide sich in den Armen lagen, begann Martha von der niederträchtigen Begegnung mit ihrem Gemahl zu berichten, und Leberecht seinerseits erzählte von dem mysteriösen Zusammentreffen und den finsteren Drohungen des Fürstbischofs.

Martha war viel zu aufgeregt, um nach den näheren Gründen zu fragen, statt dessen verfiel sie in ausschweifende Betrachtungen über den Zwiespalt zwischen Glauben und der

Lehre der Kirche, der unter den Menschen so viele Verwüstungen anrichte.

Leberecht folgte ihr nur mit halbem Ohr. Er wußte nicht, wie er Martha beibringen sollte, daß er *seine* Flucht bereits in die Wege geleitet hatte. In seinem Innersten hegte er auch Zweifel, ob Martha es ernst meinte. Im Gegensatz zu ihr, die wie er in dieser Stadt geboren wurde, hatte er sich nie wirklich heimisch gefühlt. Martha hingegen war eine angesehene Bürgerin, geachtet und beneidet, obwohl die Spatzen von den Dächern pfiffen, daß die Schlüssels eine Josefsehe führten. Das war nicht ungewöhnlich in dieser Zeit; im Gegenteil, die Kirche nannte das sogar vorbildlich. Materielle Sorgen hatte Martha nie gekannt, und darin unterschied sie sich von den meisten Bürgern dieser Stadt, bei denen sich Wohlleben und Not abwechselten wie die Jahreszeiten. Und dies alles wollte Martha aufgeben?

Wenn er selbst jedoch, ging es Leberecht durch den Kopf, die Flucht ergriff und aus Italien nicht zurückkehrte, dann wäre die Wut des Fürstbischofs nicht zu bändigen, und gewiß würde dieser keinen Augenblick zögern und Martha der Inquisition ausliefern. Schließlich mußte er befürchten, daß er, Leberecht, Martha von dem geheimnisvollen Auftrag in Kenntnis gesetzt hätte. Nein, er durfte Martha nicht im Stich lassen.

Während Leberecht sich in den kantigen Lehnstuhl fallen ließ, der an der Rückwand der Kammer stand, beobachtete er mit neugierigen Augen, wie Martha die Lampe vom Kastentisch nahm und vor ihm auf den Fußboden stellte. Aus der Kommode zwischen den Fenstern, in welcher so viel feines Leinen gestapelt lag, daß es jedem Händler zur Ehre gereicht hätte, zog sie ein langes, stumpfes Messer hervor, beinahe so groß wie ein Schwert; dann bat sie ihn, ihr behilflich zu sein, die Kommode zur Seite zu rücken. Mit der Klinge hebelte Martha ein Dielenbrett aus dem Boden. Das ging alles so geschwind, als hätte sie es schon viele Male getan. Im Lichtschein der Lampe erkannte Leberecht Gold und Silber. »Heilige Dreifaltigkeit! Gehört das alles dir?«

Martha kniete nieder. Ihre Augen blitzten wie das Silber des Schatzes, und sie begann in den Münzen zu wühlen wie ein Bäcker im Teig. »Ein Wirt, der nur selten zu Hause ist«, sagte sie mit verklärtem Blick, »weiß auch nicht, was ein Wirtshaus abwirft. Ich begann schon im ersten Jahr meiner Ehe damit, etwas auf die Seite zu legen; denn ich befürchtete, eines Tages würde mich der Schlüssel fortjagen. Daß ich einmal aus eigenem Antrieb fliehen würde, konnte ich nicht ahnen.«

Der Anblick des Geldes machte Leberecht sprachlos. Er sah Martha ungläubig an, und ebenso ungläubig schüttelte er den Kopf. Der Schatz stellte ein Vermögen dar, genug für eine Flucht bis ans Ende der Welt. Im übrigen verfügte er selbst über ein beträchtliches Guthaben aus seinem Erbe bei der Magistratskasse. Am Geld würde es ihnen also gewiß nicht mangeln.

»Es ist eine stolze Summe«, sagte Martha, »Dukaten und alte Taler, niederländische und rheinische Gulden – als es tausend waren, hörte ich auf zu zählen, aber nicht zu horten. Nun soll es uns von Nutzen sein.«

Leberecht kniete neben Martha auf dem Boden und betrachtete das Geld. Ohne den Blick von dem Schatz zu wenden, fragte er vorsichtig: »Hast du dir schon Gedanken gemacht, wohin du fliehen willst?«

»Nein«, erwiderte Martha und streckte Leberecht ihre Hand entgegen. »Du bist so klug, du wirst einen Ort finden, an dem wir sicher sind.«

»Als ob das so einfach wäre. Wir haben keinen Passierschein und kein Dokument, das uns mit einem Auftrag ausweist; wir sind keine Händler, denen Zoll abverlangt werden kann; wir sind für jeden Landesfürsten und seine Regierung nur fahrendes Volk, Gesindel, das man am besten gar nicht ins Land läßt.« Dann berichtete Leberecht, daß er sich mit Frater Luitger verabredet habe, ihn im Auftrag der Abtei nach Italien zu begleiten.

Die Nachricht beeindruckte Martha nicht sonderlich, und noch ehe Leberecht Gelegenheit hatte zu beteuern, er werde den Plan aufgeben und statt dessen mit ihr zusammen die Flucht ergreifen, erwiderte sie wie selbstverständlich: »Dann reisen wir eben zu dritt nach Italien. Von meiner Seite steht dem nichts entgegen.«

»Martha, meine geliebte Martha«, begann Leberecht beschwörend, »ich kann froh sein, wenn der Abt des Klosters *mich* als Begleiter von Frater Luitger akzeptiert. Selbst ich muß mich dazu als Novize verkleiden. Mit einer Frau als Reisebegleitung zweier Benediktiner wäre unser Unternehmen von vornherein zum Scheitern verurteilt und das Frater Luitgers dazu. Kein Mensch würde Luitger glauben, daß er in einer wichtigen Mission seines Ordens unterwegs ist.«

»Mag ja sein«, murmelte Martha und begann das Dielenbrett wieder einzusetzen. Als sie die Arbeit beendet hatte, erhob sie sich und blickte auf Leberecht, der immer noch auf dem Boden kniete, herab. »Und wenn *drei* Benediktiner sich auf die Reise machten?«

Leberecht blickte zu ihr auf. Er begriff sofort, was Martha vorschwebte und mußte lachen. Kopfschüttelnd stand er vom Boden auf und trat vor Martha hin. »Das würden weder der Abt noch Frater Luitger dulden. Im übrigen glaube ich, es wird schon *mir* schwer genug fallen, einen Benediktinernovizen darzustellen, aber du, Martha? Frauen sind nun mal keine Schauspieler. Als man vor ein paar Jahren in Italien damit begann, die weiblichen Rollen im Theater nicht mehr mit männlichen Darstellern zu besetzen, sondern mit Frauen, da lachten die Zuschauer sogar während der Aufführung großer Tragödien, weil die Schauspielerinnen herumstolzierten wie Störche auf der Weide. Nein, wir sollten eher versuchen, uns einem Handelszug anzuschließen, um so über die Grenzen zu gelangen. Mit der Taxis'schen Post können wir jedenfalls nicht reisen, nicht ohne eine amtliche Reisegenehmigung, die uns mit Namen und Konfession und den Zweck unserer Reise ausweist.«

Während Leberechts Rede war Martha in Gedanken mit ganz anderen Dingen beschäftigt. Sie hatte längst beschlossen, ihren Mann und die Stadt, die von Frömmlern und Denunzianten beherrscht wurde, zu verlassen, und damit dies ohne Aufsehen gelänge, war ihr jedes Mittel recht, auch solche, die ihr der rechte Glaube verbot.

Geliebt hatte sie ihren Ehemann ohnehin nie – oder nur nach dem Gebot der kirchlichen Lehre, daß man seinen Nächsten lieben muß. Das wahre Gefühl der Liebe hatte erst Leberecht in ihr geweckt; und dieses Gefühl sollte sündhaft und verwerflich sein? Warum hatte der Schöpfer dieses Gefühl in die Seele des Menschen gelegt, wenn es Sünde war? Also hatte Martha den Entschluß gefaßt, ihre Zukunft selbst in die Hand zu nehmen und nach eigenen Moralvorstellungen zu leben. Und wenn sie dabei gegen die Gebote der Kirche verstieß, dann sollte diese Kirche eben zum Teufel gehen! Sie sah Leberecht lange schweigend an.

»Hörst du mir überhaupt zu?« fragte dieser. Er bemerkte sehr wohl die Unruhe in ihren Augen, in denen sich ihre Gedanken widerspiegelten.

Als käme sie von weit her, erwiderte sie: »Ja, natürlich höre ich dir zu.« Und wie zur Bestätigung fügte sie die Frage an: »Aber eine Nonne könnte doch auf Reisen von zwei Benediktinern begleitet werden, oder?«

»Du meinst ...«

»Ja. Sagtest du nicht einmal, ich hätte ein Antlitz wie eine Heilige? Dann wird es doch wohl noch für eine Nonne reichen? Ich bin bereit, mein Haar bis auf Fingerbreite zu opfern. Das ist auf jeden Fall besser, als müßte ich mir eine Tonsur schneiden.«

Leberecht mußte schmunzeln. Er bewunderte die Entschlossenheit, mit der sie ans Werk ging. Leberecht mußte sogar eingestehen, daß Martha mehr Mut zeigte als er. »Ich zweifle«, versuchte er ihren Tatendrang zu dämpfen, »ob Frater Luitger da mitspielt, vom Abt ganz zu schweigen. Außerdem bräuchtest du eine Ordenstracht. Willst du vielleicht eine Klosterfrau überfallen und ihrer Kleidung berauben?«

»Um jeden Einwand von seiten der Benediktiner aus dem Wege zu gehen, könnten wir uns unterwegs treffen, in Nürnberg oder Regensburg, scheinbar zufällig. Du müßtest bis dahin deinen Freund und Lehrmeister in unseren Plan eingeweiht haben.«

»Und wie willst du allein nach Nürnberg oder Regensburg gelangen?«

»Darüber brauchst du dir keine Sorgen zu machen. Mit ausreichend Geld im Sack ist alles möglich!«

Leberecht erkannte Martha nicht wieder, und wenn er noch einen letzten Zweifel an ihrem gemeinsamen Fluchtplan gehabt hätte, so war dieser verflogen. Es gab keine andere Wahl. Sie *mußten* es tun.

Auf dem kurzen Nachhauseweg zur Färbergasse faßte Leberecht einen folgenschweren Entschluß, und er nahm sich zugleich vor, diese Sache für sich zu behalten. Weder Martha noch Luitger sollten davon erfahren; es hätte sie nur unnötig in Unruhe versetzt.

Als er vom Sand um die Ecke bog, beobachtete er ein Paar, das vor dem Haus der Witwe Auerswald ein aufgeregtes Gespräch führte. Die Frauenstimme kam ihm bekannt vor: Es war Magdalene Pirckheimer. Erst später bemerkte er, wer der Mann war: Ortlieb, der Fuhrknecht.

Im Schutz eines Hauseingangs versuchte Leberecht vergeblich, ihr Gespräch zu belauschen; schließlich kehrte Magdalene ins Haus zurück, während sich Ortlieb zur Oberen Brücke entfernte. Leberecht folgte ihm bis zum Flußufer; aber als er erkannte, daß Ortlieb den Weg nach Hause einschlug, kehrte er um.

Friederikes Kahn am anderen Ufer war verschwunden. Der Fluß murmelte träge vor sich hin. Leberecht wurde von schmerzlicher Trauer erfaßt, zum einen, weil er Friederike nicht mehr Lebewohl sagen konnte, zum anderen, weil ihm der Anblick der Brücke wieder das tragische Schicksal seiner Schwester Sophie in Erinnerung rief.

In dieser Nacht fand Leberecht keinen Schlaf. Zu viele Gedanken gingen ihm durch den Kopf, ließen ihn zweifeln, ob sein Vorhaben gelingen, ob Martha wirklich mit ihm nach Italien gehen würde. So starrte er die restlichen Stunden der Nacht an die Decke und lauschte den altbekannten Geräuschen der schlafenden Stadt. Er zweifelte nicht, daß der Abt seine Zustimmung geben würde, Luitger zu begleiten. Und er nahm sich vor, niemanden in seine, schon gar nicht in Marthas, Fluchtpläne einzuweihen – nicht die Steinmetze am Dom, Magdalene nicht, deren Verhalten ihm nun immer merkwürdiger vorkam, und die Witwe Auerswald nicht, der er schon lange nicht mehr traute.

In Gedanken packte er immer wieder den Reisesack mit notdürftiger Kleidung, ein paar Büchern, die ihm wichtig erschienen, und Erinnerungsstücken seiner Jugend, darunter die schmale Hand aus Sandstein von der Statue der »Zukunft«. Mit dem Morgengeläut stand Leberecht auf, und in der Absicht, der Witwe und ihrer Base aus dem Wege zu gehen, verließ er frühzeitig das Haus.

Sein erster Weg führte ihn zur Magistratskasse, wo er Order gab, seine gesamte Barschaft aus dem Erbe, 700 Gulden samt geringem Zinszuwachs, für den Nachmittag desselben Tages in gängigen Münzeinheiten bereitzustellen; er wolle mainabwärts, im Würzburgischen, ein stattliches Anwesen erwerben.

Um die Sext, da er die Mönche beim Chorgebet versammelt wußte, betrat Leberecht die Abtei wie gewöhnlich durch den Hintereingang vom Garten her. Er durchquerte den Innenhof und stieg hinauf zur Bibliothek. Sie war leer. Auf einem Tisch hatte Luitger reichlich Karten und Reisebeschreibungen ausgelegt, aber diese interessierten Leberecht zunächst wenig. Er drehte die dritte Arca nach außen, stieg auf der Leiter empor bis unter das Gewölbe, griff nach dem verbotenen Buch des Kopernikus und ließ es unter seinem Wams verschwinden.

Unten angelangt, drehte er das Regal in seine ursprüngliche Stellung, schob die Leiter beiseite und ging den Weg, den er gekommen war, zum Garten, wo er im Schutz eines üppig wuchernden Spaliers einen Stein aus der Klostermauer nahm, den er vorher für diesen Zweck ausgespäht hatte, und das Buch in die Nische legte. Dann kehrte er in die Bibliothek zurück.

Es dauerte nicht lange, und Frater Luitger erschien, wie verabredet, mit der Nachricht, Abt Lucius habe zugestimmt, daß er, Leberecht, ihn auf seiner Reise nach Montecassino begleiten dürfe. Der Bruder Gewandmeister halte eine Novizenkutte bereit, samt Innentaschen für etliche Reisetaler – falls es ihm nach wie vor ernst sei mit seiner Absicht.

Leberecht bekräftigte seinen Entschluß, und noch ehe er Fragen stellen konnte über das *procedere** und den Tag des Aufbruchs, erklärte Frater Luitger, die Abreise erfolge morgen bei Sonnenaufgang mit der Taxis'schen Post in Richtung Nürnberg, der Protestanten-Hochburg, wo sie im St.-Egidien-Kloster nächtigen wollten, das sich in der Stadt der Händler trotz Reformation gehalten habe, »ein Ort des Glaubens in der Wüste der Ketzer, an dem ein Pilger gottgefällig und furchtlos schlafen kann«. Luitger sagte dies in jenem salbungsvollen Tonfall, für den Abt Lucius bekannt war, aber mit einem Augenzwinkern.

Im übrigen, betonte Luitger, sei die italienische Reise aufs beste vorbereitet. Neueste Karten und Bücher aus der Feder populärer Geographen würden ihnen den Weg weisen; sie nähmen sein gesamtes Reisegepäck in Anspruch, denn auch in Italien brauche ein Mönch vom Orden der Benediktiner nicht mehr als die Kutte, die er am Leibe trage, seine wahre Last führe er im Kopf mit sich.

Während er das sagte, zog er ein gefaltetes Papier hervor und hielt es Leberecht vors Gesicht: »Dies wird uns viele Tore und alle Grenzen öffnen!«

Leberecht entfaltete das dicke Papier und las: »Wir, Lucius OSB, Abt des Klosters auf dem Michelsberg, bezeugen, daß die Zeiger dieses Briefes Frater und Novize der erwähnten Abtei, im Auftrag des benediktinischen Ordens, nach Italien passieren mögen, wo Montecassino, Gründung des hl. Benedikt von Nursia und Abtei *nullius*** ihr Ziel sei, und die Genannten

* die Vorgehensweise
** zu keinem anderen Kloster gehörig

nichts mit sich führen, welches der Ordnung zuwider ist und sich auch sonst nicht wider das Gesetz verhalten, wofür dies Siegel Richtigkeit hat.«

»Und glaubt Ihr, Frater Luitger, daß dieser Paß genügt?«

Luitger lachte: »Ich bin wie alle Benediktiner im Reisen unerfahren, aber ich habe mir sagen lassen, daß ein Paß mit Siegel jeden Schlagbaum öffnet. Die Leute sind verrückt nach Siegeln, sie beten sie an. Siegel sind die Reliquien der neuen Zeit.«

Leberecht schüttelte den Kopf. Ihn beschäftigte noch immer der Gedanke, ob er Luitger nicht doch in seine Pläne einweihen sollte. Aber dann dachte er an das Risiko, seine und Marthas Flucht im letzten Augenblick zu gefährden, und schwieg.

Die letzte Nacht verbrachte Leberecht in fiebernder Ungeduld. Nun gab es nichts mehr, das ihn hindern konnte, die Stadt zu verlassen. Er hatte Martha für einen Tag Lebewohl gesagt, und hätte er noch gezweifelt, ob sie es ernst meinte, so wurden bei diesem Abschied alle Zweifel zerstreut. Martha war aufgeregt wie ein Kind und sie freute sich auf ihre gemeinsame Zukunft. Sie hatte ihm noch einmal ihre Liebe gestanden und ihm stolz ihre Nonnentracht gezeigt, ohne auch nur anzudeuten, wie sie in ihren Besitz gelangt war. Martha schwieg sich auch darüber aus, wie sie nach Nürnberg gelangen wollte. Für den Transport, beteuerte sie, sei gesorgt; sie werde eher dort sein als er. Ihre einzige Sorge galt ihrem langen Haar, das sie wohl oder übel in dieser Nacht dem Nonnenstand opfern müsse. Doch Leberecht zerstreute ihre Bedenken und beteuerte, sie werde ihm mit kurzem Haar nicht weniger gefallen.

Während er seinen Reisesack packte und die Golddukaten seiner Barschaft in seine Kleidung einnähte, ging er in Gedanken den Weg zur Poststation durch, die er, um etwaige Verfolger abzuschütteln, auf Umwegen erreichen wollte. Sein Argwohn galt vor allem Magdalene, seit er sie zusammen mit Ortlieb gesehen hatte. Der Mietzins für die Witwe Auerswald lag aufgezählt auf dem Tisch. Um nicht den geringsten Anhaltspunkt für sein Verschwinden zu geben, verzichtete Leberecht auch auf einen Abschiedsbrief.

Noch bevor der Tag graute, zog Leberecht seine Ordenstracht an. Der kleine Silberspiegel neben dem Bett, den er bis zu diesem Tag kein einziges Mal bemüht hatte, zeigte nur Ausschnitte seiner Erscheinung, aber er rang ihm sogar eine gewisse Bewunderung ab. Anders als erwartet, kleidete ihn die Kutte prächtig; sie ließ ihn älter, vor allem aber durchaus fromm erscheinen, so daß seine darstellerischen Fähigkeiten in den nächsten Wochen und Monaten nicht über Gebühr beansprucht würden. Eine breite, dreieckige Kappe, welche die Ohren verhüllte, verlieh ihm obendrein eine gewisse Würde.

Was, dachte er, während er seinen Reisesack schulterte, wenn ich in dieser Verkleidung auf der Treppe der Witwe Auerswald begegne? Es war dies zweifellos die kritischste Situation des ersten Tages. Deshalb lauschte er lange an seiner Tür, ob er im Haus nicht ein verdächtiges Geräusch vernähme. Als er sich sicher wähnte, schlich er in der Dunkelheit die Treppe hinab zum hinteren Ausgang, wo er das Haus in Richtung St. Stephan verließ, genau in entgegengesetzter Richtung.

Die Flucht gelang wie geplant. Als Leberecht die Station der Taxis'schen Post am Markt erreichte, konnte Frater Luitger sein Lachen nur mit Mühe unterdrücken. Mit ihnen bestiegen zwei Händler aus dem Sächsischen, die hier genächtigt hatten, den vierspännigen Planwagen, und noch bevor das Leben auf dem Markt erwachte, gab der Kutscher seinen Pferden die Zügel.

KAPITEL VII

Gestirne und Erscheinungen

Die Sonne stand schon tief über der Stadt, als sie Nürnberg erreichten, und setzte den zahllosen Türmen und Giebeln der Stadt glitzernde Kronen auf. Es hatte geregnet, das Pflaster war naß, und die Pferde hatten Mühe, auf den glitschigen Straßen Halt zu finden. Barfüßige Gassenjungen begleiteten lärmend den Pferdewagen in der Hoffnung, von den Fremden für eine Auskunft oder Gefälligkeit mit kleiner Münze entlohnt zu werden.

Inmitten der alten Stadt, am Herrenmarkt, der seinen Namen von den Handelsherren hatte, die hier ihren Geschäften nachgingen, endete die Postlinie. Doch wie es schien, trat der Handel gegen Ende dieses Tages in den Hintergrund. Die Nürnberger tanzten in festlicher Kleidung zu Flötenmusik und Trommelschlag um den Brunnen, und aus den Fenstern der Fachwerkhäuser, welche dicht an dicht um den Platz standen wie Mönche beim Chorgebet, hingen Hunderte von Zuschauern und beobachteten das Treiben.

Die Pferde der Taxis'schen Post, die eher die Ruhe endloser Straßen als das laute Gedränge einer festlich gestimmten Stadt gewohnt waren, scheuten und drohten durchzugehen, doch dem Kutscher gelang es gerade noch abzuspringen und die aufgeregten Gäule am Zaumzeug zu zügeln.

»Seht da, zwei Mönchlein aus frommen Landen!« spotteten ein paar Weiber in derben Gewändern, welche sie eher als Marktfrauen auswiesen denn als wohlhabende Bürgerinnen. Leberecht nahm den Spott sofort auf und rief: »Ei freilich, damit sich wenigstens zwei Männer finden, die mit euch um den Brunnen tanzen!«

Die Schlagfertigkeit des fremden Mönchs rief bei Jung und Alt großes Gelächter hervor. Die Jungen zeigten mit Fingern auf die Marktweiber und lachten hämisch. So kamen die Ankommenden mit den Nürnbergern ins Gespräch und sie erfuhren den Anlaß des Tanzes am hellichten Tag: Sebastian Ketzel, ältester Sohn des gleichnamigen Patriziergeschlechtes, dem seit Generationen mehr Mädchen als Knaben geboren wurden, hatte Katharina, die Tochter des Schauamtmannes Jorg Beheim am 8. Tag des Monats geehelicht und eine Feier ausgerichtet, die erst heute, am 30. Tag, zum Ende kommen sollte. Die Ketzel, so war zu erfahren, zählten mit den Holzschuher, Tucher, Welser, Pfinzing, Paumgartner und Imhof zu den reichsten Handelsherren der Stadt. Sie seien so reich, daß einer der Vorfahren des Hochzeiters vom Rat der Stadt des Goldmachens beschuldigt und ins Loch gelegt worden war, weil keiner eine Erklärung fand für seinen überschäumenden Reichtum. Heute besäßen die Ketzel eine unbekannte Zahl von Handelsniederlassungen, wobei manche ausschließlich Eisen und Blei aus Bergwerken verkauften, an denen die Ketzel beteiligt seien.

Als wäre das nicht genug, verfügten sie über Lehnsgüter in der näheren Umgebung und eine unüberschaubare Anzahl von Immobilien, darunter ein Gartenhaus vor dem Tiergärtnertor, ein Haus am Heumarkt, ein Zinshaus hinter St. Katharina, ein Haus beim Wörther Türlein, ein Haus am Glockenhaus sowie Grundstücke unterm Pfaffenbühl. In der Ortschaft Stein gehöre ihnen die Hofstatt samt Badestube, Fischwasser und Äckern, was den Propst von St. Lorenz zu der Bemerkung veranlaßt habe, wenn Ketzel auf den Beinen stehe, seien alle gesund und wohlgemut, wenn er aber abwesend sei, dann erscheine der Rat der Stadt wie eine Witwe.

»Und jenes eindrucksvolle Fachwerkhaus dort drüben?« Leberecht zeigte zur gegenüberliegenden Seite des Herrenmarktes.

Ein Junker in engen roten Hosen und ledernen Sandalen lachte und meinte, dies sei das Stammhaus der Ketzel, zwei Stockwerke hoch und drei Giebelstockwerke darüber, ausgestattet mit Gemälden von Albrecht Dürer und Skulpturen aus Sandstein von Adam Kraft. Kraft, der sich selbst und seine beiden Obergesellen in der Lorenzkirche verewigt habe als Trägerfiguren für das Sakramentshaus, dieser Meister Adam habe im Auftrag eines Vorfahren Ketzels eines seiner bedeutendsten Werke geschaffen, und damit habe es folgende Bewandtnis: Vor über achtzig Jahren sei der Urgroßvater unseres Hochzeiters – oder war's der Ururgroßvater? – mit Herzog Albrecht von Sachsen zum Heiligen Grab nach Jerusalem gepilgert. Er habe dort, so wird erzählt, die Schritte der sieben Stationen des Herrn Jesus vom Hause des Pilatus bis hin zur Schädelstätte abgemessen und verzeichnet, um zu Hause im Nürnbergischen einen maßgetreuen Kreuzweg zu errichten. Doch nach seiner Rückkehr habe er bemerkt, daß ihm die Aufzeichnungen abhanden gekommen waren, worauf er im Jahr darauf ein zweites Mal ins Heilige Land gezogen sei, diesmal in Begleitung Herzog Ottos von Bayern und mit mehr Beachtung seiner Aufzeichnungen. Im folgenden Jahre habe Ketzel eben diesen Weg zwischen dem Rieterischen Haus am Tiergärtnertor und dem Johanniskirchhof abmessen lassen und bei Adam Kraft sieben Kreuzwegstationen in Auftrag gegeben, welche noch heute der Stadt zur Zierde gereichten.

»Du bist ein kluger Kopf!« lobte Frater Luitger den Junker, »bist du ein Scholar oder Studiosus?«

»Nichts dergleichen!« winkte dieser ab. »Ein Steinmetz bin ich in Diensten des Meisters Geyer und halt nicht auf den Kopf gefallen. Man sagt, Steinmetze seien die klügsten unter den Handwerkern.« Er lachte.

Luitger sah seinen Novizen an, und dem fiel es schwer, nicht ebenfalls in Gelächter auszubrechen. »Den Verstand«, meinte

Leberecht anerkennend, »hat dir die Reformation jedenfalls nicht geraubt!«

»Verzeiht, Bruder, wenn ich da dazwischenfahre; es waren die klügsten Mönche, die sich auf die Seite der Reformation geschlagen haben, nicht die dümmsten. Ich bin, wie die meisten in dieser Stadt Protestant aus Überzeugung.«

»Und dieser Ketzel?« erkundigte sich Luitger.

»Ebenfalls. In früheren Zeiten war es üblich, daß jeder Ketzel einmal im Leben nach Jerusalem pilgerte. Seit der Reformation hat jedoch keiner mehr den weiten Weg gesucht, weil unser Doktor Luther meinte, das Grab, in dem einst der Herr gelegen habe, kümmere Gott genausowenig wie die Kühe in der Schweiz. Ein rechter Christ sollte lieber die Bibel lesen als wallfahrten.«

Dem Benediktiner lag eine Antwort auf der Zunge, aber er hielt sich zurück. Auf protestantischem Gebiet erschien es einem Fremden nicht ratsam, sich mit Protestanten anzulegen. Statt dessen sagte Luitger freundlich: »Nein, Pilger sind wir nicht, obwohl Italien unser Ziel ist. Wir reisen im Auftrag unseres Abtes.«

»Ach was«, antwortete der Junker, »wir Protestanten sind tolerant gegenüber Fremden. Es gibt noch immer sieben Klöster in der Stadt, und noch nie wurde einem Mönch auch nur ein Haar gekrümmt.«

»Dann kennst du sicher auch das Schottenkloster der Benediktiner?«

»St. Egidien? Gewiß doch. Es liegt beim Wirtschaftshof der Burg.«

»Dort wollen wir nächtigen. Kannst du uns den Weg weisen? Es soll dein Schaden nicht sein!«

»Für Geld tue ich alles!« lachte der Steinmetz. »In Nürnberg tut jeder für Geld alles.« Er schulterte Leberechts schweren Reisesack und gab ein Zeichen ihm zu folgen.

Der Weg führte durch enge Straßen mit stolzen Fachwerkhäusern, die sich von denen ihrer Heimatstadt durch vorgesetzte Türmchen, Erker und Altanen und sichtbaren Reichtum unterschieden. Vollbeladene Wagen quälten sich durch die engen Gassen. Kaum ein Haus, in dessen Untergeschoß nicht ein Kaufmann oder Handwerker seinen Geschäften nachging.

Zwischen St. Sebaldus und dem Rathaus, wo der Verkehr noch zunahm, erkundigte sich Leberecht bei dem Junker, so daß Luitger es nicht hören konnte, ob es denn auch ein Frauenkloster gebe in den Mauern der Stadt.

Um Frauenklöster, feixte der Steinmetz, kümmere er sich sehr wenig, eigentlich überhaupt nicht, aber er wisse von einem Klarissenkloster, das früher in der Hauptsache von Patriziertöchtern bevölkert wurde, denen ein Mann und die Ehe versagt blieben. Warum er das wissen wolle?

»Nur so«, log Leberecht. »War nur eine Frage.« In Wahrheit machte er sich schon den ganzen Tag Gedanken, wo er in dieser großen Stadt Martha treffen könnte.

Die Nacht verbrachten Luitger und Leberecht im kleinen Dormitorium, einem einfachen Schlafraum mit Strohsäcken, den jedes Kloster für Ordensbrüder auf der Durchreise bereithielt. Weil die Post in Richtung Regensburg, dem nächsten Ziel ihrer Reise, erst gegen zehn abging, machte Leberecht sich in aller Frühe allein auf den Weg zum Kloster St. Klara. Er hätte nie geglaubt, daß er sich so schnell an das Tragen einer Kutte gewöhnen würde.

Die Klosterpforte war verschlossen, und Leberecht zog an einer Glocke, die schrille Töne von sich gab wie ein ehernes Geschirr. Hinter einem winzigen vergitterten Fenster tauchte das faltige Gesicht einer uralten Klarissin auf, und Leberecht fragte, ob eine Nonne auf der Durchreise die Nacht hier verbracht habe.

»Nein! Gelobt sei Jesus Christus!« geiferte die Alte und schlug das Fenster zu. Leberecht versuchte vergeblich sich einen Reim auf das seltsame Verhalten zu machen, zumal er als Benediktinernovize doch über jeden Zweifel erhaben sein mußte. Nun setzte er seine ganze Hoffnung darauf, daß Martha dieselbe Post nach Regensburg nähme. Jedenfalls nahm er sich fest vor, die Stadt nur in Marthas Begleitung zu verlassen.

Mit einem Gefühl von Beklommenheit legte Leberecht zusammen mit Luitger den Weg vom Schottenkloster zum Herrenmarkt zurück. Wie sollte er Luitger beibringen, daß er noch einen oder zwei Tage zurückbleiben wollte? Er war nahe daran, dem Frater die Wahrheit zu sagen, als sie auf den großen Platz einbogen.

Wo am gestrigen Tage die Menschen ausgelassen getanzt und gefeiert hatten, bot sich nun ein ganz anderes Bild: Warenballen und Säcke standen aufgereiht zwischen Fuhrwerken, in Holzkisten schimmerte böhmisches Glas und Häfnerware aus Polen, in riesigen Körben wurden duftende Gewürze aus dem Orient offeriert, dazwischen Gemüse aus dem Nürnberger Hinterland. Zwischen den feingekleideten Handelsherren, die ganze Wagenladungen per Handschlag veräußerten, drängten sich zahlreiche Kleinhändler mit ihren zweirädrigen Karren auf der Suche nach günstigen Angeboten.

Am oberen Ende des Herrenmarktes, wo sich die Posthaltestelle befand, ließ die Geschäftigkeit nach, und schon von weitem erkannte Leberecht neben dem wartenden Postwagen eine Nonne. Sein Herz schlug aufgeregt. Sollte Martha es doch noch geschafft haben?

Auch Frater Luitger hatte die wartende Nonne bereits wahrgenommen und witzelte: »Sieh' nur, mein Freund, welch angemessene Reisegesellschaft!«

Vor dem Pferdewagen angelangt, in dem schon ein wohlgelauntes Quartett geschwätziger Handelsherren Platz genommen hatte, drehte sich die Nonne um.

Es war Martha. Sie trat dem Benediktiner und seinem Novizen entgegen und grüßte freundlich: »*Laudetur Jesus Christus*, ehrwürdige Fratres!«

»In Ewigkeit«, antwortete Luitger und fügte hinzu: »Ehrwürdige Mutter!«

Leberecht wagte nicht, den Mund aufzumachen, er war bemüht, ein drohendes Lachen im Keim zu unterdrücken und preßte die Lippen zusammen. Jetzt, da er Martha gegenüberstand, fielen Furcht und Beklommenheit von ihm ab wie eine schwere Last, er holte tief Luft und sagte leise: »Gott sei Dank!«

Schwester Martha, wie sie sich nannte, erzählte mit erstaunlicher Selbstsicherheit, sie komme aus dem St.-Klara-Kloster der Stadt und sei auf dem Weg nach Assisi, wo die heilige Klara vor 350 Jahren den Orden der Klarissen, deren Schleier sie trage, gegründet habe.

»Dann kommt auf uns ein gutes Stück gemeinsamen Weges zu. Wir sind Benediktiner von der Abtei auf dem Michelsberg und unterwegs nach Montecassino«, rief Luitger erfreut und fügte die Frage an: »Ihr reist allein, ehrwürdige Mutter?«

Martha lachte, und während sie den langen weiten Rock ihrer Ordenstracht raffte und auf den Postwagen kletterte, erwiderte sie fröhlich: »Gott der Herr hat Euch als schützende Begleiter gesandt!«

Da lachte auch Luitger, und Leberecht warf seinen Reisesack, den er auf der Schulter getragen hatte, auf den Wagen. Die Handelsherren hatten sich auf die hinteren Sitze des Reisewagens zurückgezogen. Das Gespräch der geschwätzigen Herren verstummte, als sie sahen, daß eine Nonne und zwei Mönche den Wagen erklommen, aber Luitger, der die Situation sofort erkannte, kam den zu erwartenden dummen Bemerkungen zuvor, indem er sagte: »Ihr hohen Herren habt doch nichts gegen unsere Anwesenheit, oder?«

»Nein, nein«, brummten die Händler. Nur der älteste von den vieren, ein vornehmer Herr mit schwarzer Samtkappe und einem graubärtigem Gesicht, zog seine Augenbrauen hoch und meinte mit hoher Stimme: »Wir sind ja Protestanten, wir sind tolerant!« Sie lachten.

»Bevor ich mich dazu erkläre«, entgegnete Frater Luitger, während sich der Postwagen in Bewegung setzte, »möchte ich warten, bis uns der Weg durchs Altmühltal führt, wo ich die Mehrzahl *meiner* Glaubensbrüder um mich weiß; denn im protestantischen Regensburg haben wir dann überhaupt nichts mehr zu melden.«

Die forschen Worte des Benediktiners gefielen den Handelsherren, und so herrschte fröhliche Stimmung an diesem Spätsommermorgen, als der Taxis'sche Postwagen über das grobe Pflaster holperte und beim Heilig-Geist-Spital mit seinen dreifach aufeinandergetürmten Dachfenstern die Pegnitz überquerte. Vorbei an St. Lorenz, wo eine neue Stadt mit regelmäßigen Ost-West-Straßen entstanden war, schlug der Kutscher den Weg nach Süden ein.

Die Nonne und die Mönche hatten auf der vorderen Sitzbank Platz genommen, gleich hinter dem Kutscher, Leberecht saß in der Mitte zwischen Luitger und Martha. Der Wagen, über den sich eine hufeisenförmige Plane spannte zum Schutz vor Regen und Sonne, war ziemlich schmal, viel zu schmal für drei Ordensleute in ihren Kutten. Das bot Leberecht die Möglichkeit, sich ohne Aufsehen an Martha zu schmiegen. Er spürte die Bewegungen ihrer Schenkel, und jede Straßenbiegung erzeugte bei ihm wohlige Schauer.

Als der Wagen die Stadtgrenze erreichte, riß der Himmel auf. Auf sandigem Boden führte der Weg schnurgerade durch endlose Kiefernwaldungen, und der Kutscher brachte seine Pferde auf Trab, daß einem angst werden konnte. Auf den hinteren Sitzen kreiste derweil eine Flasche, deren Inhalt geeignet war, die Angst zu vertreiben und den Älteren zu der Frage zu ermutigen: »He, Ihr seid doch nicht etwa Ablaß-Kommissare, die zwischen Rom und den deutschen Landen hin- und herreisen und den Armen mit dem Versprechen ewiger Glückseligkeit das Geld abknöpfen, zum Wohl der gefräßigen römischen Kirche?«

Leberecht sah Luitger erschrocken an. Luitger war wütend, doch wagte er offenbar nicht, den Kaufmann in seine Schranken zu weisen, schließlich befanden sie sich noch immer auf protestantischem Boden. Die Worte des Alten, dachte Leberecht, hätten auch von ihm selbst stammen können; von einem anderen hatte er noch nie so barsche Kritik vernommen, und mit einem Mal wurde ihm klar, was es bedeutete, ein Protestant zu sein.

Der sah sich jetzt erst in seinem Element und rief, nachdem

keine Antwort kam, von hinten: »Gehört Ihr nicht dem Orden des unseligen Johannes Tetzel an, dessen Predigten unser Doktor Luther zum Anlaß nahm für seine Thesen?«

Die Stimmung drohte umzuschlagen, und Luitger wandte sich nach hinten und entgegnete dem Fragesteller: »Tetzel war ein Dominikaner und unserem Orden der Benediktiner so fremd wie Euch Protestanten. Im übrigen hat das Konzil den Ablaßhandel, wie er von Tetzel gepredigt wurde, verboten.«

Da lachten die vier im Chor. Der Ältere konnte sich kaum halten vor Lachen, er schüttelte nur immer den Kopf und rief: »Ja, ja, Rom ist eben weit! Aber Ihr werdet doch nicht leugnen wollen, daß St. Peter in Rom von den Groschen der Gläubigen gebaut wird? Auch heute noch! Es gibt noch genug kleine Tetzels in deutschen Landen!«

Der offene Streit der beiden gab Leberecht Gelegenheit, sich für einen Augenblick unbemerkt an Martha zu schmiegen, ihre weichen Brüste zu fühlen und sich lüsternen Gedanken hinzugeben. Martha zeigte nicht die leiseste Regung; sie sah streng nach vorne auf die Rücken der Pferde. Wie lange würden sie die Kraft aufbringen, dieses Versteckspiel zu treiben?

Das Rattern und Schütteln des Postwagens wirkte ermüdend und ließ den Streit mit den protestantischen Handelsherren einschlafen. Leberecht döste wie alle anderen vor sich hin; er wagte nicht Martha ins Gesicht zu sehen, obwohl er es gern getan hätte. Ein Lächeln, ein züchtiger Händedruck hätten ihm in dieser Situation viel bedeutet.

Eine Weile führte der Weg entlang der Altmühl, einem trägen Flüßchen, das sich durch den Wiesengrund schlängelte wie ein glänzendes Reptil. Weiden wechselten mit lichten Wäldern, bis es nach vielen Stunden einen felsigen Aufstieg bergan ging, von wo zum erstenmal in unendlicher Ferne der Süden geschaut werden konnte.

Luitger, der die Route auf einer Karte des Mathematicus Philipp Apian verfolgte, die von den Wappen der bedeutendsten bayerischen Städte eingerahmt war, stritt mit dem Kutscher über die Namen der Dörfer, die sie passierten oder in der

Ferne erkannten. Die Namen, die der Kutscher nannte, stimmten nämlich in keiner Weise mit denen in der Karte des Gelehrten aus Ingolstadt überein, so daß Frater Luitger, ein Ausbund an Genauigkeit, was Gedrucktes betraf, ernsthaft zu zweifeln begann, ob sie ihr Ziel, Regensburg, noch am selben Tage erreichen würden. Schließlich beruhigte der Kutscher den Fahrgast, er reise nicht zum erstenmal auf dieser Route und trotz seiner Unkenntnis der meisten Ortsnamen habe er noch jedesmal seine Gäule in den Taxis'schen Poststall gelenkt.

Laber und Nab, zwei Flüßchen, welche diese Bezeichnung zur trockenen Sommerzeit in keiner Weise verdienten, wurden über zwei Furten durchquert, und ehe man sich versah, tauchten am südlichen Horizont die Haustürme der Regensburger Patrizier auf, etwa fünfzig an der Zahl, manche neun Stockwerke hoch, kaum niedriger als die Stümpfe des Domes, dessen Bauarbeiten vor vierzig Jahren eingestellt worden waren. Über die steinerne Brücke, ein Weltwunder der Baukunst, erreichten sie gegen Abend die Stadt.

Regensburg hatte sich der Reformation angeschlossen, aber auch hier konnten Klöster, wie im protestantischen Nürnberg, fortbestehen. Es gab ein Minoritenkloster im Osten, ein von irischen Mönchen gegründetes Kloster St. Jakob und das Dominikanerkloster im Westen sowie, im Süden der Stadt gelegen, das Reichskloster Obermünster und das Benediktinerkloster St. Emmeram. Dieses hatte Frater Luitger zum Nächtigen ausgewählt, während er dem Kutscher auftrug, Schwester Martha am Benediktinerinnenstift Niedermünster, einen Steinwurf vom Dom entfernt, abzusetzen. Zur Weiterfahrt wollten sie sich morgen nach Sonnenaufgang an der Poststation vor dem Rathaus treffen.

War es die anstrengende Fahrt im Postwagen oder der Ärger über die mitreisenden Handelsherren, Leberecht war aufgefallen, daß Luitger und Martha während des ganzen Tages kaum ein Wort gewechselt hatten. Und während sie, ihr Gepäck auf dem Rücken, der Klosterpforte zustrebten, die in Anbetracht der gewaltigen Ausdehnung der Reichsabtei eher einen bescheidenen Eindruck machte, fragte Leberecht zaghaft, nur um überhaupt das Gespräch auf Martha zu bringen: »Ist sie nicht eine mutige Nonne? Reist mutterseelenallein von Nürnberg nach Assisi.«

»Die Klarissin? Hm.«

»Ihr mögt sie nicht besonders?«

»Weder im Alten noch im Neuen Testament steht eine einzige Zeile, daß ein reisender Benediktiner eine mitreisende Nonne mögen muß.«

Leberecht lachte, und Luitger zeigte dem Frater Porter von St. Emmeram das *Testimonium** seines Abtes. Das Dormitorium für durchreisende Mönche war vornehmer eingerichtet als der Schlafsaal der Benediktiner vom Michelsberg. Sieben hölzerne Betten mit einem Balkendach darüber standen in sieben Nischen eines langgezogenen Raumes im Erdgeschoß, der nur vom Kreuzgang her betreten werden konnte. Vor den Zwischenwänden, welche die Nischen voneinander trennten, standen schmale Schrankkästen mit kleinen hölzernen Zinnen. Die Fenster auf der gegenüber liegenden Seite öffneten sich zum Garten hin. Es roch nach Holz und frischem Kalk.

Luitger und Leberecht waren nicht die einzigen Gäste zur Nacht. Ein Frater von jugendlichem Aussehen kam aus Cluny, ein zweiter aus Bursfeld.

»Die Nonne ist mir jedenfalls nicht geheuer«, meinte Frater Luitger, ohne aufzusehen, während er sein Gepäck in dem Kasten verstaute.

»Nicht geheuer? Was meint Ihr?« Leberecht erschrak zu Tode, aber er war bemüht, den Schock zu verbergen. »Ich finde, sie hat ein einnehmendes Wesen.«

»Eben«, stellte Luitger nüchtern fest, »ein viel zu einnehmendes Wesen.« Er trat auf Leberecht zu, dessen Schlafstelle neben der seinen lag, und raunte ihm zu, so daß es die fremden Konfratres nicht verstehen konnten: »Es ist doch ein offenes Geheimnis, daß die weiblichen Orden in der Hauptsache von

* die Bescheinigung

sitzengebliebenen Jungfrauen frequentiert werden; dafür ist diese Mater Martha einfach zu schön! Sie stellt alle Madonnen, die ich bisher gesehen habe, in den Schatten.«

Leberecht schluckte. Er hatte vieles erwartet, aber nicht diese Schwärmerei. In Gedanken ging er noch einmal alle Begegnungen mit Martha durch; er überlegte, ob Luitger Martha jemals gesehen haben konnte und ob er, Leberecht, ihm gegenüber jemals eine Andeutung gemacht hatte, was die Beziehung zu seiner Ziehmutter betraf. Er konnte sich nicht erinnern.

»Aber da ist noch etwas, was mich mißtrauisch macht.« Luitger strich sich mit der Rechten um das Kinn.

»Ja?«

»Nun, es ist Sitte unter Ordensfrauen, daß nie eine allein ihr Kloster verläßt. Ich habe noch nie eine Nonne allein auf der Straße gesehen, geschweige denn auf Reisen ...«

Leberecht widmete sich ebenso intensiv wie umständlich seinem Gepäck, kontrollierte, was seinem Freund nicht verborgen blieb, den Inhalt seines Reisesackes, indem er ein paar Kleidungsstücke herauszog, zusammenlegte und wieder im Beutel verschwinden ließ. »Ihr meint, daß sie vielleicht gar keine richtige Nonne ist« – und leise flüsternd: »so wie ich kein richtiger Benediktiner bin?«

»Man könnte das in der Tat glauben«, antwortete Frater Luitger, »nur sähe ich keinen Sinn in einem solchen Abenteuer. Eine allein reisende Nonne hat doch nur Schwierigkeiten über Schwierigkeiten. Wozu also das Verkleidungsspiel?«

»Vielleicht irrt Ihr Euch!« Leberecht hob die Schultern und zog die Mundwinkel nach unten.

Von außen wurde die Tür zum Dormitorium geöffnet, und der Bruder Porter, ein alter Mönch mit gekrümmtem Rücken, trat ein. Er schwang in der Hand eine kleine, dumpf klingende Glocke und rief die fremden Besucher zum Nachtmahl ins Refektorium und anschließend zur Komplet in die Kirche.

Leberecht war froh über die Störung, sonst wäre er in höchste Bedrängnis geraten. Wie aber, dachte er, während die vier Gäste in Reih und Glied hinter dem alten Benediktiner zur gegenüberliegenden Seite des Kreuzganges trotteten, wo ein steinernes Treppenhaus zum Refektorium im Obergeschoß führte, wie sollte er Luitger die Verkleidungskomödie beichten? Früher oder später käme er nicht umhin, das zu tun.

»O heiligste Dreifaltigkeit!« schimpfte Frater Luitger mitten auf der Treppe.

Leberecht, der die Hände beim Gehen nach Art der Mönche in den Ärmeln verbarg, fragte erstaunt: »Frater Luitger, ich hörte doch wohl keinen Fluch aus Eurem Munde?«

»Ich sagte ›o heiligste Dreifaltigkeit‹, mein Freund. Das ist kein Fluch, sondern ein Stoßgebet, wie es der heilige Benedikt von seinen Brüdern mehrmals am Tage fordert!«

»So, so«, entgegnete Leberecht. »Aber es klang eher wie ein Fluch, wenn ich mir die Bemerkung erlauben darf.«

Oben angelangt, nahm Luitger seine Rede wieder auf: »Um bei der Wahrheit zu bleiben, es war wohl eher ein Fluch, weil mir das allerheiligste *Präputium* beim Treppensteigen immer gegen das Schienbein schlägt.«

»Wem sagt Ihr das?« grinste Leberecht. »Ich trage meine gesamte Barschaft am Körper. Das zwickt und kneift und drückt und ist in jeder Weise hinderlich. Allmählich fange ich an zu begreifen, was die Reichen meinen, wenn sie sagen, Geld mache nicht glücklich, es sei nur eine Belastung.«

»Dabei hast du es noch gut! Du mußtest dem Abt nicht unter Anrufung des heiligen Benedikt versprechen, dich deiner Kutte bis zu Erledigung deines Auftrages unter keinen Umständen zu entledigen.«

»Ach deshalb schlaft Ihr in vollem Ornat!«

Luitger verdrehte die Augen gen Himmel.

Dann traten sie ins Refektorium ein, wo über achtzig Benediktinermönche auf ihre Milchspeise warteten, einen mit Milch verdünnten gesalzenen Brei aus altem Brot und gekochten Kartoffeln.

Die Weiterfahrt mit der Post am folgenden Morgen verzögerte sich, weil der Postwagen zur genannten Zeit um sieben auf sich warten ließ. Statt dessen erschien eine Stunde später, als sich die Nebelschwaden von der Donau her, die ersten Anzeichen des Herbstes, verzogen hatten, ein Bote der Taxis'schen Post zu Pferde und teilte mit, Wagen und Pferde, die schnellsten ihrer Art, stünden zwar bereit, doch der Kutscher, der mit der Strecke nach Salzburg aufs beste vertraut und bisher ein Ausbund an Zuverlässigkeit gewesen sei, habe sich am gestrigen Abend über alle Maßen betrunken und sei nicht in der Lage, den Postwagen gen Salzburg zu lenken.

Während Luitger, Leberecht und Martha die Nachricht gelassen aufnahmen, begannen die übrigen Fahrgäste laut zu schimpfen. Ein italienischer Gelehrter in schwarzer Professorentracht, der in Begleitung seiner halbwüchsigen Tochter reiste, fluchte in allen Sprachen einschließlich des Lateinischen, von dem jedoch kaum ein Wort zu verstehen war; ein Tuchhändler aus Aachen auf dem Weg nach Wien, der furchtbar eilig schien, lachte hämisch und rief immer wieder: »Und dabei gilt die Taxis'sche Post als die zuverlässigste und schnellste in ganz Europa, ha, ha!«

Eine weitere Stunde später näherte sich endlich der gelbe Postwagen mit einem Ersatzkutscher. Der ungehobelte Grobian, ein Mann mit breitem Schädel und wüst herabhängenden Haaren, gebrauchte die Peitsche über Gebühr und preschte in wilder Fahrt die alte Römermauer entlang in Richtung Süden. Die Fahrgäste klammerten sich an ihre Sitze, und der Tuchhändler aus Aachen, ein vornehmer Herr mit ledernem Gepäck, rief dem Kutscher zu, er möge die Fahrt verlangsamen.

Der drehte sich auf seinem Kutschbock um, ließ die Peitsche knallen, daß die Pferde trabten, als sei der Teufel hinter ihnen her, und rief nach hinten: »Istvan schnäll, särr schnäll!« Der Kutscher sprach offensichtlich kein rechtes Wort deutsch und erweckte den Eindruck, als hätte er den Auftrag, die dreistündige Verspätung bis zum Abend wieder einzuholen.

Schließlich gelang es dem Italiener, sich unter Lebensgefahr von der hinteren Sitzbank zum Kutschbock vorzuarbeiten. Mit Händen und Füßen und unter Anwendung aller möglichen Sprachen schrie er auf den wildgewordenen Kutscher ein, bis dieser endlich den Wagen abbremste. In dem anschließenden Wortgefecht zwischen den beiden, das eher einem Radebrechen gleichkam, erfuhr der Professor, daß der Kutscher ungarischer Herkunft und unsicher war, was die Reiseroute betraf, und daß er eigentlich nur den Zielort kannte: Salzburg.

In Anbetracht der Landtafeln des Philipp Apian, die Luitger im Gepäck mit sich führte, waren jedoch alle guter Hoffnung, ihr Reiseziel zu erreichen, zumal Landschaft und Himmel, die sich alsbald vor ihnen auftaten, so übersichtlich waren, daß der Süden am Horizont stets in Erscheinung trat.

Die Landschaft des Herzogtums Baiern – um dieses südlich der Donau gelegene Land handelte es sich nämlich – war, zumindest was den Norden betraf, ohne Charakter, indem weite Felder und leicht ansteigende Höhen, Nadelwälder und Wiesen ständig wechselten und nie eine Einheit abgaben.

Und da der Charakter der Menschen stets ein Abbild des Charakters der Landschaft ist, in der sie leben, waren auch jene schwer zu beschreiben, welche diesen Landstrich bevölkerten. Am besten, meinte Frater Luitger und schwenkte ein kleinformatiges Buch in der Luft, am besten sei das dem Johannes Aventinus gelungen in seiner Bairischen Chronik, Hofhistoriograph der bairischen Herzöge und welterfahren im Reisen zwischen Paris und Krakau. Mühevoll gegen das Schütteln des Postwagens ankämpfend, begann Luitger zur Freude aller Mitreisenden aus dem Buch zu zitieren: Die Baiern, hieß es dort, seien geistlich schlecht und recht, gingen gern wallfahrten, legten mehr Wert auf den Ackerbau und das Vieh als auf Kriege, welchen sie nicht sonderlich nachliefen, blieben gern zu Hause und reisten nur ungern in fremde Lande, tränken stark und hätten viele Kinder, trieben wenig Hantierung, achteten nicht auf Kaufleute und würden auch von ihnen kaum aufgesucht.

Die letzte Bemerkung riß den Tuchhändler aus Aachen zu lautem Gelächter hin und er rief immer wieder: »Was glaubt Ihr, warum ich nach Wien reise, he?«

So gelangten sie frohgestimmt unter sonnigem Himmel in die fruchtbare Ebene, welche die Isar zurückgelassen hatte, bevor sie sich träge in ein unscheinbares Flußbett zurückzog. Das Getreide auf den Feldern, die sich in strenger Geometrie aneinanderreihten, so weit das Auge reichte, war abgeerntet, doch boten die ungepflügten Äcker noch genug Nahrung für Fasane, Haselhühner, Rebhühner, Drosseln und Wachteln, die in Scharen aufschreckten, wenn der Postwagen vorbeiflog.

Dem Fluß selbst ging der Ruf voraus, unsagbaren Reichtum mit sich zu führen und manch armen Schlucker über Nacht zum Glücksritter gemacht zu haben. Die Isar, ein ursprünglich wilder Gebirgsfluß, führte nämlich Gold auf ihrem Grund mit sich, und viele, die ihr Glück versucht hatten, wußten zu berichten, sie hätten schon mit der ersten Schaufel wenigstens drei Flimmerchen ans Tageslicht geholt. Deshalb hatte sich zwischen Moosburg und Plattling eine Gesellschaft etabliert und dem Herzog – es war Ludwig der Reiche – die alleinigen Schürfrechte abgekauft.

Von Landshut, der alten Regierungshauptstadt der Herzöge von Baiern, kam zuerst ein spitzer Kirchturm zum Vorschein. Leberecht hatte noch nie einen so hohen Turm gesehen. Die Stadt selbst bildete in der Hauptsache ein von Norden nach Süden verlaufender Straßenmarkt, um den sich dicht an dicht stolze Giebelhäuser drängten. Dort hatte auch die Poststation ihren Platz. In deutschen Landen berühmt geworden war die Stadt vor neunzig Jahren, ja, sie zehrte noch immer von diesem Ruf, als Herzog Georg der Reiche eine polnische Königstochter freite und seine Vermählung zum Anlaß nahm, das größte Fest auszurichten, das je in Deutschland gefeiert wurde.

Weil die Stadt nur über ein Kloster verfügte, dessen Orden Luitger nicht genehm und Leberecht äußerst verhaßt war, zogen sie es vor, wie die übrigen Fahrgäste in der Poststation gegenüber jenem hohen Kirchturm zu nächtigen, der einem Schwindel bereitete, wenn man versuchte, seine Spitze zu erspähen.

Es war schon Abend, als sie ihr Quartier bezogen, und Leberecht flüsterte Martha heimlich zu, sie möge in ihrer Schlafkammer bleiben, weil es sich für eine Nonne nicht zieme, eine Wirtsstube zu betreten. Später werde er ihr etwas zu essen bringen.

Zum Nachtmahl gab es Blut- und Leberwürste und Sauerkraut, für das die Gegend berühmt war – ein wahrer Schmaus nach der Klosterkost der vergangenen Tage. Dazu wurde roter Burgunder gereicht, der an den Hügeln um die Stadt herum in besonderer Weise gedieh.

Der Professore aus Rom sprach den Würsten mit Begeisterung zu; doch als er den Wein von der Isar kostete, rief er aus: »O glückliches Land, wo der Essig, der anderswo mit großer Mühe bereitet werden muß, von selbst wächst!« Und als Francesca, so hieß die Tochter des Italieners, den Wein kostete, verzog sie ihr Gesicht zu einer Grimasse und spuckte aus. Das Grimassenschneiden gehörte im übrigen zur Lieblingsbeschäftigung des Mädchens, das nicht gerade von Schönheit gekrönt, dafür aber mit einem losen Mundwerk gesegnet war wie eine fränkische Marktfrau. Ihr einziger Vorzug, wenn man ihn als solchen bezeichnen wollte, bestand darin, daß Francesca wie ihr Vater sich in allen erdenklichen Sprachen unterhalten konnte.

Leberecht saß am Tisch der Reisegesellschaft wie auf Kohlen, weil er Martha allein in ihrer Kammer im oberen Stockwerk wußte und nichts sehnlichster wünschte, als mit ihr zu reden. Denn zum einen wuchs in seinem Herzen die Freude über die gelungene Flucht, zum anderen aber auch die Sorge, ob es möglich sein würde, mit ihr ohne Reisepapiere über alle Grenzen zu gelangen. Mit einem Teller Kraut und Würsten wollte Leberecht gerade nach oben gehen, als Frater Luitger, der dem roten Wein mit großem Vergnügen zusprach, sich vom Tisch erhob und fragte: »Wo willst du hin mit den Würsten?«

»Ich bringe der Nonne etwas zu essen«, stotterte Leberecht verlegen. »Ich habe es versprochen.«

Da nahm Luitger seinem Novizen den Zinnteller aus der Hand. »Laß mich das machen«, sagte er, und ehe Leberecht etwas erwidern konnte, verschwand der Frater durch die hintere Tür der düsteren Wirtsstube.

Leberecht wollte ihm hinterherlaufen, weil er fürchtete, es könnte zu einer unliebsamen Begegnung kommen. Einen Augenblick wußte er wirklich nicht, was er tun sollte, aber dann blieb er zurück, weil ihm bewußt wurde, daß diese Aufgabe eher dem älteren Benediktiner zukam. Dafür wurde er Zeuge eines Gesprächs zwischen dem Aachener Tuchhändler und dem italienischen Professor, das ihn in helle Aufregung versetzte: Der Professor hieß Lorenzo Albani und lehrte an der Universität Rom Mathematik und Astronomie und war, wie sich im Laufe des Abends erweisen sollte, den Sternen mindestens ebenso zugetan wie dem Landshuter Burgunder, den er eben noch verteufelt hatte.

Der schwere Wein war es wohl, der seine Zunge löste, denn ohne Aufforderung begann der kluge, gewitzte Professor sein Leben und den Grund seiner Reise zu erzählen, unterbrochen nur von unpassenden Bemerkungen seiner redseligen Tochter, auf welche Albani immer wieder mit einem heftigen *»Silentio!«** reagierte. Während Leberecht sich ausmalte, wie die Begegnung zwischen Luitger und Martha vonstatten gehen mochte, hörte er mit einem Ohr, daß der Professore gerade aus Utrecht zurückkam, wo er das Plappermaul, seine Tochter Francesca, an den Mann hatte bringen wollen. Doch weder der auserwählte Medicus, von italienischer Abstammung und beträchtlichem Vermögen, noch seine redselige Tochter, Halbwaise seit dem frühen Tode seiner Frau, hätten Gefallen aneinander gefunden; ehrlich gesagt, hätten sie sich nur angegiftet wie Hund und Katze, und so sei man unverrichteter Dinge abgereist. Francesca schnitt eine prahlerische Grimasse wie Capitano Spaventa.

Währenddessen hatte Frater Luitger an Marthas Kammer geklopft, und Martha hatte ihm, in der Meinung, es sei Leberecht, geöffnet. So sah sich Luitger unerwartet einer Frau in einem langen weißen Hemd gegenüber, die durch ihr kurz-

* Ruhe! (ital.)

geschorenes Haar in keiner Weise verunstaltet wurde. Einen Augenblick standen beide schweigend da und starrten sich an.

Luitger, der zuerst seine Sprache wiederfand, stammelte eine Entschuldigung und wollte sich gerade mit gesenktem Blick rückwärts entfernen, da meinte Martha: »Frater, wenn es nicht Eure Ordensregel verbietet, in die Kammer einer Nonne zu treten, würde ich Euch bitten, auf ein Wort zu bleiben.«

Sichtlich verwirrt schüttelte Luitger den Kopf und stellte den Teller auf den kleinen quadratischen Tisch in der linken Ecke des Raumes.

Martha zog ihren Reisemantel über, einen vielfaltigen weiten Umhang, setzte sich aufs Bett und begann ohne Umschweife: »Ich habe von Anfang an gemerkt, daß Ihr an meinem geistlichen Stand zweifelt, Frater; vielleicht übersteigt es einfach meine schauspielerischen Fähigkeiten. Deshalb will ich Euch nicht weiter an der Nase herumführen und Euch die Wahrheit sagen: Nein, ich bin keine Klarissin, ich habe wie Leberecht diese Verkleidung gewählt, damit meine Flucht unbemerkt bliebe.«

Frater Luitger lehnte sich ans Fenster und sah Martha fragend an: »Ihr kanntet Leberecht schon vorher?«

Martha zog ihren Umhang über der Brust zusammen, als fröstelte sie. »Ich kenne ihn ebensolange wie Ihr, Frater Luitger, ich bin ...«

»Ja?«

»... seine Ziehmutter und ...«

»Und?«

»... seine Geliebte.«

Frater Luitger, ein stämmiger Mann, der den Eindruck vermittelte, als könnte ihn nichts aus der Ruhe bringen, wurde von Unruhe erfaßt. Es schien, als wüßte er im Augenblick nicht, was er mit seinen Händen anfangen sollte, schließlich faltete er sie wie zum Gebet und legte sie ans Kinn. »Dann seid Ihr also Martha Schlüssel, die Frau des Wirtes vom Sand?«

Martha nickte. »Jetzt könnt Ihr den Stab über mich brechen.«

»Unsinn!« antwortete Luitger. »Sogar unser Herr Jesus hat Magdalena, der Sünderin, verziehen. Nur – warum habt Ihr mich nicht in Eure Pläne eingeweiht? Wißt Ihr denn nicht, in welche Gefahr Ihr mich gebracht habt? Was habt Ihr vor?«

Martha beantwortete keine der Fragen des Mönchs. Sie blickte verschämt, die Hände zwischen die Knie gepreßt, zu Boden und begann weit ausholend zu erzählen, daß ihre Liebe kein Strohfeuer sei, sondern schon sieben Jahre währe und daß der Fürstbischof und die Schergen der Inquisition nicht nur sie, sondern auch Leberecht erpreßt und bedroht hätten und die Flucht sei ihr einziger Ausweg, wollte sie nicht auf dem Scheiterhaufen enden. Denn nach den Gesetzen der Kirche werde einem Mann Ehebruch bedingungslos verziehen, während die Ehebrecherin verurteilt werde wie eine Mörderin.

»Ich weiß«, erwiderte der Frater und begann mit kurzen Schritten in der Kammer auf und abzugehen. »Eine Kirche, die den Bordellbesuch eines Priesters mit der niedrigsten aller Strafen, das Begräbnis eines Exkommunizierten aber mit der höchsten Strafe belegt, entspricht auch nicht *meinem* Verständnis von Christentum.«

»Ihr verurteilt mein Verhalten also nicht, Frater?« Martha kniete vor dem Mönch nieder und versuchte seine Hand zu küssen; doch Luitger trat ein paar Schritte zurück, und Martha blieb kniend in der Mitte der Kammer zurück.

»Euer Verhalten verurteile ich wohl«, entgegnete Luitger, »schließlich habt Ihr die Ehe gebrochen. Das ist eine schwere Sünde. Noch schwerer allerdings ist die Tatsache zu werten, daß Ihr dies mit Eurem Ziehsohn getan habt. Doch wer ohne Schuld ist, werfe den ersten Stein, sagt der Herr.«

Martha begann zu schluchzen: »Frater, mein Mann Jakob begegnete mir wie seiner Hündin; das heißt, die hatte es besser, weil sie wenigstens bisweilen ein Streicheln oder ein liebes Wort empfing. Ein Leben ohne Liebe ist kein Leben. Ihr macht Euch keinen Begriff, was es für mich bedeutete, als Leberecht mich nach vielen Jahren der Enthaltsamkeit in seine Arme nahm. Ich habe dagegen angekämpft, nicht, weil es wider die

Natur, sondern weil es gegen das Gesetz ist – aber vergebens. Die Seuche, die unsere Stadt heimsuchte, trennte uns beinahe ein halbes Jahr, und sogar danach gingen wir uns noch lange aus dem Wege. Ich versuchte meine Gefühle mit inbrünstigen Gebeten und Geißeln zu unterdrücken, aber, glaubt mir, ich dachte während all dieser Zeit nur an ihn. Ich liebe ihn.«

Luitger schwieg.

»Natürlich«, nahm Martha ihre Rede wieder auf, »werde ich die Nonnentracht nicht mehr tragen. Verzeiht, wenn ich Euer frommes Empfinden beleidigt haben sollte!«

Da lachte der Frater bitter und antwortete: »Seid unbesorgt! In Ordenstracht wie dieser sind größere Verbrechen begangen worden als Euer Fehltritt. Im übrigen ist es nicht das Gewand, das einen Heiligen auszeichnet, sondern seine Seele. Ich glaube auch, daß Ihr das Schauspiel, das Ihr nun einmal begonnen habt, zu Ende führen solltet, zumindest so lange, bis wir italienischen Boden erreicht haben. Es ist für Euch die einzige Gelegenheit, unbehelligt über alle Grenzen zu kommen ...«

In der düsteren Wirtsstube ging es indessen hoch her, weil der Professore aus Rom, beseelt vom schweren Wein, über den Mond und die Planeten und ihre Ausstrahlung auf die Erde schwadronierte, ihre Wirkung auf das Wetter und die Beeinflussung des menschlichen Körpers. Jeder Mensch von Stand und Bildung, meinte Albani, der wie ein Prediger hinter der Theke Platz genommen hatte und jedes seiner Worte mit ausladenden Handbewegungen untermalte, jeder Mensch müsse seine Lebensweise, die Behandlung von Krankheiten und wichtige Geschäfte nach dem Stand der Gestirne ausrichten, ja, es empfehle sich, kurzweilige Dinge des Augenblicks an diesem, Angelegenheiten von Dauer und Nachdruck an jenem Tag zu verrichten.

Die Zuhörer rückten immer näher an den Professore heran, vor allem, als er seine Aderlaßtäfelchen aus der Tasche zog, von deren wundersamer Wirkungsweise die meisten gehört hatten. Reisende Kaufleute benutzten diese Tafeln, auf denen für jeden

Menschen an jedem Ort der Stand des Mondes und damit verbundene Ratschläge und Vorschriften verzeichnet waren, mit Vorliebe. Es galt als schädlich, zur Ader zu lassen, solange der Mond in einem Tierkreiszeichen stand, das dem leidenden Körperteil zugeordnet war. Gefährlich war es, nach Meinung der Sternforscher, Abführmittel bei ungünstiger Stellung des Mondes zu verabreichen. Ein Medicus, meinte Albani mit schwerer Stimme, der bei seinen Verordnungen die Hilfe der Gestirne außer acht lasse, setze das Leben eines Kranken aufs Spiel; schließlich werde mehr als die Hälfte aller Krankheiten vom Firmament regiert.

Als immer mehr Gäste in der Wirtsstube immer unsinnigere Fragen stellten, brach Albani seinen Vortrag ab und kehrte zu den übrigen Reisenden an den Tisch zurück.

Vor allem Leberecht zeigte sich begeistert von den Ausführungen des Professors, und er stellte ihm die Frage, ob er in Rom dem Doktor Kopernikus begegnet sei.

Albani lachte breit, rückte näher an den Fragesteller heran und schlug Leberecht auf die Schulter, daß es schmerzte: »Junger Mönch«, rief er und schüttelte den Kopf, »im Vergleich zu Euch bin ich gewiß ein alter Mann; aber als Kopernikus in Rom weilte und vor erlauchten Männern über die Magie der Zahlen las, da war ich noch nicht geboren, geschweige denn in der Lage, seinen komplizierten Gedanken zu folgen. Aber noch heute rühmen die römischen Gelehrten seine Klugheit, und« – er hielt die flache Hand vor den Mund – »die Kirche würde seinen Namen am liebsten in allen Büchern und Schriften tilgen.«

»Aber warum?« rief Leberecht aufgeregt, ohne den Blick von der Hintertür zu lassen, wo Luitger verschwunden war.

»Wißt Ihr«, erwiderte Albani, nun auf einmal ernst – soweit das sein Zustand zuließ –, »das ist eine lange Geschichte, und sie ist nicht unbedingt für die Ohren eines Benediktiners bestimmt. Laßt uns von etwas anderem reden!«

Leberecht wagte nicht, dem Professore zu widersprechen, obwohl es ihn brennend interessiert hätte, mehr aus der Sicht des Sternforschers über Kopernikus zu erfahren.

Albanis Tochter Francesca, deren Mundwerk nur deshalb zum Schweigen gekommen war, weil sie in der Ecke sitzend der Schlaf übermannt hatte, wachte plötzlich auf und rief über zwei Tische hinweg, ihr Vater möge doch verkünden, was ihnen allen für die nächsten Tage in den Sternen geschrieben sei.

Der Professore ließ die Aderlaßtafeln, die er noch immer in den Händen hielt, in der Brusttasche seines Gewandes verschwinden und zog statt dessen ein Astrolabium hervor, nicht viel größer als sein Handteller und ebenso dick und aus Messing gearbeitet. Das geheimnisvolle Instrument war aus exzentrischen Kreisen und Ringen zusammengesetzt, die, in Skalen und Tierkreise unterteilt, sich mit-, gegen- und ineinander drehten und so den Auf- und Untergang der Gestirne, vor allem aber ihre Beziehung zueinander anzeigten.

Die glänzende Apparatur erregte unter den Gästen höchstes Interesse, und als sie erfuhren, daß mit Hilfe dieser Mechanik Wesen und Schicksal der Menschen gedeutet werden könne, so sie nur Jahr, Tag und Stunde ihrer Geburt sowie die geographische Breite ihres Geburtsortes nennen könnten, wurde der Professore erneut mit Fragen bestürmt. In fast allen Fällen scheiterte die Beantwortung der Fragen am Unwissen der Fragesteller. Kaum einer wußte den Tag seiner Geburt zu nennen, viele kannten nicht einmal das Jahr. Nur Leberecht hatte alle Daten im Kopf, und Albani begann an den Scheiben und Ringen seines Instrumentes zu drehen. Dabei murmelte er geheimnisvolle Zahlen, die Namen Venus und Mars und lateinische Wörter, welche Leberecht, der sich lange genug mit Sternenkunde beschäftigt hatte, als die Bezeichnungen der Tierkreiszeichen erkannte.

Endlich kamen die rotierenden Scheiben zum Stehen, und Albani hielt inne. Mit zusammengekniffenen Augen musterte er abwechselnd sein Instrument und das angespannte Gesicht des Fragestellers. In der Wirtsstube wurde es still.

»Nun sag schon, was die Sterne dem jungen Mönch prophezeien!« rief Francesca in die Stille und klatschte aufgeregt in die Hände.

Albani schien verunsichert. Er begann aufs neue an seinem Instrument zu hantieren, verschob Kreise und Ringe gegen- und übereinander und brummte vor sich hin, derlei Aufgaben sollte man tunlichst *vor* dem zweiten Krug Wein erledigen.

Als er sein Werk zum zweitenmal beendet hatte, preßte er die Lippen aufeinander, als wollte er kein Wort verlieren über das, was das Astrolabium anzeigte.

Aber Leberecht sagte mit fester Stimme: »Ich will es wissen.«

Und die geschwätzige Tochter des Professors hüpfte von einem Bein auf das andere und kreischte: »So rede doch, wenn er es wissen will!«

Albani hob die Schultern, legte den rechten Zeigefinger auf sein geheimnisvolles Instrument und sagte leise: »Gott sei mein Zeuge, daß ich die Wahrheit spreche: Säßet Ihr nicht in einer Kutte neben mir, würde ich Euch für einen gefährlichen Ketzer halten, gefährlicher als jenen Doktor Luther aus Wittenberg.«

Leberecht bekam einen roten Kopf, und die Gäste in der Wirtsstube redeten wild durcheinander. Die meisten entrüsteten sich über die unverschämten Worte des römischen Sterndeuters, der es wagte, einen Benediktinermönch derartig zu verunglimpfen. Nur ein kleines, dünnes Männchen, das bisher stumm in einer Ecke gesessen war, krächzte mit dünner Stimme: »Vielleicht ist er gar nicht Benediktiner? Schließlich kann jeder eine Kutte tragen!«

Da lehnte sich der Wirt über die Theke und rief nach hinten: »Ja, vor allem du!« Und an Leberecht gewandt: »Seht ihm seine dumme Rede nach. Er ist nicht ganz bei Trost.«

Das Scharmützel zwischen den beiden brachte die Gäste zum Lachen, so daß die Worte des Sterndeuters schnell in Vergessenheit gerieten, und man sprach wieder dem Wein zu. Bei Leberecht hatte die Erkenntnis des Professors Neugierde geweckt, und bemüht, nur kein Aufsehen zu erregen, fragte er Albani: »Und was künden die Sterne sonst noch über mich?«

Das Astrolabium lag noch immer vor ihm auf dem Tisch. Albani runzelte die Stirn, er blickte nach beiden Seiten, bedacht, daß diesmal niemand seine Antwort mithörte: »Wie ich schon sagte, säßet Ihr nicht in einer Kutte neben mir, würde ich Euch für einen anderen halten; denn ich sehe eine Begegnung von Venus und Mars, und diese Begegnung wird für beide von großer Bedeutung sein.«

»Heilige Jungfrau Maria!« entfuhr es Leberecht, und er fragte weiter: »Wißt Ihr Näheres über diese Begegnung?«

Albani drehte das Astrolabium nach allen Seiten, er hob die Schultern und erwiderte: »Nichts, nur so viel, daß sie ein trauriges Ende nimmt.«

Leberecht wollte noch weitere Fragen an den Sterndeuter richten, doch er kam nicht mehr dazu. Durch die hintere Tür trat Frater Luitger in die Gaststube. Er kam auf den Tisch zu, wo noch immer sein Weinbecher stand und setzte sich. Leberecht würdigte er keines Blickes.

Der spürte sofort, daß etwas vorgefallen war, und suchte hilflos nach Worten. Verlegen stammelte er: »Habt Ihr der Nonne das Essen gebracht?«

Luitger gab keine Antwort. Statt dessen begann er mit dem Tuchhändler aus Aachen ein belangloses Gespräch. Leberecht hörte eine Weile zu; das heißt, er tat, als hörte er zu, in Wirklichkeit war er mit seinen Gedanken ganz woanders. Hatte Luitger Verdacht geschöpft? Hatte sich Martha in irgendeiner Form verraten? Und wenn dem so war, würde Luitger den Vertrauensbruch zum Anlaß nehmen, sich von ihm und Martha zu trennen?

Nur zu gern hätte Leberecht gewußt, was sich oben zwischen den beiden zugetragen hatte. Aber er hatte nicht den Mut, Luitger zur Rede zu stellen.

Schließlich erhob er sich wortlos und ging hinauf zu Marthas Kammer. Er klopfte, erst leise, dann heftiger. Aber Martha öffnete nicht.

Verzweifelt wie lange nicht mehr legte er sich schlafen.

Am nächsten Morgen – vom Fluß her krochen die ersten weißen Nebel herauf und kündigten den Herbst an – war Leberecht auf alles gefaßt, auch darauf, daß Luitger sich weigern könnte, mit ihm gemeinsam den Postwagen zu besteigen.

Aber noch ehe er mit Martha sprechen konnte, trat der Benediktiner ihm auf der Treppe entgegen und sagte: »Warum hast du mir nicht von Anfang an die Wahrheit gesagt? Glaubst du, ich hätte dich verraten?«

Leberecht schämte sich; aber gleichzeitig war er froh, daß Luitger überhaupt mit ihm redete. Er drückte dankbar seine Hand und entgegnete: »Verzeiht mir, aber ich brachte nicht den Mut auf, Euch in unsere Pläne einzuweihen. Ich hatte Angst, Ihr würdet unser Verhalten verurteilen und unsere Fluchtpläne vereiteln.«

Luitger nickte, als wollte er andeuten, daß er ihm längst verziehen habe, und über sein Gesicht huschte ein Lächeln. Da erschien Martha auf dem oberen Treppenabsatz, und Luitger verschwand nach unten.

»Ich habe Frater Luitger alles erzählt«, sagte sie, während sie ihr Ordenskleid raffte und vorsichtig die Treppe herabstieg. In ihrer Stimme klang Erleichterung. »Ich habe freiwillig angeboten, auf die Ordenstracht zu verzichten; aber der Frater meinte, es sei die beste Möglichkeit unbehelligt durch alle Grenzen zu kommen. Ich solle die Verkleidung noch ein paar Tage beibehalten.«

Im Durchgang zum Hof der Poststation warteten bereits neue Fahrgäste mit Reiseziel Salzburg. Insgesamt zählte der Kutscher zwölf Passagiere, zwei zuviel. »Abärr gutt«, meinte er und mahnte zur Eile, Salzburg sei weit. Der Platz im rückwärtigen Teil des Postwagens, der für das Gepäck vorgesehen war, mußte einer zusätzlichen Sitzbank weichen, zwischen den Reihen stapelten sich Koffer und geschnürte Ballen, und zu allem Überfluß begann es auch noch zu regnen.

Obwohl Leberecht, Martha und Luitger dicht zusammengedrängt saßen, wollte zwischen den dreien kein rechtes Gespräch aufkommen. Diese Schweigsamkeit rührte daher, daß jeder von ihnen sich Gedanken machte, wie es weitergehen sollte. Vor allem Leberecht plagte das schlechte Gewissen, weil er Luitger, seinem Freund, dem er soviel zu verdanken hatte, nicht die volle Wahrheit gesagt hatte. Zwar war jetzt die Katze aus dem Sack, was Martha betraf, doch was das andere Geheimnis, den Inhalt seines Gepäcks, anging, so hatte er sich ihm immer noch nicht offenbart. Er hatte Angst, Luitger einzuweihen, weil er damit rechnen mußte, daß dieser versuchen würde, ihm seinen Plan auszureden. Doch dieser Plan stand unumstößlich fest.

Der aufgeweichte Boden der schmalen Poststraße, die sich bergauf, bergab durch die baierische Hügellandschaft schlängelte, verlangte den Pferden das Letzte ab und nötigte den Kutscher häufig, die Peitsche zu gebrauchen. So überquerten sie Vils und Rott, zwei Rinnsale mit knorrigen Weiden zu beiden Seiten, die sich so umständlich dahinschlängelten, als wären sie in die Landschaft verliebt und wollten möglichst viel von ihr mitbekommen.

Bei Ötting, wo sich zwei dicht beieinander liegende Städte um denselben Namen stritten, überquerten sie den Inn und nach einer Stunde ein weiteres Flüßchen durch eine Furt. So gelangten sie an eine Wegscheide mit einem Meilenstein, der in der einen Richtung nach Passau, in der anderen nach Salzburg zeigte. Von hier an, meinte Luitger nach einem Blick auf die Apiansche Landtafel, erwarte sie eine bessere Wegstrecke.

Der Benediktinermönch hatte kaum ausgesprochen, da wurde der Postwagen von einem lauten Schlag erschüttert. Wie ein Schiff im Wind neigte sich der rechte hintere Teil des Fahrzeugs zur Seite, und die Reisenden purzelten schreiend übereinander. Endlich brachte der Kutscher die Pferde zum Stehen.

Leberecht, Martha und Luitger waren auf der vorderen Sitzbank mit dem Schrecken davongekommen. Sie sprangen vom Wagen und versuchten die anderen Fahrgäste aus ihrer mißlichen Lage zu befreien. Zum Glück hatte keiner eine Verletzung davongetragen.

»Achsbruch!« stellte Luitger nach einem Blick auf den Schaden fest. »Und das Hinterrad ist auch nicht mehr zu gebrauchen.«

Auf der Straße, die in der Hauptsache von Planwagen befahren wurde, welche Salz geladen hatten, herrschte trotz Regens reger Verkehr. Ein Kutscher, der leer aus dem Böhmischen zurückkam, hielt an.

»Ist was passiert?«

Der Postkutscher fuchtelte mit den Armen in der Luft herum, als kämpfte er gegen einen Bienenschwarm, und überfiel den anderen mit einem unverständlichen Redeschwall. »Nichts von Bedeutung«, klärte Luitger die Situation, »die Achse ist gebrochen. Kannst du uns behilflich sein und uns bis zur nächsten Stadt bringen?« Martha zog eine Münze hervor und drückte sie dem Fuhrknecht in die Hand.

Da erhellte sich die Miene des Fuhrknechts: »Ei freilich«, erwiderte er und versuchte einen Bückling in Richtung der Nonne. »Nach Burghausen sind es gerade noch drei Meilen. Wenn Ihr wollt, bringe ich Euch zur Poststation. Steigt auf! Es wird zwar eng, aber besser schlecht gefahren als gut gegangen.«

Während sie ihr Gepäck umluden, näherten sich von Norden zwei Pferdewagen mit hohen roten Rädern und blau und gelb bemalten Holzaufbauten. Der Kutscher des ersten Fuhrwerks trug einen breiten schwarzen Hut. Er hatte die Zügel der müde vor sich hin trottenden Gäule festgebunden und spielte auf einer Flöte. Ein Mädchen mit langen, durchnäßten roten Haaren, kaum älter als zwölf Jahre, schlug dazu eine winzige Trommel und trällerte, trotz des Regens, fröhlich vor sich hin. Im Vorbeifahren blickte eine Frau mit wilden Haaren und riesigen Brüsten aus dem Fenster des Wagens; zwei Hunde, die neben dem schaukelnden Gefährt herliefen, kläfften; und hinter dem zweiten, ebenso bunt bemalten Wagen tapste an einer Kette ein Bär mit einem ledernen Maulkorb. Unvermittelt wie sie gekommen war, verschwand die Gauklertruppe hinter der nächsten Wegbiegung im Wald.

»Leute«, rief der Salzknecht dem fahrenden Volk hinterher,

»nehmt die Wäsche von der Leine, die Gaukler kommen!« Die anderen lachten.

Als das Gepäck endlich verstaut war und die Reisenden auf dem staubigen Fahrzeug Platz genommen hatten, fuhr der Salzknecht los. Es dauerte keine halbe Stunde, und sie erreichten die Stadtgrenze. Dort, wo sich die Straße teilte und geradewegs zum Tor der Burganlage führte, während linker Hand ein gepflasterter Weg steil in die Tiefe führte, blieb der Salzknecht stehen. Es sei wohl besser, meinte er, das letzte Wegstück zu Fuß zurückzulegen, denn der Berg zur Stadt hinab sei steil und gefährlich, und selbst vier Gäule und zwei Bremsschuhe seien nicht in der Lage, einen vollbeladenen Wagen auf dem nassen Pflaster zu halten.

Sie hatten das Tor kaum durchschritten, da tat sich vor ihnen eine Landschaft auf, die, wollte man sie beschreiben, hohe Kunstfertigkeit der Sprache erforderte. Unbemerkt waren sie an das Steilufer eines Flusses gelangt, der in tausendjähriger Beständigkeit eine tiefe Furche in das sandige Erdreich gegraben hatte. Nun rauschte er, ein wildes, schäumendes Bett für flache Salzkähne, tief unter ihnen nordwärts und beschrieb ein beinahe rechtwinkeliges Knie.

Was der grüne, reißende Fluß vom diesseitigen Ufer an Boden übrig gelassen hatte, war von kunstsinnigen Bewohnern als Fundament genutzt worden für eine Stadt, so märchenhaft, wie sie nur von Kreuzfahrern und Jerusalempilgern beschrieben wurde, die den Orient bereist hatten. Von den schmalbrüstigen Häusern, die sich wie Holzspielzeug um einen langgestreckten Marktplatz reihten, sah der Ankommende nur das Zickzack ihrer Dächer. Man schien zu fliegen, wenn man sich der Stadt von oben näherte, und das war der Grund, warum jeder Ankommende sich hier so fröhlich wähnte.

Der Regen hatte nachgelassen, als sie vor der Poststation auf dem Marktplatz ankamen und ihr Gepäck in Empfang nahmen. »Sieh nur!« sagte Leberecht zu Martha und deutete auf die vom Fluß abgewandte Häuserzeile des Platzes: Hoch über den Giebeln, die sich in allen erdenklichen Formen aneinanderreihten, erstreckte sich mit Türmen, Zinnen und Brücken die Burganlage, eine Stadt für sich in den Wolken, mehr als eine halbe Meile lang.

Selbst der römische Professore, der viel von der Welt gesehen hatte, staunte, und seine geschwätzige Tochter brachte nicht mehr hervor als: »*Che miracolo!*«* Die Schönheit der Stadt nahm alle Reisenden gefangen, daß keiner, nicht einmal der eilige Tuchhändler aus Aachen, den unfreiwilligen Aufenthalt bedauerte. Die Poststation lag in der Mitte des Platzes, wo die farbenfrohen Patrizierhäuser mit ihren Scheingiebeln eine Lücke ließen, die zur Brücke über den Fluß führte. Hier verwehrte ein Torturm, der nachts geschlossen wurde, unliebsamen Besuchern von jenseits des Flusses den Zutritt.

Luitger und Leberecht suchten, nachdem sie ihr Gepäck in dem Wirtshaus verstaut hatten, den Schmied auf, der nur ein paar Häuser weiter, gegenüber der Stelle, wo die steile Straße in den Marktplatz mündete, Pferde beschlug und Räder reparierte. Er hieß Kaspar Brauner, und dieser Name war der Grund, warum sein Haus, dessen Giebel sich gefährlich nach hinten neigte, als einziges in der ganzen Stadt braun gestrichen war. Brauner versprach, den Schaden an dem Postwagen umgehend zu beheben.

Kaum zeigten sich die ersten Spuren des Morgens am Himmel, da erwachte die Stadt zu geschäftigem Treiben. Salzfuhrwerke polterten in allen Richtungen über das Pflaster des Marktplatzes, vollbeladen in nördlicher Richtung, während die nach Süden fahrenden Gespanne meist leer waren. Vom Fluß her hallten die lauten Rufe der Schiffer, die ihre Plätten – so hießen die flachen Kähne ohne Kiel und Tiefgang – be- und entluden. Alles Salz, das von Hallein flußabwärts kam, mußte hier an der Lände gelöscht und auf Pferdewagen verstaut werden. So wollte es ein Gesetz.

In den regen Wagenverkehr mischte sich auch die Gauklertruppe, der sie am Vortag begegnet waren. Sie machte auf dem

* Welch ein Wunder! (ital.)

Platz vor der Kirche halt, die sich am südlichen Ende des Marktes wie ein Schiff richtungslos in die Häuser drängte. Dort errichteten die fahrenden Leute eine Art Bühne, indem sie die Seitenwände ihrer bunten Wagen herausklappten und mit Brettern und Balken ein kleines Theater zimmerten. Gegen Mittag, als der Marktplatz von der Sonne in farbenfrohes Licht getaucht wurde wie eine Theaterkulisse, zogen die Gaukler mit ihrem Bär, der zweibeinig auf den Hinterläufen tapste, weil seine Vorderläufe in dornigen Handschuhen steckten, dem rothaarigen Mädchen auf dem Rücken eines Pferdes, einem Komikus mit schwarzer Maske, die nur den Mund freiließ, und einem Ausrufer, der eine Trommel schlug, durch die Stadt, um für ihre Nachmittagsvorstellung zu werben. Der Ausrufer sparte nicht mit Superlativen über die Gauklertruppe des großen Roberto Aldini aus dem fernen Mailand und kündigte equilibristische Spitzendarbietungen, circensische Sensationen und eine ventriloquistische Vorführung an, wie sie einmalig auf der Welt sei. Am Ende der Vorstellung stehe Signora Lachesis dem erlauchten Publikum gegen zwei Kreuzer zur Präkognition zur Verfügung.

Obwohl kaum jemand verstand, was sich hinter diesen erregenden Versprechungen verbarg, strömten die Menschen zuhauf zum Kirchplatz. Während Martha sich der Vorführung fernhielt, weil sie einer Nonne unwürdig sei, fand Leberecht nichts dabei, der Gauklervorstellung beizuwohnen.

Leberecht klatschte begeistert, als das rothaarige Mädchen mit Hilfe einer langen Stange über ein Seil tanzte, das von einem Wagen zum anderen gespannt war, und ein Bauchredner, der eine hölzerne Puppe zum Sprechen brachte, versetzte ihn in helles Entzücken; dann jedoch geschah etwas Unfaßbares.

Der vornehm in weiß und rot gekleidete Ausrufer annoncierte mit erhobener Stimme »die stärkste Frau der Welt«, welche vor den Augen der Zuschauer einen lebendigen Bären zwei Fuß in die Höhe heben und zehn Fuß entfernt absetzen wollte.

Von der einen Seite trat der angekettete Bär auf die Bühne, von der anderen ein Koloß von Frau in gelben Kniehosen und einem grünen Umhang. Ihre Schenkel hatten das Ausmaß von Säulen, und diese Säulen zierten gelbgrüne Bänder, das Haar war zottelig, und ihr hartes Gesicht ließ einen dunklen Bartansatz erkennen. Trotz dieser Verkleidung gab es für Leberecht keinen Zweifel: Er kannte dieses Monster. Er hatte es schon gekannt, als es noch ein zierliches Mädchen gewesen war.

»Veilchen!« rief er von hinten zur Bühne.

Einen Augenblick hielt die Riesin inne und blickte verwirrt in die Richtung, aus welcher der Zwischenruf gekommen war. Sie wirkte irritiert, als sie mit der Vorführung begann. Breitbeinig und unter Ausstoßen brüllender Laute packte sie den Bären um den Bauch, hob ihn hoch und nach drei oder vier schweren Schritten setzte sie das zottige Tier ab. Die Zuschauer johlten.

Leberecht drängte sich zur Bühne vor und stellte sich der monströsen Frau in den Weg, als diese gerade hinter ihrem Gauklerwagen verschwinden wollte.

»Sophie«, sagte er zärtlich, »ich dachte, du wärst...«

»Was?«

»Na ja, ich dachte, du wärst freiwillig aus dem Leben geschieden.«

»So. Dachtest du«, erwiderte die Frau mit einer Stimme, die geeignet war, das Blut in den Adern gefrieren zu lassen.

»Alle dachten wir so«, meinte Leberecht entschuldigend. »Hätte ich nur geahnt, daß du am Leben bist, ich hätte die Suche nie aufgegeben.«

Sophie vermied es, Leberecht ins Gesicht zu sehen. Sie hatte den Blick zur Seite gesenkt.

»War besser so, glaub' mir«, meinte sie verbittert. »Ich habe mein Auskommen bei den Gauklern. Hier hat jeder sein Ränzlein zu tragen.« Und im gleichen traurigen Tonfall fuhr sie fort: »Und du? Bist du freiwillig ins Kloster gegangen?«

Da faßte Leberecht Sophie am Arm, das heißt, er berührte nur einen wabbelnden Batzen Fleisch und schob die Frau in Richtung der Kirche. Zwischen Turm und Meßnerhaus öffnete sich eine Gasse, welche den Namen Messerzeile trug – warum wußte niemand zu sagen –, rechter Hand lag ein stilles Wirtshaus, der »Bräu an der Kirchen«.

Die Abgeschiedenheit des Gäßchens, in dem alles, die Häuser und Türen, ja sogar das Pflaster nur halb so groß zu sein schien wie auf dem stolzen Marktplatz, nützte Leberecht, um seiner Schwester zu berichten, was sich nach ihrem plötzlichen Verschwinden ereignet hatte. Er erzählte von der unseligen Inquisition, die ihrem toten Vater jene furchtbare Schmach angetan hatte, und von der Verfolgung durch den Fürstbischof, der sich und die Kurie in den Besitz eines brisanten Buches bringen wollte, und daß er um sein Leben fürchten mußte und deshalb beschlossen habe, mit Frater Luitger als Benediktiner verkleidet nach Italien zu reisen. Den wahren Grund für seine Erpressung, sein Verhältnis zur Ziehmutter, erwähnte er nicht – noch nicht; denn er mußte befürchten, daß Sophie ihn deshalb tadeln würde.

Sie gelangten zu der Stelle, wo unversehens ein knorriger Weinstock aus dem Pflaster wuchs und die Front eines schmalbrüstigen Hauses mit geröteten Blättern einhüllte wie mit einem Mantel. Sophie zeigte keine Regung, ja, es schien, als wäre das Schicksal so hart mit ihr umgegangen, daß sie überhaupt nicht mehr fähig war, Gefühle zu zeigen.

Da blieb Leberecht stehen, er blickte der mißgestalten Frau vor sich ins Gesicht und sagte, ohne an die Folgen zu denken: »Sophie, laß die Gaukler ziehen, komm mit uns nach Italien. Laß uns ein neues Leben beginnen.«

Sophie blickte starr geradeaus und sie antwortete, ohne lange nachzudenken, hart und bestimmt: »Nein, Bruder, ich bin froh, daß mich die Gaukler aufgenommen haben. Roberto, der Anführer der Truppe, ist ein guter Mensch. Hier bin ich *eine* Kuriosität unter vielen, weder lächerlich noch abnorm; im Gegenteil, die Gaukler lassen mich ihre Dankbarkeit spüren, weil ich mit meiner Erscheinung zum Lebensunterhalt beitrage. Unter normalen Menschen wäre ich doch nichts weiter als ein Ungeheuer, das von allen angestarrt und bemitleidet wird. Nein, ich gehöre zu ihnen und werde mit ihnen weiterziehen, und du wirst ebenfalls deinen eigenen Weg gehen.«

Ihre Worte klangen unerbittlich, und Leberecht begann zu zweifeln, ob er gegenüber seiner Schwester, die er einst »Veilchen« genannt hatte, jemals wieder den vertraulichen Ton ihrer Jugend finden würde. Sie hatten sich seit sieben Jahren nicht gesehen, und die Gewalt der Verhältnisse hatte einen unsichtbaren Keil zwischen sie getrieben.

»Wie lange bleibt ihr in dieser Stadt?« erkundigte sich Leberecht verzagt.

»Zwei oder drei Tage«, erwiderte Sophie.

»Und wohin geht die Reise?«

Die Monsterfrau hob die Schultern und zog die Mundwinkel nach unten. »Dorthin, wo man uns haben will«, sagte sie. »Ich muß zu meinen Leuten.« Sie drehte sich um und ließ ihn stehen.

Zurück in der Poststation erfuhr Leberecht, daß die Reparatur des Wagens bis zum Abend beendet sei und die Fahrt bei Tagesanbruch weitergehen sollte. Er kämpfte mit sich, ob er Luitger, vor allem aber Martha, von der unerwarteten Begegnung berichten sollte. So stand er am Fenster seiner Kammer, das zum Marktplatz zeigte und blickte über die bunt gefärbten Wipfel der Kastanienbäume, die in der Mitte ein fröhliches Spalier bildeten und sicheren Aufenthalt für Hunderte von Sperlingen. Gegen Abend, wenn der Wagenverkehr zum Erliegen kam, hallte ihr schriller Lärm von dem Häuserrund wider wie von den Rängen eines Theaters. Leberecht wußte nicht, wohin mit seinen Gedanken. Er wollte mit Martha sprechen, aber er zögerte, weil er nicht wußte, was er sagen sollte, und blieb den Abend auf seiner Kammer.

Wie angekündigt stand am Morgen der Postwagen bereit. Von den Passagieren waren nur noch sechs übrig geblieben: Leberecht, Martha und Luitger, ferner der Tuchhändler aus Aachen sowie der Professore und seine Tochter, welche frühmorgens noch nicht zu ihrer Geschwätzigkeit gefunden hatte.

Leberecht stand als erster reisefertig bereit. Er wollte Sophie Lebewohl sagen und lief hinüber zum Kirchplatz. Der

Platz war leer. Ein Haufen Mist und Unrat türmte sich neben der Kirche, darunter ein zerschlissenes gelbgrünes Band. Leberecht hob es auf und steckte es in die Tasche.

Der Kutscher mahnte zur Eile. Wollten sie den Postwagen nach Italien erreichen, so mußten sie bis mittag in Salzburg sein.

Die Reise ins Salzburgische verlief ohne viel Reden. Es schien beinahe, als hätte jeder etwas vor dem anderen zu verbergen.

»Was hast du?« raunte Martha Leberecht in einem unbeobachteten Augenblick zu.

»Ach, nichts«, erwiderte dieser. »Es ist nichts.«

KAPITEL VIII

KÜNSTLER UND PROPHETEN

SEIT IHRER ABREISE WAREN ZWEI Wochen vergangen. Sie hatten über den Tauernpaß die Alpen bezwungen und mit Unterstützung ihrer Ordenstracht alle Grenzen überwunden. Nun, da die Republik Venedig vor ihnen lag, konnten der Novize und die Nonne auf ihre klerikale Kleidung verzichten und sich so verhalten, wie es einem liebenden Paar zukam.

Albanis Tochter Francesca mochte die Demaskierung der beiden lange nicht begreifen, und sie schüttelte sich noch nach Tagen vor Lachen, wenn sie Leberecht oder Martha auch nur ansah. Die beiden aber fühlten sich, seit sie den venetischen Schlagbaum hinter sich gelassen hatten, frei wie nie zuvor.

Nicht anders als Deutschland war Italien eine Ansammlung von Kleinstaaten. Die südliche Hälfte des Landes, die Königreiche Neapel und Sizilien, gehörten gar den Spaniern. Zwischen der Republik Venedig im Norden, die von den Alpen bis vor die Tore von Mailand reichte, und dem Kirchenstaat, welcher sich wie eine Schlange von der Pomündung bis nach Rom und noch weiter wand, drängten sich im Westen zahlreiche kleine und größere Herzogtümer und Republiken.

Leberecht hätte allzu gerne in Venedig Station gemacht, der Stadt der tausend Inseln, über die er soviel gelesen hatte, den Dogen gesehen, von dem es hieß, er sei der Kleidung und dem Staat nach ein König, der Gewalt nach ein Ratsherr, in der Stadt ein Gefangener und außerhalb Venedigs ein Mann wie du und ich. Aber weil der Sommer vorbei war und keines jener prachtvollen Schauspiele anstand wie die Vermählung des Dogen mit dem adriatischen Meer, bei der dieser auf einem prächtigen Schiff ein Stück ins Meer hinausfuhr und durch eine Öffnung in seinem Sitz einen goldenen Ring in die See fallen ließ, wobei er die Worte sprach: *Desponsamus te mare, in signum veri perpetuique Dominii**, und weil Frater Luitger und Professore Albani zur Eile drängten, ließen sie die Stadt links liegen und strebten Padua zu, acht Wegstunden von Venedig entfernt.

Auf italischem Boden zu reisen bedeutete ein weit größeres Abenteuer als der Verkehr nördlich der Alpen. Die Verbindungen waren schlecht, von Pünktlichkeit konnte keine Rede sein, vor allem aber erwiesen sich die Straßen als nicht ungefährlich: Überfälle durch Wegelagerer gehörten zur Tagesordnung. Der Professore aus Rom, weltgewandt und im Reisen erfahren, riet daher anstelle der Postwagen, die von Stadt zu Stadt verkehrten und unter ständiger Beobachtung von Räuberbanden standen, den Wagen eines Kaufmanns für die Weiterreise zu wählen. Italienische Kaufleute pflegten bewaffnet und wohlbewacht zu verkehren.

In Padua, wo sich die wichtigsten Handelswege kreuzten, machte Albani einen Gewürzhändler ausfindig, der am folgenden Tag in Begleitung zweier bewaffneter Reiter über Florenz nach Rom reisen wollte und sich bereit erklärte, die Reisegesellschaft gegen einen Fuhrpreis von zwei Scudi pro Person mitzunehmen.

Während Luitger die Nacht im Benediktinerkloster am Prato della Valle verbrachte, einem großen ungepflasterten Platz, auf welchem an jedem ersten Sonnabend des Monats der Viehmarkt stattfand, nächtigten die übrigen in einer Fremdenherberge, nur einen Steinwurf vom Kloster entfernt, in einer

*Wir verloben uns mit dir, o Meer, zum Zeichen wahrer und ewiger Herrschaft.

Seitengasse gelegen und in der Hauptsache von Händlern und Reisenden besucht.

Leberecht und Martha nahmen gemeinsam eine Schlafstätte im zweiten Stockwerk, die zwar kaum Aussicht bot – die gegenüberliegende Hauswand war nicht viel mehr als eine Armspanne entfernt –, aber wenigstens die Gewißheit, allein zu sein. Weinend vor Glück fielen sie sich in die Arme, als Leberecht die Tür hinter sich schloß. Die Spannung, das Leid und die Ungewißheit der vergangenen Wochen fielen in diesem Augenblick von ihnen ab wie eine schwere Last.

»Jetzt wird alles gut«, stammelte Leberecht, während er Marthas Gesicht mit Küssen bedeckte, »du brauchst keine Angst mehr zu haben.«

Martha warf den Kopf in den Nacken. Sie schloß die Augen und genoß die Lippen des geliebten Mannes. »Wie sehr habe ich dieses Gefühl vermißt«, flüsterte sie, und über ihr Gesicht huschte ein zaghaftes Lächeln.

Leberecht wußte nicht, wie lange es her war, seit er Martha so hatte lächeln sehen. Wieviel Angst und Unsicherheit lag dazwischen? Während sich ihre Körper zärtlich aneinanderschmiegten, vorsichtig, als müßten sie sich erst wieder aneinander gewöhnen, während jeder behutsam und beinahe ehrfurchtsvoll den Körper des anderen ertastete, kehrte allmählich die wilde Leidenschaft zurück, die ihr Verhältnis von Anfang an geprägt hatte.

Martha keuchte, und Leberecht preßte sein Knie zwischen ihre Schenkel. Ihren Kopf hielt er zwischen beiden Händen, und seine Zunge liebkoste ihren Hals. Die kleinen Laute der Lust, die Martha dabei ausstieß, versetzten Leberecht in Entzücken. Wie sie sich gehen ließ, sich ihm willenlos darbot, all das brachte ihn zur Raserei. Er riß ihr Kleid auf und schälte den weißen Körper der Geliebten aus ihren Gewändern wie eine süße Frucht aus der Schale.

Ungestüm drängten sich ihm ihre Brüste entgegen. Leberecht leckte sie mit der Zunge. Er zerrte an ihrem Unterkleid, bis Martha nackt vor ihm stand. Dann kniete er nieder und verbarg sein Gesicht in ihrem Schoß, als wollte er die Welt um sich vergessen. Langsam, wie ein gefällter Baum, sank Martha zu Boden. Der blanke harte Stein kümmerte sie nicht, und ihre fliegenden Finger nestelten an der Verschnürung seiner Beinkleider.

»Ich will dich sehen!« keuchte sie.

»Das sollst du haben«, gab er ebenso leidenschaftlich zurück und half nach, sich seiner Hosen zu entledigen.

Endlich kniete er nackt über ihr. Er genoß Marthas Blicke auf seinem Körper; sein Glied war aufgerichtet wie ein stämmiger Ast.

»Nimm mich! Komm!« flüsterte Martha, und Leberecht ließ sich nicht lange bitten.

In dieser Nacht hätte Padua von den spanischen Truppen erobert werden können – Martha und Leberecht hätten es nicht bemerkt. Sie liebten sich mit größerer Leidenschaft als je zuvor, weil das heimliche Versteckspiel ein Ende hatte und weil sie ihren Gefühlen freien Lauf lassen konnten.

Es war schon früher Morgen, jedenfalls hörte man in der Ferne den ersten Hahn, als ihr Liebeskampf zu Ende ging. Sie klammerten sich aneinander, als hätte jeder Angst, den anderen zu verlieren. So schliefen sie wie Kinder für zwei kurze Stunden.

Es war Sonntagmorgen, als sie erwachten, und was das bedeutet, vermag nur der zu beurteilen, der je den Klang der Glocken von 26 Pfarrkirchen, 23 Nonnen- und 22 Mönchsklöstern zur selben Zeit vernommen hat – so viele gab es in Padua. Kaum war das hundertfache Geläute verstummt, da hallten laute Stimmen durch die Gassen und über die Plätze der Stadt. Aus allen Himmelsrichtungen drangen verrückte Rufe herauf: »*Qui va li? Qui va li?*«, was soviel heißt wie: »Ja wer kommt denn da?« Dieser Ruf galt als Erkennungszeichen der Studiosi von Padua, die für ihren Übermut und ihre Wildheit berühmt waren und wegen dieses Schlachtrufes »Quivalisten« genannt wurden.

Luitger hatte schon Matutin und Frühmesse hinter sich, als

sie sich zur Abfahrt hinter der Franziskanerkirche trafen, in welcher der Leichnam des heiligen Antonius gezeigt wurde, jedoch ohne Zunge und Kinnlade, welche man, da ihnen eine besondere Wirkung im frommen Gebet zukam, getrennt in der Sakristei verschlossen hielt.

Der Weg nach Florenz führte über das Apenninische Gebirge und stellte an den Wagenlenker beinahe die gleichen Anforderungen wie die Überquerung der Alpen. Aber der Gewürzhändler, ein trotz fortgeschrittenen Alters jugendlich wirkender Mann, kannte die Strecke gut und lenkte sein Gespann sicher durch die engen Kurven der steilen Pässe.

Vor der Weiterreise, meinte der Händler, brauche er in Florenz einen Tag Zeit für wichtige Geschäfte, und da sie gut mit ihm gefahren waren, verabredeten sich die Fahrgäste für den folgenden Tag. Dies kam Leberecht sehr zupaß; denn so hatte er Gelegenheit, mit Martha Florenz zu erkunden, die Stadt, von der ihm sein Meister Carvacchi soviel erzählt hatte. Ja, er trug sich sogar mit der Absicht, in der Stadt zu bleiben, wenngleich er Luitger nichts von diesem Plan erzählte. Und so blieb dem Mönch auch verborgen, daß Leberecht und Martha sich noch am Tage ihrer Ankunft auf die Suche nach Carvacchi machten.

Leberecht wähnte ihn, wie konnte es anders sein, an der Dombauhütte, und so machten sie sich von ihrer Fremdenherberge, die am nördlichen Arnoufer, nahe dem Ponte Vecchio, lag, auf den Weg. Die Florentiner waren stolz und auch an Werktagen schöner gekleidet als alle anderen, was seine Ursache im Tuchhandel haben mochte, bei dem die Stadt in Europa den ersten Platz einnahm, letztendlich aber auch an dem Geschmack, den man ihnen nachsagte.

Den Dom zu finden, der von den Florentinern keineswegs *il Duomo* genannt wurde, sondern *Santa Maria del Fiore*, war nicht schwer, weil es kaum eine Stelle in dieser Stadt gab, von der nicht entweder die Kuppel oder der Glockenturm der Kirche gesehen werden konnte. Die Kuppel allein maß 154 Ellen, ohne den Turmaufsatz, der weitere 36 Ellen in die Höhe ragte, der quadratische Glockenturm dagegen war nicht einmal so hoch wie die Kuppel, gerade 144 Ellen.

Auf den fremden Besucher, der den Domplatz zwischen der Kirche der Misericordia und der Loggia del Bigallo betrat, machte die Ansammlung von einzelnen Gebäudeteilen, aus denen sich der Dom zusammensetzte, einen verwirrenden Eindruck. Hinzu kam die Farbigkeit der Gebäude, die gegenüber der Monochromie von Kirchen nördlich der Alpen geradezu schreiend bunt wirkte: weißer Marmor aus Carrara, roter aus der Maremma und grüner Serpentin aus der Gegend von Prato.

Von einem Kustos des Domes erfuhr Leberecht, daß die Dombauhütte längst aufgelöst sei und einen Steinmetz namens Carvacchi kenne er nicht, es gebe Hunderte Steinkünstler in dieser Stadt. Aber wenn in Florenz ein Steinmetz dieses Namens arbeite, dann sei er bei der Signoria, dem Rat der Stadt, registriert.

Dort, in einem der wuchtigen Gebäude, die mit rechteckigen guelfischen Zinnen bewehrt waren und den Eindruck erweckten, als wollten sie den nächstgelegenen Palazzo an Trutzigkeit überbieten, erfuhr Leberecht von einem jungen Secretarius mit langen Haaren und kurzem Gewand – seine Beine steckten in verschiedenfarbigen Strümpfen –, ein Steinmetzmeister namens Carvacchi habe unter Bartolomeo Ammanati gearbeitet, der mit dem Brunnen auf der Piazza della Signoria beauftragt sei, doch hätten sich die beiden schon nach kurzer Zeit zerstritten und Carvacchi habe Florenz verlassen.

»Zerstritten, sagt Ihr?« Leberecht lachte. »Das sieht ihm ähnlich, diesem alten Streithahn!«

Die Baustelle des Brunnens lag an der Ecke des großen Palazzo. Ein halbes Dutzend Steinmetze bearbeitete rohe Marmorquader, daß die Splitter wie Funken flogen. In ihrer Mitte gab ein mürrischer Alter mit kurzem schwarzem Kinnbart einer Neptun-Figur die letzte Form: Ammanati.

Auf Leberechts Fragen zeigte sich der Künstler nicht sehr gesprächig. Erst als Martha an ihn herantrat und erklärte, Carvacchi schulde ihnen Geld und deshalb müßten sie ihn finden, wurde der Meister zugänglicher. Er schob seine runde Kappe zurück, wischte sich mit dem Ärmel über die Stirn, musterte die Fremdlinge mit zusammengekniffenen Augen und sagte mit tiefer Stimme: »Carvacchi war ein guter Steinmetz, ein sehr guter sogar, aber leider ist er ein unmöglicher Mensch. Er weiß alles besser, kann alles besser; ich glaube, von ihm kann noch Michelangelo lernen!« Dabei setzte er ein gequältes Lächeln auf.

»Und Ihr habt keine Ahnung, wohin er sich abgesetzt hat?« fragte Martha vorsichtig.

»Carvacchi? Natürlich weiß ich, wo er sich aufhält. Er hat ja oft genug darüber gesprochen. Alle Steinmetze der Welt drängen nach Rom, um am Bau von St. Peter mitzuwirken.« Er trat nahe an Leberecht heran und sagte, daß keiner seiner Gesellen ihn hören konnte: »Im Vertrauen gesagt, ich würde an seiner Stelle genauso handeln, wenn ich die Wahl hätte, mich zwischen Buonarroti und Ammanati zu entscheiden. Der große Michelangelo soll zwar steinalt sein und sich nur noch am Krückstock fortbewegen, aber seine Leute empfinden jedes seiner Worte, als wär's das Evangelium – außer Carvacchi. Wahrscheinlich liegt er längst mit ihm in Streit.«

Während er redete, näherte sich eine Schar Halbwüchsiger der Baustelle. Die Jungen riefen im Chor: *»Ammanato, Ammanato – che bel marmo hai sciupato!«**

Da griff der Meister nach einem Steinbrocken und schleuderte ihn in Richtung der Gruppe, die daraufhin schreiend auseinanderstob wie aufgeschreckte Hühner. »Verzogenes Pack«, rief er ihnen hinterher, »haben von Kunst keine Ahnung und glauben, ein Neptun müßte noch immer so aussehen wie zur Zeit der alten Griechen.« Er spuckte auf die Erde.

Jetzt bemerkte auch Leberecht, daß Ammanati in seiner Gestaltung nicht gerade den traditionellen Stil bevorzugte. Er zog die Körper auf seltsame Weise in die Länge, ließ Arme und Beine länger erscheinen, während seine Köpfe kleiner herauskamen, als es dem harmonischen Ganzen entsprach.

*Ammanato, welch schönen Marmor hast du verdorben! (ital.)

Als er Leberechts kritischen Blick bemerkte, meinte Ammanati, indem er mit dem Kopf eine Bemerkung in Richtung des Palastes der Signoria machte, wo neben dem Eingang die monumentale Marmorstatue des David in der Abendsonne leuchtete: »Seht Euch dieses Kunstwerk an! Was soll ein Künstler noch schaffen, wenn er Michelangelos David gesehen hat?«

»O mein Gott«, stammelte Leberecht und faßte Martha bei der Hand, »ich wußte nicht, daß dies ein Werk des großen Michelangelo ist. Man begegnet so vielen Kunstwerken in Eurer Stadt!«

Da grinste Ammanati, und in abschätzigem, ziemlich überheblichem Tonfall entgegnete er: »Woher, sagt Ihr, kommt Ihr, junger Freund? Aus deutschen Landen, jenseits der Alpen, wo die Bären hausen?«

Leberecht hob verlegen die Schultern, und Martha, welche die Bemerkung des Florentiners ziemlich ungehörig fand, schmiegte sich tröstend an den Geliebten und streichelte seine Hand.

»Ich bin nach Italien gekommen, um zu lernen!« erwiderte er ehrlich. »Was die Kunst betrifft, ist Deutschland ein armes Land. Bei uns leben die Künstler noch immer von der Kirche. Ich stand zehn Jahre bei einem Fürstbischof im Sold.«

Ammanati zeigte mit dem Finger in Richtung der Statue: »Dies, mußt du wissen, ist nicht irgendein Kunstwerk, so wie dieser Brunnen, der nur einer von vielen sein wird in dieser Stadt, dies ist das Kunstwerk schlechthin, ein Naturereignis, und die Florentiner zählen seither die Jahre nicht mehr nach Christi Geburt, sondern nach Aufstellung des David.«

»Und warum schuf Michelangelo ausgerechnet einen David von solcher Größe? Ich meine, glaubt man der Schrift, dann war David eher ein Winzling.«

»Das ist wohl wahr«, erwiderte Ammanati, »und letztendlich wird es wohl immer Michelangelos Geheimnis bleiben. Tatsache ist, daß Michelangelo der einzige Künstler war, der einen neun Ellen hohen Marmorblock aus Carrara, der beim Dombau keine Verwendung fand und seither ungenutzt herumlag, bearbeiten wollte. Sogar der große Donatello, dem man den langen Klotz andiente, lehnte mit dem Hinweis ab, der Stein sei proportionslos, und nicht einmal der größte Künstler könne ihn in eine harmonische Form bringen. Die Konsuln der Wollenweberzunft gaben Michelangelo schließlich den Auftrag, irgend etwas aus dem Marmor zu machen und versprachen ihm für zwei Jahre sechs Goldgulden pro Monat …«

»Nicht gerade üppig für einen solchen Künstler!«

»Gewiß nicht, nein, aber Buonarroti war damals erst sechsundzwanzig Jahre alt und erledigte während der zweieinhalb Jahre, die er für den David benötigte, auch andere Aufträge. Im übrigen hat ihm Geld nie etwas bedeutet, auch heute nicht, wo er mehr sein eigen nennt, als er in diesem Leben ausgeben kann. Und damit steht er in krassem Gegensatz zu unserem anderen Genie Leonardo. Während Michelangelo meint, er lebe gerne wie ein armer Mann, umgab Leonardo sich mit großem Luxus und einer Art Hofstaat. *Quid non mortalia pectora cogis auri sacra fames?*«*

»Ihr mochtet Ihn nicht besonders, Messer Ammanati?«

»Keiner mochte Leonardo; am allerwenigsten Michelangelo. Er war arrogant und launenhaft und verlangte, daß alle nach seiner Pfeife tanzten. Und jetzt entschuldigt mich!«

»Noch ein Wort!« bat Leberecht. »Sagt mir, wo findet ein Steinmetz aus deutschen Landen ein besseres Auskommen, in Florenz oder in Rom?«

Ammanati setzte den Meißel ab und musterte den Fremden mit kritischem Blick, dann sagte er: »Junger Freund, die große Zeit dieser Stadt ist abgelaufen wie der Sand im Uhrglas. Alles drängt nach Rom, unzufriedenes Landvolk, Söldner und Adelspack von eigenen Gnaden. Männer, die sich Weise oder Künstler nennen, treten auf den Plan und reißen nieder, was früheren Generationen heilig war. Lange wird es nicht mehr dauern und in Rom werden mehr Menschen leben als in Florenz. Wenn Ihr

*Wozu treibst du das sterbliche Herz, verfluchter Hunger nach Gold? (geflügeltes röm. Wort)

also mich fragt: Die Zukunft liegt nicht am Arno sondern am Tiber. Man erzählt, allein an der Bauhütte von St. Peter seien zweieinhalbtausend Arbeitskräfte beschäftigt. Fromme Christenmenschen aus aller Welt fördern mit ihren Ablaßgeldern die Machtgelüste der Päpste, von denen sich einer nach dem anderen ein Denkmal für die Ewigkeit setzt, das Größte vom Großen, das Schönste vom Schönen, das Kostbarste vom Kostbaren. Ein junger Mann wie du gehört nach Rom – es sei denn, du bist ein Protestant.«

»Gott bewahre!« rief Leberecht mit gespielter Empörung. Es war Zeit, sich von Ammanati zu verabschieden. Für Leberecht und Martha stand fest: Sie würden nach Rom reisen und versuchen, Carvacchi zu finden.

Nach drei Tagen, es war der siebenunddreißigste seit ihrer Abreise, traf die Reisegesellschaft in Rom ein. Durch die Porta del Popolo, das nördliche der römischen Stadttore, drängte sich eine nicht enden wollende Schlange von Post- und Pferdewagen.

Am letzten Tag hatte sie Regen begleitet, der nicht selten war um diese späte Jahreszeit und von großem Nutzen, wollten die gebräunten, wildüppigen Wiesen zwischen den Bergen und der Aurelianischen Mauer nicht in Unfruchtbarkeit verharren. Mit den Fremden aus dem Norden strömten Hirten mit ihren Büffeln, andere kamen mit ihren Ziegenherden bis aus den Abbruzzen, durch das Tor, hinter dem sich ein weiter unbefestigter Platz auftat, mit einem Obelisken in der Mitte. Zur Linken erhob sich der Pincio, einer der sieben Hügel, auf denen Rom erbaut wurde. Wo einst Lukullus mit illustren Gästen tafelte, gab es in diesen Tagen nur Wildwuchs, manchmal unterbrochen von Gemüsegärten und verwachsenen Weinreben, und immer wieder Ruinenreste, zu Steinbrüchen verkommen.

Wer Rom zum erstenmal sah, konnte nicht anders, er mußte enttäuscht sein von soviel Ländlichkeit zwischen sporadischen Häuseransammlungen. Und Professore Albani, dem die Enttäuschung in den Gesichtern der Fremden nicht verborgen blieb, meinte entschuldigend, an die Deutschen gewandt: »Zeigt mir eine große Stadt auf der Welt, deren Vorstadt schön ist! Ist es nicht gerade so, daß die Innenstädte um so schöner sind, je häßlicher die Vorstädte aussehen?«

Leberecht nickte ratlos, und auch Luitger stimmte mit einem Lächeln zu. So fuhren sie auf der Strada del Popolo südwärts, die mit den Einnahmen aus der *tassa delle puttane*, einer Hurensteuer, gepflastert worden war.

Vor der Kirche San Salvatore in Lauro, wo sich die römischen Kurtisanen mit Vorliebe sonntags nach dem Hochamt trafen und sich in Nächstenliebe übten, hielt der Gewürzhändler seinen Wagen an, und nach Entlohnung desselben trennten sich ihre Wege: Der Händler strebte zum Campo de' Fiori, Frater Luitger suchte das Benediktinerkloster auf dem Aventin auf, während sich Lorenzo Albani zusammen mit seiner Tochter Francesca, Martha und Leberecht zur nahe gelegenen Via Giulia begab, wo er auf halbem Weg zwischen San Giovanni und dem Palazzo Farnese ein Haus besaß.

Leberecht und Albani hatten sich auf dem letzten Stück ihrer gemeinsamen Reise angefreundet, sei es wegen ihres gemeinsamen Interesses für die Sternenkunde oder aber auch Marthas wegen; jedenfalls war Leberecht nicht entgangen, daß der gelehrte Witwer seiner Geliebten schöne Augen machte – soweit das seine hängenden Lider überhaupt zuließen. Aber Martha hatte Leberechts Bedenken zerstreut und gemeint, ein Mann wie Albani könnte ihnen gewiß noch von Nutzen sein.

Die Villa des Professore hatte einst der Kurtisane Cesarea gehört, die in dieser Straße über drei Villen verfügte. Das Haus hatte zwei Stockwerke, und der Eingang war von Säulen eingerahmt. Hinter dem Haus, auf der zum Tiber hin gelegenen Seite, öffnete sich ein Garten mit Spalieren, beinahe so wie die Anlage der Mönche auf dem Michelsberg, nur viel kleiner. Es gab Personal zuhauf, und Martha und Leberecht fühlten sich wie die Jünger Jesu nach dem Wunder von Kana.

Die beiden bezogen ein Zimmer im zweiten Stock, von dem man über den Tiber bis zum Janiculo blicken konnte. Leberechts größte Sorge galt dem Kopernikus-Buch, über das er bisher Stillschweigen bewahrt hatte. Er wußte nicht, wie Albani reagieren würde, wenn er ihm davon erzählte. Möglich, daß er den Professore sogar in Gefahr brachte. Deshalb zog er es vor, das Buch in einer der hohen Ziervasen zu verstecken, welche links und rechts vor einem Spiegel auf dem Kaminsims standen und nicht den Eindruck vermittelten, als seien sie zur Aufstellung von Blumen geeignet.

Martha, die das Versteckspiel beobachtete, hob fragend die Augenbrauen. Sie ahnte nichts Gutes. Die Geheimtuerei, hatte sie gehofft, sei nun endlich zu Ende. Was verfolgte Leberecht mit diesem Versteckspiel?

Der hatte das Buch mit Absicht vor Marthas Augen versteckt. Er hätte es auch im geheimen tun können, aber er *wollte*, daß sie es bemerkte; er wollte sie von seinem Plan in Kenntnis setzen.

»Weißt du«, begann er, während er aus dem Fenster über den Garten blickte, »ich habe dir von der gemeinen Erpressung durch den Fürstbischof erzählt und von dem Buch, das er unter allen Umständen in seinen Besitz bringen wollte.«

»Ja«, antwortete Martha, der plötzlich ein Licht aufging: »Mein Gott! Du hast doch nicht etwa dieses Buch gestohlen?«

Leberecht nickte.

Da faßte ihn Martha an den Schultern und schüttelte ihn, als wollte sie ihn zu Verstand bringen. »Ja bist du noch bei Trost? Solange sich dieses Buch in deinem Besitz befindet, werden wir nie Ruhe finden!«

Während er sich aus Marthas Armen befreite, meinte Leberecht besänftigend: »Du brauchst keine Angst zu haben. Hier, in der Höhle des Löwen, suchen sie nach dem Buch zuallerletzt. Vorläufig glauben alle, der Fürstbischof und die Mönche auf dem Michelsberg, daß sich das Buch in ihrer Bibliothek befindet, über tausend Meilen von hier.«

»Und Frater Luitger? Weiß er etwas davon?«

»Um Himmels willen, nein! Luitger hatte in letzter Zeit genug mit mir zu erdulden, da wollte ich ihn nicht auch noch in diese Sache hineinziehen. Er hätte nie erlaubt, daß ich das Kopernikus-Buch mit nach Italien nehme.«

Martha erblickte, während er das sagte, ein zorniges Funkeln in seinen Augen, etwas, das ihr an Leberecht völlig fremd war und sie in Angst versetzte. Dennoch konnte sie sich nicht zurückhalten und fragte: »Und welchen Plan verfolgst du mit diesem Buch?«

Leberecht zog Martha in die Nische des Fensters. Er war ihr dankbar für die Frage, denn auf diese Weise mußte er keine langen Worte verlieren.

»Die Inquisition hat meinen toten Vater Adam verbrannt«, stammelte er wie ein zorniger Sünder im Beichtstuhl. Er hatte seinen Blick auf einen imaginären Punkt auf dem Janiculo gerichtet. Sein Gesicht war starr und regungslos. Martha schien es, als wäre der Geliebte in diesem Augenblick nicht mehr der, den sie kannte, sondern ein Fremder, ein Wahnsinniger, zu dessen Gedankenwelt sie niemals Zutritt finden würde.

»Das ist lange her«, wandte sie mutig ein, wohl wissend, daß er diesen Einwand nicht gelten lassen würde. »Die Inquisition ist eine schändliche Einrichtung, die der Kirche mehr Schaden bringt als Nutzen. Du mußt das vergessen!«

»Vergessen?« Leberechts Stimme überschlug sich. »Sie haben meinen toten Vater als Ketzer verbrannt, und ich soll die Angelegenheit vergessen? Ich *will* nicht vergessen, hörst du; ich will nicht, daß dieses himmelschreiende Unrecht an meinem Vater ungesühnt bleibt! Mein Vater war ein rechtschaffener Mann, fromm und gottesfürchtig, auf jeden Fall anständiger als all die Rotröcke und schwarzen Pfaffen, die wie Heilige erscheinen und die das Zeichen des Teufels tragen.«

»Ich weiß, aber trotzdem mußt du vergessen. Die Zeit heilt alle Wunden, und eines Tages wirst du darüber hinwegkommen.«

»Ich will nicht! Ich will nicht!« rief Leberecht und trommelte mit den Fäusten gegen das Fenster. »Ich werde nicht eher ruhen, bis ich die Ehre meines Vaters wiederhergestellt habe. Auf den Knien sollen sie rutschen, die Herren der Inquisition, und den Tag verwünschen, an dem Fra Bartolomeo, dieses dominikanische Dreckschwein, den Stab über Adam Friedrich Hamann gebrochen hat!«

Tränen der Wut und Erregung liefen Leberecht über die Wangen. Martha zog ihn in ihre Arme. Sie wagte keine weiteren Fragen zu stellen; denn sie hatte gemerkt, daß Leberecht ein anderer wurde, wenn sie auf dieses eine Thema zu sprechen kamen. Dabei hätte sie alles darum gegeben, zu wissen, was Leberecht durch den Kopf ging.

Aufgeschreckt durch Leberechts Geschrei kam Albani nach oben und erkundigte sich durch die geschlossene Tür, ob alles in Ordnung sei. Martha gelang es, den Gastgeber mit einer fadenscheinigen Ausrede zu besänftigen, doch in ihrem Innersten fürchtete sie schon den nächsten Konflikt. Leberechts Blick und der Klang seiner Stimme verrieten nichts Gutes. War es nicht Leberecht selbst gewesen, der ihr einmal erklärt hatte, daß Menschen die von einer bestimmten Vorstellung besessen sind, über-, ja, unmenschliche Leistungen vollbringen, Milch gerinnen lassen nach ihrem Gutdünken, Donner herbeirufen, Schränke verrücken, Gläser zum Springen bringen und Jungfrauen zum Schweben? Warum sollte er also nicht einen Inquisitor dazu bringen, vor ihm auf den Knien zu rutschen?

Der Gedanke wäre geradezu amüsant gewesen, hätte sie dabei den Schauder unterdrücken können.

Am folgenden Tag machten Leberecht und Martha sich auf den Weg, die Stadt zu erkunden, die ihnen zur zweiten Heimat werden sollte.

Rom war weit davon entfernt, einen Fremden in Staunen zu versetzen. Es zählte gerade 70 000 Einwohner und hatte sich noch immer nicht von dem Schlag erholt, den der *Sacco di Roma*, die Plünderung Roms durch die Söldner Karls V., der Stadt vor fünfunddreißig Jahren versetzt hatte. Der unglücklich paktierende Papst Clemens VII. aus dem Geschlecht der Medici hatte sich nach seiner Wahl allzusehr den Franzosen zugewandt und so den Einmarsch spanischer und deutscher Söldner unter Kaiser Karl provoziert, die acht Monate wie Vandalen hausten und die Bevölkerung auf ganze 30 000 dezimierten.

Was die Menschen betraf, denen man zwischen Pincio und Aventin, Vatikan und Esquilin begegnete, so fiel die männliche Überzahl auf. Man sah kaum Frauen, dafür um so mehr Kleriker: Kardinäle, Prälaten, Monsignori und andere Rotröcke scharenweise, schwarze, weiße und braune Mönche in Kutten von aufwendiger Schneiderkunst. Jeder vierte Einwohner Roms lebte im und vom Glauben und hatte irgendeine klerikale Weihe oder Aufgabe. So viele Männer auf einem Haufen wirkten natürlich wie ein Magnet auf die Dienerinnen jenes Gewerbes, das gemeinhin und unwidersprochen als das älteste der Welt gilt, und zweifellos gab es in keiner Stadt der Welt um diese Zeit so viele *puttane* wie in Rom, zehntausend gewiß.

Puttane wurden nur die billigen Liebesdienerinnen genannt, die ihrem Gewerbe an der Piazza del Pozzo Bianco nachgingen oder im Viertel um Santa Maria in Cosmedin oder auf der Piazza del Popolo. Die Kurtisanen, deren zelebrierter Beischlaf als Standessymbol galt, hießen *cortigiane*, und sie residierten am Borgo Santi Apostoli oder an der Via Giulia und galten als die größten Steuerzahler Roms. Ihr Berufsstand war so einträglich, daß ihnen die *Camera Apostolica* unter Papst Paul III. sogar eine Sondersteuer abverlangte, um eine zerstörte Brücke über den Tiber neu zu erbauen, und der vierte Pius hatte denjenigen Cortigiane, welche im neuen Stadtteil Borgo Pio Immobilien erwarben, die Hurensteuer erlassen. Vom Papst bis zum Bettler – die Römer liebten ihre Huren noch mehr als die heilige Jungfrau, der in der Stadt jede dritte Kirche geweiht war.

Von den frommen käuflichen Schönen einmal abgesehen – oder zeugte es nicht von Frömmigkeit, wenn sie den bezahlten Koitus beim Angelusläuten interruptierten, sich an Samstagen, Vigil- und Quatembertagen und in der Karwoche zwar nicht der Sünde, aber doch der Speisen enthielten und sich sonntags in gewissen Kirchen wie San Salvatore in Lauro in einer Aufmachung zur Schau stellten, daß selbst dem heiligen Franziskus, über das eigene wie das andere Geschlecht erhaben,

Hören und Sehen vergangen wäre – von ihnen einmal abgesehen, trugen Pilger dem Kirchenstaat das meiste Geld zu, und unter allen Pilgern wiederum die Deutschen. Das Rom der neuen Zeit wurde von Huren und Deutschen errichtet.

Nahezu alle Gasthäuser und Herbergen standen unter deutscher Leitung. Sie trugen meist deutsche Namen wie der »Adler mit den zwei Köpfen« am Campo Santo oder das Gasthaus »Zur Glocke« an der Via Cappellari, was Pius II. zu der Bemerkung veranlaßte: »Wo keine Deutschen, da keine Gasthäuser.« Auf der Suche nach dem antiken Rom, dem Rom der alten Römer, der Stadt des Rhetors Cicero, Caesars, des Weiberhelden, und des kaiserlichen Philosophen Mark Aurel, wurde man kaum fündig, sah man von den Steinbrüchen ab, die allenthalben das ländliche Stadtbild zerstörten und ahnen ließen, daß sich unter Gestein und Dornengestrüpp klassisches Altertum verbarg. Das Forum oder das, was man dafür hätte halten können, war eine Trümmerlandschaft mit Steppengras und Buschwerk, auf der Kühe und Schafe weideten. Vom Triumphbogen des Septimus Severus ragte gerade das flache Dach aus dem Erdreich wie eine Aussichtsterrasse, nicht viel mehr war vom Titusbogen zu erkennen, dazwischen Wüste, Säulenstümpfe und Bruchziegel ohne Zuordnung, Rätselsteine, für Neubauten ungeeignet. Allein das Kolosseum fand Beachtung. Bis ins Mittelalter war es beinahe unversehrt geblieben, hatte Papst Alexander III. Zuflucht vor Barbarossas Anhängern geboten, dann war es als Kirche verbaut und später vor allem wegen seiner Travertin- und Marmorblöcke als Steinbruch zweckentfremdet worden. Darüber hinaus wurde es nicht mehr genutzt.

Am zweiten Tag ihrer Erkundungen – Frater Luitger hatte inzwischen mitsamt seinem heiligen Gepäck die Stadt in Richtung Neapel verlassen und versprochen, auf der Rückreise nach ihnen zu sehen – standen Martha und Leberecht, nachdem sie den Tiber auf der vatikanischen Brücke überquert hatten, unvermittelt vor dem Dom von St. Peter, einer riesigen Baustelle, die alle Vorstellungen sprengte. Auf dem weiten, unbefestigten Platz vor dem Bauwerk lagen Steinquader, Ziegel und Balken herum, als hätte ein einäugiger Riese sie achtlos verstreut. Auf Rollen und Karren wurde Baumaterial scheinbar planlos von einer Seite zur anderen transportiert und mit Hilfe hölzerner Hebemaschinerien auf das Dach des Langhauses gehievt. Maultiergespanne karrten es zu der im Hintergrund in den Himmel wachsenden Kuppel des Michelangelo, von der nur ein Säulenkranz zu erkennen war.

Leberecht zeigte sich verwirrt, und Martha nicht weniger, von der Vielfalt der Menschen, die sich auf dem großen Platz begegneten: Arbeiter zu Hunderten in staubigen Fetzen, festlich gekleidete Pilger mit Fahnen, Berufsbettler in Lumpen und rotgekleidete Würdenträger, Handwerker und stolze Professoren, Beter und Künstler, ein nicht enden wollendes Kommen und Gehen, untermalt von Baulärm und Rufen in allen Sprachen.

Sie hatten es nicht verabredet, aber Leberecht ergriff auf einmal Marthas Hand und zog sie mit sich fort zu einer linker Hand nahe dem Heiligen Offizium gelegenen Bauhütte, um sich nach Carvacchi zu erkundigen.

Ein Page mit kurzem Haar und einem Bündel Papierrollen unter dem Arm trat aus der Tür, und Leberecht beschrieb den »Schwellkopf«, so gut er konnte und so gut es seine Kenntnisse des Italienischen erlaubten.

»Ihr braucht Carvacchi nicht zu beschreiben«, lachte der Bote, »jeder hier kennt ihn. Er ist des Meisters liebstes Kind. Er nennt ihn scherzhaft ›Protestante‹, angeblich weil er viele Jahre jenseits der Alpen in Deutschland gearbeitet hat. Er spricht zwar die Sprache, aber glauben will ihm das dennoch keiner. Welcher Steinmetz geht schon freiwillig in ein Land, in dem noch heute der französische Stil vorherrscht.«

»Aber es stimmt«, rief Leberecht aufgeregt. »Ich war sein Schüler.«

Der Page zog die Stirn kraus. »Dann seid Ihr Deutscher und huldigt noch immer dem Spitzbogen?«

Leberecht verstand den Seitenhieb auf die deutsche Baukunst und lachte. »Bringt mich zu ihm, ich bitte Euch!«

Der Jüngling gab dem Fremden ein Zeichen, ihm zu folgen, und schlug den Weg zum Campo Santo ein. Leberecht und Martha hatten Mühe, ihm zu folgen, während der Page mehrere Absperrungen durchquerte, einen Toreingang zum Längsschiff der Kirche wählte und über eine Reihe verwirrender Treppen das Flachdach des Domes erreichte. Dort herrschte Verkehr wie auf einem Marktplatz.

Ihre Blicke schweiften hinüber zur Engelsburg und zum Tiber, der sich träge wie ein Reptil durch das Stadtbild schlängelte. Aus dem Gewirr von Häusern, Palästen, Kirchen und Ruinen ragte das antike Pantheon hervor wie eine Glocke, die unter sich ein Geheimnis begraben hat. Es gab nur wenige Straßen, die geradewegs aufeinander zuführten, sich kreuzten und wieder auseinander gingen. Die meisten zeichneten ein verwirrendes Muster ohne System in die verbaute Landschaft wie das Netzwerk auf einem alten Gemälde.

Leberecht und Martha sogen den Anblick des Molochs zu ihren Füßen in sich auf und sie schreckten hoch, als hinter ihnen eine tiefe Stimme in ihrer Sprache ertönte: »Ich habe es gewußt, ich habe es immer gewußt. Nein, welche Freude!«

Sie wandten sich um. Vor ihnen stand Carvacchi. Leberecht brachte zunächst kein Wort hervor, so überrascht war er vom Erscheinen seines Meisters. Martha trat einen Schritt zurück. Carvacchi aber kam auf die beiden zu, umarmte Leberecht stumm und begrüßte Martha mit ausnehmender Höflichkeit wie eine alte Freundin.

»Ich habe es immer gewußt«, begann Carvacchi unter Tränen, »eines Tages wird der Junge vor mir stehen. Ich wußte, du würdest kommen, ich wußte es!«

Leberecht, der ebenfalls mit den Tränen kämpfte, löste sich aus der Umarmung und mit einer Kopfbewegung auf Martha sagte er: »Das ist Martha. Sie ist ...«

»Ich weiß!« erwiderte Carvacchi mit einem freundlichen Lachen. »Du brauchst mir nichts zu erklären.«

»Wir lieben uns!« unterbrach Martha das Gespräch der beiden. Sie erwartete von Carvacchi einen Ausruf des Erstaunens, zumindest aber einen überraschenden Blick, als sie erklärte: »Ich bin Martha Schlüssel – wenn Euch der Name etwas sagt.«

»Ich sagte doch, Ihr braucht mir nichts zu erklären.«

»Du hast es gewußt?« fragte Leberecht ungläubig, und er sah Martha verwundert an.

»Aber natürlich, ich habe doch Augen im Kopf. Ich mag ein mittelmäßiger Steinmetz sein, aber von Frauen verstehe ich etwas, glaubt mir!« Carvacchi lachte breit und übermütig, wie Leberecht es von seinem Meister nie gehört hatte, dann fuhr er fort: »Ich habe euch nur einmal zusammen gesehen; es war nach der Sonntagsmesse. Ihr glaubtet euch unbeobachtet, aber Carvacchi saß oben im nordöstlichen Domturm. Wer auf dem Turm sitzt, weiß mehr als andere.«

Da mußten auch Martha und Leberecht lachen, und Leberecht legte seinen Arm um Marthas Schultern. Ihre Vergangenheit, an die sie durch Carvacchi so unvermittelt erinnert wurden, erschien ihnen so weit, obwohl es gerade sechs Wochen waren, seit sie ihre Heimatstadt verlassen hatten. Vor ihnen lag Rom und ihre gemeinsame Zukunft.

Der Page, der die freudige Begrüßung aus nächster Nähe beobachtet hatte, ohne ein Wort zu verstehen, hielt Carvacchi die Papierrollen entgegen und fragte, wohin er sie bringen solle.

Der brummelte etwas wie, es gebe Wichtigeres als Pläne, nahm ihm die Rollen aus der Hand und scheuchte ihn weg. Dann mußten Leberecht und Martha berichten, warum sie aus Deutschland geflohen, auf welchem Weg sie hierher gelangt und wo sie untergekommen seien. Als er von dem Reliquientausch hörte und der frommen Verkleidung, die ihnen die Flucht ermöglicht hatte, da schüttelte Carvacchi sich vor Lachen, daß seine Pläne auf den Boden kullerten. Er konnte sich gar nicht beruhigen und rief: »Das war wohl das erste Mal, daß eine Reliquie einem Sünder geholfen hat, nicht wahr? Ansonsten halte ich es mit dem alten Sprichwort: Hilf dir selbst, dann hilft dir Gott.«

Meister und Gesellen, an denen hier kein Mangel herrschte,

grüßten Carvacchi höflich im Vorbeigehen, so als heischten sie um seine Gunst. Leberecht hätte allzu gerne gewußt, welchen Rang sein alter Lehrmeister an diesem Bau bekleidete, aber er sagte sich, früher oder später würde er es ohnehin erfahren, und so erkundigte er sich nach dem Grund, warum Carvacchi Florenz, die Stadt, von der er geschwärmt hatte wie von einer heimlichen Geliebten, verlassen hatte und nach Rom gegangen sei.

»Weißt du«, erwiderte der Meister, »in Florenz hat die Kunst den Zenit überschritten. Es gab eine Zeit, da fandest du die größten Künstler der Welt am Arno-Fluß: Maler, Bildhauer, Dichter, Gelehrte und Philosophen. Die Zeit ist vorbei.« Carvacchi machte eine weit ausholende Handbewegung vom Pincio bis zum Caelius. »Heute drängt sich alles, was einen Namen hat, auf diesem Raum. Glaube mir, Rom ist die Stadt der Zukunft« – er sah sich um, ob niemand sie belauschte –, »vorausgesetzt, die Päpste richten sie nicht zugrunde.«

Unter den geschäftigen Handwerkern, Baumeistern und Künstlern die auf dem flachen Dach von St. Peter ihrer Tätigkeit nachgingen, fiel ein alter Mann auf: Klein, auf einen Stock gestützt, mit schütterem Haar und dunklem Bart stand er abseits an die kleine südliche Nebenkuppel gelehnt, die wie ein eigenständiges Bauwerk aus der Oberfläche wuchs; fast konnte man vergessen, daß man sich in luftiger Höhe befand. Von Zeit zu Zeit hielt der Alte eine Hand über die Augen und blinzelte in die Höhe, wo die riesige Rotunde mit ihren Doppelsäulen und den hohen Fenstern dazwischen in den Himmel wuchs, dann änderte er seinen Standort, begab sich auf die gegenüberliegende Seite und setzte seine Beobachtungen fort. Die, welche ihn sahen, machten einen großen Bogen, um ihm nicht zu begegnen. Plötzlich war er verschwunden.

Carvacchi, der Leberechts neugierige Blicke und das Verschwinden des alten Mannes bemerkte, reagierte mit einem nachsichtigen Schmunzeln: »Er ist ein zänkischer Alter. Die Leute gehen ihm aus dem Weg, weil er an allem und jedem etwas herumzumäkeln hat. Vor allem geht ihm alles viel zu langsam. Jetzt fürchtet er, nicht ohne Grund, er könnte den Tag nicht mehr erleben, an dem sich die Kuppel über dem Grab des Petrus wölbt. Deshalb hat er ein Holzmodell angefertigt nach genauesten Maßen. Vor dem sitzt er stundenlang mit verklärtem Blick in seiner Bauhütte...«

Leberecht war wie vom Blitz getroffen, mit offenem Mund und dem Staunen eines Kindes blickte er in die Richtung, in der der alte Mann verschwunden war, und stammelte: »Sagt mir, das war doch nicht etwa ...«

»Michelangelo, gewiß. Nur ein Genie wie er kann sich solche Marotten erlauben. Er hat schon hundertmal gedroht, keinen Fuß mehr auf die Baustelle zu setzen, aber hundertmal kam er wieder zurück; denn Michelangelo weiß besser als jeder andere, daß dieses Bauwerk das größte von Menschenhand geschaffene ist und seinem Namen ewigen Ruhm verleihen wird.«

Ehrfurchtsvoll, beinahe andächtig lauschte Leberecht Carvacchis Worten. Dann sagte er an Martha gewandt: »Hast du den Alten gesehen? Das war Michelangelo. Michelangelo Buonarroti! Ich kann es nicht fassen!«

»Du wirst an diesem Bau noch vielen berühmten Männern begegnen«, meinte Carvacchi leidenschaftslos, »vorausgesetzt, du erklärst dich bereit, hier zu arbeiten.«

»Ihr würdet mich als Steinmetz nehmen?«

»Wenn du mit dem kargen Lohn einverstanden bist, den die Päpste zahlen, sofort!«

»Es wäre mir eine Ehre, an diesem Bauwerk zu arbeiten!«

Carvacchi hob abwehrend die Hände: »Um Himmels willen! Nur Dummköpfe, Mönche und Nonnen arbeiten für Gottes Lohn. Du bist ein verdammt guter Handwerker. Leute wie dich kann man überall brauchen.«

Die Freude über das Angebot stand Leberecht ins Gesicht geschrieben. Er umarmte zuerst Carvacchi, dann Martha, schließlich sagte er: »Ich will mein Bestes geben, glaubt mir!« und tanzte von einem Bein auf das andere.

Carvacchi erbot sich, für Leberecht und seine Geliebte eine

feste Bleibe zu suchen; das sei zwar nicht einfach, weil die Stadt nach Jahren des Niedergangs wachse wie ein Giftpilz im Regen, aber er sei mit vielen Leuten bekannt und werde gewiß das Rechte für sie finden. Zuvor aber, meinte Carvacchi, sollten sie ihr Wiedersehen feiern, am besten gleich heute, falls es ihnen genehm sei, und Albani, den Sterngucker, sollten sie gleich mitbringen, damit sie nicht allein umherirrten in der fremden Stadt.

Er schob beide Mittelfinger in den Mund und erzeugte einen hohen schrillen Pfiff, und von irgendwoher tauchte ein Page auf, welche die Baustelle in großer Zahl bevölkerten und Botengänge erledigten. Carvacchi redete auf den Jungen ein, ohne daß Leberecht ein Wort verstand, der Page nickte und entfernte sich.

Carvacchi lebte in einer alten Villa an der Via dei Riari auf dem Janiculo, nicht weit vom Haus des Professore entfernt. Albani, der jeder Art von Zerstreuung zugetan war, zeigte sich begeistert von der Idee, seine Gäste von jenseits der Alpen zum Obersteinmetz der Dombauhütte zu begleiten, von dem man sich wundersame Dinge erzählte.

Wundersame Dinge? Der Professore hielt sich bedeckt und wollte nur soviel erklären, die Römer schrieben Carvacchi magische Kräfte zu, weil er in der Lage sei, einen Stein, so hoch wie ein ausgewachsener Mann, in einer einzigen Nacht in zwei gleichmäßige Hälften zu zerschneiden. Und sogar der große Michelangelo, von dem nur die Päpste, und diese auch nur aus Eigensucht, nicht glaubten, daß er mit dem Teufel im Bunde stehe, habe sich anerkennend über das mehrmals wiederholte Wunder geäußert und Carvacchi als einzigen gerühmt, der seiner Baukunst würdig sei.

Das Gastmahl – denn um ein solches handelte es sich zur Verblüffung von Leberecht und Martha – begann mit einer Überraschung in bezug auf den Gastgeber und einer weiteren, was die Gäste betraf.

An der Tür des Hauses trat ihnen zusammen mit Carvacchi

eine schöne junge Frau entgegen, die der Hausherr als seine Gemahlin vorstellte. War die Tatsache an sich schon verwundernswert genug, weil der Meister, wie er oft genug erklärt hatte, über viele Talente verfügte, nur nicht über jenes, ein gottesfürchtiger Ehemann zu werden, so brachte das Aussehen der jungen Frau Leberecht in noch größere Bedrängnis. Einen Augenblick zögerte er, ob er sie umarmen und rufen sollte: Friederike, du?

Aber dann unterdrückte er sein Vorhaben, und das war gut so; denn Carvacchis Ehefrau hieß Tullia, stammte aus einer vermögenden Reederfamilie in Ostia und sprach, wie sich bald herausstellen sollte, außer der Sprache Dantes kein Wort in einer fremden Zunge. Dennoch schien sie Friederike, dem unglücklichen Mädchen auf dem Frachtkahn, das Carvacchi in überirdischer Nacktheit Modell gestanden hatte, wie aus dem Gesicht geschnitten.

Nicht minder überrascht zeigte sich Leberecht über die erlesenen Gäste, von denen einer in einer Aufmachung erschien, die ihm gehörigen Schrecken einjagte.

Seit seiner unfreiwilligen Begegnung mit der Inquisition haßte er die Farbe des Purpurs wie die Pest; schon ein roter Talar in der Ferne genügte, um ihn derart in Wut zu versetzen, daß er die Fäuste ballte. So war es vielleicht nicht die beste Idee von Seiten Carvacchis zum Gastmahl zu Ehren seiner Freunde aus Deutschland Lorenzo Carafa zu laden, einen leibhaftigen Kardinal im Purpurgewand, mit einer roten Kappe auf dem Kopf und Schuhen von roter Seide und einem goldenen Kreuz über dem Spann.

Martha, die Leberechts Abscheu kannte, ahnte nichts Gutes, als Carvacchi den eitlen Purpurträger lachend vorstellte, er trage seine Würde als Kardinal von Kana, Titularerzbischof von Bizerba, Prosekretär der Kongregation für die Bekehrung der Heiden in der Levante und Titular von San Andrea della Valle, habe bisher jedoch weder sein Bistum noch sich in der Lage gesehen, einen der ihm übertragenen Titel mit Leben zu erfüllen, weil ihn die gesellschaftlichen Verpflichtungen voll in Anspruch nähmen, denen ein Mann seines Standes nachzukommen habe.

Wie sich im Laufe des Abends herausstellen sollte, war Lorenzo, wie er von allen gerufen wurde, von Beruf Buchbinder, aber auch Neffe des Papstes Paul, jenes vierten seines Namens, den sie den »Scheiterhaufen« nannten, weil er die Inquisition als sein Lieblingsspielzeug betrachtet hatte. Onkel Paul, den der Neffe ebensowenig ausstehen konnte wie alle anderen, hatte längst das Zeitliche gesegnet, aber Lorenzo waren die – nebenbei gesagt – einträglichen Titel geblieben. Kardinal wurde man auf Lebenszeit oder überhaupt nicht.

Was sein Äußeres betraf, so gerierte sich Carafa als Kardinal vom Scheitel bis zur Sohle. Sein roter Talar glänzte in Seide verschiedener Provenienz – maurisch die Pelerine, französisch die Soutane – und beschäftigte zur Beseitigung schnöder Falten, welche gnadenlos an die Vergänglichkeit alles Irdischen erinnerten, eine eigene Bügelfrau, ein Privileg, das sonst nur Seiner Heiligkeit zukam. Seine Bewegungen waren denen eines Schauspielers würdig und von so viel Würde und Anmut getragen, daß man ihn für einen sicheren Anwärter auf den Stuhl Petri hätte halten können, hätte er nur den Mund gehalten. Denn Carafa haßte nichts mehr als das Schweigen; selbst eine Sünde erschien ihm weit weniger beklagenswert, konnte sie doch – und mochte sie noch so verhängnisvoll und verabscheuungswürdig sein – mit dem Durchschreiten der rechten Tür von St. Peter im Rahmen eines Ablasses auf ewige Zeiten getilgt werden. Nicht so das Schweigen. Ein Schweigen war für jede Rede unwiederbringlich verloren und daher unverzeihlich und verachtenswert. Schweigen, pflegte Carafa zu sagen, macht dumm, darum seien Fische auch das dümmste Vieh.

Diese Erkenntnis gehörte bereits zu den klügeren Äußerungen des Eminentissimus, und deshalb pflegte er sie auch mehrmals täglich zu wiederholen. In der Hauptsache gebrauchte Carafa den Straßenjargon der Huren, Bettler und Taugenichtse, die um die Piazza del Popolo herumlungerten, oder die Fäkalsprache der Steineschlepper am Bau von St. Peter.

Carvacchi hatte eine Schwäche für solch schillernde Gestalten. Zu ihnen zählte auch der Medicus und Anatom Marco Melzi, dem im Laufe eines blutgetränkten Lebens die linke Hand abhanden gekommen war, was ihn an der Ausübung seines Berufes jedoch in keiner Weise hinderte; im Gegenteil, der Dottore vermochte mit seiner Rechten zwei Werkzeuge zur gleichen Zeit zu bedienen, und sein Geschick stand keinem Arzt im Hospital Sancto Spirito nach.

Niemand, nicht einmal Carvacchi, mit dem ihn eine enge Freundschaft verband, seit er eine Wunde des Meisters am rechten Schenkel mit Nadel und Faden verschlossen und in vierzehn Tagen geheilt hatte, kannte den Grund, warum er seine linke Hand verloren hatte, und das gab wilden Gerüchten Nahrung. Melzi machte keinen Hehl aus seiner Verehrung für den großen Leonardo als Anatom. Er war dem Gelehrten aus Vinci in jungen Jahren begegnet und fasziniert von seinen anatomischen Studien gewesen, in denen dieser Menschen in ihre Einzelteile zerlegt und selbige zum Nutzen der Nachwelt aufgezeichnet hatte.

Wie Leonardo wurde Melzi ein Hang zur Knabenliebe nachgesagt, doch sein Adlatus hieß nicht Giacomo wie bei Leonardo, sondern Pietro, und er war auch nicht zehn, sondern dreizehn, was dazu führte, daß Melzi von diesem noch mehr ausgenommen wurde als der große Meister von jenem. Immerhin machte Melzi aus seiner Verehrung für knabenhafte Körper keinen Hehl und pflegte, wenn man auf Sinnenlust zu sprechen kam – kein seltenes Thema im Hause Carvacchi –, sein großes Vorbild Leonardo zu zitieren, welcher meinte, der Vorgang der Zeugung und die Glieder, die dabei zur Anwendung kämen, seien so abstoßend häßlich, daß die Natur der menschlichen Spezies verlustig ginge, wenn die Gesichter und die Affekte der Zeugenden und die gebändigte Sinnenlust nicht etwas Schönes an sich hätten. Geschlechtliche Liebe sei eine Kraft der Natur, die ihn abstoße.

Was den Verlust seiner Hand betraf, so erzählten sich die Römer unwidersprochen, Melzi habe das Glied selbst amputiert, um den Regungen in seinem Inneren nachzugehen, und dabei habe er sogar noch Leonardo übertroffen, welcher auf seine alten Tage im französischen Exil so abgemagert sei, daß er an seinem Körper die Anatomie aller Muskeln, Adern und Knochen studieren konnte.

Als letzter unter den Gästen, denen Leberecht und Martha im Hause Carvacchis begegneten, sei Paolo Soncino erwähnt, Zeichner und Mathematicus beim Bau von St. Peter und als solcher dem Michelangelo verantwortlich für Statik und Rechenprobleme in allen drei Dimensionen. Soncino verfügte – was Zahlen betraf – über das absolute Gedächtnis; das heißt, er löste rechnerische Probleme, die von anderen unter Einsatz von Tafel und Kreide oder Rollen Papier bewältigt wurden, im Kopf, in der Hälfte der Zeit und ohne Fehler. Diese Fähigkeit, verbunden mit seinen alchimistischen Kenntnissen, die er sich beim Studieren in Bologna angeeignet hatte, sowie der Tatsache, daß noch keine der von ihm berechneten Säulen, Rundbogen und Gewölbe eingestürzt war, hatte ihm bei seinen Bewunderern den Ruf der Heiligkeit, bei seinen Feinden aber die Nachrede eingebracht, er stehe mit dem Teufel im Bunde.

Sein Äußeres, das von dunklem welligen Haar über einem platten Gesicht bestimmt wurde, war an Unscheinbarkeit kaum zu übertreffen. Aber wie alle unscheinbaren Männer schmückte sich Soncino mit einer wunderschönen Frau, welche entgegen römischer Gewohnheit ihr langes blondes Haar glatt und im Nacken gebunden zu tragen pflegte wie die Frauenspersonen des Botticelli. Sie hieß Caterina und war von bezaubernder Jugend, kaum halb so alt wie Paolo, der gut und gerne ein halbes Jahrhundert auf dem Buckel hatte.

Lorenzo, der Kardinal, hatte nichts Besseres zu tun, als seine lüsternen Blicke abwechselnd zu Martha und Caterina schweifen zu lassen, welche, durch Leberecht getrennt, ihm an dem großen Tisch im Salon gegenübersaßen. Entgegen seiner Gewohnheit und damit seine Musterung nicht so auffiel, schwieg er. Es gab Wildschwein, erlegt in den Sabiner Bergen, und von Tullia nach ländlichem Rezept aufs köstlichste zubereitet. Carvacchi kam seiner Rolle als Gastgeber so souverän nach, daß man den Eindruck gewinnen konnte, er zelebriere den Aufwand beinahe täglich. Leberecht erkannte seinen Meister kaum wieder.

Als Carvacchi das Staunen in seinen Augen bemerkte, sagte er: »Du wunderst dich, nicht wahr? Du wunderst dich, daß ich seßhaft, anständig und bürgerlich geworden bin!«

»Aber nein, Meister. Ich *be*wundere Euch!« Und an seine Frau gewandt: »Ihr müßt wissen, Signora Tullia, Euer Gemahl war das, was man in deutschen Landen einen Springinsfeld nennt. Das ist kein schlechter Charakter, aber nicht gerade ein Mann, der zum Heiraten taugt. Er ist wie ein Schmetterling, der von Blume zu Blume fliegt, nascht und bereut, daß er sich dazu hergab. Es ist ein Mann, der ein einfaches Dach über dem Kopf dem festen Haus vorzieht und nichts so sehr liebt wie seine Unabhängigkeit. Mit anderen Worten: kein Mann wie dieser.«

Carvacchi, der, während Leberecht redete, die Hand seiner Frau ergriffen hatte, schüttelte sich vor Lachen über die trefflichen Worte seines Lieblingsschülers. Und da alle Blicke auf ihn gerichtet waren, fühlte er sich zu einer Antwort verpflichtet: »Der Junge hat recht«, feixte er, »schließlich kennt er mich am längsten von Euch allen und – ich bin sicher – am besten. Ich glaube, es ist unnötig zu erklären, wie dieser Wandel zustande kam.« Carvacchi warf Tullia einen verliebten Blick zu, legte eine Hand auf ihren Bauch und erklärte feierlich: »Wir sind nämlich guter Hoffnung.«

Carvacchis Mitteilung löste unterschiedliche Reaktionen aus. Während Leberecht und Martha und Soncino und seine Frau Caterina ihrer Freude Ausdruck verliehen über das zu erwartende Ereignis, begannen die übrigen das Schicksal des Kindes, das überhaupt noch nicht geboren war, zu beklagen – ein Vorgang, der nicht ungewöhnlich war und der allgemeinen Stimmungslage der Zeit entsprach.

Melzi erhob seine hohe Stimme am lautesten und meinte, bei der heiligen Jungfrau, das arme Wurm werde in eine Welt hineingeworfen voller Kriege und Feindseligkeiten, welche zwischen den Ländern und Städten, den verschiedenen Religionen, ja sogar zwischen den Orden der einen Mutter Kirche herrschten, wo sich Jesuiten und Dominikaner bekriegten wie erbitterte Feinde.

Dies weckte sogar den eitlen Kardinal Lorenzo aus seinen lüsternen Phantasien, der dem Medicus lauthals beipflichtete, um dann noch wüsteren Gedanken Ausdruck zu geben, indem er den Feinden des Papstes das Wort redete, welche Pius IV. als den Antichrist bezeichneten, eine vom Satan gesandte Persönlichkeit, die alle Macht des Bösen zum Kampf gegen die Kirche zusammenfasse.

Carvacchi, in seiner Seele gewiß kein Anhänger der Kirche und des Papsttums, lachte. »Ich glaube, hier ist der Wunsch der Vater des Gedanken. Es hat bei Gott schlimmere Stellvertreter gegeben als diesen Medici. Ihn nur deshalb als den Antichrist zu bezeichnen, weil er dein Feind ist, scheint mir reichlich übertrieben, teuerer Kardinal Lorenzo.«

»Antichrist, Antichrist!« kreischte Lorenzo, und nur Carvacchis strenger Blick hinderte ihn daran, vor Ekel auf den Boden zu spucken.

Der Hausherr verdrehte die Augen und sagte, an Martha und Leberecht gewandt: »Ich glaube, er ist ein heimlicher Protestant, eine Zecke im Pelz der heiligen Mutter Kirche!«

Die anderen lachten hämisch, während der lange Lorenzo so rot anlief wie sein seidenes Gewand und beleidigt zur Seite blickte.

Professore Albani, der die Diskussion bisher schweigend, aber mit Interesse verfolgt hatte, mischte sich ein und sagte: »Alle reden vom Antichrist, aber kaum jemand kennt dessen wahre Bedeutung.«

»Kennt Ihr sie denn?« fragte Carvacchi herausfordernd.

»Nun, glaubt man der Schrift – was mir auch in diesem Zusammenhang schwer genug fällt – dann deutet die Erscheinung falscher Propheten, Apostel oder Messiasse auf das bevorstehende Jüngste Gericht hin. Es heißt, der Teufel werde in Gestalt einer Schlange in den Leib einer Jungfrau kriechen und sie befruchten. Das bedeutet, der Antichrist müsse durch Parthenogenese, also Jungfrauengeburt, zur Welt kommen. Von 221 Päpsten konnte bisher keiner dieses Wunder für sich in Anspruch nehmen – weder Silvester II., der Schwarze Messen las und von dem es hieß, er habe einen Pakt mit dem Teufel geschlossen; noch Johannes XII., der den Lateran zum Bordell machte; noch Bonifatius VII., der zwei seiner Vorgänger ermordete und dessen verstümmelter Leichnam vom Pöbel durch die Straßen geschleift wurde; auch nicht Benedikt IX., der wie ein türkischer Sultan mit Raub und Mord regierte und aus Geldgier seine Tiara verkaufte; ja nicht einmal Alexander VI., der Borgia, der von mehreren Kurtisanen neun Kinder hatte, darunter die liederliche Lucretia.«

»Alles Unsinn!« ereiferte sich Lorenzo und legte eine abgenagte Rippe beiseite. »Bei den Kirchenvätern könnt Ihr nachlesen, der Antichrist werde in einer großen Stadt geboren, welche Babylon oder Sodom oder Gomorra genannt wird. Nach Meinung der einen wird er die behaarte Fratze eines Werwolfs haben, andere beschreiben ihn wie unseren Herrn Jesus. Er soll Berge versetzen und Steine in Brot verwandeln können ...«

»Auch an diesen Kunststücken hat sich keiner der Päpste versucht, denen der Mantel des Antichrist umgehängt wurde«, unterbrach Albani den Kardinal. »Interessant erscheint mir aber die Tatsache, daß sich in den letzten Jahren die Auftritte von Antichristen vervielfacht haben, so als stünde das Ende der Welt bevor. Was wäre, wenn sich unter einer der zahlreichen falschen Masken auch der wahre Antichrist verbirgt, der Vorbote des Jüngsten Gerichts?«

Mit einem Mal war es still im Raum. Leberecht, der den Worten des Professore mit Argwohn gefolgt war, ergriff unter dem Tisch Marthas Hand. Diese verstand die einfache Geste nicht zu deuten; sie ahnte nichts von dem Felsblock, der auf seiner Seele lag. Und Leberecht, obwohl er Albani schätzte, hatte seit seiner ersten Begegnung mit dem Professore Schwierigkeiten, die Andeutungen und Zweideutigkeiten zu verstehen, in denen dieser mit Vorliebe redete.

Albani war ein typischer Sterndeuter; er hatte die Gewohnheit – vielleicht pflegte er sogar diese Niedertracht mit voller Absicht – Tatsachen und Ereignisse so zu beschreiben, daß sie mehr Fragen aufwarfen als beantworteten, und gewiß wäre er in der Lage gewesen, die mathematische Aufgabe »eins und eins« so zu lösen, daß am Ergebnis »zwei« oder an der Notwendigkeit der Aufgabe erhebliche Zweifel bestanden hätten.

Dennoch wagte Leberecht die Frage: »Messer Albani, Ihr versteht die Bahnen der Sterne zu berechnen, und wenn ich Eure Lehre recht begreife, so seid Ihr in der Lage, das Schicksal im Lauf der Gestirne zu erkennen. Und da das Schicksal der Menschen von der Existenz des Erdballes bestimmt wird, muß es doch auch möglich sein, dessen Ende vorherzusagen.«

»Aber gewiß«, antwortete Albani wie selbstverständlich. Leberecht hatte den Eindruck, als koste er die kurze Zeit, in der er von allen anderen mit erwartungsvollen Augen angestarrt wurde, besonders lange aus. Endlich fuhr dieser fort: »Die meisten Menschen halten die Sternenkunde für einen unnützen Zeitvertreib; sie sind der Ansicht, diese Wissenschaft sei dem Seelenheil des Menschen nicht gerade förderlich. Manche stellen sogar ernsthaft die Frage, welchen Nutzen die Sternenkunde nach dem Tode, also dereinst im ewigen Leben, aufzuweisen habe, wo Zukunft und Gegenwart eins sein und Gott die Sternenbahnen besser kenne als alle Astronomen und Astrologen zusammen. Die Päpste nennen unsere Wissenschaft gar eine Brutstätte des Teufels – jedenfalls offiziell, obwohl sie sich mit Vorliebe unserer Forschungen bedienen.«

»Ihr weicht mir aus, Professore. Ich fragte nach dem Ende aller Dinge, dem Jüngsten Gericht oder wie immer Ihr den *Finis mundi** nennen möget.«

»Und ich antworte Euch, daß es zwar möglich ist, dieses Ende zu berechnen, daß sich jedoch bisher kein Astronom damit abgegeben hat.«

»Keiner?«

* das Ende der Welt

»Jedenfalls hat es noch keiner zugegeben.«

»Und warum nicht, Messer Albani; was meint Ihr?«

»Stellt Euch vor, die Berechnungen der Sternenbahnen führten zu dem Ergebnis, daß das Ende der Welt kurz bevorstünde, vielleicht schon nächsten Sonntag, am letzten Tag dieses Monats oder in zwei Jahren! Was, glaubt Ihr, würde geschehen?«

»Was würde geschehen?« wiederholte Leberecht.

Albani blickte ernst in die Runde. »Die Menschen würden in einen Angstrausch verfallen. Es würde Chaos herrschen noch vor dem Jüngsten Gericht und alle Gesetze im Himmel und auf Erden umkehren. Allein das Wissen um die Endzeit würde alle Propheten der Schrift *ad absurdum* führen und die Kirche ihrer Wahrheit berauben.«

Der Kardinal nickte zustimmend. »Wie recht er hat, unser Professore!« Beim Weitersprechen hielt er die rechte Hand vor den Mund, so als wollte er verhindern, daß jemand außerhalb des Raumes seine Worte verstand. »In manchen Nächten gehen die Dominikaner um, sie dringen in Häuser und Wohnungen der Sterndeuter ein und am nächsten Morgen sind diese Männer für immer verschwunden.«

»Ich weiß von einigen Fällen«, warf Albani ein.

Lorenzo hob die Schultern, als wollte er sagen: Mag schon sein. Und Carvacchi fügte hinzu: »Eine Schnellinquisition sozusagen.«

Die anderen nickten.

Verständlicherweise berührte die Eröffnung des Kardinals Leberecht am allermeisten. Martha registrierte die unruhigen Bewegungen seiner Hände, doch sie wagte vor den übrigen Gästen nicht, nach der Ursache zu fragen.

An den Kardinal gewandt, erkundigte sich Leberecht: »Sind es die Astronomen, die auf so gefährliche Weise das Mißtrauen der Kurie erregen, oder die Astrologen?«

»Angesichts der Tatsache, daß die Deutung der Gestirne auf heidnischem Wissen beruht ...«

Albani unterbrach ihn: »Astronomie und Astrologie sind

eins, was das Wissen betrifft; nur die Schlüsse, die Astronomen und Astrologen aus ihrem Wissen ziehen, sind unterschiedlich. Sternenkunde und Theologie stehen sich nicht von vornherein feindlich gegenüber. Bisweilen sind die Astronomen sogar die Knechte der Theologen. Papst Leo X. spannte Theologen und Astronomen vor *einen* Karren mit dem Ziel, unseren Kalender zu reformieren.«

Leberecht wurde immer unruhiger. »Und mit welchem Ergebnis?«

Kardinal Lorenzo kicherte in sich hinein und nahm Albani die Antwort ab: »Bisher zählen wir die Tage noch immer nach dem Kalender, der aus der Zeit Julius Caesars stammt. Jedenfalls kamen die Sterndeuter und Theologen zu keiner besseren Lösung, und Leo gab das Problem an Hadrian weiter, der an Clemens, jener an Paul, der an Julius, Julius an Marcellus, dieser an meinen Onkel Paul und Onkel Paul an Pius. Pius IV. aber interessiert sich mehr für Pferde und für Literatur, für Epiktet und die Stoiker als für die Lösung mathematischer Probleme. Denn die Kalenderreform ist die größte Rechenaufgabe in der Geschichte der Menschheit.« Und an Paolo Soncino gewandt: »Geben Sie mir recht, verehrter Mathematicus?«

Dieser strich sich über sein welliges Haar und erwiderte: »Aber gewiß, Herr Kardinal. Ich würde lieber ein zweites Mal die Statik von St. Peter berechnen als den christlichen Kalender. Im Laufe der letzten eineinhalb Jahrtausende haben sich das Osterfest und die Feste der Heiligen so verschoben, daß der fromme Christenmensch sich zu fragen beginnt, ob unser Herr Jesus vor oder nach seiner Geburt in den Himmel aufgefahren sei. Zur Zeit haben sich zwei Zahlenköpfe des Problems angenommen, Luigi Lilio und Christoph Clavius, ein junger Jesuit aus Deutschland.«

Leberecht horchte auf. »Wie, sagt Ihr, ist der Name des deutschen Jesuiten?«

»Clavius. Ein Jesuit, kleinwüchsig, aber mit breitem Schädel. Ich begegnete ihm vor ein paar Jahren in Bologna. Heute lehrt er, soweit es seine Zeit erlaubt, am Collegio Romano.«

Inzwischen wurde auch Martha von Unruhe erfaßt. Sie sah Leberecht hilfesuchend an.

Dessen Frage kam unausweichlich wie das Amen nach dem Paternoster: »Kennt Ihr ihn näher, diesen Clavius? Ich meine, ›Clavius‹ ist ein lateinischer Name, wie sich ihn die Gelehrten mit Vorliebe zulegen. Wörtlich übersetzt bedeutet Clavius ...«

»›Schlüssel‹«, sagte Messer Soncino.

»Schlüssel?« Carvacchi sah zuerst Leberecht an, dann richtete er seinen Blick auf Martha.

Martha war ganz bleich geworden und starrte auf ihren leeren Teller. Von einem Augenblick auf den anderen hatte sie die Vergangenheit eingeholt. Sie hatte geglaubt, zusammen mit Leberecht dieser Vergangenheit entfliehen zu können, mit ihm ein neues Leben zu beginnen. Und nun mußte sie erfahren, daß ihr eigener Sohn, der mit ihrem Geliebten bis aufs Blut verfeindet war, in dieser Stadt lebte.

Carvacchi waren diese Zusammenhänge nicht entgangen, er hielt es jedoch für klüger, in dieser mißlichen Lage zu schweigen.

»Trinken wir darauf«, sagte er, »daß das Ende der Welt niemals kommen möge!«

KAPITEL IX

Genie und Wahnsinn

REGNERISCH UND KALT ZEIGTE SICH der Herbst in diesem Jahr, aber die Arbeiten an St. Peter gingen ohne Einschränkungen weiter. Weil sich die Dämmerung schon mit dem Angelusläuten über die Stadt senkte, ließ Carvacchi Feuer und Fackeln entzünden, welche zugleich wärmten und leuchteten und die Baustelle des Nachts – es wurde in drei Schichten gearbeitet – in eine gespenstische Theaterszene verwandelten. Ablaßgelder aus Deutschland und Pilger gleicher Herkunft hatten die Kassen des Vatikan so angefüllt, daß Pius IV., anders als seine Vorgänger, sich um die Fertigstellung des Domes nicht zu sorgen brauchte.

Carvacchi hatte Leberecht zu seiner rechten Hand, zum Vorarbeiter der Steinmetze an St. Peter gemacht, ein Vorgang, der besonders unter den Älteren böses Blut erzeugte, von denen sich mehrere Hoffnung auf diesen Posten gemacht hatten. Aber Carvacchi hatte Leberecht jene hundert Gulden nicht vergessen, mit deren Hilfe er hatte aus Deutschland fliehen und in Florenz Fuß fassen können, und er hatte die Summe mit Zins und Zinseszins wenige Tage nach Leberechts Ankunft in Rom zurückgezahlt.

Mit Hilfe des Meisters war es Leberecht gelungen, zwischen Pantheon und Sapienza ein Haus zu mieten, das einst einer Tochter von Papst Julius II. gehört hatte, jenem eisenharten Pontifex, der Michelangelos größter, wenn auch nicht zahlungswilligster Mäzen gewesen war. Nach seinem Tod waren auch die besseren Tage der Papsttochter in diesem Viertel gezählt gewesen, und seither hatte das Haus drei- oder viermal den Besitzer gewechselt, zuletzt unter dem Inquisitionspontifex Paul.

Martha und Leberecht hatten nichts dagegen einzuwenden, daß der Pfarrer von San Luigi darauf bestand, das Haus mit Kampfer und Weihrauch und frommen Worten gegen das Böse von allen Unreinheiten – ein paar Kellerasseln und Kakerlaken ausgenommen – zu befreien. Zum Abschluß seiner segensreichen Tätigkeit schlug der Padre ein Kreuzzeichen über das junge Paar und sprach die lateinischen Worte: »*Deus benedicat hunc mansionem. Libera nos, Domine, de morte aeterna in die illa tremenda, quando coeli movendi sunt et terra.*«*

Die Erwähnung jener Letzten Dinge brachte bei Leberecht das Kopernikus-Buch in Erinnerung. Zwischen zwei Sparren, unter dem Dach des Hauses, hatte er einen heimlichen Aufbewahrungsort gefunden, doch erschien ihm dieser nicht sicher genug vor den Häschern der Inquisition, und er sann auf ein besseres Versteck.

Leberecht und Martha lebten nun wie Mann und Frau, eher zurückgezogen, und ihr Glück wäre vollkommen gewesen, hätte nicht jeder sein eigenes Schicksal mit sich herumgetragen, das auf ihm lastete.

Was Martha betraf, so quälte sie die Frage, ob sie sich ihrem Sohn Christoph, dem Jesuiten Clavius, an dessen Schicksal sie sich in gewisser Weise schuldig fühlte, offenbaren sollte. Das aber barg eine große Gefahr; denn mehr als andere war dieser Schritt geeignet, sie in die Fänge der Inquisition zu treiben.

Was Leberecht anging, so nahm ihn seine Aufgabe an der Domhütte von St. Peter voll in Beschlag. Er wachte über ein

* Gott segne dieses Haus. Rette uns Herr vom ewigen Tod an jenem Schreckenstage, wenn Himmel und Erde wanken.

halbes Tausend Steinmetze, in der Hauptsache Italiener, aber auch viele Deutsche, Spanier aus dem Königreich Neapel, Florentiner und Milanesen und Handwerker aus dem Herzogtum Savoyen, die der harte Winter in den Süden trieb.

Obwohl jung an Jahren, gewann Leberecht bald die Achtung der Bauarbeiter. Dies hatte verschiedene Ursachen: Zum einen verstand er etwas vom Handwerk des Steinmetzen. Darüber hinaus war ihm aber auch seine Sprachbegabung dienlich, die es ihm erlaubte, sich mit den Leuten in allen möglichen Sprachen zu unterhalten. Und zu guter Letzt fiel auch sein respektables Äußeres ins Gewicht; denn der Aufseher überragte die meisten seiner Untergebenen um einen ganzen Kopf.

Leberecht wünschte nichts sehnlicher, als bei seiner Arbeit einmal dem großen Michelangelo zu begegnen; aber seit er seine Stelle angetreten hatte, war der Meister nicht mehr auf der Baustelle erschienen. Carvacchi berichtete, der Künstler sei von einem schleichenden Fieber befallen, das ihn schwäche, so daß er kaum noch in der Lage sei, einen Fuß vor den anderen zu setzen; vor allem aber sei er bisweilen in einem Zustand, der ihn hindere, die rechten Worte zu finden.

Um so mehr Verehrung brachte Leberecht den Plänen und Skizzen aus der Hand des Meisters entgegen, die er täglich auf seinem Tisch in der Bauhütte ausbreitete. Mit kraftvollen Rötelstrichen hatte der Meister Umrisse und Profile und nicht selten Einzelheiten festgehalten, nicht größer als ein Handteller, so als wäre er mit einem Grabstein und nicht mit dem größten Bauwerk der Menschheit beschäftigt.

Die Bauhütte lag nahe dem Eingang zu den Grotten hinter dem päpstlichen Palast mit Blick auf die Südwand der Kapelle des Papstes Sixtus, in der sich Michelangelo als Maler verewigt hatte. Diese Malereien, vor allem die Darstellung des Jüngsten Gerichts, erregten bei Leberecht besonderes Interesse. Carvacchi hatte ihm viel von der Nacktheit der Leiber und den verschlüsselten Szenen erzählt, die sich hinter dem schlichten Altar in die Höhe rankten, ein Kunstwerk, das jedem anderen auf der Welt den Rang streitig machte.

Nun hatte ein gewöhnlicher Christenmensch, selbst ein Vorarbeiter beim Bau von St. Peter, nicht ohne weiteres die Möglichkeit, die Hauskapelle des Papstes zu betreten. Aber weil ihn die Idee magisch anzog, weil er bereit gewesen wäre, seine Seele dafür zu opfern und weil das Schicksal ihm diesen Weg vorgezeichnet hatte, gelang es Leberecht am Tag nach Mariä Erwählung – das Datum blieb ihm ein Leben lang im Gedächtnis – mit Hilfe Kardinal Lorenzo Carafas, der im Vatikan noch immer auf gewisse Freundschaften zurückgreifen konnte, den Fuß in die Sixtinische Kapelle zu setzen.

Der Kardinal und Carvacchi, die ihn begleiteten und denen dieser Anblick nicht neu war, schienen weit weniger aufgeregt als Leberecht, dem das Herz bis zum Hals schlug, als sie in die Düsterkeit des hohen Raumes eintraten. Großer Gott! Wie konnte *ein* Mensch das alles in *einem* Leben schaffen?

Minutenlang stand Leberecht bewegungslos in der Mitte der Kirche. Michelangelo war ihm kein Fremder. Schon während er bei den Benediktinern auf dem Michelsberg seinen Studien nachging, lange bevor er die Aufgabe übernommen hatte, Pläne und Skizzen des Meisters in harten Stein umzusetzen, hatte er Legenden von Michelangelos Klugheit und universeller Bildung gehört und von den tiefsinnigen Gedanken, welche der Künstler in seine Werke einfließen ließ. Leberecht wußte, daß das Wissen des Florentiners größer war als das aller Zeitgenossen, weil er mit den führenden Geistern seiner Epoche Umgang pflegte und weil die bedeutendsten Köpfe sich ihm anvertrauten. Den Blick nach oben gewandt, trat Leberecht zwischen seine Begleiter und sagte: »Warum hat er das getan?«

Carvacchi und der Kardinal sahen sich fragend an. Sie verstanden den Sinn seiner Frage nicht.

»Warum tat er das?« wiederholte Leberecht.

Verunsichert fragte Carvacchi zurück: »Warum tat er was?«

»Ich meine, warum wählte Michelangelo gerade dieses Motiv? Warum wählte er das Jüngste Gericht? Warum malte er keine Kreuzigung, keine Auferstehung oder Himmelfahrt, wie es Generationen von Künstlern vor ihm getan haben?«

Die beiden anderen blickten betroffen. Keiner hatte sich bisher diese Frage gestellt. Der Kardinal, der mit den Taten der Vorgänger seines Onkels Paul aufs beste vertraut war, erwiderte schließlich: »Weder Clemens VII. noch Paul III., unter denen Michelangelo mit seiner Arbeit begann, haben dieses Motiv gewollt. Sie fühlten sich von der hohen weißen Wand gestört und gaben den Auftrag, sie in ein Gemälde zu fassen. Kein Papst hat je eine Skizze zu dem monumentalen Werk gesehen, ganz abgesehen davon, daß der Meister sich ohnehin von niemandem hätte dreinreden lassen, nicht einmal von Seiner Heiligkeit selbst.«

Je mehr sich seine Augen an das fahle Dezemberlicht gewöhnten, desto greller, lichter, drohender schien ihm das Blau des Himmels, aus dem der Weltenrichter kraftvoll wie ein griechischer Herkules mit drohend erhobener Rechter herausstieg. Aber es waren weder die Farben noch die Komposition, die Leberecht in Unruhe versetzten, sein Blick galt den Figuren und Symbolen, ob sich nicht eine Andeutung, ein Hinweis auf jene Erkenntnisse des nahenden Weltendes finden ließe, die ihn bewegten.

Das gigantische Fresko – nach Michelangelo die einzig wahre Maltechnik eines Mannes, nur Frauen malten in Öl – quoll über von Anspielungen, Andeutungen und Insignien, welche Christen und Heiden, Selige und Verdammte, ja sogar Menschen zeigten, die noch unter den Lebenden weilten wie den verhaßten Zeremonienmeister Biagio da Cesina, der es gewagt hatte, sein Werk zu kritisieren.

Auch der Meister selbst zeigte sein Gesicht auf absonderliche Weise, unverkennbar in der Haut, die dem heiligen Bartholomäus bei seinem Martyrium abgezogen wurde und die dieser in Händen hielt. Warum Bartholomäus und warum dieses abschreckende Schauspiel?

Niemand, nicht einmal der inquisitorische Paul IV., der Onkel des Kardinals, hatte je gewagt, Michelangelo nach dem Sinn seiner Darstellungen zu fragen. Er wäre nicht nur ohne Antwort geblieben, er hätte sich den Meister zum Feind gemacht.

So irrte der fromme Betrachter durch Michelangelos Apokalypse wie der Held im Labyrinth des Minotaurus, Heiligen der Kirche begegnend wie Gabriel, der Jungfrau Maria oder Petrus in Reichweite des Herrn. Aber schon Adam und Eva hinter ihm warfen die Frage auf, ob sie nicht Hiob und sein Weib und aus dem Alten Testament seien, weil dahinter die Versöhnung von Esau und Jakob stattfindet. Heilige wie Simon von Kyrene mit dem Kreuz auf den Schultern, Sebastian mit Pfeilen in der Hand, Katharina von Alexandria mit dem Rad, Blasius mit den Eisenkämmen oder Simon Zelotes mit der Säge in der Hand warfen keine Fragen auf. Was aber hatte die nackte Eva mit Vergil zu schaffen? Was suchten Figuren aus Dantes Göttlicher Komödie beim Jüngsten Gericht?

Leberecht mußte seinen Blick losreißen von der kreisenden Bewegung, in welche die Stürzenden zur Rechten und die himmelwärts Strebenden zur Linken die Wand von oben nach unten und umgekehrt versetzten wie ein feuriges Rad. An den Kardinal richtete er schließlich die Frage: »Findet Ihr nicht auch, daß der Weltenrichter eher dem griechischen Apoll ähnlich sieht, der im Statuenhof des Belvedere aufgestellt ist, als dem Herrn Jesus Christus?«

»Ich weiß nicht, wie unser Herr Jesus Christus aussieht; ich bin Kardinal und kein Maler«, antwortete Lorenzo und strich über die Purpurseide seiner Soutane.

Leberecht ließ nicht locker: »Aber wenn es wirklich ein heidnischer Gott ist, dann hätte diese Symbolik doch eine verheerende Aussage!«

Carvacchi, mit Kunstwerken gewiß mehr vertraut als der Kardinal, sah Leberecht nachdenklich an. »Da hast du wohl recht.«

»Das würde bedeuten, Michelangelo vertritt die Ansicht, daß nicht Gott der Herr den Jüngsten Tag einläutet und das Ende der Welt bestimmt, sondern eine andere, eine fremde Macht ...«

»Der Teufel?« Kardinal Lorenzo kicherte verlegen und wandte seinen Blick dem Weltenrichter zu. Er wußte nicht so recht, was er von den Worten des jungen Steinmetzen halten sollte; aber je mehr er darüber nachdachte, desto größer wurden seine Zweifel.

»Es wäre nicht der erste Schabernack, den Michelangelo mit der Kirche treibt«, bemerkte Carvacchi nüchtern. »Stellt sich nur die Frage, auf welches Wissen der Meister zurückgreift. Du bist doch so ein schlauer Kopf, Leberecht, du müßtest es wissen!«

Leberecht zuckte zusammen. »Ich? Was müßte ich wissen?« stammelte er verlegen. »Das weiß nur Michelangelo selbst!«

»Und er schweigt.«

»Man kann es ihm nicht verdenken. Wer sich mit Pinsel und Farbe so auszudrücken weiß, kann auf Schrift und Sprache verzichten.«

Die Idee, Michelangelo könnte in seinem Fresko ein geheimes Wissen verschlüsselt und Hinweise auf das Ende der Welt verborgen haben, welche nur Eingeweihte erkennen könnten, berauschte den Kardinal wie sein Lieblingswein von Nemisee. Mit ausgestrecktem Zeigefinger begann er die Umrisse der einzelnen Figuren in der Luft nachzuziehen, als wollte er sie auf diese Weise zum Sprechen bringen; aber weder Charon noch Minos, noch der kluge Dichter Vergil, die wie Fremdkörper in der Leiberfülle erschienen, gab eine Antwort.

In der Mitte, dort wo die Engel wie Frösche mit geblähten Backen in die Posaunen stießen, damit die Erde, wie Matthäus verkündet, von ihrem Widerhall dröhne und die Völker aufschreien, an dieser Stelle verfing sich Lorenzos prüfender Blick, und er sprach: »Ich sehe zwei aufgeschlagene Bücher.«

Es klang wie das Wort eines Propheten. Carvacchi und Leberecht wollten ihm zunächst keinen Glauben schenken. Zögernd traten sie näher.

»Tatsächlich«, meinte Leberecht, und Carvacchi bemerkte: »Die sind mir bisher entgangen. Ich glaube, niemand hat sie bisher bemerkt.«

Der Kardinal, ratlos: »Welche Bedeutung mag ihnen wohl

zukommen? Ich meine, es stellt sich vor allem die Frage nach dem zweiten Buch; denn daß es sich bei *einem* um die Heilige Schrift handelt, dürfte nicht in Frage stehen. Aber was ist dann das andere Buch?«

Die drei legten abwechselnd die Köpfe zur Seite, ob auf den Büchern ein Schriftzeichen zu erkennen sei, aber je tiefer sich ihre Blicke in das Fresko bohrten, desto mehr verschwommen die Bücher vor ihren Augen.

»Ich sehe«, sagte Leberecht, »einen Stern.«

Hatte er die Worte wirklich ausgesprochen oder nur im Geiste formuliert? Er wußte es nicht. Sein Kopf glühte wie ein Eisen in der Esse des Schmiedes. Seine Gedanken kreisten um ein einziges Thema: das Buch des Kopernikus. Angenommen, Michelangelo wußte um das *Astrum minax*, das drohende Gestirn, mit dem die heidnische Wissenschaft das Ende der Welt ankündigte? Aber wenn er es wußte, welchen Zweck verfolgte er mit seinen apokryphen Andeutungen? Warum schwieg er, wenn er die Wahrheit kannte?

Leberecht war in seine Gedanken verstrickt und bemerkte gar nicht, daß der Kardinal und Carvacchi sich fluchtartig entfernt und die Sixtinische Kapelle durch eine Seitentür verlassen hatten. Es kam ihm vor, als hätte Carvacchi ihm noch etwas zugeraunt, aber er war, zwischen Himmel und Erde schwebend, zu sehr mit sich selbst beschäftigt, als daß er dem Beachtung geschenkt hätte. Ein Dröhnen erfüllte seine Ohren, und ihm schoß durch den Kopf, daß die Posaunen des Michelangelo ein Hinweis auf das Heulen sein mochten, welches das *Astrum minax* auf den letzten tausend Meilen erzeugen würde, bevor es die Erde aus ihrer Bahn riß. Ein furchtbarer Gedanke, der ihm kalten Schweiß in den Nacken trieb.

Nicht einmal zwanzig Jahre würden verbleiben bis zu der großen Katastrophe, die alles Leben auslöschte. Im Jahre des Heils 1582 würde das sein – des Heils? Nein, von Heil konnte keine Rede sein: Die Erlösung durch unseren Herrn Jesus, das Jüngste Gericht, die Scheidung von Guten und Bösen, der Glaube und das Versprechen ewiger Glückseligkeit, all das gab keinen Sinn im Angesicht der drohenden Katastrophe. Der Stern der Vernichtung würde alles in seinen Strudel hineinziehen, der Sonne entgegen, einem toten Ball aus glühender Materie im Zentrum des Universums, wo die Erde selbst verglühen und verpuffen würde wie ein trockener knorriger Stamm, den ein einziger Mann kaum tragen kann, der im Feuer aber rote Glut annimmt und sich mit einer Rauchfahne in nichts auflöst.

War das Wissen um das nahe Ende der Grund für das exzessive Leben der Päpste? Glaubten sie deshalb nicht mehr an ihre eigene Lehre oder die ihrer Kirche? Soffen, fraßen, hurten und sündigten sie deshalb mit so großer Inbrunst, weil sie das Ende, wie Kopernikus es berechnet hatte, kannten? Herr Gott, wie anders war es zu erklären, daß der Papst, dessen Namen diese Kirche trug, eigene Bordelle errichtete, die ihm achtzigtausend Golddukaten einbrachten und daß sich sein Neffe, der Kardinal Pietro Riario, mit vier Bistümern und einem Patriarchat gesegnet, zu Tode hurte? Daß sie Baldassare Cossa zum Papst machten, von dem man wußte, daß er mit der Frau seines Bruders schlief und zweihundert Witwen und Jungfrauen begattete? Daß Seine Heiligkeit Alexander VI., der Papst, von dem Savonarola sagte, er treibe es schlimmer als das Vieh, ein Verhältnis mit seiner Tochter hatte und Orgien veranstaltete, bei denen fünfzig *luparellae* nackt tanzen und wie Hündchen auf dem Boden kriechen mußten, um anschließend vor den Augen des *Pontifex* von den päpstlichen Kammerherren vergewaltigt zu werden? Daß Clemens V. nicht vor Folter zurückschreckte und Paul IV. nicht vor Grausamkeit? Und daß dies keine einmaligen Entgleisungen waren, sondern die Regel, *peccata in coelum clamantia* – himmelschreiende Sünden?

Zwei starke Arme packten Leberecht von hinten und holten ihn in die Gegenwart zurück. Und ehe er sich versah, hatte ihm ein päpstlicher Offiziant in langem roten Gewand, unter dem sich ein kraftstrotzender Körper verbarg, beide Arme auf den Rücken gedreht, und ein zweiter von gleicher Statur herrschte ihn an: »Was suchst du hier, Hundesohn?«

Leberecht stotterte ein paar entschuldigende Worte; er habe das Fresko Michelangelos bewundert und vor dem Kunstwerk wohl über die Zeit verweilt und wolle sich nun hurtig entfernen.

Das aber fand bei den Wachen kein Gehör. Während ihn der eine festhielt, tastete ihn der andere am ganzen Körper ab, ob er eine Waffe bei sich trage. Dann stießen und zerrten sie ihn an den Ärmeln durch einen langen, fensterlosen Gang bis zu einer doppelten Tür, die in einen kahlen Raum führte, der Leberecht auf fatale Weise an den Saal erinnerte, in dem der Inquisitor Frater Bartolomeo seinen toten Vater Adam verurteilt hatte: an der Stirnwand ein langer, breiter Tisch mit zwei Kerzen, dahinter drei kantige, schwarze Stühle, sonst nichts, eine lautlose, abgeschottete, unbekannte Welt.

Die Offizianten verschwanden ohne ein Wort, und Leberechts einzige Zuflucht blieb die Erkenntnis, daß er in seinem Leben schon ausweglosere Situationen gemeistert hatte. So stand er in der Mitte des kahlen Raumes. Zwei Fenster waren in einen langen, schmalen leeren Innenhof gerichtet. An der Tür fehlte die Klinke. Das machte ihm angst.

Nach einer endlosen Zeit des Wartens, in der Leberecht nicht gewagt hatte, auf einem der beiden Stühle Platz zu nehmen, öffnete sich plötzlich die Tür, und herein trat ein beleibter Monsignore, begleitet von einem Schreiber, der, was sein vergeistigtes Äußeres betraf, zumindest auf die niederen Weihen zurückblicken konnte und der bei dem folgenden Verhör jedes gesprochene Wort zu Protokoll nahm.

»Wie heißt Er, Bruder in Christo, auf welche Weise gelangte Er hier herein und in welcher Absicht?« leierte der Monsignore seine Fragen herunter, während er mit ruckartigen Bewegungen bemüht war, seine massive Körperlichkeit auf einem der Stühle unterzubringen. Dabei würdigte er Leberecht keines Blickes.

Leberecht nannte seinen Namen und erzählte, daß er ein Steinmetz aus deutschen Landen sei und Vorarbeiter aller Steinmetze bei St. Peter. Er sei durch Vermittlung von Messer

Carvacchi, seinem Lehrmeister, und Kardinal Lorenzo Carafa, dessen Freund, durch einen seitlichen Eingang in den Vatikan gelangt; wo und auf welchem Wege vermöge er nicht zu erklären.

Die Erwähnung Carafas entfachte bei dem fetten Monsignore deutlich erkennbare Unruhe. Er flüsterte dem Schreiber etwas in dessen vergeistigtes Ohr, worauf dieser verschwand.

»Monsignore«, begann Leberecht bittend, »ich habe nichts Unrechtes getan. Mein Wunsch war es, das Fresko des Michelangelo zu sehen. Nicht mehr.«

Der Mann im rotgesäumten Talar zeigte keine Regung. Er blickte mit ausdruckslosem Gesicht geradeaus, durch Leberecht hindurch, als sei er Luft. Auch als Leberecht seine Worte wiederholte, weil er befürchten mußte, der Monsignore habe ihn nicht verstanden, gab dieser keine Antwort.

Schneller als erwartet wurde jedoch von außen die Tür geöffnet und es erschienen zwei weitere Monsignori, welche aufs vortrefflichste die Launen Gottes am sechsten Tage der Schöpfung verkörperten: War der eine ein Riese, noch größer als Leberecht, dabei schmal und asketisch, so büßte der andere allein durch seine kleine, gedrungene Gestalt schon auf Erden einen Teil jener Qualen, die dem Fegefeuer vorbehalten sein sollten.

Der herrische Klang seiner Stimme ließ jedoch keinen Zweifel, daß der von Gott dem Herrn gedemütigte Monsignore von höherem Rang war als die beiden anderen, welche ihn an dem Tisch einrahmten wie gottgefällige Ministranten beim *Te deum.*

»Ein Parteigänger des Kardinals Carafa ist Er also?« bellte der Zwerg. »Und Er wagt es auch noch, sich dazu zu bekennen!«

In diesem Augenblick wurde Leberecht bewußt, daß er offensichtlich einen Fehler gemacht hatte, als er den Namen des Kardinals erwähnte. Lorenzo galt als erbitterter Gegner des Nachfolgers seines Onkels. Und jetzt auf einmal wurde ihm auch klar, warum der Kardinal und Carvacchi sich so überstürzt entfernt hatten.

»Monsignore«, begann Leberecht umständlich, »ich ...«

»Schweige Er!« fuhr der Zwerg dazwischen. »Er steckt mit jenem Schurken Benedetto Accolti unter einer Decke, der von sich behauptet, Gott habe ihm ein Geheimnis anvertraut. Aber Gott, der Herr redet nur mit seinem Stellvertreter auf Erden und nicht mit einem hergelaufenen Häretiker.«

»Ich kenne keinen Benedetto Accolti!« wehrte sich Leberecht. »Ich komme aus dem Fränkischen, wo mich mein Lehrmeister Messer Carvacchi die Steinmetzkunst gelehrt hat. Vor wenigen Monaten erst kam ich mit meiner Frau nach Rom, und Carvacchi machte mich zum Vorarbeiter aller Steinmetze bei St. Peter.«

»Ha!« ereiferte sich der kleinwüchsige Monsignore. »Er bringt den guten Namen Carvacchis ins Spiel, um Seinen Kopf aus der Schlinge zu ziehen. Aber verlasse Er sich darauf, wir werden die Wahrheit aus Ihm herauspressen, bei allen Heiligen!«

»Es ist die Wahrheit! Fragt meinen Meister Carvacchi!«

»Schon geschehen, Elender. Er wird bald hier sein.«

Es dauerte nicht lange, und Carvacchi erschien aufgeregt in der Tür. Die Monsignori grüßten freundlich, und noch bevor der Zwerg im rotgesäumten Habit seine Stimme erheben konnte, erging sich der Meister in heftigen Vorwürfen gegen die Diener der Kirche, welche den Willen des großen Michelangelo mit Füßen träten, der ihn, Leberecht, einen der fähigsten Künstler am Dombau, höchstselbst zum Anatomie-Studium der Figuren des Jüngsten Gerichts in die Sixtina gesandt habe. Ihn gar der Ketzerei als Parteigänger verblendeter Häretiker zu bezeichnen sei infam gegenüber einem glühenden Anhänger des Papstes Pius, der den weiten Weg aus deutschen Landen nach Rom gekommen sei, um seine Kunst dem Dom von St. Peter unentgeltlich zukommen zu lassen.

Die finsteren Mienen der drei Monsignori erhellten sich mit jedem von Carvacchis wohlüberlegten Sätzen. Leberecht wunderte sich: Der Meister stand, wie es schien, bei der Kurie in hohem Ansehen.

So kam es, daß der zwergenhafte Würdenträger, der Leberecht während Carvacchis Rede vom Scheitel bis zur Sohle gemustert hatte, als wollte er sagen: Warte, dich kriegen wir noch!, plötzlich und unvermittelt ein Kreuzzeichen schlug und hastig die Worte stammelte: »*In nomine Domini*, Ihr seid frei. *Laudetur Jesus Christus.*«

Lautlos, wie sie gekommen waren, entschwebten die drei, und die rotgekleideten Offizianten erschienen und geleiteten Leberecht und Carvacchi durch das Labyrinth der vatikanischen Gänge zu jenem seitlichen Eingang, durch den sie gekommen waren. Die Dämmerung senkte sich über St. Peter, die ersten Feuer wurden vor dem Porticus entzündet. Leberecht atmete die kalte Winterluft und sagte zu Carvacchi: »Meister, was habt Ihr getan? Kein einziges Eurer Worte entspricht der Wahrheit!«

Carvacchi lachte höhnisch und zeigte mit dem Finger in die Richtung, aus der sie gekommen waren: »Hinter diesen Mauern ist die Unwahrheit zu Hause. Lüge, Wortbruch, Meineid, Hochstapelei, Zwietracht und Täuschung feiern Triumphe. Eine Kutte macht keinen Mönch, ein *Pallium* keinen Heiligen Vater. Über dem Grab des heiligen Petrus haben sich der Teufel und seine Spießgesellen breitgemacht.« Er spuckte in weitem Bogen in den Sand.

Eigentlich war Leberecht gar nicht verwundert über die freimütige Rede des Meisters, er kannte seine Einstellung zur Genüge. Vielmehr setzte ihn das hohe Ansehen in Erstaunen, das Carvacchi in den Reihen der Kurie zu genießen schien.

»Ansehen?« erwiderte Carvacchi auf Leberechts Frage. »Von Ansehen kann keine Rede sein. Die Pfaffen brauchen mich nötiger als die Messe das Geläute. Seit Pontifex Julius Anno Domini 1506 den Grundstein zu diesem gigantischen Unternehmen legte, haben sich acht Päpste der trügerischen Hoffnung hingegeben, St. Peter zu vollenden und ihrem Namen ein ewiges Denkmal zu setzen; aber allen waren nur ein paar Jahre vergönnt. Pius sieht sich seinem Ziel näher als alle Vorgänger. Er ist, was die Vollendung von St. Peter betrifft, gierig wie ein Hund. Vor allem Michelangelos Kuppel liegt ihm am Herzen. Ich glaube, er würde seine Seele verkaufen, könnte ich ihm den Anblick der vollendeten Kuppel versprechen.«

»Ihr kennt den Pontifex?«

»Nicht persönlich. Aber man kann ihn jeden Abend aus nächster Nähe betrachten.«

Leberecht sah den Meister mit ungläubigen Augen an.

Der bemerkte seinen Argwohn, faßte ihn am Ärmel und sagte: »Komm mit!«

Leberecht wollte sich zuerst losreißen, erklären, er habe vom Vatikan fürs erste die Nase voll; aber als er bemerkte, daß Carvacchi seine Schritte zum großen Platz vor St. Peter lenkte, folgte er ihm bereitwillig.

Auf dem Platz herrschte wie immer laute Betriebsamkeit. Staubwolken, verursacht durch Steinkolosse, die auf Rollen transportiert wurden, brachten die Augen zum Tränen. Kommandorufe hallten über den Platz, dazwischen das Gebell streunender Hunde, die nach Essensabfällen suchten, störrische Maultiere und Esel mit kreischendem Blöken, und Wagen und Karren, die über den löchrigen Boden gelenkt wurden.

»Da!« Carvacchi zeigte zum päpstlichen Palast zur Rechten.

Am zweiten Fenster im ersten Stockwerk hob sich ein glatzköpfiger Schädel vom dunklen Hintergrund ab. Starr wie eine Statue blickte der Alte in Richtung der unvollendeten Kuppel.

»So siehst du ihn jeden Abend. Er steht manchmal stundenlang. Was ihm wohl durch den Sinn geht?«

»Er betet.«

»Der Papst?«

Leberecht hob die Schultern.

Während sie gemeinsam den Weg zur Bauhütte zurückgingen, meinte Leberecht, der das unerwartete Erlebnis im Vatikan noch immer nicht verdaut hatte: »Wer waren diese drei unheimlichen Pfaffen?«

»Ich weiß es nicht«, erwiderte Carvacchi. »Bisher bin ich keinem von ihnen begegnet, und das ist auch nicht verwunderlich. Die Kurie hat für jeden und alles einen eigenen Würdenträger. Den Begriff darfst du allerdings nicht allzu wörtlich nehmen, denn es ist keineswegs so, daß diese Männer ihre Würde tragen, sie werden im Gegenteil *von* ihrer Würde getragen.«

»Wie soll ich das verstehen?«

»Nun ja, wer in der Kurie ein Amt anstrebt, hat nur selten Interesse an der Aufgabe, die ihn erwartet, sein Interesse gilt vielmehr den Vorteilen, die mit diesem Amt verbunden sind. Das gilt vom Offizianten bis zum Kardinal – und, wie die letzten Jahre gezeigt haben, bis zum *Pontifex maximus*.«

Bevor sie die Bauhütte betraten, hielt Leberecht den Meister zurück und stellte unvermittelt die Frage: »Übrigens, wer ist eigentlich Benedetto Accolti?«

»Accolti? Wie kommst du auf den?«

»Der zwergenhafte Monsignore meinte bei dem Verhör, ich steckte mit diesem Accolti unter einer Decke ...«

Da erhellte sich Carvacchis Miene, und seine dunklen Brauen beschrieben einen Halbmond. »Jetzt geht mir ein Licht auf! Sie hielten dich für einen Verschwörer aus der Umgebung des Benedetto Accolti!«

»Was wißt Ihr über ihn? Was ist das für ein geheimnisvoller Mann?«

»*War*, mein Sohn, *war*, er *war* ein geheimnisvoller Mann. Die Inquisition hat ihn heute auf dem Scheiterhaufen verbrannt.« Carvacchi verzog sein Gesicht zu einer Grimasse und schnupperte wie ein Hund in der Luft herum. »Am Mittag auf dem Campo de' Fiori, jenseits des Tibers.«

Die Worte des Meisters ließen Leberecht erschauern. Leise sagte er: »Verfolgt mich die Inquisition denn bis in den letzten Winkel der Erde?«

Carvacchi lachte. »Zum einen ist Rom gewiß nicht der letzte Winkel der Erde, andererseits mußt du die Aufregung innerhalb der Kurie verstehen. Accolti war ein religiöser Schwärmer und Fanatiker. Er ging über glühende Kohlen und nahm das zum Beweis, daß Gott in ihm wohne. Gott, so behauptete er, habe ihm aufgetragen, die katholische Kirche mit den Abtrünnigen wieder zu vereinen. Pius sei für diese Aufgabe nicht geeignet. Deshalb trachtete er ihm nach dem Leben; aber sein engster Vertrauter Antonio Canossa verpfiff ihn. Er wurde gefaßt und von der Inquisition zum Tod auf dem Scheiterhaufen verurteilt. Jetzt fürchten die Prälaten und Monsignori im Vatikan jedes unbekannte Gesicht. Das ist verständlich. Es ist lange her, daß ein Papst gemeuchelt wurde.«

Leberecht schwieg. Es fiel ihm schwer, den Worten Carvacchis Glauben zu schenken. Er mißtraute ihm, ob er die Wahrheit sprach, ob er ihn nicht nur beruhigen wollte. War seine Festnahme wirklich nur eine Verwechslung oder zog sich über seinem Kopf neues Unheil zusammen?

Michelangelo jedenfalls und sein titanisches Fresko in der Sixtinischen Kapelle hatten ihn in der Auffassung bestärkt, daß der Stern, der sich unaufhaltsam der Erde näherte, um in absehbarer Zeit alles Leben zu vernichten und der Schrift und ihren Prophezeiungen zuvorzukommen, mehr Mitwisser haben mußte, als er bisher angenommen hatte. Warum aber schwieg Messer Michelangelo? Weshalb bediente er sich jener verschlüsselten Szene, deren Sinn nur wenige verstanden? Vor allem aber beschäftigte Leberecht die Frage: Wie kam der Meister zu seinem Wissen?

Je länger er darüber nachdachte, desto mehr wurde ihm bewußt, daß er einen sicheren Aufbewahrungsort für das Buch des Kopernikus finden mußte. Das Versteck unter dem Dach seines Hauses bot keine Sicherheit. Zuerst dachte er daran, das Buch im Mauerwerk von St. Peter einzulassen, wo er gewiß sein konnte, daß niemand nach dem Buch suchte. Aber in Anbetracht der An- und Umbauten, die beinahe täglich die Erstellung neuer Detailpläne erforderlich machten, erschien es ratsam, nach einer besseren Lösung zu forschen, und dabei kam ihm der Zufall zu Hilfe.

Diomede Leoni, Schüler des großen Messer Michelangelo, war mit der Aufgabe betraut, jeden Tag zweimal den Weg von der Dombauhütte, vorbei an den Grotten, um die Sixtinische Kapelle herum, entlang dem Stradone ai Giardini zum Vatikanischen Geheimarchiv zu gehen, um die für den Tag benötigten Detailpläne abzuholen und diese abends auf demselben Wege zurückzubringen. Das entsprach dem Wunsch des Meisters, der in ständiger Angst lebte, irgendein Schurke unter den Kunsthandwerkern und Steinmetzen könnte seine Ideen, die er bis in alle Einzelheiten zu skizzieren pflegte und die den Umfang einer Wagenladung hatten, kopieren und an anderer Stelle zur Ausführung bringen. Deshalb brachte Leoni die jeweils benötigten Pläne jeden Abend in die *Riserva*[*] des Archivs zurück.

Es muß der Teufel gewesen sein, welcher Leberecht jenen Satz ins Gedächtnis zurückrief, den einst Frater Luitger in der Bibliothek der Benediktiner auf dem Michelsberg zu ihm gesagt hatte: »*Wo ist ein Buch wohl sicherer als unter anderen Büchern?*« Gewiß gab es keinen Ort auf der Welt, an dem die Häscher der Inquisition das Buch des Kopernikus weniger vermuten würden als im Vatikanischen Geheimarchiv.

Also sann Leberecht darüber nach, wie er das Buch, ohne Aufsehen zu erregen, in die *Sala degli Indici* schmuggeln könnte, wo das Planwerk des Meisters unter *Summarien, Indices* und *Buste*[**] lagerte, und es war wohl derselbe Teufel, der ihm mit dem folgenden Plan zu Rate stand. Unter einem wohl vorbereiteten Vorwand, er benötige für den Fortgang der Steinmetzarbeiten eine bestimmte Skizze noch einmal – eine Skizze, die es im übrigen gar nicht gab – suchte Leberecht zusammen mit Leoni das *Archivio Segreto* auf, um nach dem benötigten Plan zu forschen. Während Diomede Leoni, mit den Plänen des Meisters vertraut wie kein Zweiter, nach der gewünschten Skizze suchte, zog Leberecht das Kopernikus-Buch unter seinem Wams hervor und ließ es unbemerkt in einer *Buste* mit der Aufschrift »*De prebendis vacaturis*«[†] verschwinden, nicht ohne sich den denkwürdigen Titel und den Hinweis »Hadr. VI., anno 1« einzuprägen, der auf das erste Jahr des Pontifikats Hadrians VI., also das Jahr des Heils 1522, Bezug nahm.

[*] Geschlossene Abteilung (ital.)
[**] Ordner-Mappen (ital.)
[†] Über zu gewährende Freiheiten

Diomede Leoni reagierte gereizt, als er die gesuchte Zeichnung des Meisters nicht finden konnte, äußerte gar die Befürchtung, der Plan könnte gestohlen worden sein, so daß Leberecht all seine Überzeugungskraft aufbringen und sich entschuldigen mußte, er habe sich wohl geirrt. Danach begegnete Leoni ihm mit gewissem Mißtrauen. Doch von Leberecht war eine große Last genommen und er konnte Kraft sammeln für sein großes Vorhaben.

Martha, die von den Winkelzügen ihres Geliebten nichts mitbekommen hatte, hatte mit Carvacchis junger Frau Tullia Freundschaft geschlossen, was nicht ganz einfach war angesichts der Sprachschwierigkeiten der beiden und bisweilen zu Mißverständnissen führte. Tullia wußte natürlich von den komplizierten Verhältnissen des Paares, und Carvacchi hatte ihr auch erzählt, daß Marthas Sohn Christoph als Jesuit in Rom lebte und daß ihre Beziehung seit vielen Jahren getrübt war.

Es war Marthas innigster Wunsch, ihrem Sohn zu begegnen, und weil Leberecht Bedenken hegte, eine Begegnung der beiden könnte nur alte Wunden aufreißen und zu neuen Komplikationen führen, machten sich Martha und Tullia an einem verhangenen kalten Winternachmittag auf den Weg zur Piazza del Collegio Romano, wo der Jesuit in der Ordensschule als Mathematicus lehrte.

Im Gegensatz zu den anderen Orden lebten die Jesuiten nicht in klösterlichen Gemeinschaften, sondern mitten unter dem Volk. Marthas Sohn hauste in einem schmalbrüstigen Haus in der Viale San Giorgio, einer Seitenstraße der Piazza und einen Steinwurf vom *Collegio* entfernt. Seit der geistliche Herr zu ebener Erde eingezogen war, seien, so erzählten sich die Leute, die Fensterläden stets geschlossen, und sie wußten auch den Grund dafür zu nennen: In der Straße pflegte bisweilen eine gewisse Kurtisane zu flanieren, welche Paul IV. gewogen gewesen sei, ihr Gewerbe nach dessen Tod jedoch mit der Bemerkung an den Nagel gehängt habe, sie habe sich so an die Tiara gewöhnt, daß selbst der Kaiser keine Chancen habe mit seiner einfachen Krone. Und obwohl sie nicht mehr ganz jung an Jahren sei, seien ihr Gang und ihre Aufmachung durchaus geeignet, den frommen Sinn des Jesuiten zu verwirren, und einen verwirrten Eindruck mache dieser ohnehin.

Als sie den dunklen Eingang des Hauses betraten, hätte Martha am liebsten kehrtgemacht, so aufgeregt war sie, doch Tullia schob sie vor sich her und deutete auf eine schwarze Tür an der Seite. Martha klopfte zaghaft und dann, als sich nichts rührte, heftiger; schließlich drückte sie die Klinke nieder und öffnete die Tür.

In der Mitte des düsteren Raumes, in den von der Straße her kaum Licht fiel, saß ein Mann vor einem großen Tisch. Darauf stand ein großes Astrolabium, ein verwirrendes Gestell aus Eisenreifen, Kugeln und Skalen, das von einer Kerze gespenstisch beleuchtet wurde und zitternde Schatten an die Decke warf. Der Mann hatte seinen breiten Schädel in beide Hände gestützt und starrte in die Kerzenflamme, als erwarte er die Erleuchtung. Der Mann war – Martha erkannte ihn sofort – ihr Sohn Christoph.

Es dauerte lange, bis dieser den Blick hob und sich den beiden Frauen zuwandte. Und weil sie den Eindruck hatte, daß Christoph sie nicht erkannte, nahm Martha ihr langes Tuch vom Kopf und sagte leise: »Ich bin es, deine Mutter.«

Der Jesuit schien wie versteinert. Scheinbar regungslos blickte er in Marthas Richtung, aber er sah durch sie hindurch, als berührte ihn die Begegnung in keiner Weise, und er ergriff auch die Hand nicht, die ihm die Mutter fast ein wenig schüchtern entgegenstreckte.

Martha versuchte ein freundliches Lächeln aufzusetzen. »Du bist ein großer und gescheiter Mann geworden, mein Junge. Ich glaube, ich kann stolz auf dich sein ...«

Clavius reagierte nicht. Fast schien es, als hätte er die Worte seiner Mutter überhaupt nicht verstanden.

Deshalb änderte Martha den Tonfall ihrer Stimme, und mit einem Blick auf ihre Begleiterin sagte sie: »Das ist Tullia, Carvacchis Frau. Du kennst ihn vielleicht von früher. Er war Leberechts Lehrmeister, jetzt machte er ihn zum Vorarbeiter aller Steinmetze beim Bau von St. Peter ...«

Kaum hatte Martha den Namen Leberechts erwähnt, da sprang Christoph auf, daß der Stuhl in die hintere Ecke des Zimmers flog, wo ein heruntergekommenes Kastenbett stand, das einzige Mobiliar in dem Raum, wenn man von einem grob gezimmerten Regal mit Büchern und Schriften absah. Er funkelte sie zornig an, während er die Unterlippe nach vorne schob, wie ein Schauspieler, der bemüht ist, eine Gefühlsregung so deutlich wie möglich zu zeigen. Die kleine, gedrungene Gestalt des Gelehrten in seinem schwarzen Talar und seine sprungbereite Haltung wirkten so bedrohlich, daß Tullia Marthas Hand suchte und festhielt.

Diese ließ sich von der Drohgebärde ihres Sohnes nicht einschüchtern. »Ich bin zusammen mit Leberecht geflohen«, erklärte sie. »Wir mußten es tun. Die Inquisition war hinter uns her. Und was meine Gefühle zu Leberecht betrifft, so hat sich daran nichts geändert. Ich liebe ihn, und er liebt mich.«

Da hob Clavius den Arm wie ein Prophet des Alten Testaments, wies zur Tür und rief mit gepreßter Stimme: »Hinaus, teuflische Hure, *persona non grata!*«*

Eingedenk ihrer letzten Auseinandersetzung hatte Martha keine andere Reaktion erwartet. Obwohl sie innerlich bebte, blieb sie scheinbar ruhig. »Und wie würdest du das Verhalten deines Vaters bezeichnen, mein gottgefälliger Sohn?«

»Nennt mich nicht Sohn!« gab Christoph zurück. »Ich habe keine Mutter mehr. Meine Mutter ist tot, tot, tot, erstickt an der Sünde der Fleischeslust. *Nullum est iam dictum, quod non dictum sit prius.*«**

Martha verstand die lateinischen Worte ihres Sohnes nicht, doch sie ahnte, was er ausdrücken wollte, und in ihr stieg hilflose Wut auf: »Du gehst mit deiner eigenen Mutter strenger um als mit den Herren der Kirche, die sich aufführen wie die

* unerwünschte Person
** Es gibt nichts mehr zu sagen, was nicht früher schon gesagt wäre.

Schweine. Aber deiner Mutter willst du den Umgang mit dem Mann verbieten, den sie liebt. Gewiß, mein Sohn, das Leben geht seltsame Wege; aber du wirst dein Leben nicht dadurch meistern, daß du die Fensterläden verschließt und mit einer Kerzenflamme Zwiesprache hältst.«

»*Loquax loquacitas!*«* rief der Jesuit. Die lateinischen Worte gaben ihm offensichtlich das Gefühl, seiner Mutter überlegen zu sein, ohne ihr antworten zu müssen.

Die aber schleuderte ihm ins Gesicht: »Ist es nicht jämmerlich, wenn du dich in eine verkommene Studierstube flüchtest und alles verurteilst, was deine jesuitischen Bücher verurteilen? Tu, was du willst; aber laß auch mich das tun, was ich für richtig halte. Wenn du glaubst, du müßtest mich als Ehebrecherin auf den Scheiterhaufen bringen, dann zeige mich bei der Inquisition an. Man weiß ja, wie unnachsichtig diese Herren ihrer Aufgabe nachkommen. Leb wohl, mein Sohn!«

Martha hüllte sich in ihr Kopftuch ein. Im Gehen bemerkte sie das Gewirr von Zahlen und mathematischen Zeichen an der Wand, darunter, mehrfach umrandet, die Zahl 1582.

Lange Zeit verschwieg Martha die unerfreuliche Begegnung mit ihrem Sohn. Sie wollte Leberecht nicht noch mehr beunruhigen, denn sie spürte, daß ihn etwas beschäftigte, das ihn nicht losließ. Zu fragen wagte sie nicht, weil sie ahnte, daß Leberecht ihr nicht die volle Wahrheit sagen würde. Also zog sie es vor zu schweigen, bis dieser von sich aus mit der Sprache herausrückte.

Die Unruhe, die Leberecht seit der Begegnung mit Michelangelos Jüngstem Gericht umtrieb, hielt ihn gefangen. Gewiß, er konnte es nicht beweisen, aber daß der in dem Fresko verschlüsselte Hinweis dem Buch des Kopernikus galt, daran gab es für ihn keinen Zweifel mehr. Wie er mit Hilfe Diomede Leonis in Erfahrung gebracht hatte, war der Meister beinahe acht Jahre mit dem Gemälde beschäftigt gewesen. Den letzten Pin-

* Redseliges Geschwätz!

selstrich hatte er gegen Ende des Jahres 1541 getan, ein Jahr nach dem Erscheinen von Kopernikus' *De astro minante*. Leberecht wollte, er *mußte* mit Messer Michelangelo reden, er mußte ihm sagen, daß sich dieses Buch in seinem Besitz befand, und ihn fragen, wie er sich verhalten sollte.

Beinahe täglich erkundigte sich Leberecht bei Leoni nach dem Gesundheitszustand des Meisters. Die Nachrichten verschlechterten sich immer mehr. Zwar sei er, so hieß es, vor drei Jahren schon einmal mitten in der Arbeit ohnmächtig geworden, nun häuften sich jedoch diese Ausfälle, und wenn er das Bewußtsein wiedererlange, rede er wirr und orientierungslos. Bei klarem Verstand beschäftigten ihn nur noch zwei Dinge: die Kuppel von St. Peter und der Tod. Was die Kuppel betraf, so habe er ihm und Volterra, seinem zweiten Lieblingsschüler, den heiligen Eid abgenommen, ihre Fertigstellung zu überwachen und nicht die geringste Änderung seiner Pläne zuzulassen. Im Hinblick auf sein Ableben ließ er wissen, es sei ihm gleich, wo man ihn begraben würde; nach seinem Tod sei sowieso alles aus.

Bereits an Lichtmeß hatte Leberecht einmal den Weg zum Macello dei Corvi genommen, wo sich das Haus Michelangelos befand, ein alter Gebäudekomplex inmitten noch älterer Häuser mit einem wuchtigen Turm in der Mitte und Anbauten zu beiden Seiten sowie einem dichten Garten mit Lorbeerbäumen. Keine vornehme Gegend mit wenig vornehmen Menschen, welche sich, wie der Meister einmal beklagte, mit Vorliebe die Freiheit nähmen, vor seine Haustür zu scheißen. Am Haus angelangt, hatte Leberecht jedoch der Mut verlassen, und er war unverrichteter Dinge nach Hause zurückgekehrt.

Mitte Februar berichtete Diomede Leoni, Messer Michelangelo habe wieder einmal wirres Zeug geredet, seinen Spazierstock gefordert, er müsse auf eine lange Reise gehen, und dann habe er Diomede ganz nahe zu sich herangewinkt und ihm zugeflüstert, er solle, so es irgendwie möglich sei, für kurze Zeit den Lauf der Erde anhalten.

Als Leberecht das hörte, ließ er seine Arbeit liegen und hastete, während er sich die passenden Worte für den Meister zurechtlegte, zum Macello dei Corvi. Er wählte eine Abkürzung, verlief sich und als er beim Abendläuten, von der Via Benedetti kommend, sein Ziel erreichte, hatte sich eine große Menschenmenge versammelt. Zu beiden Seiten des Eingangs brannten Fackeln. Frauen knieten auf den Stufen und weinten, und in kürzester Zeit füllte sich der Platz mit Menschen, daß es kaum ein Durchkommen gab.

Unter großer Anstrengung gelang es Leberecht, sich zum Hauseingang vorzudrängen. Da trat ein großer, bärtiger Mann in einem langen schwarzen Mantel und einem dreieckigen Barett, das ihn als Medicus auswies, heraus, heftete ein handgeschriebenes Papier an die Tür und verschwand. Leberecht las die wohlformulierten Zeilen in der geschwungenen Schrift eines Florentiners:

Heute abend verschied zu einem besseren Leben
der ausgezeichnete, wahrhaftig ein Wunder der Natur,

Messer Michelangelo Buonarroti,

im neunzigsten Jahr seines irdischen Daseins,
und da ich ihn mit anderen Doctores, darunter dem hervorragenden Medicus Federigo Donati, behandelt habe
und seine seltenen Tugenden zu schätzen wußte, tue ich seinen
Letzten Willen kund, ihn in Florenz zu bestatten, wo die
Gebeine des größten Mannes, den die Welt hervorgebracht hat,
auf ewig ruhen sollen.
Rom, den 18. Februar, im Jahre des Heils 1564
Gherardo Fidelissimi aus Pistoja
durch Ew. Exzellenz, des Herzogs von Florenz,
Gnade und Liberalitas Doktor der Medizin.

Die Buchstaben verschwammen vor Leberechts Augen. Einen Augenblick kam es ihm vor, als stünde die Erde wahrhaftig still. Aus den oberen Fenstern des quadratischen Turmes drang matter Lichtschein. Klageweiber, die sich von der Straße näherten, die er gekommen war, stießen jammervolle Schreie aus, und immer mehr Menschen stimmten in den Klagegesang ein. Schließlich wurde das Gedränge vor dem Macello dei Corvi so groß, daß Leberecht es vorzog, das Weite zu suchen.

Seit dem Tod seines Vaters Adam, den er geliebt und verehrt hatte, war ihm kein Tod so nahegegangen. Obwohl Leberecht mit Michelangelo nie ein Wort gewechselt hatte, war der Florentiner für ihn ein Idol gewesen, fast so etwas wie ein geistiger Vater, und er fand die Worte des Doktors Fidelissimi nicht übertrieben, Michelangelo sei der größte Mann gewesen, den die Welt hervorgebracht hat. Jetzt machte er sich Vorwürfe, warum er nicht eher den Versuch unternommen hatte, mit dem Meister ins Gespräch zu kommen.

Voll Trauer kehrte Leberecht nach Hause zurück. Dort fand er die zweite Überraschung dieses ereignisreichen Tages vor, diesmal jedoch eine angenehmere: Frater Luitger, der auf der Rückreise von Montecassino in Rom Station machte.

Obwohl ihm nicht zum Scherzen zumute war, konnte Leberecht sich nicht die Frage verkneifen: »Nun, Frater Luitger, habt Ihr Eure heilige Vorhaut abgeliefert?«

Luitger hob den Finger: »Er möge dem Reliquienwesen der heiligen Mutter Kirche mit mehr Ernst begegnen. Im anderen Fall drohen hohe Kirchenstrafen!«

»Jawohl, Herr Großinquisitor!«

Die beiden umarmten sich, und Leberecht berichtete vom Tod des großen Michelangelo, was den Benediktiner jedoch nicht sonderlich anzurühren schien.

Martha trug Wein auf, und Luitger erzählte von seinen Erlebnissen im Kloster Montecassino, das von so unvorstellbarer Größe sei, daß man Gefahr laufe, sich wie ein Beerensammler im Wald zu verlaufen. In der Tat wisse niemand, nicht einmal der Abt, zu sagen, wie viele Zellen, Zimmer und Säle die Abtei in ihren Mauern berge, denn jeder Zählversuch habe bisher ein unterschiedliches Ergebnis erbracht. Und während der Mönch gewohnt heftig dem Wein zusprach, berichtete er in allen Einzelheiten, wie die linke kleine Zehe des in einem Glasschrein bestatteten heiligen Benedikt exzidiert, in Gold gefaßt und an Stelle der Vorhaut unseres Herrn Jesus in seine Kutte eingenäht worden war.

Martha blickte verschreckt auf den Habit des Benediktiners, während Leberecht mit seinen Gedanken ganz woanders war. Luitger kannte Leberecht viel zu gut, als daß er die Geistesabwesenheit seines Freundes nicht bemerkt hätte.

»Dir geht der Tod des Messer Michelangelo ziemlich nahe?«

Leberecht nickte. »Es ist nicht sein Tod allein, der mich bewegt. Ich möchte nicht darüber sprechen.«

Martha verstand die Bemerkung, und unter einem Vorwand verließ sie den Raum.

Eine Weile saßen sich der Mönch und sein Schüler schweigend gegenüber. Einer musterte den anderen, bis Leberecht endlich begann: »Ihr wißt von der Entdeckung des Nikolaus Kopernikus, die er in dem Buch *De astro minante* verbreitet hat.«

»Gewiß. Und die Zeit rückt immer näher.« Luitger schlug ein Kreuzzeichen. »Manchmal frage ich mich, ob das Erdenleben überhaupt noch einen Sinn hat.«

»Ihr redet genau so, wie man es in der Kurie befürchtet, wenn Kopernikus' Forschungsergebnisse bekannt würden.«

»Ist das ein Wunder? Wenn ich der Kirche, der Kurie und dem Papst nicht mehr glauben kann – nun gut, es sind Menschen. Aber wenn ich der Schrift nicht mehr glauben kann, woran soll sich ein frommer Christ dann überhaupt noch halten? Nur gut, daß kaum jemand davon weiß.«

»Das dachte ich auch bis vor wenigen Tagen, doch dann machte ich eine unheimliche Entdeckung, die mich vermuten läßt, daß das Wissen um das nahe Ende der Welt unter Eingeweihten weit verbreitet ist.«

»Unmöglich. Ein paar Benediktinern, einer Handvoll Astronomen mag das Geheimnis bekannt sein. *Sapienti sat.** Aber berichte!«

* Für den Kundigen [ist] genug [gesagt]. (nach Plautus)

Leberecht nahm einen tiefen Schluck, als wolle er sich Mut antrinken. Er beugte sich zu Luitger vor, der ihm neugierig gegenübersaß, und fragte leise: »Sagt mir ehrlich, würdet Ihr für möglich halten, daß Michelangelo Buonarroti, Gott sei seiner Seele gnädig, von der Prophezeiung gewußt hat?«

»Michelangelo? Soweit mir bekannt ist, war er ein Bildhauer, Maler, Baumeister und Dichter. Er hat sich weder als Astronom noch als Theologe betätigt. Wie sollte er von solchen Dingen Ahnung haben?«

Die abfälligen Worte seines Lehrmeisters, aus denen hervorging, daß er Michelangelos Wirken nicht gerade hoch einschätzte, machten Leberecht zornig und er ereiferte sich: »Da unterschätzt Ihr den Meister gewaltig, Frater Luitger. Michelangelo war nicht irgendein Künstler, der irgendwelche Bilder malte, irgendwelche Statuen schuf, irgendwelche Kirchen baute und irgendwelche Gedichte schrieb, er war von allen der Größte. Er malte wie Leonardo, schuf Statuen, die eines Phidias würdig sind, baute Kirchen wie der unsterbliche Brunelleschi, und seine Gedichte sind denen Dantes ebenbürtig. Glaubt Ihr, einer wie er wäre nicht in der Lage, sich der Nachwelt mitzuteilen?«

»Mein Freund, du sprichst in Rätseln.«

»Dann will ich deutlich werden. Seit geraumer Zeit, seit ich am Dombau von St. Peter tätig bin und einmal aus der Ferne Michelangelo sah, trieben mich wirre Gedanken an einen Ort, der dem einfachen Christenmenschen gewöhnlich verschlossen bleibt. Es ist jene Kapelle, die von Papst Sixtus ihren Namen hat und die der Bezeichnung Kapelle in keiner Weise gerecht wird, weil sie manche Pfarrkirche nördlich der Alpen an Größe weit übertrifft. Um genau zu sein, war es nicht die Kapelle an sich, die mich so magisch anzog wie die Sünde den Teufel, sondern das große Fresko des Messer Michelangelo, das Jüngste Gericht. Ich ruhte nicht eher, bis ich mit Hilfe Carvacchis und eines befreundeten Kardinals, der sich später eher als hinderlich herausstellte, in das geheimnisvolle Reich Einlaß fand.«

»Geheimnisvoll? Was ist geheimnisvoll an dieser Kirche? Ich meine, wenn du willst, birgt jede Kirche ein Geheimnis, und sei es die Reliquie eines Heiligen unter dem Altarstein.«

»Das ist wohl wahr, Frater Luitger; doch das Jüngste Gericht enthält eine Botschaft, unkenntlich für den oberflächlichen Betrachter, verborgen in der Melancholie stumpfer Farben. Ich bin sicher, bisher fand kein *Pontifex maximus* Zugang zu dieser Botschaft, sonst hätten sie den Meister längst gezwungen, den Hinweis zu übermalen.«

»Und in welche Allegorie hat Michelangelo das *Astrum minax* gekleidet?«

»Der Meister stattete die Posaunenengel, die zum Jüngsten Gericht blasen, mit *zwei* Büchern aus. Das eine ist zweifellos die Heilige Schrift, in der von der Erschaffung der Erde die Rede ist, was aber steht in dem zweiten Buch?«

Luitger nickte mit dem Kopf, und richtete den Blick zur Decke, wie er es zu tun pflegte, wenn er nachdachte. Doch Leberecht kam ihm in seiner Erregung zuvor: »In dem zweiten Buch muß das Ende der Welt beschrieben sein, wie es Kopernikus erforscht hat. Hätte er der Heiligen Schrift geglaubt, dann hätte er nur *ein* Buch gemalt; denn die Bibel beschreibt Anfang und Ende dieser Welt in einem einzigen Buch.«

»Aber mit welcher Absicht«, fragte Luitger, »sollte Michelangelo in seinem Fresko dergleichen verewigt haben?«

»Der Meister war nicht gerade ein Freund der Päpste, von denen neun ihn gequält und geknechtet haben.«

»*De mortuis nil nisi bene!*«*

»Ich spreche nicht schlecht über Michelangelo!«

»Und ich rede von den Päpsten!«

Leberecht machte eine abfällige Handbewegung, als wollte er sagen: Hör mir auf mit den Päpsten!

Frater Luitger fuhr schließlich fort: »Wie dem auch sei und was immer Michelangelo gewußt haben mag, er hat sein Geheimnis mit ins Grab genommen.«

* Über Tote [soll man] nur Gutes [sagen]!

Leberecht stützte den Kopf in beide Hände, dann antwortete er im Ton völliger Verzweiflung: »Glaubt mir, ich habe mir den Kopf zermartert, ich leide Höllenqualen, seit ich das apokalyptische Wissen des Meisters kenne.«

»Aber du wußtest doch schon vorher von dem *Astrum minax!*«

»Ja, gewiß. Aber ich dachte wie Ihr; ich ging davon aus, ich sei einer der wenigen auf dieser Erde, die davon Kenntnis hatten. Das hätte mir ungeheuere Macht und Möglichkeiten verliehen – wenn Ihr versteht, was ich meine.«

»Tut mir leid, ich kann dir nicht folgen.«

Leberecht erhob sich umständlich, ging um den Tisch herum und nahm auf dem Stuhl neben dem Benediktiner Platz. Dann sah er ihn mit festem Blick an und sagte: »Frater Luitger, ich habe Euch nicht die volle Wahrheit gesagt, als ich meine Absicht bekanntgab, Euch nach Rom zu begleiten. Ich mußte mit Martha vor den Schergen des Fürstbischofs fliehen, gewiß, aber darüber hinaus verfolgte ich noch ein anderes Ziel ...«

Frater Luitger lauschte Leberechts Rede mit großer Neugierde; er sah das zornige Funkeln in seinen Augen und ahnte nichts Gutes.

»Ich will«, fuhr Leberecht fort, »daß das Heilige Offizium das Ketzerurteil gegen meinen Vater Adam revidiert; daß ihm postum die Ehre zuteil wird, die seinem Andenken gebührt, versteht Ihr?« Seine Stimme klang schrill in der plötzlichen Stille.

Mein Gott, Leberecht, wollte Luitger erwidern, dein Vater ist seit zehn Jahren tot, und beim Heiligen Offizium hat man den Namen Adam Hamann noch nie gehört! Aber der Mönch hielt sich zurück; er sah, daß Leberecht von seiner Idee besessen war und daß er um die Ehre seines Vaters kämpfen würde. Aber er kannte auch die Unnachsichtigkeit der päpstlichen Inquisition, welche noch nie in dreihundert Jahren ein Urteil revidiert hatte, und er antwortete: »Ich verstehe dich ja, mein Sohn. Ich weiß, die Inquisition hat deinem Vater übel mitgespielt; aber glaube mir, eher wird der Papst protestantisch, als daß vom Heiligen Offizium ein Ketzerurteil aufgehoben wird.«

Leberecht war aufgestanden; er wirkte verstört und wütend wie ein Kind, das die Welt nicht versteht, und begann nun, mit verschränkten Armen hinter Luitger auf und ab zu gehen. Der Mönch kannte Leberecht als besonnenen und hochbegabten Menschen, doch wie er Leberecht jetzt reden hörte und wenn er seine Mimik beobachtete, dann mußte er sich fragen, welcher Wandel in seinem Schützling von einst vorgegangen war. Oder sollte er sich von Anfang an in Leberechts Charakter getäuscht haben, ja, verbarg sich hinter dem edlen Geist, für den er ihn bisher gehalten hatte, etwa ein teuflischer Sektierer und Weltverbesserer?

Plötzlich, als habe er einen quälenden Entschluß gefaßt, trat Leberecht vor Luitger hin. »Ihr haltet mich vielleicht für einen Verblendeten. Das macht mir nichts aus, obwohl mir gerade Eure Zustimmung am Herzen läge. Jedenfalls werde ich die Kurie zwingen, das Inquisitionsverfahren gegen meinen Vater Adam neu aufzurollen.«

»Und wie willst du das anstellen?« Luitger hatte Mühe, die Fassung zu wahren.

»Nun, dem Fürstbischof war das geheime Buch des Kopernikus immerhin so viel wert, daß er über seinen eigenen Schatten sprang und die Asche meines Vaters Adam bestatten und ihm ein – wenn auch anonymes – Grabmal errichten ließ. Er handelte im Auftrag der Kurie – erfolglos, wie sich wohl inzwischen herumgesprochen hat. Denn einmal im Besitz dieses Buches, hätten Fürstbischof und Kurie all ihre Versprechen vergessen, und ich hätte nichts erreicht.«

»Leberecht, was hast du vor?« Frater Luitger wurde unruhig.

»Nun ja, wenn Ihr hört, daß ein harmloser Komet am Himmel, der alle hundert Jahre wiederkehrt, die Kurie ins Wanken bringt, nur weil er einen leuchtenden Sternenschweif hinter sich herzieht, daß er Papst und Kardinäle veranlaßt, in Endzeitstimmung zu leben, zu fressen, zu saufen und zu huren, weil jeder Tag der letzte sein könnte, dann wißt Ihr auch, welche Macht in dem Kopernikus-Buch steckt, in welchem der Meister aufs Haar genau vorrechnet, wann das *Astrum minax* mit der Erde zusammenstößt.«

»Da gebe ich dir durchaus recht, doch die Herren Kurienkardinäle und Inquisitoren werden dich nicht ernst nehmen und dich einsperren. Du hast keine Beweise für den Fluch des Kopernikus. Der einzige Beweis liegt in der Bibliothek auf dem Michelsberg.«

Da entstand eine endlos lange Pause, und Luitger glaubte schon, er habe Leberecht endlich mit seinen Worten überzeugt; doch als er den jungen Mann ansah, da verwandelte sich dessen wohlgestaltetes Gesicht mit einem Mal, in Sekunden, zu einer grinsenden Fratze, und seine Augen flackerten unruhig und gefährlich wie das höllische Feuer und er rief triumphierend: »Das glaubt Ihr, Frater Luitger, und Euer Abt und der Fürstbischof, der Inquisitor und die Rotröcke der Kurie. In Wahrheit befindet sich die Schrift des Kopernikus hier in Rom. Ich, Leberecht Hamann, Sohn des verewigten Adam Friedrich Hamann, dem die heilige Mutter Kirche die letzte Ehre verweigert und das fromme Andenken geraubt hat, habe sie hierher gebracht!« Dabei tanzte er wie ein wildgewordener Faun von einem Bein auf das andere.

Luitger traf diese Eröffnung wie ein Keulenschlag. »Das ist nicht wahr«, stammelte er, »das glaube ich nicht; denn das würde bedeuten, daß du das Buch während unserer gemeinsamen Reise im Gepäck hattest, und ich habe dir sogar noch geholfen, es über alle Landesgrenzen zu bringen.«

»Dafür danke ich Euch!« krähte Leberecht, und wie der Wind war er aus dem Salon entwischt und im Haus verschwunden.

Luitger glaubte, er würde mit dem geheimnisvollen Buch zurückkehren, aber als Leberecht erschien, trug er den Benediktinerhabit in Händen, der ihm bei seiner Flucht so nützlich gewesen war. »Sagt dem Abt meinen Dank. Als Mönch reist man eben doch sicherer.«

Inzwischen hatte der Benediktiner seine Fassung zurückgewonnen, und er herrschte Leberecht an: »Wo hast du das Buch versteckt?«

Leberecht grinste: »Dort, wo es nicht einmal die allwissenden Herren der Kurie vermuten.«

»Du hast mein Vertrauen mißbraucht«, sagte der Frater leise. »Das hätte ich nicht von dir gedacht. Jetzt wird man mich zuallererst verdächtigen.«

»Niemand wird Euch verdächtigen«, erwiderte Leberecht. »Dazu gibt es überhaupt keinen Grund. Ich bin sicher, auf dem Michelsberg hat man den Verlust des Buches noch gar nicht bemerkt.«

Frater Luitger wußte, daß es sinnlos sein würde, Leberecht zur Rückgabe des Buches zu bewegen. Was sollte er tun? Er nahm die Ordenstracht und machte Anstalten, sich zu erheben. Er wollte die Nacht im Kloster auf dem Aventin verbringen und morgen nach einer Fahrgelegenheit in die Republik Siena oder das Herzogtum Florenz Ausschau halten.

»Und was hast du jetzt vor?« fragte er, schon im Gehen begriffen.

Leberecht gab keine Antwort.

Martha trat hinzu, um sich zu verabschieden. Sie reichte Luitger beide Hände und drückte ihm dabei einen Beutel mit Geld in die Hand.

Ein letzter Blick zu Leberecht, dann warf Frater Luitger den Beutel auf den Boden und verschwand in der Dunkelheit.

KAPITEL X

Mord und Verführung

Luitgers feindseliger Abschied hinterließ bei Leberecht eine tiefere Wunde, als es zunächst den Anschein hatte. Schließlich verdankte er dem Benediktiner viel, einen großen Teil seiner Bildung und letztendlich die gelungene Flucht zusammen mit Martha. Deshalb suchte Leberecht am nächsten Morgen den Weg zum Kloster der Benediktiner auf dem Aventin. Er wollte sich mit Luitger aussöhnen, auch wenn er nicht bereit war, das Versteck des Kopernikus-Buches zu verraten. Von der Tiberinsel flußabwärts gelangte Leberecht vorbei an Santa Sabina und Santa Maria in Aventino zum Eingang des Klosters, wo ein bärtiger Frater Wache hielt.

Seinem Wunsch, Frater Luitger zu sprechen, so er sich noch in den Mauern des Klosters aufhalte, begegnete der Pförtner schweigend, dann erschien er in der Tür, und mit einer Bewegung des Kopfes forderte er Leberecht auf, ihm zu folgen. Ohne auch nur ein Wort zu wechseln, durchquerten sie den Kreuzgang bis zu einer abseits gelegenen Tür. Leberecht trat ein.

Das Bild, das sich ihm bot, war geeignet, ihm den Verstand zu rauben. Zwei Mönche beteten, eingerahmt von hohen brennenden Kerzen, vor einem Bett. Auf dem Bett lag Luitger mit eingeschlagenem Schädel.

»Mein Gott!« flüsterte Leberecht und preßte beide Hände vor den Mund. »Was ist geschehen?«

Während der eine Benediktiner unbeeindruckt von Leberechts Frage die Lippen im Gebet bewegte, wandte sich der andere dem unerwarteten Besucher zu und fragte: »Wer seid Ihr, und was habt Ihr mit unserem Bruder zu schaffen?«

Leberecht erklärte, daß er mit Luitger zusammen nach Rom gereist sei und daß sie eine jahrelange Freundschaft verbinde, seit der Mönch ihn in den alten Sprachen und der griechischen Philosophie unterrichtet habe. »Was ist geschehen?« wiederholte Leberecht eindringlicher als zuvor.

Der Benediktiner, der sich als Abt Cosmas zu erkennen gab, ging nicht auf die Frage ein. Er trat zu einem Stuhl an der kahlen Seitenwand, auf dem eine blutverschmierte Rechenscheibe aus Messing lag. Das kreisrunde Gebilde war aus mehreren konzentrischen Kreisen zusammengesetzt und mit einem Gewirr aus Ziffern und Sternzeichen wie ein Astrolabium. Der Abt gab ihm die blutige Scheibe in die Hand. »Kennt Ihr die Bedeutung dieser Gerätschaft?«

Leberecht hielt das wissenschaftliche Instrument mit spitzen Fingern. Sternzeichen, Mondphasen und Sonnensymbole ließen keine Zweifel an seiner Verwendung. »Ja, natürlich«, erwiderte Leberecht, »mit Hilfe dieser Scheibe kann man den Lauf der Gestirne berechnen. Aber Ihr habt meine Frage noch nicht beantwortet.«

Abt Cosmas nahm ihm die Scheibe aus der Hand, dann erwiderte er ohne Rührung: »Die sterbliche Hülle unseres Konfraters wurde heute morgen in der Via Sabina nahe dem Eingang zum Kloster gefunden. Frater Luitger fiel einem Verbrechen zum Opfer. Er hielt im Tode diese Scheibe umklammert. Und was uns ein weiteres Rätsel aufgibt: Neben ihm lag eine Benediktinerkutte, viel zu eng und zu lang für seine eigenen Bedürfnisse.«

Was die Kutte betraf, so kannte Leberecht die Herkunft sehr wohl, doch er hielt es für angebracht zu schweigen. Das Astrolabium hingegen war auch für ihn ein Rätsel.

»Wir alle sind Sünder«, bemerkte Abt Cosmas unvermittelt. »Gott sei seiner armen Seele gnädig.«

Mit gefalteten Händen dachte Leberecht nach, was der Abt wohl meinte; doch er war zu verwirrt, um einen klaren Gedanken zu fassen. Das einzige, was ihm in den Sinn kam – und das wirkte, bei allem Ernst der Situation, in gewisser Weise komisch –, war die kleine Zehe des heiligen Benedikt, die Luitger eingenäht unter seiner Albe trug. Das Geschäft mit Reliquien war eines der einträglichsten der Zeit. Deshalb erkundigte er sich, ob in der Ordenstracht des toten Fraters Luitger nach der aus Montecassino stammenden Reliquie des heiligen Benedikt gesucht worden sei.

Das versetzte den Abt, der offenbar von Luitgers Mission keine Ahnung hatte, in sichtliche Unruhe, und er machte sich in ungehöriger Weise an den Beinkleidern des Konfraters zu schaffen, bis er in Kniehöhe fündig wurde und rief: »Hier ist etwas, ich fühle es ganz deutlich.« Unter Zuhilfenahme seiner grauschimmernden Zähne zerriß er eine Naht und zog ein goldenes Döschen hervor, das Leberecht nicht unbekannt war, weil es bereits dem allheiligsten Praeputium als Behältnis gedient hatte.

Weit mehr als das Ableben des Bruders schien den Abt auf einmal die unverhoffte Erscheinung der kleinen Zehe des Ordensgründers zu bewegen, und auch der betende Konfrater unterbrach seine Andacht, machte einen Kniefall vor dem Reliquiar und neigte den Kopf so tief, daß er beinahe den Boden berührte und wisperte immer wieder: »*Sancte Benedicte, ora pro nobis!*«*

Währenddessen hielt Leberecht den Blick auf den eingeschlagenen Schädel Luitgers gerichtet. Er fühlte sich elend, und es war ihm ein Bedürfnis zu weinen; er hatte einen Freund verloren, wenn auch ihre Freundschaft eine zweispältige war. Doch Leberecht fand keine Tränen.

Abt Cosmas tat aufgeregt wie der Apostel, dem der Herr

* Heiliger Benedikt, bitte für uns!

erschienen war, und verkündete, zum *Angelus* würde das Reliquiar in der Klosterkirche zur Anbetung ausgesetzt – so drückte er sich aus. Leberechts Frage, ob er das blutverschmierte Astrolabium an sich nehmen dürfe, maß er keine Bedeutung zu, und er bejahte.

Im Laufschritt legte Leberecht den Weg zurück, den er gekommen war. Die Häuser verschwammen vor seinen Augen; denn nun weinte er hemmungslos wie ein Kind. Er machte sich Vorwürfe, daß er sich von Luitger im Streit getrennt, daß er ihn nicht bis zum Morgen zurückgehalten hatte. In der Dunkelheit wimmelte es in Rom von Strauchdieben und Totschlägern, und der Müllabfuhr kam es zu, an jedem Morgen die Leichen einzusammeln, welche die Nacht auf den Straßen zurückgelassen hatte.

Leberechts erster Gedanke war, Albani um Rat zu fragen, doch der Professore hatte sein Haus in der Via Giulia bereits verlassen. Von Francesca erfuhr er, daß er sich zur Sapienza begeben habe. Also folgte ihm Leberecht zur Universität, einem wuchtigen Bauklotz mit endlosen Korridoren, die wie alle Gänge, in denen das Wissen zu Hause ist, einen schneidenden Geruch verströmten.

Wie es einem Astronomen und Sterndeuter zukam, lag Albanis Laboratorium im obersten Stockwerk unter dem Dach. Breite Fenster wiesen nach Norden. Die Ausmaße des Raumes waren nicht gering, doch hunderterlei Gerätschaften, Sternbahnenmodelle, Karten, Tabellen und ein mannshoher Himmelsglobus in der Mitte gaukelten eine Beengtheit vor, die nur noch von der beklemmenden Atmosphäre übertroffen wurde, welche in diesem geheimnisvollen Reich der Sterne herrschte.

Die Gelehrten der Naturwissenschaften, der Rechenkunst und Medizin – von der Theologie ganz zu schweigen – verfolgten Albanis Himmelstheater unter dem Dach mit Argwohn, ja mit Sorge, und nur seine Drohung, den Kalender der nächsten zehn Jahre so zu berechnen, daß Christi und Mariä Himmelfahrt auf denselben Tag fielen, hatte ihn unter Paul IV. vor der Inquisition bewahrt.

Als Leberecht die Tür öffnete, mußten sich seine Augen zuerst an das gelehrte Chaos gewöhnen, das – wie Albani zu sagen pflegte – ein Abbild jener komplexen Ordnung darstellte, die im Weltall herrschte und auf wundersame Weise den Lauf der Gestirne steuerte. Dann erkannte er hinter einem Stehpult den Professore.

»Was kann ich für Euch tun?« fragte dieser verwundert, als er Leberecht wahrnahm.

Leberecht hielt Albani das blutige Astrolabium entgegen. Der erschrak. »Wo habt Ihr das her?«

»Frater Luitger ist tot«, sagte Leberecht, ohne auf die Frage des Professore einzugehen.

»Luitger, unser Reisebegleiter? Ich kann es nicht glauben.«

Da berichtete Leberecht von den Geschehnissen auf dem Aventin und daß Luitger im Tod dieses Astrolabium umklammert gehalten habe.

Albani wischte sich mit der Hand über die Stirn. »Beim gespaltenen Schwanz des Teufels, was hatte Frater Luitger damit zu tun?«

»Womit zu tun? Ich verstehe Euch nicht, Professore.«

Albani faßte Leberecht am Arm und drängte ihn nach hinten, in eine Nische des Laboratoriums. Erst jetzt bemerkte dieser, daß sie in dem Chaos nicht allein waren, sondern daß ein halbes Dutzend emsiger Studiosi an verschiedenen Objekten und Tafeln beschäftigt war.

»Hört zu«, begann Albani, »in den letzten Jahren sind in Rom drei Sterndeuter auf grausame Weise ermordet worden, einer wurde an Händen und Füßen gefesselt von der Engelsburg gestürzt; der zweite trieb mit den Füßen nach oben im Tiber, weil in seinem Kopf ein Eisenspeer steckte; der dritte wurde in der Mitte zweigeteilt auf dem Pincio gefunden. Alle drei hatten zwei Gemeinsamkeiten, sie beschäftigten sich mit Sternenkunde, und bei ihren Leichen fand man ein Astrolabium wie dieses.«

»Ich hatte so eine Ahnung«, erwiderte Leberecht mit einem Blick auf das Instrumentarium. »Aber Luitger war kein Sterndeuter, glaubt mir, Professore. Das Astrolabium in seinen Händen soll eine Warnung sein oder ein Hinweis auf die grausamen Mörder!«

»Keine Frage, es ist, wie Ihr sagt. Nur – was machte den Benediktiner für gewisse Leute so gefährlich, daß sie ihm nach dem Leben trachteten? Ihr kanntet ihn besser, junger Freund. Habt Ihr einen Verdacht?«

Leberecht hielt den Blick auf das große Astrolabium gerichtet, ein hohles Instrumentarium aus zahllosen Kreisen, Bändern, Skalen und Ringen, auf denen geheimnisvolle Fabelwesen angebracht waren, eine Wasserschlange mit Menschenkopf und Armen und der Aufschrift »Aquarius«, ein »Capricornus« betiteltes Wesen mit dem Vorderteil eines Steinbocks und dem Hinterteil eines Fisches sowie ein Schütze, genannt »Sagittarius«, der den Pfeil gerade auf den Betrachter richtete.

»Ich kannte ihn seit zehn Jahren«, erwiderte Leberecht, »das ist eine lange Zeit, könnte man meinen, und doch ist es zu wenig, um mit einem Menschen wirklich vertraut zu sein. Luitger war klug und gescheit und hat mir viel von seinem Wissen vermittelt. Im übrigen führte er eine Art Doppelleben. Er war Benediktiner, fromm und gottesfürchtig, aber er war auch Humanist und schätzte die Werke der alten Philosophen höher als das Neue Testament, von dem er sagte, unser Herr Jesus würde herzlich lachen, wenn er es läse, vorausgesetzt, man übersetzte es ins Aramäische, denn des Lateinischen war er wohl nicht kundig. Er führte ein klösterliches Leben und ein profanes außerhalb der Mauern, doch darüber sprach er nie. Kennengelernt habe ich ihn in einer Kaschemme, wo in der Hauptsache Künstler verkehrten, als Gelehrte verkleidet. Warum hat man ihm das angetan?«

»Des Nachts«, begann Albani vorsichtig, »gehen in Rom die Dominikaner um. Die Herren Inquisitoren wissen längst, daß ihr Nutzen für die Kirche weit geringer ist als der Schaden, den sie mit ihren Schandurteilen anrichten. Deshalb haben sie eine *Secunda potestas** aufgestellt, eine Geheimtruppe, welche

*Zweite Gewalt

unliebsamen Kritikern der Kirche, die sie Ketzer nennen, den Krieg erklärt hat und im Dunkel ihr Unwesen treibt.«

»Aber welches Motiv könnte die *Secunda potestas* gehabt haben, Frater Luitger zu ermorden?«

»Vielleicht trug er etwas bei sich, das der Inquisition ein Dorn im Auge war?«

»Luitger befand sich auf der Rückreise von Montecassino und hatte eine Reliquie in seiner Kutte, die kleine Zehe des Heiligen Benedikt, ein reguläres Tauschgeschäft gegen ein anderes Reliquiar.«

»Das kann es nicht gewesen sein, was die Inquisition zu ihrem Todesurteil veranlaßt hat.« Albani strich sich um das Kinn und dachte nach. »Und Ihr seid sicher, daß der Benediktiner sich nie mit Sternenkunde beschäftigt hat?«

»Ganz sicher. Warum fragt Ihr, Professore?«

»Der Tod der drei Astronomen ist natürlich kein Zufall. Ich habe lange darüber nachgedacht, vor allem über die Astrolabien, die bei den Toten gefunden wurden.«

»Wozu dient ein Astrolabium; ich meine, vorausgesetzt man beherrscht seine Anwendung?«

Albani drehte die blutverschmierten Kreise und Winkel des Instrumentariums in seinen Händen. »Mit Hilfe dieses Gerätes ist es möglich, astronomische, aber auch astrologische Aufgaben zu lösen, bestimmte Daten zu errechnen und – so Ihr daran glaubt – die Zukunft vorherzusagen. Ihr glaubt doch an die Astrologie?«

»Gewiß«, erwiderte Leberecht ohne rechte Überzeugung, aber er brauchte Albanis Vertrauen, wenn er in dieser Sache weiterkommen wollte, und er wußte, daß der Professore der Astrologie hohe Bedeutung beimaß.

»Daß ich selbst ein Jünger jener Lehre bin, welche das Schicksal der Menschen aus der Stellung der Gestirne deutet«, murmelte Albani hinter vorgehaltener Hand, »muß ich Euch nicht erklären. Ich tue diese Arbeit heimlich, jedenfalls hänge ich sie nicht an die große Glocke wie jene drei Sterndeuter, die von der Inquisition gemeuchelt wurden.«

Leberecht sah Albani mit großen Augen an. »Vielleicht liegt darin das Motiv für ihre Ermordung verborgen?«

Der Professore wiegte den Kopf hin und her. »Ich habe alle möglichen Dinge in Erwägung gezogen, aber ich bin zu keinem Ergebnis gekommen. Gäbe es wirklich einen Zusammenhang zwischen den mysteriösen Morden und der Astrologie, dann dürfte *ich* schon lange nicht mehr leben; doch wie Ihr seht, stehe ich leibhaftig vor Euch.« Albani lachte, aber sein Lachen klang bitter. Schließlich meinte er resigniert: »Und dieser neueste Fall mit Eurem Freund, dem Benediktiner, der macht alles nur noch verwirrender.«

»Es sei denn ...« Leberecht machte eine Pause, dann begann er von neuem: »Kanntet Ihr den Astronomen und Sterndeuter Nikolaus Kopernikus aus dem Herzogtum Preußen?«

Albani schmunzelte verlegen: »Zu meinem Leidwesen, nein. Aber sein Werk *De revolutionibus orbium coelestium* ist jedem Astronomen ein Begriff.«

»Und die ermordeten Sterndeuter?«

»Ich verstehe nicht!«

»Kannten *sie* Kopernikus?«

»O ja. Alle drei waren, soweit mir bekannt ist, mit Kopernikus befreundet seit ihren gemeinsamen Studien in Padua und Ferrara. Einer von ihnen half ihm sogar bei der Einrichtung eines Observatoriums auf dem Domturm von Frauenburg. Ja, sie kannten ihn alle. Aber was hat das mit ihrer Ermordung zu tun? Kopernikus war ein gottgefälliger Mann, sogar Doktor des Kirchenrechts und Bistumsverwalter; er übte bestimmt keinen schlechten Einfluß auf seine Freunde aus.«

Leberecht empfand Unbehagen bei dem Gespräch, weil er Zusammenhänge erkannte, die Professore Albani verborgen blieben. Am betrüblichsten erschien ihm in dieser Situation jedoch, daß Frater Luitger offensichtlich einem Irrtum der Inquisition zum Opfer gefallen war. Denn in Anbetracht der Umstände war zu vermuten, daß irgendwie – sei es durch Zufall oder auf Betreiben des Fürstbischofs – das Fehlen des Kopernikus-Buches auf dem Michelsberg entdeckt worden war, und wie es schien, hatte man Luitger verdächtigt. Was Leberecht betraf, so mußte er umgehend handeln, wollte er nicht das nächste Opfer der Dominikaner sein.

Michelangelos Tod hatte die Stadt und das ganze Land in tiefe Trauer gestürzt. Erst jetzt, da der Meister nicht mehr lebte, erkannten viele sein überragendes Genie, das der Menschheit die bedeutendsten Kunstwerke seiner Epoche geschenkt hatte.

Dem testamentarischen Wunsch des Florentiners, in seiner Heimatstadt bestattet zu werden, widersetzten sich die Römer mit Entschiedenheit, und die Wachen an den Toren wurden angewiesen, einem Trauerzug mit der Leiche Michelangelos die Ausreise zu verwehren. Die einen waren der Meinung, man solle den Meister im Pantheon zur letzten Ruhe betten, die anderen hielten St. Peter für angemessen; da griff Gherardo Fidelissimi, der aus Florenz entsandte Medicus der letzten Stunde, zu einer List. Während Künstler und Gelehrte, eine Abordnung der Kurie und seine Mitarbeiter und Freunde in der Kirche Santi Apostoli zu einer Trauerfeier zusammenkamen, wurde der tote Michelangelo in seinem Hause mit einem Stoffballen umwickelt, zusammen mit anderen Stoffen auf einen Leiterwagen geladen und so, als Handelsware deklariert, aus Rom nach Florenz geschafft, wo er, drei Wochen nach seinem Tod eintraf und in Santa Croce beigesetzt wurde.

Der Florentiner Medicus tat gut daran sich aus dem Staub zu machen; denn der Zorn der Römer über das Schelmenstück war unbeschreiblich. Als Carvacchi davon hörte, forderte er allen Ernstes, der Papst als Oberhaupt des Kirchenstaates solle dem Herzog von Florenz den Krieg erklären, denn Michelangelo, der die wichtigsten dreißig Jahre seines Lebens in Rom verbracht habe, müsse in Rom bestattet werden; angebliche anders lautende Wünsche des Meisters entsprächen nicht der Wahrheit.

Mit seiner Forderung blieb Carvacchi jedoch allein. Dafür gelangte der Meister als Nachfolger des Florentiners zu allerhöchsten Ehren, nämlich zum Titel des Dombaumeisters von

St. Peter, mit dem Pius IV. Carvacchi vor allem deshalb bedachte, weil er fürchtete, kein anderer als er könnte Michelangelos Kuppel in den geplanten Ausmaßen vollenden. Der Papst bedachte ihn persönlich mit seinem allergnädigsten Segen und einem generellen Ablaß aller Sündenstrafen im Jenseits, wie er für gewöhnlich nur Pilgern ins Heilige Land zuteil wurde. Den Meister veranlaßte das gegenüber Leberecht zu der Bemerkung, zwar könne er sich davon nichts kaufen, doch sei dies immerhin ein erster Schritt zur Heiligkeit.

Professore Albanis Eröffnung hatte Leberecht so verwirrt, daß er in den folgenden Tagen Mühe hatte, klare Gedanken zu fassen und zu einem Entschluß zu kommen, was in der gegenwärtigen Situation zu tun sei. Er wußte nur, daß er handeln mußte, bevor er selbst den Nachstellungen der dunklen Dominikaner-Clique erlag.

Martha, der das stumme Verhalten des Geliebten nicht verborgen blieb, versuchte vergeblich zu ergründen, was Leberecht quälte; der aber schwieg – er schwieg bis zu jenem Tag, an dem er von der Dombauhütte nach Hause zurückkehrte und Martha weinend im verwüsteten Haus vorfand. Stockend und unter Tränen berichtete sie, sie habe am Vormittag das Haus verlassen, um zusammen mit Tullia Einkäufe zu besorgen. Bei ihrer Rückkehr fand sie die Tür erbrochen, das Mobiliar umgeworfen, Schränke und Betten durchwühlt, doch das Seltsame sei, es fehle nichts.

»Hat es mit dem geheimnisvollen Buch zu tun?«

Leberecht nickte.

»So gib Ihnen doch das verfluchte Druckwerk, an dem nur Blut klebt. Es ist wie ein Fluch, der uns überall hin verfolgt. Solange du das Buch in deinem Besitz hast, werden wir niemals Ruhe finden.«

Leberecht nahm Martha in die Arme, er drückte sie an sich und sagte: »Nein, Martha, es ist umgekehrt, solange sich das Buch des Kopernikus in unserem Besitz befindet, so lange brauchen wir uns nicht zu fürchten; denn sie werden alles tun, um in den Besitz des Buches zu kommen.«

»Es befand sich also gar nicht mehr hier im Haus?«

»Nein«, erwiderte Leberecht. »Bitte frage mich nicht, wo ich es versteckt habe; es würde dich nur belasten.«

In dieser Nacht erzählte Leberecht Martha über den Inhalt des Buches vom Ende der Welt, welches Kopernikus vorausberechnet hatte und das so ganz anders sein würde wie jenes, welches die Schrift prophezeite, und daß er nur ein Ziel kannte, mit Hilfe dieses Buches die Ehre seines Vaters Adam wiederherzustellen.

Über dem Quirinal graute bereits der Morgen, als Leberecht zum Ende kam.

Erschüttert und übermüdet saß Martha auf einem Kissen zusammengesunken. Sie faltete die Hände, aber nach Beten war ihr nicht zumute, sie wußte überhaupt nicht, wonach ihr zumute war, ihr erschien alles so sinnlos.

»Dann erübrigt es sich doch, bei St. Peter auch nur einen Stein auf den anderen zu setzen«, sagte Martha fragend.

Leberecht hob die Schultern. »Auch Messer Michelangelo wußte, was der Menschheit bevorsteht, und dennoch schuf er die größten Kunstwerke. Warum? Im menschlichen Geist ist der natürliche Widerstand vorhanden, sein Ende zu akzeptieren. Das ist die Chance aller Religionen, allen voran des Christentums.«

»Und dieser Kopernikus ist glaubhaft? Ich meine, er könnte sich doch verrechnet haben ...«

»Das ist der fromme Wunsch und die Hoffnung aller, die davon wissen. Aber seit zwanzig Jahren rechnen die bedeutendsten Mathematiker an dem Problem, und bisher ist es keinem gelungen, Kopernikus zu widerlegen. Wäre es geglückt, hätte die Kurie an dem Buch kein Interesse mehr. Das Unglück für die Menschheit ist unser Glück, verstehst du?«

Martha starrte vor sich hin ins Leere. Was Leberecht ihr soeben erklärt hatte, überstieg ihr Begriffsvermögen. Ein Leben auszulöschen war die einfachste Sache der Welt, das hatte sie die Vergangenheit gelehrt, aber die Welt auszulöschen ... Leberechts Vorstellung, das Heilige Offizium mit Hilfe des

Kopernikus-Buches zu erpressen, mochte anfangs ein Traum, eine Wunschvorstellung gewesen sein, die zur Besessenheit geworden war. Aber nachdem er den Ernst seiner Lage auch an diesem Ort, fernab des ursprünglichen Geschehens, erkannt hatte, war es vielleicht wirklich seine einzige Chance, selbst am Leben zu bleiben.

Seit langem schon hatte sich Leberecht mit den Umtrieben der Inquisition beschäftigt, die sich in einem kantigen, abweisenden Gebäude verschanzt hielt, so kantig und abweisend wie die Beschlüsse, die hier gefaßt wurden. Einmal war er sogar, ohne es zu ahnen, dem Großinquisitor, Fra Michele begegnet, einem glatzköpfigen Dominikaner mit dickem Bauch und krausem Backenbart, wie Pius IV. ihn trug. Zu seinem Erstaunen hatte er sich für die Bauarbeiten von St. Peter interessiert – höchst ungewöhnlich für einen Inquisitor. Denn anders als der *Pontifex maximus*, der beinahe täglich zu Fuß oder zu Pferd durch Rom ritt, leutselig mit jedermann über das Wetter oder die Heiligen plauderte, galt Fra Michele als ein Mann eisiger Kälte und Reserviertheit, und für gewöhnlich betrachtete er es als Zumutung, wenn sich ein Fremder ihm überhaupt näherte. So nahm es nicht wunder, daß Pius IV. Fra Michele und die durch ihn verkörperte Inquisition nicht mochte. Der Papst nahm an keiner einzigen Verhandlung teil, wagte andererseits aber auch nicht, an dieser Institution zu rütteln.

Als Feind des Papstes war Kardinal Lorenzo Carafa zwangsläufig Fra Michele zugetan; zumindest verfügte der Kardinal über die Kontakte, die nötig waren, um einen deutschsprachigen Vorarbeiter der Steinmetze bei St. Peter im Heiligen Offizium zu avisieren. Für gewöhnlich wurde die Inquisition von fremden Besuchern gemieden, denn eine Vorladung *in inquisitione haereticae pravitatis** hatte verhängnisvolle Folgen.

Fra Michele, ein Frömmler niedriger Herkunft aus Bosco bei Alessandria, haßte die Deutschen, weil sie den Protestantismus und eine Menge gefährlicher Ketzer hervorgebracht und

* zur Aufspürung häretischer Verderbtheit

die Heilige Schrift in ihre eigene Sprache übersetzt hatten, was, folgten andere diesem Beispiel, ein babylonisches Sprachengewirr zur Folge haben würde und das Ende der heiligen Mutter Kirche.

»Was will Er. Er möge sich kurz fassen!«

Leberecht hatte keine freundlichere Begrüßung erwartet. Der Großinquisitor war rotgekleidet, er trug lange rote Handschuhe aus Seide und saß hinter einem einfachen schwarzen Holztisch, der außer drei Stühlen das einzige Mobiliar darstellte.

»Ich bin hier«, begann Leberecht, und besann sich seines besten ciceronischen Lateins, das von dem Kirchenlatein der Pfaffen weit entfernt war, »ich bin hier, um ein himmelschreiendes Unrecht aufzudecken, welches meinem Vater Adam Friedrich Hamann durch das Heilige Offizium in einer deutschen Stadt, deren Namen ich seither nicht mehr in den Mund nehme, widerfahren ist. Mein Vater war in heiliger Erde bestattet, da traten Zeugen gegen ihn auf, die seinen Geist gesehen haben wollten, der in der Stadt umging, unglaubhafte Leute, die gegen jeden und alles Zeugnis ablegen, so man sie nur bezahlt ...«

Fra Michele, der Leberechts Worten mit eisiger Miene gefolgt war, sprang auf, soweit das seine Leibesfülle zuließ, und rief mit dunkeltönender Stimme: »Er will damit sagen, daß die heilige Inquisition Zeugen bestochen hat, um einen Ketzer zu verurteilen?«

»Ja, das will ich. Ob mit Geld oder Versprechungen auf Nachlaß von Höllenqualen, vermag ich nicht zu sagen; fest steht, daß mein Vater Adam ein frommer, rechtschaffener Mann war und kein Hexer, als der er von der Inquisition verurteilt wurde.«

Der Großinquisitor setzte ein hämisches Grinsen auf, er stützte seine kurzen Arme auf den Tisch und neigte sich zu Leberecht hinüber: »Er spricht ein fabelhaftes Latein; das bedeutet, Er ist ein kluger Kopf. Warum läßt Er sich auf solche Dummheiten ein?

»Dummheiten nennt Ihr das, Fra Michele, wenn ich um die Ehre meines Vaters kämpfe? Eure Helfershelfer haben die Leiche meines Vaters auf dem Scheiterhaufen verbrannt, weil sie ihn postum einer Sache beschuldigten, die fern jeder Realität ist, und Ihr nennt meinen Einspruch Dummheit?«

Fra Michele ließ sich auf seinen Stuhl sinken und antwortete nun mit ernsthafterem Gesicht: »Seine Absicht, Bruder in Christo, ist durchaus löblich, doch ein Mann seines Standes sollte wissen, daß das Heilige Offizium noch nie ein Ketzerurteil revidiert hat. Dies ist, wie jedermann weiß, auch nicht vonnöten, weil die Inquisition, bestrahlt vom Heiligen Geist, nicht irren kann. *Non est possibile, ex officio!*«*

»Auch der Heilige Geist hat mal einen schlechten Tag«, bemerkte Leberecht dreist. Er fühlte sich seiner Sache sicher, und der Inquisitor, gewohnt im Umgang mit beklagenswerten Delinquenten, deren Willen bereits durch die bloße Macht der Institution, die er repräsentierte, gebrochen war, spürte das und reagierte entsprechend:

»Glaubt Er ernsthaft, das Heilige Offizium würde von Rom aus ein in deutschen Landen gefälltes Ketzerurteil untersuchen? Ich glaube, Er überschätzt seine Bedeutung und Möglichkeiten.«

Da trat Leberecht, der der Unterhaltung, wie bei der Inquisition üblich, stehend gefolgt war, an den Tisch heran, beugte sich, wie zuvor Fra Michele, nach vorne und sagte ruhig, aber eindringlich und mit rotem Kopf: »Herr Großinquisitor, ich habe von Euch keine andere Antwort erwartet und deshalb bin ich weniger erschüttert, als es der Situation angemessen wäre. Wir schreiben heute den Tag vor Verkündigung des Herrn, und ich gebe der Inquisition 365 Tage eines Jahres Zeit, das schändliche Ketzerurteil gegen meinen Vater Adam zu revidieren. Andernfalls ...«

»Andernfalls?« Fra Michele hob die Brauen.

»Andernfalls würde ich dafür Sorge tragen, daß das Buch des

* Es ist von Amts wegen unmöglich!

Kopernikus, hinter dem die Kurie seit Jahren her ist wie der Teufel hinter der armen Seele, daß dieses Buch verbreitet wird.«

Der rotgekleidete Dominikaner schüttelte unwillig den Kopf, doch ein Zucken, welches über sein Gesicht huschte, verriet seine innere Erregung. »Ich weiß nicht, von welchem Buch Er redet«, knurrte er. »Ich kenne keinen Kopernikus.«

»Ich auch nicht«, erwiderte Leberecht schlagfertig. »Er starb, als ich noch keine drei Jahre alt war und hinterließ ein Manuskript mit zweiundzwanzig Kapiteln, wie die Geheime Offenbarung des Johannes. Dieses Manuskript trägt den Titel *De astro minante* und wurde von einem Benediktiner der Abtei Bursfelde hundertundeinmal in Druck gegeben, ein Exemplar für jede Bibliothek der Bursfelder Union. Der Inhalt des Buches ist Eingeweihten hinreichend bekannt. Der Erde, welche nach der Schrift von Gott geschaffen, ist nur noch kurze Zeit gegeben, und der Jüngste Tag, von dem die Schrift so eindringlich kündet, findet nicht statt, jedenfalls nicht so wie er in den Evangelien und der Geheimen Offenbarung prophezeit wird. Denn das, was Johannes mit den Worten beschreibt: ›Siehe, er kommt mit den Wolken, und schauen wird ihn jedes Auge und weheklagen werden über ihn alle Geschlechter der Erde‹, das ist nicht etwa Gott der Herr, sondern ein fremder Stern, der unaufhaltsam auf die Erde zurast und bei seinem Absturz alles Leben vernichten wird. Nur wenige wissen davon, nicht einmal alle Päpste; aber die, welche davon wußten, lebten, zum Erstaunen der Welt, viehisch und zügellos wie ungebändigte Tiere im Angesicht der drohenden Vernichtung.«

Der Kopf des wohlbeleibten Großinquisitors schien dem Platzen nahe, als Leberecht so redete. »Woher will Er das alles wissen?« Und mit gefalteten Händen, den Blick auf den Tisch gerichtet, japste er: »*Libera me, Domine, de die illa tremenda, quando coeli et terra sunt motui ...*«

»... *sunt movendi*«, korrigierte Leberecht, »falls Ihr sagen wollt, der Herr möge Euch vor jenem Tage des Schreckens erretten, an dem Himmel und Erde wanken. Aber um Eure Frage zu beantworten: All das steht in dem Buch des Kopernikus.«

»Es gibt kein solches Buch. Er hat das von irgendwelchen Ketzern vernommen. Die Welt ist voll von Lügengeschichten, Geschichten, die der Antichrist gesät hat.« Er klopfte mit der Faust auf den Tisch. »Ich will ihm erst glauben, wenn er mir dieses Buch hier auf den Tisch legt, nicht eher!«

Leberecht lachte verächtlich: »Fra Michele, Ihr haltet mich für einen Tölpel. Glaubt Ihr ernsthaft, ich würde das Buch, an dessen Existenz Ihr zweifelt, auf diesen Tisch legen? Mein Leben wäre doch keinen Schuß Pulver mehr wert. O nein, das Buch liegt, solange ich lebe, an einem sicheren Ort verwahrt, und sollte ich keines natürlichen Todes sterben, so habe ich Vorsorge getroffen, daß das Buch ohne mein Zutun veröffentlicht wird.«

Erst wackelte der Dominikaner mit dem Kopf hin und her, dann begann er mit den Fäusten auf die Tischplatte zu trommeln, als wollte er ein Ungeziefer vernichten, schließlich rief er: »Ich glaube es nicht, es kann nicht sein! *Absit, absit!*«* Und dann kam ihm eine Idee, wie er Leberecht prüfen konnte. Er blickte ihn listig von unten an und sagte: »Wenn Er, wie Er behauptet, das dreimal verfluchte Buch auf welchen Wegen auch immer, in Seinen Besitz gebracht hat, dann kennt Er auch die Worte, mit denen das Machwerk beginnt ...«

Leberecht genoß den Augenblick, in dem sich der Inquisitor ihm überlegen fühlte, doch dieses momentane Gefühl der Überlegenheit seines Gegners währte nicht lange, denn leicht und ohne nachzudenken begann Leberecht die Worte zu zitieren, welche ihm im Gedächtnis hafteten, weil sie, wie es einem Medicus und Doktor des Kirchenrechts zukam, in blendender Formulierung gehalten waren: »*Aristotelis divini universum nec Iulii Caesaris calendarium protegere nos non possunt ab astro minante ...*«

»Halt!« rief Fra Michele zornig und enttäuscht zugleich. »Ich glaube Ihm.« Der Dominikaner hing, die Arme weit von sich gestreckt, wie ein erlegtes Wild über dem Tisch. Sein zur

* Das sei ferne!

Seite gedrehter Kopf lag auf der Tischplatte. Er atmete schwer. In dem großen kahlen Raum herrschte eine besondere Stille. Nur aus der Ferne drang durch die nach Norden gerichteten Fenster der Baulärm von St. Peter.

Leberecht fühlte sich gut wie lange nicht. Das Gefühl der Macht über den fetten Inquisitor verlieh ihm ein nie gekanntes Selbstbewußtsein. Angst und Anspannung der vergangenen Tage waren verflogen. Das Böse im Menschen, das war ihm nun klar, war nur mit Bösem zu bekämpfen.

Niedergeschlagen, ratlos und beinahe unbeteiligt stellte der Inquisitor die Frage: »Und was will Er nun tun?«

»Ich?« Leberecht lachte keck. »Es liegt nicht an mir zu handeln, Herr Inquisitor. Dem Heiligen Offizium kommt die Aufgabe zu, das Ketzerurteil gegen meinen Vater Adam aufzuheben. Ihr habt 365 Tage Zeit, das ist mehr, als Michelangelo für seinen Moses brauchte – und welch ein Kunstwerk ist daraus geworden!«

Nur wenige Tage nach dieser Begebenheit saß Leberecht in seiner Bauhütte über Plänen des Meisters, denen er nun, da Michelangelo tot war, noch mehr Ehrfurcht entgegenbrachte als zuvor.

Zu seinem Leidwesen erfüllte Carvacchi, der die Stelle des Dombaumeisters bekleidete, dem Wunsch des Meisters, keinen Deut von seinen Plänen abzuweichen, eher nachlässig, und nicht selten kam es deshalb zum Streit zwischen beiden. Während Leberecht die Ansicht vertrat, Michelangelo habe alle Pläne bis ins Detail gezeichnet, um sie bis ins Detail nach seinem Wunsch ausführen zu lassen, meinte Carvacchi, es gehe darum, den Gesamteindruck zu erreichen, der dem Meister vorschwebte; auf Details komme es nicht an. In Wahrheit versuchte Carvacchi jedoch, wie Leberecht den Eindruck hatte, mehr und mehr eigene Vorstellungen in den Bau einzubringen.

Leberecht dachte, es sei Carvacchi, als die Tür von außen geöffnet wurde, und er fragte, ohne aufzublicken: »Meister, was kann ich für Euch tun?« Als der die Antwort schuldig blieb, was man von ihm nicht gewohnt war, drehte Leberecht sich um.

In der Tür stand ein Mann von gedrungener Statur, dem Tonsur und kurzgeschorener Kinnbart etwas Mönchisches verliehen, obwohl er keine Kutte, sondern eine einfache, etwas schäbige schwarze Gelehrtenkleidung trug. Er wirkte gealtert wie ein Greis, obwohl seine Augen und das faltenlose Gesicht verrieten, daß er kaum älter sein konnte als Leberecht selbst. Leberecht wußte sofort, wen er vor sich hatte: Christoph Schlüssel, genannt Clavius.

Er hatte diese Begegnung erwartet oder war zumindest darauf vorbereitet, daß er seinem alten Feind von früher irgendwann einmal über den Weg laufen würde. Doch die Plötzlichkeit des Zusammentreffens verschlug ihm die Sprache.

So schwiegen sie sich eine Weile an wie zänkische Ehegatten, bis Leberecht zuerst die Sprache wiederfand und eher zynisch als ernsthaft die Worte sagte: »*Laudetur Jesus Christus*«, und als der andere auf den Gruß nicht reagierte, selbst die Antwort gab: »*In aeternum, in aeternum.* Was willst du?«

Verlegen schob Christoph Schlüssel die Hände in die Ärmel seiner Gewandung, richtete den Blick zur niedrigen Holzdecke und begann umständlich und weit ausholend wie ein Prediger: »Es ist Gottes unergründlicher Wille, daß sich unsere Wege hier am allerheiligsten Ort der Christenheit kreuzen, wenn auch unter Umständen, welche unerfreulicher nicht sein könnten ...«

»Was willst du, Jesuit?« fuhr ihm Leberecht ins Wort. »Du brauchst mir keine Predigt zu halten. Also heraus mit der Sprache.«

»Um es kurz zu sagen: Ich will dich warnen. Dein Name steht auf der Liste der *Secunda potestas* der Dominikaner. Du weißt, was das bedeutet. Du solltest, wenn dir dein Leben lieb ist, aus Rom verschwinden. Die Inquisition verfolgt dein *concubitum sacrilegum.*«*

*Todsünde des Konkubinats

Leberecht erhob sich langsam und drohend. »Du hast also deine eigene Mutter zur Anzeige gebracht?«

»Wo denkst du hin, ich?«

»Wer anders als du kann es getan haben? Eine wahrhaft christliche Tugend, die eigene Mutter zu verraten!«

»Ich habe sie nicht verraten!«

»Du lügst. Die Falschheit steht dir ins Gesicht geschrieben, dir und all den widerlichen Pfaffen, welche glauben, die Wahrheit gepachtet zu haben; dabei hat von dir und deinesgleichen der Teufel längst Besitz ergriffen. Du gibst dir den Anschein, als hättest du aus Buße über den Lebenswandel deiner Mutter das Gewand der Jesuiten angezogen und dem weltlichen Leben entsagt. Ich sage dir: Wenn du Buße leisten mußt, dann für meine Schwester Sophie, die du zum Krüppel gemacht hast. Ich bin ihr begegnet, sie ist ein beklagenswertes Monster und fristet ihr Dasein mit einer Gauklertruppe. Das verdankt sie dir, dem löblichen Christoph Clavius!«

»Ich habe das nicht gewollt. Ich bin ohne Schuld!«

»Den Pfaffen trifft nie eine Schuld!« schrie Leberecht. »Und wenn, dann hättest du diese Schuld längst durch einen vollkommenen Ablaß abgegolten. Und wenn du deine eigene Mutter auf den Scheiterhaufen brächtest, so fände sich gewiß ein Kirchengebot, das diese Tat rechtfertigte.«

»Ich habe nichts damit zu tun!« ereiferte sich Schlüssel. »Aber es ist mein guter Rat, laß die Finger von der Frau, die mich geboren hat, und verlasse die Stadt. Das ist ein wohlgemeinter Rat, den du nicht verdient hast.«

Leberechts Augen loderten vor Wut, daß der Jesuit unwillkürlich einen Schritt zurücktrat. Er hatte das Ausmaß des Hasses unterschätzt, den der junge Hamann ihm entgegenbrachte. Doch Clavius kam nicht mehr dazu darüber nachzudenken; denn Leberecht rammte ihm mit einer blitzschnellen Bewegung sein rechtes Knie in den Bauch. Der Jesuit, völlig überrascht, stöhnte auf und sackte mit verdrehten Augen nach vorne, seinem Gegner in die Arme. Doch statt ihn aufzufangen, hämmerte der Steinmetz ihm brutal die Faust ins Gesicht, daß aus der Nase ein Blutstrom hervorschoß. Clavius sackte zusammen und blieb regungslos auf dem Steinboden liegen.

Für einen kräftigen Kerl wie Leberecht, gestählt durch die jahrelange Steinmetzarbeit und zudem noch einen Kopf größer als sein Gegner, war es keine Kunst, einen Mann wie Clavius niederzustrecken; dennoch fühlte er Genugtuung. Er packte einen Krug mit Wasser, das ihm während der Arbeit zur Erfrischung diente, und goß dessen Inhalt über den blutigen Kopf des Jesuiten. Der schüttelte sich, wischte mit dem Ärmel das Blut aus seinem Gesicht und versuchte wieder auf die Beine zu kommen. Das jedoch mißlang, und dabei ging der kleine, untersetzte Mann abermals zu Boden. Schließlich trat Leberecht hinzu, faßte ihn mit beiden Händen an dem breiten Kragen seines Gelehrtenmantels und schleifte ihn ins Freie.

Clavius konnte sich nicht wehren, und so mußte er die demütigende Prozedur über sich ergehen lassen. Draußen, vor der Bauhütte, kam er wieder zu sich, aber noch ehe er irgend etwas sagen konnte, hielt Leberecht ihm die drohende Faust entgegen. »Ich rate dir eines, Jesuit, laß mich und deine Mutter in Ruhe. Und jetzt kannst du wie ein Hund mit eingezogenem Schwanz zum Großinquisitor laufen.« Leberecht zeigte nach Süden in Richtung des Heiligen Offiziums.

Nachdem er sich mühsam aufgerappelt und den Schmutz aus seiner Kleidung geklopft hatte, sah Clavius wütend zu Leberecht hoch. Hätte er nur ein wenig mehr Kraft und eine gehörige Portion mehr Mut gehabt, wäre er seinem Todfeind an die Gurgel gefahren. So aber beließ er es bei einem schiefen Grinsen, als wollte er sagen: Was macht mir das schon aus, und er spuckte verächtlich – oder weil ihm Blut in den Mund gelaufen war – auf den Boden und verschwand humpelnd in Richtung Tiber.

»*Laudetur Jesus Christus!*« rief ihm Leberecht hinterher. Ihm war wohl wie lange nicht.

Gegenüber Martha bewahrte er Stillschweigen über diese Begegnung.

Papst Pius IV. starb unerwartet schnell, vermutlich an Altersschwäche, und sein Tod wäre kaum der Rede wert gewesen, hätte er nicht einen Nachfolger gefunden, mit dem Leberecht gut bekannt war. Er hieß Michele Ghislieri, war mit vierzehn Jahren dem Dominikanerorden beigetreten und hatte es unter seinem Vorgänger zum Bischof von Nepi, Kardinal und Großinquisitor gebracht: Fra Michele.

Der *Pontifex maximus* gab sich den Namen Pius V. in Erinnerung an seinen altersschwachen Vorgänger, der, wie es hieß, frommer und rechtschaffener regiert hatte als alle seine grausamen, heuchlerischen Vorgänger. Als ehemaliger Großinquisitor war Ghislieri vermeintlichen Tugenden wie Zucht, Ordnung und Askese über alle Maßen zugetan, und er ging in dieser Hinsicht mit gutem Beispiel voran, indem er sich weigerte, die *Sedia gestatoria** zu besteigen, feine Gewänder und Schuhe zu tragen und sich in seinem Palast über Gebühr bedienen zu lassen.

Dies allein wäre geeignet gewesen, dem Papst jene Liebe seiner Untertanen zuteil werden zu lassen, welche seinen Vorgängern versagt blieb, doch legte Pius V., kaum an der Macht, eine Strenge und Bösartigkeit an den Tag, als sei er dem Antichrist begegnet. Er verbot den Ärzten den Krankenbesuch, so die Beklagenswerten nicht vorher gebeichtet hatten, und belegte Sünder gegen das Sonntagsgebot mit Geldstrafen oder – so ihnen die Armut ins Haus stand – mit Geißelung oder Durchbohren der Zunge. Mönchen verbot er die Abnahme der Beichte, Nonnen wurde die absolute Klausur verordnet. Außerdem sollte die Käuflichkeit kirchlicher Ämter der Vergangenheit angehören. Mit besonderer Wut verfolgte der fünfte Pius die ehrlosen Frauen, deren er als Dominikaner sich nie bedienen durfte, und die Rom den zweifelhaften Ruf eingebracht hatten, *cauda mundi*, der Schwanz der Welt, zu sein. Es gab gewiß fünfzehntausend, von der einfachen Straßenhure bis zur *cortigiana*, welche den hohen Herren der Kurie zu Diensten und deshalb in hohem Ansehen standen, und der Be-

*Tragestuhl

schluß des *Pontifex maximus*, sie aus der Hauptstadt zu verbannen, erntete neben Hohn und Spott wegen der Unmöglichkeit des Unterfangens auch wirtschaftliche Bedenken. Der Auszug jener schönen käuflichen Damen war geeignet, den Kirchenstaat an den Rand des Bankrotts zu bringen, zählten sie doch zu den einträglichsten Steuerzahlern des Landes.

Ohne Erfolg blieben auch Einwände jener gesalbten Herren der Kurie, die in Furcht um die Kälte des eigenen Bettes und nach Anrufung des Heiligen Geistes beim Papst intervenierten. Der gestrenge Dominikaner Ghislieri drohte, sollten die Huren Rom nicht verlassen, so wolle er selbst die Flucht ergreifen und das Schiff Petri von einer weniger sündigen Brücke steuern.

Da senkte sich der Heilige Geist über Eminentissimi und Reverendissimi, Titularerzbischöfe, Quastenprälaten und Monsignori, wie er es einst bei den zwölf Aposteln getan hatte, und sie gingen gestärkt und erleuchtet aus der Begegnung hervor und verheirateten ihre sündhaften Konkubinen mit Dienern und Fuhrknechten, Schuhmeistern und Ministranten, gegen geringe Gebühr und Abtretung jeglicher Ansprüche und Rechte, und taten so ein gutes Werk für die Ärmsten der Armen. Eine ehrbare, verheiratete Frau *ex officio** auszuweisen war selbst dem Dominikanerpapst nicht möglich.

Daraus abzuleiten, daß in der Ewigen Stadt nun ein sittsamer Lebenswandel Einzug gehalten hätte, wäre verkehrt, zumindest aber nur die halbe Wahrheit gewesen, weil die Tanzfeste, Gelage und klerikalen Orgien zwar weniger häufig als früher, aber dennoch und hinter fest verschlossenen Türen stattfanden. In Rom ging das Mißtrauen um, und die Inquisition öffnete mehr als je zuvor Denunzianten und Verleumdern Tür und Tor. Einladungen wurden vom Gastgeber nur noch persönlich ausgesprochen, um keinem Botengänger die Möglichkeit zu bieten, den Herrn oder die Herrin zu verraten, und nicht selten verschaffte nur ein Kennwort, ein frommes Zitat aus der Schrift Zutritt, wobei sich das Alte Testament mit Sät-

* von Amts wegen

zen wie: »Deinen Samen will ich so zahlreich machen wie die Sterne des Himmels«* besonderer Beliebtheit erfreute.

Lorenzo Carafa, Buchbinder und Kardinal von Kana, Titularerzbischof von Bizerba, Prosekretär der Kongregation für die Bekehrung der Heiden in der Levante und Titular von San Andrea della Valle, war für seine Feste so berühmt wie der Papst für seine Strenge. Er hatte schon fünf Päpste überlebt, und jeder neue *Pontifex maximus* entlockte ihm die Bemerkung, er werde auch diesen überleben.

Was Ghislieri betraf, so brachte der Kardinal ihm auch jetzt, da er Papst war, nur Verachtung entgegen und die Bemerkung, nur gut, daß unser Herr Jesus vor eineinhalb Jahrtausenden auf Erden wandelte und nicht heute, sonst hätte ihn Ghislieri wegen seines Lebenswandels längst exkommuniziert. Von Kardinal und Titularerzbischof Carafa geladen zu sein war ein besonderes Vergnügen, nicht selten aber auch der Beginn einer großen Karriere, denn es hatte sich längst herumgesprochen, daß die einträglichen Ämter der Kurie nicht hinter den Leoninischen Mauern des Vatikans, sondern in den Palazzi auf dem Pincio oder Quirinal vergeben wurden.

Der Palazzo Carafas, ein Geschenk seines verstorbenen päpstlichen Onkels, war durch eine Kolonnade mit der Kirche di Santo Spirito verbunden, welche in zweifelhaften Ruf geraten war wegen des Andranges, der einmal im Jahr zum Feste des Heiligen Martin herrschte – nicht wegen der Frömmigkeit der Kirchenbesucher, sondern weil der Kardinal an diesem Tage seine ausrangierten Gewänder über einen Balkon in der Kirche unter das Volk zu werfen pflegte. Später kamen gebratene Schweine und Truthähne und saftige Früchte hinzu, die von oben wie Gaben des Himmels in das Kirchenschiff regneten, und zur allgemeinen Belustigung setzte der Kardinal an besagtem Tage des Jahres außerdem das Kirchenschiff unter Wasser.

So nahm es nicht wunder, daß der sittenstrenge Dominikanerpapst das Spektakel in Santo Spirito *ex officio* verbot, und

* Gen. 26.4.

es war auch nicht erstaunlich, daß sich der Hirte mit diesem Erlaß unter seinen Schafen nur Feinde machte. Dessen ungeachtet lud Lorenzo Carafa hinter geschlossenen Türen weiter zu seinen höfischen Festen, von denen die Purpurfeste sich allergrößter Beliebtheit erfreuten, weil sie, wie der Name ahnen läßt, in der Hauptsache von Purpurträgern der Kurie frequentiert und mit großem Pomp ausgestattet wurden.

Die Einladung zu einem dieser Purpurfeste des Kardinals abzulehnen wäre nicht nur eine Sünde, sondern auch äußerst unklug gewesen, und weil Leberecht die Dummheit noch mehr verabscheute als die Sünde, sah er sich außerstande, Lorenzo Carafa, dem er viel zu verdanken hatte, einen Korb zu geben. Nachdrücklich hatte der Kardinal und Titularerzbischof die Anwesenheit Marthas angemahnt, die er bereits bei der ersten Begegnung im Hause Carvacchis beäugt, um nicht zu sagen, mit lüsternen Blicken verschlungen hatte wie ein hungriger Wolf.

War es der Teufel, der Leberecht ritt, oder die Gewißheit, Martha vor den Nachstellungen des stolzen Mannes im Purpur beschützen zu können; jedenfalls brachte Leberecht alle Überredungskünste auf, um Martha zu bewegen, ihn zum Purpurfest zu begleiten. Widerstrebend und um dem Geliebten einen Gefallen zu tun, sagte sie zu.

Aus einem anderen Grunde kam Leberecht die Einladung sehr zupaß. Seit seiner Begegnung mit dem inzwischen zum Papst avancierten Großinquisitor hatte er von Ghislieri nichts gehört, obwohl das gestellte Ultimatum von 365 Tagen inzwischen zur Hälfte abgelaufen war. Der geschwätzige Kardinal und seine nach Neuigkeiten gierenden Gäste erschienen Leberecht geradezu ideal geeignet, das Gerücht vom drohenden Weltuntergang in die Welt zu setzen, ohne nähere Angaben über Zeitpunkt, Umstände und den Grund für das apokalyptische Ereignis zu machen.

Aufgestachelt durch Leberechts Mahnungen, sich durch die Anwesenheit namhafter Kurtisanen nicht einschüchtern zu lassen, und ermutigt durch sein Geständnis, sie könne es an

Schönheit und Sinnlichkeit mit jeder Cortigiana aufnehmen, war Martha in ein langes, weites grünes Kleid aus Samt gewandet, mit einem handbreitem Saum aus glitzerndem Goldbrokat und einem ebensolchen Kragen, der ihre nackten Schultern fächerförmig umgab und in spitzem Zuschnitt tief zwischen den Brüsten endete. Ihr rotes Haar trug sie nach der Mode der Zeit in der Mitte gescheitelt und streng nach hinten gekämmt, wo es auf dem Hinterkopf in kunstvollem Flechtwerk die Form einer exotischen Frucht annahm.

»Du bist schön wie die Madonna des Botticelli«, sagte Leberecht und drückte Marthas Hand, als sie vor dem Palazzo des Kardinals ankamen, wo er das vereinbarte Klopfzeichen zum Einsatz brachte, lang – kurz – kurz – lang, besser zu merken mit dem Rhythmus der horazischen Worte: *câr-pe di-êm**, um eingelassen zu werden.

Verriet der Eingang des Hauses mit keinem Hinweis den Beginn eines überschwenglichen Festes, so tat sich hinter dem Tor ein mit Fackeln erleuchtetes Paradies auf, ein von Säulen eingerahmtes Atrium mit einem weißen Marmorbrunnen in der Mitte, ein Garten der Lüste, wie Hieronymus Bosch ihn mit dem Pinsel nicht treffender hätte malen können.

Schweizer Landsknechte, Fackelwerfer und maskierte Gaukler, üppige Mädchen in phantastischen, bunten Kostümen und gertenschlanke Pagen mit puppenhaften Gesichtern und gezähmten Tauben auf den Armen verbreiteten fröhliche Stimmung und geleiteten die ankommenden Gäste in die ihnen zugedachten Räume. Obwohl Martha noch nie so vielen schönen Menschen auf einem Fleck begegnet war, bewirkte ihr Erscheinen, das von einem Herold in schwarzem Samt mit einem silbernen Stab, den er dreimal auf den Boden stieß, angekündigt wurde, ein »Ah« und »Oh« von allen Seiten, vor allem unter den Pröbsten und Prälaten und den geilen Kardinälen, die, so sie nicht dem eigenen Geschlecht zugetan waren, mit jedem ihrer Blicke den Schöpfer zu preisen schienen, welcher die

* Genieße [wörtlich: pflücke] den Tag!

Rippe Adams zu solcher Schönheit formte. Denn während die Kurtisanen und Cortigiane der geistlichen Würdenträger hinreichend bekannt waren, erschien mit Martha ein neues Gesicht und löste Tuscheln und Fragen aus nach der Herkunft und dem Namen und dem Liebhaber an ihrer Seite. Die Auskunft, daß es sich bei Martha um eine anständige Frau, eine samt ihrem Geliebten aus deutschen Landen Zugewanderte handelte, eine, die noch dazu ihren Liebhaber im Alter übertraf, machte sie unter den Gästen nur noch interessanter.

Die schönen Knaben, welche zuerst wie zufällig unter den Gästen weilten, sammelten sich schließlich zu einem Chor und begannen mit seidigen, hohen und fünf verschiedenen Stimmen ein vielstrophiges Madrigal, das am Ende von Trommelschlägern, Pfeifern und Lautenspielern begleitet wurde und soviel Gefallen fand, daß einige der Eminentissimi ihren Tränen freien Lauf ließen und sich bekreuzigten, als sei es das Wunder von Kana. Den himmlischen Knabenstimmen folgte heftigeres Getön von Bläsern und Paukenspielern nach Art der maurischen Schreittänze.

Kardinal Lorenzo war der erste, der mit koketter Bewegung seine Soutane lüpfte, um das rotbestrumpfte Knie im Tanz zu schwingen, ein allerliebster Anblick für alle Anwesenden. Ermutigt durch die Anleitung des Eminentissimus nahmen Paare sich bei der Hand und schritten im laut geschlagenen Takt der Musik einen langen Schritt munter vorwärts und zwei auf der Stelle, wobei der letzte von einem Sprung in die Luft begleitet wurde, dessen Höhe sich nach dem Temperament des Akteurs richtete.

Das walkte, hüpfte und rauschte in den Falten der Kleider und bot Anlaß zu so viel ausgelassenem Lachen, daß die fünf bunt und nach maurischer Art gekleideten Musikanten Mühe hatten, den Klang ihrer Instrumente zu Gehör zu bringen. Martha, die zum erstenmal an einer derartigen Lustbarkeit teilnahm, war froh, als der erste Tanz endete, denn Leberecht, der ebensowenig wie sie in der Tanzkunst bewandert war, zeigte doch deutliche Schwächen, was den Einklang zwischen Musik und Bewegung betraf. Doch kaum hatte sie auf einem Scherenstuhl zwischen zwei Säulen Platz genommen, als Seine Eminenz Lorenzo Kardinal Carafa auf Martha zutrat, den Kopf zur Seite neigte und ihr den abgewinkelten Arm entgegenreckte, was eine Aufforderung zum Tanz bedeutete.

Martha errötete, doch dies geschah vor allem deshalb, weil sie mit einem Mal alle Augen auf sich gerichtet sah und fürchtete, der Kardinal würde sie, wie man es von einem Mann seiner Geschwätzigkeit gewohnt war, mit peinlichen, für alle vernehmbaren Komplimenten überhäufen; doch es unterblieb. Der Eminentissimus, der nur Päpste noch mehr haßte als das Schweigen, sagte kein einziges Wort und führte lächelnd und in der beschriebenen Haltung Martha in die Mitte des Atriums, faßte sie von hinten an beiden Händen und begann sie so im Rhythmus seitlich neben sich her zu schieben, daß die übrigen Tänzer sich selbst vergaßen und dem unerwarteten Schauspiel voll Bewunderung zusahen, als wären Martha und der Kardinal die Hauptdarsteller einer Theatervorstellung. Daß der Tänzer im Purpur sich voll Anmut zur Musik bewegte, schien weniger staunenswert als Marthas Begabung, die sich hingebungsvoll von ihm führen ließ und bei den übrigen Gästen den Eindruck erweckte, als hätten beide die Darbietung lange geprobt.

Doch das schien nur so, bisher hegte Martha nicht einmal große Sympathie für den kultivierten Kardinal. Zu tief saß in ihrer Seele die Vorstellung ihrer Kindheit, daß ein Kardinal unter dem purpurroten Habit eine reine Seele und nicht die geringsten Anzeichen von Männlichkeit trage, also eigentlich gar nicht Mann sei, sondern nur ein heiliges Wesen von männerähnlichem Aussehen. Daß diese Annahme falsch war, bewies Lorenzo Carafa Martha unnachsichtig und gewiß in voller Absicht, wenn er beim Schreittanz hinter sie trat und auf Tuchfühlung ging. Dann spürte Martha durch den Samt ihres Kleides und die Seide seines klerikalen Gewandes einen Stich, wie ihn nur ein stumpfer Gegenstand oder ein Wunder des Heiligen Geistes vollbringen konnte.

Leberecht maß der Annäherung der beiden, die im übrigen niemandem verborgen blieb, nur geringe Bedeutung zu, ja, die Ausgelassenheit, welche Martha und der Kardinal an den Tag legten, schien ihm willkommen, denn seit er der Geliebten vom Inhalt des Kopernikus-Buches erzählt hatte, wirkte diese häufig bedrückt und mutlos, und ihre Verzagtheit hatte einen Schatten über ihre ansonsten so harmonische Beziehung geworfen. Aufgeregt durch die Eleganz, mit der Kardinal Carafa ihr gegenübertrat, und aufgestachelt durch die Wohlgerüche von Moschus, Ambra und zyprischem Pulver, welche sich über das ganze Haus verbreiteten, fiel Martha geradezu in euphorische Stimmung, wie er sie lange Zeit an ihr nicht mehr erlebt hatte.

Zwei Posaunenbläser kündigten das Gastmahl an, das im Purpursalon stattfand, einem langgestreckten Raum mit Seidentapeten in der Farbe der Kardinäle und goldgerahmten Spiegeln auf beiden Seiten, welche das Kerzenlicht vervielfachten und eine Tiefe vorgaukelten wie in den himmlischen Sphären. Wie nicht anders zu erwarten, hatte der lebenslustige Kardinal die Sitzordnung vorbestimmt, und Leberecht wunderte sich nicht, daß er Martha als Tischdame ausersehen und neben sich plaziert hatte. Gleichsam als Gegengeschenk und damit ihm die Zeit nicht lang wurde, trat Panta an seine Seite, die schönste und berühmteste aller römischen Kurtisanen, welche im Hauptberuf mit Kardinal del Monte liiert war, an Sonn- und Vigiltagen, im Advent und der Karwoche jedoch Gasparo Biancho zu Diensten stand, dem Kammermeister des Papstes, von dem man sich kuriose Dinge erzählte. Er solle, hieß es, Panta, ein lebendes Abbild der Sünde, rein platonisch lieben – also so, wie Platon das in seinem »Symposion« beschrieben hat –, ohne seinem Trieb zu erliegen, in stiller Anbetung ihrer Nacktheit.

Pantas Aufmachung, in der Hauptsache ihre Brüste, welche unverhüllt aus dem weiten Kragen ihres Kleides ragten und bei jeder Bewegung tanzten wie ein übermütiges Zwillingspaar, verwirrte Leberecht so sehr, daß er kaum Zeit fand, Marthas Umgang mit dem Kardinal zu beobachten. Hinzu kam, daß

Panta ihn mit durchaus geistreicher Unterhaltung in Beschlag nahm, die in einer nicht zu beantwortenden Streitfrage endete, wer der größere Maler gewesen sei, Michelangelo oder Raffael.

Soweit Pantas wogenden Brüste es zuließen, widmeten sich Leberechts Augen dem Auftragen der Speisen, das einer Theaterinszenierung gleichkam. Als überzeugter Anhänger jener These, daß der Essensgeschmack zur Hälfte vom Gaumen, zur anderen Hälfte aber vom Auge bestimmt wird, ließ der Kardinal die Speisen in allegorischen Bildern angerichtet servieren, als Märchen und Szenen wie »Numa Pompilius auf dem von Kentauren gezogenen Streitwagen« oder »Aphrodite und Ares« oder »Odysseus im Angesicht der Sirenen«. In einer silbernen Schüssel, so groß wie ein Wagenrad, wurde ein zartes Mädchen hereingetragen, belegt mit ebensolchen Hühnerbrüstchen. Bekleidet mit Wildentenkeulen, erschien eine glutäugige Andromeda mit langem schwarzen Haar, an einen Felsen aus Käse geschmiedet, von einem geflügelten Perseus befreit, für den gewiß fünfzig Fasane ihr Leben gelassen hatten.

Ging der erste Teil des Mahles in purpurner Tischwäsche und mit goldenem Geschirr und Geräten vonstatten, so änderte sich das kompositorische Farbenspiel von einem Augenblick auf den anderen, als ein Dutzend menschlicher Zwerge, denen der Schöpfer einen normal gewachsenen Kopf, aber die Gliedmaßen von Kindern zugedacht hatte, das goldene Tafelzubehör und die purpurnen Tücher gegen solche aus Silber und weißem Damast vertauschten, was, dem Wasser gemäß, als passende Unterlage für Fische und Meeresfrüchte gedacht war. Auf einem weißglänzenden Wagen, als hätte Michelangelo ihn aus Marmor geschlagen, wurde ein muskulöser nackter Jüngling hereingerollt, welcher nach Art des Laokoon, dessen Standbild vor sechzig Jahren im verfallenen Hause des Nero gefunden worden war, mit Meerschlangen kämpfte. Doch statt mit Ungeheuern rang der Jüngling mit versilberten Aalen, Krustentieren in silbernen Panzern und Muscheln so groß, daß der Kopf eines Menschen darin Platz gefunden hätte.

Ein zweiter Wagen, gezogen von künstlichen Delphinen, unter denen sich zwei junge Esel verbargen, diente der homerischen Meeresgöttin Amphitrite, der Gattin Poseidons, als Reisegefährt. Glitzernde Perlen zierten die Außenseiten, und in seiner Mitte spielte die mit weißen Schleiern verhüllte Göttin des Meeres inmitten von bläulichem, von unten beleuchtetem Aspik mit allerlei eßbarem Meeresgetier. Im Gegensatz zu den meisten anderen Gästen, den Eminentissimi, Monsignori und Kammerherren, den edlen Damen und Konkubinen, die nicht zum erstenmal solcherlei Luxus erlebten, kam Leberecht aus dem Staunen nicht heraus, und er vergaß völlig den eigentlichen Grund für das Schauspiel, die Aufnahme von Nahrung, so daß er, als der Nachtisch gereicht wurde, so hungrig war wie zuvor.

Von »Dessert« zu reden wäre in diesem Zusammenhang nicht weniger blasphemisch gewesen, als unseren Herrn Jesus durch den Kakao zu ziehen – oder wie immer jenes bittersüße, schäumende Getränk hieß, das die Spanier aus der Neuen Welt herübergebracht hatten. Denn die Nachspeisen erwiesen sich als eßbare Kunstwerke aus Nüssen und Mandeln, Eischaum und Marzipan, welche berühmte Bauwerke nachbildeten wie den Dom von Florenz, den Palazzo der Dogen von Venedig oder Michelangelos Kuppel von St. Peter, von der es bisher nur Zeichnungen gab.

Danach wurde Wein gereicht, nicht jener harzig-herbe aus der Toskana, sondern der süß-süffige von den Castelli um die Stadt Rom, der geeignet war, auch dem verbissensten Prosekretär einer unnützen Ritenkongregation die Zunge zu lösen, so daß nach kurzer Verdauung ein unerwartet heftiges Gespräch darüber aufkam, ob jene rotgefärbten Menschen, welche der Seefahrer Christoforo Colombo auf seiner Suche nach Indien entdeckt hatte, der Erlösung durch unseren Herrn Jesus teilhaftig würden, wo doch weder sie von ihm noch er von ihnen je gehört hätten, sie unter Umständen jedoch der menschlichen Gattung zuzuordnen seien.

Dem wurde von seiten Daniele Rospigliosis, Titular von Santo Spirito und Teufelsforscher am Instituto per le Opere

Diaboli, aufs heftigste widersprochen, der auf seine neunzehnjährigen Studien an der genannten Einrichtung verwies und auf die mit knapper Mehrheit ergangene Entscheidung der dafür eingesetzten päpstlichen Kommission, nach der den Rothäuten der menschliche Status abzusprechen sei, weil sie nicht, wie in der Schrift verheißen, nach Seinem, das heißt göttlichem, Ebenbild erschaffen seien, sondern wider die Natur, vermutlich vom Teufel; Gott der Allerhöchste sei schließlich kein Indianer.

»Was dann?« fragte Leberecht, dem Titular von Santo Spirito gegenübersitzend, mit dem gleichen Unterton von Scheinheiligkeit, wie er Rospigliosi eigen war, und er fügte hinzu: »Ich meine, unser lieber Herr Jesus war schließlich auch kein Italiener und ein Deutscher schon gar nicht, so daß sich unser aller Äußeres von ihm deutlich unterscheidet und die Frage aufwirft, ob wir, die wir hier versammelt sind, seinem Ebenbild genügen.«

Die Rede des Steinmetz von St. Peter löste unterschiedliche Reaktionen aus. Kardinal Lorenzo klatschte lachend in die Hände und rief: »Vortrefflich, vortrefflich! Er ist einer von jenen Humanisten, mit denen man sich auf keine Diskussion einlassen darf!«

Rospigliosi hingegen und einige junge Männer, die ihre rotgesäumte Amtstracht als Kurialbeamte auswies, blickten sich eher ratlos an, und der Titular von Santo Spirito wischte die ketzerische Bemerkung, welche andernorts den Großinquisitor auf den Plan gerufen hätte, vom Tisch, indem er sein Glas erhob und ausrief: »*In vino veritas!*«*

»*In vino feritas!*«** erwiderte Kardinal Lorenzo und entfachte damit allseitiges Schmunzeln, während Leberecht, der seine Gelegenheit nun gekommen sah, quer über den Tisch ausrief: »Trink, Martha, trink! Wer weiß, wie oft wir noch so ausgelassen feiern können.«

* Im Wein [liegt] Wahrheit!

** Im Wein [liegt] Wildheit!

Er hatte kaum ausgesprochen, da richteten sich alle Augen auf ihn, und von einem Augenblick auf den anderen trat atemlose Stille ein, als schwebte ein Menetekel über dem purpurnen Raum. Kardinal Lorenzo ergriff Marthas Hand und fragte halblaut, aber so, daß es alle hören konnten: »Was meint er mit seiner schalkhaften Bemerkung?«

Martha warf Leberecht einen hilflosen Blick zu, und der übernahm es zu antworten und sprach: »Nun ja, will man dem weisen Kopernikus glauben, der in der Theologie, Medizin und Sternenkunde gleichermaßen bewandert war, so verbleiben uns gerade noch sechseinhalbtausend Tage!«

Rospigliosi, der Leberechts Worten mit offenem Mund gefolgt war, leerte sein Glas in einem Zug, dann fragte er mit unsicherem Lächeln: »Was meint Ihr mit diesem Hinweis? Was soll das heißen, uns blieben gerade noch sechseinhalbtausend Tage?«

Leberecht hob die Schultern: »Nennt es das Jüngste Gericht oder den *Finis mundi* oder das Ende der Menschheit. Kopernikus hat mit Hilfe der Mathematik erkundet, daß sich ein Stern der Erde mit unaufhaltsamer Geschwindigkeit nähert und daß es im Jahre des Heils 1582, am achten Tage des zehnten Monats, zur Kollision kommen wird.«

Die Kurtisane Panta an Leberechts Seite, die ihr Glas zum Zutrunk in der Rechten gehalten hatte, stieß einen hellen Schrei aus, als hätte sie eine Kugel getroffen; dabei glitt ihr das Glas aus der Hand, und der Inhalt ergoß sich über das weiße Tischtuch, daß sich ein rotgefärbter Fleck bildete wie Blut von einem unsichtbaren Dämon.

»Aber in der Schrift ist davon nicht die Rede. Die Schrift verheißt uns das Jüngste Gericht, bei welchem zwischen Gut und Böse geschieden wird. Würde sich bewahrheiten, was Ihr vorbringt, so wäre es unerheblich, ob Ihr zu den Guten oder Bösen zähltet; denn alle träfe das gleiche Schicksal. Es gäbe keine Hölle für die Verdammten, und die Gerechten warteten auf den Himmel vergebens.«

Am Tisch herrschte betroffene Ratlosigkeit, und von den

Gästen begann einer nach dem anderen, sein Glas zu leeren, allen voran Rospigliosi. Ihn schien die Eröffnung mehr als alle anderen in Unruhe zu versetzen, und auf die Frage von Lorenzo Carafa, ob er von dem drohenden Unheil gewußt habe, antwortete er ausweichend, der Papst habe Kopernikus' Schriften über die Bewegung der Gestirne auf den Index gesetzt, und es sei einem frommen Christenmenschen bei Strafe der Exkommunikation untersagt, ihren Inhalt zur Kenntnis zu nehmen oder gar zu verbreiten. Luther, der, bei Gott, nicht im Verdacht stehe, ein Parteigänger des Papstes zu sein, habe Kopernikus einen Narren gescholten, welcher die gesamte Kunst der Astronomie umkehren wolle. Und wie in der Schrift nachzulesen sei, habe Josua die Sonne stillzustehen geheißen und nicht die Erde.

Die jungen Männer um Rospigliosi nickten zur Bekräftigung.

Leberecht hingegen bemerkte trocken: »Fragt sich nur, wem man mehr Glauben schenken kann, Josua, dem alten Haudegen von Kanaan, oder Kopernikus, dem in allen Wissenschaften erfahrenen Gelehrten?«

Panta, die Leberecht bisher nur geringe Beachtung entgegengebracht hatte, warf ihm nun bewundernde Blicke zu, weniger wegen seines Wissens und seiner Bildung als aufgrund des Mutes, den der Steinmetz von St. Peter an den Tag legte, und kaum vernehmbar raunte sie ihm zu: »Seid vorsichtig mit Euren Äußerungen. Lorenzo hat die Angewohnheit, nicht nur seine Freunde einzuladen, er tafelt auch mit seinen Feinden, um sie zu demütigen, und diese Leute tragen jedes unrechte Wort hinaus. Es würde mich nicht wundern, wenn morgen ganz Rom von der Prophezeiung des Kopernikus reden würde.«

»Dies«, erwiderte Leberecht flüsternd, »liegt durchaus in meiner Absicht. Im übrigen müßt Ihr Euch um mich nicht sorgen. Die Inquisition ist mehr um mein Leben bedacht als um meinen Tod.«

Panta verstand die Bemerkung nicht, sie schrieb sie wohl eher dem Wein zu, dem die Gäste nun immer heftiger zusprachen, und der aus silbernen Kannen gereicht wurde. Am Tischende begann die schöne Begleiterin eines unscheinbaren Monsignore, die den Würdenträger um einen Kopf überragte, so daß dieser zu ihr aufsah wie zu einer wundertätigen Ikone, in ihr Taschentuch zu schluchzen, was wiederum ihren Begleiter zu Tränen rührte und zu stillem Gebet veranlaßte.

Im Nu bildete sich eine Traube von trunkenen Menschen um Leberecht, die ihn mit Fragen bestürmten nach der Glaubhaftigkeit des Kopernikus, dem genauen Tag des Endes und der Schrift, in der seine Erkenntnis verzeichnet sei. Und nachdem er alle Fragen bis auf jene, wo das Buch des Kopernikus zu finden sei, beantwortet hatte, schien es, als teilten sich die Gäste in unterschiedliche Lager. Die einen begannen zu lamentieren und alle Heiligen anzurufen, während die anderen sich mit dem Ruf »*nunc est bibendum*«* dem Trunk hingaben, einer Schwelgerei, Prasserei, Völlerei und Sinneslust, als würden sie den folgenden Tag nicht mehr erleben. Das war ein Rülpsen, Grunzen, Schmatzen und Stöhnen, ein Fluchen, Singen und Jubilieren, und kaum einer achtete auf den anderen.

Als der Eminentissimus Rodrigo Torella, Präfekt des Rates für die Ersetzung des hebräischen Wortes »Amen« durch das lateinische »sic« und Titular von Pietrovalle laut und inbrünstig zu fluchen begann, wobei er ein nicht näher bezeichnetes Sakrament auf übelste Weise beschimpfte, als Monsignore Frederico Pacioli, Berater und Intimfreund des gefürchteten Kardinals del Monte, ein höchst unziemliches Liedchen vortrug, in welchem, soweit man seine weinschwere Zunge überhaupt noch verstehen konnte, der ellenlange Phallus des Gottes Priapos eine bedeutende Rolle spielte, als sittsam gekleidete Kurialbeamte, deren verinnerlichtes Äußeres nur von Pius V. übertroffen wurde, anfingen, den anwesenden Kurtisanen Kußhändchen zuzuwerfen oder diese gar mit obszönen Gesten zu attackieren – ein Anblick, der in seiner Unbeholfenheit zum Lachen herausforderte –, da drohte das vornehme

*Jetzt muß gesoffen werden!

Fest zu einer jener Straßenorgien zu verkommen, wie sie zur Sommerszeit unter den Tiberbrücken stattfanden.

Von den übrigen Gästen unbemerkt hatte sich Kardinal Lorenzo mit Martha, seiner Tischdame, entfernt, um ihr die prachtvoll ausgestatteten Räume des Palazzo zu zeigen. Martha war beeindruckt von all dem Prunk, Kunstwerken aus weißem Marmor, Gemälden von Raffael und Leonardo und dem modischen Mobiliar aus exotischen Hölzern. War es die Schwere des Weins oder die Verzweiflung des Augenblicks, daß Martha sich von den geistreichen Schmeicheleien des Kardinals umgarnen ließ wie eine unerfahrene Jungfrau?

Ihren Einwand, das drohende Ende der Menschheit solle zur Einkehr bewegen, zerstreute Lorenzo mit dem Hinweis, wenn das Ende unabwendbar und ohne Richter sei, dann bedürfe es keiner Reue und Selbstkasteiung; vielmehr solle ein jeder den Augenblick leben und seinen Gefühlen freien Lauf lassen, wie es der Dichter Horaz gepredigt habe, welcher, anders als die großen Philosophen, der einzig Glückliche war, als er starb.

Als Martha sich zierte, das purpurne Schlafzimmer des Kardinals zu betreten, da kniete der Kardinal vor ihr nieder, faßte ihre Hände und bedeckte sie mit Küssen und sprach: »Von dem Augenblick, als ich Euch zum erstenmal begegnete – ich entsinne mich wohl –, habt Ihr mich hundertmal in Gedanken verführt.«

Vergeblich suchte Martha sich aus der Umklammerung des Kardinals zu befreien. Dabei nahm sie seine Worte weit weniger ernst, als sie gemeint waren, und sie erwiderte: »Hochwürdiger Herr Kardinal, Ihr seid nicht nur galant, Ihr seid auch ein vorzüglicher Schmeichler.«

»Ich ein Schmeichler? Edle Signora, davon bin ich so weit entfernt wie die Neue Welt von der Alten. Wie groß ist die Zahl derer, die Euch gesagt hat, wie schön und begehrlich Ihr seid? Es muß ein Heer von Männern sein. Ist es nicht so?«

Wie der Kardinal mit wohlbedachten Komplimenten um sich warf, wie er sie in gesetzte Wort kleidete, das machte Martha verlegen, und sie errötete.

Lorenzo Carafa bemerkte es sofort, und er verstand es, der Situation mit den rechten Worten zu begegnen, indem er sagte: »Sollte ich Euch, schöne Donna Martha, mit meinen Worten verletzt haben, sollte meine stürmische Freimütigkeit die Grenzen unersättlicher Verehrung überschritten haben, so tadelt mich, fordert meine Buße. Vor Euch kniet ein in jeder Hinsicht Bußfertiger. Sprecht, edle Schöne, aber laßt mich nicht allein zurück in meiner Verehrung!«

Martha, verwirrt von der kultivierten Leidenschaft des Kardinals, atmete heftig: »Ich wäre Euch verpflichtet, wenn Ihr Eure Sprache ändern würdet, wenn Ihr so mit mir redetet, wie es einer Frau meines Standes zukommt.«

»Donna Martha«, erwiderte der Kardinal, »wollte ich diesem Wunsche Folge leisten, so müßte ich in geschliffenem Latein oder in allerliebstem Französisch mit Euch parlieren, wie es einer Königin zukommt. Doch erspart mir diese Torturen, laßt uns so miteinander plaudern, wie es dem Empfinden unserer Herzen entspricht. Ich, Signora, spreche aus meinem Herzen, doch Ihr antwortet nur mit dem Verstand. Warum, meine Schöne, warum?«

Martha hätte nie gedacht, daß die Rede eines Mannes sie so in Bedrängnis bringen könnte. Sie fürchtete sich vor ihrer eigenen Stimme; um angemessen zu antworten, hätte es größerer Kunstfertigkeit bedurft, als sie aufzubringen imstande war. Deshalb schwieg sie lieber und sah den Kardinal nur mit großen Augen an.

Dieser Blick genügte, um den immer noch vor ihr knienden Mann in allerhöchste Unruhe zu versetzen. »O kennte ich nur Eure Vorlieben«, fuhr er fort, »o wüßte ich um Eure besonderen Leidenschaften, Euren speziellen Geschmack! Wäret Ihr eine von jenen Frauen, welche die Poesie lieben, aus Furcht, ihr Herz könnte von Leidenschaft verdorben werden, wie süß müßte es sein, Euch sagen zu können, ich hieße Dante Alighieri oder Horatius Flaccus. Wäret Ihr den süßen Tönen der Musik verfallen, so träte ich Euch als Palestrina oder Orlando di Lasso gegenüber. Beflügelte die Malerei Eure Gedanken, so würde ich mich, welch ein Glück, Botticelli oder Raffael nennen. Wäret Ihr aber fromm, so würde ich beim nächsten Konklave alle Kardinäle mit meinem gesamten Vermögen bestechen, damit sie mich zum Papst wählten; und hättet Ihr es weniger mit der Frömmigkeit, so wäre ich bereit, dem Teufel meine Seele zu verschreiben.«

Martha lachte befreit, weil der Kardinal es auf wirklich bewundernswerte Weise verstand, sie zu umgarnen, ja, sie fragte sich, ob sich überhaupt jemals eine Frau diesem Kavalier widersetzt hatte. Gewiß hatte Carafa eine Rede wie diese schon oft geführt, dennoch gab er ihr das Gefühl, sie sei die erste und einzige, die er mit seinen Komplimenten verfolgte, und sie sagte: »Erhebt Euch, hochwürdigster Herr Kardinal, es ist unangenehm, auf Euch herabzusehen.«

Carafa erhob sich, glättete seinen purpurnen Habit und meinte: »Ich habe Euch doch nicht beleidigt, schöne Frau. Aber Ihr müßt wissen, so wie die reine Liebe von Ehrfurcht beherrscht wird, so kann diese reine Liebe für einen Augenblick von einem unsinnigen Verlangen erfüllt sein. Dies war ein solcher Augenblick, und ich bitte um Nachsicht für meine ungezähmten Gefühle.«

»Nur ein Augenblick?« fragte Martha kokett. Das Werben des Kardinals, das sie in dieser gewählten Form noch von keinem Mann erfahren hatte, bereitete ihr, trotz aller Bedenken, Vergnügen; jedenfalls waren Carafas Worte geeignet, die trübe Endzeitstimmung, die Ausweglosigkeit des Schicksals vergessen zu lassen.

»O nein«, antwortete der Kardinal, »tausendmal nein, der Augenblick bezog sich nur auf meine Zügellosigkeit, auf die losen Gedanken, die sich meiner bemächtigten. Doch nennt mir den Mann, der Euch betrachtet, Donna Martha, dieses schöne Antlitz umrahmt von roten Haaren, diesen schönen Körper in seiner geschwungenen Anmut, in der ganzen Fülle seiner Vollkommenheit, nennt mir den Mann, welcher in Eurem Anblick nicht die Ehrfurcht vergäße, die einer Heiligen wie Euch zukommt.«

Scharmutzierend und ohne Widerstand von seiten Marthas geleitete Lorenzo Carafa die Angebetete in sein Boudoir, welches von hundert Kerzen in weiches helles Licht getaucht wurde. Das Bett in der Mitte des Raumes trug einen prunkvollen, blaugrünen Baldachin wie ein orientalisches Zelt. Es erhob sich auf einem weißen Marmorsockel und wäre geeignet gewesen, der gesamten Dienerschaft Platz zu bieten. Vor der rechten Wand stand ein Divan aus gelbem Brokat, überhäuft mit bunten Kissen aus Seide, und Martha kam bereitwillig der Einladung des Kardinals nach und ließ sich in den weichen Kissen nieder.

Ein Diener, so vornehm gekleidet und von puppenhaftem Aussehen, daß er dem großen Raffael als Modell hätte gedient haben können, reichte Wein in funkelndem Kristall und entfernte sich durch eine unsichtbare Tür so diskret, als hätte ihn die Wand verschluckt. Carafa hatte indes auf einem Kissen zu Füßen Marthas Platz genommen – ein possierlicher Anblick in Anbetracht des purpurnen Habits aus glitzernder Seide – und betrachtete sie mit freudigem Entzücken und kopfloser Schwärmerei.

Dieses linkisch, in gewisser Weise sogar verlegen wirkende Verhalten hatte Martha von dem Kardinal, der als Schwerenöter galt, nicht erwartet; jedenfalls stärkte es ihre eigene Selbstsicherheit, ja, sie fühlte sich Carafa überlegen. Wenn sie seine purpurroten Schuhe mit dem Kreuz auf dem Spann und die seidenen Strümpfe betrachtete, welche in der Gegend der Waden kaum eine Rundung zeigten, dann mußte sie sogar schmunzeln über den vornehmen und eitlen Mann, dem sie, seit sie ihn kannte, wenig Bewunderung entgegengebracht hatte und der ihr nun zu Füßen lag wie ein Straßenköter.

Dennoch bedurfte es, erleichtert durch die Wirkung des Weines, nur eines kurzen Anflugs von Wahnsinn, daß Martha sich Lorenzo Carafa hingab, zügellos und mit lauten Schreien der Lust, bis ihr die Sinne schwanden. Als sie wieder zu sich kam, lag sie halb entkleidet auf dem Fußboden, und ihr war, als erwachte sie aus einem törichten Traum voll unsinniger Begebenheiten. Sie begriff nicht, warum sie an diesem Ort lag, und konnte sich auch nicht erinnern, was sich in diesem luxuriösen Boudoir abgespielt hatte.

Erst als sie den Kardinal entdeckte, der, seiner Purpurtracht entledigt, schwer atmend wie ein dampfendes Roß auf dem Divan lag und triumphierte, er habe es mit Gottes Hilfe achtmal gemacht, da kehrte die Erinnerung zurück, und Martha wurde von so heftiger Verzweiflung ergriffen, daß sie sich mit beiden Händen auf die Stirn schlug. Sie erhob sich und ordnete ihre Kleider; taumelnd suchte sie den Weg zurück zu der übrigen Gesellschaft.

Weder Leberecht noch einem anderen Gast war die Abwesenheit Marthas und des Kardinals aufgefallen; denn bei allen hatte sich, ausgelöst durch Leberechts Erklärung, eine Stimmung breit gemacht, welche bei unterschiedlichen Charakteren die verschiedensten Reaktionen auslöste. Die schönen Knaben um Daniele Rospigliosi lamentierten wie Klageweiber und ließen ihren Tränen freien Lauf. Ihre geschmeidigen Leiber waren ineinander verschlungen, und in ihrer Mitte kniete Rospigliosi, bedrängt wie Laokoon von den Schlangen. Monsignore Paciolis Vorrat an zotigen Liedchen und Gedichten schien endlos; er hatte sich, der Heilige Geist mochte wissen warum, seines purpurgesäumten Talars entledigt und in höchst klerikaler Unterwäsche, Beinkleider bis zum Knie und Ärmel bis zur Elle, deren Säume von kunstfertigen Nonnen mit dem Zeichen des Kreuzes und den Symbolen der vier Evangelisten Löwe, Mensch, Stier und Adler rot bestickt waren, auf ein Podium begeben, das dem Sangeschor als Bühne gedient hatte, und brachte mit Inbrunst endlose Strophen zum Vortrag. Und obwohl ihm nach anfänglichem Interesse kaum jemand zuhörte, fuhr er fort, bis seine weinschwere Sprache kaum noch verstanden werden konnte.

Im Schutze des weißen Damasts, mit dem der Tisch im Speisezimmer gedeckt war, gaben sich eine käufliche und eine ehrbare Frau einem leibhaftigen Exorzisten hin, welcher von der einen im Venus-Fieber geritten wurde, während die andere sein gesalbtes Haupt zwischen ihren festen Schenkeln gefangen hielt, daß dem Geistlichen Rat Hören und Sehen vergingen. Der Exorzist jubilierte und verdrehte die Augen zum Himmel, als sei ihm die heilige Jungfrau erschienen, und in seiner Ekstase rief er unter dem Tischtuch hervor die unwiderlegbaren Worte des heiligen Augustinus: »*Aetas deseruit, vita deseruit, non cupiditas!*«*

»Er scheint in einer Nacht nachholen zu wollen, was er in seinem ganzen Leben versäumt hat«, meinte Panta mit einer abfälligen Handbewegung, an Leberecht gewandt. Die Kurtisane von Kardinal del Monte und Gasparo Biancho schien als einzige unter den Gästen die Ankündigung des Weltuntergangs wenig zu beeindrucken. »Ich jedenfalls«, meinte sie mit einem verächtlichen Blick auf die angetrunkenen, lamentierenden und herumhurenden Gäste, »ich habe nichts nachzuholen. Ich habe nie nach den bigotten Regeln der Kirche gelebt, war nie fromm, nicht einmal gläubig. Ich habe dem Kaiser gegeben, was des Kaisers ist, und dem Papst, was er verlangte. Ich habe jede Leidenschaft ausgelebt, der Lust gehuldigt wie dem Laster. Mein Gott ist das Geld, mein Himmelreich der Luxus. Von beidem habe ich mehr als genug. Und wenn dieser gottverdammte Stern auf uns herniedergeht, dann soll es sein, wie es ist.«

Leberecht schüttelte den Kopf. »Von allen hätte ich diese Reaktion erwartet, nur nicht von Euch. Seht sie Euch doch an, diese armseligen Kreaturen in ihren nach Weihrauch stinkenden Verkleidungen. Glaubte auch nur einer von ihnen an die Lehre der Kirche, so müßte er sich erheben und verkünden: Es kann nicht sein, was Kopernikus errechnet hat, weil es wider die Schrift ist und wider das Wort Gottes. Aber sie glauben ihre eigenen Predigten nicht, mißtrauen ihrer eigenen Lehre! Gibt es einen besseren Beweis, daß Gott die Welt verlassen hat? Sie verteufeln die alten Römer als Heiden, aber sie handeln nicht anders als diese: Sie töten den Überbringer einer

* Die Zeit vergeht und das Leben, aber nicht die Begehrlichkeit.

schlechten Nachricht, anstatt sich mit der Nachricht auseinanderzusetzen.«

»Ihr spielt auf den Tod der Astronomen an?«

»Woher wißt Ihr?«

»Ich bin die Kurtisane Panta, junger Freund, ich teile das Bett mit dem einflußreichen Kardinal del Monte!«

»Verzeiht, ich vergaß ...«

»Schon vergeben. Aber wenn ich mir einen Einwand erlauben darf, mich wundert Eure Offenheit; ich meine, nach den Erfahrungen der letzten Zeit müßtet Ihr doch zuallererst um Euer Leben fürchten. Wo nehmt Ihr den Mut her?«

»Dahinter, verehrte Panta, verbirgt sich ein Geheimnis.«

»Ein Geheimnis? Welches? Sprecht!«

»Ich denke, Ihr seid die Kurtisane eines einflußreichen Kardinals?« Leberecht grinste.

»Ich brenne vor Neugierde!«

»Aber ich werde diesen Brand nicht löschen! Es ist besser für Euch, und besser für mich.«

Die Kurtisane war viel zu schlau, im übrigen auch viel zu stolz, um Leberecht zu bedrängen; vor allem verfügte sie über Verbindungen in höchste Kreise, und es würde nur einen Wink erfordern, um sie von den geheimen Vorgängen zu unterrichten. Aber dieser selbstbewußte Steinmetz von St. Peter begann ihr zu gefallen, und sie gab das ihrem Gegenüber mit feurigen Blicken zu erkennen.

»Ich hoffe Euch mit Eurer Geliebten bei einem meiner Gartenfeste zu sehen«, meinte sie unvermittelt, und sie fügte, was Martha betraf, hinzu: »Ihr solltet auf Eure Frau mehr aufpassen, wenn Ihr mir die Bemerkung gestattet. Sie ist eine außergewöhnliche Schönheit, und schöne Frauen gehören nie einem allein – vor allem nicht in Rom!« Dabei lächelte sie vielsagend.

Leberecht nahm die Bemerkung nicht weiter ernst, aber doch zum Anlaß, nach Martha zu suchen. Er fühlte sich angewidert von dem Chaos, in dem das Purpurfest geendet hatte, wenngleich er selbst nicht ganz schuldlos daran war. So stand er von der Tafel auf, um die Räume des Palazzo zu durchforschen.

Im Vestibül stieß er auf Lorenzo Carafa. Der Kardinal, sichtlich angetrunken, hatte den Purpur gewechselt, und als Leberecht eintrat, begann er ihn mit Komplimenten über seine Frau Martha zu bedrängen. Sie sei schön wie eine griechische Göttin, und der Mann, dem sie gehöre, müsse der glücklichste auf Erden sein. Ob er sie ihm nicht verkaufen wolle gegen Ländereien am Pincio und einen Palast in der Stadt, um Gold oder was immer er für das Prachtweib verlange.

Den Kardinal ernst zu nehmen fiel schon in nüchternem Zustand schwer, und dieses unmoralische Angebot mußte man wohl dem übermäßigen Weingenuß zuschreiben. Jedenfalls ging Leberecht nicht näher auf ihn ein, und er erkundigte sich, ob Lorenzo Martha begegnet sei.

»Sie ist hier allgegenwärtig!« schwärmte der Kardinal im Zustand der Trunkenheit. »Wem Signora Martha je begegnet ist, der trägt ihr Bild in seinem Herzen.« Dabei preßte er die gefalteten Hände auf seine Purpurbrust.

Da mit Lorenzo offensichtlich nicht mehr zu reden war, begab sich Leberecht allein auf die Suche. Im Treppenhaus begegnete er Rudolfo, dem deutschsprachigen Kammerdiener des Kardinals. Dieser berichtete, er habe Donna Martha zusammen mit dem Eminentissimus gesehen, zuletzt sei er ihr im Atrium begegnet, das sie mit schnellen Schritten durcheilt habe, als befinde sie sich auf der Flucht vor Verfolgern. Sie habe einen verstörten Eindruck gemacht wie die meisten Gäste.

Einen verstörten Eindruck? Was in aller Welt sollte Martha verwirrt haben? Sie wußte doch um die Prophezeiung des Kopernikus. Darin unterschied sie sich von allen anderen Gästen, die auf seine Ankündigung entsetzt, bestürzt und kopflos reagiert hatten.

Leberecht begann sich jetzt ernsthafte Sorgen zu machen. Als er Martha, nachdem er alle Räume des Palazzo durchsucht hatte, über trunkene, kopulierende und lamentierende Leiber gestiegen war, nicht fand, da kam ihm der Gedanke in den Sinn, ihre Verwirrtheit könne mit ihrem Sohn Christoph in Zusammenhang stehen, der vom Umgang mit Zahlen und den geistlichen Herren der Kurie verblendet, die eigene Mutter bespitzelte.

So endete das Purpurfest auch für Leberecht mit einem Verhängnis. Denn von Martha fehlte jede Spur. Die Hoffnung, sie habe sich allein nach Hause begeben, bewahrheitete sich nicht. Martha blieb verschwunden.

Auch als Leberecht im Morgengrauen zum Palazzo des Kardinals zurückkehrte, um nach dem Verbleib Marthas zu forschen, bekam er keine Auskunft. Auf dem Boden lagen betrunkene, schlafende und bekotzte Würdenträger herum. Rospigliosi lallte mit dem Gesicht in einer Lache Wein ein Gedicht über den Schwanz des Teufels, und auch von Lorenzo Carafa, der sich volltrunken unter großer Anteilnahme und Hilfestellung der Dienerschaft bereits zu Bett begeben hatte, war keine Auskunft zu bekommen.

»Martha!« schluchzte Leberecht, immer wieder: »Martha!«, während er abermals durch die kalten leeren Straßen den Weg heimwärts suchte. Den Gedanken, Clavius aufzusuchen, verwarf er wieder; denn wenn Marthas Verschwinden mit ihrem Sohn in Zusammenhang stand, dann wäre dieser gewiß der letzte, der ihm bei seinen Nachforschungen helfen würde.

In Gedanken versunken, trottete Leberecht in Richtung Pantheon. Er machte sich Vorwürfe, daß er die geliebte Frau unbedacht aus den Augen gelassen hatte, zumal ihn schon seit langem der Verdacht plagte, daß er verfolgt wurde und unter ständiger Beobachtung stand.

Gewiß, die Inquisition ließ Menschen spurlos verschwinden, andere tauchten nach Tagen kopflos im braunen Wasser des Tibers auf. Es gab Gerüchte von geheimen unterirdischen Verliesen zwischen Engelsburg und Vatikan, in denen Hunderte schmachteten; aber keiner, der davon erzählte, hatte je einen Fuß in eines dieser Gefängnisse gesetzt.

Daß Martha ein Opfer der Inquisition geworden sein könnte, daß sie von Schergen des Heiligen Offiziums entführt worden sei, erschien Leberecht eher unwahrscheinlich. Denn mußten die Dominikaner nicht fürchten, daß er in diesem Fall mit dem Buch des Kopernikus an die Öffentlichkeit trat? Oder hatte er beim Purpurfest des Kardinals schon zuviel verraten?

KAPITEL XI

Furcht und Verblendung

GLEICH EINEM HÖLLENFEUER verbreitete sich die Ankündigung der Endzeit über die Stadt, und noch ehe die matte Wintersonne am folgenden Tag ihren Zenit erreicht hatte, war auf den Plätzen Roms ein Raunen, Flüstern, Brummen und Brodeln zu hören – das Gerücht ging wie eine ansteckende Krankheit von Mund zu Mund. Wildfremde Menschen, die sich begegneten, darunter Herren geistlichen Standes, bekreuzigten sich mit der linken Hand, Zeichen des Teufels und sichtbare Verhöhnung frommer Zeremonien, denen nun keine Bedeutung mehr zukam.

Leberecht ließ seine Arbeit ruhen, um auf der Suche nach Martha die Stadt zu durchstreifen – vergebens. Gegen Mittag, als Kardinal Carafa wieder ansprechbar war, ohne ihm jedoch einen entscheidenden Hinweis zu geben, fand Leberecht eine neue Spur. Ein Page wollte beobachtet haben, daß Martha um die dritte Stunde des Tages, bei Dunkelheit, den Palazzo überstürzt verlassen habe, gefolgt von einem Mann, den er, weil er sein Gesicht gegen die Kälte hinter einem Tuch verbarg, nicht erkannte. Er habe dem Ereignis keine Bedeutung beigemessen und aus diesem Grund könne er auch nicht sagen in welche Richtung die Schöne gegangen und ob sie tatsächlich von dem Mann ohne Gesicht verfolgt worden sei.

Das Gerücht vom Weltuntergang war inzwischen zum Vatikan vorgedrungen. An den Baugerüsten von St. Peter flatterten Zettel mit der Aufschrift: *Der Papst ist ein Ochse, läßt sich ein Denkmal setzen für die Ewigkeit, dabei wird es stürzen, noch ehe es vollendet ist.* Die Steinschneider, die kräftigsten, aber auch rüdesten unter den Dombauarbeitern, weigerten sich weiterzuschuften, da ihre Tätigkeit ohnehin für die Katz sei. Zwei Dutzend von ihnen maskierten sich mit bunten Gauklerkleidern und langen dicken Nasen, welche die Form eines männlichen Gliedes aufwiesen, und zogen mit Eseln und Maultieren über den Petersplatz zum Palastportal und riefen höhnisch: »*Pius, Pius, finis, finis!*«*

Der *Pontifex maximus* beobachtete das aufgebrachte Treiben hinter seinen Fenstern und gab in seiner Hilflosigkeit den Befehl aus, alle Glocken der Stadt auf einmal zu läuten – eine verhängnisvolle Weisung, wie sich herausstellen sollte, denn die Römer faßten das hundertfache Geläute als fromme Bestätigung des Gerüchtes auf, und selbst jene, denen die Prophezeiung bisher verborgen geblieben war, wurden auf diese Weise zu Mitwissern des drohenden Ereignisses.

In das Klagegeschrei, das vornehmlich in den Straßen der Reichen, am Pincio und Janiculo, zu vernehmen war, mischten sich die Gaukler, von denen es Unmengen gab in dieser Stadt, mit übermütigen Gesängen, Tänzen und Schauspielen. Vor dem Brunnen auf der Piazza Navona formten neapolitanische Schausteller, die vor der spanischen Inquisition geflüchtet waren, schamlose lebende Bilder, welche sie bisher nie zu zeigen gewagt hatten, weil sie gegen die guten Sitten oder die Lehre der Kirche gerichtet waren. Nun aber ließen sie unter dem Johlen ihrer Zuschauer der Unzucht freien Lauf, setzten sich starr in Positur und stellten das letzte Abendmahl nach, so wie es Leonardo gemalt hatte. Doch während die Apostel ihren Vorbildern aufs Haar glichen, wurde die Rolle des Herrn Jesus von einem unbekleideten Mädchen gespielt, welches alle Augen auf

* Pius, Pius, ⟦es ist zu⟧ Ende, ⟦zu⟧ Ende!

sich zog. In Windeseile und unter den Augen des Publikums zogen sich die Gaukler um und formten ein neues Bild, das dem ersten an Obszönität nicht nachstand. Dabei diente der Tisch, an welchem soeben das Abendmahl stattfand, als Pranger. Auf ihm standen, an einen Schandpfahl gefesselt, ein Mann und eine schöne Frau, beide in Frauenkleidern. Das Kleid des Mannes war hochgeschürzt bis zu seiner Männlichkeit, während jenes der feinen Dame alles sehen ließ, was eine begehrliche Frau ausmacht. Die Szene erinnerte an eine Begebenheit unter Papst Alexander VI., als die Kurtisane Corsetta mit einem Schwarzen verkehrte, welcher sich in Frauenkleidern bewegte und den Namen »Schwarze Barbara« trug. Als der Schwindel aufkam, waren beide in der geschilderten Aufmachung an den Pranger gestellt worden.

Wenige Schritte entfernt tanzten die Jungen wilde Tänze, wilder als der Sacco di Roma und jeder andere Krieg, weil sie ihre lüsternen Leiber aneinander rieben und Bewegungen ausführten, wie sie nur Mann und Frau zum Zwecke der Fortpflanzung gestattet waren. Anders als bei den Schreit- und Springtänzen, welche seit Jahrhunderten das Volk erfreuten, standen die Tanzenden nicht nebeneinander, sondern Gesicht zu Gesicht, so daß allein dieser Anblick sündhafte Gedanken heraufbeschwor.

Rechtschaffene Bürger, deren Äußeres Geld oder Vermögen verriet, wurden am hellen Tage von Räuberbanden überfallen, geschlagen, gefesselt, ihrer Kleider und ihres Geldes beraubt und mit nach hinten gebundenen Armen an Bäumen oder Hoftoren aufgehängt. Dann entzündete man Feuer unter ihren Füßen und erfreute sich an ihren zappelnden Bewegungen.

In den vornehmen Straßen wie der Via Giulia wurden Dächer von den Häusern gerissen, Fenster und Türen eingetreten und ihre Besitzer, so sie Widerstand leisteten, totgeschlagen. Behörden, Aufseher und Soldaten sahen dem Treiben nicht nur tatenlos zu, sie beteiligten sich sogar an den Beutezügen. Am übelsten spielte der Pöbel den Dominikanern mit, welche die Ämter der Inquisition innehatten. Ihre Klöster wurden gestürmt und die Mönche bis zur Erschöpfung durch die Stadt gejagt; einigen schnitt man die Kehlen durch. Jene, welche durch Inquisitionsurteile namentlich bekannt waren, wurden mit Scharlachstrümpfen erdrosselt und auf Straßen und Plätzen liegengelassen.

Aus Angst vor Räubern und Mördern verrammelten die Römer ihre Häuser. Papst Pius ließ vor seinem Palast doppelte Wachen aufmarschieren, ebenso die Herren Kardinäle und ihre wohlgelittenen Kurtisanen.

Die letzten Zweifler wurden am folgenden Tag eines Besseren belehrt, weil an verschiedenen Orten in der Stadt Schlangen in großer Zahl gesichtet wurden, die Tiere des Teufels. Weiber rannten um ihr Leben, und mutige Männer nahmen mit Fackeln und Schwertern den Kampf auf und zerstückelten und verbrannten die Ungeheuer. Und obwohl Schlangen für gewöhnlich das Feuer meiden, sammelten sich dort, wo die Schlangen verbrannt wurden, immer mehr solcher Tiere, und Wahrsager verkündeten, dies sei das Zeichen, daß der Teufel von der Stadt Rom bereits Besitz ergriffen habe.

Im Kloster der Minerva geschah ein weiteres Wunder. Ein Frater vom dritten Predigerorden, klein und buckelig, starb im gesegneten Alter von annähernd hundert Jahren. Die Prediger legten ihn in einen schlichten Holzsarg und bahrten ihn in der Kirche ihres Klosters auf. Kaum war das geschehen, da begann sich der tote Buckelige zu strecken und zu dehnen und den Sarg zu sprengen, ohne das Leben wiederzuerlangen, und die Predigermönche behaupteten, fern des Verdachts der Lüge, dem entseelten Frater seien auf beiden Seiten der Stirn Hörner gewachsen, als sei's der Leibhaftige. Da hätten sie seine Leiche verbrannt und die Asche in den Tiber gestreut.

Von den Wächtern der Katakomben an der Appischen Straße wurden geheime unterirdische Gänge verkauft, dreihundert Fuß unter der Erde und vielleicht die einzige Möglichkeit, der Endzeitkatastrophe zu entgehen. Und so kam es, daß die Wächter, die zuvor zu den Ärmsten der Armen zählten, nun auf einmal vom Reichtum gesegnet und in der Lage waren, der Völlerei und Faulheit zu frönen, von der sie immer geträumt hatten.

Überhaupt kam dem Fressen und Saufen die größte Bedeutung zu. Als hätten sie Jahre der Entbehrung hinter sich gebracht, gedarbt und gehungert, begannen die Menschen sich prasserischen Tafelfreuden hinzugeben wie noch nie zuvor. Es schien, als wollten sie in kurzer Zeit all das in sich hineinstopfen, wovon sie schon immer geträumt hatten. Fleisch, Meeresgetier und exotische Früchte, welche eher selten auf dem Tisch standen und dann nur bei wohlhabenden Leuten, erfreuten sich nun großer Nachfrage, und die Fischer und Händler aus Ostia und der Campagna konnten gar nicht genug Ware herbeischaffen.

Hinzu kam, daß die Stimmung immer zügelloser wurde, immer widerwärtiger und ausfallender und daß, was Sitte und Anstand betraf, die Kurie jeden Tag mehr an Einfluß verlor. Einfache Pfaffen und Kardinäle mit Leibwächtern und Dienerschaft wurden auf offener Straße überfallen und ihrer Pretiosen beraubt, und so keine vorhanden, zogen die Räuber ihnen ihre Kleider aus und machten sich damit aus dem Staub.

Das gemeine Volk hatte jeden Respekt vor der Obrigkeit verloren, ja, der Haß ging so weit, daß jeder, der einem anderen in irgendeiner Art überlegen war – sei es durch Stand, Reichtum oder Einfluß –, um sein Leben bangen mußte. Das Volk lebte in einem Taumel der Zügellosigkeit, und selbst die, welche aus Gründen der Frömmigkeit oder weil sie jeder Wissenschaft mit Mißtrauen begegneten, dem Fluch des Kopernikus keinen Glauben schenkten, wurden mitgerissen von der allgemeinen Stimmung.

Wie nicht anders zu erwarten, litt die heilige Mutter Kirche am meisten unter der Prophezeiung. Die Pfaffen wurden zum Gespött der Leute. Aus Angst vor Plünderungen hielten sie ihre Kirchen verschlossen. Mönche und Nonnen entledigten sich ihrer Kutten; sie vergaßen Keuschheit und Armut und ließen ihre Klöster im Stich oder entweihten die heiligen Stätten, indem sie auf Altären Unzucht oder mit Bildern der Heiligen Spott trieben.

In Rom herrschte das Chaos, und dieses Chaos erschwerte Leberechts Suche nach Martha noch mehr. Sie war seit drei Tagen verschwunden, und es schien, als habe die Erde sie verschluckt. Wo immer er fragte, niemand hatte sie gesehen. Mit Hilfe Carvacchis hatte er Kontakt zur Kurie und der Inquisition aufgenommen, aber auch dort nur unbefriedigende Antworten erhalten.

Nicht weit von seinem Haus entfernt, auf halbem Weg zwischen dem Pantheon und der Kirche Santa Maria sopra Minerva, lebte auf dem Dach eines hohen Hauses eine alte weißhaarige Frau, die er oft von der Straße beobachtet hatte. Ihre Behausung war eine Hütte aus Holz auf dem flachen Dach, welche vor vielen, vielen Jahren wie ein bunter Pilz über Nacht aus dem Boden gewachsen war. Und weil Cassandra, so nannte sich die alte Frau, nachgesagt wurde, sie verfüge über das zweite Gesicht, und weil sie in ihrer luftigen Behausung niemandem im Wege stand, ließ sie der Hausbesitzer gewähren.

Cassandra lebte von dem, was ihr die Leute gaben, die zu ihr kamen, um zu erfahren, was die Zukunft brächte. Nun aber, da das Ende der Welt bevorstand, nahm kaum jemand ihre Dienste in Anspruch.

In seiner Verzweiflung und weil er nicht mehr weiter wußte, begab sich Leberecht am vierten Tage zu der Seherin, um sie nach Marthas Schicksal zu befragen. Über das Dach pfiff ein eiskalter Wind, als er an der Tür der heruntergekommenen Hütte klopfte. Cassandra lag im Bett, einer Art Verschlag, ähnlich jenen Holzkäfigen, in denen Geflügel gehalten wurde. In der Hütte gab es keine Möglichkeit zum Heizen, und deshalb hatte die Alte sich mit allen Kleidungsstücken zugedeckt, die sie ihr eigen nannte.

Nachdem Leberecht seinen Wunsch vorgebracht hatte, erklärte Cassandra, sie benötige für ihre Weissagung die Leber eines frisch geschlachteten Schafes. In einer anderen Situation hätte Leberecht die Alte verlacht und das Weite gesucht, so aber ging er zum nahen Schlachthaus, kaufte eine Schafsleber und kehrte mit dem blutigen Organ zu Cassandra zurück. Die Leber, meinte Cassandra, während sie ihre langen, dürren Finger über das glitschige Etwas gleiten ließ, sei ein genaues Abbild des Kosmos, sozusagen das Weltall im Kleinen, so daß auf diesem Organ Gegenwart, Vergangenheit und Zukunft zu erkennen seien, je nach der Beschaffenheit. Der obere Pyramidalfortsatz, *caput iocineris* genannt, verheiße Glück, wenn dieser groß und kräftig sei, wohingegen ein unterentwickelter Fortsatz nichts Gutes erwarten lasse.

Leberecht verfolgte Cassandras Fingerspiel mit Mißtrauen, und weil sie mit einem Mal verstummte, stellte er ihr die Frage: »Was könnt ihr aus dem Fortsatz erkennen, sprecht!«

Die Alte wiegte den Kopf hin und her, schließlich antwortete sie: »Glück ist es nicht, das auf Euch zukommt. Der Spalt in der Leber kündigt große Umwälzungen an ...«

»Was ist mit Martha?« rief Leberecht ungeduldig. »Ist sie ...«

»Tot? – Noch weilt sie unter den Lebenden.« Mit blutigem Zeigefinger deutete Cassandra auf die dunklen und hellen Streifen, die dem Organ ein geheimnisvolles Muster verliehen. »Die Frau, welche Euch nahesteht, lebt im verborgenen, aber ...«

»Wo kann ich sie finden, wo?«

Cassandra klatschte mit der flachen Hand auf die Leber, als wollte sie das Organ zum Leben erwecken. »Diese Frage übersteigt meine Fähigkeiten. Ich vermag nur soviel zu sagen: Das Weib, das Euch nahesteht, ist näher, als Ihr glaubt.« So sprach sie, warf die Leber in eine tönerne Schale und streckte Leberecht die offene Hand entgegen, an der noch Blut klebte.

»Ich habe Hunger«, sagte sie unvermittelt.

Leberecht legte zwei Münzen in die knochige Hand und entfernte sich angewidert.

Zum geheimen Konsistorium, das nach dem Willen des Papstes geheimer als geheim und verschwiegener als verschwiegen sein sollte, und daher in keiner Chronik auftauchte, lud Pius V. am

Tage nach Verkündigung des Herrn Kardinäle, Monsignori und Geistliche Räte der Kurie, sowie Auditoren, Referendare, Professoren und Ordensbrüder, auf deren Diskretion er zählen konnte, in die Sixtinische Kapelle, jenen Ort, welcher dem Anlaß und der Ernsthaftigkeit des Themas am würdigsten erschien.

Vor dem Altar, zu Füßen von Michelangelos »Jüngstem Gericht«, thronte Pius V. auf einem erhöhten Konsistorialsitz, rechts daneben ein Kammerstuhl, darum herum im Halbkreis, wie beim Konsistorium üblich, die purpurbezogenen Schemel der Kardinäle, dahinter in zweiter Reihe und mit goldglänzenden Bezügen die Sitzgelegenheiten der niederen Würdenträger und weltlichen Konsistorialen mit Blick auf den *Pontifex maximus*.

Noch bevor das Thema der Sitzung, der *Finis mundi* zur Sprache kam – das Wort »Weltuntergang« wagte in diesen Tagen keiner von den Gesalbten in den Mund zu nehmen – gerieten die Kardinäle und Johannes Custos, der Zeremonienmeister des Papstes, im Beisein aller so lautstark aneinander, daß Pius V. zur Zurückhaltung mahnte, weil ihr lautes Geschrei geeignet sei, die geheime Zusammenkunft zu verraten.

Der Grund ihrer Auseinandersetzung war der Kammerstuhl zur Rechten des Papstes, welcher dem ranghöchsten Mitglied der Kurie zustand und von Eminentissimus Claudio Gambara, Kardinalstaatssekretär, Präfekt der Kongregation für die Heilslehre, Titularerzbischof von Nola und Geheimer Kammerherr Seiner Heiligkeit, beansprucht wurde. Er hatte gerade die Hand des Papstes geküßt und wurde von diesem durch Anspitzen der Lippen zum Mundkuß ermuntert – seit dem Pontifikat des fünften Pius unterblieb der peinliche Fußkuß –, da machte er Anstalten, auf dem Kammerstuhl Platz zu nehmen. Doch Frederico Kardinal Capoccio, ein ebenso langes wie altes Elend, Titularerzbischof von St. Malo, Prosekretär der Kongregation zur Erforschung des *Finis mundi* und dienstältester Kurialbeamter, der die Absicht Gambaras durchschaute und das Gestühl für sich in Anspruch nahm, protestierte lautstark und, wie es sich in Gegenwart des *Pontifex maximus* gehörte, in lateinischer Sprache und mit hoher Stimme: »*Cede, cede!*«*

So hurtig, wie es sein hohes Alter gerade noch zuließ, ergriff er die Papsthand zum Kusse, den durch Anspitzen der Lippen huldvoll gewährten Mundkuß schlug er aus, so daß Pius eine Weile in vergeblicher Erwartung der Intimität mit geschlossenen Augen verharrte, und ließ sich auf dem Kammerstuhl nieder, noch bevor Gambara ihm den Rang mit seinem Hinterteil streitig machen konnte. »*Cede, cede!*« fauchte nun Gambara seinerseits, baute sich provozierend vor Capoccio auf und schwang seine goldbestickte Stola, als wäre es ein schwergewichtiger Morgenstern. Sofort bildeten sich unter den Geladenen des Geheimen Konsistoriums zwei Gruppen, welche mit großer Leidenschaft und in Vergessenheit der ernsten Lage mit lautem Rufen für den einen oder anderen Partei ergriffen.

Nicht einmal dem Papst gelang es, seinen Worten zur Mäßigung Gehör zu verschaffen; sein Stoßgebet »*Quod deus bene vertat!*«** verhallte wie die Worte des Rufers in der Wüste. Und während Seine Heiligkeit sich anschickte, den großen Exorzismus herunterzubeten, der ihm auswendig geläufig war, und den streitenden Parteien sein goldenes Brustkreuz beschwörend entgegenhielt, wobei er die Vergeblichkeit seiner Handlung erkennen mußte, reichte ihm Zeremonienmeister Johannes Custos in höchster Verzweiflung ein qualmendes Räuchergefäß, ohne zu wissen, welchen Zweck er damit verfolgte.

In seiner Hilflosigkeit schwang Pius das qualmende Thuriferium gegen die Feinde. Dabei rief er aufgeregt die Worte: »*Ab illo benedicaris cuius honorem cremaveris!*«†

Kraft dieser Worte, vielleicht aber auch nur, weil den Streithähnen der gesegnete Qualm in den Augen brannte, ließen Kardinal Gambara und Kardinal Capoccio voneinander ab. Sie husteten sich die Seele aus dem Leib, und der Zeremonienmeister

* Hau ab!

** Was Gott zum Guten wenden möge!

† Mögest du von jenem gesegnet sein, zu dessen Ehren du verbrannt wirst!

nutzte die Gelegenheit, den Kammerstuhl vom Podium des Papstes zu tragen und inmitten des Halbkreises aufzustellen.

Als sich der Weihrauch verzogen hatte, erhob sich der Papst, sprach seinen Segen und verkündete einen Ablaß auf hundert Jahre, der von dem immer noch empörten Kardinalstaatssekretär Gambara in Italienisch, von Johannes Custos auf französisch und von Pater Ganzer von den Minoriten auf deutsch wiederholt wurde, worauf der niedere Klerus, unter dem sich Spezialisten für das anstehende Problem befanden, *a capella** in den Chorgesang »*Ecce sacerdos magnus*«** ausbrach und ihn zu Ende brachte.

Sodann erfolgten die Lesungen zum Tage nach Verkündigung des Herrn, welche von Pius höchstpersönlich festgelegt worden waren und von Klerikern in Steigerung ihrer kurialen Ämter vorgetragen wurden: die erste von einem Acolyten, die zweite von einem Auditor, die dritte von einem päpstlichen Subdiakon, die vierte von Monsignore Pacioli als jüngerem Presbyter, die fünfte von Kardinal Capoccio als Schwertträger; die sechste von Gambara – süffisant lächelnd, weil er gegenüber Capoccio den Vortritt hatte –, die siebente vom Kanzler Rovere; die achte hatte sich Seine Heiligkeit selbst vorbehalten. Als Pius geendet hatte, warf er seinem Zeremonienmeister Johannes Custos einen hilfesuchenden Blick zu, als sei ihm während des Zeremoniells der eigentliche Grund der geheimen Versammlung entfallen.

Custos rettete die Situation, indem er Seiner Heiligkeit hinter vorgehaltener Hand, den Blick abgewandt, zuraunte: »*Finis mundi! Finis mundi!*«

Aber noch ehe der Papst das Wort ergriff, erhob sich, vorlaut, wie man es von ihm gewohnt war, Domenico Kardinal Isualgli von Monte Marano, von dem niemand zu sagen wußte, wie ihm dieses Amt zugefallen war, und beklagte die Übermacht des niederen Klerus und der weltlichen Referenten die-

* ohne Begleitung (lat./ital.)
** Siehe, der hohe Priester ...

ses Konsistoriums; jedenfalls seien die dreizehn anwesenden Kardinäle in der Minderheit und einer sogar taubstumm.

Letztere Bemerkung war eigentlich unstatthaft, sogar bösartig, weil jeder im Kardinalskollegium, einschließlich des Papstes, wußte, daß er Francesco Kardinal Varese meinte, welcher nicht taubstumm war, sondern, nachdem Isualgli ihn bei einem Besitzstreit um die Kurtisane Margherita de Lola aus dem Fenster geworfen hatte, neben selbiger auch seiner Sprache verlustig gegangen war – hören konnte er noch ganz gut.

In Anbetracht des Problems, entgegnete darauf Pius V., müsse die niedere Übermacht geduldet werden, denn es handle sich um Kapazitäten und Zelebritäten auf ihrem Gebiet, von denen er nur einige wenige erwähnen wolle wie den Mathematicus Paolo Soncino, Magister der Künste, Professor der Zahlenkunde und als Statiker von St. Peter mit den größten Problemen der Mathematik vertraut; sodann Lorenzo Albani, Professor und Magister der Sternenkunde an der römischen Sapienza; sodann Luigi Lilio, Doktor der Medizin und Professor der Sternenkunde und in der Epaktenrechnung erfahren; Christoph Clavius vom Orden der Jesuiten, Mathematicus und Professor der Sternenkunde am Collegium Romanum; Philipp von Trapp, Kanonikus von Lüttich und Doktor der Dekrete wider die Endzeit; ferner Stanislaus Ondorek, Magister der Künste und Professor für Eschatologie; außerdem André Villon, Magister der Künste und der Theologie und als Professor für Eschatologie mit den letzten Dingen jenseits der Alpen bestens vertraut.

»Und wo ist dieser gottverdammte Professor Kopernikus?« krächzte Kardinal Capoccio und fuchtelte wild in der Luft herum. »Ich will den Kerl sehen, der uns das alles eingebrockt hat. Wo hat sich der Feigling versteckt?«

Es wurde still, sehr still im Konsistorium. Kardinalstaatssekretär Gambara richtete die Augen zur Decke, als suchte er dort zwischen den Propheten und Sibyllen eine Antwort auf die Frage; dann holte er tief Luft, doch noch bevor er ein Wort sagte, kam ihm Pater Ganzer von den Minoriten zuvor: »Eminentissimus Frederico Capoccio, hochwürdiger Herr Kardinal, der vom Allerhöchsten mit der Fähigkeit die Bahnen der Gestirne vorauszurechnen versehene Doktor Kopernikus aus dem Herzogtum Preußen ist seit über zwanzig Jahren tot!«

»So?« Capoccio räusperte sich. »Na dann ist ja alles gut! Warum müssen wir uns dann in einem Geheimen Konsistorium mit seinen Rechenkünsten beschäftigen?«

Soncino, für gewöhnlich eine Seele von Mensch, duldsam und weit entfernt von jedem Zornesausbruch, bekam einen roten Kopf, so rot wie der Habit der anwesenden Kardinäle, und er entgegnete zurückhaltend, indem er jedes Wort einzeln betonte: »Weil Rechenkünste, so sie diese Bezeichnung verdienen, ein absolutes Ergebnis hervorbringen. Das heißt, ein richtiges Ergebnis stimmt auch noch nach zehntausend Jahren. Mit anderen Worten: ein mathematisches Problem bleibt für alle Zeiten ein mathematisches Problem, es sei denn ...«

»Es sei denn?« nahm Gambara seine Rede auf, und aller Augen richteten sich auf Soncino, den Rechenkünstler in allen drei Dimensionen, dem das absolute Zahlengedächtnis nachgesagt wurde.

Verlegen, beinahe entschuldigend, weil die Antwort so verblüffend einfach klang, erwiderte Soncino: »Es sei denn, das mathematische Problem wird gelöst. Ein gelöstes Problem verliert die Berechtigung, als solches bezeichnet zu werden.«

»Und ist es damit aus der Welt?«

»Gewiß!« Soncino lachte.

»Zur Sache!« mahnte der *Pontifex maximus*, der Gambaras Gedankengänge nicht verstand. Er verurteilte jeden der Anwesenden namentlich zum ewigen Schweigen und begann: »Jeder von Euch hochgelehrten und von Euch hochwohlgeborenen Herren – dabei verneigte er sich in Richtung der Kardinäle – kennt das Problem, welches uns zum Geheimen Konsistorium zusammenführt. Das Problem, das der Preuße der heiligen Mutter Kirche mit seinen astronomischen Berechnungen beschert hat, ist nicht das nahe Ende an sich, sondern es sind die Umstände, unter denen dieses Ende stattfinden soll. Keiner wußte, wie das Ende aussehen würde, als der große Komet am Himmel erschien, und selbst im Jahre des Herrn 1533, das von den Schriftgelehrten als das Ende gedeutet wurde, machte sich keiner der Weisen ein Bild von den Umständen, so daß jenes Jüngste Gericht, welches der Herr uns verheißen, hätte Wahrheit werden können. Nun aber bemächtigt sich dieser Medicus und Doktor des Kirchenrechts gar der astronomischen Wissenschaft und verkündet, nicht die Posaunen des Jüngsten Gerichts würden das Ende verkünden, sondern ein lauter Knall, der alles vernichte und Gott dem Herrn keine Zeit mehr gebe, über Sünder und Gerechte zu richten.«

Der alte Kardinal Capoccio schlug drei Kreuzzeichen, und Lorenzo Albani rief dazwischen: »Verzeiht, Eure Heiligkeit, aber die letzte Bemerkung ist Eure eigene Interpretation und nicht die Aussage des Doktor Kopernikus. Kopernikus hat nur errechnet, daß ein Stern auf die Erde stürzen wird, von den Folgen hat er nichts gesagt!«

Der Papst streckte die Hand aus und nickte, dann fuhr er fort: »Die Berechnungen des Preußen lassen jedenfalls keinen anderen Schluß zu als jenen, daß das Jüngste Gericht nicht stattfindet, und was das bedeutet, brauche ich in diesem Geheimen Konsistorium nicht zu erläutern. Eminentissimi und Reverendissimi, das bedeutet ... das bedeutet ... ich wage es nicht auszusprechen!« Er rang nach Luft und versuchte vergeblich, den obersten Knopf seines Kragens zu öffnen, bis Gasparo Biancho, der Kammermeister des Papstes, von hinten hinzutrat und das Problem mit spitzen Fingern löste.

»Eure Heiligkeit«, begann der Professor für Eschatologie Stanislaus Ondorek, »das alles ist doch nicht neu. Ich meine, wir alle, die hier versammelt sind, wissen doch seit vielen Jahren von dem *Astrum minax*, dessen Ankunft Kopernikus angeblich so treffend berechnet hat. Woher kommt also die plötzliche Unruhe und Gereiztheit, die Raserei der Menschen? Woher weiß das Volk überhaupt von dieser Angelegenheit?«

Der Papst hatte sich von seinem Schwächeanfall erholt und erwiderte: »Brüder im Herrn, hochgelehrte Professoren und

Magister. Der heiligen Mutter Kirche steht das Wasser bis zum Hals. Deshalb ist es angebracht, allen hier Anwesenden reinen Wein einzuschenken. Ihr wißt von jenem verhängnisvollen Buch, das die Benediktiner nach Kopernikus' Tod in Druck gaben, und gewiß ist Euch auch bekannt, daß es uns gelungen ist, alle Bücher bis auf eines ausfindig zu machen. Gerade dieses eine Buch ist nun unter mysteriösen Umständen aufgetaucht.«

Kaum hatte Pius das verkündet, da brach ein Raunen aus, und in kurzer Zeit redeten die anwesenden Kardinäle und Würdenträger, Theologen und Professoren aufgebracht durcheinander, und der alte Kardinal Capoccio, als Prosekretär der Kongregation zur Erforschung des *Finis mundi* mit dem Thema wohlvertraut, rief erzürnt und mit rotem Kopf: »Warum erfahre ich das erst jetzt? Ich habe ein Recht darauf, es als erster zu erfahren. Sollte Gambara vor mir davon Kenntnis gehabt haben, so lege ich *stante pede** mein Amt nieder!«

Da beteuerte der Kardinalstaatssekretär hoch und heilig und entgegen der Wahrheit – in gewissen Situationen läßt die heilige Mutter Kirche durchaus eine Notlüge zu –, er habe wie alle anderen Teilnehmer des Geheimen Konsistoriums erst in diesem Augenblick von dem Verhängnis erfahren; nun sei es Aufgabe aller, einen Ausweg aus dem Dilemma zu finden.

Der Großinquisitor, der trotz seines roten Habits nur in der zweiten Reihe Platz gefunden hatte, wo er unter den schwarzgekleideten Ordensleuten, Magistern und Professoren besonders auffiel, kämpfte gegen das laute Durcheinander an und verkündete, das Heilige Offizium werde das schändliche Buch oder seinen Besitzer in kürzester Zeit ausfindig machen und die Angelegenheit im Sinne unseres Herrn Jesus zu Ende bringen. Dabei zog er die flache Hand waagrecht an seinem Hals vorbei.

Wie gebannt starrten die Mönche, Magister, Professoren und – zu ihrer Ehre sei's gesagt – auch die Kardinäle auf den Großinquisitor. Der blickte mit finsterem Gesicht in die Runde, und als ihm keiner beipflichten wollte, fügte er drohend

* stehenden Fußes, auf der Stelle

hinzu: »Das Heilige Offizium ist schon mit ganz anderen Ketzern fertig geworden!«

»Mäßigung! Mäßigung!« fuhr Pius dazwischen und hob beschwörend beide Hände. »Die Situation ist viel zu verwickelt, als daß der Inquisition unüberlegtes Handeln zukäme. Die vergangenen Tage haben gezeigt, welch teuflische Macht sich in diesem Buch verbirgt. Es scheint, als habe der Antichrist seinen letzten Weg angetreten. Christenmenschen verhöhnen ihren Glauben, Gläubige werden zu Ungläubigen, und es ist nur eine Frage der Zeit bis sie den Vatikanischen Palast anzünden. *Discede diabolo, relinque Romam liberam, plebemque Christi fuge!*«*

»Amen!« Die Kardinäle blickten erschreckt ob soviel Einigkeit in ihren Reihen.

Nur der Großinquisitor zeigte noch immer keine Einsicht, er sprang auf und rief in das Konsistorium: »Ich glaube nicht an die Existenz eines solchen Buches und an die Berechnungen dieses Kopernikus schon gar nicht, bis ich das Machwerk mit eigenen Augen gesehen und die Berechnungen mit meinem Gehirn begriffen habe!« Dabei schlug er sich mit der Hand gegen die Stirn.

Der Papst lächelte gequält: »Er redet wie der Apostel Thomas von der Auferstehung des Herrn, und ich brauche wohl nicht zu erwähnen, welches Ende die Angelegenheit fand. O nein, Herr Großinquisitor, über die Existenz dieses Buches und seinen gefährlichen Inhalt bestehen keine Zweifel. Zweifeln könnte man nur an der Richtigkeit der Vorhersage. Ich meine, dieser Kopernikus war ein preußischer Domherr und kein Mathematicus, er könnte sich doch verrechnet haben? Was meint Ihr, Messer Lilio?«

Luigi Lilio, ein kleiner alter Mann mit schütterem Haar erhob sich mühevoll und antwortete: »Eure Heiligkeit, als mich Marcellus, einer Eurer Vorgänger auf dem Stuhle Petri, beauftragte, mit Hilfe der Mathematik und Astronomie, jenen Wis-

* Weiche Satan, verlasse das freie Rom, und fliehe das Volk Christi!

senschaften, derer Kopernikus sich bediente, nachzuweisen, daß er im Unrecht sei, da rechnete ich zwei Jahre, ohne das Ergebnis zu kennen. Und als ich nach siebenhundert Tagen zu Ende war, kam ich zum selben Ergebnis wie Kopernikus, daß sich die Erde und das *Astrum minax* am achten Tag des zehnten Monats im Jahre des Heils 1582 auf ihrer Bahn begegnen werden.«

»Und könnt Ihr uns erklären, Professore Albani, was das für unseren Planeten bedeutet? Anders gefragt, ist damit zwangsläufig die Vernichtung unseres Planeten verbunden? Ich meine, könnte der fremde Stern nicht auf der anderen Seite unseres Planeten niedergehen, in Indien oder Amerika, wo die Heiden leben?«

Albani hatte Mühe, nicht laut loszulachen, deshalb erwiderte er mit betont ernstem Gesicht: »Ein paar Meteoriten – das sind Sternsplitter, Eure Heiligkeit – haben genügt, ganze Länder der Erde in Wüsten zu verwandeln. Der Stern, welcher auf uns zurast, ist ...«

»So redet doch, Professore!«

»... zehnmal größer als die Erde ...«

Da wurde es still im Konsistorium. Nur Kardinal Francesco Varese, der jedes Wort verstand, obwohl er vom Schicksal mit Sprachlosigkeit gezeichnet war, erhob sich und gab gurgelnde Laute von sich. Dazu spreizte er fünf Finger seiner Linken und drei seiner Rechten und fuchtelte wild in der Luft herum, bis Zeremonienmeister Johannes Custos an ihn herantrat und ihn mit einem verständnisvollen Kopfnicken auf seinen Stuhl drückte.

»Und ein Irrtum ist ausgeschlossen?« erkundigte sich der Papst, den Blick zur Decke der Kapelle gerichtet, wo Michelangelo auf eigenwillige Weise die Anfänge der Menschheit festgehalten hatte.

»Nach dem derzeitigen Wissensstand, ja«, antwortete Albani und fügte hinzu: »Leider.«

Der Papst faltete die Hände und sprach: »Gott der Herr sei uns gnädig!«

In der hintersten Reihe begann Pater Ganzer von den Minoriten, unterstützt von einem Subdiakon abermals und voll Inbrunst den Gesang »*Ecce sacerdos magnus*«, doch die wohlgemeinte Anteilnahme wurde von Pius mit einem unwilligen »Schschscht« unterbrochen.

Kardinal Domenicus Isualgli von Monte Marano hüstelte künstlich; erst allmählich wurde deutlich, daß sein seltsames Verhalten dazu diente, den Lachkrampf, von dem er auf hinterhältige Weise befallen war, zu verbergen. Doch als sich sein Gelächter nicht mehr verheimlichen ließ, als er japsend nach Luft schnappte, da ließ er seinem Lachen freien Lauf und er rief: »Gott der Herr! Ha, ha! Welcher Gott, welcher Herr? Etwa der, welcher uns das Jüngste Gericht angedroht hat? Mit dem ist es ja wohl nicht soweit her?«

Zuerst erntete Isualgli zornige Blicke, doch dann wurden auch Kardinalstaatssekretär Gambara, der Titular von Santo Spirito Daniele Rospigliosi, Monsignore Pacioli, sogar der strenge Pater Ganzer von den Minoriten von dem Gekicher angesteckt, bis sie sich schüttelten vor Lachen, und Gambara rief: »Ich stelle mir gerade vor, was aus uns werden soll, wenn sich herausstellt, daß dieser Kopernikus recht hat!«

»Nicht auszudenken!« pflichtete Rospigliosi bei, und Isualgli prustete: »Und man stelle sich vor, wenn das gläubige Volk es merkt ...«

So unerwartet, wie es begonnen hatte, erlosch das peinliche Gelächter. Erschrocken und ein wenig verlegen ordneten die Kardinäle ihre Gewänder, Pater Ganzer zog seinen Gürtel enger, und der Zeremonienmeister des Papstes sprach demonstrativ ein stummes Gebet.

Da erhob sich Philipp von Trapp, Kanonikus von Lüttich, einer der Klügsten des Konsistoriums, und begann zu dozieren: »Es kommt mir nicht zu, an den kopernikanischen Berechnungen zu zweifeln, doch hätten sie zur Folge, daß alles Leben mit einem Schlag erlischt, daß es kein Gericht gibt und keinen Richter – daß also das, was uns die Schrift verheißt, ewige Glückseligkeit oder Verdammnis, nicht stattfindet.

Daran glaube ich nicht! Warum? Nun, es gibt kein Volk auf dieser Erde – von der ältesten bis zur neueren Zeit – das nicht nach Ablauf dieses Lebens, einen Ort der Freuden und einen Ort der Pein erwartet hätte. Chaldäer, Thraker, Babylonier, Assyrer, Perser, Meder, Parther, Inder, Phönizier, Ägypter, Garamanten, Hyperboreer, Skythen und Gothen, sogar Gallier und die Deutschen haben nie an einem zukünftigen Leben gezweifelt. Und ziehen wir die neu entdeckten Völker hinzu, die Chineser, Japoneser, Inder, Moguleser, Geylaner, Siameser, Talaponier, Tartaren, Madagaskaren und Hottentotten, so kommen wir zum gleichen Ergebnis und wir finden die vollkommenste Übereinstimmung unter allen Völkern der Erde.«

Von den hinteren Reihen, wo die niederen Klerikalen Platz gefunden hatten, gab es Beifall. Kardinalstaatssekretär Claudio Gambara hingegen meinte mutlos: »Ich wünschte, Ihr und die genannten Völker hättet recht!«

Der Kanonikus aus Lüttich nickte und fuhr fort: »Die alten Ägypter nahmen den Tod bedeutender Männer zum Anlaß, Freudenfeste zu begehen, weil ihm ein neues Leben bevorstand. Die Thraker weinten bei Geburt eines Menschen, weil sie seine bevorstehende Mühsal erkannten, und sie lachten, wenn er starb, weil ihn Glückseligkeit erwartete. Und bei den Indern sind die Brachmanen bemüht, die Gläubigen zu überzeugen, daß der Tod die Geburt zu wahrem Leben ist. Die Sokotoraner holen sich an den Gräbern ihrer Ältesten Rat in zweifelhaften Geschäften, und die Talaponier verbrennen nur deshalb ihre Leichen, weil sie die Ansicht vertreten, der Rauch trete den direkten Weg zum Paradies an. Von den Chinesern wissen wir, daß sie Speisen auf ihre Gräber stellen, welche den herumirrenden Geistern Nahrung sein sollen. Stirbt in Guinea ein König, so werden mit ihm seine Gemahlinnen und die wichtigsten Untertanen auf dem Scheiterhaufen verbrannt, damit er im weiteren Leben nicht allein sei. Und die Indianer in der Neuen Welt geben ihren Toten Waffen mit, ein lebendes Pferd, einen Sklaven und einen Hund, damit es ihm auf der Reise in die andere Welt nicht an Bequemlichkeit, Bedienung und Schutz fehle.«

»Närrische Einfälle!« rief Gambara. »Grausame Gebräuche!«

»Gewiß«, erwiderte Philipp von Trapp, »aber alle entstehen aus dem Glauben an die Unsterblichkeit. Und dabei ist jede dieser Religionen weit entfernt vom Glauben unserer heiligen Mutter Kirche.«

Wutschnaubend erhob sich da der Großinquisitor, und an den Papst gewandt polterte er los: »Heiden sind das, Ketzer und Verblendete, dumme Völker, die der Erlösung unseres Herrn Jesus nicht teilhaftig sind. Allein die Nennung ihrer Namen in den Leoninischen Mauern ist eine schwere Sünde; sie als Beweis für die Richtigkeit der kirchlichen Lehre heranzuziehen ist Gotteslästerung!« Bei diesen Worten hielt er dem Kanonikus aus Lüttich drohend sein Brustkreuz entgegen und murmelte leise unverständliche Worte.

Das wiederum erregte den polnischen Professor Stanislaus Ondorek so sehr, daß er von der allseits gepflegten lateinischen Sprache abwich und den Großinquisitor auf polnisch mit einem Wortschwall bedachte, den zwar keiner der Anwesenden verstand, an dessen Inhalt aber niemand zweifelte, und auch die Ermahnung des Kardinalstaatssekretärs, sich für alle verständlich auszudrücken, wurde von Ondorek nicht beachtet, und es dauerte eine Weile, bis er zum Schweigen zurückfand und bereit war, den Erklärungen des Lütticher Kanonikus zu lauschen, der als Doktor der Dekrete wider die Endzeit für das Thema prädestiniert war.

»Dabei«, fuhr Philipp von Trapp endlich fort, »sind es keineswegs nur die Heiligen und Priester, welche das ewige Leben predigen, die bedeutendsten Poeten und Philosophen tun es ihnen gleich. Musäus, Orpheus, Hesiod, ja sogar Platon, der von manchen als der Weiseste angesehen wird, sind von der Wirklichkeit zukünftiger Strafe und Belohnung überzeugt. Ebenso Horaz, Ovid, Virgil. Dante brauche ich wohl nicht zu erwähnen. Und was die Weisen und Philosophen betrifft, so ist die Zahl derer, welche das ewige Heil prophezeien, so groß wie das Firmament: Zoroaster bei den Chaldäern, Konfuzius bei den Chinesern, Athas bei den Mauritanern, Orpheus und Zamolis bei den Thrakern, Anacharsis bei den Skythen, Pherecydes bei den Phöniziern, Hermes bei den Ägyptern, ferner die thebäischen, diospolischen und memphitischen Weisen, die Gymnosophisten und Brachmanen der Inder, die Braminen der Malaber, die Druiden der Britannier – sie alle prophezeien ein Leben nach dem Leben. Wie feurig und überzeugt redete der weise Sokrates, bevor er das Gift nahm, von der Unsterblichkeit! Und als Platon darüber einen Dialog verfaßte, da rührte er die Gemüter seiner Zuhörer so sehr, daß einer von ihnen mit Namen Kleombrutus, getrieben von der Sehnsucht nach dem künftigen Leben, sich ins Meer stürzte. Und Cicero sagt: Wenn ich darin irre, daß ich die Seelen der Menschen für unsterblich halte, so irre ich gerne und ich will mir diesen angenehmen Irrtum, solange ich lebe, auch nicht entreißen lassen.«

»Ketzerworte, Ketzerworte!« rief der Großinquisitor, während er sich die Ohren zuhielt, damit er die sündigen Gedanken nicht anhören mußte. »Wie könnt Ihr jene Heiden als Zeugen für das Jüngste Gericht heranziehen, Herr Kanonikus? Wären Eure Worte öffentlich, ich müßte Euch vor das Heilige Offizium zitieren.«

Darüber kam es zwischen den Kardinälen zu einer heftigen Auseinandersetzung, bei der sich zwei Parteien bildeten. Die Mehrheit der Purpurträger scharte sich um den Großinquisitor und verteufelte die alten Philosophen, auch wenn sie der Kirche scheinbar nach dem Mund redeten, während die Minderheit, allen voran Kardinalstaatssekretär Gambara, sie als Zeugen für die Wahrheit der christlichen Lehre heranziehen wollten.

Die Diskussion war geeignet, den eigentlichen Grund für die Zusammenkunft des Geheimen Konsistoriums zu verdrängen, und als diese immer zügelloser geführt wurde und die Eminentissimi sich mit Ausdrücken bedachten, welche einem frommen Christenmenschen nur aus dem Beichtspiegel geläufig sein sollten, da verkündete Pius *ex officio*, die Gedanken der heidnischen Philosophen seien zur Diskussion nicht zugelassen, weil geeignet, die Moral der heiligen Mutter Kirche unter dem Deckmantel der Zustimmung zu ihrer Lehre zu untergraben.

Frederico Kardinal Capoccio, mit Gambara und drei weiteren Kardinälen auf der Verliererseite, begann darauf zu weinen und schlug die Hände vors Gesicht, damit keiner der Anwesenden das Mißgeschick bemerke. Doch sein Vorhaben mißlang, weil der Kardinalstaatssekretär, wohl aus Rache, *coram publico** zu klerikaler Disziplin mahnte: Es stehe einem Kardinal nicht an, aus welchen Gründen auch immer, Tränen zu vergießen. Vom Papst wurde die Mahnung mit einem Nicken des Kopfes bekräftigt.

»Warum soll ich nicht weinen?« schluchzte Capoccio, »wo sich sogar unser Herr Jesus nicht gescheut hat, seinen Tränen freien Lauf zu lassen?«

»Unser Herr Jesus hat nicht geflennt«, entgegnete Gambara barsch, »das Weinen steht keinem Mann wohl. Nur Weiber seien zum Weinen geboren, sagte schon Euripides, und bei den Spartanern haben Männer, welche weinen wollten, Weiberkleider anlegen müssen. *Licet lachrymari plebi*, spricht Hieronymus, *Regi honeste non licet.*** Ist nicht ein Kardinal mehr als ein König?«

»Und doch hat unser Herr Jesus geflennt«, beharrte Capoccio. »Bei der Erweckung des Lazarus vergoß er Tränen. Oder wollt Ihr behaupten, das Neue Testament sage die Unwahrheit?«

»Das sei mir ferne«, wetterte der Kardinalstaatssekretär »aber unser Herr weinte nicht aus Trauer, weil Lazarus gestorben war, sondern weil er ihn vom Tod zum Leben auferwecken sollte, also den Beklagenswerten von dem ruhigen Ort, in dem er sich befand, wieder zurückbringen sollte zu den Müh- und Armseligkeiten des menschlichen Lebens.«

* vor allen Leuten
** Der Pöbel darf weinen, nicht aber der König.

Pater Ganzer von den Minoriten blickte gequält in die Runde der hohen Herren. Man merkte ihm an, daß er mit dem Gesagten nicht einverstanden war, schließlich meinte er schüchtern: »Der heilige Epiphanius sagt: *Lachrymatus est Dominus propter hominum obstinatam duritiam;** womit er andeuten will, daß unser Herr Jesus Tränen vergossen hat wegen der gottlosen, verstockten Juden, welche trotz des Wunders der Auferstehung des Lazarus in ihrer Bosheit verharrten und sich nicht bekehrten.«

»Falsch, falsch, falsch!« ereiferte sich Danielle Rospigliosi, Teufelsforscher und Titular von Santo Spirito. »Der Heilige Ambrosius schreibt, der Herr habe, ehe er den Lazarus auferweckte, geweint, um mit seinen Tränen die Sünden des Verstorbenen abzuwaschen. Und der heilige Bernhard behauptet sogar, der Herr habe in diesem Augenblick die Sünden *aller* Menschen beweint.«

Mit schneidender Stimme fuhr der Großinquisitor dazwischen: »So geht das nicht, Ihr Herren Eminentissimi und Reverendissimi. Nicht jeder Heilige darf die Schrift auf seine Weise auslegen.« Und an den Papst gewandt, der ziemlich teilnahmslos in seinem Stuhl hing, als gehe ihn das alles nichts an, sagte der Großinquisitor: »Eure Heiligkeit mag entscheiden, welchem Heiligen mehr Kompetenz in Sachen Tränenfluß zukommt!«

Weil er fürchtete, der Papst könnte die Aufforderung des Dominikaners zum Anlaß nehmen für einen Grundsatzdiskurs über die Rangfolge aller Heiligen, erinnerte Zeremonienmeister Johannes Custos an den Grund der geheimen Zusammenkunft und zischte: »*Finis mundi*, Euer Heiligkeit, *Finis mundi!*«

Darauf richtete sich der Papst in seinem Sessel auf, streckte die Hand aus und zeigte auf den alten Capoccio und gebot: »*Noli flere!*«** Capoccio folgte.

In der nachfolgenden Diskussion brachte Stanislaus On-

* Der Herr hat geweint wegen der Hartnäckigkeit der Menschen.
** Weine nicht!

dorek, Professor für Eschatologie aus Krakau, die Geheime Offenbarung des Johannes ins Gespräch, in welcher sieben Posaunen erschallten. Die dritte Posaune zeige erstaunliche Parallelen mit dem *Astrum minax* des Kopernikus. Johannes prophezeie, wenn der dritte Engel posaune, dann falle ein großer Stern vom Himmel, er brenne wie eine Fackel und bedecke den dritten Teil aller Wasser auf Erden. Der Name des Sterns sei Wermuth, und viele Menschen stürben an den Wassern, welche bitter geworden.«

»Demnach«, wandte der Zahlenkundler Paolo Soncino ein, »unterscheiden sich Johannes, der Heilige, und Kopernikus, der Sterndeuter, nur durch das Ausmaß der zu erwartenden Katastrophe.«

»Eure Behauptung ist richtig und falsch zugleich!« meldete sich Christoph Clavius zu Wort, der bislang geschwiegen hatte. »Denn bei Johannes ist der Stern oder Komet nur eine Ankündigung des Jüngsten Gerichts, er nimmt der christlichen Lehre nichts von ihrer Glaubhaftigkeit. Bei Kopernikus hingegen bedeutet die Ankunft des Sterns das Ende der ganzen Menschheit, der Guten wie der Bösen, und für das Jüngste Gericht wäre kein Platz.«

Soncino grinste verächtlich: »Es fragt sich nur, verehrter Collega von der Gesellschaft Jesu, wem man mehr Vertrauen schenken soll, einem alten Propheten oder einem modernen Wissenschaftler.«

Die Bemerkung des Mathematicus versetzte Kardinäle und Kleriker in Unruhe. Der Papst rang nach Luft. Der Großinquisitor hob drohend die rotbehandschuhte Hand. Monsignore Pacioli hüstelte. Teufelsforscher Rospigliosi griff nach seinem Riechfläschchen. Kardinal Capoccio war eingeschlafen.

»Ihr wißt, daß Eure heimtückische Frage den Tatbestand der Ketzerei erfüllt!« fauchte der Großinquisitor.

»Und Ihr wißt, daß alles, was bei einem Geheimen Konsistorium geredet wird, als nicht gesagt gilt!« erwiderte Soncino.

Darauf der Großinquisitor: »Ketzer!«

Soncino: »Heuchler!«

Der Großinquisitor: »Fluch über Euch und alle Anhänger der heidnischen Zahlen!«

Soncino: »Fluch über das Dominikaner-Pack! Pfui Teufel!«

Gerade die letzten Worte waren es wohl, welche das aufgebrachte Gemurmel zum Verstummen brachten. Als hielte sich der Leibhaftige mitten unter ihnen versteckt, musterte einer den anderen von Kopf bis zu den Füßen in einer Weise, wie es sonst nur den Huren in Trastevere zuteil wurde.

Jene unflätige Bemerkung gegenüber dem Großinquisitor wäre durchaus geeignet gewesen, Soncino vor die Schranken der Inquisition zu bringen, doch der Mathematicus wußte, daß der Papst seine Hand schützend über ihn hielt. Wollte Pius jemals St. Peter vollenden, dann brauchte er sein Wissen und seine Rechenkünste.

Deshalb reagierte der Papst, als Soncino ihn hilfesuchend ansah, mit einer unwilligen Handbewegung in Richtung des Großinquisitors, und beschwichtigend rief er aus: »*Irascimini, nolite peccare!*«*

Als endlich wieder Ruhe eingekehrt war, meldete sich ein alter Mann mit weißen Haaren zu Wort. Es war Luigi Lilio, ein Weiser auf dem Gebiet der Medizin und ein Genie in der Sternenkunde. Lilio, der in die Zeit verliebt war wie in eine aufregende Frau, obwohl, wie er sagte, nichts weniger geachtet werde als diese, lebte seit vielen Jahren im Turm der Winde im Vatikan und rechnete im Auftrag der Päpste an einer Reform des Kalenders. Über all den Zahlen und kalendarischen Ereignissen von Adam, dem ersten Menschen, bis zu Pius V. war er merkwürdig geworden: Er diskutierte mit Vorliebe mit einem Unsichtbaren, der ihm an Bildung und Können in keiner Weise nachstand, und manche behaupteten deshalb, es sei niemand anders als sein *alter ego*** oder sein Dämon, mit dem er Umgang pflegte. Nachdem Lilio bald nach Erscheinen der kopernikanischen Prophezeiung im Auftrag Pauls III. die verhängnisvolle

* Zürnet, aber sündiget nicht!

** anderes Ich, Doppelgänger

Bahn des *Astrum minax* berechnet und das Rechenergebnis des Kopernikus bestätigt hatte, war er vom Papst unter Androhung der Exkommunikation und aller erdenkbaren Höllenqualen zum Schweigen verurteilt worden. Über diesem Wissen, sagte Lilio, seien seine Haare weiß und sein Herz schwer geworden; nun stelle er sich die Frage, warum ganz Rom und bald schon die ganze Welt dem Ende entgegenfiebere. Ihn, so betonte er, treffe keine Schuld am Bekanntwerden des apokalyptischen Ereignisses.

»Das hat niemand behauptet!« trat der Papst dem Einwand des Astronomen entgegen. »Ihr seid frei von jeder Schuld.«

Kardinalstaatssekretär Claudio Gambara kniff die Augen zusammen, und an den *Pontifex maximus* gewandt stellte er die Frage: »Euer Heiligkeit, wer setzte eigentlich das Gerücht in die Welt?«

»Gerücht, sagt Ihr, Eminentissimus?« Pius lächelte bitter. »Es ist, wie wir alle wissen, kein Gerücht, sondern furchtbare Wahrheit.«

»Nun gut, wer verbreitet also diese Wahrheit? Ist es einer aus diesem Raum? Versteckt sich ein Judas unter uns?«

Der Papst schüttelte den Kopf. »Der Großinquisitor möge antworten!«

Umständlich, als wollte er Zeit gewinnen, erhob sich der Großinquisitor, streifte seine rote Pelerine glatt und sagte: »Ursprünglich glaubte das Heilige Offizium, es sei die Tat eines Einzelgängers mit dem unsinnigen Plan, Uns zu erpressen. Inzwischen hegen wir jedoch die Vermutung, daß sich dahinter ein wohldurchdachtes Komplott verbirgt mit dem alleinigen Ziel, der heiligen Mutter Kirche zu schaden. Wer in Wahrheit dahintersteckt, vermögen wir nicht zu sagen. Vielleicht ist es eine Verschwörung des türkischen Sultans oder der deutschen Protestanten.«

»Und welches Ziel verfolgen die Erpresser?« fragte Ganzer von den Minoriten.

»Ein lächerliches Ziel«, erwiderte der Großinquisitor, »und deshalb halte ich die Sache für vorgeschoben. Der Mann, der behauptet, im Besitz des kopernikanischen Buches zu sein – und alle Anzeichen sprechen dafür – will, daß das Heilige Offizium ein Ketzerurteil revidiert.«

Christoph Clavius blickte besorgt auf. »Der Name des Mannes ist dem Heiligen Offizium bekannt?«

»Gewiß.«

»Wollt Ihr ihn nennen?«

Der Großinquisitor sah den Papst an. Und als dieser mit dem Kopf nickte, sagte jener: »Sein Name ist Leberecht Hamann, Aufseher der Steinmetze von St. Peter.«

Clavius sprang auf, als hätte der Teufel das Höllenfeuer unter seinem Stuhl entfacht.

»Ihr kennt ihn?«

Der Jesuit nickte stumm.

»Er ist wie Ihr ein Deutscher von jenseits der Alpen. Woher ist er Euch bekannt, Pater Clavius?«

Clavius verzog sein Gesicht, als würgte er an einer schweren Speise, endlich antwortete er – und diese Antwort fiel ihm sichtbar schwer: »Hamann verlor in jungen Jahren seine Eltern. Wir lebten in derselben Stadt, und mein Vater Jakob Heinrich Schlüssel nahm ihn an Kindes Statt an. So wurde mir Hamann zum Stiefbruder ...«

Die Erklärung des Jesuiten löste erneut große Unruhe aus. Kardinal Isualgli von Monte Marano rief lauter als alle anderen und fragte, warum der Jesuit noch nicht den Versuch unternommen habe, den Stiefbruder zur Rechenschaft zu ziehen, und Kardinalstaatssekretär Claudio Gambara dankte Gott, daß er dies unerwartete Wunder befohlen habe, nun werde sich alles zum Guten wenden: Clavius werde das kopernikanische Buch in den Besitz der Kurie bringen und Seine Heiligkeit werde eine Bulle erlassen wider das törichte Gerede um das Ende der Welt und jeder, der den Weltuntergang im Munde führe, müsse mit Verfolgung durch die Inquisition rechnen.

Bei diesen Worten, und während alle Blicke auf ihn gerichtet waren, lief der breite Schädel des Jesuiten rot an, und als sich die freudige Erregung endlich ein wenig gelegt hatte, da stieß Clavius hervor: »Es ist nicht, wie Ihr denkt. Eure Heiligkeit, meine Herren Eminentissimi, mein Stiefbruder Leberecht und ich sind – ich finde kein anderes Wort – Todfeinde. Der Herr möge mir vergeben.«

»Todfeinde?«

»Todfeinde?«

Einer nach dem anderen wiederholte das furchtbare Wort, und vom Großinquisitor, welcher in seiner Erregung einen roten Handschuh auszog, um damit auf die Knie zu schlagen, kam die Frage: »Was soll das heißen, Ihr seid Todfeinde? Vielleicht wollt Ihr Euch erklären!«

»Ich weiß«, begann Clavius umständlich, »ein frommer Christenmensch lebt im Zustand der Sünde, wenn er einen anderen seinen Todfeind nennt. Aber was nützt es, diese Feindschaft von meiner Seite zu begraben, wenn der andere dazu nicht ebenso bereit ist? Als wir uns nach zehn Jahren zum erstenmal trafen, hat er mich halbtot geschlagen. Ich habe, offen gesagt, Angst, ihm erneut zu begegnen.«

Der Großinquisitor machte ein ernstes Gesicht: »Wie kam es zu dieser erbitterten Feindschaft?«

Clavius schwieg und starrte vor sich auf den Boden.

»Ihr müßt Euch nicht vor allen Anwesenden erklären. Sagt es mir ins Ohr, wenn Euch daran gelegen ist.«

Der Jesuit gehorchte, er trat hinter den Großinquisitor und legte, während das gesamte Konsistorium das Mienenspiel der beiden verfolgte, eine Ohrenbeichte ab, an deren Ende der Dominikaner in höchster Erregtheit seinen roten Handschuh zerriß, an dem er die ganze Zeit gerupft und gezogen hatte wie an der Sehne eines Bogens. Darüber hinaus wirkte er entrüstet, ja verwirrt und durcheinander.

Diese Begebenheit schürte das gegenseitige Mißtrauen der Anwesenden noch mehr. Sie schwiegen. Nur Kardinal Capoccio, der wegen der plötzlichen Stille aus seinem Schlaf erwacht war und sich auf die Szene zwischen dem Großinquisitor und dem Jesuiten keinen Reim machen konnte, fragte aufgeregt und nach beiden Seiten: »Was hat er gesagt, was hat er gesagt?«

Dem alten Kardinal schenkte niemand Beachtung. Dafür meinte der Dominikaner: »Der Allerhöchste wird uns einen Weg weisen, wie diesem Manne beizukommen ist. Glaubt mir, Brüder im Herrn.«

Da griff Pius erneut in die Diskussion ein und rief in Richtung des Großinquisitors: »Sagt, wenn Ihr eine Idee habt, um in den Besitz des Buches zu gelangen, damit wir darüber diskutieren; andernfalls schweigt. Im übrigen halte ich diesen Hamann für äußerst intelligent und gefährlich, und das dürfte auch der Grund sein, warum ihn die Verschwörer zu ihrem Anführer gemacht haben. Was also sollen Wir tun, damit Wir uns nicht weiterhin der Lächerlichkeit preisgeben, damit die Ablaßgelder wieder fließen, damit die Bauarbeiten an St. Peter fortschreiten, damit Kurie und die heilige Mutter Kirche zu ihrer alten Macht zurückfinden? Sprecht, Ihr hochwürdigen Herren!«

Soncino, dem das ergebnislose Gerede seit geraumer Zeit auf die Nerven ging, stach mit seiner Antwort in ein Wespennest, indem er sagte: »Ich verstehe nichts von Theologie, aber ich frage mich, warum kommt die Inquisition nicht dem Wunsche Hamanns nach? Dann wäre das Problem aus der Welt geschafft, Hamann gäbe das Buch heraus und jeder hätte seinen Vorteil?«

»Der Kerl ist viel zu schlau, als daß er nicht längst eine Abschrift des Machwerks in Auftrag gegeben hätte«, erwiderte Pius, und der Großinquisitor fiel seinem Oberhirten ins Wort: »Das Heilige Offizium soll ein Urteil revidieren? Niemals! Eher dreht sich die Erde um die Sonne oder meinetwegen um den Mond! Es war nicht, es ist nicht, und es wird niemals sein.«

»Eure Beharrlichkeit in Ehren«, entgegnete Pius, »doch seht Ihr nicht das Chaos allerorten, den Ungehorsam gegen die Kirche, die Verhöhnung der Lehre? Christen, welche ein Leben lang den Geboten der Kirche folgten, vergehen sich an den heiligen Stätten. Geistliche Würdenträger, die duldsam im Zeichen des Kreuzes lebten, wenden sich nun gegen den eigenen

Glauben. Die Frommen sind verzweifelt, die Zweifler finden sich bestätigt, die Feinde werden täglich mehr. Wie lange wird es dauern, bis die ersten Kirchen brennen, die ersten Kleriker erschlagen werden? Was erwartet mich, Euren Papst?«

Betroffenes Schweigen.

Schließlich begann der Kardinalstaatssekretär mit leiser Stimme: »Brüder im Herrn, das Seelenheil der ganzen Menschheit steht auf dem Spiel. Bis zum letzten aller Tage sind es, so der preußische Domherr recht hat, sechstausendfünfhundert Sonnenauf- und -untergänge. Glaubt nicht, ich wäre ängstlich wie ein Weib, doch mir versagt die Stimme, wenn ich an diese Zukunft denke ... Und selbst wenn sich die Prophezeiung des Kopernikus nach Ablauf der Frist als falsch herausstellen und sich die Schrift als wahr erweisen sollte, so wäre unsere heilige Mutter Kirche nicht mehr dieselbe. Sie hätte an Glaubhaftigkeit verloren, an Autorität, und der Gedanke, der uns das alles eingebracht hat, würde weiterleben.«

»Und was folgert Ihr daraus, Herr Kardinalstaatssekretär?« Es war die Stimme des Lütticher Doktors der Dekrete wider die Endzeit Philipp von Trapp, der seiner Frage die Feststellung hinzufügte: »Eigentlich sind wir in der Diskussion keinen Schritt weitergekommen.«

»So schlagt Ihr einen Ausweg vor, Herr Kanonikus!« reagierte Gambara giftig.

Von Trapp schwieg.

Da rief der *Pontifex maximus* jeden einzelnen der dreizehn Kardinäle beim Namen und fragte ihn nach seiner Meinung, wie die Kirche sich aus dem Dilemma befreien könne.

Zwölfmal erntete der Papst Schweigen, Schulterzucken oder die Antwort: »*Nescio.*«* Als letzter kam der sprachlose Kardinal Francesco Varese an die Reihe. Varese reichte dem Papst eine Tafel, die sein Sekretär stets mit sich trug. Pius gab das Schiefer weiter an Zeremonienmeister Johannes Custos. Dieser wollte vorlesen, was auf der Tafel geschrieben stand,

* Ich weiß es nicht.

doch er stockte. Der Wortlaut war der folgende: *VIII X AD MDLXXXII deleatur.*

Gambara nahm Custos die Tafel aus der Hand, aber auch er konnte die Schrift nicht entschlüsseln und gab sie an Kardinal Isualgli weiter. Endlich geriet die Tafel in die Hände von Paolo Soncino. Der las ohne Schwierigkeit: »Der achte Tag des zehnten Monats im Jahre des Herrn 1582 ist zu tilgen.« Soncino schüttelte den Kopf und gab die Tafel zurück.

Der Papst wollte zur Tagesordnung übergehen, da sprang Gambara auf, trat vor Kardinal Varese hin und sprach: »Meint Ihr, Bruder in Christo, man sollte den Tag, welchen Kopernikus zum *Finis mundi* bestimmt hat, aus dem Kalender streichen?«

Varese nickte zufrieden und deutete auf den Papst.

»Ich verstehe«, meinte Gambara. »Seine Heiligkeit sollte verkünden, der achte Tag des zehnten Monats finde in dem genannten Jahr nicht statt; folglich entbehre die Ankündigung des Kopernikus jeder Grundlage. Denn ein Papst verkündet stets die absolute Wahrheit, weil er von Gott, dem Herrn, erleuchtet ist.«

Die Eminentissimi und Reverendissimi, Professoren und Magister sahen sich staunend an, als sei der Heilige Geist über sie gekommen. Sogar Pius V. war verblüfft von der einfachen Lösung des theologischen Problems und er freute sich lateinisch: »*Vide ut timidus ille, caritate suscitante, leone quovis animosior evadat.*«*

Nur Christoph Clavius, der jesuitische Gelehrte, gab, unterstützt von Professore Luigi Lilio, zu bedenken, daß das theologische Problem auf diese Weise zu einem mathematischen Problem gemacht werde, daß es also nur von einem Wissenschaftszweig in einen anderen verschoben werde, und daß es leichter sei, einen neuen Lehrsatz der Theologie zu begründen als einen solchen der Mathematik, weil im Schatten der Theologie der Glaube wandle, während sich im Schatten der Mathematik das Wissen aufhalte.

* Siehe, wie der Furchtsame in Liebe beherzter angreift als ein Löwe.

Für diesen Einwand brachte Pius V. kein Verständnis auf. Beinahe wütend wandte er sich an die beiden Kalendarii: »Wie lange seid Ihr schon mit der Reform des heidnischen Kalenders befaßt?«

»Sieben Jahre, vier Monate und dreiundzwanzig Tage«, antwortete Professore Lilio.

Und Clavius: »Zwei Jahre und siebzehn Tage.«

»So sei es denn«, antwortete der Papst, »und wie weit seid Ihr fortgeschritten?«

»Um im Bild der Geheimen Offenbarung zu bleiben«, erwiderte Clavius, »wir sind über die zweite Posaune noch nicht hinausgekommen.«

»Nun gut, so befehle ich Euch denn *ex officio*, bei Euren Berechnungen des neuen christlichen Kalenders jenen verhängnisvollen Tag des Kopernikus aus dem Kalender zu streichen, damit er der Kirche und den frommen Gläubigen nicht zum Verhängnis werde; nein, streicht besser mindestens eine ganze Woche um den Tag herum, damit sämtliche Zweifel ausgeräumt sind.«

Clavius und Lilio warfen sich verstohlene Blicke zu. Die Forderung erschien ihnen beinahe undurchführbar; doch dann entgegneten sie beide gemeinsam: »Wenn es denn Euer Wunsch ist, Euer Heiligkeit.«

Der unerwartete Verlauf der Diskussion versetzte den nüchternen Professor der Zahlenkunde Paolo Soncino in größte Aufregung. Er sprang auf, trat an die Astronomen zu seiner Linken heran und sprach mit erhobenen Händen: »Ihr weisen Herren, wie könnt Ihr so töricht sein, zu glauben, die Ordnung des Weltalls wäre durch einen theologischen Winkelzug zu überlisten. Ihr könnt den verhängnisvollen Tag des Weltenendes hundertmal aus dem Kalender und aus dem Gedächtnis der Menschen streichen, das *Astrum minax* wird dennoch alles Leben vernichten. Euer Plan ist für die Natur ohne Bedeutung, er lebt von der Einbildungskraft ...«

»Schweigt!« fuhr der Papst mit seiner wuchtigen Stimme dazwischen. »Eure Rede will ich nicht gehört haben. Und seid gewiß: In schwierigen Zeiten kann nur die Einbildungskraft das Leben erträglich machen. Manche nennen es Wunschdenken, andere Glaube.«

Die wenigsten der Kardinäle, die im Halbkreis saßen, begriffen die volle Tragweite der päpstlichen Gedanken. Nur Gambara und der sprachlose Francesco Varese, der dem Papst jedes Wort von den Lippen ablas, zuckten, unbemerkt von den anderen, zusammen, als sie Pius so reden hörten, und raschelten unwillig mit den Falten ihrer roten Soutanen. Aber weder der eine noch der andere wagte dem Papst die Frage zu stellen, wie ernst er die Lehre der Kirche eigentlich nahm.

Die Frage erübrigte sich, weil der *Pontifex maximus* erneut seine Stimme erhob und mit dem Tonfall teuflischer Besessenheit fauchte und tobte: »Wir, Pius, von Gottes Gnaden zweihundertzweiundzwanzigster Stellvertreter des Allerhöchsten, werden gepeinigt von dem Gedanken, Unser Name könnte für alle Zeiten mit Hilflosigkeit und Chaos verbunden sein, so wie der Name Alexanders VI. mit Unzucht und Verderbtheit genannt wird. Hebt Eure Augen und betrachtet die Decke, die Wände dieses Raumes. Hier haben sich die bedeutendsten Künstler verewigt, und wenn es auch nicht Unser Geschmack ist und bei Uns eher Mißfallen erregt als Erbauung, so ist das alles untrennbar mit dem Namen Julius' II. verbunden. Auf mir liegt die Last und der Vorwurf, nichts dergleichen vollendet zu haben; und sollte das Ereignis des Kopernikus sich nicht erfüllen, so wären Wir, der fünfte Pius, schneller vergessen als die Kurtisanen gewisser Herren Kardinäle. Als ich Mönch war, dachte ich wie ein Mönch; als Großinquisitor kam mir nur die Inquisition in den Sinn; nun aber als Stellvertreter Gottes überwältigen mich göttliche Gedanken. Ist dieser Vatikanische Palast des Stellvertreters Gottes, des höchsten Kirchenfürsten und Erben des Apostels Petrus, würdig? Leben nicht die meisten von Euch, Ihr Herren Kardinäle, in größerer Pracht als Euer Papst? Oder seid Ihr anderer Meinung, Kardinal del Monte, oder Ihr, Kardinal Capoccio, oder Ihr, Herr Kardinalstaatssekretär?«

Die Angesprochenen begegneten dem Papst mit betroffenem Schweigen. Gambara hob verlegen die Schultern.

»Deshalb«, fuhr Pius V. fort, »ist es mein Wunsch und päpstlicher Befehl, St. Peter in kürzester Zeit größer und prächtiger als jede andere Kirche der Christenheit zu vollenden und jene, die am Fortbestand unserer Erde zweifeln und die Arbeit niederlegen, durch andere zu ersetzen. Verdoppelt die Anzahl der Arbeiter, nehmt Juden und Heiden in die Pflicht. Kein Auge erkennt die Hand eines Heiden an einem fertigen Dom!«

»Euer Heiligkeit«, wandte Gambara ein, »das ist alles nur eine Frage des Geldes. Ihr wart es doch, der den Ämterkauf, die einträgliche Veräußerung von Pfarren, Bistümern, Patriarchaten und Kardinalswürden, ja sogar die Ablaßzettel verboten habt. Eure Redlichkeit treibt die heilige Mutter Kirche in den Ruin!«

»Wie ich schon sagte, dachte ich damals mönchisch«, erwiderte der Papst unwillig, »heute denke ich päpstlich. Ein Mönch kann irren, ein Papst irrt nie. Laßt Uns also die alten Gesetze wieder zur Geltung bringen.«

So endete das Geheime Konsistorium nach fünfstündiger Dauer. Es endete, wie es begonnen hatte, unter Anrufung des Heiligen Geistes, mit abermaliger Gewährung eines vollkommenen Ablasses für alle Teilnehmer sowie dem abermaligen Hinweis, daß alles Gesagte nicht gesagt und alle Beschlüsse nie beschlossen worden seien. Der Doktor der Medizin und Professor für Sternenkunde Luigi Lilio und der Mathematicus und Professor für Sternenkunde Christoph Clavius wurden *specialissimo modo** beauftragt, den neuen Kalender so zu berechnen, daß der achte Tag des zehnten Monats im Jahre des Heils 1582 in keinem Kalendarium erscheine.

Kardinalstaatssekretär Claudio Gambara erhielt die Anweisung, den Irrtum des preußischen Sternenforschers Nikolaus Kopernikus bekanntzumachen, welcher einen Tag als Weltuntergang berechnet habe, den es gar nicht gebe. Der Groß-

* ganz speziell

inquisitor sollte jeden mit äußerster Härte verfolgen, der die kopernikanische Häresie verbreite.

Lange noch, nachdem sich die Sixtinische Kapelle geleert hatte, saß der alte Kardinal Capoccio auf seinem Stuhl und weinte. Obwohl es um den *Finis mundi* ging, hatte ihn niemand um seine Meinung gefragt. Niemand.

KAPITEL XII

A UND Ω

ZUERST HATTE LEBERECHT DAS GEBIET um den Vatikan und die Engelsburg abgesucht, darauf den dazwischen gelegenen Borgo, das einzige Viertel in Rom, in welchem eine alleinstehende Frau hätte wohnen können. Er ertappte sich dabei, daß er bei Marthas Beschreibung immer schwärmerischer wurde, wenn er fremde Menschen nach ihrem Verbleib fragte.

Schließlich – da er das Schlimmste befürchten mußte – hatte er seine Nachforschungen auf die nördliche und südliche Vorstadt ausgedehnt, wo er die alten Ruinen durchkämmte, aber nur zahllose stinkende Tierkadaver fand und Katzen und Hunde, die sich um die Beute zankten.

Seit Marthas Verschwinden waren siebzehn Tage vergangen, siebzehn qualvolle Tage und Nächte, in denen Leberecht jeden Winkel der Stadt ausgeforscht hatte. Auf seinen Irrwegen durch das Labyrinth der Stadt ließ ihn die Frage nicht los, ob Martha vielleicht doch ein Opfer der Inquisition geworden sei. Der abschlägige Bescheid aus dem Heiligen Offizium bedeutete gar nichts. Lug und Trug und, wie die Erfahrung gezeigt hatte, sogar Mord waren bei den Herren in den roten Roben an der Tagesordnung, warum also nicht Erpressung? Doch als nach drei Wochen noch immer keine Forderung eingegangen war, verwarf Leberecht auch diesen Gedanken.

Für ihn unerklärlich, begann sich die Stimmung in Rom zu wandeln. Keiner vermochte zu sagen, woher das Gerücht stammte, aber auf den Märkten, in den Straßen und bei den ausschweifenden Festen raunten sich die Menschen zu, das in Aussicht gestellte Ende der Welt finde nicht statt, der Doktor Kopernikus habe sich verrechnet und für das verhängnisvolle Ende einen Tag vorhergesagt, den es gar nicht gebe.

Hinter den Gerüchten steckte der verschlagene Kardinalstaatssekretär Claudio Gambara, der genau wußte, daß ein Gerücht nur durch ein neues aus der Welt geschafft werden konnte und daß der gemeine Christenmensch einem Gerücht mehr Glauben schenkte als jeder Bulle des Papstes. So kam es, daß das Plündern und Morden, die Hoffart und Unmoral von selbst ein Ende fanden. Einfache Pfaffen besannen sich der Macht ihrer Ämter, Mönche ihrer selbst auferlegten Tugenden und einfache Christenmenschen ihrer einstigen Frömmigkeit. Die Steinschneider, welche als erste die Arbeiten an St. Peter niedergelegt hatten, kehrten als erste auf die Baustelle zurück. Und die Schergen der Inquisition, welche in den Wochen der Endzeitstimmung verprügelt und aus der Stadt getrieben worden waren, wandten sich unbehelligt dem Heiligen Offizium zu und walteten ihrer Ämter.

Leberecht kannte die Ursache für das apokalyptische Chaos besser als jeder andere und wunderte sich nun über dessen plötzliches Ende; doch es kümmerte ihn wenig. Sein einziges Interesse galt dem Schicksal Marthas.

Mehr als einmal hatte er das Buch des Kopernikus verflucht, welches – daran glaubte er noch immer – auf unerklärliche Weise schuld war an Marthas Verschwinden. Er hätte es jetzt ohne jede Bedingung dem Großinquisitor übergeben, wenngleich er wußte, daß sein eigenes Leben dann keinen Pfifferling mehr wert sein würde. Aber was bedeutete ihm sein Leben noch – ohne Martha.

Das Haus, in dem sie ihr gemeinsames Glück gelebt hatten, wirkte kalt und angsteinflößend, weil jeder Gegenstand an die geliebte Frau erinnerte. Leberecht fröstelte regelrecht, wenn er nach Hause kam, und bald zog er es vor, in der Bauhütte vor St. Peter zu nächtigen. Leberecht redete kaum noch und aß kaum mehr, er dachte nur nach und suchte nach einer Erklärung.

Wenn er nachts keinen Schlaf fand, stand er auf, zog sich an und machte sich auf den Weg durch die dunklen, verlassenen Straßen. Wie ein Unhold verfolgte er einsame Frauen, welche den Gang oder die Statur Marthas aufwiesen, und stundenlang wachte er in Sichtweite vor seinem Haus nahe dem Pantheon, ohne es zu betreten, in der Hoffnung, Martha könnte heimlich zurückkommen – aber vergeblich. Bei diesen nächtlichen Streifzügen machte er Entdeckungen, von deren Existenz Leberecht keine Ahnung hatte: Er stieß auf einen Konvent entlaufener Mönche und Nonnen; nicht weit entfernt von Santa Maria Maggiore fand er einen heruntergekommenen Palazzo, welchen zu betreten dem männlichen Geschlecht untersagt war, weil, wie man hörte, dort nach dem Vorbild der Dichterin Sappho der gleichgeschlechtlichen Liebe gehuldigt wurde; hinter der Kirche Il Gesu trafen sich honorige Männer, sogar Ordensleute, um mit lüsternen Frauen, welche sich schamlos auf steinernen Altären darboten, Schwarze Messen zu lesen; es gab Garküchen und Gasthäuser, in denen nicht Speisen, sondern vorzugsweise junge Mädchen, halbe Kinder noch, serviert wurden, und Irrenhäuser in großer Zahl, in denen geistig verwirrte Männer und Frauen in Riemen und Ketten vor sich hindämmerten wie gefangene Tiere. Aber in keiner dieser Einrichtungen entdeckte er eine Spur von Martha.

In letzter Verzweiflung faßte Leberecht den Entschluß, seinen Todfeind Christoph Clavius aufzusuchen. Martha war schließlich Christophs Mutter, und ihr Schicksal konnte dem Jesuiten nicht gleichgültig sein. Leberecht war bereit, ihn um Verzeihung zu bitten, aber auch darauf gefaßt, sich mit ihm schlagen zu müssen; jedenfalls betrat er das finstere Haus in der Viale San Giorgio, wo Clavius in einem geheimnisumwitterten Laboratorium hauste, mit gemischten Gefühlen.

Der trug ein Barett auf dem Kopf, das die Wichtigkeit seiner Arbeit unterstrich, und blickte kaum auf hinter Bergen von

Pergament und Papier, als Leberecht unerwartet den niedrigen Raum mit den wuchtigen Holzbalken an der Decke betrat, eine Alchimistenküche, die mit ihren Apparaten und Gerätschaften geeignet war, jedem Fremden Furcht einzuflößen. Zweifellos hatte Clavius ihn erkannt, doch er schwieg und ging gleichgültig seiner Arbeit nach.

Grußlos begann Leberecht: »Es ist wegen deiner Mutter!«

»Ich habe keine Mutter«, entgegnete Clavius hart und ohne aufzublicken.

»Martha ist seit mehr als drei Wochen verschwunden ...«

»Er redet von dieser Hure?«

»Nenne sie, wie du willst, aber sage mir, was weißt du über ihr Schicksal?«

»Nichts. Ich weiß nichts, und es ist mir auch gleichgültig. Früher oder später trifft jeden Sünder die Strafe, die ihm zukommt.«

»Hast du deine Mutter an die Inquisition verraten? Ich muß es wissen!«

Clavius legte den Federkiel beiseite und erwiderte teilnahmslos: »Nein; aber ich hätte es tun sollen.«

»Was heißt das, du jesuitisches Scheusal?« Leberecht trat einen Schritt näher und baute sich drohend vor Clavius auf.

Der Mönch wurde unruhig, er fürchtete den Rivalen, der ihn um einen ganzen Kopf überragte. Geduckt, wie zum Sprung bereit lauerte er hinter seinem Tisch und blinzelte Leberecht von unten an. »Es ist die Pflicht der Kleriker, Verfehlungen eines Christenmenschen der Inquisition zu melden.«

»Auch die eigene Mutter?«

»Sogar diese.«

»Du würdest wohl noch Genugtuung empfinden, wenn deine Mutter auf dem Scheiterhaufen verbrannt würde!«

Clavius schwieg.

Leberechts Augen hatten sich inzwischen an den düsteren Raum gewöhnt, dessen Fensterladen geschlossen waren. Auf dem Tisch funkelte ein geschliffener Smaragd, wie ihn viele Mönche bei sich trugen. Die Weisheitslehre der Alchimisten schrieb dem Stein besondere Kraft zu in bezug auf die Zügelung der Wollust. Leberecht schnaubte verächtlich.

Als Clavius bemerkte, daß sein Widersacher die Bedeutung des Smaragds durchschaute, reagierte er heftig: »Ich wünschte, deine Hure hätte auch so einen Stein bei sich getragen, dann wäre uns allen viel erspart geblieben.«

Leberecht wollte antworten, doch im selben Augenblick fiel sein Blick auf eine Zahl an der Wand, Rötel auf weißem Kalk: 1582. Clavius bemerkte es und grinste: »War wohl ein Schlag ins Wasser, dein Versuch, die Inquisition zu erpressen?« Er deutete auf die Jahreszahl an der Wand: »Der achte Tag des zehnten Monats findet nicht statt. Kopernikus hat sich geirrt. Es ist der Wunsch des Papstes.«

»Der Wunsch des Papstes?«

»Ja. Seine Heiligkeit hat mich beauftragt, einen neuen Kalender zu erstellen, wie er der neuen Zeit angemessen ist. Und sei versichert, den Tag, welchen Kopernikus zum *Finis mundi* bestimmt hat, wird es in diesem Kalender nicht geben.«

»Aber damit ist das Faktum doch nicht aus der Welt geschafft!«

»Das glaubst du und deinesgleichen! Die Mehrheit aller Christenmenschen aber glaubt immer noch das, was die Kirche vorschreibt, weil sie vom Heiligen Geist erleuchtet ist. Nein, dieser Kopernikus war ein falscher Prophet, und dir wird er nicht mehr von Nutzen sein. Du kannst sein Buch verbrennen.«

»Verbrennen? Dieser Frevel kommt nur der Kirche zu, jedenfalls habe ich noch von keiner anderen Institution gehört, daß sie ein Buch verbrannt hätte.«

Clavius wühlte unwillig in seinen Schreibrollen. »Die meisten Bücher sind vom Teufel, sie gehören verbrannt. Was die Klöster in ihren Bibliotheken verbergen, genügt, um tausend Jahre das Höllenfeuer zu schüren. Verflucht sei der Gensfleisch aus Mainz, der das Drucken erfunden hat! Bücher haben nur Unheil über die Menschheit gebracht.«

»Sie haben die Menschheit klüger gemacht, und das ist ein

Verhängnis für die Kirche; denn Wissen ist der größte Feind des Glaubens.«

Der Jesuit riß sein Barett vom Kopf, schleuderte es auf den Boden und rief, indem er den Finger nach Leberecht ausstreckte: »Eines Tages wird dich die Inquisition fassen, und ich kann nicht sagen, daß es mir leid täte, deinen Scheiterhaufen brennen zu sehen. Menschen wie dich läßt Gott nicht ungestraft. Du magst groß und kräftig sein, aber dennoch bist du ein Schwächling im Vergleich zum Heiligen Offizium. Hast du ernsthaft geglaubt, die Inquisition erpressen, die Welt aus den Angeln heben zu können? Da sind vor dir schon Größere gescheitert. Dein Vater wurde als Ketzer verbrannt, und dir, Hamann, wird es genauso ergehen ...«

Clavius hatte noch nicht geendet, da machte Leberecht einen Satz über den Tisch, er packte seinen Erzfeind mit beiden Händen am Kragen und schnürte ihm die Luft ab. Die Augen des Jesuiten traten hervor wie die eines Bullen, doch im übrigen zeigte er keine Regung. Erst als ihm die Luft knapp wurde und er zu ersticken drohte, versuchte er sich aus der Umklammerung seines Feindes zu winden. In Todesangst begann Clavius um sich zu schlagen. Dabei traf seine Rechte die Kerze, welche den Tisch beleuchtete. Sie stürzte um, und im Nu standen Papiere und Pergamente in Flammen. Aber Leberecht ließ nicht los.

»Du liebst doch die Flammen!« rief er mit dämonischem Gelächter. »Es muß dir doch eine Lust sein, das anzusehen.«

Mit letzter Kraft gelang es Clavius, sich aus dem Würgegriff seines Widersachers zu befreien. Er warf den Tisch um, der ihm den Weg versperrte, und stürzte zur Tür. Als er sie aufriß, fuhr ein Luftzug in den Raum und setzte mit einem Schlag Boden und Wände in Brand.

Leberecht rettete sich mit einem Sprung durch die Türöffnung ins Freie. Haare und Kleidung waren von den Flammen versengt. Er hustete und spuckte und wischte sich mit dem Ärmel übers Gesicht.

Inzwischen strömten von allen Seiten Menschen herbei,

um das Schauspiel des brennenden Hauses zu betrachten. Feuer galt als eine Strafe Gottes, und wen es traf, der fand kein Mitleid. Die Gaffer johlten, alte Weiber tanzten sogar, den Versuch zu löschen unternahm niemand. Obwohl Leberecht mit eigenen Augen gesehen hatte, daß Clavius das Haus vor ihm verlassen hatte, konnte er ihn unter den Gaffern nicht ausmachen. Ihn plagte ein beklemmendes Gefühl, als er den Brandort verließ und in seine Bauhütte zurückkehrte.

In der folgenden Nacht fiel Leberecht zum erstenmal seit langer Zeit in tiefen Schlaf, und vermutlich hätte er an diesem Morgen verschlafen, wäre er nicht kurz nach Sonnenaufgang durch heftiges Klopfen geweckt worden. Carvacchi stand vor der Tür, um ihm mitzuteilen, daß Tullia einen Sohn zur Welt gebracht habe. Der Schwellkopf war übermütig wie ein Kind, hielt beide Hände in die Luft und markierte die Größe des Kindes, welches nach dieser Angabe ein Riese sein mußte. Tullia gehe es gut, so war zu erfahren, sie sei sogar schöner als je zuvor, und es sei ihr gemeinsamer Wunsch, daß er, Leberecht, der Pate des Kindes werde. Leberecht willigte ein.

Leberecht hatte Mühe, Carvacchi von dem Plan abzubringen, die Bauarbeiten an St. Peter an diesem Tag ruhen zu lassen und mit den Maurern, Steinmetzen und Fuhrleuten ein riesiges Fest zu feiern, denn der Papst würde wenig Verständnis für so viel Übermut aufbringen. Schließlich einigten sich die beiden auf einen gemeinsamen Umtrunk nach getaner Arbeit.

Wie gewohnt ging Leberecht an diesem Tag seiner Arbeit nach, doch seine Gedanken kreisten nun nicht nur um Martha, sondern auch um Clavius. Obwohl er keinen Menschen so haßte wie ihn, versetzte ihn die Ungewißheit über sein Schicksal in Unruhe.

Gegen Mittag überraschte ihn ein Bote aus dem Vatikan mit der Nachricht, Kardinalstaatssekretär Gambara wünsche ihn zu sprechen. Leberecht ahnte nichts Gutes. Für ihn stand außer Frage, daß die Vorladung in Zusammenhang mit Clavius stand.

»Wann?« fragte Leberecht kurz.

Der fromm blickende Bote antwortete: »Sofort, wenn es Euch recht ist.«

Leberecht betrachtete seine staubige Kleidung und überlegte, ob sein Äußeres der Vorladung im Vatikan genügte; aber dann sagte er zornig: »Es ist mir recht, laßt uns gehen!«

Durch seinen Kopf gingen tausend Gedanken, als er dem vornehmen Pagen zum päpstlichen Palast folgte. Inmitten der riesigen Baustelle um St. Peter machte das klotzige Bauwerk einen verlorenen Eindruck; es wirkte weder schön noch so ehrfurchtgebietend, wie es dem Wunsch Pius V. entsprach. Doch der Eindruck wurde ins Gegenteil verkehrt, sobald man den Palast durch das Hauptportal betrat. In den endlosen Gängen, Hallen und Korridoren wechselte weißer, roter und grüner Marmor mit Fresken und Gemälden in goldenen Rahmen, und weil keine der zahllosen Türen, deren Klinken über den Köpfen der Besucher angebracht waren, eine Zahl oder einen Hinweis trug, war dieses heilige Labyrinth wie kein zweites geeignet, sich zu verlaufen. Purpurgesäumte Monsignori und Würdenträger in schwarzen Soutanen schwebten in steter Zweisamkeit und vergeistigt wie arme Seelen durch die Gänge, ihre sündhaften Hände in den Ärmeln verbergend und ohne den Fremden eines frommen Blickes zu würdigen.

Auf dem langen Weg, der sich nach mehreren Wendungen um die eigene Achse zu wiederholen schien, kam es Leberecht vor, als schrumpfte seine respektable Körpergröße zum Zwergenwuchs. Endlich machte der schweigsame Page vor einem zweiflügeligen Portal halt. Es führte in ein kahles Vestibül mit rotem Brokat an den Wänden, das sich durch das Fehlen jeglicher Einrichtung auszeichnete. Nachdem die Tür krachend ins Schloß gefallen war, stand Leberecht allein in der Mitte des Raumes. Und obwohl er noch nie eine solche Pracht gesehen hatte, fühlte er sich gefangen.

Marthas Verlust hatte ihn gleichgültig gemacht gegenüber seinem eigenen Schicksal. Er war bereit, auf die Rehabilitierung seines Vaters Adam zu verzichten, wenn er nur Martha zurückbekäme. Nichts anderes konnte diese Vorladung bedeuten.

Da wurde vor ihm eine Tür geöffnet, die er bisher gar nicht wahrgenommen hatte. Ein purpurner Würdenträger machte eine einladende Handbewegung.

Der Saal, welcher sich vor Leberecht auftat, trug den Namen Stanza della Segnatura. Leberecht erkannte ihn an dem Wandgemälde, einem Meisterwerk Raffaels, das eine heidnische Szene des Gottes Apoll auf dem Parnaß zeigte, umgeben von schmeichelnden Musen, die geeignet waren, selbst einen Kardinal mit noch so großem Smaragd in der Tasche in sündhafte Gedanken zu verstricken.

Zu Füßen der Musen hatte Kardinalstaatssekretär Claudio Gambara Platz genommen. Sein schmuckloser Thronsessel wurde eingerahmt von zwei wohlgenährten Beisitzern in strenger Amtstracht und mit ebensolcher Miene. Was seine Leibesfülle betraf, so stand Gambara den Beisitzern nur wenig nach; immerhin verbreitete sein blasses, aufgequollenes Gesicht eine gewisse Freundlichkeit.

In einer angemessenen Entfernung, welche ihm zugewiesen wurde, blieb Leberecht stehen. Zwischen all dieser Prachtentfaltung ließ ihn seine verdreckte Kleidung ärmlich erscheinen, ein Gefühl, das ihm ebenso zuwider war wie Pomp und Protzerei.

Gambara schien seine abgerissene Erscheinung nicht zu stören, und noch bevor er das Wort ergriff, schickte er seine Beisitzer mit einer unmißverständlichen Kopfbewegung nach draußen.

Der erstaunte Besucher blickte beiden Würdenträgern hinterher, welche in ihrer Unförmigkeit und dem widerwärtigen Gehorsam jenen Bulldoggen ähnelten, die von der Kurtisane Panta bisweilen zur Freude der Römer auf der Via Giulia ausgeführt wurden. Leberecht hegte Zweifel, ob sich hinter dem Abgang der beiden Beisitzer nicht eine List verbarg; denn sein Gefühl sagte ihm, daß die Wände in einem Raum mit unsichtbaren Türen auch über unsichtbare Ohren verfügten.

Kaum hatten die Würdenträger den Saal verlassen, da begann der Kardinal betont freundlich: »Es mag Ihn verwundern, daß ich Ihn kommen ließ.«

Leberecht hob unverbindlich die Schultern.

»Er ist nicht nur ein hervorragender Handwerker«, begann Gambara weit ausholend, »man sagt Ihm auch große Klugheit nach, wenngleich Er der heiligen Mutter Kirche mit kritischer Haltung gegenübersteht. Kein Wunder, Er kommt aus dem Land der Protestanten, Besserwisser und Philosophen.«

Leberecht rümpfte die Nase, aber er hütete sich vor einer aufgebrachten Antwort. Statt dessen entgegnete er: »Wenn Ihr es so seht, Eminentissimus! Aber Ihr habt mich nicht rufen lassen, um mir das zu erklären. Redet mit mir, wie es einem einfachen Mann zukommt, der gewohnt ist, das Erhabene erhaben, das Niederträchtige aber niederträchtig zu nennen.«

»Dann will ich nicht weiter herumreden: Sein Plan, das Heilige Offizium zu veranlassen, ein Ketzerurteil aufzuheben, ist, das muß ich Ihm nicht erklären, kläglich gescheitert, obwohl Er, das sei eingeräumt, die Sache durchaus bedacht eingefädelt hat.«

»Mein Vater Adam war ein rechtschaffener Mann und weit entfernt von jedem Pakt mit dem Teufel. Seinen Sarg auszugraben und den Leichnam auf dem Scheiterhaufen zu verbrennen war ein großes Unrecht und sogar eine Sünde wider die Gesetze der Kirche!«

»Ich weiß«, erwiderte der Kardinal.

Diese Antwort traf Leberecht wie ein Schlag in den Magen. Er hielt sich nur mühsam im Zaum und war drauf und dran, Gambara seine Meinung ins Gesicht zu schleudern; aber der Gedanke, daß er sich damit nur alles zerstören würde, hielt ihn zurück. Ihn beschäftigte nur eine Frage: »Sagt mir, Eminentissimus, wo ist Martha?«

Gambara hielt verdutzt inne. »Seine unrechtmäßige Gefährtin?«

»Herr Kardinal, laßt uns nicht über Rechtmäßigkeit und Unrechtmäßigkeit diskutieren. Wollten wir dies, so müßten wir bei den Konkubinen der Päpste beginnen; wir müßten die Kardinäle del Monte, Carafa und Rovere einer näheren Prüfung unterziehen, von Klerikern und Mönchen diesseits und jenseits der Alpen ganz zu schweigen. Ich will nur eins wissen: Wo ist Martha?«

Den Kardinalstaatssekretär hatte Leberechts Einlassung sichtlich aus dem Konzept gebracht; er nestelte an der Knopfleiste seines Habits und erwiderte hastig: »Ich weiß es nicht, bei Gott und allen Heiligen, Er muß mir das glauben. Weder die Inquisition noch die Kurie hat mit dem Verschwinden dieser Frau etwas zu tun. Welchen Grund sollten wir haben, sie Ihm vorzuenthalten?«

Leberecht verstand die Welt nicht mehr.

»Er weiß, was gestern geschehen ist?« begann Gambara von neuem.

Leberecht nickte. Er ahnte nichts Gutes.

»Das Haus, in dem der Jesuit Clavius seine astronomischen Berechnungen ausführte, ist bis auf die Mauern niedergebrannt – eine Unachtsamkeit des Gelehrten!«

»Wer sagt das?«

»Er selbst hat eingeräumt, fahrlässig mit dem Licht hantiert zu haben.«

»Er kam mit heiler Haut davon?«

»Dem Mann ist nichts geschehen, von ein paar versengten Haaren abgesehen. Aber ...«

»Aber?« Leberecht ging einen Schritt auf Gambara zu.

»Die gesamten Berechnungen und Aufzeichnungen des neuen Kalenders wurden ein Raub der Flammen. Das bedeutet: Die Arbeit vieler Jahre war vergebens. Weiß Er, was das bedeutet?«

Leberecht sah den Kardinal fragend an.

»Das bedeutet«, fuhr dieser fort, »daß es Jahre dauern kann, bis Lilio und Clavius den Kalender neu berechnet und das verhängnisvolle Datum der kopernikanischen Apokalypse getilgt haben. Doch ich glaube, Er ist viel zu klug, als daß Er Sein teuflisches Spiel noch einmal begänne. Und sollte Er sich der Kirche gar erkenntlich zeigen, so würde es Sein Schaden nicht sein. Die Kurie hat viele Ämter auf Lebenszeit zu vergeben: Kuratoren ohne Pfarrei, Pönitentiare ohne Beichtstuhl, Präfekte ohne Präfektur, Prosekretäre ohne Sekretariat, Auditoren ohne Amt, Offizialen ohne Gerichtshof, Priore ohne Klöster, Titularerzbischöfe ohne Bistum ...«

»Und Kurienkardinäle ohne Aufgabe in der Kurie«, ergänzte Leberecht.

»Ich sage Ihm also nichts Neues.«

»Nein, gewiß nicht. Und Ihr meint ...?« Leberecht blickte an seiner staubigen Kleidung herab. Er mußte lachen, verhalten zuerst, dann immer heftiger, bis ihm die Vorstellung, als Titularerzbischof in roter Albe herumzulaufen, die letzten Hemmungen nahm und er in brüllendes Gelächter ausbrach. Keuchend rang er nach Luft und prustete: »Verzeiht, Herr Kardinal, manchmal ist das Leben zu komisch.«

Ein so unverschämtes Gelächter war in der Stanza della Segnatura unerhört, ja unmöglich, und lockte eine Schar Beisitzer, Aufpasser und Monsignori herbei, die mit besorgter Miene in den Saal stürzten und sich zu beiden Seiten des Kardinalstaatssekretärs aufreihten, bereit zur Abwehr des Bösen.

Um seine Autorität besorgt und ziemlich ratlos – in seinen neunundzwanzig Jahren als Purpurträger hatte sich niemand im Vatikan zu einem Lachen hinreißen lassen, von diesem niederträchtigen Gelächter ganz zu schweigen – streckte Gambara den Arm aus und rief laut: »Man bringe Ihn zur Tür.«

Leberecht machte eine kurze Verbeugung und entfernte sich, geleitet von einer Phalanx kurialer Würdenträger.

Er war schon in der Tür, als ihm der Kardinal nachrief: »Er möge in sich gehen und sich zu gegebener Zeit erklären!«

Die Unterredung mit dem Kardinalstaatssekretär hatte Leberecht in der Überzeugung bestärkt, daß weder die Kurie noch die Inquisition ihre Hände im Spiel hatte, als Martha verschwand. Sonst hätte Gambara sich anders verhalten. Als er den Vatikan verließ, war Leberecht erneut der Gedanke gekommen, unter den Gästen des Kardinals Carafa nach Marthas Verbleib zu forschen.

Er war Lorenzo Carafa seit jener verhängnisvollen Nacht, die sein Lebensglück zerstört hatte, nur noch einmal begegnet, am Tage danach, als er gewiß sein konnte, daß der Kardinal wieder Herr seiner Sinne war. Damals hatte dieser sich, entgegen seiner Gewohnheit, verschlossen und zurückhaltend gezeigt, und Leberecht hatte den Eindruck, daß Carafa froh gewesen war, als er wieder verschwand.

Den lebenslustigen Kardinal, der vorgab, Kurie und Päpste zu hassen, hatte Leberecht nie so recht durchschaut; doch war es gerade das Widersprüchliche in seinem Charakter, das ihn an diesem ungewöhnlichen Mann faszinierte. Konnte man Carafa trauen? Schon damals hatte die Einladung zu seinem Fest Leberecht überrascht; schließlich gehörten er und Martha nicht gerade zu den Spitzen der römischen Gesellschaft. Jetzt erinnerte er sich, daß der Kardinal seine Einladung ausdrücklich mit dem Wunsch verbunden hatte, Martha zu begegnen. Deshalb nahm er sich vor, bei nächster Gelegenheit erneut bei Carafa vorstellig zu werden.

Vor seiner Bauhütte, die ihm in letzter Zeit zur zweiten Heimat geworden war, weil er das Haus mied, in dem er mit Martha zusammengelebt hatte, erwartete Leberecht ein Bote mit der Nachricht, Messer Carvacchi erwarte ihn auf der großen Rotunde auf dem Dach von St. Peter.

»Was will er?« fragte Leberecht barsch.

Der Bote hob die Schultern. »Messer Carvacchi ist bester Laune. Seine Frau hat ihm einen Sohn geboren!«

»Ich weiß«, erwiderte Leberecht und blinzelte in die schwindelnde Höhe. Es war einer jener häßlichen Tage, an denen in Rom die Luft feucht ist wie in einer Waschküche und Dächer und Bäume tropfen, als hätte es geregnet. Über allem lag ein gelblichtrüber Dunst.

Das Dach und gar die große Rotunde zu besteigen, welche nun für den Kuppelaufbau eingerüstet war, erforderte nicht geringe Anstrengung, und Leberecht mied es, mehr als zweimal pro Tag über ausgetretene Holztreppen und Leitern den beschwerlichen Weg an der Außenseite hinauf zu nehmen.

Auf dem Dach angelangt, wandte er sich westwärts zum Kuppelbau, von dem man nur ein Gewirr von Balken, Stangen, Brettern, Stricken, Ketten und Leitern sehen konnte.

»Leberecht!« hallte es von der höchsten Plattform. »Komm herauf!«

Leberecht sah keinen Sinn in der Aufforderung seines Lehrmeisters, aber er gehorchte und kletterte den mühevollen Weg über Leitern und Balken nach oben, wo ihn Carvacchi auf einem Brett sitzend erwartete, neben sich eine Reihe von kleinen Tonkrügen, welche die Steinschneider zum Spülen der trokkenen Kehlen am Gürtel trugen. Doch während diese Krüge gemeinhin mit Wasser gefüllt waren, hielt Carvacchi sich an Wein schadlos.

»Hier trink, auf das Wohl meines erstgeborenen Sohnes!« Er hielt Leberecht einen Tonkrug hin. Leberecht griff zu, um nicht Carvacchis gute Laune zu verderben.

»Ich bin glücklich«, sagte Carvacchi mit schwerer Zunge, »ich glaube, ich war noch nie so glücklich wie heute.«

Das Glück seines Lehrmeisters traf Leberecht besonders, weil er selbst sich in der umgekehrten Situation befand; er fühlte sich so unglücklich wie noch nie. Er schwieg und schweigend ließ er den Blick über die ewige Stadt schweifen.

Carvacchi, dem Leberechts Verfassung naheging, brummelte: »Ich weiß ja, wie du dich fühlst, mein Junge, aber das Leben geht weiter. Hier, nimm noch einen Schluck!«

Leberecht schob Carvacchis Arm beiseite. »Sie haben mir ein hohes Amt angeboten«, sagte er, den Blick in die Ferne gerichtet. »Sie wollen mir eine Pfründe anbieten, mich zum Offizialen oder Titularerzbischof machen, damit ich das Maul halte; denn heute nacht ist ihr gesamtes neues Kalenderwerk verbrannt.«

»Du scherzt!«

»Es ist die Wahrheit, auch wenn es wie ein Scherz klingt. Ich komme gerade von Gambara.«

Carvacchi schüttelte den Kopf und lachte. »Ich stelle mir dich gerade in einer roten Soutane vor: Leberecht Kardinal Hamann! Zu komisch. Hast du angenommen?«

»Natürlich nicht!« entrüstete sich Leberecht. »Sie wollen mich korrumpieren und so zum Schweigen bringen. Ich fasse es nicht.« Dabei zitterte seine Stimme.

»Was willst du jetzt tun?« fragte Carvacchi, während er munter dem Wein zusprach.

»Was das Buch des Kopernikus und in Verbindung damit die Rehabilitierung meines Vaters Adam betrifft, so habe ich eingesehen, daß es für einen einzelnen Menschen unmöglich ist, sich gegen die Inquisition aufzulehnen. Ich glaube, die Eminentissimi und Reverendissimi der Kurie würden sogar abstreiten, daß sich die Erde um die Sonne drehte, wenn dies für jedermann sichtbar in Erscheinung träte. Im übrigen gilt mein einziges Interesse der Aufklärung von Marthas Schicksal.«

»Du brauchst Abwechslung. Du mußt auf andere Gedanken kommen. Wem nützt es, wenn du dich seit Wochen in deine Bauhütte zurückziehst? Laß uns nach Trastevere gehen. Dort gibt es den besten Wein und die schönsten Mädchen. Ich habe Grund zum Feiern! Heute ist der glücklichste Tag in meinem ganzen Leben!«

Leberecht erhob sich. »Nehmt es mir nicht übel, wenn ich diesen Übermut nicht mit Euch teilen kann. Ich will Euch nicht die Freude nehmen. Ein andermal vielleicht.« Dann machte er sich auf den beschwerlichen Abstieg.

Die Maurer, Steinschneider und Träger, die auf dem Dach von St. Peter beschäftigt waren, starrten, als Leberecht unten eintraf, wie gebannt nach oben. An jener Stelle, wo die Rotunde in die Kuppel überging, tanzte Carvacchi übermütig wie ein Faun, in jeder Hand einen Tonkrug schwingend, auf dem Gerüst herum.

Er rief den Zuschauern aus der Höhe etwas zu, aber niemand verstand ihn. Da stellte er die Krüge beiseite, legte beide Hände an den Mund, trat einen Schritt nach vorne, um den Ruf zu wiederholen. Dabei glitt er aus, geriet ins Taumeln und stürzte wie ein getroffener Vogel sich mehrmals überschlagend in die Tiefe. Es schien, als wollte er fliegen.

Ein Schrei aus hundert Kehlen tönte über die weite Fläche des Daches, als der Körper Carvacchis auf den Steinplatten aufschlug. Dann war es still.

Wochen waren seit dem Tode Carvacchis vergangen. Leberecht hatte die schwere Aufgabe übernommen, Tullia vom Tod ihres Mannes in Kenntnis zu setzen. Anders als erwartet, hatte Tullia die Nachricht mit Fassung aufgenommen und gesagt, wenn es denn vom Schicksal bestimmt sei, so wolle sie es ertragen.

Diese Reaktion blieb bei Leberecht nicht ohne Wirkung. Seit diesem Tag war seine Trauer eine andere. Nicht daß er vollends aufgehört hätte zu trauern, aber er war nun bereit, sich in *sein* Schicksal zu fügen. Leberecht sorgte sich um Tullia und ihr Kind, und er schien sogar bereit, sein eigenes Leid zu vergessen, als ihn die Vergangenheit unnachsichtig einholte.

Dem langen feuchten Winter folgte urplötzlich, gleichsam von einem Tag auf den anderen, ein strahlend heiterer Frühling, und an einem dieser Frühlingstage, welche geeignet sind, den letzten Griesgram aus der Höhle seines Hauses zu locken, machte Leberecht sich auf, um sich das Kolosseum anzusehen, das alte Flavische Amphitheater, welches, teilweise eingestürzt, inzwischen zu einem Steinbruch verkommen war, aus dessen Beständen die römische Bevölkerung Häuser und Paläste errichtet hatte.

Leberecht wählte den beschwerlichen, aber kürzeren Weg über den Campo Vaccino, die Kuhweide, eine grasbewachsene Trümmerlandschaft, unter der das Forum Romanum verborgen lag. Einmal pro Woche fand hier der Viehmarkt statt. Dann blökten Rinder und Büffel zwischen Säulenstümpfen, und grunzende Schweine sonnten sich auf Marmorinschriften. Der Triumphbogen des Kaisers Titus trug einen Turm, Reste einer Burg der gefürchteten Familie Frangipani. Davor erhob sich, aus alten Steinen aufgeschichtet, ein ziemlich verkommenes

Gasthaus, in dem in der Hauptsache Knechte und Viehhändler verkehrten.

Gegen Mittag, als den Besuchern des Viehmarktes der Sinn nach Zerstreuung stand, fand sich vor dem Gasthaus eine Gauklertruppe mit bunten Kostümen und wilder Musik ein. Unwillkürlich kam Leberecht seine arme Schwester Sophie in den Sinn, die sich einer ebensolchen Gauklertruppe angeschlossen hatte, und dies ließ ihn näher treten.

Er drängte sich durch die Gaffer in die erste Reihe. Doch diese Truppe stellte keine Monströsitäten zur Schau. Ein anmutiges rothaariges Mädchen im langen, grünen Kleid, das über dem Kopf ein Tamburin schlug, zog die Blicke aller auf sich. Es war jung, kaum achtzehn Jahre, aber nicht seine Jugend und Schönheit war es, was Leberecht ins Auge stach, sondern das grüne Kleid, und je länger er dieses betrachtete, desto mehr wurde ihm zur Gewißheit, daß das Kleid Martha gehörte. Es war jenes Kleid, das sie auf dem Fest des Kardinals Carafa getragen hatte.

Eine Weile blieb Leberecht wie angewurzelt stehen, dann, als die Zuschauer Beifall klatschten, sprang er plötzlich vor, packte die Tänzerin bei den Haaren und rief: »Wie kommst du zu diesem Kleid?«

Das Mädchen schrie, versuchte sich loszureißen, und die Gaukler kamen ihm von allen Seiten zu Hilfe. Bevor es in dem wilden Getümmel zu einer Prügelei kam, trat ein hochgewachsener Mann mit langen dunklen Haaren dazwischen und stellte Leberecht zur Rede: »Messer, was wollt Ihr von meiner Tochter? Wir sind zwar nur Gaukler aus der Republik Genua, aber diese Tatsache gibt Euch nicht das Recht, Euch an meiner Tochter zu vergreifen.«

Leberecht musterte die Genueserin mit zusammengekniffenen Augen. »Ich will dem Mädchen nichts«, sagte er, »ich will nur wissen, wie sie in den Besitz dieses Kleides gelangt ist.«

»Sie hat es nicht gestohlen, wenn Ihr das meint!« fuhr der Leiter der Truppe auf. »Wir Gaukler mögen arm sein, aber wir sind ehrliche Leute.«

Leberecht seufzte. »Ich weiß«, sagte er beschwichtigend, und weil es ihm auf einmal wichtig erschien, fügte er hinzu: »Meine eigene Schwester ist Mitglied der Truppe Roberto Aldinis aus Mailand. Er hat sie aufgenommen, als alle Menschen sie verstoßen hatten.«

Der Hüne trat einen Schritt zurück. »Was ist mit diesen Kleid?« fragte er, nun nicht mehr drohend.

»Es ist das Kleid meiner Frau.«

Das rothaarige Mädchen schlug die Hände vors Gesicht, es machte Anstalten fortzulaufen, aber Leberecht hielt es zurück.

»Ich kann alles erklären«, meinte ihr Vater. »Kommt mit.« Er gab den übrigen ein Zeichen, mit Musik und Tanz fortzufahren und nahm Leberecht beiseite.

Und während das schöne rothaarige Mädchen in dem grünen Kleid wieder das Tamburin über dem Kopf schwang und sich mit anmutigen kleinen Schritten bewegte, berichtete der Gaukler, sie hätten das Kleid nahe der Milvischen Brücke vor dem nördlichen Stadttor gefunden, wo der Tiber zu beiden Seiten von weiten Auen gesäumt wird. Es sei wie zum Trocknen ausgelegt gewesen und sie hätten nicht gewagt, sich an dem Kleid zu vergreifen, wäre es nicht nach zwei Tagen, während sie in der Nähe kampierten, noch immer an derselben Stelle gelegen. Weil sie glaubten, das Kleid sei vergessen worden und würde beim nächsten Regen verderben, hätten sie es an sich genommen. Dies sei die Wahrheit.

Und als der Gaukler an Leberechts skeptischen Blick merkte, daß dieser daran zweifelte, ob er dem Fremden glauben könne, da zog ihn der Mann durch die Reihen der Zuschauer zu einem abseits stehenden, bunten Schaustellerkarren. Er kramte in Kleidungsstücken, Kisten und Säcken und zog schließlich ein weißes Etwas hervor, das Leberechts Zweifel mit einem Schlag beseitigte.

»Auf dem Kleid«, sagte der Gaukler, »lag diese Hand aus Stein. Ich weiß nicht, ob das irgendeine Bedeutung hat.«

Leberecht nahm den Stein in beide Hände, und dabei fiel es ihm wie Schuppen von den Augen. Es war die Hand der Statue der »Zukunft«. Er verstand den Wink der Geliebten, wenngleich er nicht begreifen wollte, warum Martha aus dem Leben geschieden war. Es kam ihm vor, als hörte er in dem Lärm am Campo Vaccino ihre Stimme: Leberecht, richte deinen Blick in die Zukunft! Schau nicht zurück!

»O doch«, sagte Leberecht zu dem Gaukler, »diese Hand hat eine große Bedeutung.«

Während er noch dasaß und auf die schlanke weiße Hand starrte, meinte der Gaukler zu ihm: »Messer, Roberto Aldini ist ein entfernter Vetter von mir. Ihr sagtet, Eure Schwester sei in seiner Truppe. Dann muß sie das Schicksal schwer geschlagen haben.«

»Sie ist die Riesin, die mit dem Bären ringt«, hörte Leberecht sich sagen.

»*La giganta*«, sprach der Gaukler staunend. »Das ist *Eure* Schwester? Ich habe nur Gutes über sie gehört. Die Gaukler lieben und verehren sie. Ich glaube, wenn Ihr Euch um sie noch Sorgen macht, sie hat ihren Frieden gefunden.«

Leberecht sah zu ihm auf und wußte nicht, was er sagen sollte. Stumm stand er auf und wandte sich zum Gehen.

Der Gaukler hielt ihn zurück. »Messer, verzeiht; aber wir konnten nicht ahnen ... Ihr sollt das Kleid zurückerhalten!«

»Schon gut«, nickte Leberecht. »Eure Tochter kann das Kleid behalten. Ich wüßte keine, der es besser stünde.«

Da küßte der Gaukler Leberechts Hände, und Leberecht ging seines Wegs, ohne einen letzten Blick auf das Mädchen zu werfen.

Der Frühling verging und auch der Sommer. Weder das Angebot des Kardinalstaatssekretärs, ein einträgliches Amt in der Kurie zu bekleiden, noch jenes des Papstes, die Nachfolge Carvacchis anzutreten und den Bau der Peterskirche zu vollenden, nahm Leberecht an. Er verließ Rom noch im selben Jahr für immer, in seiner Begleitung Tullia mit ihrem Kind. Zu dritt wollten sie in Deutschland ein neues Leben beginnen.

Als ihr schwer beladener Wagen die Milvische Brücke überquerte, ließ Leberecht anhalten. Er trat an das Brückengeländer, zog etwas aus der Innentasche seines Mantels und ließ es in den Tiber fallen. Einen Moment noch starrte er in die trüben Fluten, die nun die einzigen Zeugen seines verfluchten Wissens waren.

Frater Andreas, der Bibliothekar der Mönche auf dem Michelsberg, hatte ihm vor vielen Jahren einmal erklärt, es nütze nichts, Bücher zu verbrennen, denn die Flammen, welche ein brennendes Buch erzeuge, fräßen sich für ewig in das Gedächtnis der Menschen. Es gebe nur eine einzige Möglichkeit, sich eines unliebsamen Buches zu entledigen: In Wasser lösten sich Bücher in nichts auf. Und so endet diese Geschichte in jenem Fluß, der seit Jahrhunderten den Unrat von Gerechten und Ungerechten ins Meer trägt.

Post scriptum

Es erübrigt sich zu sagen, daß die Welt an dem errechneten Tag nicht untergegangen ist. Ob dies nicht geschah, weil unter dem nachfolgenden Papst Gregor XIII. jener verhängnisvolle Tag aus dem Kalender gestrichen wurde oder weil Kopernikus sich verrechnet hatte, wird wohl ewig ein Geheimnis bleiben. Denn nach dem Verschwinden des letzten Buches gerieten alle Zahlen und Berechnungen in Vergessenheit. Die Ereignisse des Jahres 1582 aber – oder besser, das, was zwischen dem 4. und 15. Oktober nicht geschehen konnte, weil es diese zehn Tage nach dem neuen Kalender nie gab – werden die einen als Wunder bezeichnen und als Beweis ihres Glaubens, welcher besagt, daß ein Papst in wichtigen Dingen nicht irrt, für die anderen aber wird es der immer wiederkehrende Beweis dafür sein, daß Wissenschaft und Fortschritt schon manches Unglück über die Menschheit gebracht haben.

Umschlag- und Einbandgestaltung:
Guido Klütsch, Köln

Titelbild: »Tanz in der Trattoria«, Gemälde von
Michelangelo Cerquozzi, genannt
Michelangelo delle Battaglie (1602–1660),
Wien, Akademie der Bildenden Künste.
Die Vorsatzblätter zeigen kolorierte Kupferstiche
aus dem Heliozentrischen Planetensystem des
Kopernikus, 1510 (aus: Christoph Cellarius,
Harmonia Macrocosmica, 1660).
Das Archiv für Kunst und Geschichte, Berlin,
stellte alle drei Abbildungen zur Verfügung.
Die Initialen im Text sind dem Alphabet aus der
Offizin des Eucharius Hirtzhorn, Köln, entnommen
(nach Albrecht Dürer, ab 1524 verwendet).

Satz: Kremerdruck GmbH, Lindlar
Gesetzt aus der 10 Punkt Kennerley Oldstyle
der Linotype-Hell AG, Eschborn/Ts.
Druck und Einband: Franz Spiegel Buch GmbH, Ulm

ISBN 3-7857-0859-9
Printed in Germany

1 3 5 6 4 2

PLANISPHÆRIVM
Sive
VNIVERSI TO
EX HYPO
COPERNI
PLANO
ORBIS SATVR
SATVR NVS SAN
CIRCULUS
MARTIS